맹수들

이든북

비가 오다 개다 했다. 아침에 흰 머리카락 여남은 오라기를 뽑았다.
흰 머리털인들 어찌 꺼리랴마는 다만,
위로 늙으신 어머니가 계시기 때문이다. (난중일기에서)

wild beasts
copyright©choi sung-bae, 2025
Korean Translation copyright© eden-book, 2025
All right reserved

맹수들

최성배 장편소설

 차례

1 병정개미들의 질서 ··· 7
2 새장 속에서 날갯짓을 ··· 18
3 왕거미 집을 찾아가는 ··· 35
4 그리움은 책의 날개에 ··· 51
5 세월은 흔들리고 ··· 58
6 미확인 물체와도 같은 ··· 68
7 바람이 휩쓸고 간 자리 ··· 77
8 헝클어진 측근들이 ··· 85
9 절망을 삼켜버린 불나비 ··· 133
10 별똥별로 사라진 ★들 ··· 142
11 비슷하면서도 또 다른 나라 ··· 154
12 꽃피고 새가 우는 날은 ··· 167
13 닐리리야, 니나노, 얼씨구 ··· 188
14 가맣게 아득한 날들 ··· 222
15 꿈꾸는 내일을 위하여 ··· 247

16 시간을 머금은 눅진한 기운 ⋯ 282
17 어디쯤 가고 있을까 ⋯ 296
18 시금털털한 막걸리 ⋯ 318
19 파도가 삼켜버린 악몽 ⋯ 340
20 모래로 쌓은 성벽을 ⋯ 365
21 욕망이 부러뜨린 나뭇가지 ⋯ 398
22 땅 울리는 소리가 ⋯ 412
23 철책선은 녹슬어 ⋯ 426
24 인연은 닿아있으니 ⋯ 466
25 지금은 없는 사람들이 ⋯ 497
26 병정개미의 위태로운 발악 ⋯ 515
27 철새는 날아가고 ⋯ 544

작가의 말 ⋯ 550

1
병정개미들의 질서

삶의 리듬이 뒤바뀌어질 때마다 그는 두려움을 머금었다. 느닷없이 뒤틀린 각하의 심기를 누가 거슬렸을까. 충성을 다투었던 친위부대들은 주인의 눈치를 흘끔흘끔 쳐다보는 개처럼 납작 엎드렸다. 활기차게 뻐기던 부대원들도 하루아침에 힘이 빠져 전국 곳곳으로 뿔뿔이 흩어졌다. 언제나 그 따위 조직들이 망가지면 개개인의 의지는 다 피워버린 담뱃갑처럼 구깃구깃 버려졌던 것. 그래서 순간을 목숨과 바꾸게 되는 사람들은 한곳에 연연하지 못했다.

그 역시 바로 어제, 차디찬 바람을 맞으며 동해안에서 해일이 떠미는 파도처럼 낯선 서쪽으로 밀려왔다. 바람이 불어 떠도는 민들레 홀씨야 어디서든 흙에 떨어지면 살았다. 전출 명령 종잇장을 달랑 받아쥐고 높은 산맥을 휘감아 도는 철로를 따라 청량리역에 내렸다. 그리고 수백만 명이 득시글거리는 도심을 지나 무거운 가방을 들고 다시 시외버스로 갈아탔다.

밤늦게 도착한 그를, 당직사관은 잘 곳이 마땅찮다며 내무반으로 안내했다. 수컷들의 몸 냄새가 물씬 와닿았던 공간도 이제는 낯설지 않았다. 희미한 전등 불빛 아래 비닐장판이 깔린 침상의 매트리스에서 머리를 빠끔히 내민 병사들이 누워 있었다. 그는 드르릉드르릉 코 고는 소리를 들으며 먼저 도착한 선임자들 옆 구석에서 마른 몸을 눕혔다. 뒤척이며 자는 둥 마는 둥 함께 보낸 어둠이 햇빛에 쫓겨간 아침에야 겨우 몸을 일으켜 바깥을 훑어보았다.

그가 들어온 부대는 사단 후문의 공병대대 한쪽에 붙어 있었다. 정체 모를 건물들을 보듬어 빙 둘러쌓은 블록담이 독립된 부대임을 나타냈다. 사단 예하 부대가 아닌 통상 명칭 〈제2345부대〉의 검은 글자를 내려쓴 나무 간판이 붙었고, 높다란 담의 위아래 유자형 철조망 바깥으로는 멀리 평야 지대가 펼쳐져 있었다.

산자락을 파헤쳐 황톳빛이 드러나 덜 굳은 땅 위에 지은 막사들이었다. 그다지 넓지 않은 터에 자리 잡은 콘셋 건물은 울타리와 담장 안에 원통을 쪼갠 모양새로 엎어져 모두 여섯 동이었다. 부대장실에서 내리막의 왼편은 각각 행정반과 내무반이고, 조금 떨어져 창고와 식당이었다. 사무실은 정문에서 들어오면 바로 보이는 이발관과 길게 붙어 있었다. 막사들은 콘셋의 특징이 대개 그러하듯 드럼통을 길게 잘라 엎어놓은 형체였다. 지붕은 빗물이 흘러 내려가도록 골판지 마냥 홈이 파였고, 벽체는 경주마의 엉덩짝만 한 창문 몇 개가 겨우 뚫려 있었다. 푸르른 나뭇잎처럼 위장하려고 녹색을 칠해 덜 마른 듯 역겨운 냄새가 솔솔 풍겼다. 규격대로 찍어낸 막사는 언제든지 조립과 철거가 수월했다. 군인은 어디서든 잠자리가 곧 집이었다. 그렇지만 전투 지형은 언제라도 바뀔 수 있었다. 칭기즈칸이 옮기기 쉬운 군막과 달리는 말 위에서 마른 육포를 씹어 삼키며 속도전을 이끌었듯.

 조각난 구름이 가끔 햇빛을 가리다가 흩어졌다. 둔덕진 오르막에 세워진 콘셋 안은 꽤 넓었다. 조금 전까지 그들은 대기실에서 전입 신고식을 연습했다. 몇 번씩 되풀이되는 경례와 차렷 자세에 지친 병사들이 몸을 꼬아 비틀었다. 행정과장 준위는 그때야 또 다른 문을 열었다. 새로 전입한 모두가 부대장 실로 떠밀려 들어가서 일렬횡대로 섰다. 럭스 비누 향기가 맴도는 실내는 널찍했다.

 향긋한 비누 냄새는 그의 콧속을 파고들어 뇌리에 침투했다. 냄새가 전두엽 속에서 아련한 기억을 불러냈다. 불현듯 냄새는 시간과 공간이 담긴 이미지의 그물을 어부의 갈고리처럼 끌어왔다. 한인해의 웃음 띤 입술과 기다란 목덜미가 떠올랐다. 이 세상에 없는 그녀와 함께 있었던 그 사람들. 연이어 고향 읍내의 부분 부분과 그때 그 찰나, 양철 지붕을 때려서 따발총 소리를 내며 두드렸던 빗소리까지 끄집어냈다. 그런 애착은 그의 삶의 뿌리였다. 그런데 후두엽이 눈앞의 강팍한 현실을 들이대며 떠오르던 그의 이미지를 삼켜버렸다. 순간, 앗! 여기는, 나는, 지금 이 자리는? 냄새에 끌려들어 빠졌던 그는 기억을 마구 떨쳐냈다. 머릿속의 추억과 현실이 부딪치자 강한 자기 부정의 도리질에 시달렸다. 그렇다, 지금은, 이곳은 군대였다. 그리고 낯선 곳에서 낯설고 거만한 상관에게 시험을 당하는 긴장된 자리였다. 갑과 을의 관계는 누구에게나 어디에서나 있게 마련이었다. 현실은 현실. 그는 을로서 갑에게 순응의 정도가 불편하지 않기를 바랄 뿐.

큼직한 회색 철제 책상 뒷벽에는 태극기와 사진 액자가 나란히 붙어 있었다. 푸른 배경의 액자에 갇힌 각하의 얼굴이 그들을 내려다보았다. 그런 사진은 전국 관공서의 어디를 가도 똑같은 모습이었다. 액자 속의 인물은, 근엄한 교장 선생처럼 그의 초등학교 시절부터 지금까지 늘 옆에 있는 느낌이었다. 잠깐 인연을 맺었던 사람보다 더 검질기게 벽에 붙여 놓은 껌딱지처럼 따라다녔다.

허우대가 통통한 중령이 일어나 책상 앞으로 나왔다. 서 있는 회전의자 옆으로 길게 퍼팅 연습 초록색 매트가 깔려 있었고, 골프채 손잡이가 삐죽이 나온 통 옆에 퍼터가 세워져 있었다.

하사들을 따라 갓 전입한 신병들도 부대장에게 일제히 손을 올렸다.

"… 이에 신고합니다, 충성!"

선임인 장 하사가 오그린 모자 챙에 손을 펴서 붙이며 소리를 내질렀다. 중령은 네모진 얼굴을 쳐들어 부하들을 둘러보았다. 포마드를 발라 불빛에 반질거리는 까만 머리가 군복과 이질감을 주었다. 부러질 듯 빳빳한 중령의 목에서 탁하고 비꼬는 듯 다그치는 말소리였다.

"모두 근무들 잘하라고! 특히 검문소는 대전복 업무와 직결되니까, 한눈팔지 말고 근무 잘하라고! 특히 말이야, 파견 근무하는 부사관들? 당신들 후방에서 하던 식으로 딴짓하면 안 돼. 여기는 서울하고 가까운 최전방이야. 농땡이 부리지 말고 내가 여기 앉아서도 다 보고 듣고 있다는 걸 명심들 해요."

뱃살이 툭 튀어나온 중령은 뜸을 들인 목구멍을 을러대며 큼큼거렸다. '특히'를 힘주어 되풀이하는 말버릇은 강조하는 어조일 뿐 그다지 먹혀들지 않았다. 부하들의 반응과는 상관없이 구부정한 채 화가 난 사람처럼 잔뜩 힘을 주어 두툼한 손을 연신 입에 댔다가 떼었다. 그래서 풀빛 군복을 입은 통통한 몸조차 풀 먹여 빳빳한 하얀 말똥 ○○개를 재봉틀로 박아 붙인 카라 같았다. 연출된 배우처럼 근엄한 표정을 지었음에도 전혀 위엄이 안 보였다. 그저 심술궂고 부어터진 듯한 얼굴과 평범한 몸이었다. 아무런 옷이라도 걸쳤다면, 누가 뭉툭한 그를 중령이라고 여길 것인가.

몇 마디 덧붙여 놓고 돌아선 중령은 하사들을 꿰뚫고 있다는 듯 경고의 눈길로 쓱 훑어보았다. 호리호리한 체격으로 입을 꽉 다문 그에게도 위압적인 눈빛을 쏘았다. 물론, 그에게 맞닥뜨린 이런 분위기가 처음은 아니었다. 일 년 전 동해안 부대에서 신고식을 할 때도 그랬다. 감색 신사복을 입었던 대령은 점잖은 말 속에 다그치듯 가시 돋친 몇 마디를 던졌다.

"이봐! 당신들은 말이지, 초급 간부야. 병사들과는 주변을 바라보는 눈이 달라야 해!"

그것은 그런 행사의 어디서나 일종의 공식과도 같아서 말하는 이나 듣는 이나 그렇고 그러려니 하는 통과의례의 순서쯤으로 여겼다. 어쨌건 부하들을 다루는 방법이었든지, 습성이었든지 간에 그들의 영역이므로 일단 먹혀들었다. 그런 조직 문화는 역사와 전통이라는 그럴싸한 포장으로 내려왔고, 언제든지 부대를 떠나는 군인들에게 시빗거리가 되지 않았다.

옆에 서 있던 홈스펀 재킷 차림의 행정과장은 갑작스레 **빳빳**해졌다. 자신과 크게 상관없는 중령의 말에 연신 고개를 주억거렸다. 아까 행정반에서와는 전혀 달라져 신원진술서를 받으며 부사관들과 실실 웃던 그 행정과장이 맞는가 싶을 정도였다. ◇준위가 갑자기 딴사람이라도 된 듯 행동을 한 것은, 손바닥을 비비는 버릇이 몸에 밴 까닭이었다.

병사들까지 일일이 악수를 마친 부대장은 회전의자로 돌아가 앉았다. 재빨리 결재판을 들고 따라간 행정과장이 몸을 뒤로 돌려 눈짓으로 그들을 내보냈다. 중령에게 뭐라고 알랑거리는 준위의 목소리가 뒤로 멀어졌다.

그들은, 부대장실의 문을 열고 바깥으로 나왔다. 문밖에서 기다리고 있던 찬바람이 모두의 얼굴을 긁었다. 그는 펄렁거리는 소매를 의식하여 바지 주머니에 손을 넣었다. 선임자 두 사람의 긴 그림자들이 뒤를 따라 늘어졌다. 침을 퉤퉤 뱉어 광을 낸 하사들의 까만 군화 콧등은 햇빛을 받아 반짝거렸다. 신고식을 마치고 나온 병사들이 조심스럽게 그들을 피해 옆을 빠른 걸음으로 지나갔다.

병사들 역시 훈련소를 거쳐 몇 주간의 특수교육을 받았다. 그들 모두 일반 군인들과 똑같은 기본 훈련을 받은 다음 교육을 따로 받고 온 것이다. 병사들은 처음부터 제대할 때까지 행정업무와 사복을 입고 활동을 했다. 젊은이들이 자발적으로 군대에 오는 경우는 보통 집안의 자식이 대부분이었다. 부유하거나 좋은 집안의 아들일수록 병역은 부담스러웠다. 그러나 징집이 법으로 정해진 이상 안 갈 수는 없었다.

　질서와 법은 가끔 변칙을 용납했다. 동해안 지역에서 근무할 적에 그가 터득한 일이었다. 눈으로 보고, 귀로 들은 규정 따위는 지키는 사람만 손해라는 것을 어렴풋이 느꼈다. 부사관으로 임용된 그와 동기생들은 스물 서너 살인데 병사 중 서른 살 넘은 병장들이 여럿이었다. 병역의 그물망을 미꾸라지처럼 빠져나갔다가 잡혀 온 귀한 집 자식들이었다. 이를 알게 된 각하의 특별 지시로 병무청에서 기피자 명단을 작성하여 몽땅 입대시켰던 것. 당사자들은 입대했어도 늦깎이 병사인지라, 나이가 걸리적거렸을 터. 국회의원이나 고위직, 심지어는 돈푼깨나 있는 집안 자식들은 육군본부나 수도경비사령부 예하의 서울에서 복무했다. 또한 군대의 내막을 조금 아는 이들의 자식들은 보안사령부나 정보사령부 같은 데로 보내졌다. 물론, 병사들의 출신 학교나 특기도 고려되었다.

　그 부대에서 처음, 그를 어리둥절하게 한 일이 있었다. 구내식당은 왁자지껄했는데, 멀리 떨어진 파견대 사람들까지 본부의 사복 근무자들로 뒤섞여서 계급을 분간하기가 어려웠다. 점심 메뉴로는 북엇국과 김치와 깍두기, 굵은 멸치볶음과 계란찜이 나왔다. 밥을 먹는 도중 식탁 맞은편에 대머리가 훌렁 벗겨지고 통통하게 생긴 마흔 살쯤의 가죽 점퍼를 입은 사내가 식판을 들고 와서 앉았다. 배가 고팠을 시간임에도 생김새와는 달리 밥을 깨작깨작 먹었다. 북엇국은 숟가락도 찔러보지 않고 젓가락으로 깍두기만 아삭아삭 씹더니만 그에게 불쑥 반말을 던졌다.

"오랜만에 본부에 들어왔더니 못 보던 얼굴인데, 야? 너, 새로 들어왔구먼. 집이 어디야?"

"예, 남쪽입니다."

"자식, 말대답하는 거 좀 봐라. 인마 남쪽이 다 네 고향이고 네 집이야? 남쪽 어디냐고?"

"남포입니다."

사내가 눈을 치뜨며 경멸하는 투로 되묻는 게 그는 못마땅했지만, 부사관이거나 군무원으로 여겨 조심스럽게 대답했다. 주위를 훑어보니 분위기가 왠지 이상스러웠다. 이들의 행태를 본 다른 병사들은 그를 바라보는 눈빛이 유달랐다. 숟가락질하면서도 그들이 자신을 향해 연신 낄낄거린다는 느낌이 들었다. 갑자기 목구멍으로 넘어가는 밥이 깔깔하게 느껴졌다. 가죽 점퍼 사내는 식당 밖으로 나와서 슬그머니, 손을 내밀며 겸연쩍은 표정이었다.

"신병인 줄 알았는데, 미안하게 되었소."

"어디 나갑니까?"

"대관령검문소요."

눈을 내리깔며 내미는 손을 뿌리칠 도리는 없었다. 알고 보니, 제대를 앞둔 서른 살의 병장이었다. 반말을 섞어 대답하는 게 다분히 의도적이었다. 그는 창피하기도 하고 은근히 부아가 났지만, 병장이 미안하다고 사과했으니 없던 일이 되었다. 굳이 생물학적 나이로 계산한다면야 형뻘이었으니 망신이랄 것도 아니었다. 나중에 귀띔으로 들어 알아챘지만, 그 또한 병사들이 신참 하사를 놀리는 의도된 장난이었다. 그는 팽이채로 맞아 돌아가는 팽이를 생각했다. 제 자리를 잡아 돌 때까지 정신없이 마구 돌아다니는 외톨이를. 어떻든 그것은 적응이었고 분노를 누르는 과정이었다.

✱

 문밖으로 나오자마자, 큰 체격의 장수목은 건들거렸다. 신고식 때와는 다른 사람처럼 갑자기 달라진 거만한 몸짓으로 으쓱했다. 아까와는 달리 여유를 부려 거무튀튀한 굵은 손가락을 올리더니 모자까지 뒤로 제쳐 삐딱하게 썼다. 옆으로 흩어지는 병사들을 곁눈으로 바라보던 장수목 하사가 우쭐대며 내뱉었다.
 "아따 신고 연습만 요란했지, 어디든지 하는 짓이 똑같구먼. 국방부 시계는 돌아가는데, 뭐 씨바알 좆으로 밤송이도 까라면 까는 거여."
 "수목이, 너 또 사고 치고 싶어서 그래?"
 "인마, 조심할 거 뭐가 있어. 넌 언제까지 눈치나 실실 보며 조심만 하고 살 거냐고? 우리도 한 달만 있으면 중사여. 이제는 쫄따구가 아니란 말이여. 여기 후배인 신 하사까지도 중사 진급 예정자라고."
 "그러니까 말조심하자고."
 설레발을 치는 장수목에게 정승룡이 퉁명스럽게 대꾸했다. 말수가 적고 얌전하게 생긴 정승룡이 토를 달자, 불퉁거리는 동기생을 달래듯 장수목이 헛웃음을 웃으며 손가락 마디가 굵고 커다란 손을 내저었다.
 "야, 알았어, 알았다고. 넌 어째서 교육을 받을 때나 지금이나 변한 게 없냐? 이 샌님아, 이제부터 정말로 현실이 중요한 거다. 이왕에 군대에 말뚝을 야무지게 박았으면 어떻게 재미있게 보낼까 하고, 생각부터 해보자. 좆퉁소는 불어도 세월은 가는 거야. 아까 부대장이 이곳이 최전방이라고 우리한테 은근히 공갈치더라. 생각을 해봐라. 여기서 서울까지 지프차로 삼사십 분이면 닿는데, 남과 북이 휴전 상태에 삼천리 땅 어디든지 최전방 아닌 데가 있냐고. 누구나 그런 말은 그런 위치에 있으면 시부렁거리는 말장난이라고. 뭐 씨발, 우리 알기를 개뼈다귀만도 못한 줄 알고서. 그러니까, 졸병들은 한 귀로 듣고 한 귀로 흘리면 되는 거여…."

"다 널 생각해서 그렇다."

"뭐? 네가 쪽팔려서 그런 거 아니고?"

의기소침한 정승룡을 장수목은 흘깃 바라보았다. 그리고 군복 윗주머니에서 쭈그러진 담뱃갑을 꺼내 한 개비를 입에 물더니 지포 라이터를 손바닥으로 가려 불을 붙이고 길게 빨았다. 두 사람은 외모부터가 달랐다. 허우대가 큰 덩치로 몸을 놀리며 허풍스럽게 말하는 장수목과 달리 작달막한 몸으로 눈을 껌벅거리며 가급적 말을 아끼는 정승룡이었다.

우락부락하게 생긴 장수목은 광주에서 군 병원을 담당했었다. 또 다른 하사 정승룡은 부산에서 보급창을 출입하다가 밀려왔다. 그의 선임들은 후방지역의 쏠쏠한 곳을 담당했던 탓으로 이제부터 가야 할 보직이 죽을 맛이라 심드렁한 표정이었다. 그는 6개월이나 임용이 빠른 선배들과 이제부터 같은 소속 부대에서 한솥밥을 먹게 되었다. 최전방으로 밀려왔어도 예전 근무지와 달라서 호기심마저 생겨났다. 그래서 선배들의 껄렁한 말장난에 그는 아랑곳하지 않았다. 버성긴 침묵으로 가만히 있는 그를 장수목은 이따금 바라보았다. 선배들이 설쳐대는 이유는 자신들의 약한 부분을 서로 격려하는 몸짓이라고 그는 이해했다. 아니, 냉정하게 생각하자면, 선배건 상관이건 부하이건 간에 그에게는 타인이었다. 훈련소부터 지금까지 시간이 지날수록 군대 조직과 개인은 묘하게 삐걱거릴 수 있음을 느꼈다. 겉으로는 함께 죽고 사는 동지적 관계가 개인적 이기심이 고개를 쳐들면 바람 빠진 풍선처럼 흐느적거렸다. 다만, 맞장구는 안 치더라도 암묵적인 눈길은 보냈다. 필요한 타인들로부터 배워 점점 자기 자신을 알아가는 길이었다. 인간끼리의 신뢰는 무엇인가. 시간은 그를 가슴 시리게 담금질하여 단련시켰다.

그는 이마가 갑갑해서 하사 계급장이 붙은 작업모의 챙을 치켜올렸다. 손오공의 이마를 조이는 굴렁쇠처럼 모자 역시 계속 벗었다 쓰는 습관이 중요했다. 그는 머리에 가르마를 타고 사복만 입다가 오랜만에 걸친 모자와 군복이 몸을 옥죄는 듯 불편했다. 왠지 남의 껍질을 뒤집어쓴 느낌이었다.

강원도에서 근무하는 동안 여러 모습과 속내를 보아왔다. 겉으로는 대단하고 막강한 조직인 양 일심동체라고 떠들어도 나중에는 각개약진이라고 절실하게 느꼈다. 주어진 일을 할 적에도 얼음 속에서 뜨거운 물이 끓어오르는 묘한 이질감이 머릿속을 스쳤다. 이제껏 그러하듯 순간이 지나면 시나브로 적응되리라는 안도가 늘 자신을 다독였다.

2
새장 속에서 날갯짓을

 선배들을 곁눈질하던 그는, 불현듯 교육생이었을 때가 떠올랐다.
 비록 부사관 모집이었지만, 전국에서 수백 대의 1의 경쟁률이었다. 병사의 복무기간보다 1년을 더한 4년이었어도 직업군인의 급료와 사복으로 근무한다는 소문에 몰려들었다. 관문을 통과하기가 까다로웠다. 1차 체력 검정, 2차는 필기시험, 3차 심층 면접시험과 신원 조회까지. 필기시험은 영어, 법률, 국사, 논술이었다. 그에게 운이 따른 점은 논술 과목이 전체 배점에서 50%였다. 논술시험은 오후에 따로 90분이었다. 정복을 반듯하게 차려입은 소령 교관이 호치키스로 묶인 백지 4장의 답안지를 나눠주고 초록색 칠판에 큼직한 글씨로 〈한반도와 주변 강국에 대하여 논하시오〉라고 써놓았다. 제목을 본 그는 눈을 크게 뜨며 벌어진 입을 억지로 다물었다. 하루 전, 일간신문에서 읽은 사설의 내용이 답안지처럼 표표하게 떠올랐다. 길이 잘 든 모나

미 볼펜으로 종잇장에 매끄럽게 적어 내려갔다. 약육강식(弱肉強食)의 논리와 역사적 사실을 반듯한 필체로 한자와 영어를 뒤섞어 빼곡하게 쓰고 마무리했을 때 벨이 따르릉 울렸다. 칠판 앞에 서 있는 교관에게 답안지를 제출한 그가 복도로 나갔을 때 뒤에서 날 선 목소리가 날아왔다.

"이봐, 나는 시간도 없어 허둥거렸는데, 당신은 빈틈없이 꽉 채웠데?"

뒷자리에 있었던 빼빼 마른 경쟁자는 눈웃음을 지어 보였다. 손을 내밀어 악수를 청한 이기원은 그때부터 친근하게 다가왔다. 붙임성 있는 활달한 성격이어서 필기시험에 많은 수험생이 탈락했음에도 용케 친구가 되었다. 이기원은 부산에서 해양대학을 중퇴하고 지원했다. 그에게 껌딱지처럼 달라붙어 보안부사관 모집 광고에 나온 내용 말고도 구미가 당기는 소문을 귀띔했다.

"… 군대는 계급이라지만, 사실은 계급이 전부가 아닌기라."

진즉에 총검술과 유격·공수의 전투 훈련은 기본이었다. 제각각 지녔던 자유를 세탁하고 다리미질하여 군과 정보원으로 길들이는 두 번째 단계였다. 날마다 학과 출장하기 전에 점호가 늘 그들을 괴롭혔다. 3열 종대의 전투복 차림이었다. 검정 007가방을 들고 교실 지역으로 행진하기 전이었다. 구대장은 대위와 준위가 각각 맡아서 했다. 육군사관학교를 나온 대위는 작고 땅땅한 체격으로 얼굴이 아이처럼 해맑았다. 그들을 주로 훈육하는 구대장은 베트남에 파병되었던 태권도 교관 출신 준위였다.

훤칠하고 빼빼 마른 준위는 경주마의 조련사 같았다. 기분이 내키지 않으면 자신의 머리끝까지 오른발을 높이 들어 올려 군화의 날렵한 발바닥으로 교육생들의 얼굴을 밀어 때렸다. 합죽한 얼굴의 구대장은 화가 잔뜩 났어도 묘하게 일그러져 자칫 웃는 표정으로 읽혔다. 희극배우와 닮은 얼굴의 준위는 염라대왕의 화신인 듯 학생들은 주눅이 들었다. 구대장은 노련하여 학생들이 잘못할 수 있는 약점을 꿰뚫고 있어서 언제나 핑계가 그럴싸했다. 혁대의 버클이나 군화가 번쩍거리지 않으면 연병장을 몇 바퀴씩 돌게 했다.

"거기 끝까지 안 돌고 중간에서 눈속임해서 돌아오는 이기원? 너는 벌점으로 두 바퀴 더 돈다, 실시!"

수십 명의 군홧발이 일으킨 흙먼지가 풀풀 날려 시야가 흐릿함에도 귀신처럼 잡아내는 데에 학생들은 혀를 내둘렀다. 준위는 지방국립대학교의 법과를 중퇴한 이력처럼 가끔 원론적인 언설을 뱉어냈다.

"귀관들은 늘 정보요원임을 잊지 마라. 군인정신으로 민간인이 되어야 한다."

거의 수개월 동안 귀에 딱지가 앉을 만큼 되풀이된 말이었다. 싹싹 긁어먹은 밥이 꺼지기도 전에 연병장을 몇 바퀴쯤 돌았다. 교실로 들어가면 진이 빠져 졸리기도 했다. 그렇지만, 많은 과목의 평가가 뒤따르고 점수에 미달하면 수료증이 안 나왔다. 더러 몇 명은 퇴교가 되어 일반 부대로 전출되었다.

갈수록 이론과 실습을 병행하는 수업이 많았다. 순발력을 필요로 하는 범죄 수사과목이 있는 날은 바짝 긴장했다. 정장 차림 교관의 견장에는 말똥 두 개가 번쩍였고, 왼쪽 가슴팍에 화려한 색상의 약장이 붙어 있었다. 계급과 교관의 권위가 동시에 학생들을 짓눌렀다. 평가의 점수, 석차의 등위가 경력에 붙는다는 강박관념. 긴 복도를 따라 문이 열리고 교관은 캄캄한 공간으로 후보생들을 밀어 넣었다. 옆 사람을 만지지 않으면 식별할 수 없을 정도의 암흑. 한순간에 공간은 심연이 되어 공포를 심어놓았다. 스피커에서 녹음된 남성의 목소리가 들렸다.

−여기는 살인 사건 현장입니다. 귀관은 수사관으로서 5분간 현장을 살펴서 현장 상황을 그림으로 제출하고, 사건의 추론을 작성하여야 합니다. 자, 이제 시작!

갑자기 천장에서 밝은 조명의 빛살이 떨어져 대낮처럼 밝았다. 침대에는 잠옷을 입은 마네킹이 피를 흘린 채 쓰러져 있고, 방바닥에는 피 묻은 식칼과 깨진 꽃병의 파편이 흩어져 있었다. 벽 가운데로 뚫린 창문의 커튼이 찢어져 있고, 책상 위는 책과 서류로 어지러웠다. 맨 첫째 서랍은 열려 있고 의자는 엎어져 있었다. 침대 밑에도 가발을 쓴 마네킹의 머리가 나뒹굴고… 오싹한 장면이 연출된 딱 5분간.

−이상 끝. 모두 속히 현장을 나가시오.

곧바로 교실로 돌아온 중령 교관이 말했다.

"친한 동료와 서로 베껴 커닝하면 모두 벌점을 받습니다. 아까 보았던 그 정황을 기억하여 백지에 빠짐없이 그리도록 하고, 사건에 관련된 일시 및 장소부터 분석한 내용을 기록하여 교관에게 제출하시오."

팀을 짜서 분석하고 토의하여 리포트를 작성할 때 교관은 사례를 말해 주었다.

"인체를 하나의 기계로 가정한다면, 여러분들은 눈이 어떤 역할을 한다고 생각합니까? 눈은 카메라입니다. 사물을 빨아들여 사진을 찍지요. 그래서 필름을 현상하고 인화지로 나타냅니다. 바로 그 인화지가 머릿속의 뇌에 저장하는 기억입니다. 그러니까, 누구를 미행한다고 칩시다. 자, 거리에서부터 용의자를 따라붙어 쭉 왔는데, 눈치를 챘거나 낌새가 이상해서 갑자기 빌딩으로 들어가 승강기를 탔어요. 놓치지 않으려면 함께 좁은 승강기에 갇혀 있겠지요? 물론 다른 사람들도 섞여 있다고 합시다. 아래층에서 올라가고 멈추는 층까지 용의자와는 절대로 눈을 마주쳐서는 안 됩니다. 바로 그 찰나에 용의자의 눈이 미행자의 모습을 찍으면 뇌리에 저장됩니다. 저장된 사진은 사람마다 다르지만, 오래 갑니다. 일 년 이 년, 혹은 더 오랜 시간이 될 수도 있습니다. 그렇지만, 사람들 틈에서 용의자의 몸을 밀고 당겨도 눈빛만 서로 마주치지 않고 그냥 관심을 잃으면 금방 잊어버립니다. 왜냐? 용의자가 미행하는 사람에게 눈도장을 찍지 않아서 그렇거든요."

이론은 실제를 시험한 결과로 나타냈다. 후보생들은 배운 내용을 실제로 현장에서 체험했다. 며칠 동안 서울 명동에서나 청량리 근처에서 지냈던 적이 있었다. 거지나 엿장수로 변장하여 미행과 감시 실습을 했다. 듣고 체험하다 보니, 그렇게 군인을 점점 변모시켜 일반인 속으로 집어넣었다. 이를테면, 머릿속은 군인이고 몸뚱이는 일반 사람으로 바꾸는 과정이었다.

범죄심리학 수업 시간에는 나이가 지긋한 명문대학 교수가 들어왔다. 작달막한 체격으로 이마가 훤하게 벗어지고 콧날이 길어 강한 인상이었다. 긴 혀가 입술에 걸리는 발음이었지만 지루하지 않게 강의를 이끌었다. 그 교수는 일정시대에 함경도에서 태어났으며 어릴 적에 집안 모두 북간도로 떠났었다. 젊었을 적에는 일본으로 건너가 도쿄의 메이지대학에서 심리학을 공부하고 귀국했던 터. 중등학교 교사와 사관학교 교관을 거쳐 심리학을 강의했다. 거짓말탐지기를 활용하여 수사기법에 적용하는 그 분야의 권위자였다. 김창룡 장군 암살 사건 때부터 교수는 특무부대에 심리 수사를 조언하면서부터 가끔 초빙되었다.

"여러분, 우리는 눈으로 보는 것과 손으로 만져지는 것, 냄새를 맡고 귀로 듣는 것 따위를 믿게 됩니다. 당연합니다. 사람은 자신이 살아온 만큼 느낀 만큼을 세상의 전부로 알고 있으니까요. 그래서 잘 모르거나 믿지 않으면, 인정하려 들지 않고 모두 미신이라고 해요. 그렇지 않나요?"

학생들이 고개를 주억거리거나 "예"라고 말하지 않아도 교수는 계속 말을 이어갔다.

"… 천동설이 지동설로 서양과 동양이 교류하면서 세상은 더 넓어지고 생각이 달라진 겁니다. 점술이나 역학은 고대부터 미래가 불안했던 인간들이 만들어온 어떤 과정에서 만들어졌다고 봐요. 그중에서 관상이라는 통계적 철학이 있어요. 어떤 이들은 내게 최신 과학수사를 주장하는 교수가 그따위 미신에 사로잡혀 있다는 게 도무지 이해 불가라고 그럽디다. 나는 그렇게 말한 사람들이 이해가 안 가요. 지동설을 주장하는 갈릴레오에게 귀신이 붙었다고 한 시대도 있었지요. 40억 년이 된 지구에서 호모사피엔스인 인간이 이제 겨우 로켓을 달나라에 보냈어요.

과학은 사람이 보고 만져야 믿는 것이니, 그럴 만도 합니다.

여러분? 우리가 얼굴을 보면서 저 사람은 도둑놈처럼 생겨 먹었다든가, 저 사람은 귀티가 난다고 하는 그런 말을 들을 때가 있죠? 그게 하루 이틀도 아니고, 아주 옛날부터 전해오는 통계가 쌓이고 쌓여 어떤 확률로 만들어졌을 거요. 그러니까, 전혀 근거가 없는 미신이라고 치부하면 안 됩니다. 현대과학으로 범죄자의 증거를 수집해서 그 행위를 입증하는 수사관이 그따위를 믿어야 하느냐고요? 믿고 말고는 개인의 판단이겠지만, 수사관은 어떻게 하든 범죄자의 행위를 밝혀야 하는 만큼 절대로 편견과 과거의 사례에 발목이 잡혀서는 안 됩니다. 그건 참고 사항으로 감안해야지요. 범죄의 유형은 자꾸 새롭게 발전하는 겁니다. 수사관은 단서와 증거를 얻기 위하여 사건에 관련된 모든 것을 참작해야 합니다. 옛날에 그런 거 있잖아요. 순사 열 사람이 도둑놈 하나 잡기 어렵다고. 무슨 말인고 하면, 도둑놈은 안 잡히려고 자꾸 새로운 방법을 터득하는데, 순사는 기존의 방법으로만 잡으려고 하니 못 잡는 겁니다. 지금은 하도 법이 많이 만들어져 법전이 목침처럼 두툼하지만, 단군 할아버지 적에는 8조 법금으로 백성을 다스렸어요. 살인한 놈은 모가지를 자르고, 도둑질한 놈은 손목을 자르고, 강간한 놈은 거기를 자르고…."

교수의 유창하던 말이 멈칫하자,

크크크 으히히히~ 학생들의 얼굴이 갑자기 웃음 바이러스로 가득 번졌다. 교수 역시 동글한 얼굴의 웃는 낯짝을 못 바꾸었다. 그리고 짧은 팔을 휘저으며 눈 아래로 큼직하게 붙은 쪽박

귀를 만지작거리더니 말을 이었다.

"자자, 들어보세요. 눈에는 눈, 귀에는 귀. 그건 복수로 되갚는 고대의 상식이었고요. 지금은 현대니까, 방법도 과학적으로 해결해야지요. 아까, 말한 관상에 대한 것을 다시 말하자면, 얼굴 코를 중간으로 나처럼 이마가 많은 면적을 차지하면 대개 턱이 짧고, 원숭이처럼 좁으면 아랫부분이 길게 배분되어요. 물론 위아래가 다 길쯤한 사람도 있지요. 그게 뭐냐 하면, 이마가 넓은 사람은 뇌를 많이 쓰는 사람이고, 이마가 좁은 사람은 뇌 발달이 더디다는 것이지요. 대신 턱이 기니까, 오래는 산다고 해요. 일리가 있잖아요? 뇌를 많이 쓰면 아무래도 더 많은 일과 부딪치게 되고, 단순하게 살다 보면 건강에 무리하지 않게 될 거 아닙니까. 또 한 가지 여러분께 꼭 당부할 말이 있어요. 여러분이 교육을 이수하고 정보와 수사 활동을 하게 되면 대인관계는 필수입니다. 사람을 만나고 쉽게 친해지는 게 첩보 수집의 방편이니, 자연스럽게 술을 많이 마시게 됩니다. 술을 좋아하다 보면, 그 마물에 빠져 알코올 중독자가 되기 십상이지요. 그러면 늙어서 뇌가 망가지게 되고, 정신이 흐려지게 됩니다. 술은 마시되, 절대로 정신을 잃지 말고 업무에 매진해야 유능한 007이 되는 겁니다. 여러분은 경찰관 직무집행법에 따른 군사법 경찰관이니까."

나이 지긋한 교수는 부드러우면서도 알아듣기 쉽도록 설명했다. 교탁 위에서 원맨쇼를 하듯 왔다 갔다 하면서 학생 한 사람씩 눈을 마주쳤다. 그럴 때마다 교수의 성깃한 눈썹 밑의 작은 눈이 예리하게 빛났다. 학생들은 교수가 자신에게 집중하는 모양새여서 딴청을 부리지 못했다. 강의할 때마다 교리보다는 철학적인 해설을 덧붙이는 유연성으로 젊은 후보생들을 휘어잡았던 것.

내무반의 환경이나 분위기는 어디서나 비슷했다. 가운데 통로를 두고 양쪽으로 늘어선 관물대 밑의 침상. 한 자리 건너서 구정서의 자리였다. 깍두기 머리의 역삼각형 얼굴로 갈색 눈빛이 맑았다. 대학을 휴학하고 입대한 그는 처음부터 누구에게나 왠지 말을 잘 섞지도 않는 외톨이였다. 학과가 끝나 자습하는 시간에도 유별났다. 다른 후보생들은 2주일마다 보는 평가 시험에 얽매어 머리를 싸맸다. 그러나 구정서는 교과서의 복습은커녕 가져온 성경책에다만 눈동자가 빠져 헤어날 줄 몰랐다.

"어이, 구정서? 그렇게 공부해도 잘 되겠어?"

"이야, 여기서는 너, 컨닝하다 걸리면 바로 103 보충대 행이다."

자습 시간을 마치며 보다 못한 동료들이 사방에서 빈총을 마구 쏘는 듯 한 마디씩 툭툭 던졌다.

"이봐? 자신이 있는 모양이군. 그런데 하나님은 정답을 알아도 당신을 어떻게 해줄 수는 없어."

바로 옆자리를 지키는 이기원은 불교 신자였다. 밥을 먹을 때도 반야심경을 읊조렸다. 빼빼한 이기원의 빈정거리는 말을, 키는 작아도 반항적인 구정서가 맞받아쳤다.

"조용히 하라고. 죽어도 내가 죽을 거고 지옥에 가도 내가 갈 텐데, 왜? 자기들이 그렇게 열을 내는 거야? 너희가 나를 대신해 십자가를 메고 죽어줄 것도 아니면서."

그러나 두 사람이 앙숙은 아니었다. 말싸움은 그랬어도 이해가 맞아떨어지면 음흉하게 눈빛을 맞바꾸었다. 훈련을 받을 때부터 언제나 그들의 빈틈을 채우는 거래가 있었다. 담배와 건빵이었다. 그것은 날마다 저녁 휴식 시간이면 배급되었다. 담배 연기조차 피해 다니는 구정서와 하루에도 두 갑을 피워대는 골초의 자리가 딱 붙어 있는 게 신기했다. 둘은 서로에게 필요한 물물교환을 하므로 한 사람당 기호품이 배로 늘어났다.

가끔은 차단물이 설치된 학교의 기나긴 정문을 벗어나 견학하는 시간도 있었다. 그럴 때마다 후보생들은 호랑이가 그려진 검정 헬멧을 쓴 위병의 경례를 받고 소풍 가는 마음으로 바깥 세상에 나갔다. 버스는 국립과학수사연구소 앞에서 후보생들을 내렸다. 고궁의 뒷산 자락에 자리 잡은 건물의 안은 어둠침침한 분위기였다. 오래된 건물의 1층 문을 열고 들어가면 맨 처음 그들의 눈을 잡아당기는 물건이 홀 양쪽에 나란히 받쳐져 있었다. 그것들은 투명한 유리병 속에 표본으로 있었는데, 서로 이질적이며 동질적이었다.

학생들이 웅성거리며 먼저 오른쪽으로 몰려들었다. 유리병 속에는 사람의 머리를 뎅겅 잘라 집어넣어 놓았다. 머리카락은 없고 눈이 감겨 있었으며, 이빨 버디가 드러난 채 턱이 길었다. 하얀 가운을 입은 연구소의 안내자가 설명했다.

"이거는 일제시대에 수많은 사람을 홀려 타락시킨 신흥 사이비 종교의 교주 머리입니다. 동학에서 내려와 만들어진 백백교라고 하죠. 전용해라는 사람인데, 아주 철저하게 조직된 단체를 이용하여 신자를 계속 늘리면서 백성들의 재산을 갈취하고, 신도 유부녀들을 농락한 범죄는 기본이고, 교주가 죽은 다음에도 신도들을 수백 명이나 죽여 암매장하여 당시 사회에 큰 사건으로 기록되었습니다. 일제의 경찰에서 만든 것을 해방 후에 계속 보관한 것입니다."

"질문 있습니까?"

"저 종교단체는, 독립운동을 했습니까?"

"조선 독립 말고 다른 거요?"

모두 킬킬거리며 웃었다. 증오의 눈빛마저 잃어버린 용액 속의 모가지가 그들을 보며 키들거리는 것 같았다. 혹세무민(惑世誣民)은, 그들 민족의 문제였다. 교주를 중심으로 똘똘 뭉쳐진 종교의 이질적 행동마저 또 다른 독립운동으로 보았기 때문이다. 세상이 변하면 또 다른 신흥종교가 그 시기에 걸맞게 요물로 탄생하고 사람들은 재산과 마음을 몽땅 바칠 것이었다.

"다음은 저쪽으로 가보시죠."

학생들이 우르르 왼쪽으로 몰려들었다. 유리병의 크기는 똑같은데, 그 안에 들어있는 물건은 달랐다. 야릇한 형태에 대한 느낌이 고정적이지 않아서 얼른 와닿지 않았다. 그것은 마치 사람 살갗의 어떤 부분을 가위로 오려놓은 듯 눈길을 끌었다.

"자, 여기를 보세요. 여러분 이것이 뭐와 같습니까?"

"여자의 거기 아닙니까?"

"맞습니다. 저 학생은 참으로 위대한 발견을 한 거 같습니다."

모두 와아~ 하고 웃으며 시끌시끌했다. 이내 그 물건의 정체가 어떤 것인지 알고 꿀 먹은 벙어리들처럼 갑자기 조용해졌다.

안내자는 손끝으로 병을 굼뜨게 가리켰다. 음부와 항문을 함께 오려낸 것은 너덜거리며 아슬아슬하게 포르말린 용액에 둥둥 떠 있었다. 사람의 근원이 처참하기 이를 데 없이 바로 그들의 눈앞으로 다가왔다. 그것은 사형에 처해져 목 없이 내걸린 사체나 진배없는 고약한 상상을 떠올리게 했다. 한편으로는 오랜 시기에 걸쳐 뽀얀 젖빛 병 안에서 외롭게 투쟁하는 영혼의 표징처럼 바릇바릇 비추어졌다.

"이건 말이죠. 방금 저 학생이 말한 여성의 중요한 부분인데, 일정시대에 서울에서 최고로 유명했다는 명월관의 기생 것이랍니다. 그 당시에 저 기생은 아주 아름답고 예쁘다고 소문이 나서 전국에서 돈이면 돈, 권력이면 권력을 가진 뭇 남자들이 줄을 섰더라는 겁니다. 그런데 말이죠. 참으로 이상한 일이 벌어졌다는 거예요. 이 여자와 하룻밤을 진하게 보냈을 남자들이 날만 새면 죽어 있더라는 겁니다. 여자와 관계했던 남자 중에는 조선 사람은 물론 총독부의 높은 관리나 일제의 경찰 고위 간부도 있었다고 하니까, 경찰이 뒤에서 은밀하게 내사했다고 해요."

침을 꼴깍 삼킨 학생들의 대답이 없자, 그들을 둘러보던 안내자가 말을 이었다.

"왜 그랬을까요? 당시에 이 여자는 삼십 대 초반으로 보는데, 워낙 힘이 좋다 보니, 젊은 남자들도 속수무책으로 당한 거겠죠. 저 물건은 여자가 죽은 후에 검시한 것이라곤 하지만…."

이죽거리던 안내자는 갑자기 무슨 주술에나 걸린 듯 시무룩하게 말꼬리를 내렸다.

그렇다. 인간의 태초를 이어온 세상의 근원이 쓸데없는 정충들의 주머니가 되었다가 쓰레기가 된 흔적. 뭐진 여성의 생식기를 오려낸 무지막지한 남성들의 행태. 자궁의 출입구와 에너지 찌꺼기를 뱉어내는 똥구멍까지 붙어 있는 샅이 포르말린 용액 속에서 세월에 스며들었다. 닭과 돼지의 몸뚱이를 파고 긁어낸 내장과 저 너덜너덜해지기 직전의 살 조직이 뭐가 다른가. 죽어 버린 자의 뼈를 불에 태워 부스러기를 땅속에 묻어 주지는 못할망정 종족들의 웃음거리로 만든 저의가 무엇인가? 근육이 진즉에 땅속에 녹아서 미생물의 밥이라도 되었다면 자연스러웠을 것을. 이제는 그 의미조차 아무것도 아니게 만들었다니! 용액 속에서 분해될 수 없는 살의 파편은 보는 이들로 하여금 신경을 마비시켰다. 사람을 고기로 다져 만두의 속 재료로 썼다는 중국의 괴담이 나을지도 몰랐다. 인간은 동물의 흉내와 가학으로 진화했던가. 여성의 아름다움을 시궁창에 죽어 나자빠진 쥐새끼보다 못한 흔적으로 만든 자. 그녀가 누구든 아무리 이민족이라 한들 똑같은 사람의 종족일진대, 죽은 여성의 샅을 오려내어 희열을 느꼈을까. 아아, 그렇다면, 고대의 주술과 미라와 사람고기를 먹었던 야만의 유전인자는 귀신처럼 사람의 몸속에 꼭꼭 숨어 있을 것이다.

학생들은 모두 2층 계단으로 올라갔다. 거기에는 거짓말탐지기, 감청장비, 미행 감시에 필요한 기자재 따위가 있었고, 인체의 해부실까지 들러보았다. 다시 계단을 내려오면서 웅성거림을 뒤로하고 구정서가 그에게 가까이 다가가 말을 붙였다.

"문성아? 아까 본 저거 유리병에 든 저런 거 말이야. 너도 재미있니? 나는 구역질이 나올 뻔했어. 사람이 죽으면 땅속으로 들어가야지. 저걸 사람들한테 구경시키고 우리는 킬킬킬 웃고 떠들고… 이게 사람이 할 짓이야? 일본 놈들이 남겨 놓은 저 비참한 유물을 뭐가 좋다고 지금까지 보관하고 있었냐 말이다. 진즉에 없애 버려야지, 저게 무슨 국보급 보물이라도 되냐고."

"음. 뭐 몰지각한 남자들이 아무런 생각 없이 그냥 놔두었을지 몰라."

"그리고 넌, 저런 추잡한 물건들이 수사자료로 무슨 도움이 된다고 생각해?"

서울 말씨로 또박또박 짚어 그에게 말하는 구정서는 여느 때와 달랐다. 늘 내무반 한구석에서 두툼한 성경책을 찬찬히 뒤적거리던 샌님이 전혀 다른 사람의 눈빛으로 불타올랐다.

*

10개월 간의 훈련은 인간을 닦달한 시간이었다. 교육을 받고 있을 적에도 그들과 상관없이 세상은 돌아갔으며, 밖에서는 어마어마한 일이 벌어졌다. 각하가 카랑카랑한 목소리로 선포한 비상조치 특별선언이었다. 쿠데타 후 십여 년 만에 군인들이 계엄령과 포고령으로 또다시 정치의 한복판에 뛰어든 상황이었다.

각하는 '일면 건설, 일면 국방'을 기치로 내걸었다. 북한과 체제경쟁에서 싸워 전쟁의 폐허를 딛고 겨우 경제적으로 이겨가는 시기였다. 그럼에도 바로 그 젊은 야당 지도자는 고속도로 건설을 반대하며 시위했다. 주장하는 이유로는, 우리나라 현실에 맞지 않고 그럴 돈이 있으면 농촌 경제를 지원하는 것이 더 시급하다고. 사람들은 당장 끼니가 급했으며, 내일은 아무래도 좋았다. 아무튼 경제발전과 독재는 각하나 국민에게 양면의 날이 되었다. 어떤 교관은, 보릿고개를 없애고 국민을 먹여 살린 각하야말로 단군 할아버지 이래로 가장 위대한 지도자라고 추켜 올렸다. 주입식 교육으로 길들어진 학생들이 거기에 토씨를 달 이유가 없었다. 그냥 고개를 끄덕거렸으니까. 그토록 위대한 업적인데, 대학생들이 반대하고 언론은 왜? 삐딱하게 바라볼 까닭이 무엇인가.

그가 교육을 끝마칠 겨울 무렵에 유신헌법이 통과되었다. 국회의원의 1/3을 간접선거제로 선출해서 각하의 친위 세력이 만들어졌다. 그는 아무래도 뭔가가 어긋났다는 생각은 들었다. 아니, 모두가 떠들던 조국의 평화통일을 위해서라면 꼭 이 따위 방법 말고는 없다는 말인가. 여당과 야당이 의사당에서 말다툼을 벌이는 일은 고대 아테네에서도 있었던 것. 민주주의를 들먹이던 시절이 왜? 나쁘다는 말일까.

—자유민주주의가 공산주의를 이기는 건 당연해. 그를 스쳤던 보리 선생의 말씀이 불쑥불쑥 떠올랐으나 깊이 천착하지 않았다. 몸이 간사한지라 혼란은 잠깐, 현실에 따라갔다. 북쪽의 눈썹 시커먼 독재자와 각하는 전혀 다르다고 믿고 싶었으나 마음이 삐걱거렸다. 녹록하지 않은 세상은 언제나 모순에 엉켜있었다. 내무반에서 신문을 접고 이기원이 정색을 하며 목소리를 높였다.

"야당이 맨날 시비를 걸고 벌떼처럼 시끄럽게 하니까 그 방법뿐이 없다 아니가."

"그게 원인 제공을 누가 했어? 그래도 민주주의를 이런 식으로…."

"고마 해라. 시끄럽다 마."

"말을 꺼내지 말든지."

구정서와 이기원이 말싸움할 적에도 두 사람은 동시에 그를 바라보았다. 자신은 그들의 다툼에 휘말려 들어가고 싶지 않았다. 그럴 적마다 그는 애매모호한 표정을 지으며 헛웃음으로 피했다. 거미줄에 걸린 나비와 다름없는 처지에서 무엇을? 어떻게? 한다는 말인가. 그마저도 생각뿐, 시나브로 그 역시 군대의 경직된 분위기에 차츰 젖어갔다.

교육을 마친 후보생들은 기쁨에 들떠 있었다. 실을 바늘에 꿰어 모자와 군복에 빨간 갈매기 대신 노랑 갈매기로 계급장을 바꿔 달았다. 양복점에서 온 재단사들이 맞춤한 신사복 두벌과 금강 구두 한 켤레를 받았다. 그것만으로도 우쭐했는데, (앞면) 파랑 배경에 자기의 얼굴 컬러사진이 박혀 비닐코팅이 된 신분증까지 받았다. 집게가 달린 컬러신분증은 몸에 날개까지 붙여 주었다. (뒷면)-위 사람은 국가안보 직무를 수행하므로 누구나 절대 협조해야 한다-그는 하늘이라도 날아다닐 듯했다. 인간이 인간을 다스리는 일이, 압제와 고통을 동시에 지닌다는 생각은 사라져 버렸다. 그래서 갓 얇은 껍질을 뚫고 나온 병아리와 같은 신출내기 부사관의 마음은 설레었다. 그는 옥죄던 굴레에서 벗어난 느낌이었다. 그러나 그것은 또 다른 수렁으로 빠지는 연습일 뿐이었다.

보통 때는 그냥 가죽점퍼와 두꺼운 콤비 재킷을 군복 대신 거의 입어왔다. 몸뚱이에 걸치는 옷이란 사람을 다르게 보여주었다. 민간인들과 똑같이 입는 옷은 밖으로 드러나는 군인의 신분을 가려주었지만, 소속이 다른 군인들과 민간인에게는 또 다른 위압감을 주었기 때문이다. 이제껏 그가 맡았던 일들은 군대와는 전혀 거리가 먼 민간인을 상대로 해왔었다.

그에게는 시일이 갈수록 멋모르고 가졌던 희망이 점점 기대에 못 미쳤다. 기대치가 부풀려졌을까. 아니면, 애당초 사막의 신기루처럼 헛것에 끌렸던 것 같았다. 물론 처음부터 좋을 리가 없고, 연륜이 쌓이면 좋게 들었던 일에 적응될 거라는 믿음을 버리지 않았다.

군대 조직은 예측불허(豫測不許). 위에서 말 한마디를 하면 명령이었고 그것이 법이었다. 냉정하고 매몰찬 일은 금세 파도처럼 밀려왔다. 하루아침에 주어진 일을 배우고 있던 하사들은 사령부의 인사 명령으로 느닷없이 일터가 바뀌었다. 후방지역의 정보수집 활동 업무를 줄여 그 인원들을 전방으로 보냈던 것. 사령부에서 조직을 살려보려는 최소한의 궁여지책이었다. 그렇지 않으면 잘린 인원들은 전투부대로 가거나 제대해야 했다. 그들에게는 이제 직업군인으로의 시작이었다. 선배들과 그는 후방지역에서 전방의 작은 부대로 밀려왔다는 소외감을 지녔다. 한때는 후방지역에서 근무했었다는 자부심을 떨치지 못했다. 그러나 그들은 장교와 병사 틈에 낀 부사관이었다. 군대는 계급으로 이루어진 조직이었다. 어떤 군인이라도 피라미드 조직에서는 자유롭지 못했다. 상명하복(上命下服), 그것은 군대가 만들어진 역사 이래로 철칙이었다. 그 엄격한 조직의 규범과 계급을 심각하게 생각하지 못한 채 지원 입대한 것이었다.

3
왕거미 집을 찾아가는

 바드득 바드득, 걸어가는 그들의 군화 밑창과 마찰한 돌멩이들이 소리를 냈다. 깬 자갈이 깔린 운동장으로 썰렁한 바람이 몰려왔다. 밍밍한 햇살이 그의 희미한 그림자를 잡아당겨 늘렸다. 긴 겨울 끝에는 봄이 오기 마련이었다.
 아가리를 쩍 벌리며 으르렁거리는 하얀 호랑이가 사단의 상징이었다. 먼 옛날 그 맹수의 먹잇감이었던 발가숭이 인류. 예하 연대 역시 부대의 상징 마크를 붙였다. 박쥐, 독수리, 늑대. 소속된 보안부대의 상징 동물은 호랑이였다. 노랑털 바탕에 검정 줄무늬가 박박 그어져 붉은 아가리를 벌린 먹이사슬의 최상위 짐승. 어둠 속에서 은밀하게 먹잇감을 낚아채어 살아가는 동물들. 적을 죽이고 이겨야 사는 군인에게 딱 맞는 상징이었다.
 남의 나라 전쟁에서 희생된 군인들은 시간이 지날수록 잊어져 갔다. 가난한 나라의 살림에 많은 달러와 물건과 기술을 가져왔던 젊은이들의 피. 베트남에서 철수하여 귀국한 부대였다. 그가 소속된 부대는 사단이나 군단과는 별개였다. 피라미드 군조직 체계의 비밀스런 정점에 있었고, 실질적으로는 각하에게 직접 명령을 받았다.

민틋한 들판에 솟아있는 해발 203 미터의 봉고산. 소나무로 빽빽하게 우거진 야산의 정상은 거대한 통신중계탑을 머리에 올려놓고 있었다. 에펠탑을 흉내 낸 통신 철탑은 멀리서도 보였다. 베트남에서 철수하여 자리 잡은 사단의 정문 앞으로 흙먼지가 풀풀 날리는 신작로가 지나갔다. 길섶으로 이정표 대신 성긋한 미루나무 가로수가 심어있었다.

언제까지일지 몰라도 그는 낯선 이곳에서 뿌리를 내려야 했다. 그럴수록 벌써 동해의 그 시퍼런 물결과 파도의 하얀 거품이 그리워졌다. 파도는 휘어진 백사장으로 끝없이 밀려와 사람들이 남긴 흔적을 지웠다. 삶의 발자국은 파이고 지워지기를 되풀이하다가 끝났다. 그러므로 부대들이야 언제까지 주둔하고 떠날지는 모를 일.

그는 소령이 지시한 대로 행정반에 들렀다. 얼굴이 하얗고 유리알이 두꺼운 안경을 쓴 병사에게 보급품 지원에 관한 설명을 들었다. 그리고 수행업무에 관한 내용을 확인하려고 다시 사무실로 들어갔다. 사단 단위의 부대 업무는 후방부대보다 단순했다. 민간인 영역에 따른 업무가 별로 없기 때문이었다.

사무실은 책상들이 두 팀으로 나뉘어져 길게 놓여있었다. 벽에 붙어있는 태극기 액자 밑으로 철제캐비닛들이 좌악 늘어서 있었다. 창문으로부터 비치는 햇살이 천장에서 떨어진 형광등 불빛을 희미하게 만들었다. 신고를 마친 하사들은 길게 놓인 의자에 앉았다. 오른편에 앉아 있던 밤색 가죽점퍼를 입은 중사가 그를 쳐다보았다. 군부대 업무를 담당하는 계장이었다. 훤칠하게 크고 눈매가 매서운 인상이었다. 그러나 뭐랄까, 거만한 중사의 표정 안에는 미묘한 느낌이 가득 담겼다. 중사는 사투리가 배어난 투깔스런 목소리로 그를 불렀다.

"검문소로 간다며? 나 보안계장 천윤두요. 신 하사가 가는 거긴 원래 병사들만 배치되었지요. 면 지역이지만, 송신소하고 대공포부대가 있어서 정기적으로 보고할 업무가 있어요. 진즉에 간부가 있어야 하는데, 이번에 처음으로 가는 겁니다. 검문소에 근무하는 헌병 애들 군기 좀 잡아야 할 건데. 아직 이쪽 사정을 잘 모를 테니까, 궁금한 건 언제든지 물어봐요."

타닥타닥~ 군복을 입은 병사 두 명이 열심히 타자기를 두드리고 있었다. 덩달아 왼편 책상에 앉아 있던 점퍼가 뭔가를 쓰다가 고개를 들어 눈이 마주쳤다. 비쩍 마르고 볼살이 빠져 광대뼈가 도드라진 중사는 빠끔빠끔 피우고 있던 담배를 재떨이에 비벼 끄더니 벌떡 일어섰다. 더벅머리 스타일의 중사가 새카만 눈썹 아래 서글서글한 눈빛으로 그에게 손을 내밀었다. 체격은 말랐어도 손가락 마디는 길고 굵었다. 카랑카랑한 목소리로 말했다.

"대공계장이오. 나하고 주로 업무 협조가 많을 테니, 본부에 자주 연락하입시더."

부사관 선임인 계장들은 궁금한 눈빛으로 신문성을 바라보았다. 두 사람은 전입 신고했던 하사들보다 나이도 많고 훨씬 선임이었다. 두 사람의 선임은 십 대 후반에 지원 입대한 소년병 출신이었다. 계급과 서열은 그들보다 위였지만, 출신이 달라 함부로 대하지 않았다. 그와 장수목을 비롯한 하사들은 보안부대원 공개모집으로 지원 입대했다. 그들은 보안부대 부사관의 표준으로 오랜 교육을 통해 길러졌다. 이미 하사들은 규모가 더 큰 부대에서 일을 해본 경험이 있었다. 자신감으로 박혀서 주눅들지 않은 신임들의 모습이 계장들에게는 만만치 않게 작용했다. 잠재적으로 경쟁 관계가 될지 모른다는 생각쯤은 기득권과 새로 온 그들 모두에게 있었다. 선임들은 베트남에서 철수한 부대와 함께 귀국했던 터.

하사들은 부대 안 이발관으로 들어갔다. 그들은 군복을 벗고 잽싸게 사복으로 갈아입었다. 장수목이 두 사람을 번갈아 보면서 다시 떠벌였다.

"신문성이? 자네도 대략 알겠지만 말이야, 여기서도 대공 분야는 골 아플 것 같아. 어디서도 비슷하지만, 한번 대공 업무에 찍혀 발목을 잡히면 빼지도 박지도 못한다고. 다른 업무는 먹을 거라도 있지, 생고생하면서 욕 안 먹으면 본전이야. 윗놈들이 잘한다고 똥구멍을 긁어주며 계속 그 일만 시킨다니까. 너도 마찬가지야, 인마! 눈치는 두었다가 어디에 쓰려고 그래, 짜식아. 부대장한테 뭐라도 좀 처 먹이던가 두 손을 싹싹 빌어서라도 연대 부관으로 보내달라고 해야지. 넌 대가리가 정말 안 돌아가는구나. 군대에 말뚝을 꽝꽝 박았으면 딴생각 말고 이제부터는 직업에 충실하자고! 나 좀 봐라. 사단 직할반장 부관 노릇을 하면서 공병대대 담당까지 되었어. 더 이상 무슨 말이 필요하겠냐. 하다 못하면 남아도는 시멘트나 기름이라도 팔아먹을 건수가 있지. 네가 간첩을 잡으면 누가 장군이라도 시켜 주겠대? 사관학교 출신들 봐라. 별 쪼가리 하나라도 붙이려고 눈에 쌍불을 켜며 줄 서 있다. 우리 같은 깡통 계급은 기껏 해봐야 훈장 쪼가리 하나 받으면 베리베리 땡큐야."

길게 찢어진 눈이 감기도록 웃음을 물고 넉살스럽게 장수목이 술술 뱉었다. 정승룡은 가방에 옷을 차곡차곡 집어넣으며 무표정한 상태로 대꾸했다.

"참으로 명언 같은 소리네. 너야 원래 뻥땅을 잘 뜯고 수단 방법이 좋은 녀석이니까, 당연한 거고, 난 이제 삼학산으로 간다니 귀양살이가 따로 없다. 말이 좋아 거점이지 낚시질로 꼼짝없는 세월을 보내게 생겼어."

"야 인마, 뭐 인생을 꼭 비관적으로 생각할 거 뭐 있냐. 더 이상 나쁜 데로 떨어질 일도 없구만. 살다 보면 좋은 일도 생기겠지. 또 누가 알아? 그런 힘없는 낚싯줄에 멍청한 간첩 몇 마리라도 걸려주면 특진해서 나보다 먼저 상사 계급장 붙이는 거다. 우헤헤헤~."

콧구멍을 사납게 벌름거리며 장수목이 헛웃음을 날렸다. 간밤부터 그는 선배들의 말씨름 속에서 이들의 성격이 짐작되었다. 그래서 그저 웃어만 주었다. 그 순간, 느닷없이 '자기 자신을 못 이기면 남도 이길 수 없어.'라는 말이, 아련한 떨림으로 머릿속에서 울렸다. 아주 어렸을 적 아버지의 말씀이었을까, 외삼촌이었을까. 아니면, 보리 선생이었을까. 그 누구였을까? 그는 자꾸만 과거의 생각 속으로 빠져드는 게 불안하여 마음을 다잡아 바로 앞의 현실을 바라보려고 애썼다.

장수목은 벗어놓은 군복과 군화를 여행 가방 속에 쑤셔 넣으며 호기롭게 말을 덧붙였다.

"늑대와 여우 같은 놈들 바글거리던 후방에서도 안 죽고 버텼는데, 이 좁은 데서 못 할 거 하나도 없다고. 내가 대충 자리를 잡으면 연락할게. 우리끼리 한잔 빨자고! 보니까, 실력도 없는 놈들이 선임이라고 앉아서 어른 행세하고 있어. 내가 일 년만 쑤시고 돌아다니면 저놈들이 뒷구멍에서 호박씨 까는 짓거리를 다 파악할 수 있거든. 그때도 우리한테 개기나 보자고. 헤헤헤."

"그래, 우리 출신의 선배도 없으니 빨리 자리를 잡아야지."

"선배님들, 가끔 인사드리겠습니다."

그는 서둘러 군복을 점퍼로 바꿔입고 그들과 헤어졌다. 지프차에서 엔진소리가 드릉드릉 났다. 군복을 입은 운전병이 고개를 삐죽이 내밀어 얼른 타라는 눈짓을 보냈다. 그가 뒷좌석에 커다란 여행용 가방을 던져 넣고 앞으로 탔다. 멀리 떨어진 곳이라 자신의 차량을 배려했다고, 행정과장은 생색을 냈다. 국방색 호로 안에 찬 바람이 들어와 가끔 펄럭거리는 소리가 났다. 히터를 틀었어도 선뜻한 기운이 들었지만, 속도가 밀어내는 풍경이 그의 시선을 끌었다. 아직 겨울의 잔해가 물러가지 않은 2월 달이었다. 지프차가 속도를 낼수록 운전석 앞에 매달린 목각으로 만든 작은 꼬마 인형이 덜렁거렸고, 뒤로는 흙먼지가 부옇게 날렸다. 넓은 들판의 둔덕은 드문드문 까맣게 타 있었다. 대보름날의 불놀이였거나 벌레를 없애려고 논두렁을 태운 흔적이었다.

문성은 문득 어렸을 적 방패연을 날리던 추억이 스쳤다. 동네 형들과 가오리연, 방패연을 만들려고 사랑방에 모였었다. 창호지를 사서 가루로 된 검은 빛 물감을 하얀 사기그릇에 털어 넣으면 빨간 핏물처럼 번졌다. 맞춰 잘라낸 종이를 그릇에 넣어 붉게 물들인 후 말렸다. 가위로 오려 꽃무늬와 갈기를 만들어 붙이면 연은 비로소 완성되었다. 4 합사, 8 합사, 12 합사…는 실과 실이 꼬아지는 굵기였다. 씽씽 부는 찬바람이 방패연을 하늘 높이 날렸다. 바람은 인간이 만든 날개 없는 새를 하늘에 올렸다. 사람과 연은 가느다란 줄이 이어주었다. 아이들은 손이 시리도록 연을 띄웠고 정월 대보름날에는 방패연의 탯줄을 잘라 멀리멀리 보냈다. 이제 그런 추억은 그의 머릿속에서만 아련하게 이미지로 바릇바릇 떠 있었다.

지프차의 엔진 소리와 바람과 부딪쳐 호로 들썩거리는 소음이 추억을 몰아냈다. 을씨년스러운 들판과 나직한 야산들을 뒤로 밀어내며 나아갔다. 서울에서 멀지도 가깝지도 않은 외곽이었다.

서울의 중심에서 외곽으로 펼쳐나간 주요 도로마다 검문초소가 한 개씩 세워져 있었다. 이름하여 왕거미 초소였다. 북쪽에서 서울로 들어오는 주요한 길목은 일정한 간격으로 거대한 콘크리트 구조물이 만들어졌다. 거미줄처럼 사방으로 쳐진 5분 장애물인 대전차방어 장벽과 더불어 적으로부터 수도를 지키는 역할을 맡았다. 적의 탱크나 기동장비와 병력이 전진해도 폭파되어 막아버린 장애물들을 치우다 보면, 아군은 그만큼 시간을 벌 수 있었다. 그런 장벽이 9개라면, 9개×5분=45분이 필요하다는 계산이다. 장비를 실은 군병력이 전후방의 길목에 버티고 있는 검문소를 거치지 않고서야 서울로 들어가기는 어려웠다. 서북쪽으로 가는 길목은 버스와 트럭은 물론 승용차까지 꽤 많은 차량이 지나다녔다. 검문소의 임무는 복합적이었다. 외부의 적을 방어하는 한편, 전방에 배치된 아군 병력이 서울로 쳐들어오는 것도 막는 일까지.

*

 드문드문 나직한 야산을 중심으로 마을들이 펼쳐져 있었다. 들판이 드넓어 농촌의 신작로에는 드문드문 버스와 트럭이 스쳐 지나가 흙먼지가 풀풀 날렸다. 운전병이 내리막길에서 속도를 줄여가며 그에게 말했다.
 "신 하사님, 바로 저깁니다."
 삼거리가 나타났다. 길을 비켜서서 모가지가 쏙 들어간 거북이처럼 움츠리고 있는 구조물. 면면마다 네모난 유리 창문은 철망이 붙어 있고 흰색 페인트칠이 된 건물은 고도에 우뚝 서 있는 등대를 닮았다. 건물의 주변에는 키 작은 향나무들이 빙 둘러 심어져 고개를 내밀었다. 검문소 바깥에는 헌병이 우뚝 서 있는데 얼른 보면 마네킹 같았다. 그 옆으로 검정 코르덴바지와 가죽점퍼 차림의 웬 남자까지 빳빳한 자세였다. 곱슬머리를 가르마 탄 남자는 서양인처럼 콧날이 반듯하고 갈색 눈이었다. 지프가 멈췄다. 꼬리처럼 따라붙었던 흙먼지가 두 사람 쪽으로 뿌옇게 날렸다. 곱슬머리의 남자는 지프차에서 내린 그에게 거수경례를 붙였다.
 "고천수 병장입니다."

"수고 많았습니다."

그는 남자의 손을 잡았다. 그러자 남자는 그를 데리고 초병과 멀찌감치 떨어진 곳에서 굵은 목소리로 말을 이었다.

"… 여기 헌병대 책임자 엄 중사는 온 지가 두 달쯤 되었습니다. 병장 선배님이 제대하고 나서 저 혼자서 근무했거든요. 항공대에 근무하는 이 상병은 본부 보안계에서 수시로 연락하니까, 대장님이 나중에 방문하셔도 될 겁니다."

누가 봐도 남자는 군인이나 병사로 안 보였다. 남자는 자신보다 앳되게 보이는 그에게 대, 장, 님, 이라고 깍듯이 불렀다. 체격은 크고 균형이 잡힌 몸매였다. 굵고 묵직한 목소리에는 위압감마저 들 정도였다. 검정 코르덴바지를 입은 남자는 상관에 대한 예의는 갖추되 비굴한 티를 내보이지 않았다. '마이 가리' 병장. 원래는 상병인데 계급을 속여 한 단계 높여 불렀다. 스스로 바꿔 붙였다는 의미로 영어와 비속어를 섞어 군대에서 부르는 알쏭달쏭한 은어였다.

항공대까지가 그의 담당이었다. 그곳에 나가 있는 이 상병은 사단 항공대만 담당하고 있었다. 검문소와 거리가 가까우므로 그와 같은 팀으로 편성되어있을 뿐, 실질적으로는 보안계장인 천윤두의 업무 지시를 따르고 있었다. 사복으로 위장된 병사들은 대외적인 위상 때문에 본부에서도 가짜 계급을 모른 척했다. 당사자 쪽에서는 군복을 입은 다른 병사들과 차별화된 자신들이 우쭐하게 느껴졌다.

"혼자서 고생이 많았지요? 이제부터 함께 해봅시다."

그는 받들어총 자세의 까만 헬멧을 쓴 일병에게 다시 다가

갔다. 고개를 약간 숙이며 부드럽게 병사의 손을 잡았다. 햇빛에 반짝거리는 헬멧이 병사의 얼굴을 반쯤 감춰버렸다. 다시 부동자세로 돌아간 병사는 로봇처럼 뻣뻣하게 되돌아섰다. 다리미질로 뻣뻣한 군복 견장을 하얀 따리로 휘감은 장식이 사람의 어깨를 짓눌렀다. 놋쇠 버클과 까만 군화의 콧잔등은 햇빛이 떨어져 반짝거렸다. 뻣뻣한 동작이 초병의 몸을 자유롭게 하지 않았다.

삼거리를 비켜선 검문소 앞의 2차선 도로 폭은 X 형태의 철제 장애물을 펼쳐 막아 차량이 속도를 내지 못하도록 좁혀 놓았다. 철근콘크리트로 지은 육면체 흰색 건물은 생김새가 유달랐는데, 반쯤 지하에 묻혀있고 지상은 상황실이었다. 지하의 작은 통기성 창문들은 유사시에 총구 거치대였다. 편편한 슬래브 지붕에는 방탄용 초록색 모래주머니들이 차곡차곡 쌓여있었다. 50구경의 M2 브라우닝 12.7mm 기관총을 보호하는 장벽이었다. 군인들은 2차대전 때부터 사용했던 그 무기를 흔히 캐리바50이라고 불렀다. 오래전 만들어진 쇠붙이가 사용자보다 더 많은 세월을 닮은 셈이다.

그는 고 병장을 뒤따라 아홉 개의 계단을 밟고 철문 안으로 들어갔다. 한가운데 경유 난로의 열기가 실내에 가득 차서 바깥 기온과 달랐다. 육각형으로 둘러싼 구조는 죄다 유리 창문이어서 의외로 밝았다. 유리문을 막고 가려 벌집처럼 생긴 철망은 햇빛만 받아들였다. 기다렸다는 듯 녹두색 조종사 점퍼를 입은 사내가 다가왔다. 땅땅한 체격의 군인은 두툼하고 가무잡잡한 손을 내밀었다.

"협조 부탁합니다."

"나, 헌병 대장 엄칠구요. 나도 여기 온 지는 얼마 안 되었소. 이렇게 한 식구가 된 것도 인연인데, 있는 동안 우리 잘 좀 해봅시다요."

그는 중사의 손아귀로부터 전달되는 센 힘이 느껴졌다. 중사는 존대어 속에 교묘하게 이죽거리는 반말로 나직하게 속삭였다. 두툼한 입술과 가늘게 찢어진 눈빛도 예사롭지 않았다. 상대방의 기를 꺾으려는 표정마저 그의 눈에 설핏 스쳤다. 처음 만나는 수컷들은 생물학적인 나이가 무조건적인 잣대인지라, 신 하사는 일단 눈을 내리깔았다. 엄 중사는 뭐랄까, 끗발에서 밀리는 약점을 짬밥의 무게로 은근히 누르려는 수작이었다. 하사의 첫 마디가 단답형으로 잘라 말한 것이라면 중사는 소곤거리듯 의미심장하게 여운을 두었다.

이제까지 그가 느껴온 부사관들의 기싸움에는 짬밥의 속성을 무시할 수 없었다. 중사의 말속에는 노련함을 가장하여 상대방을 깔아보려는 저의가 있었다. 군인들에게 인식된 헌병이라는 통속적인 권위가 남아있을 터. 더구나 베트남에서 군율을 집행하여 위세깨나 부린 듯 느껴졌다.

보병 부대 편제에서 하사의 직책은 가장 밑인 분대장이었다. 특수부대의 편제에서는 그냥 행동대원일 뿐. 소속이 다르면 계급은 존재하되 보직이 상대방에게 영향을 미치며 서로를 미묘한 관계로 비틀었다. 어차피 규정된 직무는 서로의 영역일 뿐, 사람과 사람의 관계는 시일이 지나 봐야 서로를 조금씩 알게 될 터였다. 자신을 미리 과시한다고 하여 우월해지지는 않았다. 만약 자신의 약점이 까발려질수록 쥐구멍을 찾을 수밖에. 그렇게 해 봤자, 군대 조직의 일원임을 확인해 주고 스스로 묶여가는 꼴이었다. 이제껏 사람의 약점을 잡은 수완으로 상대방을 깔아뭉갠 선임들을 보아온 터. 군인뿐만 아니라, 민간인을 상대로 하는 업무를 수행하면서 인간의 속내를 터득하여 분위기와 깜냥으로 적응할 줄도 알았다. 적어도 이곳에서는 상대방에게 계급과 끗발을 가리는 시시비비가 그다지 도움 될 것 같지 않은 느낌이 들었다. 왜냐하면, 엄 중사와 같은 부류는 이권이나 이해관계가 아니면 굳이 상대방을 넘어뜨리지 않을 것이기에.

위층에서 계단을 내려가면 반쯤 땅속에 묻혀 있는 지층에 내무반이 있다. 수컷들의 몸 냄새는 어디서나 비슷했다. 취사 시설이 같은 공간이어서 음식을 끓이거나 볶는 냄새에 뒤섞였다. 그런 묘한 냄새는 계단을 타고 솔솔 위로 올라와 퍼졌다.

헌병대 중사가 거느린 병력은 10명이었다. 왕거미 초소에는 파견 나온 경찰관과 보안부대원이 합동 근무를 했다. 버스는 언제나 헌병 병사가 올라가 검문검색을 했는데, 경찰이나 보안부대원이 합동으로 가담했다. 건물 운영의 주체는 헌병 파견대이나 제각각 다른 기관이 더부살이하는 격이므로 엉뚱한 일들이 벌어질 때가 있었다. 관련 규정은 애매모호(曖昧模糊)했으나 권력은 법과 규정보다 실질적인 힘이 우선했다. 합동 근무지만, 각하가 힘을 실어주는 기관이 어딘지를 그들이 모를 리 없었다.

검문소의 주변에는 야트막한 야산과 들판을 따라 주택들이 드문드문 떨어져 있었다. 마을이라고는 하지만, 띄엄띄엄 게딱지처럼 엎디어 있는 초가이거나 블록으로 지어진 작은 집들. 토박이 농가들에 더해 서울의 변두리에서 밀려온 붙박이들로 생겨난 마을이었다. 시외버스로 시간 남짓 흙먼지 풀풀 날리는 신작로를 달려봐야 겨우 서울의 변두리 철도역에 닿았다. 그러나 하루에도 버스들은 수십 차례나 검문소 앞을 오고 갔다. 토박이 농가들을 빼놓고는 서울로 밥벌이하려 나다니는 사람들이 대부분이었다.

"대장님의 숙소 문제를 생각해 보셨습니까? 식사는 검문소나 고개 넘어 면 소재지 부근 식당에서 한다고 해도 이곳이 외진 곳이라 숙소가 마땅치 않습니다."

"고천수 씨는, 어떻게 하고 있어요?"

"선임이 제대하고 혼자 근무하면서는 자리를 비울 수가 없어서 검문소에서 잤습니다."

"먹는 거는요?"

"짬밥을 먹기도 합니다만, 계속 먹기가 좀 그래서 이 근처 민가에서 밥을 먹고 있습니다."

"아까 그 헌병대 중사는요?"

"헌병 반장의 집은 읍내에 있답니다. 날마다 이곳으로 출근하는데, 병사들과 함께 밥을 먹는 것은 거의 못 보았습니다. 가끔은 근무 경찰관하고 저쪽 면 소재지로 가서 먹기도 합니다. 제가 겪어보니 자기 보신에 강한 사람이라, 아마 단골 식당을 정해 두었을걸요. 저 사람들은 자주 바뀌는 편이라서 우리가 신경 쓸 필요는 없습니다. 아무튼 모든 게 어중간한 상태로 지금까지 그냥 온 거라 좀 그렇긴 합니다."

대략 그가 짐작하도록 구질구질한 표현을 억제한 듯 병장이 대답했다. 그는 더 이상 묻지 않았다. 시일이 지나면 자연히 알게 될 것을 미리 조바심 낼 필요가 없을 것 같았다.

"우선 당장 가방을 풀어야 하는데 어떻게 할까요? 대공포 진지의 선임부사관이 숙소로 정한 집인데, 한번 가보시겠습니까?"

눈을 깜박이며 회색 재킷을 입은 병장이 대답했다. 반듯한 콧날과 까맣고 기다란 속눈썹이 아랍인의 모습과 닮아 있었다. 조리 있는 설명으로 그는 대략 짐작이 되었다. 곱슬머리를 반듯하게 넘긴 고천수는 다부진 체격의 태권도 유단자답게 성큼성큼 걸었다. 검문소의 큰길에서 조붓한 길로 들어섰다.

몇 뼘 되는 텃밭과 마주한 블록담 안으로 녹슨 양철 지붕이 떠 있었다. 그는 파란 철제 대문을 들어섰다. 펌프가 박힌 샘을 시멘트로 치장한 마당이 안고 있는 ㄱ 형태의 집은 마루와 부엌과 방만 셋이었다. 인기척을 들었는지 안방에서 나온 여인은 마흔 중반쯤으로 파마머리를 한 얼굴이 길쯤했다. 검붉은 스웨터 안에 한복 치마저고리를 받쳐입은 여인이 두 사람을 번갈아 쳐다보았다.

"아주머니 제가 아까 말씀드렸죠? 새로 오신 대장님이세요."

고 병장의 굵은 목소리에 덧붙여 그는 생각지 않았던 말이 불쑥 튀어나왔다.

"우리 직원을 잘 챙겨주셨다고요, 감사합니다."

"무슨 말씀을…저희는 사는 게 변변치 않아요. 그냥 식구처럼 지내시면 몰라도."

여인은 들릴 듯 말 듯 말하면서 눈을 내리깔았다. 밥상을 염두에 두고 말하는 듯했다. 겸손한 언사이거나 미리 형편을 알려 주기 위한 여인의 대답에, 고 병장에게 이미 들었기에 그는 고개를 주억거렸다. 대문을 들어서면 맨 오른쪽 방이었다. 댓돌에서 내려온 여인은 방문을 열었다. 그는 머리를 문 안으로 집어넣어 어둑한 방안을 훑어보았다. 담배 냄새가 찌든 방 안에는 군용 담요와 매트리스가 개켜 있었다. 벽에 박힌 굵은 쇠못에 상사 계급장이 붙은 야전 군복 점퍼와 바지를 매달았다. 방의 주인은 근처 야산의 대공포 진지나 근처 어딘가에 있을 터였다.

"아저씨? 대공포 아저씨한테는 대장님이 올지 모른다고 아까 아침에 말해 두었어요."

"그랬군요. 저는 미처 말씀을 못 드렸는데요, 저쪽 공동묘지가 있는 야산에 대공포 진지가 있습니다. 초소를 지을 때부터 있었다고 합니다. 주둔한 분대 병력을 선임하사관인 늙은 상사가 지휘하고 있지요. 제가 이곳으로 오기 전부터 근무하고 있었는데, 먼저 하숙집을 정했더라고요."

주인댁이 한 말의 꼬리를 고천수가 받쳐주었다. 그들은 새로 오게 된 문성에게 부담을 주지 않으려는 의도였다. 굴러온 돌이 박힌 돌을 건드리는 일이 없도록 그의 하숙을 기정사실로 주인댁이 고천수와 협의했음이었다. 그 역시 별다른 방법이 없는 이상 어쩔 도리가 없었다. 어디서나 먹고 자는 것만큼은 주어진 일보다 먼저 해결되어야 했다. 그는 쿰쿰한 냄새가 밴 타인의 방에서 당분간은 늙은 상사와 합숙하게 되었다.

신고 온 짐보따리라 해봐야 옷가지가 거의였다. 그는 여행 가방에서 대여섯 권의 책을 꺼냈다. 서점에 들러 사 온 시집과 소설 『죄와 벌』과 금박 표제의 양장본인 『이상 전집』이었다. 청계천의 헌책방에서 발견하여 큰맘 먹고 샀던 또 다른 3권짜리 이상 전집은 고향 집에 놔두었다.

4
그리움은 책의 날개에

오래전, 그의 꿈은 그다지 신통치 않았다. 초등학교 다닐 적에는 외톨이였다. 또래의 친구들과도 동네의 형들과도 섞이지 못했다. 6살에 입학한 그와 놀아주지 않았기 때문이었다. 그래서 유일한 도피처가 문간방에 사는 그의 외삼촌 방이었다. 외삼촌의 아내는 단칸방 옆에서 빵 가게를 하고 있었다. 가게라고는 하나 연탄불 화덕 위에 빙글빙글 돌아가는 붕어빵틀을 놓은 게 전부였다. 중학교의 국사 교사였던 외삼촌의 방에는 천장이 닿도록 책들이 빼곡했다. 퇴근해서도 풀풀 날리는 담배 연기 속의 어두운 방에서 책과 씨름을 했다.

그는 심심해도 또래들과는 잘 어울리지 않았다. 그리고 만화방 대신 외삼촌의 방에 몰래 들어가 『야담과 실화』나 『아리랑』 따위의 대중잡지를 보았다. 나중에 외삼촌에게 들켰으나 꾸중은커녕, 박종화의 역사소설 전집인 『다정불심』, 『금삼의 피』, 『계월향』, 『자고 가는 저 구름아』 등을 빌려주었다. 그는 동네

아이들과 노는 일보다, 소설 속의 사람들을 맘대로 그려보며 빠져들었다. 외삼촌은 그가 모르는 조선시대의 벼슬 이름이라든가, 인물과 인물의 갈등 관계를 재미나게 이야기해 주었다.

외삼촌은 가끔 멀리 출타했다가 밤늦게 오는 날이면 오래된 책을 몇 권씩 들고 왔다. 많지 않은 봉급임에도 닥치는 대로 비싼 책들을 멀리 가서도 사 왔다. 또래의 사람들과 어울려도 전혀 술을 마시지 않았고, 커피나 쌍화차만 마셨다. 그리고 퇴근해도 그가 심부름으로 사 온 담배만 빠끔빠끔 피우며 길쯤한 얼굴이 안 보일 정도로 책에 파묻혔다.

그가 나중에 안 일이었지만, 외삼촌은 어머니와 사촌 간이었으며 나이 차가 많았다. 외삼촌 부부는 재혼이었다. 아이가 없이 사는 부부는 돈 버는 일과 책 읽는 게 취미 아닌 삶이었다. 어느 여름날이었던가. 하얀 셔츠 바람으로 앉아 낮은 책상을 등지고 있는 허리춤의 상처가 그의 눈을 잡아끌었다. 오른편 살집이 깊게 파여 있었다. 외삼촌에게 호기심이 생겨 그가 손가락으로 슬쩍 짚으며 물었다.

"이거 흉터는 언제 생기신 거예요?"
"그걸 뭐 하려고 봤어? 궁금해? 너 태어나기 전이지."
"육이오 때요? 삼촌이 군대 가서요?"
"음, 그래."
"그럼, 상이 용사시네요?"
"세상을 탓하겠냐. 인생이란 그저 언제나 오류투성이인 것을…."

자못 굳은 표정을 애써 떨치며 외삼촌은 혼잣말조차 아꼈다.

평소에는 무슨 질문이건 즉시 두루마리 화장지 풀리듯 술술 대답을 해주던 이였다. 어린 그는 나름대로 깜냥은 있어서 뭔지는 몰라도 외삼촌의 표정이 심상치 않아 더 묻지 않았다. 목숨이 찰나의 선택을 요구하였을 혼란과 전쟁의 상황을 그는 전혀 알지 못했다.

외삼촌과 재혼한 외숙모의 전남편은 여·순 반란 사건으로 총살을 당했던 터. 섬마을의 초등학교 교사였다. 속눈썹이 유난히 길고 눈망울이 까만 외숙모를 그는 잘 따랐다. 빵을 굽다가 잘못 구워진 붕어빵은 거의 그의 몫이었다.

그가 고향을 떠난 것은 중학교를 졸업하고 나서였다. 물길 또는 버스로 수백 리 떨어진 북서쪽 항구도시였다. 해발 228m의 바위산은 사막을 지키는 피라미드처럼 우뚝 서 있었다. 바다에서 솟아난 기암괴석들은 자연이 만든 벽돌처럼 산을 쌓았다. 융기된 산꼭대기의 일등 바위와 허리에 걸쳐져 낟가리처럼 생긴 노적봉이 종착역의 철로를 내려다보았다. 수평선과 산꼭대기는 둔각을 이루어 저물녘에는 온통 벌겋게 쏟아진 빛살이 바다와 산의 뒷면을 물들였다. 그래도 바닷가에서 산자락까지 조개껍데기처럼 자잘한 집들이 골목길들 사이로 다닥다닥 붙어 도시의 모양새를 이루고 있었다. 겨울의 세찬 바람이 불라 치라면 낡고 허접한 집들은 금방이라도 바다로 날아갈 듯 위태로웠다. 그러나 섬들로부터 몰려든 고깃배들과 새벽 어시장은 사람들로 왁자지껄했다.

그 도시는 역사를 비켜나가지 못한 슬픔을 지녔다. 수백 년 전 바다에서 장군에게 처참하게 침몰되었던 섬나라 침략자들은 그곳을 발판으로 강토에 발을 디뎠었다. 그렇지만, 바다에 연한 크고 작은 마을들은 위대한 장군의 역사와 신화를 넘나들었다. 적들을 공포로 떨게 했던 장군의 한이 서린 땅과 바다. 바다로 흘러오는 강물에 횟가루를 섞어 쌀 씻는 뜨물을 보여주고, 볏짚으로 휘감아 군량미로 착시했다는 노적봉. 바다와 뭍 어디든 죽음으로 지키려고 했던 백성과 땅이 오롯이 남아 있었다. 극한상황을 이겨냈던 그 위대함은 지구별의 전사에 길이길이 남아 있지만, 성웅에게 ★의 숫자는 큰 의미가 없다. 둥, 둥, 둥, 둥~ 분노와 치욕까지 죽음으로 깊이 삼켜 의연한 북소리가 하늘과 바다를 울렸으리라는 것밖에는.

몇십 년 전까지 누에가 뽕잎을 먹듯 야금야금 갉아서 강탈한 쌀과 목화 따위의 물건들이 도시의 항구로 모아져 커다란 화물선들에 실리어 빠져나갔다. 도시는 침략자들이 물러간 후부터 차츰 퇴락했다. 한때 떼돈을 벌었던 상인들의 일부는 서울로 떠나고 일부는 도청이 있는 곳으로 옮겨갔다.

그가 미지에 대한 두려움으로 도시에 왔을 적에 이미 항구도시의 퇴락은 진행되고 있었다. 그렇지만, 썰물이 물러간 갯벌에서는 갈매기들이 끼룩끼룩 울었으며, 끈질기게 이어지는 사람들의 삶은 거칠었다. 무질서하게 생긴 뒷골목 길과 어둠침침한 극장들. 생선 비린내가 물씬 풍기는 부두의 어판장이며, 철도역 후미진 골목을 점령하고 있는 사창가. 구불구불하고 긴 골목길의 밤은 시끄러웠다. 팔짱을 끼고 껌을 짝짝 씹으며 서성거리는 여인들이 불나비였으니까. 암석들로 이어져 실루엣으로 드러낸 산 아래에는 네온사인과 어둑한 조명이 뒤섞여 낡은 도시를 지켰다. 겨울이면 먼바다로부터 세찬 바람이 불어왔다. 그날을 벌어 하루를 먹고 사는 사람들에게는 언제나 내일이 막연했다. 그래서 분노였을까, 자학이었을까. 한밤중부터 새벽이 이울기 전까지 술에 취한 남정네들이나 아낙네들은 악다구니를 쓰며 고래고래 소리를 질렀다. 부두에서 노동으로 벌어먹는 이들은 힘든 삶에 끌려다녔다. 사소한 일에도 사람들은 분기탱천(憤氣撑天)했다. 휘발성이 강한 기름을 머금은 심지에 불꽃이 일 듯 입에 담지 못할 쌍욕부터 터져 나왔다. 암팡진 여인들은 분노의 감정이 폭발하면 상대방의 머리끄덩이를 잡거나 패대기쳐서 살집을 물고 뜯었다.

낯선 지방 도시의 생경함도 차츰 그의 일상이 되었다. 우악스럽고 이질적인 학생들 사이에서 혼자만의 방황도 시간에 젖어갔다. 낭만과 고독이 뒤엉켰던 시절에 문학은 외톨이였던 그를 어루만져주었다. 언제부터인가 독서는 습관으로 그에게 파고들었다. 그래서 읽지 않아도 머리맡에 몇 권의 책이 있어야만 했다. 그것은 도피의 환상이었고, 부족한 인문학적 갈망을 조금씩 채워주었기 때문이다.

이공계 학생에게 문학이라니! 그에게 방정식처럼 다가온 이상의 시였다. 외삼촌에게 빌려 온 책은 머리에 잡히지 않고, 문해력이 눈앞에서 약을 올렸다. 상자 상(箱)? 아무리 읽어도 모르겠고, 숫자와 점이 촘촘하게 박힌 시 「3차 각 설계도」는 더욱 이해가 안 되었다. 혼자서 야릇하게 이해하려는 몰입이 그의 이마를 잡아 흔들었다. 요절한 천재는 그의 우상이었다. 「날개」는 몇 번이나 읽고 또 읽어 자신이 소설 속으로 들어간 느낌이었다. 33번지의 18가구 중 7번째 방. 천국 안의 감옥에서 살고 싶었던 꿈에 불과했다. 밖에 갇힌 햇빛이 영영 들어오지 않는 좁다란 골방.

−점(點)은 크기가 없고 위치만 있다. 선(線)은 폭이 없는 길이이다. 선(線)의 양 끝은 점으로 이루어진다. 면(面)은 길이와 폭을 가지고 있다. 서로 다른 두 개의 점이 주어질 때, 그 두 점을 잇는 직선이나 곡선! 기하학을 시에 접목한 것이 신통방통했다. 피타고라스의 기하학이 어떻게 논리를 뛰어넘어 상징과 접합이 되었을까.

토목 구조와 설계를 배웠던 그로서는 이상의 대단함에 끌려갔다. 그가 이상에게 꽂힌 것은 고등학교 국어 교과서였다. 기술을 배워 취업이 목표였던 학생은 문학에 빠져들었다. 시「이상한 가역반응」처럼 건축기사로서 도형에 빠진 이상과 자신을 연관 지었다. 말도 안 될 법한 현실과 상상의 괴리가 그를 꿈으로 유혹했다. 혼자만의 세계가 생성되었고 외로움 따위가 스며들었다.

학생들은 삼각측량 수업 시간을 기다렸다. 교문을 지나 도시의 외곽으로 떠났다. 해수면과 우뚝 솟은 산봉우리가 망원렌즈 속으로 빨려들었다. 학생들은 레벨이 달린 삼각대를 세워놓고 주어진 과제는 뒷전이었다. 먼저 보이는 장면은 기암괴석이 어우러진 산의 바위틈이었다. 산 계곡에서 벌어지는 행태를 눈앞으로 끌어와 당겼다.

"야, 느그들, 이리 와서 저것 좀 봐봐."

"뭔데 그래? 뭐야?"

허겁지겁 달려든 학생들이 모여들었다. 먼 거리의 요지경이 바로 그들의 눈앞으로 당겨졌다. 인간의 은밀한 짓거리는 바로 앞에서 나타났다. 기암괴석 사이로 여인이 살찐 엉덩이를 까고 용변을 보는가 하면, 숲속에는 남녀가 끌어안고 나뒹구는 모습이었다.

"이야, 뭐냐? 나도 좀 보자."

학생들은 누군가의 초점에 걸렸다 하면, 모두가 공유했다. 여드름이 얼굴에 돋아 감성이 예민한 사춘기의 남자애들이었다. 대단한 비밀을 본 것마냥 서로 수군거리며 희희낙락거렸다.

5
세월은 흔들리고

그 자신은 이제 직업군인이었다. 직선에서 곡선으로 변형된 한반도의 허리를 붙들고 있었다. 휴전선의 서쪽은 서울에서 금방이었다.

주어진 일에 충실하면 할수록 문학과는 점점 멀어졌다. 아니, 멀어져야만 했다. 바쁘면서도 권태에 찌든 일상과 비틀릴 대로 비틀어진 군대와는 어깨동무하기가 어려웠다. 문학과 강퍅한 현실의 괴리는 시간이 갈수록 점점 벌어질 수밖에 없었다.

일을 하므로 새롭고 낯선 사람들을 만났다. 아마 읍내에서 어머니의 가게 일을 도왔거나 졸업 후에 잠깐 근무했던 건설회사에 근무하고 있었다면, 그렇게 다양한 사람들을 만나기 어려웠을 것이다. 사람들을 만날 때마다 그는 기하학을 떠올렸다. 점들은 사람이고, 점과 점은 인간관계여서 선과 선이 얽혀져 세상과 같다는. 그의 어머니가 늘 입버릇처럼 말했던 그 인연이라는. 각도는 방향을 정했다. 문제는 각도였다. 중심점에서 아주 작은 편차라도 길이에 따라 점점 벌어지기 마련이었다.

처음에는 그랬다. 검문소의 일이 단순하다면, 독서로 보낼 생각이 앞섰던 것. 그것은 착각이었고 생각뿐이었으며 현실은 그리 만만치 않았다. 음험한 생각을 감추며 사람들의 뒤를 파고들어서 얻어들은 내용을 확인해서 보고서로 만드는 일. 국가와 더 많은 사람을 위한다는 명분으로 사람이 사람을 감시하는 일. 가해자가 따로 없었다. 기어가는 벌레를 엄지로 꾹 눌러 죽인들 세상은 변화하지 않았다.

강대국들의 잣대에 의해 작은 땅은 갈리었고 또다시 갈라진 상태였다. 한민족은 또 싸우고도 여전히 두 동강이 난 상태로 일촉즉발(一觸卽發)! 동족끼리의 전쟁은 냉전의 기간이 길수록 상처 또한 깊어졌다. 마그마가 들끓고 있는 휴화산이었다. 위태로운 불덩이가 언제라도 얕은 지표 아래서 펑 터질지 몰랐다. 약속을 담보할 수 없는 당좌수표였다. 주변에는 날카로운 이빨과 발톱을 드러낸 맹수들이 도사리고 있는데, 한 마리의 토끼가 어디로 뛴들 살아남으리라는 보장은 없었다. 미국과 소련, 중공과 일본의 부추김으로 언제 다시 터질지 몰랐다. 남과 북, 어느 한쪽의 의도대로 통일은 진행되지 않았으니까.

조직의 말단으로 내려갈수록 주어진 임무는 복합적이었다. 대전복·대테러와 대공을 뒷받침하는 업무였다. 목표를 달성함에 합법과 비합법은 걸림돌이 되지 않았다. 실정법이 명시한 테두리 안에도 허점은 있기 마련이다. 휴전 중인 상태에서 국가와 민족이라는 명분 앞에서는 법의 해석조차 아리송했다. 귀에 걸면 귀걸이 코에 걸면 코걸이였다. 각하에게 힘을 보태는 일이 국가에 충성하는 것이라고 귀가 따갑게 들었을 터. 각하는 얼마나 위대한 분인가? 각하와 정부는 한 묶음이고, 정부와 국가가 하나라고 혼동했다. 블랙홀의 힘이 강해질수록 은하계의 별들은 빨려 들어갔다. 조직들은 경쟁으로 불꽃이 튀었다. 정보의 분석과 판단은 오로지, 사령부의 몫.

 최하위의 말단 책임자인 그에게 주어지는 일거리는 많았다. 검문소와 사단 항공대를 포함한 2개 면 전역이 활동 범위였다. 대공, 일반 정보수집과 군사보안 업무 EEI(정기적 보고)만 해도 벅찼다. 불쑥불쑥 SRI(특별 첩보)까지 떨어지는 날이면 일에 더욱 부대꼈다. 교육기간을 빼고 1년을 근무했다지만, 갓 2년의 신출내기 부사관일 뿐이었다.

 멈춰 서있는 버스의 꽁무니에서 뿜어진 푸르스름한 연기가 바람에 흩어졌다. 그는 검문소 안에서 고천수가 버스에 오르락내리락하며 검문하는 모습을 곁눈질했다. 오고 가는 버스는 대략 이삼십 분 간격이었다. 검문을 마친 버스를 보낸 고천수는 초소 안으로 들어와 난로 위에 끓고 있는 주전자 물을 컵에 따라 홀짝였다.

 "대장님, 저희가 보유한 장비를 안 보셨지요? 보관 위치가 좀 그렇고 어중간합니다. 놔둘 자리가 마땅치 않아도 본부에서 쭉 그렇게 해왔다고 합니다. 저기 아래층 헌병대의 총기대 옆에 있거든요. 장비함에 잠금장치는 해놓았으니 별 탈이야 없습니다만…, 일단 가져와 볼까요?"

"가져오긴 뭐. 내려가서 보는 게 나을 것 같은데?"

"아니, 지금 야간 근무자들이 잠들어 있거든요."

차분하게 대답한 고 병장이 층계 아래에서 가져온 목재함은 사과 궤짝보다 작았다. 대패질이 안 되어 푸른 칠이 거칠었다. 장석 고리에는 앙증맞게 생긴 놋쇠 자물통이 달랑 매달려 있었다. 병사가 목재 함을 바라보다가 고천수에게 들킨 게 민망했던지, 괜히 통신장비를 만지작거렸다. 고천수가 병사에게 눈짓하여 밖으로 내보낸 후에 그에게 소곤거리듯 입을 열었다.

"저 친구들은 눈치가 없는 게 아니라, 우리가 하는 일이 궁금해서 그럴 겁니다. 헌병들은 정해진 시간표에 따라 중대 본부와 연락을 주고받고, 수시로 교통팀이 돌아다니는 모양입니다."

자물통을 열자, 그 안에서 리볼버 38구경 권총과 노랗고 빳빳한 종이로 인쇄된 사찰 카드들과 현황판, 비닐로 씌워진 축척 1/5,000의 관내 지도가 나왔다. 그는 종이봉투 속에 들어 있는 총알들을 한 움큼 쥐며 말했다.

"실탄이 얼마 안 되네."

고 병장이 눈을 크게 뜨며 그의 얼굴을 살폈다.

"그러게요. 전부 20발뿐이 안 됩니다. 하긴 뭐, 대장님? 그걸 사용할 일이 얼마나 있겠습니까. 저는 개인화기로 M16인데, 헌병대 총기대에 비치된 그게 진짜 총이지요."

"사격훈련은 본부에서 하는 건가요?"

"예, 본부에서 듣던 것과는 전혀 다르더라고요. 계장들은 이곳 형편도 잘 모르면서 말로는, 쉽게 여러 가지를 요구합니다. 우리가 저 헌병 애들 10명을 장악해야 한다고 하는데, 상대적인 거 아닐까요. 여기서 근무를 해보니 오히려 당장에 우리가 아쉬운 점이 더 많더라구요. 당근과 채찍도 없이 호락호락 쉽게 될 일은 아닌 것 같습니다."

"그래야겠지만, 우리와 명령체계와 소속 부대가 다른데, 저 친구들이 그렇게 쉽사리 말을 듣겠어요? 욕심부리지 맙시다. 함께 근무하다 보면 차츰 협조해 주겠지요."

"그건 그렇고, 고 병장은 대학 졸업하고 군에 들어온 거요? 행정과에서 그러는데 태권도 유단자라고 하던데?"

목제함을 닫으며 고천수가 웃음기가 감도는 표정으로 대답했다.

"경영학과 일 학기만 남겨놓고 늦게 왔습니다. 졸업하고 오면 나이 때문에 힘이 든다며 제대하면 바로 취업해야 하니까…선배들의 말씀을 들었어요. 중학교 때부터 태권도를 계속했는데, 그런저런 이력 때문에 보안부대로 스카우트되었는지도 모르죠."

"형제분들이 많아요? 우리 부대로 들어오기가 쉽지 않다고 들었는데, 좋은 배경이 있었나 보네요? 하하하~"

"…고향에 어머니 혼자 계시고, 제가 막냅니다. 형들이 네 분이고 둘째 형님이 제 모교의 선배이면서 건설회사에 과장으로 있습죠."

"다복하신 집안이네요."

"데모하는데 휩쓸리지 말라고, 신신당부하는 외삼촌이… 있습니다. 크하하하."

화기애애한 대화를 방해하는 목소리가 끼어들었다.

"야, 교대 시간이 십 분이나 지났다고!"

초병이 안으로 후다닥 뛰어 들어와 계단 아래쪽으로 짜증 난 목소리를 질렀다. 빨리 들어서 난로 불을 쬐고 싶은 병사는 양 미간을 찌푸렸다. 갑자기 대화가 끊긴 그들은, 새파랗게 추워 보이는 병사를 말없이 바라보았다. 겉으로는 비까번쩍한 헌병 복장으로 멋있게 보이는 병사가 아니던가. 몇 시간이고 마네킹처럼 꼼짝하지 않고 서 있는 병사들의 고통은, 철책선을 근무하는 최전방 병사들과는 유달랐다. 부동자세가 사람들에게 위압감을 주는 반면, 당사자의 신체는 멍하고 얼어붙은 상태였다.

하숙집은 검문소에서 전봇대 5개 지나 코 닿으면 엎어질 거리였다. 자전거가 겨우 지나다닐 수 있는 뒤집어진 논바닥의 푸슬푸슬한 길에 비켜선 집. 깊은 작은 철문을 밀면 그림자가 드리워진 마당을 안고 물러선 기역 자 모양의 거처. 그 집은 저물녘이면 적막이 감돌아 마을에서 떨어진 외로운 섬 같았다.

마당으로 들어선 늙은 군인은 몹시 어색한 표정이었다. 그를 마주한 육군 상사는 M1 소총이 질질 끌릴 만큼 아주 작은 체구로 엉거주춤 서 있었다. 노랑 계급장이 붙은 낡은 작업모를 푹 눌러쓴 얼굴은 거의 턱만 보였다. 낡은 군복은 품이 너무 크고 헐렁해서 허수아비에 옷을 입혀놓은 것 같았다. 그렇게 작은 체구에는 딱 맞는 치수의 군복은 없었을 것이며, 몸에 맞게 줄여 입지 않은 게 분명했다. 얼굴이 대추처럼 붉고 작아 쭈글쭈글한 상사는 쉰 줄을 훨씬 넘은 늙은이였다.

느닷없이 자신의 방에서 나오는 낯선 사내와 마주친 상사는 당황해했다. 조심스레 의아하게 여기는 눈빛으로 그의 위아래를 훑어본 다음, 갑자기 자세를 빳빳하게 고쳐 섰다. 그가 성큼성큼 다가가 고개를 꾸벅하며 손을 내밀자, 상사는 그때야 마지못해 손을 잡는 둥 마는 둥 했다.

"선임 부사관님, 고 병장에게서 말씀은 들었습니다."
"…대공포 노병철 상사라고 합니다."
"혼자 계셨다가 이거 불편하실 텐데, 고맙습니다."
"뭐 그러지요, 뭐."

상사는 왠지 내키지 않은 듯 건성으로 대답했다. 조금 어눌한 황해도 말씨와 아둔한 행동거지였지만 금방 방 앞으로 걸어갔다. 언제 그랬냐는 듯 상사는 웃옷과 모자를 벗고 방 안에 던져놓았다. 늙은 상사는 군화 끈을 풀고, 국방색 양말을 덮은 바짓단의 노랑 고무줄을 꺼낸 다음, 흰 고무신으로 바꿔 신었다. 그리고 깡마른 체구이지만 거리낌 없이 마당에 있는 샘터로 걸어가서, 펌프에 물을 한 바가지 부으며 펌프 자루를 쥐고, 올리고 내리기를 되풀이했다. 삐걱삐걱 쇳소리를 지르던 펌프의 주둥이에서 물줄기가 쏟아졌다. 그제야 상사는 세숫대야에 물을 퍼서 목 언저리까지 비누 거품을 문질러 씻더니만, 두 손으로 얼굴을 비비며 푸푸 소리를 냈다.

상사의 오른쪽 어깨에 푸르스름한 문신이 새겨져 있었다. 일심(一心)=한마음. 상사는 무슨 마음을 가슴 속으로 새기고 있었을까. 전쟁을 겪고 이역만리 타국의 전쟁터에 다녀온 노련한 부사관은 몸에다 계급장을 문신으로 뜨지는 않았다. 계급장은 타의에 의해 붙여지지만, 문신은 자의가 만드는 예술이었다. 자그마한 체격과 달리 상사의 팔근육은 단단하게 뭉쳐 알통이 울

룩불룩했다. 툇마루 기둥에 걸려있는 군용 수건을 들었다. 조금 있다가 상사는 부엌 뒤에서 집게로 연탄을 집어 들고 방문 밑의 아궁이에서 두꺼비 덮개를 들추었다.

"연탄은 우리가 갈아야 합니다."

안방 툇마루에 놓았던 저녁 밥상을 들고 온 사람도 상사였다. 쌀밥과 미역국, 김치, 깍두기, 젓갈, 고등어자반, 둥글고 노란 알이 으깨지지 않은 계란프라이 두 개.

"아주머니가 갖다주는데, 미안해서 가끔은 내가 들고 옵니다. 어떤 때는 고 병장하고 저쪽 마루에서 가족들과 같이 먹기도 했고요. 그런 때는 바깥양반이 들어올 때지요. 철도 기관사인데, 일주일에 한 번 정도 오면 술을 한 잔씩 합니다."

밥을 떠먹으면서 늙은 상사는 조심스럽게 그에게 말을 붙였다. 그는 상사가 마음을 열기까지 많은 시간이 필요할 거라는 애초의 생각을 고쳐먹었다. 자신을 배려하여 이 집의 형편을 알려주는 상사의 눈빛은 뭔가 모를 슬픈 빛이 서려 있었다. 계급과 나이가 더 많은 선임임에도 권력의 힘을 알기에 빌붙는 여느 부사관 같지는 않았다. 다 끝난 군대 생활이고 더 이상 올라갈 이유가 없는 관계이기도 했다. 그 역시 처음부터 그럴 필요도 없었고, 오히려 타인의 둥지에 틈입한 뻐꾸기의 처지라서 미안했다.

"선임 부사관님은 꽤 오랫동안 군대 생활을 하셨지요?"

"오래 있는 것이, 뭐 대단하겠습니까. 저야 뭐 배운 게 도둑질이라고 말년까지 왔네요. 사변 때 입대하여 지금까지 남아 있는데, 함께 입대했던 친구들도 전사했거나 많이 전역을 했지요.

베트남에서 귀국했을 때 포병연대 본부에 있었고요, 윗분들이 생각해서 그랬는지 이곳으로 왔습니다. 아마 퇴역이 얼마 안 남아서 말단 부대로 배치한 것 같습니다."

"처음부터 부사관을 하신 건 아니고요?"

"그때는 이병, 일병이었다가 지금으로 치면 상병이 하사였으니까… 이등중사, 일등중사, 이등상사, 일등상사가 있고 마지막 계급으로 특무상사였지요. 호칭이야 아무려면 어때요? 군대에 말뚝을 박았으면 그게 그거지."

"가족은 어디에?"

"가족이라고 해봐야… 뭐, 서울에 있습니다."

식사가 끝나고 문성은 검문소에서 가져온 신문을 뒤적거렸다. 검문소에 들러야 할까 말까 망설이다가 안 가기로 했다. 첫날부터 낯선 모습으로 여럿이 있는 분위기를 해치고 싶지 않았다.

두 사람이 눕기에 그다지 좁지 않은 공간이었다. 문성은 한밤중 잠에서 살포시 깼다. 열린 달팽이관 속으로 무슨 소리인지 끼어들었다. 빛을 흡수한 어둠 속에서 그는 살며시 눈이 떠졌다. 여기는 어디인가. 천장 도배지에 그려진 이방연속무늬는 안 보였다. 그제야 어둠에 몸을 눕혔던 작은 공간이 의식되었다. 방 안쪽에서 드르릉드르릉 코 고는 소리가 들렸다. 다시 눈을 감아도 달아난 잠은 얼른 돌아오지 않았다. 고개를 돌려보니 늙은 상사의 모습이 희끄무레하게 잡혔다. 뒤척이며 새우처럼 옆으로 쭈그려 잠든 사람이 안쓰러웠다.

그는 방바닥을 손바닥으로 만져 보았다. 뜨뜻한 기운이 감돌

앉다. 연탄이라? 그는 불쑥 떠오르는 한인해의 모습을 억지로 지웠다. 잠자리를 뒤척여도 까만 눈빛의 웃음 띤 인해의 얼굴은 다시 나타나곤 했다. 이제 무슨 소용이람. 살아있는 자끼리 지지고 볶는 것이지, 죽은 자와 산 자의 길은 다를 뿐이라고 그는 머리를 저었다.

츄리닝 바람으로 살며시 일어난 그는, 문 여는 소리가 안 나게 닫았다. 바깥은 어둠에 잡아먹혀서 사물의 경계를 무너뜨렸다. 천천히 걸어 마당을 지나 열려있는 대문 밖으로 나갔다. 왼쪽으로 떨어져 있는 검문소 가까이 조금 다가갔다. 옆집 담장에서 몸을 더 나아가지 않았다. 육각형 초소 지붕 모서리에는 양철 갓을 쓴 백열등 불빛이 사방을 비추었다. 빛과 어둠이 낮에 없었던 그림자들을 만들어 냈다.

늙은 부사관이 편안히 살고 있던 둥지를 기습한 것은, 그였다. 서로를 불편하게 만든 것은 권력의 힘이었다. 물론 하숙집 주인의 입장으로는 매부 좋고 누이도 좋을 수 있었다. 그로서는 우선 고 병장이 자신을 위해 급하게 만들었을 이 상황을 고맙게 여겨야 했다. 지금 당장은 어떻게 할 수가 없어. 이쪽 사정을 차츰 알아본 다음, 다른 집으로 옮겨야지. 하여 삶은 수시로 뒤죽박죽되었지만, 그곳이 어디든 밥을 먹고 잠에서 깨이면 살아있었다. 그는 문소리가 나지 않도록 조심스럽게 닫으며 스스로 다독이고 다시 잠이 들었다. 어디선가 개 짖는 소리가 아련하게 들렸다.

6
미확인 물체와도 같은

　합동 근무자인 김 순경은 가끔 안 나왔다. 행촌면 지서 소속이 아니어서 읍내 경찰서에 일이 있으면 못 나올 때가 많았다. 그런데, 그날따라 웬일인지 늦게까지 남아 있었다. 키가 크고 비쩍 말랐으나 모나지 않아 데면데면한 성품이었다. 을씨년스러운 해거름 무렵이라, 바깥 초병 근무자 말고는 모두 안에 있었다. 병사들은 지하 내무반에, 위층 사무실에는 상황병과 엄 중사와 김 순경이 난로 옆에서 서성거렸다. 실없는 농담을 주고받으며 낄낄대는 두 사람을 바라보며 고천수는 싱긋 웃어 주기만 했다. 그때 철모를 쓴 초병이 흰 장갑을 낀 채 후다닥 올라왔다.
　"김 순경님, 밖에서 누가 만나자는데요?"
　말이 채 끝나기도 전에, 초병을 뒤따라 웬 신사복 차림의 남자가 주춤거리며 얼굴을 내밀었다. 초병은 고개를 돌려 흰 장갑 낀 손으로 김 순경을 가리켰다.

"저 분한테 물어보시라고요."

 김 순경의 길쯤한 얼굴에 의아한 표정이 스치더니 남자를 바라보았다. 그리고 무전기가 있는 곳으로 걸어가서 검문일지를 집어 들었다. 김 순경은 고개를 갸우뚱하며 접히는 철제 의자를 끌어와 쉰 줄의 남자를 앉혔다. 남자는 부자연스러운 몸짓으로 망설이며 엉거주춤했다. 그도 그럴 것이, 검문소에 온 사람들은 대부분 옷차림이 남루한 걸인 행색이었다.

 목소리를 낮게 깔며 김 순경이 물었다.
"무슨 용무로 오셨어요?"

 남자의 옷차림은 검정 바탕에 흰 줄이 쳐진 윗옷과 달리 바지는 군청색이었다. 때가 낀 와이셔츠와 빛바랜 주황색 넥타이의 조화가 어색했다. 뭐랄까, 옷차림이 차분한 직장인 같지는 않았다. 눈의 초점이 흩어져 약간은 사팔뜨기였다. 남자는 주저주저하다가 심각한 얼굴로 다짐을 받으려는 듯,

"아주 중요한 비밀이라 제 신분은 꼭 보장을 해주셔야 합니다. 그렇지 않으면 절대로 말씀드릴 수가 없어요."

"무슨 내용인지 몰라도 일단 맘먹고 여기 오셨으니, 비밀은 당연히 지켜드려야지요. 여기는 대공상담소니까, 편하게 말씀을 해보시죠."

 김 순경의 다짐을 받아 내고서도 남자는 한참 동안 꿀 먹은 벙어리처럼 입을 다물었다. 긴장한 얼굴도 펴지 않았다. 그새 검문소 바깥에는 버스와 트럭 몇 대가 지나가는 엔진소리가 들렸다. 고 병장이 바깥으로 나갔다. 버스가 멈추고 검문병과 고 병장이 올라갔다.

김 순경은 윗주머니에서 담배를 꺼내 물더니, 남자에게도 권하며 라이터 불을 켜 주었다.

"간첩 신…고를 하려고요."

담배를 길게 빨며 연기를 내뱉던 남자가 떨리는 목소리로 말했다. 그 순간, 김 순경은 몹시 당황한 표정으로 눈을 땡그랗게 뜨며 고개를 돌려 엄 중사를 올려보았다. 엄 중사의 뱁새만 한 작은 눈마저 똥그랗게 뜨더니 심각해졌다. 남자는 신사복 바깥 주머니를 뒤적거리더니 모서리가 닳아진 명함을 꺼냈다.

"이거 제 명함인뎁쇼."

그렇지 않아도 김 순경은 신고자의 인적 사항을 물어볼 참이었다. 받은 명함을 훑어보았다. 전화번호가 2개나 찍힌 연탄 보일러 공장 대표였다. 십여 킬로미터 떨어진 역 근처 석탄 집하장 쪽에는 연탄 화덕을 만들거나 온수보일러를 만드는 자잘한 공장이야 많았다. 우선 남자의 신사복 옷차림은 신고자로서 신뢰감을 조금 주었다고나 할까. 그때 검문을 마치고 고 병장이 들어와 남자와 김 순경을 번갈아 보며 분위기를 살폈다. 남자는 뜸을 들이더니 고 병장을 흘깃 쳐다보며 말을 이었다.

"제가 얼마 전부터 이걸 알았다고요. 무척 고민했지만, 아무래도 양심의 가책을 숨길 수가 없었어요. 진짜 이런 나쁜 놈들은 꼭 신고해서 벌을 받게 해야겠다 싶어 온 것입니다."

"알겠고요, 그런데 신고하실 그 사람들이 누굽니까?"

"잘 아실 거요. 박태손 장로와 문순명 총일교 교주입니다."

세상에나! 거물급 종교 지도자들의 이름을 들은 순간, 고천수는 입이 딱 벌어졌다. 뜸을 들인 김 순경은 정보과 형사답게 다시 침착하게 말을 이었다. 바짝 긴장한 김 순경이 고천수를 쳐다보며 남자에게 되물었다. 팔짱을 끼고 있던 고천수가 턱을 주억거렸다.

"좋습니다. 그럴 수도 있겠지요. 그런데요, 무슨 이유가 있어야 할 거 아닙니까? 사장님께서 그분들이 의심된다거나 알아낸 수상쩍은 점들을 차근차근 말씀해 보세요."

침을 꼴깍 삼킨 남자는 사방을 두리번거리더니 아주 조심스럽게 나직한 목소리를 흘렸다.

"내가 말이죠. 어찌어찌 누구의 소개를 받아서 박태손 장로의 집에 간 적이 있었어요. 밖에서 안 보일 만큼 집이 어마어마하게 큽디다. 응접실도 엄청 넓은데 비서라는 사람이 기다리라고 해서 한참 동안 기다렸지요. 비서가 안내하여 서재로 들어갔고요. 거기서도 박 장로는 안 보였어요. 그렇잖아요? 지체가 높은 사람이 누구나 쉽게 만나줍니까. 혼자 앉아 기다리고 있는데, 서재의 책꽂이 한 칸이 갑자기 빙그르르 돌더라고요. 무지하게 놀랐지요. 그런데, 그 안으로 복도처럼 뚫려있더라고요. 그게 비밀통로로 가는 문이었어요. 그래서 조심조심 걸어가 보니까, 지하실로 연결되는 작은 방이 보였는데요. 그 안에 누군가가 있더라고요. 이상한 생각이 들어 더 안으로 들어갔습지요. 대머리 훌러덩 까진 박 장로라는 사람이 무전을 치고 있더라니까요. 거 007 영화에도 보면 그런 게 있잖아요? 간첩들이 무전을 치는 거."

뭔지 모르게 일이 묘하게 꼬여가는 분위기에 엄칠구의 뱁새같은 눈이 더 길게 찢어졌다. 웃음을 억지로 삼킨 고천수는 손가락으로 턱을 만지작거렸다. 김 순경은 의미 모를 표정이었으나 고개를 갸웃거리며 되물었다.

"그래요. 박 장로님은 그렇다 치고, 그러면 문순명 목사님은 왜? 간첩이라고 생각하십니까?"

"모르긴 해도 자기들이 피땀 흘려 돈을 번 것도 아니고, 구름처럼 몰려든 무지한 사람들을 꼬드겨 교회를 천년왕국으로 만들었으니, 하나님을 팔아서 배반했으니까 그놈 역시 틀림없이 간첩일 거요."

되돌아온 대답들은 더욱 아리송할 뿐이었다. 두 사람뿐만 아니라, 옆에 서 있는 모두가 도통 갈피를 잡을 수 없었다. 김 순경은 자꾸만 의도하지 못한 깊은 구덩이로 빨려가는 느낌이었다. 이상해지는 것 같아 담배를 꺼내 물고 자신을 헷갈리게 한 남자를 바라보았다.

"이봐요? 사장님? 지금 말씀하신 내용은 직접 본 겁니까? 아니면, 다른 사람에게 전해 들으신 겁니까?"

"내가 봤으니까, 말씀을 드리는 거 아닙니까."

묵묵히 듣고 있던 고천수가 종이 2장을 가져오더니, 남자 앞에 쓱 내밀었다. 그리고 눈을 크게 뜨며 조곤조곤 말을 뱉었다.

"좋습니다, 사장님? 아까 쭉 말씀하신 내용을 여기다 다 적으세요. 가셨다는 두 분의 집 위치와 약도를 그려보고요."

그러자, 묵묵히 벽을 쳐다보고 있던 남자의 눈이 갑자기 흐려졌다. 울먹거리며 고개를 휙 돌려 김 순경을 쳐다보았다. 한참을 초점이 엇갈린 눈빛으로 벽을 보더니 걷잡을 수 없는 감정을 따발총 쏘듯 느닷없이 마구 지껄였다.

"어젯밤에 내가 하나님의 계시를 받았다고! 계시를."

*

 지구별에서 2번째 큰 전쟁이 끝났을 적에 8,500만 명이 죽었다. 도대체 신은 어디로 갔는가? 신은 이미 죽었다는 지식인들이 생겨났다. 신이 있거나 없거나 그뒤로도 사람들의 탐욕이 사람들을 죽이고 죽였다. 그 전쟁의 연장선상에서 한반도에서는 동족 간의 피비린내 난 전쟁으로 300만 명이 죽었고 지금은 휴전 상태였다. 사람들의 망가진 마음을 추스르기 위한 종교의 흡인력. 그 공항 상태를 파고든 많은 종교. 하나님은 하나니까 하나일진대, 모두 자신들이 유일한 후계자라고 내세웠다. 가느다란 빛을 찾으려는 희망을, 사기 치는 일들은 사람들이 정착하려는 무렵부터였다.

 어디나 할 것 없이 전쟁 때 행방불명된 사람들의 가족도 많았다. 남편을 잃어버린 젊은 여인은 아이들만 키웠다. 다행히 그녀는 문전옥답이 제법 남아 있어 생계의 궁핍함도 없었다. 그러나 사람살이의 일에 마무리는 없었다. 생의 언덕을 넘고 넘어도 또 다른 일이 꼬여 들었다. 전쟁이 지난 10년쯤 시골은 마을마다 교회의 열풍이 불었다. 그 무렵, 마을에는 신앙촌교회가 지어졌다. 초가집들 사이의 언덕에 하얗게 칠 된 콘크리트 건물이었다. 마치 서양의 성곽 본을 딴 요철형 구조였다.

 유교를 신봉하던 그 친척들은 그 여인에게 교회를 못 다니게 말렸건만, 듣지 않았다. 남편을 잃은 여인으로 마음을 둘 데가 마땅찮을 적에 교회가 손을 뻗어 왔던 것이다. 더욱이 자식들까지 데리고 다니다 보니, 일가들과는 점점 멀어졌다. 교회를 믿지 않은 동네 사람들은 마치 악마에게 끌려가는 두려움으로 그곳을 피해 멀리 돌아다녔다. 한 마을, 그것도 몇백 미터의 거리에 빤히 보이는 그 작은 마법의 성은 마을 사람들의 질시와는 상관없이 나날이 번창했다.

천부교라 부르는 기독교 계통의 이단이었다. 그 교회는 요한계시록을 내세워 말세론으로 사람들을 끌어모았다. 전국적으로 퍼졌고 유명세를 탔다. 부흥회 강사이던 박태손 장로의 말씀은 곧 하나님과 통한다고 믿었다. 천부교의 교리는 성경을 또 다른 방향으로 비틀었다. 장로 자신을 감람나무로 일컬었다. 수많은 환자나 심신 허약자들을 안수 기도로 고쳤다는 소문이 꼬리에 꼬리를 물었다. 그럴수록 장로의 재산은 주체할 수 없을 정도로 불어났다. 자립한다는 명분으로 생필품 공장들을 설립했다. 전국의 신도들은 꾸역꾸역 공장으로 몰려들었고, 일부는 전국적 조직의 영업사원이 되었다. 전국에 세워진 교회는 자신들의 지점망이 되어 물건을 팔았다. 그리하여 나중에 커진 기업의 대표로 아들을 세우고 일가가 경영을 맘대로 했다.

뿐이랴, 유명세가 오를수록 나쁜 소문도 덩달아 언론에서 흘러나왔다. 그 아들은 서울의 재벌, 권력자 아들들과 귀공자클럽을 만들어 방탕을 일삼았다. 백여 명도 넘은 여성 연예인을 탐음(貪淫)하는 추문의 주인공으로 뽕쟁이 난봉꾼이었다.

결국에는 수십만 달러를 해외로 빼돌리고 아파트에서 영화배우 여인과 알몸으로 체포되었다. 난봉꾼은 교만하지 말고 하나님께 회개하라는 하나님 아버지가 아닌, 장로의 말씀을 비웃기라도 하듯 손가락질 받을 일들만 저질렀다. 나라의 경제가 점점 발전하고 사회가 다양화할수록 갖가지 이단 종교들도 번성해졌던 터.

"아까 받으신 명함 한번 줘 보세요."라고 고천수가 김 순경에게 귀엣말로 소곤거렸다. 업무일지 속에 끼어놓은 명함을 받은 고천수는 메모지에 적었다. 그리고 열심히 끼적거리고 있는 남자를 째려보더니 눈짓으로 김 순경을 불러 조용하게 속삭였다.

"항공대 근처 연탄공장들이 모여 있는 곳이 주소네요. 내가 우리 대원에게 확인해 보겠습니다."

곱슬머리를 손으로 만지며 고천수가 아래층으로 내려갔다. 총기대 옆에 놓은 전화기로 교환을 불렀다. 사단 항공대를 담당하는 이 상병과 한참을 주고받더니, 다시 위층으로 올라왔다. 팔짱을 끼고 의자에 앉아 있던 엄칠구가 고천수를 바라보더니 손가락을 자기의 머리 위로 한 바퀴 돌리며 묘한 눈빛을 보냈다. 고천수가 고개를 주억거렸다. 남자는 등을 구부리며 여전히 볼펜으로 몇 자씩 써 내려갔다. 아래층에서 고천수를 부르는 소리가 들렸다. 내려갔던 고천수가 다시 올라오며 동시에 바라보던 엄칠구와 김 순경에게 웃는 눈빛을 보냈다.

"사장님? 그거 다 쓰셨으면, 맨 아래에 이름 쓰고 지장을 찍으세요."

김 순경이 빨간 도장밥을 서랍에서 꺼내어 들이밀었다. 남자는 엄지를 내밀어 붉게 묻은 손가락의 지문을 종이에 찍었다. 종이를 받아 든 김 순경이 아주 부드럽게 남자를 타일렀다.

"우리가 잘 처리할 테니, 사장님은 걱정 말고 이제 집으로 가서도 됩니다."

 남자는 처음과 달리 비시시 웃으며 어깨를 펴고 검문소 바깥으로 나갔다. 가급적 입을 다물고 있던 엄칠구가 고천수에게 말을 던졌다.

 "뭐여?"

 "저 사람이요? 연탄공장에서 사무직으로 있었는데, 천부교회에 미쳐서 회사에서 쫓겨났답니다. 집까지 팔아다 바쳤다고 그쪽 파출소에서 말해주더랍니다."

 "아이고, 김 순경만 땡잡았네. 며칠 동안 할 일을 오늘 한꺼번에 다 해버린 셈이구먼. 아무튼 그나저나 꼭 김 순경이 나오는 날에는 심심찮게 사건이 한 건씩 생긴단 말이여. 으히히히~"

 비아냥거리는 엄 중사의 실눈이 더욱 작아지더니 능글맞게 웃었다. 그런데 김 순경은 부글거리는지 팔짱을 끼고 서서 통 씹는 표정으로 입을 꾹 다물었다. 결과적으로 모처럼 제대로 된 합동 근무였다고나 할까.

7
바람이 휩쓸고 간 자리

 전체 부대원의 회의가 있는 날이었다. 한 달 만에 많은 지프 차량과 오토바이들이 유류 창고 앞으로 늘어서 있었다. 장수목이 큰 체격의 허우대를 건들거리며 공병대대 쪽에서 걸어왔다. 오토바이를 세우고 헬멧을 벗은 정승룡에게 손가락을 구부려 내무반 쪽으로 고개를 갸우뚱했다. 약속이나 한 듯 문을 열며 두 사람이 들어갔다. 미리 와있던 신문성이 일어나서 두 사람에게 고개를 꾸벅했다.
 "어, 신 중사도 벌써 와있었구먼."
 "선배님들 오랜만입니다. 잘 계셨지요?"
 "어, 나는 잘 있었는데, 승룡이는 잘못 있었나 봐."
 신문성에게 손을 내밀던 정승룡이 고개를 돌려 장수목을 흘겨보았다. 그러거나 말거나 장수목은 딴청을 부리며 다짜고짜 채근했다.
 "야, 짜식아? 넌 어째서 결과 보고를 할 줄 모르냐? 궁금한 내 입장은 생각하지도 않아요. 그거 어떻게 일을 해결하였는지 나 말해봐."

그들은 형광등을 밝히지 않은 긴 콘셋의 어둠침침한 내무반 침상에 걸터앉았다. 이미 일찍 도착했던 부대원들은 이발관이나 사무실 등지에서 회의 시간을 기다리고 있었다.

"말도 마라, 그날은 꿈자리가 사납더니 재수가 옴 붙은 날이었을 거야. 사관후보생 배경 조사를 하는 김에 사찰까지 하려니까 마음이 무척 급해지더라고."

"넌, 짜식아? 그게 문제야. 오늘 못하면 내일 하고 내일 못하면 다음에 하지, 뭐가 급하다고 그랬어. 인마, 우리가 없다고 보안부대가 없어지는 것도 아니고, 보안사령부 없어져도 다른 기관이 대신 나오는 거고, 대한민국은 씽씽 돌아간다 이 말씀이야. 이놈의 정부가 없어진다고 국민이 없어지겠냐? 그때그때 알아서…."

"또 말을 자른다, 그 버릇 여전하네. 네가 말해라 자식아."

"아아 알았어, 알았다고. 나 말 안 할게."

"…초등학교 지나서 내리막길로 가는데, 그쪽 도로는 돌멩이들이 박혀서 유독 울퉁불퉁하고 상태가 안 좋거든. 초등학생 애들 둘이서 오른편으로 가더라고. 그래서 나는 왼편으로 틀어서 내려갔거든. 그런데, 갑자기 한 녀석이 신작로를 휙 가로질러 달려오다가 오토바이와 부딪친 거야. 브레이크를 잡았어도 순간적이라 나도 그냥 자빠졌지. 아, 그냥 머리에 쥐가 나면서 캄캄하더라고. 아이도 놀라서 겨우 일어서더니 막 도망을 가려는데 팔목을 잡고 몸을 살펴보니 무릎이 깨져 피가 조금 나더라고. 다른 데는 다치거나 아픈 데가 없다고는 하는데, 은근히 신경이 쓰여서 물었더니 4학년이라는 거야. 녀석은 뭐가 겁나는지, 자꾸만 괜찮다고 가려고 하는데, 잔뜩 겁을 먹은 눈치여서 두 녀석을 다 오토바이에 태웠지. 가까운 데가 집이었어. 다른 집도 아니고 바로 오전에 신원 조사했던 그 마을 이장 이웃이더라고. 그래서 아이의 아버지를 만났는데, 참 젊은 사람이 괜찮더구먼. 제 아이의 옷을 벗겨보고 물어보더니, 별거 아닌 것 같으니 그냥 가세요. 제가 집에서 약 좀 바르면 낫겠지요. 그러는 거야. 야, 속으로는 이 사람이 기관에 있다니까, 혹시 겁을 먹고 저러는 건가 생각도 들었지만, 세상에! 내가 오히려 감동을 받았다니깐."

장수목은 그 내막을 다 알았다는 듯 손사래를 치며 말을 막았다. 오히려 답답하다고 호소하듯 그에게 침을 튀기며 얼굴을 쑥 내밀었다.

"신 중사? 내 말 좀 진짜로 들어봐. 저 자식이 말이야, 직할반으로 전화가 왔는데 금방 다 죽어가는 목소리로 다짜고짜 사단 의무 중대로 오라는 거야. 무슨 일인가 싶어 냅다 달려갔지. 야, 내가 그때 가까운 데 있었기에 망정이지 어쩔 뻔했냐? 그래서 무슨 일인가 싶어서 갔더니, 그 아이하고 엄마가 같이 있더라고. 우선 얼른 처리해야 뒤끝이 없을 것 같아 내가 군의관을 불러서 조금 압력을 넣었지. 우리 부대원 가족이라고. 애를 살펴보니, 별거는 아니더라고. 무릎 타박상인데, 약 좀 발라주고 영양제도 얻어줬지. 사실 말이야, 뭐 그 정도로 끝나도 되는데, 저 친구가 뒤탈이 생길까 봐, 하도 징징거려요. 그래라, 씨발 나도 모르겠다. 이왕이면 다홍치마라고 해주는 데까지는 다 해주어야지 하고, 사단 보급창고로 가서 식용유 1통하고 세탁비누 1박스 얻어다 지프에 태워서 집까지 데려다 주었던 거야."

쭈뼛쭈뼛 망설이던 정승룡이 찌푸린 미간을 풀며 입을 열었다.

"아무튼 고맙다, 친구야."

"말로만 짜식."

장수목이 뻐드렁니를 드러내며 킥킥거렸다. 늘 삐걱거리던 두 사람의 웃음 가득한 모습을 번갈아 보며 그도 이가 보이도록 웃었다.

"우리가 너무 빨리 왔나 봅니다. 아직도 30분이나 남았네. 처음 회의에 참석하는 건데, 본부 계장들한테 인사 가야 하는 거 아닐까요?"

"신문성이? 지금이 중요해. 처음부터 저놈들한테 길을 잘못 들여놓으면, 두고두고 멱살 잡히는 거 몰라. 이따가 한 10분 전 쯤 슬쩍 들리자고. 우리는 좆빠지게 밑바닥에서 일하는데, 저놈들은 책상 앞에서 신문이나 뒤적거리며 우리가 올린 보고서를 정리하는 거 말고 뭐 있어. 나중에 담배나 한 보루씩 넣어주면 될걸."

"…장수목? 너야 재미있게 보낸다마는, 나는 하루가 끔찍해. 교육받을 적만 해도 007 제임스 본드라고 부풀었는데, 이거 시골 논둑길로 오토바이나 타고 다니며 동네 이장들을 만나 말장난이나 하는 처지가 되었으니…."

"야 인마, 후방에서 내가 도청 사무실을 들락날락할 때는 도

지사 밑으로 전부 나한테 눈치를 실실 보면서 전부 굽신거렸지. 그런데 최전방으로 쫓겨 오니 북풍한설 찬바람이 씽씽 불어도 어쩌겠냐. 사람 사는 곳이라면 어디든지 다 좋고 나쁜 게 있지 않겠냐. 로마에 가면 로마 법을 따라야지. 여기서는 여기대로 재미있는 것도 있을 거야. 귀동냥으로 발굴해봐. 신 중사는 어때? 검문소는 너무 지겹고 심심하지 않아?"

"뭐 아직은요. 검문소 일은 단순하지만, 사찰 대상자가 많아서 연고자 파악하기가 어려워 돌아다니기에 바쁩니다."

저녁 밥상을 주인댁이 방으로 가져왔을 때였다. 때마침 고천수가 와이셔츠의 소매를 걷어붙인 양손에 네 홉들이 소주병과 종이봉투를 들고 왔다. 밝은 얼굴로 잔뜩 웃음을 머금은 고 병장이 병을 내려놓으며 말했다.

"이거 저 가게에서 얻어온 겁니다. 간밤에 제사를 지냈다고 합니다. 대장님하고 같이 먹으라고 아주머니가 헌병대하고 따로따로 싸주셨는데, 술은 우리만 몰래 가져온 겁니다. 동네 할머니가 동동주를 잘 담그는데 부탁했다고."

노 상사도 그를 쳐다보며 무뚝뚝한 표정을 누그러뜨렸다. 셋은 밥상에 둘러앉아 종이봉투 속에 들어있는 음식과 동동주를 한 순배씩 마셨다. 말수가 거의 없는 상사가 술잔을 내려놓으며 말문을 텄다.

"입에 붙는 것이 막걸리와는 확실히 맛이 다르네요?"
"자자, 더 드세요."

"대장님도 저녁인데, 더 해도 되잖습니까?"
"아직 술이 많이 남았네."

그들의 얼굴은 불콰하게 물들었다. 바깥이 캄캄해지고 형광등 불빛이 밝을수록 노 상사의 거무스름하고 쪼글쪼글한 얼굴이 대추처럼 빛났다. 병에 들어있는 누런 술이 바닥에 가까워질 무렵, 고천수는 슬며시 자리를 떠났다. 고 병장은 상대방이 누구든 불편하게 하지 않으면서도 자신을 돋보이게 했다. 공과 사를 가려 나이 어린 상관과 자신이 있는 분위기를 잘 헤아렸다. 그가 은근히 긴장했던 것과 달리 시일이 지날수록 신뢰로 변했다. 군인은 그 계급에 따른 직책과 책임에 따라 처신이 달라졌다. 똑같은 계급임에도 헌병대의 병사와 고 병장의 행동과 말본새가 확연하게 다른 까닭은 그런 이유도 있었다. 또한 사람과 사람의 관계는 시간이 흘러야 더 드러나게 되었다. 믿음 역시 여러 가지 타인의 검증을 거쳐 생겨나는 상대적 결과였다.

혀 짧은 노 상사는 술잔이 비워질수록 앉은키가 더 오그라들었다. 그리고 오랫동안 막혔던 말문이 터져 꼬리에 꼬리를 물었다. 벙어리처럼 입을 다물었다가 둑이 터지듯 허물없이 주절주절 상사의 말이 이어지는 게 그는 오히려 편해졌다. 늙은 상사는 멋대가리 없이 과묵한 사람이었으나 이제 스스럼 없이 자신을 드러냈다.

"…보안대장님? 그 부대에 황 상사라고 근무하지요?"
"황돈팔 상사 말입니까? 아니, 어떻게 황 상사님을…."
"제가 알고 있냐고요?"
"예에."

"군대에 처음 입영했을 때부터 같은 부대에 있었고요, 따지고 보니까, 고향도 황해도로 저하고 비슷한 처지라서 친구처럼 지냈고요."

"그럼, 정보부대에서 근무하다가 우리 부대로 왔다는 말을 들었는데, 거기서 함께 근무하셨습니까?"

"아니지요. 그 친구도 처음에는 전투부대에 있었는데, 정보부대에서 이북 출신들을 모집할 때 그쪽으로 지원했을 겁니다. 황 상사는 키도 크고 운동을 했던 사람이라 그 부대에서 요구하는 경력에 딱 맞았던 것이지요. 저야 뭐, 모든 게 자격 미달이라 어렵지요. 그리고 그런 부대는 제 적성에 맞지도 않아요."

"황 상사님과는 계속 자주 만나셨겠네요?"

"사람의 일이 어디 그런가요. 몸이 멀어지면 마음도 멀어진다고 하지 않습니까. 한참 동안 소식이 두절되었는데, 월남 갔을 적에 같은 부대에 근무한 사람이 알려주더라고요. 철수해서 황해도 고향 사람들 모이는 자리에서 얼마 전에 한 번 봤습니다."

"그 정도의 세월을 군문에서 보냈으면 보통 사이가 아니시고, 더구나 같은 사단 안에 있으니까, 자주 연락하면 좋으실 것 같은데…."

"그 사람은 좀 어려운 성격입니다. 원래 기독교 교인이어서 술은 입에 안 대는 사람이고… **빼빼** 마른 사람들이 모두 그런 건 아니겠지만, 좀 냉정하고 까칠한 성품이라서 조심스럽더라고요. 남들이 볼 때는 뭐 제가 보안부대에 있는 사람과 친하게 지내면 무슨 덕이라도 볼까 봐 그렇다고 생각할 수도 있겠고, 나 역시 기관에 있는 사람과 친밀하다는 소문이 나면 좋을 일이 없겠다는 생각이고요."

"하하하~ 노 상사님, 너무 반듯하십니다. 그런 이유라면, 뭐. 저도 그분을 아직은 잘 몰라요. 부대에서 회의할 적에 딱 한 번 보았습니다. 두 분의 관계를 잘 몰라도 자주 연락하고 편하게 지내시면 좋지요."

8
헝클어진 측근들이

 10개월의 교육을 마치고 그는 하사를 달았다. 일주일의 휴가를 마치고 군복과 군화를 더블백 속에 집어넣은 신사복 차림으로 처음 배치받은 곳은 명주시였다. 쌍발여객기는 김포공항의 사무실에 모인 동기생들을 승객들과 함께 태워 공항을 붕 떴다. 하늘의 속도가 지면에서 떨어질수록 기류는 동체를 흔들었다. 기압으로 뚝 떨어지는 아찔함에 그의 가슴은 철렁했다. 옆좌석에 앉은 동료는 억지로 웃는 모습이었다. 부사관학교의 유격훈련보다 덜 떨리는 와중에도 희망과 궁금증이 더 앞섰다. 반도의 등뼈를 닮은 태백산맥을 따라 길게 뻗은 동해안. 눈 덮인 태백산맥을 넘어 비행기 창문 아래에는 시퍼런 바다가 끝없이 펼쳐져 있었다. 말로만 들었던 동해의 망망대해는 그가 살았던 고향의 아늑한 바다처럼 섬들도 안 보였다. 검푸른 바다의 색깔은 무겁고 알 수 없는 심연의 두려움을 느끼게 했다.
 이윽고 뭍에 바투 다가선 바다의 해안선이 눈에 들어왔다. 선회하던 여객기가 굉음을 지르며 활주로를 굴렀다. 계류장으로 돌아 멈춘 여객기의 트랩 아래로 찬바람이 몰려왔다. 말쑥하게 신사복을 입은 부대원이 기다리고 있다가 그들을 안내했다. 체격이 크고 살찐 백돼지처럼 나이가 들게 보여 간부인 줄 알았는데, 병사라고 소개하여 그들은 한참 동안 웃었다. 이내 네모진 검정 지프차 두 대가 그들을 나눠 태웠다.

공항에서 시내로 나가는 포장길은 영 상태가 안 좋았다. 덜컹거리는 뒷좌석에서 동료의 몸과 밀착되어 꽉 꼈다. 차창 밖의 낯선 풍경은 그들의 눈동자를 붙잡았다. 산맥에서 흘러내린 야산과 마을들은 갇혀 있었다. 눈 덮인 도시의 스카이라인은 야트막했고, 겨우 포장도로가 검은 얼굴을 내밀었다. 상가의 지붕들은 하얀 눈을 두껍게 뒤집어쓰고, 행인들이 드문드문 걸어 다녔다. 도시의 간선도로 중간중간에는 긴 광고판에 큼직한 글자들이 내걸렸다. '간첩 신고 상금 타고 자수하여 광명 찾자!' '유신으로 총력 단결 국가 번영 이룩하자!' 억지로 맞춘 듯한 낱말의 조합이 사람들의 눈을 파고들었다. 통치자를 위하여 고쳐진 법은 시간이 갈수록 덕지덕지 오물이 묻어 냄새가 코를 찔렀다. 절대권력의 서막을 알리는 표어들은 그들이 해야 할 일이었다.

지프차는 교차로를 가로질러 중학교 옆의 오르막길을 지났다. 방학 중이라 교정은 고요했고, 길 양쪽에는 치워진 눈 뭉텅이가 쌓여 길은 좁아졌다. 막다른 길을 수문장처럼 네모난 돌기둥 두 개가 서 있었다. 회사 간판이라기에도 조금 애매모호했다. 한글로 내리 흘려 쓴 〈동해공사〉의 나무판이 정문의 오른쪽 돌기둥에 붙어 있었다. 위병초소의 경비병이 안 보였다면 그곳은 군부대가 아닌, 작은 규모의 학교나 관공서쯤으로 보였을 것이다. 일정이 점령했던 시기에 지어진 원래 읍 사무실로 썼던 건물이었다. 검푸른 측백나무들이 촘촘하게 둘러 심어진 곳으로 들어갔다. ㄱ자로 길게 배치되어 뻗은 단층 건물들 앞은 운동장이었다. 오래된 검푸른 향나무들이 듬성듬성 꽂혀 있고 구석진 곳은 검정 지프차들과 군용 지프차, 트럭이 웅크리고 있었다. 동해안과 내륙 지역까지 담당하는 보안부대였다.

군복으로 갈아입은 신입 하사들은 행정과에 들어갔다. 검정 가죽점퍼가 작은 체구를 덮은 듯 눈빛 사나운 사내가 행정계장이었다. 자신이 육군 상사임을 밝히며 하사들에게 다그치듯 신고 연습을 시켰다. 감색 신사복에 넥타이 차림의 부대장은 그들의 경례를 받았다. 대령은 중후한 모습으로 미소를 머금고 한 명씩 손을 잡았다. 위장된 사업체 사장에게 신고한 동기생들은 뿔뿔이 흩어졌다. 계급은 군인의 본질을 규정했다. 사회적 동물들에게는 피라미드의 밑변과 꼭짓점이 있게 마련이었다.

부친의 사망으로 자리를 비운 부사관 대신 지방 방송국으로 파견을 나갔다. 갈매기 하나를 달고 3주일 동안 그가 맡은 첫 보직이었다. 직원이 가져온 보도자료를 먼저 읽고 분석하여 내용이 석연치 않은 부분이 있으면, 색연필로 가차 없이 붉은 줄로 그어야 했다. 특히 정부와 관련된 뉴스는 이름하여 보도 통제의 지침에 따랐다. 유신헌법을 비아냥거리는 상징적 문장을 걸러내기가 쉽지만은 않았다. 중앙의 뉴스에 이어 지방 소식을 알리는 아나운서의 입을 꽁꽁 묶어내는 일이었다. 업무에 관련된 상식도 없이 막무가내로 덤볐던 시간이 부끄러웠다.

두 번째로는 대공 업무였다. 간첩을 잡으러 다니는 수사관들의 행정을 지원하는 사무직이었다. 본관과 떨어져 외진 그곳은 두꺼운 시멘트벽의 별관이었는데, 금방 지어선지 문을 열자마자 페인트 냄새가 콧속을 파고들었다. 시멘트 바닥은 두껍게 멍석을 깔았고 벽은 방음 타일을 붙여 밖에서는 일절 소리가 안 들렸다. 한쪽 벽의 커다란 거울은 안을 밖에서 볼 수 있었다. 그런 시설은 용의자나 피의자에게 불리한 장치였다. 긴가민가하게 하거나 공포심을 주는 반면, 조사하는 자의 저의를 알아차리지 못하게 하는 목적이 있었다.

그런 기발한 생각으로 수사실을 만든 장본인은 부대장이었다. 대령은 육사 아닌 종합 출신 장교였다. 사령부에서 중령으로 통신장비 담당 부서에 오랫동안 있었다. 대령 진급은 꿈도 꾸지 못할 형편으로 연금에나 기대를 걸었다. 쥐구멍에도 볕 들 날과 '안 되면 되게 하라'는 군인정신으로 버티었다. 수입하는 외제 장비 역시 주어진 상황에 마땅찮았고 수사 장비가 낡아서 열악하기 짝이 없었다. 그래서 중령은 장사치처럼 청계천이나 남대문시장을 찾아 쏘다녔다. 공업학교의 전기과를 나와 손재주가 좋은 중령은 열악한 장비를 개조하고 만들어 냈다. 내사나 수사 상황에 필요한 장비들을 그때그때 상황에 맞춰 조립하여 간첩 사건을 해결한 공로로 대령까지 진급했던 터.

별관은 아직 페인트칠 냄새가 가시지 않은 상태였다. 그가 오기 전까지 막 완성되었을 사무실은 몇 오라기 남은 머리털을 조심스럽게 빗은 늙은이가 주인이었다. 수사실장인 군무원 서기관은 부리부리한 눈빛이 예사롭지 않았다. 늙은 서기관은 현역

군인들이 판을 치는 조직에서 찬밥 신세인 군무원임에도 전혀 꿀리지 않았다. 바뀌는 부대장마다 실장을 신임했던 터. 쉰 중반의 훤칠하게 생긴 사내는 토박이였다. 일정 시기에 농업학교를 졸업하고 경찰관이었다가 어찌어찌 특무부대의 군무원이 되었고 계속 승진을 거듭했다. 더구나 고향에서 몇십 년을 지냈으니 노회하기 짝이 없었다. 터줏대감인지라, 안 가봐도 지도만 보고도 빠삭하게 현장을 파악했다.

출근하는 아침이면 새로 온 그까지 부대원들은 시끌벅적했다. 그들은 어제 했었을 일을 까만 표지로 묶은 근무일지에 빼곡하게 적어 실장의 책상 위에 던져 놓았다. 그리고 커피를 마신다거나 담배를 뻑뻑 피워서 비좁은 사무실을 연기로 가득 채워놓았다.

어제 근무했던 일을 시부렁거리던 주걱턱이 밤색 가죽점퍼의 지퍼를 올렸다가 내리며 입을 열었다. 주걱턱은 서른대여섯 살로 구시렁거리는 편이었다. 월남에서 참전하고 왔다며 뻐기고 있으나 여태 중사 계급장을 바꿔 달지 못했다.

"따로 사무실을 만들어 놓으니까 좋기는 하지만, 걱정되네."

"며칠 전에 돼지 대가리에 돈까지 꼽아놓고 간첩 잡아달라고 고사를 올렸는데, 무슨 그런 악담이 있어?"

"아 아니, 제 말은…."

"어이 거, 재수 없는 소릴랑 하지 말라고."

"그게 아니고, 감옥이나 수사실을 지은 책임자들이 나중에 자신이 그곳으로 들어간다는 소문이 있거든."

"음 그래, 하긴, 그런 말이 있었지. 아, 생각해 보니 그러네.

중앙정보부 남산 분실을 지었던 그 양반도 그랬잖아?"

반박하던 작달막한 상사를 조심스레 지켜보던 준위가 중사의 말을 거들었다. 얼굴이 길쭘한 준위는 평소에 아는 일도 섣불리 먼저 꺼내지 않았다. 경찰 경위에서 보안 준위로 바꾸어 이제 막 들어왔던 것. 그들은 모두 동료였지만, 이해관계가 걸린 일에 대해서는 형편에 따라 말이 달라졌다.

동해안의 마을들은 눈 뒤덮이면 바다를 빼고는 꽉 막혔다. 긴 겨울은 봄이 올 때까지 폭설과 싸움이었다. 1968년 가을에는 울진과 삼척으로 120명이나 되는 무장간첩들이 침투했다. 양민 23명을 무참하게 죽인 간첩 113명을 사살하고 7명을 토벌했지만, 캄캄한 바다는 언제나 열려 있었다. 긴 해안선을 철책선으로 막았다 한들 뚫고 들어오려는 간첩에게는 허술했다.

생포 월북자, 납북 어부들의 연고자는 대부분 그 가족과 친인척이었다. 그래서 감시하고 사찰하는 범위가 넓었다. 겨울은 사람의 활동반경을 꽁꽁 묶었다. 태백산맥은 길고도 높다란 방벽이었다. 내륙과 해안의 기온이 부딪쳐 눈이 오면 산맥과 해안까지 눈 이불로 뒤집어씌워 버렸다. 날씨를 핑계로 외근으로 활동하는 간부들은 시내의 다방에서 죽을 치거나 숙직실에서 화투를 쳤다. 실장이 바깥에 싸돌아다니는 동안, 그는 조사관들이 갈겨 쓴 보고서를 정리하거나 사무실을 청소했다. 다른 부서의 사무실은 병사들이 청소하는 데, 수사실에는 병사가 배정되지 않았다. 기밀이 바깥에 새어 나가면 안 된다는 까닭이었다.

그가 하는 업무에는 무슨 무슨 공작이라는 제목이 많았다.

▲공작(工作): ①물건을 만듦. ②어떤 목적을 위해 미리 일을

꾸밈. 그 풀이가 어떻든 똑같은 뜻이었다. 공작 앞에는 또 다른 낱말이 붙어서 그 내용을 짐작하게 해주었다. 그 내용의 특징에 걸맞게 이름을 창작했다. 적에게는 모르게, 아군은 짐작할 수 있는 상징과 함축성이 담긴 낱말. 가령, 전쟁 때 북쪽으로 갔는데, 다시 간첩으로 내려와 그 가족을 만날 가능성이 있으면 〈까치〉 공작—견우와 직녀의 만남을 까치떼가 오작교에서…. 북쪽 경비정에 납치되었다가 풀려나온 어부가 다시 간첩과 접촉할 우려가 있으면, 〈낙지〉 공작—빨판이 달린 다리로 먹이를 휘감는… 따위였다.

전 세계의 거의 모든 국가는 비밀정보기관을 운영했다. KGB, CIA, DIA, M16, 모사드, MSS … 중앙정보부, 보안사령부 … 그것은 국가를 지키려는 목적으로 생겼다가 때로는 변형되거나 사라졌다. 조직의 목적은 국가의 안위를 위협하는 적을 제거하는 일이었다. 그렇지만, 국가 면허를 가진 폭력 조직을 통치자가 올바르게 사용하지 않았을 적에는 오히려 물의만 일으켰다. 손에 든 무기는 적절한 시기에 제대로 써야 한다. 소 잡을 때 쓰는 칼과 닭 잡을 때 쓰는 칼이 다르듯 정치적이거나 다른 목적으로 수행했을 경우이다. 잘못이 남긴 폐해는 본질과 달리 반드시 자국민에게 돌아간다는 것.

덫이란 함정이다, 속아 넘어가는 편이 지는 것이다. 어느 누가 올가미에 걸릴 줄 알고서야 접근하겠는가. 미끼의 유혹을 떨치지 못하고 접근하는 물체가 걸려야만 목적을 달성하는 것이다. 특수한 공작 중에서도 북쪽에서 남쪽을 향하는 것은 대남 공작이고, 남쪽에서 북쪽을 향하는 게 대공 공작이다. 이 모두 밑밥을 던져 입질한 물고기를 득달같이 낚아채는 일이다. 세상의 어떤 간첩이, 날 잡아가요! 하며 수사기관에 제 발로 걸어들어오리오. 순간마다 목숨이 왔다 갔다 하는 그 간첩이, 날이면 날마다 잡히는 것도 아니었다.

그는 여전히 자신이 처한 환경을 인식하면서도 시간을 아꼈다. 일을 빨리 배워서 터득한다기보다는 복무기간에 자연스럽게 습득하게 된다는 생각이었다. 그래서 외딴 사무실에 혼자 있을 때면 그는, 서랍에 숨겨둔 소설이나 시집을 펼쳐 들었다. 정서를 차분하게 하는 문학 서적은 맹목적이어야 할 현실을 흐트러지게 했다. 업무에 직접적으로 도움이 안 되는 책들이 감성을 자극하여 강한 이념을 다져야 할 그를 느긋하게 만들었다.

퇴근 시간이 될 무렵이면 나갔던 직원들이 들어왔다. 시끌벅적하게 되풀이되는 사내들의 언사와 음담패설이 담배 연기 속으로 사라졌다. 차디찬 계절은 그럭저럭 메꾼 근무일지의 페이지처럼 넘어갔다.

*

바다로부터 부딪쳤던 파도의 물보라가 숨을 가다듬었다. 세차게 울부짖었던 바람마저 시나브로 온화해졌다. 지루했던 계절도 산맥에 쌓였던 눈과 함께 녹아내렸다. 마을에 갇혀 있던 사람들이 오고 가자, 일거리도 늘어났다. 쓸데없는 농담으로 시끄럽던 외근근무자들이 사무실을 빠져나갔다. 신문성은 결재서류를 정리하고 있었다. 금방까지 책상머리에 있다가 실장은 부대장실로 불려 들어갔다.

한참 만에 실장이 들어왔다. 심각한 표정의 실장을 두 사람이 뒤따라왔다. 낯선 사내들은 마치 점령군이나 된 듯 의기양양했다. 그들은 사령부에서 조금 전 군용비행기로 도착한 수사관들이었다. 작고 마른 체격은 밤색 싱글을 입은 대머리였는데, 눈썹이 성깃하고 신경질적인 표정으로 늙은 실장에게 손을 내밀었다. 나이는 열 살 아래쯤이었으나 서열은 소령이 위였다. 육사가 아닌 종합 간부후보생 출신의 소령은 사령부 직속 수사 분실의 책임자였다. 순전히 악명높은 수사관의 기질을 담보로 사령부 안에서도 널리 알려졌던 터였다.

그 뒤로 천장에 닿을 듯 우람한 덩치의 젊은이가 따라붙었다. 머릿기름을 발라 올백으로 넘겼으나 앞선 사내보다 훨씬 젊었다. 절간의 사천왕처럼 허우대가 크고 곱슬머리에 눈은 부리부리했다. 흰색 바지와 감색 점퍼 차림으로 커다란 몸을 지탱한 까만 구두가 빤질빤질 유난히 빛났다. 팀장인 듯 작은 사내가 먼저 뾰족하게 튀어나온 입을 달싹거렸다.

"나 김판근 소령이요."

"저는 하성기 중위입니다. 영감님 말씀은 익히 들었습니다."

덩치와 어울리게 감색 점퍼가 두툼한 입술로 굵은 목소리를 뱉었다.

"비행기가 결항이든가요?"

"특명 사건이고 시간도 안 맞아서요."

"상황이 심각하게 돌아가고 있지요?"

실장이 금박껍질의 청자 담배를 내어 손님들에게 권했다. 풀풀 날리던 담배 연기가 금세 사무실 안에 자욱해졌다. 살짝 웃는 표정으로 늙은이가 말문을 텄다.

"김 실장님은 저와 사령부에서 뵈었던 구면이고… 하 수사관님은 남쪽 말씨를 쓰시네?"

"저요? 야당 대통령 후보가 나왔던 그곳 출생입니다."

"우리 하 수사관은 성질이 달라요. 그 지역과 상관없이 동부대학 경찰학과 알, 오, 티, 시 출신이고 부잣집 아들이랍니다. 아주 일을 잘하고 유망해서 처장님도 눈여겨보고 있지요."

키 작은 사내가 말끝에 말을 덧붙였다. 늙은 실장과 그들은 머리를 맞대며 가져온 자료를 확인했다. 수군거리는 그들의 표정은 자못 심각해졌다. 현지에 온 만큼 피의자에 대한 의견을 종합하는 내사 과정이었다.

"이건 특명 사건입니다. 잡아 와서 바로 조사합시다."

"장군인데 그래도 되겠어요?"

"그래봤자 별거 아닙니다. 각하 앞에서 그까짓 거 별 하나 두 개가 무슨 대수입니까? 우리 뒤에는 각하가 계십니다. 까라면 까고 조지라면 그냥 조지는 거지요."

"그리고 실장님? 잔심부름할 간부 한 명 붙여주시겠습니까? 젊고 깡다구 있는 부사관이면 좋고요."

콧구멍을 사납게 벌름거리는 중위의 말이 떨어지기 무섭게 실장이 걸걸한 음성으로 문성에게 눈짓했다.

"신 하사? 지금부터 다른 일은 뒤로 미루고 이분들을 잘 도와드리게!"

그들은 오후에 다시 나타났다. 까만 지프차에 태워져 온 사람은 해안사령부의 참모장이었다. 카키색 정복은 울긋불긋한 약장이 빼곡했고 견장에는 별 하나가 번쩍였다. 장군은 툭 튀어나온 아미의 짙은 눈썹과 체격이 떡 벌어졌으나, 풀이 죽은 모습이었다. 참모장은 팔목에 수갑을 찬 채 더 우람하게 생긴 감색 점퍼에게 이끌려 수사실로 들어갔다. 판사의 영장이 있을 리 없었다.

 하얀 조명등 빛이 쏟아져 캄캄했던 공간을 드러냈다. 부리부리한 눈빛을 죽인 장군이 철제 의자에 앉았다. 테이블을 마주한 그 자리는 피의자의 자리였다. 맞은 편에 거울을 등져 앉은 팀장의 찢어진 눈빛이 깨진 유리 조각처럼 빛났다. 테이블 위에 두툼한 조서 용지가 놓여 있었다. 신문을 하기도 전에 인적 사항은 벌써 파카 만년필로 휘갈겨 써졌고, 가로줄들이 그어진 맨 마지막 아래에 발간처인 〈육군인쇄공창〉 활자가 박혀 있었다. 대상자와 수사관 사이에 팽팽한 긴장감이 감돌았다. 팀장은 장군의 손에서 수갑을 풀더니 존칭 생략하고 먼저 말을 꺼냈다.

 "다 알고 왔으니 협조해 주고 빨리 끝냅시다."

 다그치는 물음에도 뜸을 들이며 침묵…. 장군은 맞은 편을 빤히 바라보던 눈을 내리깔았다. 천장에서 긴 형광등 불빛이 머릿기름을 발라 가르마를 한 장군의 이마에 떨어졌다. 까만 머리가 불빛에 번쩍거렸다. 주머니에서 담뱃갑을 꺼내던 팀장이 먼저 한 개를 빼어 들고 물었다.

 "한 말씀 드려도 될까요?"

 "그러시오."

 "보아하니, 다 현역 장교 같으신데, 솔직하게 물으시면 대답하겠습니다."

"담배 태우실 거요?"

팀장은 답변 대신 담배를 권했다. 장군이 고개를 가로저었다. 입에 문 담배에 라이터로 불붙인 팀장은 길게 빨았다. 고개를 수그린 장군을, 한참 동안 살기등등한 눈길로 쏘아보고 뜸을 들이던 팀장이 신경질을 돋우며 갑자기 목소리를 높였다.

"단도직입적으로 묻겠소. 최근에 사령관을 만났지요?"

"육본을 떠난 뒤에는 만난 적이 없습니다."

완강했으나 풀기가 없는 목소리였다. 순간, 팀장은 당황한 눈빛이 스쳤으나 만년필을 손가락으로 돌리며 평정심을 지니려고 애썼다. 아무리 철저한 계획일지라도, 상대가 있는 게임은 예측하지 못한 변수도 있는 법. 정글에서 맹수들의 힘겨루기는 몸과 마음을 강약으로 조절하며 쏟아야 했다. 쉬이 끝날 게임이 아니었다. 그래서 몇 번이나 뻑뻑 빨았던 담배를 탁자 위에 눌러 비벼껐다. 수사실의 벽 거울 뒤에서 지켜보던 감색 점퍼 하성기가 주먹을 불끈 쥐었다. 모멸감으로 화가 치미는 중위는 입술에 침을 바르며 금방이라도 뛰어 들어갈 듯 눈을 지릅떴다.

"좋소."

"당신들은 지금까지 승승장구하며 잘 나가고 있는 군인이고 누구보다 더 각하에게 충성을 다 해야 하는 것 아뇨?"

"그건 당연한 말씀입니다. 저는 이 순간까지 국가와 각하께 온몸을 바쳐 왔습니다. 무엇이 잘못되었습니까?"

"… 뭐가 잘못되었다?"

"제가 잘못된 걸 알아야…."

"그걸 지금 나한테 되묻는 저의가 뭐요?"

"아니, 저… 의… 라니요?"

"당신들의 충성심이 변질되었거나 반역했다는 생각은 해본 적이 없소?"

"예? 경천동지(驚天動地)도 유분수지, 그런 벼락 맞을 소리를! 저는 육사를 지원 입대하여 소위를 달고 지금까지 오로지 국가에 헌신했습니다. 제가 김일성이한테 했겠습니까? 당연히 각하께 충성을 다했지요."

"말과 행동이 다르니까, 이런 조사가 시작된 거요."

"제가 진실을 말해도 의심한다면, 방법이 없질 않겠습니까."

"그러니까, 사실대로 말하라는 거요."

퉁명스럽게 되돌아오는 화살을 피할 길 없었다. 장군은 침울한 얼굴빛을 애써 감추며 입을 다물었다. 그러자 팀장이라는 사내는 꼬았던 무릎을 풀며 자세를 고쳐 은근한 말투로 바꾸었다.

"그렇다면 신당동에는 자주 드나든 적이 있지요?"

"신당동이라니요?"

"정말 몰라서 그렇소?"

"잘 모르겠습니다."

"솔직하게 대답하겠다더니 아니었군. 당신 자택은 대조동이잖소?"

대답 없는 메아리였다. 그렇다고 묵비권도 아닌 상태로 지지부진(遲遲不進). 꼬치꼬치 캐묻던 팀장은 물음과 답변 사이에서 한계를 느꼈다. 지녔던 자료가 미늘이 되어 고기가 걸릴 것을 바라던 예상이 빗나갔다. 그래서 손바닥으로 자기의 이마를 슬쩍 문질렀다. 그것은 거울 뒤의 저쪽과 임무 교대를 하거나 행동으로 들어간다는 신호였다.

"모른다고? 이 새끼가 우리를 뭘로 보고 기만하는 거야! 말로 해서는 도저히 안 되겠구먼!"

중얼거리던 팀장은 뱁새눈을 치떴다. 벌떡 일어서던 소령이 감아쥔 주먹으로 장군의 얼굴과 배를 내질렀다. 탁, 퍽! 반사적으로 고개를 돌리던 입술이 맞아 터져 피가 흘렀다. 이를 거울 뒤에서 바라보는 중위가 9회 말 선발 투수처럼 쏜살같이 안으로 들어갔다. 장군이 헷갈린 듯 멍하게 그들을 번갈아 쳐다보았다. 두 사람의 외모는 엇박자였으나 손발은 척척 들어맞았다. 자리를 바꿔 앉은 중위가 화장지를 내밀며 두툼한 입술을 열었다.

"이봐? 닭아요. 하늘은 몰라도 우리는 다 알고 있다고. 모른다고 잡아떼면 피해 나갈 것 같아요?"

조서 용지를 밀쳐둔 손가락으로 파카 만년필을 빙빙 돌리며 비웃었다. 또다시 침묵…. 입을 앙다문 장군을 바라보던 중위의 표정은 묘하게 일그러졌다. 그러더니 점퍼 안주머니에서 사진 한 장을 꺼내 테이블 위에 꺼내놓았다. 일본식 주택의 대문을 들어가는 여인의 뒷모습이 찍힌 흑백사진이었다.

"내 말은, 이 집과 여인이 누구냐는 거요."

"…잘 모르겠으나 술집에서 두어 번 만난 여자의 집 같기도 하고."

반듯한 콧날을 만지던 참모장은 아주 자신 없이 말꼬리를 흐렸다. 점퍼가 느닷없이 일어서더니 문을 열고 나왔다. 점퍼는 사무실의 캐비닛을 눈빛으로 가리키며 하사에게 턱짓했다. 하사는 망설이다가 두 손으로 포승줄을 꺼내 주었다. 점퍼는 앉은 채 또다시 눈짓했다. 하사가 무슨 뜻인지 몰라서 버벅거리자,

"딸딸이!"

하성기 중위가 소리를 질렀다. 그제야 하사는 재빨리 사무실 회색 캐비닛에서 목침만 한 묵직한 쇳덩이를 꺼냈다. 직육면체로 엎드린 국방색 EE-8 군용전화기를 그에게 건네주었다. 하성기는 묵직한 그것을 한 손에 들고 수사실로 들어갔다.

"꽉 묶으라고."

그들은 입을 꽉 다문 장군을 야무지게 꽈진 포승줄로 철제 의자에 꽁꽁 묶었다. 의자와 사람은 한 묶음이 되었다. 피의자와 조사관의 힘겨루기는 그리 오래가지 못했다. 비웃음을 잔뜩 얼굴에 바른 중위의 얼굴은 묘하게 이지러졌다.

"말하라고!"

뜨악한 표정으로 멍한 눈빛의 장군을, 하성기는 노려보았다. 그러더니 갑자기 두터운 손을 내밀어 장군의 오른쪽 견장을 움켜쥐었다. 우두둑 소리가 나며 뜯긴 계급장은 바닥에 내동댕이쳐졌다. 견장을 지탱했던 뜯어진 군복의 어깨끈이 패잔병의 낡은 옷처럼 너덜거렸다.

"이 자식들이, 각하의 명예를 훔치다 못해 이제는 자기들끼리 다 해 먹자는 수작 아냐? 이게 똥별이지 뭐야. 끼리끼리 밀어주고 빨아주고 달아준 계급장을!"

감색 점퍼는 약이 바짝 올랐는지 얼굴이 벌겋더니 떨어져 있는 계급장에 다가가 구둣발로 꾹 누르며 질끈 밟았다. 그리고

가져온 EE-8 전화기를 테이블 위에 딱 소리가 나도록 놓았다. 베트남전쟁에서 그 물건을 지겹도록 보아온 준장이 그 성능을 잘 모르지는 않을 터.

"당신을 장군으로 대우하고 싶어도 도저히 그렇게 안 되는 이유가 뭘까?"

선이 또렷한 입술을 앙다물고 또다시 침묵….

"입을 열기가 싫은 거야? 숨기고 싶은 거야?"

굵은 목소리로 윽박지르던 중위가 떠벌거리던 행동을 갑자기 멈췄다. 그러더니 군용전화기 단자에 까만 삐삐선을 끼웠다. 빳빳한 까만 삐삐선 두 가닥을 준장의 손가락에 대고 테이프로 칭칭 감았다.

"당신이 상황을 아직도 뭘 모르시나 본데…."

감색 점퍼는 허리를 구부렸다. 테이블 위에 놓은 전화기의 발신 장치를 마구 돌렸다.

"으음~ 아아악!"

바로 그 순간이었다. 사람을 실은 무거운 의자가 함께 공중으로 붕 뜨더니 바닥으로 쿵 떨어졌다.

"아이고, 우우~ 음."

짐승처럼 울부짖는 사람은 이미 장군이 아니었다. 사람이 짐승 되는 순간은, 그다지 시간이 걸리지 않았다. 점퍼를 입은 커다란 덩치가 나자빠진 피의자를 낑낑대며 일으켜 앉혔다. 기가 꺾인 사람의 광대뼈에 시퍼런 피멍이 생겨 부풀어 올랐고 입술은 바닥에 부딪혀 깨진 채 터져 피가 흘렀다. 얼굴이 몹시 이지러져 다시 앉아 있는 상태로 침묵. 금방이라도 터지려는 분노를 애써 억누르는 듯 입술을 꽉 다물었다. 참혹한 현실에서 장군이 할 수 있는 행동은 별로 없었다.

 그는 바로 눈앞에서 일어난 사실이 믿겨지지 않았다. 마치 자신이 당하기라도 한 듯 서늘한 기운이 싸하게 그의 온몸에 퍼지면서 소름이 돋았다. 영화에서나 보았을 것 같은 몸싸움은 교육기간에 배웠던 이론과 전혀 달랐다. 외근 부대원들이 가끔 사람을 데려와 조사할 때가 있었지만, 이만큼 독하게 대들거나 패대기친 일은 처음이었다. 자신이 철저하게 그들의 입장에 되어야 함에도 왠지 장군에 대한 측은한 감정이 생겼다. 그는 왜 이러는 것일까? 측은지심(惻隱之心)? 그 자신의 머릿속에서는 또 다른 샅바싸움이 벌어졌다. 이런 일에서 네가 할 수 있는 것이라곤 아무것도 없다고. 그냥 저들처럼 적극적으로 짐승을 사냥하는 편에 서 있던가, 아니면 입을 꾹 다물고 기계처럼 시키는 대로 하면 그만이야. 아니지, 그래도 아니지. 사람이 짐승처럼 되어가고 있지 않은가. 저들끼리의 얽히고 설킨 내막을 알 수는 없지만, 이건 대상자가 북한괴뢰군도 아니고 아군이고 장군이었다. 아무리 뭐가 뭔지 잘못되었을지라도 같은 편이 아닌가.

 그렇지만, 검질기게 을러대던 수사관들도 수굿해졌다. 사건의 실마리가 그들의 생각만큼 술술 풀어지지 않았다. 지독한 고문을 할지라도 증거가 뒷받침되어야 했다. 피의자가 딱 잡아떼거나 오리발을 내밀면, 퍼즐이 맞춰질 리가 없었다.

 "이봐? 거기?"

 문성을 굵은 목소리와 턱짓으로 부르는 큰 덩치가 손가락으로 까딱거렸다.

"우리가 잠깐 회의하는 동안 감시 잘하라고!"

신문실 안으로 들어갔던 그는 구겨진 장군을 보면서 육면체의 공간이 아주 낯설게 느껴졌다. 풀이 죽어 시들어진 사람에게 ★의 의미는 없었다. 커다란 유리 벽으로 막힌 바로 옆 사무실로 그들은 모였다.

"사령부에서 긴급 전문이 날라왔네요. 읽어보세요."

통신실을 다녀온 실장이 소령에게 누런 전신 문서를 내밀었다. 어수룩한 무표정의 중위가 등을 꺾고 고개를 쭉 빼어 함께 들여다보았다. 빛을 흡수한 어둠 속에서 갑자기 그들의 눈빛이 밝아졌다.

"아, 그걸 몰랐군. 역시 수사는 종합 작전이야. 진즉에 알았으면 이렇게 시간을 소모하지 않았지. 그렇다니까."

"뭐 있습니까?"

능구렁이같이 속내를 들키지 않은 실장이 시침을 떼며 물었다. 중위가 독살스럽게 웃으며 걸걸한 음성으로 대꾸했다.

"수사하는 거 보시면 압니다."

그들이 다시 문을 거칠게 열고 들어오면서, 신문성에게 나가라는 눈짓했다. 얼른 몸을 뺀 신문성이 나간 후에 중위가 우람한 몸을 장군에게 들이밀며 말문을 꺼냈다.

"이봐요? 아직도 답이 안 나와요?"

"옷 벗어! 벗으라고!"라는 팀장의 신경질 섞인 쇳소리가 작은 공간을 울렸다. 장군은 영문을 몰라 움찔하며 어리벙벙한 표정이었다.

"무슨 말인 줄 몰라? 속옷만 남기고 몽땅 벗으라고!"

그제야 장군은 엉거주춤 서서 윗옷을 벗은 다음 바지의 허리띠를 풀었다. 팬티와 긴팔 내의가 드러났다.

"이봐요? 웃통을 벗어야지."

팀장의 다그침에 장군은 머뭇거리며 옷을 벗었다. 의자에 털썩 주저앉은 몰골은 체격이 딱 벌어졌을지라도 초라하기 짝이 없었다. 그의 왼쪽 어깻죽지에 문신이 새겨져 있었다. 종두를 맞은 흔적을 비켜난 그 글씨는 새긴 지 오래되지 않은 것 같았다. 파란 자국이 선명한 한자로 단 두 글자였다. 일심(一心).

"이거 새긴 지 얼마나 되었어?"

"월남 파병 가기 전에 한 겁니다."

"무슨 뜻으로 한 거요?"

"그 글자 내용 그대롭니다."

"그걸 누가 몰라? 무슨 의미로 한 거냐니까."

"나라에 충성한다는 마음…."

"그 따위 말 같지도 않은 변명하지 말고, 경비사령관도 같이 했잖아?"

순간, 장군은 어수룩했던 표정과 달리 낭패한 듯 얼굴이 일그러졌다.

"다 알고 있어요. 말하기 싫으면 안 해도 당신들 모임의 증표를 다 알고 있다고!"

중위가 밖으로 나가고 팀장이 들어왔다. 장군을 바라보고 입을 비죽거리며 경멸이 담긴 어조로 되물었다.

"우리도 이딴 짓이 좋아서 한 거 아닙니다. 잘 아실 거 아뇨?"

"무슨 말입니까? 구체적으로."

"별을 달았으면 정치적으로 어떤 방향으로 간다는 것쯤은 우리보다 더 알고 있을 텐데, 답답합니다. 그거 하려고 했던 거 순순히 실토하고 좋은 방법으로 끝냅시다."

수사관들이 내민 종이에는 아무런 양식도 인쇄되지 않은 백지였다. 장군은 볼펜을 집어 들었으나 굳은 표정으로 가만히 있었다.

"못 써?"

"정말 죽으려고 환장했나, 이 새끼가!"

"당신이 대한민국 땅에서 처자식들하고 살려거든 윗분의 뜻을 아는 게 중요해. 당신 말이야, 여기서 더 얼마나 버틸 것 같아? 당신 몸뚱이는 물리적으로 영원하냐고?"

한낱 사람의 몸뚱이는 누구나 한계가 있기 마련이다. 살을 찢고 피를 흘려 정신을 빼앗으려는 자들을 이기지 못한 장군의 ★은 아득히 멀어졌다. 혼돈의 밑바닥에서 짓이겨진 몸은 슬슬 무너지기 마련이었다.

*

술김에 나불거린 그 말 한마디는 올가미가 되었다. 밤말은 쥐가 듣고 낮말은 새가 듣는다고 했든가? 발 없는 말이 천리를 간다고 했다. 침묵과 말이 다른 것은, 저의를 들켜 그 꼬투리가 또 다른 변형을 가져오기 때문이다. 개미 떼가 만든 제방 둑의 구멍이 커져 무너지듯 사소한 시작이었다.

지난가을 무렵, 서울 시내의 외진 숲속이었다. 외졌다고는 하지만, 각하의 집무실과도 승용차로 10분 거리로 그리 멀지 않앉다. 삼각뿔처럼 생긴 산 아래의 알만한 사람들만 오는 요정의 정원은 드넓었다. 짙푸른 소나무들 사이로 갈참나무가 뒤섞여 바람 소리가 우수수 났다. 차량이 바로 닿는 담장 안의 기와집들이 따로따로 떨어진 별천지였다. 대개의 요정처럼 커다란 한옥 건물에 방들이 붙어 있는 게 아니라, 따로따로 별채가 떨어져 있었다. 그런 배치에서는 옆 건물에 누가 왔어도 서로 알 수 없었다. 오직 주인만 들고 나는 손님들을 알 뿐이었다. 냄새가 안 날 수 없는 이런 곳에서 세상을 주름잡는 거물끼리 느닷없이 마주쳐서 좋을 일은 없었다. 겉으로는 친한 척해도 모름지기 견제하거나 의심하는 게 이들의 속성이었다.

약속이나 한 듯 거의 같은 시간에 검정 승용차가 안채 앞에서 멈추었다. 맨 나중의 승용차는 제비처럼 반듯한 운전기사와 비서가 뒷문을 열어 정보부장을 안내했다.

귀한 손님만 받는 안채에는 세 사람이 따로따로 들어왔다. 각하가 가깝게 여기고 챙겨준 최측근이었다. 두 사람은 고향과 군대의 선후배 관계로 맺어졌던 터라 가끔 연락을 주고받았다. 수도 서울을 지키는 경비사령관, 정보부장, 신문사 사장이었다. 각하의 눈치를 보며 여론과 권력을 쥐락펴락하는 자들이었다. 상석에는 정보부장이 앉았다. 그날은 북쪽의 뿔테안경을 쓴 주석을 만나고 온 실세 정보부장을 축하해주는 모양새였다. 신문마다 1면을 대문짝만한 사진으로 나온 정보부장은 우쭐한 모습을 감추지 않았다.

일월오봉도(日月五峰圖)가 쫙 펼쳐진 병풍 아래 주안상이 차려져 있었다. 푸른 하늘에 해와 달이 떠 있고 다섯 산봉우리 아래 쏟아지는 폭포수 밑의 물결이며 양쪽으로 활기찬 소나무 두 그루가 서 있는 민화였다. 조선의 임금을 상징하는 그 병풍은, 시중에 짝퉁으로 나돌았다. 그 업소에서는 손님에 따라 가끔 펼쳐 드러내었다. 갖가지 접시에 담긴 음식들은 깔끔하고 즐비하게 놓였다. 또한 시중을 드는 여인들은 나름대로 고급 손님을 접대하는 눈치 또한 빨랐다. 거물 정치인, 기업인, 고급 공무원과 외국 회사원들을 상대하는 여인들의 눈썰미는 예민했다.

정보부장이 들어오자, 먼저 와서 기다리고 있던 두 사람이 벌떡 일어났다. 정보부장은 그들과 악수하고 당연한 듯 화려한 병풍 아래로 자리 잡았다. 한복을 차려입은 젊고 앳된 여인들은 그들의 웃옷을 벗겨 옷걸이에 걸어놓고, 옆에 한 사람씩 앉았다. 그중에 나이가 더 어린 여자는 사령관이 구면인 듯 재빨리 그 옆으로 앉았다. 여인들은 먼저 담갈색 양주병을 손님들에게 따랐다. 그들이 건배를 하자, 여인들은 손뼉을 쳤다. 누가 미리 가르쳐 준 것도 아니건만, 분위기를 자연스럽게 만들었다.

"이건 뭐지?"

놋쇠 신선로에서 살점을 뜯어 젓가락으로 먹여준 여인에게 고개를 돌리며 부장이 물었다. 닭대가리와 거북 대가리가 굵은 인삼에 엉켜 잠겨있는 그것을 모두 꼬나보았다.

"용봉탕이라고 건강에 좋은 음식입니다."

"용과 봉황새라?"

정보부장이 고개를 갸우뚱거렸으나 웃음을 머금은 듯 묘한 표정이었다. 어색하게 넥타이를 맨 경비사령관이 부장의 대답을 낚아채 잽싸게 말을 거들었다.

"옛날에 궁중 수라상에서 임금들이 먹던 거 아닙니까? 자라는 임진강에서 잡은 게 좋다는데, 임진강을 무사히 잘 건너오셨으니까. 아하하하~."

"허허허~의미가 그리 되나?"

정보부장이 사령관에게 눈을 맞추며 잔을 건넸다. 건배가 이루어지고 말이 말을 만들어 푸짐해졌다. 정보부장은 연신 자라탕 그릇에 숟가락질을 해댔다. 그걸 물끄러미 보고 있던 신문사 사장이 슬쩍 말을 건넸다.

"저번에 장 회장 사무실에 간 적이 있었지요?"

"가끔 각하와 골프를 치던 사람이… 요즘 바쁜지 나도 본지가 꽤 되었어. 뭐 있나?"

"해외 홍보에 신경 좀 써달라는 겁니다. 그런데, 저한테 가만히 있으라더니 한지에 둘둘 말았던 뭘 내밀더라고요. 보니까, 이파리에 마른 흙까지 붙어있는 새끼손가락만큼 작은 산삼 몇 뿌리였는데, 햐, 그것참. 지리산에서 심마니가 캤다는데, 바로 그 회장 손에 들어와서 그걸 몇 천만 원이나 줬다는 겁니다. 집 몇 채 값을 눈 하나 깜박거리지 않고, 대단하지요. 그중에서 자기도 제일 굵은 걸로 꺼내어 흙이 묻어있는 채 입으로 씹는데, 꼭 껌을 씹는 것처럼 바로 삼키지 않고 질겅질겅 씹은 거요. 그러더니 저한테도 하나를 내밀어 이거 하나 드세요. 그러질 않겠어요. 저는 그저 성의로 생각하고 주는 대로 그냥 받아서 몇 번 우물거리다가 삼켜버렸지요. 아 그런데, 이 사람이 눈을 휘둥그레 뜨며 그거 왜? 그렇게 먹느냐고 그러는 겁니다. 그래서 제가 뭐가 잘못되었냐고 했더니, 그것은 입안에서 닳아 없어질 때까지 씹어먹어야 약의 효험이 있다고 해요. 그걸 누가 약발로 알았나. 뱃속에 들어가면 다 되는 줄 알았지."

"으하하하~ 아니, 그 회장 참 웃기네. 먼저 먹는 방법을 좀 알려주지, 참."

"그러게 말입니다. 그런데 말이죠. 참 특이한 사람인 것 같아요. 각하하고 죽이 맞은 걸 봐도 그렇고 그런데, 아무리 생각해도 그 사람 참 대단해요."

"아, 그러니까. 이런 데 와서도 술은 마시는 둥 마는 둥 하고 괜찮은 여자들 만나면 살짝살짝 옆으로 빠져나가서 금방 해치우고 오잖아."

"괜찮은 정도가 아니고 유명세가 붙어야 호출된답니다. 어떤 여자라도 한번 그 양반의 눈에 띄었다 하면 벗어날 수가 없다는 소문이 자자합디다."

"여자한테도 상표가 중요하군. 대단해. 참으로 대단하지. 핫하하하~."

옆에 있던 여인이 꿀에 절인 수삼 조각을 젓가락으로 집어 언론인의 입에 얼른 넣어주었다.

"어허, 저것 봐. 벌써 꼬리를 치는구먼. 핫하하하~."

이들의 희한한 대화를 듣고 있던 여인들은 눈을 내리깔며 서로 눈빛을 교환했다. 여인들의 얼굴이 붉어진 것은 술 때문만도 아니었다.

"요즘 늙어지기가 억울해서 여러 방법을 쓴다는구먼."

"그래봤자, 진시황 꼴 나는 거지요. 동남동녀가 무슨 대수며 황천길 가는 데는 백약이 무효랍니다."

"북쪽 주석이라는 사람도 젊은 애들 피로 수혈을 해서 팔팔하다는 소문이 있어."

"저도 그런 말은 들은 거 같습니다. 이제 막 초경을 한 처녀의 피로 수혈을 해서 오래된 피를 젊은 피로 바꾸면 몸이 짱짱해진다는데, 형님 어떻습니까? 하하하~"

"예끼 이 사람아. 그런 방법이 있다면 각하부터 해드리고 우리는 나중에 해야지. 찬물도 위아래가 있는 법 아닌가?"

턱이 뾰족한 정보부장은 술을 마시더니 말수가 점점 늘어났다. 이때 경비사령관이 정보부장 곁에 앉아 시중을 들던 여인에게 말없이 눈짓을 건넸다. 재빨리 알아차린 여인이 다른 여인들에게 고개를 돌려 눈빛을 쏘았다. 여인들의 소통은 마음으로 알아듣는 불립문자나 진배없었다. 그녀들은 한 사람씩 슬며시 일어나 자리를 빠져나갔다. 그제서야 정보부장은 청산가리 캡슐을 몸에 지녀 죽음까지 각오했다고 떠벌렸다.

"…사실 이제까지 저놈들이 하는 짓들을 보면 무지막지해서 죽을 수 있다는 두려움이 머릿속에 꽉 찬 상태에서 갔으니 무엇인들 못 하겠어. 한번 죽지, 두 번 죽는 건 아니다. 죽으면 충무공이 되는 거고, 살아서 돌아가면 이성계가 되는 거라고 마음속으로는 배수의 진을 쳤지. 하긴, 저놈들도 그렇게 멍청하지 않았겠지. 나를 죽여본들, 저들이 국제사회에서 얻을 것이 없다고 판단했을 거라고."

"그렇고말고요, 저놈들이 그렇게 멍청한 짓을 하겠습니까. 적진의 사신을 죽여서 얻을 게 없지요."

"일본 매스컴으로 흘러 나갔는데, 국제적으로 빼도 박도 못했겠지요."

"지금 생각해도 오싹하고 아슬아슬한 일이었지. 조상님이 도왔나, 부처님이 도왔나 모르겠어."

"그래서요?"

사령관이 작은 눈을 땡그랗게 뜨며 채근했다.

"…저쪽 양반이 나한테 딱 그러는 거야. 부장 선생? 내레 하나 물어보갔시오. 와 남반부에서는 미 제국주의 군대를 계속 붙잡아두고 돌려보내지 않고 있소? 그 순간에 머릿속이 갑자기 캄캄해지더라고. 예전에도 몇 번 그런 비슷한 일을 닥쳐 보았지만, 사람이 위기에 처하면 돌발적으로 뭔가 나오게 되더라고. 그래서 내가 수상 각하, 일본 놈들한테서 우리 한반도를 해방시켜주고 자기 나라로 되돌아가서 텅텅 빈 이 한반도에 다시 미군을 불러들인 게 누구십니까? 수상 각하가 아니십니까? 6.25가 없었다면 미군이 무슨 핑계로 이 땅을 다시 들어왔겠습니까? 하고 슬쩍 바라보니까, 나를 빤히 보더니만 대답은 안 하고 너털웃음 소리만 계속 내는 거야. …사람이란 말이지, 제 양심에 찔리는 걸 누가 꼬집으면 중치가 막혀. 생각해 보면, 나도 뭘 믿고 그런 말이 나왔는지, 도무지 모르겠어. 아마도 무슨 귀신에 쓰인 모양이지, 지금에야 웃음이 나오지만 나중에 생각해 보니까 등골이 오싹해지더라고."

부장이 북한에서 주석이 했다는 말을 흉내 내어 떠들었다. 불쾌한 얼굴들의 웃음소리가 넓은 방바닥과 방석을 들썩거렸다. 주로 사령관과 부장이 주거니 받거니, 대화를 이어갔다. 술잔을 내려놓던 부장이 인상을 찌푸리며 말꼬리를 돌렸다.

"…바깥에서는 오히려 담담했는데, 돌아와 보니 신경을 쓸 일이 많아. 요즘에는 경호실 사람들이 각하에게 딱 붙어서 뭐라고 하는지…."

"새로 온 차장, 그놈을 영부인이 감싸고 도는 모양이죠?"

"술 안 마시고 여자관계가 깨끗하다고 그렇다는구먼."

"어디서 굴러온 줄 모르는 개뼈다귀 같은 놈이라 우습게 보았는데…."

"남한강 나루터 주막집에서 태어나 근본도 없는 촌놈이 출세하긴 했어."

주어가 생략되어도 그들끼리 소통되었다. 술안주로 씹어댄 사람은, 쿠데타 때 각하의 옆에 서 있었던 공수부대 대위 출신이었다. 짙은 눈썹 아래 돌멩이처럼 험상궂은 표정의 얼룩무늬 군복을 입었던 그 사내. 사내는 명문대 출신 여성과 결혼했다가 갈라선 것 말고는 사생활에 잡음이 없었다.

인연은 묘했다. 하나가 둘을 모르는 일도 있었다. 공유하는 부분이 많을수록 앙숙이거나 친구가 되는 법. 부장과 사령관은 쿠데타 초기부터 가까운 사이였고, 요즘에 더욱 끈끈해졌다. 사령관이 무장간첩 사건으로 밀려났을 때 비서실장도 각하에게 물을 먹고 물러나 있었다. 이들은 다시 오뚝이처럼 재기하여 또다시 측근이 되었다. 더욱이 새로 자리를 얻어간 부장의 집무실 관사와 사령관의 관사는 간선도로를 사이에 둔 건너편이었다. 그들은 각하의 집무실이 멀리 보이는 곳에서 가끔 만났다. 사령관이 순찰을 핑계로 슬그머니 정보부장의 관사를 방문할 때도 있었다.

앞자리의 신문사 대표는 주로 듣는 편이었다. 성근 눈썹 아래 가느다란 눈을 뜨는 듯 마는 듯 고개를 주억거렸다. 그는 원래 대학교수였다가 각하에게 붙어 처신을 잘하여 장관까지 지냈다. 신중한 성격이지만 언론인 특유의 말조심이 체질화한 사람이었다.

그들은 크리스털 술잔에 담긴 담홍빛 술을 주거니 받거니 몇 차례 돌았다. 불콰해진 얼굴들은 간간이 눈웃음을 은밀하게 교차했다. 남성 사이에 끼어 앉아 시중을 들던 여인들은 눈치껏 자리를 떠났다. 이런저런 대화 중에 경비사령관은 정보부장을 넌지시 바라보았다. 그리고 베트남에서 사단장으로 참전했던 바를 슬쩍 내비치고 술잔을 입에 털어 넣었다.

"위험하다고는 해도 군인은 전쟁터가 오히려 더 편합니다."

"이제야 각하를 모시고 일을 하고 있지 않나?"

"이곳이야말로 삶의 치열한 전쟁터죠. 안 그렇습니까?"

"하긴, 자네도 월남에서 생고생하고 돌아왔는데, 하나 더 달아야 할 텐데."

"마음이야 그렇지요."

"장군이라면 중장부터야. 각하에게 하례를 드릴 적에 별 두 개까지는 단체 버스로 오는 거 알지? 세 개쯤은 되어야 별 판을 단 승용차로 정문을 통과해. 하긴 별이 백 개라도 뭘 하나? 권총 벨트는 풀어서 경호실 애들한테 맡겨야…. 그래도 별인데, 달면 달수록 더 달고 싶겠지."

"… 형님? 신라를 통일한 무열왕 아시지요? 김춘추가 목숨을 걸고 고구려에 다녀와서 왕이 되었지 않았습니까. 우리 각하께서 연로하시니 이후를 생각해서라도 후계자가 있어야 합니다. 형님은 지금보다 더 높은 자리가 딱 어울리는데…영감이 혁명할 때가 마흔셋 아닙니까? 형님도 금방 쉰 살인데, 참!"

역삼각형 얼굴의 각진 턱을 들어 올리며 사령관이 내뱉었다. 사령관은 누구보다 각하의 신임을 받고 있었다. 각하가 사단장으로 있을 때 휘하의 참모로 있었고, 군대의 정보와 수사를 장악했던 방첩부대의 수장을 했었다. 북쪽에서 보낸 특수부대가 각하의 암살만 시도하지 않았다면, 보안사령부로 바뀌지 않았고 더 빠른 출세가 기다렸을지 몰랐다. 그러나 좌절하지 않고 승부수를 띄웠다. 사단장으로 베트남전쟁에 참가하여 오뚝이처럼 벌떡 일어났다. 다시 각하의 신임을 얻어 서울을 지키는 경비사령관이 되었다.

정보부장은 가는 눈으로 미소를 지으며 잠자코 듣고만 있었다. 언중유골(言中有骨). 아무리 친해도 노골적으로 마음을 드러내는 것은 하수들이 하는 짓이었다. 더구나 그들은 배가 고파서 이 자리에 온 것이 아니었다. 물론 어떤 음모를 꾸미기 위해서 만난 일은 더욱 아니었다. 태양을 향하여 뻗어나간 본능의 욕망은, 나뭇가지 우듬지의 속성과 다를 바 없었다. 햇볕을 따라 해바라기로 누려온 덕분을 잊게 되어 욕망의 심지에 서서히 불이 붙는 것. 오랫동안 본인들이 줄기차게 거머쥐어온 야심과 명예욕이 겹쳐 그런 만남이 어떤 동력을 만들게 된다는 것쯤은 알았다. 그러니까 에둘러 말하거나 눈을 깜짝여도 소통은 느끼는 자의 몫인 셈이었다.

술 시중을 든 여인들이 표정을 고치며 다시 자리로 들어와 앉앉다. 언제나 알코올을 머금은 불씨가 금세 화르르 불길로 타오르지는 않았다. 아까부터 정보부장은 그들과 대꾸하면서도 연신 대각선 방향의 강화반닫이 위에 놓여 있는 백자로 흘깃흘깃 눈길을 주었다. 풍만한 여성의 엉덩이처럼 진갈색 빛이 자르르 흘렀다. 반닫이를 타고 앉아 있는 청화백자운룡문(靑華白磁雲龍文) 항아리의 표면을 용 한 마리가 여의주를 입에 물고 빙 둘러 감고 있었다. 구름 속에서 대가리를 쳐들어 꼬리를 감추고 네 발을 뻗어 날아가는 상상의 동물은, 코발트계 질료가 환원염으로 메마른 세련된 그림이었다.

"저거 발톱이 네 개가 왕을 상징한다지요? 중국의 황제는 발톱이 다섯 개라?"

"부장님은, 눈도 귀도 밝으십니다. 좋은 물건으로 보이는 조선시대의 명품 같습니다."

언론인이 가는 눈을 치뜨며 슬쩍 말을 붙였다.

"역시 충청도 양반 집안의 후손이라 눈썰미가 남다르군요. 풍수지리와 한의학에만 정통한 줄 알았더니, 골동품에도 조예가 있으시고. 허허허, 각하께서 오랫동안 신임하신 이유를 알겠네요."

"별말씀을요. 아닙니다, 선생질이나 신문쟁이 노릇하다 보니, 잡다한 것을 알게 되나 봅니다. 그런데, 부장님께서는 언제부터 도자기에는 관심을 두시게 되었습니까?"

언론인은 조심스럽게 대꾸하면서도 말의 무게를 가늠할 줄도 알았다.

"아 아니, 저런 골동품을 보면 옛날 조선시대의 어른들이 생각나요. 복잡다단하게 얽힌 정치에서 머리를 식히는 방법으로 풍류를 가까이했던 대원군이 난을 치고, 안동김씨들처럼 저런 것에 관심을 둘 것 같으면… 나도 언젠가는 야인으로 돌아가 시골에 푹 파묻혀 저런 거나 만드는 취미로 살다가 조용히 갔으면 좋겠어요."

"아직 나라를 위해 할 일이 얼마나 많으신데, 그런 말씀은 너무 빠르십니다. 풍류는 선비의 취미로야 괜찮을 듯싶습니다. 재계의 그 회장이 모아 놓은 골동품도 상당하답니다. 국보급만 해도 국립박물관만큼은 안 되겠지만 전체적인 수준은 훨씬 낫다는 평입니다. 듣기로는 일제 말기나 사변 때 모두 끼니 걱정하기도 어려울 적에도 모았다니까, 꽤 많겠지요. 중간 나까마가 헐값으로 후려쳐 사들인 것을 그냥 얻는 셈이겠지요. 물건을 보는 안목이 있으니까, 가능한 거 아니겠습니까."

두 사람이 술잔과 말을 주고받는 동안, 사령관은 옆에 있는 어린 여성의 손을 주물럭거리며 귀엣말을 주고받았다. 대화에 끼지 못하고 주도권을 빼앗긴 사령관은 혼자 술잔을 홀짝거렸다. 그러자, 부장은 게슴츠레한 눈빛으로 말꼬리를 돌려 경비사령관에게 물었다.

"이봐, 베트남에 갔다 오니, 이렇게 다시 좋은 때가 오지 않았나?"

"형님, 말씀이야 언제나 빈틈없이 맞아떨어집니다. 무장한 빨갱이 새끼들이 방첩대라고 공갈쳐서 각하의 코 앞까지 왔을 때는 정말 미치겠더라고요. 그 간첩 새끼들이 다 뒈져서 다행이었지만…그때도 그러셨지요? 조금만 고생하다 보면 위기가 오히려 기회가 된다꼬. 정말 그땐 눈앞이 캄캄합디다. 언론에서 지켜보고 있는데, 우리 각하께서도 어쩔 수 없었다고 생각해요. 베트남 파병을 가서 점수를 딴 거 같습니다."

경비사령관은 속사포처럼 지껄이다가 무슨 생각이 들었는지, 입을 다물었다. 그러더니 옆에 있는 앳된 여자의 허리를 감고 얼굴을 비벼댔다. 정보부장이 그들이 하던 짓을 훔쳐보며 웃음을 머금고 툭 한마디를 던졌다.

"아우님, 사내대장부가 뭐 그러시나? 할 이야기가 있으면 잠깐 나갔다가 오시지."

"아 그럼, 저는 잠깐 실례하겠습니다, 형님."

사령관은 비척거리며 인형처럼 생긴 여자의 치맛자락을 따라 방을 나갔다. 한 사람이 빠진 자리가 헐렁했으나 취기 어린 두 사람은 오히려 편안해진 모습이었다.

"사장님, 나도 군인 출신이지만, 군인들은 좀 딱딱한 편이지요. 인문학에 관한 몰이해도 있고 말이죠."

"모두 다 그렇기야 하겠습니까?"

"물론, 우리 각하야 미술이면 미술, 음악이면 음악, 서예면 서예… 뭐, 다양하시지."

"전공 분야가 원래 역사니까, 내가 번데기 앞에 주름을 잡는 거 같아 뭐합니다만, 신라가 화랑을 만들었고, 화랑정신이 통일을 이룩한 거 아뇨?"

"이를 말씀입니까."

"사실 영남지방은 신라가 망하고 고려에서 조선까지 내내 찬밥이었지요."

"아시겠지만, 그쪽에는 예부터 '두두을' 전설이 있었습니다. 일종의 무속신앙인데, 미륵부처님을 목각으로 만들어 믿었던 모양입니다. 언젠가 다시 옛 서라벌의 영광을 찾고자 했겠지요. 고려 무인 시대에서는 이의민 장군이 경주 출신으로 깃발을 올렸던 것이 그 연장선이라고 합니다. 결국 성숙 되지 못한 자기들끼리 다툼으로 끝났지만."

"각하가 그 오랜 바램을 성취했다고 하나 나는 신라의 명맥이 계속되어야 한다고 봅니다."

✱

바깥의 어둠 속 정원을 띄엄띄엄 떨어진 등불 빛들이 들추었다. 사령관은 슬그머니 자리에서 일어났다. 슬리퍼를 신고 그 옆 별채의 건물로 옮겼다. 조금 전의 기와집보다 규모가 더 작았다. 훈훈한 방 안에는 베개와 황금색 비단이불이 펴져 있었다. 방안에 두 사람만 오붓하게 있게 되자, 언제 그랬냐는 듯 사령관의 불콰해진 얼굴과 몸짓은 반듯해졌다. 조그맣고 앙증맞게 생긴 몸짓으로 여자가 말문을 열었다.

"장군님, 이쪽으로 들어오세요."

"어, 그래그래."

솜털이 채 가시지 않을 만큼 여자는 어렸다. 서툴게 사령관이 입고 있던 와이셔츠를 벗기고 바지를 받아 옷걸이에 걸었다. 속옷 바람으로 이불 속으로 굼벵이처럼 기어들던 사령관이 손사래로 여자를 불렀다. 옷매무새가 흩어진 여자가 따라 들어갔다. 코맹맹이 소리로 여자가 작은 목소리로 말했다.

"불을 끌게요."

"끄지 말고 조금 기다려."

"부끄러워서 그래요."

"벌써 세 번 째나 만났는데, 뭐가 부끄럽다고 그래."

"그래두요."

"그건 그렇고, 지금 출연하고 있는 영화가 무엇이지?"

"말했잖아요. 영화가 아니고 드라마라고."

"무슨 방송국?"

"NBS 아침 드라마를 보시면 나와요."

"열아홉이라고 그랬나? 신인이니까, 열심히 하면 금방 스타가 될 거야."

"그건요, 혼자만 노력한다고 되는 건 아니에요."

방송에 관한 말이 나오자, 앳된 여자는 당돌하게 맞받아쳤다. 경비사령관은 조금 전과 달리 부드러운 대답으로 여자의 허벅지를 어루만졌다.

"당연하지, 그래서 내가 후견인이 되겠다는 거야. 아까 같이 있는 분 잘 알지? 나하곤 아주 친해."

✱

정보부장은 원래 일본군 하사 출신이었다. 독립된 조국의 군대에서 다시 줄을 서서 장교가 되었고 쿠데타의 성공으로 ★ 두 개를 달고 전역하여 민간인이 되었어도 승승장구했다. 부장은 알고 있었다. 약육강식은 시대와는 별도로 언제나 존재했기 때문이다. 식민지에서, 강대국들의 전쟁에서, 해방된 나라의 새로운 상전이 어느 나라인지를. 국군이 재편성되는 초기에는 혼란이었다. 어제의 일본군 상관이 부하가 되고 광복군에서 군대로 들어온 사람들도 있었다. 부장은 재빨리 알음알음으로 미군 미군정청의 끈이 되었다.

나라가 혼란스럽고 격변기 때에는 사람의 운명도 달라졌다. 통역장교로 여느 군인과 달리 제법 상황 판단의 머리가 팍팍 돌아갔던 부장은 이가 안으로 굽어진 옥니였다. 악어의 이빨처럼 한 번 물었다 하면 절대로 기회를 놓치지 않았다. 시일이 지날수록 처음 거사했던 세력은 하나둘 사라지거나 뒤로 물러났다. 인간의 밀월관계는 지속적이지 않았다. 계산이 빠른 그는 집요하게 타인의 약점을 파고 들어갔다. 각하와 찰떡궁합이자 심리적으로 적대적이었다. 왜냐하면, 각하가 육군본부의 정보국에서 소위 남로당과 연루되어 숙청 군인 사건으로 파면되었을 적에 부장은 바로 그 후임이었다. 전쟁은 군인들에게 쓰라림만 안겨주는 것만은 아니었다. 동료들이 최전방에서 소모품으로 몸을 앗아갈 때도 부장은 후방에서 근무했다. 총리의 정보 보좌관으로 서울에서 수돗물을 빨았다. 약삭빠른 머리를 돌려 군대의 빈약한 정보 조직 체계에서 장관 직속의 정보위원회를 만들어 책임자가 되었다. 그것을 디딤돌로 부장은 대사관 무관이 되어 미국으로 건너가 선진국에서 세계 정보를 익히게 되었다. 더 듬거렸던 영어를 누구보다 잘하게 된 일도 한몫을 톡톡히 해냈다. 미국 CIA와 친밀한 그는 세상 돌아가는 힘을 알았다. 정보를 장악하는 자가 싸움에서 승리하리라는 것까지. 쿠데타로 성공한 각하가 미국의 눈치를 볼 때에 중간의 거간꾼 노릇을 잘

해냈다. 누구보다 과거 이력에 잡혀있는 각하의 아킬레스건을 잘 알았기 때문이다. 한때 남로당과 밀착했던 각하의 약점을 미국과 흥정하여 양쪽 모두에게서 재미를 보았다. 밑질 것 없는 장사였다.

각하가 늑대라면 부장은 약삭빠른 여우였다. 오죽하면 별명을 삼국지에 나오는 제갈공명과 조조를 합성어화한 제갈+조조로 불리었을까. 그림자처럼 조용히 행세하던 부장은 야금야금 올라가 최측근이 되었다. 어느새 실질적으로 권력의 2인자가 되면서 후계자라는 소문까지 퍼졌다.

세상에서 일어난 불행이 모두에게 적용되지는 않았다. 부장이 각하의 특사로 북쪽의 주석을 만나기 4년 전, 세상에나! 하마터면 각하는 저승으로 갈 뻔했다. 한겨울의 산천초목이 꽁꽁 얼어붙은 그해 1월 21일로 바뀌는 한밤중이었다. 휴전선 가까운 개성에서 출발했던 특수부대원 31명이 밤낮으로 산의 능선을 따라 내려왔다. 그들은 살을 에는 강추위에도 불구하고 가미가제특공대(神風特攻隊)처럼 다가왔다. 북쪽의 주석이란 자는, 각하의 '모가지를 뎅겅 잘라 오라'고 명령을 내렸다. 산기슭에서 내려와 간선도로로 접근한 이들은 각하가 잠든 공관의 코 앞까지 바짝 다가왔다. 반도의 반쪽을 쥐고 있는 각하의 목숨은 바야흐로 바람 앞의 촛불이었다.

우연이었을까, 하늘의 뜻이었을까. 관할 경찰서장이 어찌 알고 출동하여 중학교 앞에서 그들과 맞닥뜨렸다. 총경은 권총과 소총으로 대응하면서 시간을 벌었다. 총경이 무장한 공비들에 의해 쓰러지며 저지할 동안 군병력이 증원되었다. 결국 공비들은 1명이 도주하고 나머지는 근처 산악지역에서 사살되거나 생포되었다.

무시무시한 두려움이 각하를 엄습했다. 질서를 부수고 새롭게 만들었던 사람은 또 다른 질서를 두려워할 수밖에. 그 끔찍한 사태가 불러온 촛불 같은 사람의 운명. 다시 한번 아슬아슬하게 빗나간 운명이, 각하를 더 단단하게 만들었다. 죽음이 빗나간 생존은 삶을 악착같이 지키는 것. 그리고 북쪽의 수령에게 던진 한마디―이놈이 죽으려고 감히 내 목숨을 가지고 장난을 쳐!

아무튼 각하에게 또다시 두려움을 안겨준 그 사건은 일들의 불쏘시개였다. 본격적으로 체제경쟁이 되어버린 바에야 양쪽은 운명을 걸 수밖에 없었다. 사소한 일이라도 심지에 불을 붙이면 세상은 또 다른 변화를 만들어왔다. 각하는 역사의 치욕을 담보로 빚을 얻어 고속도로를 닦았다. 교육헌장을 제정하며 공관과 일직선상에 있는 광장네거리에 모두가 떠받드는 성웅의 동상을 세웠다. 그리고 새마을운동을 추진했다. 그런 정책의 성공적 행위는 독재정치가 꿈틀거리는 실마리를 만들기도 했다.

그 무렵의 언론은 대부분 통제되었고, 국민은 아직 빡빡한 삶에서 헤어나지 못했다. 하루하루를 빠듯하게 살아가는 대부분 사람은 애면글면했던지라, 끼니가 빠듯한 사람들은 통치권에 따라다니는 역겨운 냄새를 맡으러 하지 않았다. 숱한 소문들은 바람처럼 정체를 쉬이 드러내지 않았으니까.

*

각하는 번쩍이는 눈빛으로 측근을 불렀다. 정보부장은 포마드를 발라 반듯하게 가르마를 탄 모습으로 집무실에 들어왔다. 각하와 육군본부 정보국에서 함께 근무했던 인연이 있었다. 영어에도 능통하고 꾀가 많은 자였다. 부장은 각하와 같은 영남 쪽의 사람이고 영리해서 각하의 신임이 두터웠다. 진즉에 비서실장을 했던 터라 공관 안의 일까지 훤히 꿰었다. 부장이 늘 권력의 핵 주변에 신경을 곤두세웠던 탓이다.

각하의 집무실 안은 담배 연기가 자우룩했다. 무궁화 꽃문양들이 찍힌 두꺼운 청색 커튼이 개켜진 사이로 들어온 빛살이 책상에 어른거렸다. 창문 아래 빳빳한 이파리의 관음죽 화분이 놓여있는 옆으로 작달막한 체구의 각하가 서 있었다. 진청색 바탕에 흰 줄이 가늘게 쳐진 신사복 바지 주머니에서 왼손을 빼던 각하가 몸을 틀었다. 줄담배를 피우던 각하는 재떨이에 비벼 끄면서 물었다.

"임자? 무슨 방법 없겠어?"

수식어가 생략된 각하의 말버릇이었다. 생략된 본질을 찾아 퍼즐게임처럼 잘 맞추어야만 더 가까이 다가갈 수 있었다. 최측근이 되려고 아무리 발버둥 쳐봐야 대부분 8부 능선에서 추락한 이유이기도 했다. 부하로서는 무엇보다 각하가 생각하는 문제의 본질과 그 의도를 헤아려야만 했다. 가까울수록 조심성 있는 접근이 필요했다. 가깝다고 영원히 가까운 것은 아니었다. 권력의 피라미드 꼭짓점에서는 사소한 일에도 미끄러져 곤두박질치기 십상이었다. 카펫을 밟은 채 고개를 수그린 정보부장은 두어 걸음을 앞당겨서 섰다. 그리고 커튼이 열린 창문 밖으로 눈을 돌려 훑어보았다. 바깥은 아직 을씨년스러웠다. 십수 년을 모셨어도 각하의 심중은 늘 양파껍질과도 같아서 섣불리 헤아리기가 어려웠다. 상명하복의 오랜 관계로 정보부장은 각하의 의중을 알 것 같으면서도 족집게처럼 집어낼 수 없는 뭔가가 있었다. 숙제를 시키는 자와 풀어야 하는 자의 입장은 달랐다. 그래서 각하라 할지라도 서로의 속내에 의한 샅바싸움이 필요했다. 잠시 침묵이 가라앉아 시간이 흘렀다. 팔짱을 끼고 있던 각하가 슬그머니 말문을 다시 열었다.

"임자라면, 어떻게 하겠어?"

각하의 '하겠어?' 그 특유한 말버릇이라니. 카랑카랑한 억양만큼 무거운 말은 두려웠다.

"각하! 제가 감히, 어떻게. 천부당만부당하신 말씀입니다."

정보부장은 굳은 표정으로 손사래를 내저으며 목소리를 높였다. 그것이 무의식적이었건, 순발력이었건 간에 뒤로 한 발을 살짝 빼는 숨고르기였다. 절대자가 서있는 마음의 계단을 함께 하기는 어려웠다. 의도가 어떻게 되었건 사소한 말꼬투리라도 잡히면 독소의 바이러스는 금방 퍼지기 마련이었다. 정보부장은 상대방의 심리를 타고난 감각으로 꿰뚫어 보았다. 또다시 드넓은 공간은 침묵이었다. 각하는 다시 담배를 꼬나물었다. 재빨리 정보부장은 주머니에서 라이터를 꺼내어 바투 불을 붙였다.

"각하! 제가 다각도로 정보를 취합하고 분석 중이긴 합니다만…"

안면근육을 펴며 정보부장은 또랑또랑한 목소리로 대답했다. 개인의 생각조차 공무로 들이대는 것은 신뢰성을 높이는 일이었다. 사적인 일도 공무를 덧씌우는 순간, 결재권자는 당당해졌다. 각하의 작은 눈이 커지더니 번쩍 빛났다.

"뭔데? 임자!"

"뒤쪽의 험악한 북악산이 문젭니다. 북한산에서 능선으로 연결된 이곳이 지척에 있으니, 그런 일이 또다시 발생하지 않는다는 보장이 없습니다."

정보부장이 각하의 책상이 있는 북쪽을 손짓으로 가리키며 대답했다.

"그래?"

"사람들이 전혀 살고 있지 않은 곳이니 밤이면 적막강산입니다. 누가 신고인들 제대로 할 수가 있겠습니까. … 한강 아래 영동 신개발지처럼 우선 사람들이 사는 동네를 만들어야 합니다."

"무슨 수가 있어?"

각하의 눈은 빛났어도 가무잡잡한 얼굴의 광대뼈가 유난히 도드라졌다. 말수가 적은 각하의 초조함을 단박에 꿰뚫은, 부장은 일부러 한 박자 뜸을 들였다. 묻는 사람의 의도에 맞춰 강약을, 혹은 은유와 비유를 적절하게 흘리는 그의 독특한 화법이었다. 자신의 의중을 에둘러 표현하므로 절대로 윗사람의 비위를 거스르는 일이 없었다. 그는 어금니를 반짝이며 생각을 들키지 않으려고 나긋한 목소리로 슬쩍 깔았다.

"서민들보다 부유층을 살게 하는 방법이 더 괜찮을 줄 압니다."

"음."

반공 의식이 투철한 부유층들이 살게 된다면, 뭐 신고 정신도 일반 서민들보다 남다를 겁니다. 풍광도 그럴싸하니까 깨끗한 고급 주택들이 생기게 되면, 외국인들에게 경제발전의 좋은 홍보 효과까지 얻을 수 있을 겁니다."

"임자? 어디 한번 추진해 봐!"

각하와 정보부장의 초록은 동색이 아니었다. 군사혁명이든 쿠데타든 목숨을 함께 걸었다고 하여 영혼까지 섞일 수는 없는 노릇이다. 아무튼, 욕망이 모여들수록 도시는 탐욕으로 커지게 마련이었다. 건설부가 앞장을 섰지만, 정보부장이 건설 회사를 끌어들여, 일사천리로 조성된 택지에는 아침햇살에 나팔꽃 피듯 금방 저택들이 하나둘 늘어났다. 그런 곳에 살만한 사람들은 끼리끼리 이끌어 모여들었다. 유유상종(類類相從). 권력과 돈은 언제나 악어와 악어새처럼 상호 보완 관계였다. 한때 정보부장이 언론 인터뷰에서 내뱉은 말이 유행어로 시중에 떠돌았다. 떡을 만들다 보면 떡고물도 먹을 수 있다고 했다던가. 물론 정보부장이 재벌들에게 뒷돈 194억 원을 챙겼다는 소문은, 참새들의 입방아와 크게 다르지 않았다.

저택들이 들어차면서 산자락은 제법 모양새를 갖추었다. 각하는 가끔 점퍼 차림으로 돌아다니기를 좋아했다. 공관에서 터널을 빠져나오면 뒷길과 도로가 이어졌다. 검정 승용차는 가끔 스치듯 도시의 간선도로를 달렸다.

*

고향이란 땅의 족보를 공유하여 신뢰를 더 했다. 옛 신라의 땅에서 태어난 군 출신들은 각하가 성공한 쿠데타로 집권하면서부터 더욱 의기양양해졌다. 세상에 하나밖에 없다는 이름으로 끼리끼리 모였다. 둥글고 작은 별 지구는 하등동물이 사람의 종족으로 진화되고 수효가 늘어날수록 지배하는 자와 받는 자들이 생겨났다. 지배하는 자보다 더 많은 사람을 지배하기 위해 조직은 지배자의 손과 발이 되었다. 믿고 신뢰할 자를 어디서 구하는가. 혈연, 지연, 학연은 타인이면서 지배자와 공통 분모가 되었다. 그 공통 분모를 따라 줄서기가 당연시되었다. 군대 안에서 지연을 따지고 학연을 따져 튼실한 사조직으로 커지고 있었다. 물론 국가의 정보를 쥐고 있는 각하가 모를 리 없건마는, 그것을 도려내야 하는 보안사령부 역시 눈을 감고 있었다.

 언제나 밥그릇의 수효는 적고 먹을 사람은 많아지는 게 세상의 이치였다. 시일이 지날수록 밥그릇은 한정되어 있는데, 먹을 사람은 많아졌다. 자리싸움은 더욱 교묘해졌다. 성골과 진골로 나뉘고 육두품까지 파벌은 늘어났다. 신라와 화랑도를 들먹이는 그 정점에 누가 있는가. 팔짱을 끼고 넌지시 바라보는 각하가 있었다. 그렇지만, 발 없는 말이 천리를 간다고 했던가. 정보기관들은 각하의 눈과 귀가 아니었던가.

 전년에는 유신헌법까지 만들었다. 정적들을 깔아뭉개기에 더 이상 마음 쓸 일도 없었다. 다잡은 불안을 하등에 걱정할 이유 없는 각하였다. 해가 바뀌어 봄이 오는 길목, 서울 근교의 골프장이었다. 잔디는 막 푸른빛을 돋우었으나 가끔 찬바람이 느껴졌다. 신문사 대표와 섬유회사 회장을 불렀다. 부담 없는 팀의 짝짓기로는 안성맞춤이었다. 푸른 잔디를 밟아가던 각하는 여느 때처럼 나이스 샷을 날리지 않았다. 둔덕진 언덕 뒤로 성긋한 벚나무들이 피어나려는 꽃봉오리를 드밀고 있었다. 가끔은 숲속에 숨어있던 경호원이 골프공을 구멍 가까이 던져놓았다. 심기를 위로하겠다는 경호실장의 얄팍한 아부였다. 그런 분위기에는 각하는 알고도 모르는지 싱긋 웃고 넘어갔었다. 그런데 그날은 왠지 무거운 분위기가 흘렀다. 어느 사이엔가 캐디들도 안 보였다. 공을 치다 말고 각하는 휴게실에 앉았다.

"임자? 잠깐 쉬었다가 가지."

여느 때 같았으면 더 걸어야 했다. 골프장과 가까운 읍내의 양조장에는 각하를 위한 큰 술독을 따로 보존했다. 빨간 딱지가 붙어있는 검붉은 독 안의 찹쌀막걸리가 익었다. 꼬박 이틀을 밤새워 술독을 지킨 경호원이 발효된 찹쌀막걸리를 작은 통에 담아서 가져왔다. 실장이 하얀 술을 잔에 따랐다. 각하는 그날따라 막걸리를 꿀꺽꿀꺽 소리가 나도록 잔을 금세 비웠다. 실장이 빈 잔을 다시 채워 주자, 각하는 마시다 말고 특유의 호랑이 눈빛을 언론인에게 쏘았다.

"임자? 항간에 말이지, 내 후계자 소문이 돈다는데, 아는 바 있어?"

순간, 이제까지 뭔가 위태롭고 아슬아슬했던 공기가 딱 멈추었다. 언론인이자, 신문사 대표는 눈에서 힘이 빠지며 눈까풀을 내리깔았다.

"… 각하, 건강에 더 신경을 쓰셔야 합니다."

"왜? 내 건강이 어때서? 오랜만에 막걸리 한잔하는데 술맛 떨어지는 소리 하지 말고, 술이나 마셔."

각하는 담배를 꼬나물었다. 경호실장이 잽싸게 라이터로 불을 붙였다. 길게 빨아 연기로 내뱉는 각하는 화를 애써 삭이는 모습이었다. 분위기가 서늘하고 미묘해졌다. 사람에게 분노의 감정은 다이너마이트의 심지와 같았다. 심지의 끝까지 타오르는 시간이 초조할수록 냉정해지기가 어려웠다.

"임자?"

각하는 이글이글 불타오르는 호랑이의 눈빛으로 변했다.

"내가 이제는 우습게 보이나?"

언론인이 들고 있던 하얀 잔이 타일 바닥으로 툭, 떨어졌다. 깨어진 잔에서 조각난 파편들이 침묵을 불러왔다. 수식어가 없는 말과 말의 틈새를 모두 알고 있었다. 그 틈새의 의미는 묘하게 긴장을 불러왔다. 걸걸거리는 가쁜 숨소리를 갑자기 이불로 덮어버리듯 침묵이 흘렀다. 언론인은 가는 눈을 크게 뜨며 긴 턱을 당겨 얼굴을 펴려고 애썼으나 더 일그러졌다.

이제까지 옆에서 가만히 듣는 척하던 경호실장의 표정이 굳어졌다. 각하의 그림자로 붙어 다닌 지 십수 년으로 숨소리만 듣고도 느낌의 촉수가 본능을 부추겼다. 별명이 피스톨 백인지라, 백발백중으로 소문난 실장은 쿠데타 시기에 공수부대 출신 소령이었다. 그는 얼룩무늬 군복에 혁명군의 완장을 차고 의장이었던 각하 옆을 지켰었고 지금까지 마찬가지였다. 오로지 충성을 입에 달고 인생을 살았다. 단순하고 저돌적인 성격이어서 각하는 그를 신임했다.

실장은 느닷없이 점퍼 속의 리볼버 권총을 빼내 들었다. 심기를 경호하는 수칙과는 또 다른 과잉의 힘이 공포의 분위기를 만들었다. 그것이 각하와 암묵적으로 이루어진 것은 아니었다. 긴장은 회오리바람으로 휴게소의 좁은 공간을 휘저었다. 짧은 총구가 언론인의 관자놀이를 겨누었다. 찰카닥, 약실로 착탄되면서 실장의 목소리가 실렸다.

"빨리 말해!"

"아아, 알았어요."

몹시 다급한 언론인의 얼굴은 이지러지며 손바닥으로 가렸다. 각하는 막지 않았다.

"누구야?"

"수경사령관하고 중정부장입니다."

"누구? … 그 새끼들이!"

좀체 표정을 보이지 않던 얼굴빛이 귀밑까지 붉어졌다. 입가심으로 마신 술기운이 불콰하게 끌어 올린 탓만도 아니었다. 작은 체구이지만 마셨다고 하면 술을 물처럼 마셨던 터. 비비 꼬였던 퍼즐 마지막이 맞춰진 느낌이었다. 첩보를 확인한 각하의 머릿속은 하얗게 멈췄다. 머릿속의 이미지들이 기억을 불러왔다. 소름처럼 오소소 돋아나는 두려움이 그를 불러냈다. 그 언제 적이었던가?

말 한마디가 천근 같은 바윗덩어리로 변하여 굴러내려 올 줄 짐작했으리! 그러나 현실은 현실이었다. 사실, 마음은 꽉 막힌 오줌 줄기가 터져 폭포수처럼 쏟아지는 느낌이었다. 그때, 요정에서 술로 대작을 했을 때, 여간 마음이 불편했던 것도 사실이었다. 다만, 마음속으로는 뜨거운 불길이 활활 타오르고 있되 속내를 깊이 감추었을 뿐이다. 쓰레기 같은 놈들.

정의와 용감무쌍한 군인의 기백을 어디에 버리고 시정잡배를 닮아가는지. 점점 벌레만도 못한 이들의 꼬락서니는 도저히 눈을 뜨고 보아주기가 어려웠다. 저들은 자신보다 나이도 어린 자들이었다. 수모라는 것은 모름지기 느끼는 사람의 기준이다. 술은 마셨으나 취하지는 않았다. 술맛도 없었을뿐더러 두 사람의 하는 짓거리를 샅샅이 보고 들었다. 기자정신이란 게 정보원과 다를 바 없는 이중성의 표본이지만, 그날은 왠지 꾸역꾸역 입안에 구겨 넣은 상추쌈을 아삭아삭 씹는 느낌이었다.

얼마나 비겁한 자들인가. 그렇다, 처음 쿠데타에서는 뒤꽁무니의 꼬리를 감추고 있다가 스멀스멀 나왔던 자였다. 성공하고 안정될 조짐을 보이자, 각하의 주변에서 알랑거리며 한자리를 차고 올라온 자들이 아닌가. 그런데, 그들의 어떤 능력이 작용하여 각하의 절대적 신망을 받았을까. 같은 시기에 의기투합한 것이 먹이 때문이란 말인가. 그렇다면, 개돼지와 무엇이 다를까.

언론인은 정치군인 출신들 틈바구니에서 자신을 알아주고 챙겨주는 각하의 심중을 꿰뚫고 있었다. 이이제이(以夷制夷). 역사에서 검증된 가장 손쉬운 방법임에도 발등을 찍는 도끼였다. 고려의 무인 시대에는 그런 악연의 되풀이로 나라를 망쳤다. 누구보다 각하를 존경하고 있었다. 가끔은 각하가 독대하며 혼자만의 통치 고민을 슬그머니 내놓았다. 스님들의 선문답처럼 내놓은 문제를 자신은 게송처럼 답변했다. 각하는 눈빛을 번쩍거리며 더 이상 묻지 않았다. 그러면 그게 소통이 아니던가. 자신이 똑똑하고 대단해서 대변인이며, 신문사 사장까지 거머쥔 것은 아니었다. 물론 일정 시기에 선친과 집안의 어른들은 일제의 핍박을 받으면서도 독립운동을 한 집안이었다. 그리고 전쟁으로 쑥대밭이 된 나라의 존망이 어두웠을 때, 어떤 희망의 빛줄기를 보았기 때문에 교수 자리를 박차고 맨 먼저 각하의 손을 들어주었다. 동료들에게 어용교수라는 손가락질 따위는 전혀 두렵지 않았다.

＊

보안사령관은 참모들과 구내식당의 둥근 테이블에서 점심을 먹다가 각하의 전화를 받았다.
-권 장군? 들어와!
가운데 말을 잘라내고 명령어로 뚝. 확 느껴지는 게 여느 때와 유달랐다. 목소리의 강약과 말씨와 어휘의 뉘앙스로 각하의 감정을 짐작했다. 가깝게 여기는 부하들에게 부르는 '임자'라는 호칭이 느닷없이 '장군'으로 바뀐 저의를 알 턱이 없었다. 보안사령관은 뭔가 심상치 않은 조짐을 느꼈다. 땀이 나고 머리끝이 곤두섰다. 그리고 흘러내린 안경을 손끝으로 밀어올렸다. 평소에도 가끔 각하에게 직접 전화를 받은 적이 있었다. 2~3일 정도 보고차 들렀을 적에도 아무런 일이 없었다. 그런데, 최전방의 상황 문제와 국내 반체제 인사들의 뚜렷한 움직임도 없었다. 그래서 휘하 각 부처의 참모들에게 분야별 업무를 확인해 보았다. 전방에도 후방지역에도 주목할 만한 내용은 보이지 않았다. 신사복을 벗고 군복으로 갈아입은 별 두 개의 사령관은 갑자기 불안해졌다. 연초록 향나무들이 줄지어 선 현관 바깥에 까만 승용차가 대기했다. 배웅하려던 참모들을 물리치고 뒷좌석에 앉았다. 각하의 집무실까지 불과 1킬로미터도 안되는 거리가 수백 리처럼 멀게 느껴졌다. 거리는 드문드문 차량과 사람들이 보였다.

각하의 집무실 안의 회의용 긴 탁자 앞에는 세 사람이 함께 서 있었다. 미색 점퍼 차림의 각하는 그날따라 목이 긴 밤색 구두를 신고 말총 채찍을 들고 있었다. 그렇다고 승마할 채비는 아니었다. 사령관은 손을 올려 경례하며 각하의 눈빛을 살폈다. 으레 느긋했던 표정이 무심한 듯 굳어있었다. 점잖고 과묵하게 생긴 비서실장과 경호실장의 얼굴빛도 돌처럼 굳어져 있었다. 각하는 들고 있던 보고서 한 장을 쓱 내밀었다.

"이거 읽어봐."

사령관은 타자기 글씨가 박힌 보고서를 한번 훑어보고 다시 읽어보았다. 각하의 후계자에 대한 고민이 필요하다는 말을 경비사령관이 흘리고 다닌다는 내용이었다.

"그런 거 들은 일 없나?"

"저는 금시초문입니다. 죄송합니다."

"보안사가 그런 일도 파악 못 하고 앉아서 뭣했나?"

머리끝까지 잔뜩 화가 나 있는 각하의 목소리는 싸늘했다.

"김 장군, 경비사령관하고 동기생이지?"

"네, 그렇습니다."

"친한 사이야?"

"그냥 동기생이라…."

"다른 일도 아니고, 이것은 통치권에 대한 도전이야. 개인적인 관계를 떠나서 철저하게 조사를 해서 단시일 내에 보고해. 언젠가 거 아무개도 경비사령관 이야기를 내게 한 적이 있어. 자세하게 알아보도록 해!"

9
절망을 삼켜버린 불나비

그랬다. 작달막한 그 사람이 다시 장교로 줄서기를 바꾸었을 적에 세상은 뒤죽박죽이었다. 강대국이 되찾아 준 나라의 꼴은 엉망진창이었다. 무질서가 약육강식을 불러온 현실. 무질서와 자유가 뒤범벅된 세상에서는 오로지 이전투구(泥田鬪狗)였다. 배반이 배신을 낳고 죽임이 죽음을 만든 숨 가쁜 시기였다. 그 시기의 삶들이 그러했듯 그 사람 또한 파란만장(波瀾萬丈)의 나날이었다. 교사였다가 식민 지배국의 군인이었다가 해방된 나라에서 다시 군인이 되었던 터. 당시 지식인들에게 아편처럼 번졌던 사회주의자였다. 남로당 간부였던 형으로부터 얻은 붉은 이념은 일본군에서 국방경비대로 신분이 바뀐 그의 모호한 정체성에 머물렀다.

남쪽으로 동떨어진 제주 섬의 분위기가 심상치 않았다. 그것은 일제가 패망하고, 고향을 떠났던 사람들이 다시 들어왔을 때부터 예견되었다. 서울에서 멀리 떨어진 곳이라 남조선 공산당은 섬을 근거지로 사람들을 불러 모았다. 해방군인 미군정청은 점령한 땅의 역사와 백성의 감정에 무지했다. 물불 가리지 않았던 강제적 진압으로 사람들이 죽었다. 정부군과 대립했던 군인과 민간인들은 화산섬의 크고 작은 오름들에까지 쫓겨 섬을 버리고 흩어졌다. 배를 타고 거센 물길을 헤치며 뭍에 오른 일부 세력은 항구도시 여수로 들어갔다. 군대에서 숨어 활동하던 공산당조직의 심지에 불을 붙였다.

국방군 제14연대의 반란은 10월에 캄캄한 밤을 찢었다. 제주의 상황이 심각해지자, 여수의 14연대를 제주로 보내려는 출병 명령이 떨어졌다. 동족을 죽일 수 없다며 이를 거부하는 남로당 조직의 군인들이 들고 일어났다. 연루된 군인들은 항구도시의 경찰서를 점거하고 일부는 순천까지 장악했다. 빨간 완장을 찬 군인들은 인민재판으로 수십 명의 사람을 현장에서 죽였다. 결국 남조선로동당에 관련된 군인들은 토벌군에게 사살되고 많은 상처와 후유증을 남긴 채 끝이 났다.

군대 안에서 남로당으로 활동했던 군인들에 대한 검거가 대대적으로 벌어졌다. 그 사람 역시 숙청 군인 파동이 한창일 때 특무부대에 끌려갔다. 일본군 장교로 만났던 선배와 지인의 구명운동이 없었다면 형장의 이슬로 사라질 뻔했던 바로 그 참담한 기억. 어쩌면 사형을 앞두고 동료들을 배신한 대가로 겨우 살아남았던 것.

일본인들이 지은 국방경비대 총사령부. 기다란 건물의 별관에 군인들이 구금되어 있었다. 바로 며칠 전까지 전우였던 관계가 피의자와 수사관으로 바뀌었다. 수감자들은 한 사람 한 사람씩 끌려 나가 몸수색과 신문을 받았다. 한쪽 구석에 웅송그리며 썩은 나무둥치처럼 팽개쳐졌다. 잡혀있는 자 모두 피로와 허기에 지쳐있었다.

쥐 죽은 듯 써늘한 복도를 오가는 감시병의 발소리, 회반죽칠이 발라진 벽에 거뭇거뭇 묻어있는 곰팡이. 고문을 당해 피투성이가 된 채 끙끙거리는 동료들의 신음, 거무튀튀해진 나무 바닥에 벌레처럼 꿈틀거리며 나자빠진 사람들. 숙군의 딱지가 붙어 끌려온 군인들이었다. 덜덜 떨었던 이도 있었고 누군가가 코를 골았다. 얼굴이 넙데데한 윤곽으로 보아 먼저 잡혀온 그 친구라고 생각되었다. 씻지 못한 몸뚱이에서 역겨운 냄새가 났다. 냄새에 중독된 콧구멍은 면역이 되었다. 게걸스럽게 주먹밥을 씹어 삼키고도 다른 사람의 주먹밥을 힐끔거리던 사람들. 그래서 동물의 부류인 사람인 게지. 그는 자신에게 숨통이 붙어 있음을 새삼스럽게 확인하는 꼴이었다. 살아 있는 동물의 몸뚱이이므로 인간의 치욕을 감당해야 했다. 당장 내일 죽어도 지금은 밥을 먹어야 했고 잠을 자야 했다. 눈을 들어 바깥을 쳐다보았다. 캄캄한 하늘도 창문틀에 갇혀있었다. 가끔은 복도 끝에서 저벅저벅 걸어오는 감시병의 발걸음 소리가 저승사자처럼 느껴졌다.

이것은 패배인가? 무엇 때문에 무모한 공산당에 가담했던가. 갈가리 찢어지고 방향 없이 떠내려가는 이 나라를 구하려면 기존의 틀을 확 뒤집어야 한다고. 굶주리고 헐벗은 사람까지 구해내려면 모든 것을 바꾸는 것이 필요하다고. 그는 형님의 늘 그런 눈빛을 떠올렸다. 그것은 식민지의 압제를 그렇게 해야 한다는 것인지, 이제까지의 모든 세상의 불합리를 그렇게 해야 한다는 것인지를 콕 집어 말하지는 않았다. 그렇지만 말과 눈빛에 스며드는 소통은 심장을 뛰는 맥박으로도 가능했다. 혈육의 관계를 뛰어넘어 정신적 지주였던 형의 신지식은 예민한 그의 감성에 불을 붙였다. 섬광처럼 나타난 새로운 지식이 모든 사고를 순식간에 바꿔버린 젊은 혈기를 어쩔 것인가.

그렇지만, 현실에 부딪히면서도 얻은 이념의 끈은 만만치 않았다. 지금까지 그를 종교처럼 단단하게 묶어왔던 새로운 세상을 만드는 이론. 그럼에도 자꾸만 이제까지 정신을 지배했던 신념이 무너지고 있다는 생각이 퍼뜩 들었다. 이 가시밭길을 헤쳐 나갈 수 있으리라는 믿음이 자꾸만 미덥지 않았다.

자유란 햇빛과 공간을 사람들이 마음대로 숨 쉬고 있어야 했다. 쇠창살과 바깥의 벽을 둘둘 말아버린 유자형 철조망이 공간을 막았다. 몸의 자유를 막아버린 공간에 패배자들이 갇혀있었다. 인간이 인간을 포박하고 인간은 인간을 잡아먹는다. 동물이 동물을 잡아먹을 적에는 배가 고팠을 때뿐이다. 인간은 배가 불러도 잉여 먹이를 비축한다. 단순히 남아 있는 것이 아닌, 미리 남아야 할 것까지이다. 그 욕망도 아닌 탐욕의 먹이가 종족의 살덩어리이다.

잉여 자본은 욕망을 넘어 탐욕에서 비롯되는 것. 그것은 씨족사회가 거대한 제국이 되는 과정처럼 마치 눈 덩어리가 산 아래로 구르듯 구르면 구를수록 더 거대해질 망정 결코 멈추지 않는다. 동물과 인간의 본성이 다른 점이다. 신이 나타나지 않은 상태에서 인간은 진화할수록 여러 갈래의 계급으로 분화되었다.

칼·마르크스의 한계는 분명히 있었다. 본시 인간이 지닌 탐욕을 세상의 어떤 제도와 법으로 막을 수 있다는 말인가. 도대체 인간을, 인간 말고 누가 평가한다는 말인가. 그 역시 가끔은 이론과 현실에 따라 벌어진 모순과 이율배반적인 생각에 젖은 상태였다.

그는 형을 떠올렸다. 민족이 억압받고 굶주린 까닭은 무지에서 비롯된 것이라고. 새로운 지식과 학문은 유물사관이라고. 만인이 평등하고 세상의 질서를 뒤집어야 한다고. 지구상에 완전한 극락은 없다고. 아아, 그렇다면, 지옥은 있다는 말인가. 지옥이야 얼마든지 눈앞에 널려있지. 처방 없는 진단과 수술이 혼재하는 상황이 오게 되면 전쟁이다. 전쟁은 패퇴와 승리만 존재할 따름이고, 패배는 필연적으로 죽음이나 치욕을 흔적으로 남기는 것. 인간은 내일을 예측하기가 어려워 오만가지 변화를 알 수가 없는 것. 오로지 살기 위해 몸들끼리 각축하고 작동하므로 인간의 세계는 독하고 매서웠다. 인간은 동물에서 탈출하지 못하고 지구의 땅거죽을 헤매고 있었다. 역사는 생물의 진화를, 그 흔적을 다 기술하지 못했다. 강자, 강대국의 지배하는 세상에서 어두움은 그 의미가 없었다. '만인과 만인의 투쟁'을 홉스가 부르짖은 것도 그래서였을까. 이제 그의 분노는 차츰 가라앉았다.

구름 속으로 그믐달이 기어들어 간 으스름 밤이었다. 바깥에서 희미하게 빛이 어른거렸다. 달력은 없었다. 그는 날짜를 꼽아보았다. 얼마나 남았을까. 욕망과 번민의 노예가 되어 살아온 것 같았다. 그 허망하게 쌓아 올린 바벨탑의 높이와 부피가 한낱 먼지로 분해가 될 것임에도 앞으로, 앞으로 돌격했던 셈이다. 끌려서 밖으로 나가면 바로 사형 집행이었다. 숨통을 옥죄는 교수형보다 총살형이겠지. 심장을 과녁으로 단 한 방의 총탄이 박히면 끝. 죽음을 향하여 치달리는 날짜의 속도가 두려웠다.

그는 사형수였다. 언제 즉결 처분이 될지 공포가 머릿속에 꽉 차 있었다. 수감자를 바로 사살하는 건 언제든지 가능했다. 죄는 무엇이며 벌은 무엇인가. 인간의 욕망과 인간이 만들어 놓은 규범과 질서에 반하는 행동을 했다고 인간이 인간에게 벌을 주는 것이다. 원래 그 규범과 질서를 만든 것은 인간일진대, 그렇다면 죄는 어떻게 성립되는가. 인간이 인간을 죽이는 정당성을 법으로 만들었다. 법이라는 합리화가 죽이는 자들의 양심을 위로했다. 법을 집행하는 자들은 늘 강한 자들이었다. 당하는 쪽은 패배자들이었다.

거기서 그토록 찾는 부처님과 하느님은 도대체 어디에 있단 말인가. 여태껏 그는 그런 생각을 그렇게까지 깊이 해본 적은 없었다. 번민이 꼬리를 물어 머리를 흔들었다. 시골에서 가난한 집안 7남매의 막내아들로 태어났다. 어머니는 쌀 한 됫박에도 힘들어 그를 지워버리려고 간장을 한 바가지를 마셨다. 어머니는 그를 낳고 밤낮으로 칠성님한테 빌고 또 빌었다.

다행히 일찍 깨우친 형의 뒷받침으로 사범학교를 나와 교사가 되었다. 형으로부터 헤겔과 마르크스의 사상을 들었다. 약육강식(弱肉强食)의 의미를 다시 새겨보았다. 그래서 불타는 야망이 그를 점령국의 장교로 만들었다. 이미 봉건의 시대는 엉거주춤하는 사이에 식민지로 변하고 말았다. 그가 태어났을 때는 표면적으로 모든 혼란으로부터 압제의 평온이 굳어지고 있었다. 시대가 가고 옴을 누가 꿰뚫어 본다는 말인가.

해가 뜨고 지면 밤이 왔다. 태초부터 여명과 박명의 빛은 그대로인데, 그렇게 오고 갔다. 아니, 그런 궤적과 상관없이 하찮은 생명 하나가 나왔다가 스러져 갔다. 인간의 진화는 필연적이고 자연발생적이다. 털 없는 짐승의 두 손과 두 발로는 아가리를 벌린 맹수를 이겨낼 수가 없어서 두뇌가 깨우쳐진 것이리라. 태양과 달이 지구와 맺어진 관계를 알아 하루를 분절하고 일 년을 나누어 달력을 만들었던 인간의 질서. 그 인간의 규칙은 서로의 이해관계와 맞물려 지켜져 왔고, 이제 사회적 동물의 본질이 되었다.

그에게는 형이라기보다는 존경하는 선각자였다. 그러나 이제 형으로부터 얻어듣고 자기 자신이 그토록 심취했던 칼·마르크스의 자본론에 회의가 들었다. 과연 세계 만민이 평등하게 똑같이 공존할 수가 있을까. 맹수도 사냥이 끝난 살코기를 똑같이 나누어 먹는 법이 없거늘, 탐욕 그 자체인 사람이 어려울 거라는. 그렇지만, 그가 얻은 지식과 실체는 어긋나면서도 묘하게 마음을 사로잡았다. 인간의 역사에서 도탄에 빠진 백성을 구하는 자는 누구나 그 시대의 영웅이 되었다.

회반죽이 푸슬푸슬 떨어진 천장 아래서 뭔가가 눈에 들어왔다. 작은 검은 물체가 툭 떨어졌다가 멈췄다. 금방이라도 떨어질 듯 허공에 매달려 있는 게 아닌가. 바로 자신의 눈앞에 멈춘 거미는 똥파리만 한 둥근 몸통을 흔들거렸다. 그의 눈은 온통 검은 절지동물에 집중했다. 겁 없는 거미는 다시 천장을 향하여 올라갔다. 그는 아주 어렸을 적에 만들었던 여치 집이 떠올랐다. 아이들과 잘 어울리지 않아서 혼자 지낼 때가 많았다. 다방면에 재주가 있어 그림과 음악은 물론 책 읽기를 좋아했다.

여름철 텃밭에서 여치를 잡아 찌르 찌르르~ 내는 소리를 들었다. 더 듣기 위한 욕망이 대나무 창살을 깎고 널빤지를 송곳으로 뚫어 집을 만들었다. 그것은 사람이 만든 집이었지만, 여치는 창살 속의 감옥이었다. 하찮은 미물들도 원치 않는 공간은 자유를 구속했다. 또다시 삶에서 천국과 지옥이 한순간임을 그는 깨달았다. 거미를 보지만 않았어도 그는 희망의 끈을 놓쳤을 것이다.

사형→무기징역→15년 징역→강제 예편.

모든 일은 욕망으로부터 출발했다. 풍선이 바람을 머금어 슬슬 부풀어지듯 마음도 따라 커졌다. 풍선이 터졌을 때 산산조각이 난 파편을 생각하지 않은 바 아니었다. 두려움을 끌어안고 시시각각 다가오는 절망의 그림자를 기다리고 있었던, 이십여 년 전의 악몽. 또한 십수 년 전 거사했을 적에는 천근만근 몸에 매달린 무게는 그를 괴롭혔다.

그는 손가락으로 턱밑에 돋아난 까끌까끌한 수염을 만지작거렸다. 불현듯 딸아이가 떠올랐다. 묘했다. 부모에 의하여 맺어진 아내의 속절없음보다는, 어린 것에 대한 애착이 그의 결정을 붙잡았다. 시간이 가면 갈수록 초조해져 살아야 한다는 현실이 실낱처럼 파고들었다. 조사를 받았을 때, 특무부대원이 한 그 말이 달팽이관에 머물렀다. '국가와 민족을 위해서 개인과의 약속을 파기하는 건 배신이 아니지. 잘 생각해 봐요. 당신보다 먼

저 입을 여는 사람이 생기면, 당신은 아무런 쓸모가 없는 거니까.'

인간이 동물과 다르다는 유교적 사고? 배가 고파서 주먹밥 하나 때문에 눈을 흘기고 손을 내미는 저 행위가 동물과 무엇이 다르다는 말인가. 밀고, 배반, 배신… 어차피 시간이 흐르게 되면 세상에 알려지겠지. 어떻게 하든지 일단 살아야 해. 정세 돌아가는 판세를 보니, 남로당은 더 이상 힘을 확장하기 어려울 거야. 지금 죽어봐야 순교자도 아니고, 개죽음밖에 더 있을까. 전투의 죽음에서 살아났지만, 죽음은 의미가 없어. 살아만 있게 되면 뒷일은 언제든지 도모할 수가 있을 거야. 이 곤혹스러운 치욕은 살아서 얼마든지 바꾸어 낼 수도 있을 거고. 그래서 절망을 새로운 희망으로 덮어버리면 다 씻어질 거야. 역사에서 그런 인물들은 많아. 그럼, 많고 많지.

동족 간에 전쟁이 터졌다. 전쟁이 나서 죽기 직전의 인생이 살아나다니! 이 얼마나 모순인가. 어찌어찌 운명의 화살은 아슬아슬하게 또 비켜나갔다. 그러나 언제나 배신은 했던 자만이 느끼는 것. 그 자신의 마음 깊숙이 부끄러움이자, 분노의 불씨였다. 그의 인생에서 배신은 손톱 밑을 바늘로 찌르고 자신을 꽁꽁 얽어매는 거미줄이었다. 용상에 앉아서도 바로 이점이 떠오를 때마다 긴장되었다. 쉰 살을 바라보는 나이이건만, 그의 삶은 귀신이 장난을 친 듯 널뛰었다. 그래서 가끔은 주체할 수 없는 감정을 억누르지 못했다.

10
별똥별로 사라진 ★들

 거의 같은 시간에 경비사령관을 아는 연루자들은 어디론가 사라졌다. 그들 모두는 각각 검정 지프를 타고 온 사람들에게 얼음호텔과 안가로 끌려갔다. 말이 좋아 호텔이지, 알만한 사람들이 끔찍한 그 장소를 빗대어 부르는 은어였다. 수사실이었다. 조선시대에 얼음을 보관했다고 알려진 창고의 이름을 빌려 온 미8군 사령부의 헬기장과 큰길을 사이에 둔 한강 근처였다. 높은 담장이 막아서 있는 커다랗고 둔중한 철문이 지옥문과 다름없었다. 문이 열리고 편편한 잔디밭을 지나 길게 늘어진 콘크리트 구조물. 지옥에 끌려온 자들에게 호텔이라니. 호텔에 투숙한 사람의 몸이 고문으로 너덜너덜 망가져 동물과 다를 바 없어졌다. 웃기는 일은 끌려온 자도 한때는 그 지옥 아닌 얼음호텔의 책임자였다는 것.
 그러나 쿠데타로 포장될 뻔한 사건은 엮어지지 않았다. 역모의 사건이었다면, 정권을 잡았던들 고려의 무인 시대가 되풀이

되었을 것이다. 그것이 혁명이든 쿠데타이건 세상이 뒤집어졌어도 역사의 깃발만 바뀔 뿐이었다. 특명 사건이란, 각하가 특별히 주문한 명령이었다. 그것은 미리 정해진 육법전서의 법조문을 논리로 따지는 놀이와 달랐다. 역모 사건으로 특정 되어지면 유죄는 있어도 무죄가 있을 수 없었다. 용의자가 아무리 오리발과 닭발을 내밀어봤자, 입체적으로 조여 들어가면 꼼짝 마라, 였다.

수사관들은 영장없이 경비사령관의 저택을 구석구석 샅샅이 뒤졌다. 백금으로 만든 별 네 개의 계급장과 금붙이와 돈다발들이 압수되었다. 원래 은 도금된 지급품이 아닌, 별 네 개는 크기도 컸을 뿐더러 백금으로 만들어졌는데, 부하가 뇌물로 바친 것이었다. 더구나 샅샅이 까발린 조사에서 개 같은 짓까지 들추어냈다. 이제 막 인기를 얻고 있는 여배우였다. 깜찍한 연기로 싱긋 웃을 때는 볼에 보조개가 파인 그녀. 살짝 보이는 송곳니는 젊은이들의 가슴에 불을 질렀던 터. 솜털이 채 가시지 않았던 그 어린 여배우를 아버지뻘 되는 수컷이 올라탄 일까지 드러났다.

그것만으로는 반역의 증거를 만들기에 미흡했지만 별 ★★ 개의 근엄함을 뭉개기에는 충분했다. 관련된 그 부하들도 여인들에게 딴살림을 차려준 거며, 군 인사를 매개로 돈을 축적한 비리 따위가 들통났다. 돈과 권력을 주물럭거렸던 자라면 누구나 가능했던 터였다. 깡그리 털렸지만, 죄목은 법전에 있는 항목만으로도 충분했다. 심복 부하 열 명까지 횡령, 수뢰, 총포 단속 위반 죄목으로 군복을 벗겼다. 벚꽃이 세찬 봄바람에 날릴 때 군인들의 어깨에 붙었던 계급장들도 우수수 떨어졌다. 무엇보다 명예를 소중하게 여기는 단순한 군인들을 더럽고 치사하게 만들었다.

물론 그렇다고 하여 그들의 세력이 뿌리째 뽑힐 일은 아니었다. 버르장머리를 고쳐놓을 심산이었으니 각하도 그런 정도까지 눈을 감아주었다. 초록은 동색이었던가. 다음에는 각하가 시키는 대로 조사를 했던 보안사령관도 지휘 책임을 물어 좌천되었다. 부하들이 군용 기름을 팔아 다른 용도로 썼다는 죄목이었다. 인간들이 하는 짓은 언제나 변함이 없었다. 교토사양구팽(狡兎死良狗烹). 토끼사냥을 했던 사냥개는 삶아져야 했다.

정보부장은 위태로운 상황을 모면해 보려고 허겁지겁 일을 저질렀다. 각하의 눈엣가시를 빼버리겠다며 비밀리에 공작을 지시했다. 국내에 발붙이지 못하고 미국과 일본에서 떠도는 젊은 야당 대표를 납치했다. 바다에 수장시키려다가 이를 헬리콥터로 추적 감시하고 있던 미국정보기관에 걸려 개망신을 당했다. 어쨌든 태양의 주위를 돌던 행성들도 맥없이 떨어졌다.

각하 특유의 각본이었을지도 모른다고 누군가가 입에 달았다. 처음에는 별일 아니었던 그 말-각하! 군대 안에도 각하를 추종하는 세력 하나쯤은 있어야 합니다. 권력은 마약 같아서 암암리에 독버섯이 자라났다. 심복들을 오냐오냐 키우다 보니 그들끼리 각축의 장이 될 수밖에.

각하가 누군가? 가난한 집안의 막내로 태어나 극과 극을, 삶과 죽음을 헤쳐나온 사람이었다. 진즉에 인간의 역사가 동물의 본능과 다르지 않다는 법칙을 터득했던 터. 권력의 하수인들을 서로 물고 물리게 해놓은 각하의 통치술은 치밀했다. 이이제이(以夷制夷)의 해답은 숙청이었다. 자신이 당했던 방법을 적대적 상대방에게 써먹는 일이 되었다. 측근을 긴장시켰던 여러 번의 사건은 일맥상통(一脈相通)했다. 신임받았던 세력은 몰락하고 또 다른 측근들이 그 자리를 메꾸는 방식. 다만, 제2인자를 용인하지 않은 각하의 절대적 생각이었다.

누구나 처음부터 우두머리가 되는 게 아니었다. 어렸을 적에 혹은 점점 자라면서 머릿속에 지식이 들어오면 몸은 저장했다. 누군가에게 듣게 된 소문, 혹은 책에서 알게 된 신화의 인물들이 각하의 유년기에 강렬한 이미지로 박혔을지도 모른다. 유사한 인물을 따라가고 싶은 행동은 마음이 끌고 가는 것. 그래서 환경과 여건을 잘 만나면 방향을 정하게 된다.

두 번째의 거사 때는 달랐다. 명분이 달랐다. 위로부터의 혁명. 목숨이 위태로웠던 그 순간들이 퍼뜩 떠올랐다. 아내도 딸아이들의 목숨까지 자신의 족쇄였다. 만약에 거사가 실패했을 때 후배이자, 심복 부하였던 포병 대령은 가족을 안전하게 보호했을까. 먼 친족이자, 자신을 그림자처럼 따랐던 사람이었다. 거사를 도모했던 동지들의 명단에서 대령의 이름을 뺐다. 그 자신이 살기 위해서 남로당 동지들의 이름을 특무부대에 밀고한 그런 입장과 처지는 언제나 존재했다. 그때나 지금이나 믿어야 하지만 사람의 일이란 때로는 모를 일. 바로 그때 그런 일이 어제처럼 생생하게 떠올랐다. 치욕스러웠던 기억이 그로 하여금 분노의 치를 떨게 했다.

누구나 그런 것인가. 왕좌에 오래 앉아 있을수록 살아 있는

신이 되었다. 백성과 왕의 거리는 지구와 명왕성의 거리만큼 점점 멀어지며 신처럼 떠받들어졌다. 타의에 의한 자의가 동의하면서!

그와 비슷한 운명을 공유했던 인물도 있었다. 150년 전에 한반도의 반대쪽 프랑스에도 작달막하고 볼품없던 남자가 있었다. 지중해의 섬에서 태어나 군인이 되었고, 수학과 역사 공부를 좋아하여 포병장교가 되었던 것까지. 키 작은 남자는 운명의 길에서 주저하지 않았다. 용기란 두려움을 담보로 대드는 일. 현실을 파악하는 지적 능력, 감상을 억누르는 행동, 속 깊은 담대한 구상으로 정부가 혼란한 틈에 혁명은 핏줄로 이어온 왕정을 확 뒤집어 엎었다. 절대군주에 길들여진 국민은 그를 또다시 황제로 만들었다. 그래서 한때는 모두가 추앙하는 왕이 되었으며 두 번이나 결혼하는 인생을 겪었다. 전쟁에 패하여 귀양살이했다가 탈출한 지독한 남자. 짧은 생애임에도 영화와 좌절과 실패가 꽁꽁 얽어매었던 흥망성쇠를 보여주었던 보나파르트 나폴레옹.

몰라서 그렇지, 모래알보다 많은 별 중에서 비슷한 별들이 어딘가에 있을 수 있다. 사람의 삶도 그와 비슷하리라. 태양의 주위에서 도는 별들은 행성으로 존재해야만 했다. 우두머리에게 밀려난 사자와 호랑이의 수컷들처럼. 그렇지만, 영원한 것이 어디에 있겠는가. 오직 째깍째깍 사위어가는 시간만이 알고 있을 뿐.

"신 하사? 이분들하고 점심 먹고 올 테니까, 곰탕이라도 시켜

주도록 해."

늙은 실장은 그들과 검정 지프를 타고 썰렁한 운동장을 빠져나갔다. 정문의 초소 근무자가 신문지에 덮인 알루미늄 쟁반을 가져왔다. 그는 그것을 들고 조심스럽게 수사실로 들어갔다. 장군은 포승줄이 풀린 상태로 의자에 앉아 있다가 그를 힐끗 돌아다보았다. 경계의 눈빛은 거두지 않았으나 아까의 그들보다 유연한 표정이 어려 있었다. 그가 신문지를 거두어 곰탕과 깍두기가 든 쟁반을 테이블 위에 놓았다.

"참모장님, 배달된 음식이 식었습니다. 드십시오."

장군은 아무런 말 없이 쟁반을 보더니 고개를 떨구었다. 별이 붙어 반짝이던 견장이 떨어진 장군의 눈빛은 흔들리고 있었다. 하사는 한참을 지켜보다가 거듭 입을 열었다.

"조금이라도 드셔야 합니다."

"고맙소. 그러나 먹고 싶지 않아요."

장군이 사복을 입은 하사에게 낮은 목소리로 대답했다.

"그분들도 식사하시고 오실 겁니다."

그는 한 번 더 추임새를 넣었다. 그것은 별 뜻 없이 순간적으로 인지상정에서 나온 말이었다. 장군은 부어터져 피가 묻은 입술을 앙다물며 무슨 생각이 들었는지, 그를 빤히 쳐다보았다. 신문실 문을 열고 나간 그는 사무실로 돌아와 비밀 거울 저편에 앉아 있는 장군의 모습을 바라보았다. 장군은 두리번거리더니 손을 내밀어 그릇을 끌어당겼다. 애써 숟가락을 잡고 또 뭔가를 생각하더니 식어 빠진 국물을 숟갈질하며 입에 떠넣었다. 그리고 빨간 고춧가루에 물든 깍두기마저 아삭아삭 씹어 넘겼다.

아, 밥의 힘이라니! 이것이야말로 그에게는 충격적인 장면으로 머릿속에 영화 필름처럼 되감겼다. 인간과 동물의 차이가 무엇인가. 본능은 몸이 요구하는 것. 물론 그가 수사 실무와 사례들을 숱하게 들었다지만, 직접 부딪친 건 처음이었으니까. 하극상은 인간이 만든 법체계와 반하는 현실이었다. 캄캄한 밤길에서는 주먹이 센 놈의 세상이고, 법치가 무력화되면 도적의 무리가 왕 노릇을 하는 것. 왕을 허수아비로 만든 고려의 무신 정권 60년이 그것이었다. 수염이 촛불에 태워진 정중부를 시작으로 군인들은 권력의 밥상을 뒤엎었다. 쿠데타는 쿠데타를 불렀다. 맹수들은 동물의 약육강식이 본능임을 실천했다. 이의방, 경대승–이의민–최충헌까지 이어져 3세대에 몰락했다. 맹수들의 싸움을 눈치 보기에 바쁜 허약한 동물들의 삶은 궁핍하기가 이를 데 없었고, 나라는 망하게 되었다.

이성계가 왕조의 이름패를 바꾸고 등극했다고 한들 왕후장상(王侯將相)의 씨가 따로 있으랴. 만두를 훔치는 사람은 도적이고 옥대를 훔치는 건 정의라고? 곤충들의 먹이사슬과 맹수들의 먹이 싸움이 다를 바 없었다. 힘이 센 놈이 약한 놈을 먹어 치우는 인간들과 뭐가 다른가.

그렇다면, 그는 피의자로 끌려온 장군을 절대로 동정할 수 없어야 했다. 그럼에도 경악할 만한 이 사건과 장군이라는 계급장을 뗀 저 인간에 대한 안쓰러운 마음이 머릿속에 가득 들어찼다. 수백 가닥으로 뒤헝클어진 실 뭉텅이를 풀지 못한 것처럼 머리가 갑갑했다. 한편으로 머리를 도리질했다. 아니, 도대체 나는 왜 이런 갈등에 사로잡혀있는지 모르겠어. 하찮은 깡통 계급장의 육군 하사가 지금 이들의 샅바싸움 같은, 정치 게임과는 무슨 상관이란 말인가. 이들은 모두 앞길이 창창한 장교이고 나는 부사관일 뿐, 어쩌다가 일에 휘말린 거야. 그는 억지로 자신의 정당성을 찾으려 애를 썼지만, 여전히 개운하지 못했다.

*

수사관들이 서울로 떠난 후 실장의 표정은 변했다. 언제 그랬냐는 듯 전혀 달라져 그는 고개를 갸우뚱했다. 장군을 사무실로 오게 하면서 담배를 정중하게 권하고 은근히 동정하는 투의 말까지 뱉어냈다.

"저야 사령부에서 온 수사관들을 처음 보았습니다. 조사 과정에서 있었던 안타까운 일을 뭐라고 위로의 말씀을 드려야 할지? 아마 우리 부대장님께서도 제 생각과 비슷하실 것입니다. 그러나 제 개인적으로 조사 과정을 생각하자면, 아무리 봐도 이것은 아니지요. 참모장님이 귀양살이와 진배없이 서울과 동떨어진 동해안 구석진 곳에 와서 과연 무엇을 할 수나 있었겠습니까. 삼척동자도 빤히 아는 일 아닙니까? 차라리 처음부터 정치적 사건이니, 적당하게 입을 맞춰 진행하는 게 맞지요. 제가 수사업무를 몇십 년 해왔지만, 졸병한테도 이런 식으로 조사를 하진 않아요. 어디 다친 몸은 괜찮으십니까?"

별 떨어진 장군은 담배를 길게 빨더니, 한숨부터 길게 내쉬었다.

"… 옷을 벗으라면, 벗어야지요. 그런데 제 심정은 너무나 허탈합니다. 지금까지 오로지 국가와 각하를 위하여 충성을 다했어요. 나에 대해서 알아보았을 것 아닙니까? 각하가 혁명할 때도 장두한이 하고 내가 우리 동기생들의 앞장을 서서 각하를 지지하는 행진을 했고요. 월남전에서 죽을 고비도 여러 번 넘겼습니다."

"그러게 말입니다. 제가 뭐라 드릴 말씀은 아닙니다만, 정치적인 조사는 그냥 정답이 딱 하납니다. 빤한 일을 조사할 게 뭐 있습니까? 서울에서 오신 분들이 너무 세게 나가지 않았나…."

아주 안타까운 표정으로 입을 쩝쩝 다시며 실장이 맞장구를 쳤다. 그리고 라이터로 담뱃불을 붙여 물며, 세상의 일이란 언제라도 뒤바뀔 수가 있다, 세상의 일은 만만치 않고 음지가 양지가 되는 일이 많다, 또다시 좋은 때가 오면 언제 다시 등용될지도 모르는 법이라고 덧붙였다. 사변 때부터 숱한 흥망성쇠를 보아온 노련한 실장은 대인관계를 염두에 둔 마무리를 부드럽게 했다.

참모장이 지프차로 떠난 후 외근을 나갔던 부대원들이 하나, 둘 들어왔다.

"실장님, 사건은 잘 마무리되었어요?"

"이 사람아, 뭘 물어보나 마나 한 걸 물어. 우리가 하는 일이 맨날 그렇고 그렇지 뭐."

"오늘은 나가서 저녁이나 먹지요."

"그렇지 않아도 사장님께서 회식비를 주셨네."

수사관 아홉 명을 따라 그도 꼬리에 붙었다. 가끔 단골로 다니는 식당이었다. 양념이 벌겋게 묻은 돼지고기가 연탄불에 익어가면서 푸르스름한 연기가 퍼졌다. 〈경월〉 소주를 유리잔에 따라 마시면서 가죽점퍼를 입은 상사가 실장에게 말문을 열었다.

"수사했던 건은 사령부에서 종합하여 발표하면 신문에 나겠지요?"

"음, 사령부의 수사 결과가 그대로 날지는 아무도 몰라. 이런 정치적 사건은 각하가 어떻게 결론을 내릴지가 문제지. 신문들이 어련히 알아서 편집하겠지."

"하긴 그렇겠네요, 엿장수 맘이지. 가위로 자르는 대로 엿가락이 나오니까. 허허허~"

"난 예감이 별로 좋지 않아요. 밑에서 심부름하는 우리의 입장은 밑져야 본전을 건질까 말까이겠지."

"아니, 영감님! 사건이 다 해결되었는데, 무슨 그런 걱정을 다 하십니까?"

"…예전에 거 송 준위는 기억날걸요. 나는 그 삼복라사 사건이 느닷없이 떠올라서 참 이상한 생각이 든단 말이야."

"그게 뭔데요?"

고기를 질겅질겅 씹던 상사가 틈에 끼어 두 사람의 눈치를 보며 물었다. 실장의 이마에 주름살이 쫙쫙 그어지더니, 똥 마려운 표정으로 어렵게 말을 꺼냈다.

"그거? 말 하자면 복잡하다고. 오래되었지. 북쪽에서 남파했던 작자인데, 딱 이곳으로 암약 활동을 하도록 지시하여, 안착하면 숫자 3의 특징을 간판으로 달고 지역 유지들에게 접근하라고 지령을 내린 거야. 처음에는 삼복(三福) 양복점으로 상호를 걸었다가 라사(羅紗)라는 게 더 고급스럽다고 〈삼복라사〉라는 상호로 신문에 광고까지 내고 영업을 했어. 이자는 인물 생김새도 믿음직스럽고, 성격도 유들유들하여 손님들을 유혹하고 접근하는 방법이 유달랐지. 아무튼 이 도시의 행세깨나 하는 사람 중에서 〈삼복라사〉의 상표 딱지가 안 붙었으면 명품 신사복이 아니라고 했을 정도였으니까요."

"실장님도 신사복을 즐겨 입으시는 애호가이신데, 뭐 그 집 양복을 한두 벌쯤은 입으셨겠네요?"

촉새처럼 말을 가로챈 상사의 추임새에 금방 들뜬 표정으로 바뀐 실장은 희희낙락거렸다.

"나아? 사실은 그랬지. 아니, 뭐 부대장이 그 친구가 형님 동생 하며 가깝게 접근하니까 뭐가 통했는지, 나를 데리고 가더라고. 처음에는 공짜로 한 벌을 맞춰줘서 입었어. 나중에는 나도 공짜가 은근히 미안해서 또 맞추게 되더라고. 그런데 이게 점점 우스워지는 일은, 이 친구가 이제는 스스럼없이 위병소를 통과하여 부대를 제 집 드나들 듯 막 들어와 부대장실에서 노닥거리는 거야. 그러니 밑에 있는 사람들은 부대장과 트고 지내니까, 그냥 아무런 의심조차 없이 받아들인 거지. 세상에 간첩이 그렇게 수사기관을 제 맘대로 드나들 줄을 누가 알았겠나. 그랬던 것이, 세상에 비밀은 없나 봐. 나중에 이놈이 북쪽으로 복귀해서 몇 년을 지나 경상도 삼천포로 상륙할 때 경찰에게 잡힌 거야. 그때 수사받으면서 그간 남쪽에서 암약했던 모든 행적을 다 털어놓았겠지."

"그래서요?"

"그래서는 뭐가 뭐야? 우리 부대가 쑥대밭이 되었어요. 사령부는 개망신 되었고, 부대장은 바로 구속되어 부대는 한 단계 낮아져 인원도 줄어들어 대폭 물갈이가 되었지."

"실장님은 멀쩡하시잖아요."

"으흐흐, 나? 사령부에 시말서를 쓰고 경징계는 받았지. 물론, 양복을 얻어 입은 거는 뺐어. 그래도 사람이 그냥 죽으란 법은 없어. 예전에 간첩 잡은 훈장하고 대통령 표창 받은 것을 감안했나 봐. 그리고 그래, 세상에 일은 사람이 하게 되는데, 사람이 일하는 부대에서 부대를 싸그리 없애면 모를까, 계속 간첩 잡는 업무를 수행해야 한다면 그 지역에 필요한 인원을 하루아침에 양성할 수는 없으니까, 어쩌겠어? 큰 잘못이 없는 사람은 놔두어야지. 그냥 놔두어서 이렇게 또 국가에 헌신하고 있소이다. 흐흐흐~"

11
비슷하면서 또 다른 나라

"오늘 일직사관이라고 본부로 들어오랍니다."

고 병장이 하숙집에서 그에게 말했다. 그는 오후에 점퍼 차림으로 오토바이를 타고 다시 본부로 들어갔다. 간부들은 모두 퇴근하여 병사들만 남았다. 사무실 캐비닛에 들어있는 군복으로 갈아입고 군화의 끈을 묶었다. 거울에 비치는 하사 계급장이 낯설었다. 가끔 그는 옷을 입은 자기의 외모에 따라 정체성이 오락가락하는 느낌이었다. 군복을 입으면 계급의 한계가, 사복을 입으면 만나는 사람에 따라 범위가 정해졌다. 같은 날에도 그는 이중적 잣대로 임무를 수행했다. 오전에도 사찰 대상자 연고 가족이며 민방위협의회에 참석했다가 항공대에 들러 정기 보고서를 작성했었다. 경황이 없어 자신을 돌아다볼 여유가 없을 때는 차라리 몰랐다. 무연히 바깥의 풍경에 스며들었을 때는 가끔 일에 대한 회의감마저 느껴졌다.

노란 바탕의 완장에 그어진 빨간 줄 3개. 일직사관을 의미했다. 이튿날 8시까지 그는 부대장을 대신하여 관할 범위의 지역은 물론 부대의 모든 상황을 관리하고 책임을 져야 했다. 책임? 바로 그 책임의 한계는 묻어놓은 지뢰처럼 언제 터질지 모르는 일이었다. 스물다섯 명의 간부가 돌아가며, 휴일에는 장교로 편성되었다. 그는 행정반 사무실에서 시간마다 확인하는 상황일지를 펴보았다.

바깥에 어둠이 깔릴수록 사무실 안의 형광등은 더욱 밝아졌다. 큼직한 야전 석유난로가 기름을 태우며 뜨거운 기운을 실내로 보냈다. 그는 텔레비전의 화면을 바라보았다. 드라마는 남성과 여성이 열차의 플랫폼에서 손을 흔들며 헤어지는 장면이었다. 불현듯 백인해의 발랄한 모습이 잠깐 뇌리에 틈입했으나 귓전에 들어온 말소리가 이미지를 흩어버렸다.

"일직 사관님? 출출하시면 뭐 좀 가져올까요?"

아까부터 문밖을 들락날락하던 일직병이 그에게 물었다. 선임들과 무슨 이야기를 나눈 낌새였다. 병사는 그가 당연히 고개를 끄덕거릴 거라는 자신에 찬 표정이었다.

"김 상병이 알아서 해."

한참 후에 병사는 쟁반에 한가득 담아온 것들을 책상 위에 내려놓았다. 그리고 C레이션 종이상자와 식당에서 금방 퍼온 김치며 알루미늄 반합을 꺼냈다. 병사는 물을 붓고 종이상자 안에 든 햄 깡통을 따서 숟가락으로 썰어 라면을 바수어 넣었다.

"이제 여기다 김치만 넣으면 아주 맛있게 됩니다. 일직사관님, 이런 거 안 들어보셨지요?"

"그런데, 이런 것은 어디서 가져온 건가?"

"아이고, 아직도 모르셨구나. 저기 행정반 창고에 가득 차 있잖습니까. 월남에서 철수할 적에 가져온 건데, 별별거 다 있어요. 보세요, 지금 신고 있는 군화가 무거울 텐데, 계장님들은 이런 거 안 신어요. 내일이라도 가벼운 정글화로 바꾸세요. 제가 군수 담당 이 일병한테 부탁해 놓겠습니다."

김 상병은 가급적 그의 계급을 부르지 않고 사관님, 또는 호칭을 생략했다. 아직 소통이 안 되는 상급자가 행여 언짢을까 싶은 예민함을 보였다. 병사는 그와 비슷한 나이 또래임에도 계급사회의 상황을 거슬리지 않고 가깝게 다가왔다. 그는 김 상병의 웃음 가득한 얼굴에 온화한 신뢰의 눈빛을 보냈다. 철제 난로 위의 반합에서 끓고 있는 김치와 햄, 라면 뒤섞인 냄새가 풍겼다. 음식 냄새는 공간에 실실 퍼지며 가득 채웠다. 문이 열리며 병사들이 들어왔다. 병장 셋이었다. 모두는 이 상황을 알고 왔다는 듯 묘한 웃음을 띠었다.

"아이고, 신 하사님, 오늘 처음으로 일직 근무지요? 야, 김 상병! 인마, 하려면 제대로 해야지 이게 뭐냐?"

"아닙니다. 일직 사관님에게 차근차근 말씀드리려고…."

"되었어! 짜샤. … 저기요, 날씨가 추우니까 안주도 있고 하니, 소주 한잔 드셔도 괜찮습니다."

"다른 반장님들은 조니워커도 가져와서 저희를 부르신다니까요."

"전방 상황은 각 보안반에서 모두 다 알아서 처리합니다요. 황 상사님 있잖습니까. 저번 부대원 회의 때 뒤늦게 오신 분요. 키 큰 대머리에 매부리코로 그 이북 말씨 쓰는… 특수공작부대원 출신이요. 사단이 월남에서 오기 전에 689여단이 있을 때부터 전방을 담당했으니까, 그쪽은 빠삭하거들랑요."

 안심해도 된다는 병사들의 꼬드김을 마냥 웃어넘길 수는 없었다. 그러나 짜고 치는 화투판처럼 병사들은 계속 한목소리로 높였다. 최전방 상황을 바로 대처해야 하는 근무자가 술을 마신다? 안 될 일이었다. 그런데, 이런 습성과 버릇을 누가 만들었을까. 안 된다고 해도 될 일이었다. 이런 난감한 처지에서 그는 누구에게 물어볼 수도 없었다. 어쩌면 지금 병사들은 부사관이자 신출내기 간부를 다양한 방법으로 흔들어 보는지도 몰랐다. 그것이 그의 기우에 지나지 않는다 하더라도 이것은 필시 시험에 드는 일이었다.

 문성은 바지 뒷주머니에서 지갑을 꺼내 지폐를 건넸다. 들어보니, 다른 간부들도 지루하고 긴 시간을 이렇게 보낼 것 같은 생각이 들었다. 왜냐하면 병사들이 서로 하는 대화와 행동이 손발이 척척 맞는 것처럼 앞뒤가 어색하지 않았다. 어차피 어떤 식으로든 이들과의 관계는 가까워져야 했다. 그렇다면 매를 맞아도 얼른 맞는 게 낫겠다는 생각이 들었다.

 "라면 불어 터지기 전에 드세요."

 부대장의 당번병 강태용은 활기찬 모습이었다. 병사이건만, 부대장의 따까리로 불리어도 부대 전반을 등 너머에서 듣게 되는 병사였다. 어딘가 금세 다녀오더니, 라면과 달걀을 가져왔다. 커다란 알루미늄 냄비에서 물이 펄펄 끓었다. 반합에는 레이션 상자에 들어있던 햄과 소시지를 넣고 양파를 썰어 넣었다. 금세 콘셋 안에는 냄새와 온기가 가득 들어찼다. 병사들은 저녁을 먹은 지가 금방인데도 정신없었다. 젓가락에 걸친 뜨거운 면발을 후후 불며 김치를 아삭아삭 씹어 삼켰다. 신병은 금방 다녀온 듯 소주를 3병이나 사가져 왔다.

"신 계장님, 한 잔 드세요."

얼굴이 하얗고 착하게 생긴 이 병장은 어디서 났는지 유리잔을 두 개나 꺼냈다. 남실거리도록 따른 술잔을 문성에게 권했다. 그는 잠시 고민스러웠지만, 나름대로 받아들였다. 병사들과의 소통은 부대장 못지않게 중요했다. 이들은 단순히 병사가 아니라 동료이자, 평가자의 입장이 되기도 했으니까.

"좋아. 안 마시면 나쁜 놈이니까, 딱 한 잔만."

그리고 술잔을 병사들끼리 마시도록 돌렸다. 을씨년스러웠던 날씨와 딱딱한 분위기를 알코올은 부드럽게 만들었다. 불콰하게 들뜬 병사들은 자연스럽게 풀어졌다. 부대원들의 면면을 살짝살짝 꺼내 안주로 삼켰다.

"강 병장님, 기분 좋죠? 맨날 부대장님한테 쪼인트 까지더니 오늘은 그냥 넘어갔어요?"

"시팔, 옛날이 그립다. 보안계 외근하면서 우편 검열할 때가 내 전성기였나 봐. 편지 봉투에 십만 원짜리 수표를 내가 안 봤으면 그랬겠어?"

"그 바람에 너하고 보직이 바뀌어 당번병으로 불려온 거지. 안 그랬으면 타 부대 전출이나 103 보충대로 진즉에 날아갔을지도 몰라."

"말도 마라. 지금은 어떤지 몰라도, 편지에다 꼬불꼬불한 터럭을 한 움큼이나 스카치테이프로 붙여 보낸 년도 있고, 엄마 죽었다고 거짓말로 휴가 요청한 놈도 있었지."

"요즘은 사령부 지침이 내려와서 뜯어보기 어려워. 나야 일할 거 별로 없으니까, 좋지 뭐."

소주 잔을 내려놓던 보안계의 이 병장이 말꼬리를 돌리며 이어졌다.

"3 반장 송 대위 같았으면 아마 벌써 한 병을 다 까고 야전침대에서 벌써 코를 골았을걸요. 그 반장님은 월남에서도 재미있게 보냈다고 소문이 자자해요. 얼마나 끗발이 좋았는지 꽁까이 하고 술이면 다 오케이였답니다."

"이 병장, 너 쥐약 먹었어? 이건 왜 빼주냐?"

엄지와 검지를 둥글게 만들어 보인 강 병장이 씩 웃었다. 2 반장을 지칭함이었다.

"박두홍 대위님은 저번에 부대장님한테 혼났지. 버스터미널에서 사령부 손님 기다리고 있었는데, 우리 꼰대에게 딱 걸린 거야. 늘씬하게 이쁜 웬 여자하고 같이 있는 걸 딱 걸렸지. 어디서 즐기고 서울로 보내는 모양이더라고. 나 같았으면 우리 꼰대한테 벌써 골프채로 몇 대쯤 처맞았을걸."

"그런데, 박 대위님의 부인이 아닌 걸 부대장님이 어떻게 아시겠나?"

"모르긴 왜 몰라! 반장급들 부부 동반 회식을 벌써 몇 번씩이나 했는데."

강태용은 국물이 묻은 두툼한 입술을 혀로 핥으며 토를 달았다. 부대장의 손발이 되어 그림자처럼 붙어있어서 부대원들의 신상에 관하여 아는 게 많았다. 병사들도 보직에 따라 천차만별이었다. 검문소의 고천수 상병보다 이들이 선임이었다. 그렇지만, 그가 느낄 적에는 말하고 행동하는 본새로 보자면 한참 더 아래였다. 의젓하고 사려 깊은 고천수는 말하고 행동하는 게 대위 계급장을 붙인 반장들보다 어른스러웠다. 원래 군대라는 계급과 질서는 외형적으로 돌아가는 것이지, 인간이 지닌 인품과는 별개였다. 그렇지만, 사람의 쓰임새가 재깍 맞아떨어지기는 어려웠다. 당번병인 강 병장의 외삼촌이 부대장과 친구라는 소문이 쫙 퍼졌다.

*

베트남전쟁은 미국의 패배로 끝났다. 초강대국이 식민지에서 겨우 해방된 인도차이나반도의 언저리에 붙어있는 조그만 나라에 손을 들었다. 막대한 돈과 군인들의 희생을 쏟아붓고도 깊은 수렁에 빠졌던 원인이 무엇인가. 그것은 절실하지 않은 싸움이었기 때문이다. 단순히 군수물자와 병력의 대결로만 전쟁은 좌우되는 게 아니었다. 똘똘 뭉쳐도 이길까 말까 하던 상황은 서로 헐뜯으면 찢어지기 마련이다. 애초에 자발적으로 전투할 의지가 증발한, 무더위에 푹푹 썩은 생선과 다름없는 무능한 남쪽 정부였다. 사이공은 무너졌다. 전쟁은 승리의 결과로 인간들이 싸워온 진실을 차츰 세상에 드러냈다. 땅굴과 재래식 무기로 끈기 있게 버틴 게릴라 베트콩은 핏줄의 끈끈함을 숭상하는 잔재였을까. 그랬다. 평생을 민족만 사랑했다는 늙은 총각 호치민(胡志明)의 겸손이었다. 검소하고 부패하지 않은 절제된 권력의 승리였다.

남쪽의 지도자들이 혼비백산(魂飛魄散)하여 보여준 꼴불견은, 식민지에서 해방된 나라들의 그 흔한 시나리오를 비켜 가지 못했다. 부패한 우두머리들은 금붙이와 달러를 지니고 미국으로 도망쳐버렸다. 작은 행성의 땅거죽에 기생하는 인류에게 미국은 천국이 아니었다. 한반도의 저 북쪽은, 추앙을 만들어 받는 지도자와 그를 따르는 인민들은 무엇을 믿고 있을까. 시간이 흘러도 돌도끼가 핵무기로 변한 인간의 돌팔매는 여전히 문명과 반문명이 교차하고 있었다.

 그때, 사소한 이미지들이 그의 막연한 상상을 지배했다. 인도차이나반도는 강대국의 먹잇감이 되어 침략국들이 근대화를 만들었다. 동물의 세계는 언제나 약육강식(弱肉强食). 한 번도 가보지 않은 나라가 머릿속을 지배한 까닭은 비슷한 역사적 동질성 때문이리라. 머나먼 이역만리의 남십자성, 파병된 군인들의 전투와 삼각형 모자를 쓴 베트콩, 무더운 기후와 야자수 따위. 대중가요와 이미지가 합성된 그의 기억들. 130명의 의무부대와 태권도 교관들이 먼저 베트남으로 들어가 있었다. 야당이 불참한 상태에서 국군의 해외 파병동의안이 국회를 통과했다. 언론은 일제히 미국과의 유대를 공고히 하고 경제적 이득을 덧붙이는 정책이라고 앞장을 섰다.

 신문성이 베트남을 막연하게 알게 된 일은 중학생 때였다.

 '♬ 남남쪽 섬의 나라 월남의 달밤 십자성 저 별빛은 어머님 얼굴~♬'

 남자 가수가 목을 꺾어 부른 노래는 베트남이 섬나라? 그런데 아니었다. 한반도는 섬이 아닌 바다에 떠 있는 육지, 오히려 한반도가 섬이었다. 북쪽은 휴전선으로 막혀있고 3면은 파도가 넘실대는 파도의 거품이 육지를 물어뜯었다. 강대국들이 으르릉거리며 포위된 작은 나라. 가까운 옆에 열도로 이어져 있는 섬나라까지 강대국이었다.

그가 베트남을 조금 더 알게 된 일이 생겼다. 그날은 여느 날처럼 바다에서 건듯 불어오는 바람도 멈추었다. 뜨거운 태양이 구름 속으로 들락날락했지만, 무더웠다. 오전 수업이 없어 학생들은 싱글벙글거렸다. 그 대신 인솔 교사를 따라 초등학교 운동장으로 갔다. 여기저기 마을 사람들도 꾸역꾸역 모여들었다. 초록으로 옷 입은 플라타너스 나무들이 빙 둘러 서 있는 운동장은 모처럼 어른과 아이들 할 것 없이 시끌벅적한 소음으로 가득 찼다.

단상에 마련된 영결식장의 하얀 광목 현수막은, 큼직하게 〈고 정길남 하사 영결식〉으로 써 갈겨 있었다. 사회자가 월남에서 죽은 청년의 이력을 읊은 다음, 뚱뚱하고 대머리 까진 면장이 조심스럽게 조사를 조목조목 읽어나갔다.

-우리의 아들, 꽃다운 스물다섯 살의 정길남 하사는 부친의 농사를 거들다가 자랑스러운 맹호 부대 용사로 월남에 파병되었습니다. 에, 그리고 현지에서 언제나 용감하게 싸웠다고 합니다. 음~ 그날도 맨 앞에서 수색 정찰하다가 적이 쏜 총탄에 맞아 장렬히 전사했다고 합니다…."

면장은 돋보기를 안 쓴 탓인지, 길지 않은 내용을 더듬거렸다. 학생들은 엄숙한 표정을 지었다가 웃음을 참느라고 얼굴이 묘하게 일그러졌다. 이어서 후방 사단에서 온 중령이 월남의 전쟁을 설명했다.

병장은 죽어서 하사로 추서되어 영웅이 되었다. 그 뒤를 이어 소복을 입은 웬 젊은 여성이 단상으로 올라갔다. 그녀는 하얀 한복을 입고 눈은 퉁퉁 부었지만, 하얀 백합꽃 같았다. 병장의 애인이었다. 그녀는 한참을 멍하게 남쪽 하늘을 쳐다보더니 베트남에서 애인이 보냈던 편지글을 읽었다. 목이 메어 떨리는 목소리가 전파의 잡음과 섞여 스피커로 퍼졌다.

-보고픈 사람에게. 당신의 환상이 눈에 아른거려 펜을 들었소. 여보? 오늘도 몸 건강히 지내는지? 초록색 아롱진 산모퉁이 넘어 아롱져 오는 뭉게구름 사이로 못 잊어 부르는 소리, 멀리 고국에 들리기라도 할 듯이 메아리쳐 오는 것 같구려….

남자가 쓴 애틋한 문장을 여자가 읽었으나 슬픔이 배어나기는 마찬가지였다. 사회자의 진행 순서가 끝나자, 단상 위에 놓여 있던 유골 상자를 흰 장갑을 낀 군인이 들고 내려갔다. 뼈가 들어있는 하얀 상자를 앞세운 행렬은 길게 늘어졌다. 오리나 떨어진 야산의 능선 아래 묘지가 있는 곳까지 동원된 여학생들과 여인들이 뒤따랐다. 마치 자기의 일처럼 흐느끼며 어깨를 들썩거리며 따랐다. 여성들의 울음과 눈물은 그녀의 과거를 불렀다. 그 시절 대개의 남녀처럼 이들의 사랑도 비슷했으리라.

청년의 아버지는 6·25전쟁 때 전사했다. 할아버지 슬하에서 홀어머니와 많은 식솔이 몇 마지기 안 되는 땅뙈기를 부치며 힘겹게 살았다. 여성 또한 아버지는 경찰관으로 지리산 공비 토벌 작전에서 전사했다. 그들은 전쟁으로 아비들을 잃은 세대였다. 어머니는 어린 남매를 뿌리치고 재혼하고 말았다. 순식간에 고아가 되어버린 그녀는 오빠의 등에 업혀 친척 집들을 돌아다니며 커갔다. 남의 눈칫밥을 얻어먹으면서 초등학교에도 못 가고 야간학교에서 겨우 한글을 깨쳤던 것. 이때 야간학교에서 하사를 알게 되었다. 그들은 단둘만의 언약으로 결혼을 약속했다. 그리고 하사가 입대하기 며칠 전에 논두렁길을 걸으며 제대하면 가정을 꾸리기로 했다. 그녀는 자신의 가난을 한탄하기보다는 돈을 벌어야겠다며 고향을 떠났다. 남편이 군대에서 제대해도 무일푼 될 것을 염두에 두었다. 멀리 도시로 떠나 가사도우미가 된 그녀는 새벽부터 밤늦게까지 온갖 냉대를 받으며 돈을 모아갔다. 오로지 저축하는 금액이 늘어나고 하사가 제대할 날짜는 점점 가까워지는 희망은 힘이었다. 베트남에 파병된 병장과 사랑의 편지가 오고 갔던 터. 베트콩과 교전했건 폭발 사고이건 간에 저세상으로 떠난 사실은 분명했다. 일 계급을 더 붙여 유골함으로 고향에 돌아온 전사자.

그의 집안에도 그런 일이 있었다. 불쑥 떠오른 광석 형의 모습이. 유난히 이마와 뒤통수가 툭 튀어나온 짱구로 체격이 떡 벌어지고 손과 발이 유난히 컸다. 가난했던 홀어미 집안의 3남 1녀 중 막내아들이었다.

일본에서 메이지대학 법학과를 다녔던 광석 형의 아버지는 집안의 기대를 한 몸에 받은 수재였다. 해방되고 나서도 조국에 돌아오지 않았다. 사람들은 남태평양으로 끌려갔던 게 분명하다고 입을 모아 말했다. 그러던 차에 시름시름 병을 앓던 어머니마저 죽고 말았다. 졸지에 고아가 된 형제들은 뿔뿔이 흩어졌다.

초등학교를 졸업한 형은 중국집을 거쳐 막걸리 양조장에 취직했다. 짐바리 자전거에 술통을 4개씩이나 매달아 싣고 다녔다. 미루나무 가로수 사이로 흙먼지가 풀풀 날리는 신작로를 몇 번씩이나 오갔다. 십리 길을 페달을 밟아 내리막은 바람을 날리며, 얼마나 허벅지 근육을 단련시켰으면 도내 사이클 경기대회에서 은빛 나는 우승컵까지 받았겠는가. 그러더니 귀신 잡는 해병대에 입대했고, 청룡부대로 월남에 파병되었다. 굵은 빗줄기가 퍼붓는 캄캄한 밤의 짜빈동 전투에서 전우들이 죽고 형은 살아남았다. 그 뜨거운 나라의 전투에서 전우들은 죽고 형의 눈동자는 포탄의 파편이 앗아갔다. 형은 헬기에 실려 야전병원으로 갔다가 귀국하여 상이군인으로 제대했다.

그가 보았던 형의 얼굴은 양쪽 눈이 새까만 안경알로 가려진 모습이었다. 맥아더 장군과 각하가 쓴 선글라스의 분위기가 다르듯 형이 쓴 까만 색안경은 어색하기만 했다. 형은 입대하기 전보다 말수가 훨씬 줄었고 하얀 지팡이로 하늘을 더듬으며 슬픈 어조로 말했다.

"문성아? 내가 아무래도 미쳤지, 남의 나라 전쟁터에 돈을 벌려고 이 지경이 되었구나."

형이 한 말이, 그의 뇌리를 빙빙 돌며 불현듯 톡 톡 튀어나왔다. 그때, 형의 자조 섞인 말에 그는 아무런 소리도 못 하고 듣기만 했다. 그러나 가끔 불쑥 고개를 든 그런 장면이 소용돌이치며 자꾸만 되물었다. 왜? 형은 남들처럼 조국을 위해 피를 흘렸다고 말하지 않았을까. 차마 돈을 벌기 위해 용병으로 참전했다는 말이 목구멍에서 나오지 않았나. 두 눈 알갱이만 빼고 멀쩡한 삭신이 부끄러울 일은 아니었다. 눈을 잃은 형의 눈에서도 눈물은 흘렀다. 그는 눈이 기능을 잃으면 몸뚱이도 차츰 망가진다는 것과 앞을 못 보는 사람도 눈물이 흐른다는 사실을 뒤늦게야 알았다.

수치스럽다며 고향을 멀리 떠난 육촌 형은 한동안 그에게 소식이 끊겼다. 1급 상이연금으로 살아가던 형은, 한동안 어떤 여인과 결혼식을 올리지 않은 채 살았다. 더 세월이 지나고 나서는 고향도 아닌 곳에서 자식 없이 살다가 혼자 죽었다.

12
꽃피고 새가 우는 날은

 청명과 한식이 지났다. 행촌산성으로 가는 신작로의 양쪽을 줄지어 흐드러지게 피었던 벚꽃잎들은 우수수 떨어졌다. 꽃샘바람에 휘날리던 나뭇가지가 생기를 더했다. 태양의 눈치를 보며 수런거리고 있던 산야의 초목들이 연초록빛을 피워냈다. 탱자나무 울타리에서 참새들이 재잘거리고 탱탱하게 솟아난 솔꽃은 누런 꽃가루를 날렸다. 검문소 옆 밭둑의 성깃한 미루나무 가지에 때까치 몇 마리가 방정을 떨며 요란스럽게 소리를 냈다. 그 중 한 마리는 주둥이에 하얀 털을 잔뜩 물고 대가리를 빼어 들어 사방을 두리번거렸다. 짝짓기 철이 되니, 짐승이나 사람이나 심지어 겨우내 흙먼지로 찌들었던 초소까지 갑자기 활기를 되찾았다.

 왜냐? 더 많은 차량과 사람들이 오고 가므로 바빠졌다. 버스에 탄 승객 중 젊은 여성들이 더 많아졌다. 고 병장은 겨울철보다 버스에 오르내리는 횟수가 많아졌다. 검문도 검문이려니와 예쁜 여성이 있으면 눈빛이 유달라졌다. 불끈불끈 젊음이 샘솟는 남성이라서 공과 사의 영역이 엄격하지 못했기 때문이다.

면 지역과 항공대를 아우르는 업무를 그는 빨리 터득했다. 그가 해야 할 일이란 하려고 들면 많았고, 안 하면 안 하는 만큼 줄어 들었다. 그러나 본부에서 요구하는 일은 그를 가만히 두지 않았다. 새로 임관되는 예비 장교들과 비밀취급자의 뒷조사와 공무원들의 행동거지까지. 동태(動態), 동향(動向), 일본 낱말로 물려받은 용어인즉, 움직이는 방향에 풀이하자면, 대상이 되는 인물의 모든 행동을 파악하는 일. 검문소와 항공대의 업무는 되풀이되어 신경을 쓸 게 별로 없었다. 반면, 사찰 대상자의 연고 가족에 대한 잘못된 정보수집은 문제가 불거지게 되면 처벌 문제가 기다렸다. 검문소는 고천수, 항공대는 김 상병에게 맡기고 그는 지역을 돌아다녔다.

90cc 배기량의 오렌지색 오토바이는 지급품이었다. 외근 활동을 하는 간부급에게 빠른 이동성을 주었다. 농어촌의 면장과 읍장은 50cc급이었다. 짧은 거리와 도로 사정이 형편없는 곳을 갈 때는 아주 좋은 이동 수단이었다.

며칠 전이었다. 초소 밖에는 흙먼지가 잔뜩 묻은 오토바이가 세워져 있었다. 기다란 호스를 고천수가 들고 뿜어져 나온 물줄기로 오토바이를 씻어냈다. 팔짱을 끼고 부러운 눈빛으로 한참을 구경하던 헌병 중사는 계단으로 내려오던 그에게 툭 뱉었다.

"고 병장은 상관을 모시는 충성심 하나만큼 알아줘야 해. 점점 날씨는 끝내주게 좋아지는데, 감옥이 따로 없군. 하루 이틀도 아니고 읍내에서 초소까지 2십 리 넘은 거리가 출근하는 일이 장난이 아니라니까. 에이 씨발, 나도 빚이라도 얻어서 오토바이 한 대 사야 할까 봐."

그 말의 화살은 쓱 날아가 신문성에게 박혔다. 엄 중사가 스스럼없이 던지는 말 속에는 장미의 가시가 숨어있었다. 시기심은 숨기고 자신의 과시를 넌지시 합리화하려는 짓거리였다. 말없이 응시하는 그를 대신한 듯 고 병장이 고개를 돌려 웃으며 댓거리를 흘렸다.

"그러믄입쇼. 버스가 제시간에 오는 것도 그러니, 출근 시간 지키려면 좋은 걸로 장만하셔야지요."

금요일부터 연이틀을 코빼기도 안 보이던 엄 중사는 사흘 뒤에 나타났다. 엔진소리가 무겁고 헐렁거린 오토바이와 함께였다. 스테인리스 보디에 검정 색 연료통이 얹혀 있었다. 엄칠구는 멋있게 구부러진 핸들의 엑셀을 손바닥으로 감아 돌렸다가 풀며 부릉부릉 소리를 냈다. 헬멧을 쓴 초병의 몸은 나무젓가락처럼 서 있어도 눈길은 오토바이 쪽으로 휙 돌아갔다.

"이거 하나 사려고 서울 충무로 거리를 헤매어 샅샅이 뒤졌다니까. 오토바이라면 일제, 일제 하면 혼다가 최고여. 90cc하고 125cc는 차원이 다르지. 포장지만 벗긴 신품과 다름없다고 해서 더 이상 안 물어보고 가져왔어. 그나저나 중대 인사계한테 가불이라도 해야지, 이제는 빚을 갚는 일만 생겼어."

엄칠구는 어깨를 으쓱해 놓고도 죽은 시늉했다. 세워놓은 오토바이를 기름걸레가 닳아지도록 닦으면서 헤벌쭉하게 웃으며 득의만만한 표정이었다.

2개 면의 30개 마을에는 그가 사찰하는 대상자 카드만도 40

건이 넘었다. 대개 6.25를 전후하여 인민위원회 가담 활동했던 사람의 연고 가족이었다. 북한에서 남파된 간첩이 안전하게 만나는 대상은 가족이었다. 공포와 긴장에 찌든 간첩에게 이보다 쉬운 접선 대상자는 없었다. 분단된 상황에서 바로 연좌제가 존재하는 이유였다.

마을 이장 회의가 열리는 날이면 한결 일하기가 수월했다. 그런 날은 떨어져 있던 이장들이 면사무소로 모였다. 그런 날이 아니라면, 오토바이를 타고 일일이 각 마을, 심지어는 논두렁 밭고랑까지 돌아다녀야 했다. 더구나 그가 이장을 느닷없이 찾아가면 집에 있을 리 만무했다. 들녘에 나가 있거나 다른 마을 또는, 멀리 가있기 마련이었다. 각 마을의 이장만큼 집집마다의 실정을 많이 알 뿐더러 대놓고 귀띔을 해줄 사람은 없었다. 그래서 모처럼 면사무소에서 만나면 시간을 허투루 버릴 일도 기다릴 필요도 없었다. 신문성은 아침 일찍 음료수인 박카스 몇 상자를 들고 숙직실로 들어갔다. 외출복에 구두까지 신고 온 이장들을 따로따로 만났다.

"행촌외리 느티나무집 그 댁 형님은 요즘에도 배 타고 그물질을 하고 있나요?"

"당연합죠. 배운 게 도둑질이라고 당장 뾰족한 수도 없는데, 그만두면 식구들은 손가락을 빨게요?"

입을 이죽거리며 초록색 새마을 모자를 쓴 이장이 귀찮다는 듯 대답했다.

"하구 쪽으로 계속 나가면 위험한데, 거들어 주던 그 사람은 아직도 있어요?"

"그 사람은 손아랫동서였다는데, 벌이가 시원찮으니까, 알아서 일자리 찾아 서울로 간 모양이더라고요. 지금은 원래 하던 대로 혼자서 하고 있어요."

"그렇군요. 저는 이장님만 믿습니다. 이장님이나 저나 무슨 일이 생기게 되면 어쩝니까? 나랏일을 하는 처지라서 잘 부탁드립니다."

행촌외리 이장이 나가고, 화장실에 들렸던 다른 마을 이장이 찾아왔다. 어차피 부를 것을 아는 까닭에 미리 찾아온 것이었다. 그가 구론산을 권하자 병뚜껑을 비틀어 따서 꿀꺽꿀꺽 마시던 이장이 묻기 전에 털어놓았다.

"전번 우리 집에 오셨을 적에 말하신 그 감나무 집 있잖아요? 서울에 있는 여동생 집에 다녀온 모양이던데요."

"여동생 남편이 집 장사를 해서 떼돈을 벌었다면서요?"

"건축회산가 뭔가 한다는데 사위가 자가용 타고 올 땐 온 동네가 떠들썩합니다. 돼지 잡고 잔치 한번 크게 하고 갑니다. 저번에 왔을 땐 집집마다 수건과 노인들한테는 은하수 한 갑씩을 돌렸다고요."

그런 종류의 질문에서 얻어진 답변이 때로는 궁금증을 유발할수록 깊숙이 캐들어갔다. 동해안에 근무할 적부터 그는 이런 일이 과연 얼마나 간첩을 잡는 데 도움이 될까, 하고 의구심이 들었다. 물론, 그런 사례가 있어서 대남 공작이 연고 가족을 끈으로 이루어지는 것은 필수적이었다. 수십 년 전에 한 사람이 이탈한 까닭으로 가족 모두가 감시를 당하는 일은 북쪽도 마찬가지였다. 그가 메모하고 정리한 기록이 주어진 하루 일의 결과였다. 이장들과 식당에서 점심을 먹고 나서 그는 검문소로 출발했다. 검문소에서 몇백 미터쯤 떨어진 고갯길에서 내리막길이었다. 신작로의 양쪽은 잔솔밭이 우거지고 더 안쪽에는 공동묘지였다. 그곳에서는 검문소가 훤히 내려다보였다. 검문을 마치고 내려왔으면 움직여야 할 시외버스가 꽤 오랫동안 그대로 멈춰 있었다. 헌병은 내려와 초병과 함께 바깥에 있는데, 보안요원이 안 보였다.

뭐지? 그는 의아한 생각이 들었다. 오토바이의 엔진 기어를 뺀 상태로 소리를 죽이며 내려갔다. 흰 장갑을 낀 초병이 버스 안으로 내려오라고 손을 내저었다. 그제야 고 병장이 웬 여성을 앞세우고 내려오고 버스는 부르릉거리며 움직였다. 청바지와 하얀 블라우스 차림으로 앳된 긴 머리의 여성은 큼직한 백을 메고 있어 대학생 같았다. 그를 보지 못한 고 병장은 여성을 앞세우고 초소 안으로 들어갔다. 초소 앞에 오토바이를 세우자, 묻지 않았음에도 초병이 야릇한 웃음을 머금고 말했다.

"가끔 있는 일입니다."

"뭐가?"

"고 병장님이요."

그는 애써 무덤덤한 표정을 지으며 계단을 밟고 초소 문을 열었다. 모두 휘둥그레한 눈으로 그를 쳐다보았다. 고천수는 겸연쩍은 얼굴이더니 입을 큼큼거리며 검문일지를 들었다. 그는 아무 말 없이 다시 바깥으로 나왔다. 이건 뭔가? 깜냥으로 보아 고천수의 흑심이 작용한 것 같았다. 그들의 눈빛은 동조 내지, 묵인이라며 쉽게 고 병장을 닦달할 문제는 아니었다.

검문소 건너에 가게와 연이어 주택들이 있었다. 가게에서는 생필품과 잡화 따위는 물론 라면이나 소주병의 잔술을 팔았다. 가겟집 주인 남자는 애꾸눈이었고 부인은 왼발을 절름거렸다. 그들 부부는 가게와 텃밭을 일구며 살았는데, 검문소 사람들과는 가깝게 지냈다. 동네 사람보다 물건을 많이 팔아주는 병사들이 단골이었다.

언덕 너머로 햇덩이가 꼴까닥 떨어져 땅거미가 깔렸다. 그가 가게에 앉아 라면 국물을 홀짝홀짝 떠먹고 있는데, 고천수가 들어왔다.

"여기 계셨네. 저녁밥은요? 그걸로 되겠어요?"

"고 병장도 라면?"

"그렇게 하지요. 아줌마 나도 달걀 넣고 라면 하나요!"

"아까, 검문하던 그 여대생인가? 뭐 좀 걸리는 게 있어?"

"…주민증을 안 가지고 있어서요. 목적 없이 그냥 버스를 탔나 봅니다. 가끔 그런 종류의 사람들이 있습니다."

"혹시 헌병 애들이 이상한 눈으로 오해하지 않을까…."

"아 아닙니다. 저 자식들이 더하면 했지…."

"우리가 단둘이서 하는 임무라, 노파심에. 오늘은 저쪽으로 안 가요?"

"하하하~ 매일 웅변하는 건 아니라서요."

고 병장은 차분하면서 상대방을 헤아리는 성품이었다. 부하이지만 뭐랄까, 그에게 있어 조심스러운 면도 있었다. 또래라지만, 두 살 더 많은 병사에게 그는 자율적인 업무를 하도록 틀만 제시했다. 촘촘하게 박혀있는 별빛들이 부르지 않았어도 고 병장은 캄캄한 밤에도 공동묘지를 가곤 했다. 고 천수를 몇 번인가 찾다가 초병들에게 물어보면, 거의 공동묘지 쪽을 가리켰다. 그곳 잔솔밭에 연이어진 둔덕 아래에는 스무여남은 봉분들이 흩어져 있었다. 임자 없는 봉분들은 크고 작음에 상관없이 허물어지고 초라했다. 지킴이 석은 물론이고 비석조차 변변치 않았다.

하숙집 할머니는 쪽진 반백 머리를 흔들며 그에게 말했다.

"원래 저기는 공동묘지가 아니었다오. 사변이 일어나기 전에는 밭 몇 뙈기가 있었는데 농사가 시원찮아 쑥대밭이 되었걸랑. 땅이 묵어서 뭘 심어도 잘 안 되었는데 그 주인들마저 사변 때 행방불명되었어. 그런데 언제부턴가 자기 땅도 없고 연고가 없는 사람들이 일단 묻어 놓고 본다는 게 하나, 둘 늘어나다 보니 그렇게 공동묘지처럼 된 거라고."

그는 사뿐사뿐 어둠을 헤치며 야산으로 올라갔다. 먼발치에서 뒤돌아본 방범등 불빛이 육각형 검문소의 윤곽을 드러냈다. 더 먼 마을들의 불빛은 띄엄띄엄 가물거렸다. 어둠 속에 숨겨진 나지막한 봉분들의 틈새로 비석들은 자빠져있거나 기울어져 있었다. 나무가 우거지지 않아 옹기종기 모여있는 벌 안의 묘지들은 자연스러웠다. 웅변하는 굵은 목소리가 들려왔다. 틀림없이 고천수의 목소리였다. 총격으로 죽었던 미국 대통령 연설 내용을 따라 하는.

"… 국가가 여러분을 위해 무엇을 해줄 수 있는지를 묻지 말고, 여러분이 국가를 위해 무엇을 할 수 있는지를 물어보십시오. 국민 여러분…."

그는 더 듣고 있다가 큼큼거리며 인기척을 냈다. 순간, 하얀 모습의 고 병장은 **빳빳하게** 서 있었다.

"나요, 납니다."

"…대장님, 어떻게?"

"초병들이 여기에 갔을 거라고 해서 그냥 한번 와 봤어요."

"기분이 별로 좋지 않은 곳이라, 말씀을 안 드렸는데."

"검문소가 가까운데, 뭐 귀신이 있겠어요?"

"으하하하~ 그럴 것 같습니다. 그만 함께 내려가시죠."

그들은 오솔길을 더듬어 터덜터덜 걸어 내려가면서 대화를 나누었다.

"저는 학교에 복학하면 우선 회사에 취업하여 돈을 벌 계획이고요, 언젠가 기틀을 잡으면 정치를 해볼 생각입니다."

"목표를 확고하게 잡았으니 잘 되겠지요."

검문소 근무는 단순했다. 군경 합동이라고는 하지만, 헌병의 분대 병력이 하루를 다람쥐 쳇바퀴 도는 식으로 빈틈없이 근무했다. 통제는 보안부대가 하고, 경찰은 민간인 신원 확인과 수배자만 잡아도 제 몫을 했다. 헌병초소장과 달리 문성은 본부에서 수시로 하달되는 지역민 사찰과 신원조사 업무만도 벅찼다. 그래서 검문소는 고천수가 맡았다. 고천수가 검문소 근처의 하숙집이나 가게에 없으면 거의 공동묘지에 올랐다. 그곳에서는 검문소가 훤히 내려 보였다. 날씨가 화창하면 경영서적이나 연설집을 들고 혼자 웅변 연습을 했다.

묻지 않았어도 고 병장은 문성에게 가끔 집안 내력을 툭툭 털어놓았다. 대학의 경영학과 3학년을 마치고 입대했다. 군인이었던 아버지가 전쟁에서 전사한 유복자였던 탓에 어머니 슬하였다. 외할아버지의 뒷바라지로 학업에는 지장이 없었다. 원래 떡 벌어진 건장한 체격으로 태권도를 배워 유단자가 되었다. 신상명세서에 태권도 3단이라고 기록했던 게 보안부대로 차출되었을 거라고 껄껄 웃었다. 고 병장의 꿈은 정치인이었다. 그래서 저녁을 먹은 다음에 혼자서 아무도 없는 묘지로 올라가 운동으로 몸을 풀거나 웅변 연습을 했다.

"아버지의 얼굴은 퇴색된 사진 몇 장에서 봤을 뿐이죠. 일제 말기에 일본 순사를 발길로 차고 도망 다니던 의혈 청년이었답니다. 원래부터 의협심이 있고 정의감에 불타는 성품이었다는데 그것이 아버지를 불행하게 만들었는지 모르겠어요. 해방되고 어수선할 정국 무렵에는, 신탁통치가 불거질 때 반탁운동 쪽으로 가담했던 모양인데, 그게 화근이었을 것 같아요. 사변이 터지고 나서는 세상이 거꾸로 뒤집어져서 숨어다녔다는데, 결국은 마을 빨갱이들한테 잡혀가 돌아가신 모양이어요. 그때 저는 돌도 안 되었답니다. 어머니는 지금까지 혼자서 자식들만을 바라보고 살아오셨습니다."

산야가 연초록으로 뒤덮이니 사람들도 활기찼다. 삼거리에서 행촌산성 쪽으로 가는 차량이 더욱 늘어났다. 평소에는 곡능역 쪽으로 가는 차량이 많았던 터라 두 방향에 밀려 있으면 검문 인원을 늘렸다. 검문소에서 산성까지는 3킬로미터 남짓, 신작로 옆에는 유달리 일본 국화인 벚꽃이 만발했다. 성벽 안에 사는 사람들이나 바깥의 주민은 대부분 농사일에 매달려 있었다. 그곳은 수백 년 전 7년 전쟁의 참화를 오롯이 지켜낸 자랑스러운 땅이었다. 조상들이 행주치마에 돌을 나르고 목숨을 내던져 고립된 성을 지켜낸 소문은 들었을 뿐, 참혹한 전쟁이 남긴 희생을 분노로 바꾸기에는 아득했다.

행촌산성은 사방이 탁 트여서 큰 산들과 유유히 흐르는 강, 이제 막 빌딩들이 발돋음하는 서울까지가 눈앞이었다. 봄볕은 작작 행락객을 불러 흥을 부추겨 놀이터가 되었다. 휴일이면 가까운 서울에서 사람들이 몰려왔다. 깎아지른 성벽 아래 휘도는 드넓은 강의 물살은 산성을 휘돌아 하구로 갈수록 썰물과 밀물이 뒤섞이어 뱀장어가 많이 서식했다. 인근의 주민들은 거룻배들이 밤샘 작업을 하여 가져온 민물고기를 팔았다. 그래서 강의 연안에는 식당들이 연이어 장사를 했다. 당일치기로 놀러 온 사람들이 민물매운탕이나 장어구이를 먹었다.

고급 승용차가 검문소에서 한참을 서 있었다. 헌병 옆에 고천수의 미적거리는 모습이 그의 눈에 들어왔다. 면사무소에서 이장 회의에 참석했다가 오토바이로 오던 터였다. 그가 뚜벅뚜벅 걸어가자, 고천수의 표정이 예사롭지 않았다. 그런 경우에는 자신이 처리하기 난감할 때 짓는 눈빛이었다. 귓속말의 내용인즉, 승용차에는 여성 2명과 남성 2명이 탔는데, 중앙정보부 요원이라며 신분증 요구를 거부한다는 것.

"야! 여기 책임자 오라고 해!"

열린 차 문밖까지 큰 소리가 났다. 문성이 슬슬 걸어 바투 다가섰다. 옆에 있던 고천수가 뒤로 비켜섰다. 넙죽한 얼굴은 불콰하게 벌건 채 차창 밖으로 드러났다. 두툼한 입술은 길게 찢어져 메기입과 흡사했다.

"제가 합동검문소에 나와 있는 책임자입니다."

"어, 그래? 나 중정에 있는데, 여긴 뭐가 이렇게 까다로워?"

"절차대로만 협조를 해주시면 까다로운 거 없습니다."

"아, 자식들이 감히… 내가 누군 줄 알아?"

"모르겠는데요? 저희는 그래서 군사법경찰관으로 신분증을 확인하자는 겁니다. 중정 아니라, 청와대에 근무하셔도 협조를 해주시는 게 국민으로 당연한 도리입니다."

"너희들이 업무상 협조를 해야지."

"혹시 뭐 잘못한 일을 숨기려는 거 아닙니까? 이쪽이 원래 간첩 침투 루트거든요."

"뭐! 뭐라고! 이 사람들이 나를 간첩? 뭐라고? 이 새끼들이 미쳤나?"

"이곳은 수도권으로 입출입하는 주요 도로를 지키는 왕거미 초소입니다. 검문에 불응하시면 청와대 경호실로 바로 보고됩니다. 중정에 근무하고 계신다면, 아마 그쪽으로도 통보가 될 것입니다."

*

어렵게 지은 제철소의 용광로에서 시뻘건 쇳물이 쏟아지자, 각하는 들떠 있었다. 그가 동해안의 삼척에서 속초까지 지프차로 훑어갈 무렵이었다. 점심을 먹고 다방에서 선임이 신문을 접었다. 하얀 셔츠를 입은 주걱턱의 중사는 반쯤 타들어 간 담배 필터를 질근질근 씹으며 말을 꺼냈다.

"이야, 일이 크게 벌어졌군. 신문성이, 너 이거 봤어? 중앙정보부 이놈들 각하한테 잘 보이려고 크게 오버했구만. 개지랄했는데 오히려 혼나게 생겼다. 이 새끼들이 공작을 하려면 제대로 해야지. 이게 뭐냐? 국제적으로 대한민국 수사기관 망신을 다 시켜놓고, 개똥같이 무슨 변명은."

마치 자신이 당한 듯 늙은 중사는 열을 올렸다. 주어를 빼먹어도 그는 무슨 뜻인지 알고 있었다. 본부에서 실장이 다그친 의미를 떠올렸다. 외근 활동을 하면서 말조심하라는 지시를 받았기 때문이다. 만나는 일반인들은 신문에 나지 않은 일이라도, 기자나 정보기관원쯤이면 세상에서 일어난 모든 일쯤은 다 알고 있는 줄 착각을 한다는 것이다.

한때 각하와 맞짱 떴던 젊은 야당 대통령 후보가 죽을 뻔했던 사건이었다. 미국으로 갔다가 일본으로 입국했던 그 야당 지도자. 남포시에서 선생이라고 불리던 바로 그 사람이었다.

역린을 건드린 그 정치가는 미국을 거쳐 일본으로 가 있었다. 국내에는 발붙이기가 힘들어 떠돌아다니는 처지였다. ―대저 나라의 착한 국민이, 욕망이 가득한 독재자 때문에 또다시 희생되어 가는구나. 국가의 제도를 만드는 것이 인간, 그것에 종속되는 것도 인간들이니, 한 놈이 밥을 빙자해서 세상을 거덜내는 일도 우스울 게 없었다. 이제 민주주의는 또다시 시궁창에 처박힐 뿐. 강대국들의 아가리 앞에 놓여 있는 위기! 지정학적 위치는 필연이다. 언제나 역사의 위치는 현재가 중심이다. 아무리 공간적 의미가 시간 속으로 종속된다고 해도, 우리 민족은 여전히 살아남았다. 남쪽과 북쪽으로 갈라지고 저놈 때문에 동쪽과 서쪽으로 분열되었다. 이런 갈등을 방치하면 큰일이다. 민주주의가 촛불처럼 가물거리는 지금, 유일한 희망은 국민이다. －하여 그는 언제 자신에게 다시 찾아올지 모르는 시간을 기다렸다. 그곳에서 일본의 중의원과 도쿄의 호텔에서 만날 약속으로 들어갔다. 일본의 지지자들과 각하를 성토하는 집회에 가려고 나오려던 중이었다. 대여섯 명의 사람들이 그를 에워쌌다.

"당신들 누구야?"

그들은 우람한 몸으로 그의 코를 손수건으로 덮었다. 그는 마취된 상태로 쥐도 새도 모르게 그들에게 이끌려 승용차의 뒷좌석에 처박혔다. 포장용 테이프로 입이 막힌 그를 싣고 얼마쯤 한참 달렸던 승용차는 또 다른 도시에 도착했다. 그는 두 눈을 가리고 캄캄한 채 주택으로 들어갔다. 넥타이가 풀리고 신사복을 벗긴 그들은 그에게 작업복을 입혔다. 누가 보아도 그는 한낱 노동자 차림이었다. 그는 점점 무서운 생각과 체념이 뒤섞인 상태였다. 이들은 자신을 속속들이 알고 있는 게 분명했다. 자신이 식민지 시기에 학교를 다녀 일본어를 안다는 것까지. 그렇지 않고서야 어떻게 말하지 않고 서로를 소통하는가? 한국말도 일본어, 혹은 영어까지도 들을 수 없었다. 그렇기에, 서로 몸짓과 수신호로 소통하고 있는 게 아닐까?

스르르 잠이 들었을까. 어렸을 적 고향의 여름 바다 같기도 아닌 것 같기도 했다.

구름 속에 숨어 있던 햇빛이 빗줄기처럼 아래를 비추었다. 섬들이 옹기종기 모여 있는 바다였다. 파도가 밀고 왔던 물이 다시 멀어져 갯벌이 드러나면, 아낙네들이 치맛단을 묶어 나오는 그 고향의 바다. 객지로만 떠돌다가 간 지가 오래되었다. 그는 아주 작은 거룻배를 타고 선착장으로 가려고 했으나 이상하게도 물살에 떠밀려 자꾸만 멀어졌다. 아낙네들 속에서 누군가가 그에게 손사래를 보냈다. 자기의 어머니를 닮기도 하고 아닌 것도 같았다. 그래서 멀리서 아무리 눈을 크게 뜨고 소리를 질러도 그 쪽으로 닿지 않았는지, 아낙네들의 반응은 전혀 보이지 않고 자신들의 일에만 집중하고 있었다. 그는 뛰어가려 해도 몸이 무거워 마음대로 되지 않았다. 차츰차츰 바다는 어두워졌다. 운무가 자우룩한 바다였다. 먹장구름이 드리운 하늘에서 번개와 뇌성이 쳤다. 바다가 부글부글 끓어 올랐다. 금방이라도 지옥의 심연에서 시뻘건 용암이 터져 분수처럼 높이 올라갈 것만 같았다.

그때 갑자기 뭔가가 불쑥 물속에서 대가리를 쳐들더니 이내 수직으로 솟구쳤다. 붉은 수염과 빳빳한 눈썹 아래 쭉 찢어진 악마의 눈을 치뜨고, 벌린 아가리에서는 날카로운 이빨들 틈새로 긴 혓바닥이 날름거리는 대가리로, 하늘과 바다 사이에 거대한 몸뚱이의 괴물이 울부짖었다. 기나긴 몸통은 천 년 묵은 은행나무보다 굵고 촘촘하게 비늘이 돋았고, 중간은 억센 발톱을 지닌 네 개의 발이 구름을 움켜쥐었다. 금세 시커멓게 몰려온 검은 구름을 휘감던 동물이 대가리를 돌려 그를 노려보더니 차츰차츰 다가오는 게 아닌가. 바로 눈앞까지 바짝 다가온 거대한 동물의 이빨이 금방이라도 씹어 삼키려는 듯 그는 두려움과 공포에 싸여 온몸이 떨렸다. 눈을 꽉 감았다. 순간, 누군가가 뒤에서 그를 끌어당겼다. 얼굴은 안 보였으나 하얀 저고리와 치마를 입고 머리를 쪽진 여인이 손을 내저으며 아스라이 멀어졌다. 어머니, 아아, 어머니였다. 뇌성과 벼락이 어둠을 찢고 귀청이 뚫릴 듯 먹먹해지자, 앞이 안 보이게 빗줄기가 억세게 쏟아졌다.

어느 순간, 그는 손을 허우적거리며 의식을 되찾았다. 잠은 너무나 짧고 꿈속은 넓고도 깊었다. 늘 머릿속을 떠도는 바다의 해초 냄새가 풍겨왔다. 섬마을에서 태어난 그에게 바다는 후각으로 느껴졌다. 어디선가 갈매기 소리가 들리는 것 같았다. 끼루룩, 끼륵~ 불길한 바닷새 울음처럼 무시무시했던 현실을 다시 느꼈다. 아아, 그렇다면? 잠들었던 시간은 짧고 꿈속의 희망은 넓고도 깊었을까. 어머니를 보았다니? 유복자를 안고 살아내기 위해 무거운 몸으로 남의 후처를 마다하지 않은 어머니. 눈이 떠졌건만 앞은 보이지 않았다. 후텁지근한 검은 공포가 파도처럼 밀려와 그를 덮쳤다. 이제 꼼짝없이 죽는구나. 죽어야 하는구나. 벌써 몇 번이나 죽음의 그림자가 가까이 얼씬거린 적이 있었지만, 타의에 의해 귀신도 모르게 죽어야 하는 개죽음이 너무 억울했다. 고통으로 짓눌린 세월은 그에게 늘 위험한 상황이었다.

그는 또 다른 승용차에 태워져 몸이 흔들리고 한 시간 넘게 달려 어딘가에 도착했다. 바다 냄새가 콧속으로 들어와 머릿속을 휘저었다. 오랜만에 느껴보는 정겨운 물결 소리며 냄새였다. 그러나 팽팽한 긴장의 끈으로 그는 향수에 젖지 못했다.

이제까지의 괴한들은 또 다른 사내들에게 그를 넘기는 것 같았다. 일본 말과 간혹 한국말로 뒤섞인 남성들의 목소리였다.

앞이 보이지 않아도 사내들이 아끼는 말과 말 틈에 숨어있는 의도를 모를 리 없었다. 우악스러운 손에 의하여 그는 모터보트로 떠밀려졌다. 몇 십 분쯤이나 지났을까, 물살과 모터보트의 소음이 귀를 울렸다.

"이제부터 당신들이 제대로 하시오."

"수고했습니다, 알았어요."

사내들은 한국말을 극히 사무적으로 주고받았다. 수식어가 없음은 말의 미숙함이 아닌 고의적 소통에서 오는 것이었다. 이윽고 그는 포승줄에 묶여 반항의 의지를 잃고 항구에 정박하고 있는 커다란 배로 옮겨졌다. 눈은 감겼어도 뜨거운 기운이 그의 얼굴을 휘감았다. 손발을 꽁꽁 묶고 가려진 눈과 테이프로 입을 붙인 상태의 그는 더듬거리며 밑창으로 끌려 들어갔다. 사내들은 그의 오른 손목과 왼 발목에 크나큰 돌을 매달았다. 등을 판자에 밀착시켜 물속에 가라앉도록 또 다른 큼직한 돌들을 달아매었다.

"이봐? 던질 때 풀어지지 않도록 단단히 묶어!"

"바다에 상어가 많던데."

"솜이불을 씌어 던지면 그냥 가라앉아 떠오르지 않을걸."

귀신도 모르게 바다 한가운데로 빠트리려는 수작이었다.

그의 입은 테이프로 붙여 입이 있어도 벌릴 수 없도록 자갈이 물려 있었다. 끔찍한 일이 아무도 모르게 벌어지고 있었다. 아무리 생각해 봐도 모를 일이었다. 일본말과 한국말이 뒤섞여 시부렁거린 사내들의 정체는 과연 무엇일까. 조선총연맹 계열은 아닌 성싶었다. 그렇다면, 재일조선 거류민 단체? 그도 확실히 아닌 것 같았다. 한국의 누군가와 손을 잡은 일본의 조직 폭력배들일까? 이럴수록 정신을 잃어서는 안돼. 그는 거꾸로 시간과 떠오르는 이미지를 더듬어보았다. 시간을 알 수는 없으되, 도쿄에서 거의 시간 남짓이 걸렸을 것이라면, 동해 쪽이 아닌 태평양일 공산이 컸다. 오히려 한반도와는 더 멀어질 뿐, 그게 어디든 지금 무슨 소용이람.

그는 허탈하여 자괴감에서 헤어나지 못했다. 아아, 아버지, 하느님! 사람으로 태어나서 이렇게 한낱 동물로 망가지고 죽다니! 숨이 끊어져 깊은 바다에서 너덜너덜하게 해체된 몸뚱이로 결국은 하찮은 플랑크톤이 되고야 마는구나. 심연에 처박히면 영혼마저 물결 위로 떠오를 수 없으리라. 누가 있어 이 내막을 샅샅이 알려준단 말인가?

마음이 차분해지면서 또 다른 생각이 밀려왔다. 그래, 까짓것 언젠가는 누구나 한 번은 죽는 거지. 그렇지만, 죽음이라는 게 이렇게 이 따위 개죽음으로 올 줄을 누가 알았겠나. 철없이 정치에 발을 내딛고 스스로 선택할 수는 죽음을 보냈더니, 이제는 전혀 모를 개죽음까지 데리고 왔구나. 죽음이 나의 소멸인가. 그 죽음의 강 저편에 천국이나 지옥이 있는 것일까. 아무 일도 성취하지 못하고 느닷없이 끝나는 생이 비단 나뿐만이 아닌데, 왜? 떨리는가.

혼돈의 밑바닥에서 심장 뛰는 소리마저 시간 속으로 흐드러져 무디어졌다. 위기의 긴박감도 슬슬 사라지고, 악착같았던 생을 포기하는 마음마저 들었다. 나락으로 깊숙이 떨어진 느낌이어서 온갖 별별 과거의 기억들이 솟아났고, 추억들이 바릇바릇 떠올랐다. 국가와 민족을 위해 살아온 대의명분이 무슨 소용이람. 아니, 아니, 모든 일은 자신의 욕망에서 비롯된 것이기도 했다. 진정 그것은 끝없는 모래사막에 떠오르는 신기루처럼 허망한 일이었어. 절망을 이기지 못해 죽은 불쌍한 아내가 초췌한 모습으로 손짓하는 것 같았다. 이내 안경 쓴 아내의 모습이 겹치었다. 나어린 아이들이 자신을 애타게 찾는 모습도 뒤따랐다. 그 어린 것들은 얼마나 자신을 원망할 텐가. 이 상황, 이 억울함을 그들은 영영 모르겠지. 처자식에게 말 한마디도 못 남기고 물귀신이 되다니. 그러나 한편으로는 이 세상과 얽히고설킨 모든 속박의 끈을 끊자니 어떤 자유의 느낌마저 스며들었다.

그때 어디선가 굵은 엔진소리가 들리는 것 같았다, 들려왔다. 크르릉 쿠릉~ 배의 바닥에서 전달되는 진동과 허공에서 투투투~ 거리며 들려오는 소음이 뒤섞여 귀가 어지러웠다. 몹시 긴장된 순간, 바깥에서 여럿의 목소리가 뒤섞여 들렸다.

"뭐야?!"

"어디 소속이지?"

"자위대? 아니, 미군인가?"

시간이 얼마나 흘렀을까. 그의 머릿속에서는 온갖 의문과 추측이 뒤섞여 혼란스러웠다. 어쨌든 지금까지의 상황이 어떤 장애를 만난 것만은 분명하게 생각되었다. 그러자, 아득히 또 다른 뱃고동 소리가 연속적으로 나는 것 같았다. 정체 모를 함정이 추적하지 않았다면, 그의 몸뚱이는 바다 생물들의 먹이가 되었을 것이다. 그때까지 정체를 알 수 없는 사내들의 손바뀜을 거쳐 어찌어찌 집 근처로 오게 되었다. 사람의 목숨은 모질고

끈질겼다.

신문에 대문짝만하게 난 얼굴 사진은 입술이 터져 생채기가 난 피투성이 몰골이었다. 기사의 내용은 아리송하게 배후에 정보부가 있다는 뉘앙스만 흘렸다. 빛과 어둠은 함께였다. 인간이 인간을 얼마나 미워했기에 그런 짓을 시켰다는 말인가. 침략했던 원수의 나라 땅까지 찾아와 그토록 더럽고 치욕스러운 짓을 했을까. 시간이 지날수록 언론의 초점은 한곳으로 모아졌다.

결국 동족의 정적을 죽이려고 했던 납치 공작은 실패했다. 각하의 정적인 눈엣가시를 뽑아내면 더욱 신망을 얻을 줄 알았던 소탐대실(小貪大失). 고작 꾀돌이라 불리는 정보부장이 생각해 낸 게 정적을 제거하는 일 따위였다. 그것은 아군 아니면 적이라는 군인들의 등식일 뿐, 정치가 중간색을 쓸 수도 있다는 확장된 의식을 아예 염두에 두지 않았다. 오히려 아직 앳된 정적이야말로 각하를 돋보이게 할 연출로 써먹기에 효용성이 많을진대, 얼마나 위험한 부장의 판단이었는지는 시일이 갈수록 드러났다. 조그만 나라의 장기판도 제대로 보지 못한 미숙한 자의 엉터리 공작이었다. 세상에나! 개망신뿐인가, 미국의 압력을 받게 된 각하는 몹시 초조했다. 그대로 놔두면 각하가 끌고 가는 배는 항구에 도착하기 전에 망망대해에서 홀딱 뒤집어질 수밖에. 그렇지만, 장기판에서는 졸을 몇 개 잃을망정 왕까지 죽는 공식은 별로 없었다.

불과 몇 개월 전만 해도 날아가는 새도 떨어뜨릴 위세가 곤두박질치게 된 이유는 부장의 탐욕이었다. 자신의 실언과 경비사령관으로 인해 불거진 사건을 또 다른 일로 덮으려고 시켰던 터. 화근을 무마하려다 저지른 일이 거꾸로 부메랑으로 부장을 찔렀다. 각하에게 밉보임을 어떻게 하든지 만회하려고 저지른 또 다른 사건이었다. 제 딴에는 아주 충성스럽게 일을 한답시고 이런 멍청한 공작을 지시했던 정보부장은 결국 자리에서 밀려나고 말았다. 꼼수가 언제나 통하지는 않았고, 세상의 어떠한 권력도 유효기간은 있기 마련이다. 정치란 원래 욕망의 그늘로 불순한 것이다. 강한 힘도 시간에 의하여 바스러지기는 마찬가지. 몇 달 전, 동해안 보안부대의 수사실에서 곰탕 국물을 치욕스럽게 몇 숟갈 떠먹었던 장군의 일과 이 사건은 따로국밥이 아니었다.

13
널리리야, 니나노, 얼씨구

 언제나처럼 트럭들은 새벽부터 검문소 앞을 지나갔다. 만약에 통행금지가 없었으면 한밤중이라도 계속 지나다닐 법했다. 트럭들이 달려오면서 일으킨 뽀얀 흙먼지는 검문소 앞에서 사라졌다. 어떤 차량이든지 일단정지가 원칙이었다. 운전사는 일단 멈춘 트럭의 화물칸에 들어가 싣고 온 짐의 일부분을 덜어냈다. 검문소의 건너편, 그러니까 서울에서 오는 운전석의 반대편 도로에는 새카만 19공탄이 차곡차곡 쌓여만 갔다. 연탄을 가득 싣고 멈춘 첫 트럭부터였다. 날빛이 부윰하게 돋은 꼭두새벽부터 2장씩 내려놓았다. 연탄을 싣고 온 다음과 그다음에서 그다음… 트럭의 운전기사 역시 내려서 2장을 올려놓았다. 그래서 하루에 통과하는 트럭과 연탄의 개수는 거의 정확했다. 연탄의 숫자만 헤아려도 몇 대의 연탄 트럭들이 이곳을 통과했는지 정확하게 알 수 있었다.
 그렇게 거둬들인 연탄들은 다 어디로 갔을까. 하늘로도 땅속으로도 사라지지 않았다. 어둑해지는 저녁이면 리어카에 가득 실린 연탄은 헌병 병사가 검문소 건너편으로 옮겨갔다. 길 건너 가게의 창고로 몰래몰래 들어가 차곡차곡 쌓였다. 뿐만 아니었다. 김장철이면 그 자리 옆에 배추와 무가 쌓였다. 연탄처럼 서울로 들어가는 트럭들이 몇 포기씩 내려놓고 떠났다. 화물이 통관 수수료처럼 우렁각시 노릇을 한 셈이었다. 근무자들은 누가 물어도 이구동성으로 둘러댔다. 운전기사들에게 강요한 일이 전혀 없고 자발적인 호의였다라고.

맞는 말이었다. 만약에 그들 운전기사 누구에게라도 물었어도 대답은 똑같았을 터. 문제는 그 물건들이 없어지는 과정이었다. 연탄은 검문소 난로의 보조 땔감으로, 나머지는 가겟집에서 처리되었다. 김장거리 역시 마찬가지였다. 가겟집에서 김치와 깍두기를 만들어 검문소에 갖다주었다. 병사들에게는 입에 맞는 부식으로 그 이상 없었다. 나머지 배추와 무는 가겟집 주인이 알아서 처리하는 방식이었다. 먹이사슬처럼 누이와 매부가 다 좋을 일은 그렇게 암묵적으로 이루어졌다. 그렇다 하더라도 날마다 창고에 쌓이는 연탄의 수량은 점점 늘어났다. 집 뒤로 양철 지붕에 덮인 시멘트블록 창고는 꽤 넓었다. 바람이 불거나 비가 오면 양철판이 들썩거리며 덜컹덜컹 내지르는 소리가 시끄러웠다. 어둑어둑한 창고 안에는 빈 병상자들과 물품들 옆으로 까만 연탄들이 어른 키보다 높이 한가득 차곡차곡 쌓여있었다.

*

연탄, 까맣고 구멍들이 뚫려 벌겋게 불꽃을 피우던 연탄이라?

인해는 그가 군대에 들어오고 난 후 딱 한 번의 답장을 보내고 소식이 끊겼다. 보안학교에서 정신없이 교육을 받던 무렵에 그녀는 죽었던 것. 느닷없는 인연은 바람처럼 사라져 버렸다. 동해안 부대로 가기 전 일주일간의 휴가는 그에게 무의미했다. 편지가 끊긴 상태에서 휴가를 얼마나 애타게 기다렸던가. 오랜만에 보게 된 고향의 어머니는 더욱 쇠잔했고, 아들의 눈치를 보던 어머니는 이틀이 지난 후에야 지나치듯 남의 이야기처럼 슬쩍 한마디를 흘렸다.

"한 씨네 집 둘째 딸 있지 않냐?"
"아직 방학 전이잖아요."
"방학은 무슨!"
"왜요?"
"아니…한 달 전에…연탄가스를 마시고 병원으로 옮겼는데…."

뜬눈으로 지새운 이틀, 그는 집을 떠났다. 시외버스로 도청소재지에 내렸다. 도시는 그가 학교를 마치고 처음 취업했던 그 규모만큼 그대로였다. 편지 주소를 물어 한인해가 자취했던 집을 찾았다. 그는 하얀 타일이 벽에 붙여진 기와집의 철 대문을 밀고 들어갔다. 주인 여인은 쉰 중반으로 땅딸막했는데, 이마와 입술이 툭 튀어나온 얼굴로 그를 쳐다보았다.

"제가 군대에서 휴가를 나와서 뒤늦게야 알았다고요."

인해와 친척이라고 한참을 설명해도 집주인은 의심쩍은 표정이었다. 여인은 그가 내민 과일바구니를 받고서야 경계의 눈초리를 조금씩 풀었다. 여인이 그를 안내한 별채는 시멘트블록으로 지었는데, 세를 놓으려고 날림으로 지은 모양새였다. 인해가 거주했던 곳은 3칸의 방을 연달아 지은 맨 오른쪽이었다. 벌써 그 방은 다른 사람이 살고 있었다. 그는 방 앞에 내달아 놓은 어둑한 부엌만 살펴보았다. 방으로 들어가는 왼쪽에 연탄아궁이가 있고, 나무 찬장 밑에 석유난로가 놓여 있었다. 바깥에서 문틈으로 새어든 빛살이 그의 머릿속에서 한인해의 얼굴처럼 떠오르다가 사라졌다.

"새벽이면 처녀가 쌀을 씻으려고 나오는데, 그날따라 인기척이 없었어요."

"날마다요?"

"그럼요, 부지런해서 꼭 아침밥을 먹고 나가요. 그 전날 오빠라는 남자가 온 것 같았는데… 어쨌든 그날은 처녀가 안 보이길래, 느낌이 이상해서…일요일도 아니고, 무슨 늦잠인가 싶어 깨우려고 들어갔는데… 방문을 열자마자, 연탄가스 냄새가 방안에 진동해서 처녀를 흔들어 보니, 축 늘어져 있지 뭡니까. 세상에! 우리 애 아빠하고 병원으로 싣고 갔는데, 몇 시간 만에 그렇게 갔어요."

더 이상 들어봤자, 아무런 의미를 얻을 수가 없었다. 그는 비틀거리며 그 집을 나와 도시의 거리를 힘없이 걸었다. 건설회사에 다녔을 적에 돌아다녔던 그 도시의 건물들과 거리의 풍경이 낯설게 다가왔다. 인해가 하얗고 기다란 목덜미가 백조를 닮았다고 한들 기억 안에서만 꿈틀거렸다. 장대비가 쏟아졌던 초여름날의 꿈은 이제 그에게서 사라지고 말았다.

그는 역에서 표를 끊어 서울로 가는 열차에 몸을 실었다. 몸은 선뜻했으나 머릿속은 밍밍하여 허전했다. 흙이 잠든 겨울의 질펀한 평야가 뒤로 물러났다. 퇴락한 마을들이 을씨년스러웠다. 야산의 턱에 볼록 튀어나온 묘지의 봉분들. 시간이 육탈한 뼈를 삭히겠지만, 인해의 몸은 바다에 뿌려졌다고 했든가. 차창에 머리를 대고 그는 치밀어 오르는 슬픔을 참으며 울먹였다.

*

알고도 모른 체했던 그가 고천수에게 슬쩍 물었다.
"연탄 때문에 별다른 문제는 안 생기겠지?"
"예전부터 아니, 검문소마다 그렇게 하는 모양입니다. 검문소 관리 주체는 헌병인데, 책임자가 몇 번 바뀌었어도 아직 특별한 문제는 없었습니다. 오히려 저들은 인수인계하듯 위에서 그냥 알고도 눈을 감아주고 있습니다. 아마 사단 헌병대에서 알고 있어도 자기들이 해 먹었는지, 파견대까지 보급품을 충분하게 배급해 주지 않거든요. 그래서 병사들이 가겟집 장부에 외상으로 적어놓고 라면이나 빵을 맘대로 먹어도 내버려두거든요. 바람이 쌩쌩 부는 바깥에서 고생하는 병사들과 함께하는 저와 김 순경도 뭐라고 말하지 못했고요."
"가겟집에서는 그 연탄을 다 쓰지는 못할 정도로 양이 많은데, 나머지는 어떻게 처리하는데요?"
"자기들이 사용하기도 하고 잘 아는 동네 사람들에게 팔기도 하겠죠. 저번에는 헌병대 병사의 제대 회식을 한다며 면사무소 옆 식당으로 간 모양인데, 그 비용을 연탄으로 계산했다는 겁니다."

"하긴, 쇳덩어리도 씹어 먹을 나이인데, 혀 빠지게 고생하는 병사들이 먹는 것을 탓할 수는 없지. 빡빡한 사정은 우리도 마찬가지지만…, 고 병장은 어떻게 생각해요?"

"저도 사실은 고민이 되는 부분입니다. 병사들이 간식으로 먹는 그걸 부정부패라고 하긴 좀 애매모호합니다. 원래 헌병이 일반인들 보기에는 멋지게 보이기는 해도 빛 좋은 개살구나 다름없어요. 여기 와보니, 빈약한 부식비마저 위에서 누가 잘라 먹는지 어떤지, 현지에서 알아서 하라는 식으로 하니까, 참, 그렇습니다. 본부에서 충분하게 지원해 준다면 다시 생각해 볼 문젭니다만, 연탄을 팔아서 뭐 개인이 착복하는 일도 아니고… 병사들이 밤낮으로 고생하는데, 먹는 거라도 제대로 먹어야 할 거 아닙니까. 아주 모순이고 이중적인 실상입니다."

고 병장은 겸연쩍은 표정으로 앞니가 보이도록 웃으며 말꼬리를 흐렸다. 똑같은 병사라도 자기의 직책과 바라보는 시야에 따라 달랐다. 고천수는 상병이라 해도 헌병대의 엄 중사에 비해 세상을 바라보는 눈이 더 어른스러웠다.

헌병대의 선임부사관은 닳고 닳은 중사였다. 가무잡잡한 피부의 엄칠구는 누런 계급장이 붙은 모자를 벗고 다녔다. 노란색 갈매기 계급장이 붙어있는 작업모를 쓰면 쪽팔린다는 것이다. 귀밑머리를 밀어 올린 까만 머리에 가르마를 타서 기름을 발랐다. 거기에 항공 점퍼까지 입으면 제법 고급장교의 티가 나곤 했다. 항공 점퍼는 항공 조종사와 영관장교에게만 지급되는 겨울 특수복이었는데, 각하의 쿠데타가 성공하고 서울시청 앞에서 찍은 사진으로 많이 알려졌다. 간편하게 입기도 하려니와 계급장을 안 붙여도 특수한 군인임을 은연중 내비치는 옷이었다.

엄 중사는 신문성에게 묻지도 않은 말을 곧잘 내뱉었다. 전라도 사투리에 풀풀 날리는 담배 연기를 섞은 푸념은 군대에 대한 원망이었다.

"…행정학교 내 동기생들은 전부 다 주임상사로 진급했다고. 월남에서 생고생하고 왔어도 진급은 아예 막혀 버렸어. 월남에서 같이 근무했던 후배 놈은 귀국하자마자 청와대 경호실로 갔어요. 그 녀석이 모시던 연대장이 데리고 갔거든. 아무튼지 군대에서는 무조건 줄을 잘 서야 해. 썩은 줄 말고 굵고 튼튼한 동아줄로 야무지게 잡아야 하거든. 내가 그나마, 헌병대 끗발이라도 있으니까, 요 모양이라도 군대에서 버텨 있지. 내가 짬밥을 먹을 적에 엄마 젖을 빨고 있던 새카만 애들하고 같은 갈매기 두 개를 지금까지 붙이고 있으니 할 말 다했지… 요즘에는 닳고 닳은 중사 계급장이 붙은 군복만 보면 밥맛 떨어지고 지기미 씨발, 제대할 생각만 굴뚝 같아서 원."

마흔 살이 넘은 선임 중사는 은하수 담배의 필터를 질겅질겅 씹다가 허공에 퉤 뱉었다.

*

신문성은 전혀 염두에 두지 않았던 일에 신경이 쓰였다. 가만히 있어도 뭔가 먹잇감과 먹이사슬이 얽혀있는 속으로 감겨 들어가는 늪에 빠진 느낌을 받았다. 늪에서 허우적거릴수록 몸은 점점 더 빨려 들어갈 게 뻔했다. 그러나 자신은 이곳의 책임자였다. 밑에는 두 명의 병사가 있었다. 자신만 깨끗하다고 우겨

본들 살아남을 확률이 더 큰 것도 아니었다. 그는 해결의 실마리가 잡히지 않은 현실을 우선 인정해야만 했다. 그래서 객관적으로 바라보며 속으로는 자기 자신을 냉정하게 내려놓아야 했다. 군인이 아니라, 사람살이의 본능이 이미 까만 연탄 가루처럼 묻어있는 게 있는 일 아니던가. 그래서 반지빠른 엄 중사와 경찰이 오랫동안 관행적으로 해온 일을 새삼스럽게 들추기보다는, 고 병장의 의견대로 더 지켜볼 참이었다. 어떤 일에 있어 누구라 할지라도 도움이 될 만하면 듣는 게 그의 좋은 점이었다.

하루가 지난 이튿날이었다. 수돗가에서 칫솔질을 마친 고천수가 방에서 나온 그와 눈이 마주쳤다. 고천수가 그를 대문 밖으로 불러냈다. 그리고 그의 표정을 한참 살피더니 어렵게 말을 꺼냈다.

"대장님? 어제 말씀하신 방법은 하기 나름이라고 생각합니다."

"뭐? 아? 그 연탄 말인가요?"

"우리 몫으로 준다는 걸 거절하지 말고 받기로 하지요. 받아서 하숙집에도 좀 드려야 할까 봅니다. 가게에 병사들의 비용 대신으로 준다지만, 그건 사실 누가 봐도 구차스러운 일 아닙니까. 제가 생각해 봤는데, 대장님이야 하숙비로 본부에서 일종(쌀)을 대주지만, 저도 아주머니가 가끔 밥을 주시니까 무척 미안했거든요. 그래서 대장님만 좋다면 우리 몫으로 얻은 연탄을 하숙집에 주는 게 어떨까 싶습니다만…."

"… 미처 그런 생각을 못 했네. 괜찮은 방법이네요."

"따지고 보면 우리는 같은 남도 사람들 아니요. 좋은 인연으로 만났으니, 객지에서 서로 돕고 삽시다. 고향 땅 좋다는 게 뭐요."

"그게 아니라도 협조해야지요."

"우리 그냥 형, 동생을 해도 괜찮은데?"

"예!?"

"아니, 뭐 그게 그냥 편하게 지내자는 뜻이니까 뭐."

징그러운 소 웃음을 지은 엄칠구는 얼렁뚱땅 흘린 말을 슬그머니 거둬들였다. 그에게 군대 선임이라는 무게를 탁 내려놓은 듯 마는 듯 나잇살로 재려 들었다. 군대의 정확한 위계질서가 없는 상태를 나이로 따져 은근히 장악해 보려는 심보였다. 헌병이 운영하는 왕거미 초소의 끗발을 실질적으로만 유지하겠다는 것이다. 이곳의 일거수일투족이 소리 소문 없이 사단 헌병 참모에게 흘러 들어간다는 점을 엄 중사는 누구보다 잘 알고 있었다. 자신은 부사관이라 별 상관이 없지만, 헌병참모는 영관장교라서 보안부대의 관찰을 받는 형편이었다. 그래서 겉으로는 보안부대에게 명예의 당근으로 주되 자신은 뒤에서는 실속 있게 작용하겠다는 의도였다. 어차피 누구든지 기간이 지나면 보직이 바꿔 떠날 게 빤했다. 있는 동안 사사건건 다퉈 봐야 얻을 것도 없고 부하들에게 무능하게 보이기가 싫었다. 보안부대의 힘에 못 미치는 상황에서는 새카만 후배를 요리하겠다는 의도였다. 헌병대 선임부사관으로 베트남까지 다녀온 엄칠구는 눈칫

밥을 먹으며 처세로 닳고 닳은 직업군인이었다. 군대는 분명히 계급사회였으나, 물고 물리는 권력의 속성이 예외일 수는 없었다. 그것은 이역만리 베트남에서도 그랬고, 다시 귀국해서도 그랬다. 사단장도 헌병참모도 은근히 보안부대장에게 밉뵈지 않으려는 제 나름 깜냥으로 모를 리 없었다.

*

"미리 말씀을 드릴 게 있습니다."
신문성의 얼굴을 슬쩍 살피면서 고 병장이 뜸을 들였다.
"뭔데요?"
"헌병대 선임하사관 있잖습니까."
심각한 표정을 애써 지그시 누르며 침착하려는 고 병장에게 그는 얼굴을 폈다. 고개를 주억거리며 그는 들을 준비가 되었다는 듯 재촉하는 눈빛을 보냈다.
"며칠 전 곡능 주유소에서 한 건을 한 모양입니다."
"저들이, 우리 지역에서라면?"
"헌병과 항공대와 합작품이 분명한 것 같습니다."
"기름을 팔아먹었군."
그는 툭 던지고 말았다. 구 병장에게 시시콜콜하게 물어보려다가 그만 입을 다물었다. 어차피 그런 비리는 어디서나 있을 법한 문제였다. 그렇지만, 그에게는 처음으로 부딪친 악마의 시험이었다. 시험의 답안지에 정답을 쓰자면 어떻게? 아니, 정답보다는 해답이라고 해야 할 것이다. 우선 조각난 첩보들을 짜깁기하듯 꿰 맞추어 사건의 전모를 파악해야 했다. 정상적인 업무과 다른 별개의 일? 아니었다. 밥 먹고 잠자는 일 빼고는 모든 일이 업무에 종속된다는 생각이 들었다. 본부에서 멀리 떨어진 이곳에서 행해지는 모든 일을 처리해야 하고 책임도 그의 몫이었다. 무엇보다 가장 신뢰하고 앞으로도 함께 가야 할 부하의 생각을 읽어내야 했다. 잘못하면 부하에게 두고두고 무시당할 수밖에. 선임자가 무지한 상태에서 멍청하게 말려들었다가는 차후에 벌어질 상황까지 짚어야 했다. 선문답처럼 던졌다.

"어떻게 하는 게 좋을까?"

고천수는 이미 정답을 가지고 있었던 모양이다. 진중한 눈빛으로 너볏하게 말했다.

"제대했던 사수에게서 들었는데, 그전부터 종종 있어 왔던 거랍니다. 주유소를 대상으로 확실한 내용을 파악하여 저들의 약점을 잡아서 쥐고 처리하는 게 어떻습니까?"

"그렇다면, 아직 액션을 취할 필요가 없다?"

"대장님이, 급소를 한번 살짝 찔러보시면?"

*

"엄동설한이 지나니까, 이제 훈풍이 부나 봅니다."

"몰랐어요? 세상이 아무리 지랄해도 계절은 돌아오는 거니까 뭐. 우리도 이제 어깨를 펴고 뭐 한 건 해야지."

"우리 대원이 있어서 저쪽 항공대 일은 넌지시 보고만 듣고 있습니다만, 뭐 좀 아는 거 있습니까?"

"검문소 일이 중요해서 그쪽은 별 관심도 없고, 잘 가보지 않아서…."

빗어 가르마 탄 엄칠구의 까만 머리가 햇빛에 반짝였다. 언제나 포마드를 많이 발라서 파리가 붙어도 떨어질 것만 같았다. 비아냥 섞인 문성의 물음을 모르쇠로 입을 다물었다. 까무잡잡하고 번드르르한 얼굴로 전혀 표정마저 바꾸지 않았다. 외통수를 보이지 않는 유들유들함과 반지빠른 엄 중사는 결코 쉬운 상대가 아니었다. 헌병에서 말뚝을 박아 닳고 닳은 고참 부사관이라서 호락호락하지 않았다. 신문성이 꾹 찌른 말을 살짝 옆으로 비틀었다.

"저번에 거기 오셨다면서요?"

"아, 그것은….”

"협조하여 잘해보자고 하시더니만, 손바닥으로 하늘을 가리지는 못하지요."

입을 꾹 닫을 수 없어 그는 토씨를 붙였다. 아무리 얼굴이 두껍기로서니 자기의 눈은 못 속이는 법. 눈빛에서 힘이 빠진 엄 중사의 눈을 힘 있게 쏘아보았다. 엄칠구는 두리번거리더니 병사를 의식하고 가게 쪽으로 가자고 턱짓했다.

"사실 그게 말이오. 누이 좋고 매부 좋은 일인데 항공대의 입장을 아직 잘 몰라서 부정적으로만 보이는 거요. 항공기라고 겨우 다섯 대가 있는데, 이제 다 낡아빠져서 유지하는 일이 보통이 아니랍디다. 활공 시간은 지켜야 하고, 자꾸 가동하다 보면 조종사들도 불안해서 사고가 날 확률이 그만큼 많아진다고. 상급 부대에서 검열을 무슨 기준으로 하는지 압니까? 기름을 얼마나 소모했는지 확인하는 건 뻔하고… 그래서 항공 참모가 헌병대에 업무 협조처럼 부탁하는 걸 모른 척하기가 어려워요. 보안대장도 업무 협조를 해줘야 합니다. 아마 윗선에서도 까놓고 말을 안 해서 그렇지, 다 알고 있을 거요. 노골적으로 까놓고 해라, 이렇게 말하지는 못하면서."

 속내를 들켰을 때는 냉정해지려 해도 행동거지에서 나타났다. 아우님이라고 부르던 엄칠구가 처음으로 신문성에게 대장이라는 호칭을 썼다. 사소한 것 같지만, 그것은 상대방을 두려워한다는 반증이기도 했다. 궤변이나마 나름대로 억지의 논리를 그에게 들이댔던 것. 순간, 문성의 머릿속은 실타래 엉키듯 복잡해졌다. 분명 잘못된 비리일진대 뭔가 명확하지 않았다. 항공대에서 먹고 자는 부하는 당연히 알고 있을 테고, 파견대에서 벌어지는 일들을 꿰뚫고 있는 보안계장 천윤두가 모를 리 없었다. 그가 전입을 온 뒤 처음 맞부딪친 미로였다. 그에게 실리는 별로 없어도 명분이 중요했다. 어쩌면 자신이 어항 속의 금붕어이거나 리트머스시험지일지도 모르는 일이라는 생각이 스쳤다.

 실낱같이 스치는 장면이 암암히 떠올랐다. 며칠 전 초소 뒤에서 담배를 피우던 병사들의 목소리였다. 저녁 식사를 마친 어둑어둑해질 무렵이라, 반대편에 문성이 서 있는 것이 보일 리 만무했다.

 "요즘 부식이 갈수록 왜 그러냐?"

 "김 상병님, 보급품들이 거의 영창에 들어간 죄수들 먹는 수준이라니까요."

 "왜 그런대?"

 "그러니까요. 아 씨팔! 급양대에서 타오면 본부에서 먼저 껄떡대고, 파견대는 현지에서 공팔을 치든지 말든지 너희들 알아서 해결하라는 거지요 뭐."

초소 안에 있던 신문성과 엄칠구는 길 건너 맞은편 가게로 갔다. 가게 바깥에 놓여진 탁자에서는 초소가 바로 보였다. 그들은 코카콜라를 마셨다. 엄칠구가 신병교육대 훈련 중에 죽은 병사의 사건 처리로 헌병참모가 정신없다는 말을 먼저 꺼냈다.

"교관들이 한눈을 팔았다고 들었습니다만."

"아이고, 말도 마쇼. 월남에서 눈치껏 굴러먹던 버르장머리들을 여기서는 고쳐야지. 군대에서는 그저 오지랖 넓게 남의 일에 끼어들 것도 아니고, 그냥 중간만 가라는 말이 명언이지. 그건 우리와 상관없는 일이고, … 고 병장한테 보고는 받았지요? 저기 거 항공대 건 말인데, 빨리 처리해야 할 텐데?"

슬쩍 신문성을 떠보는 눈치였다. 샅바싸움이기도 했다. 단순히 범죄수익을 나누는 문제에 앞서 나이 어린 신참의 해결 능력을 시험하는 잣대이기도 했다. 팔짱을 끼고 있던 신문성이 뜨악한 표정으로 콜라 잔에 손을 가져갔다. 말이 끊어지고 침묵이 길어지자, 엄칠구가 다시 이었다.

"… 어쨌건 보안대에서도 항공대를 담당하니까, 당연히 그 몫은 챙겨가야지."

"이런 일은 내가 잘 모르니까 어떻게 해야 할지 몰라서요."

"으흐흐~ 아우님임, 그런 말씀 마셔. 거 선수끼리 빤히 아는 일을 한 발 뒤로 빼고 이야기하다 보면, 신뢰성에 문제가 생긴다니까. 누군 뭐 이런 일을 잘 아나? 사람 사는 일이 다 그렇고 그렇지 뭐. 군대 짬밥을 먹다 보면 이런저런 일이 엮이는 거요. 나도 보안대 계장들하고는 월남에서도 참 가깝게 잘 지냈어요.

꽁까이 집에도 함께 다니기도 하고….”

엄 중사는 물처럼 흐르는 사람이었다. 상황에 따라 졸졸 시냇물처럼 흐르다가 높다란 절벽 아래 쏟아지는 폭포가 되고, 때로는 강물의 물살처럼 속을 내보이지 않았다. 그쯤 해서 그는 뭔가의 답변이 필요했다. 함께 근무하는 동안 앞으로 어떤 일들이 벌어질지 모르는 상황에서 딱 잘라만 버릴 수 없었다.

"오해하지 않으신다면, 제가 한 가지 말씀드려도 돼요?"

"그렇다마다요."

"저번에 밥 먹는 시간을 놓쳐서 라면 대신, 초소에서 밥을 먹은 적이 있었어요. 어딜 가도 군대 짬밥이 다 그렇지만, 헌병 애들이 고생하는 거에 비하면 너무 허술하더라고요. 우리 고 병장도 같이 먹을 때가 많으니 뭐 이런 생각이 듭니다. 물론 본부에서 지급되는 식재료가 빤하고 반장님이 어떻게 해볼 도리가 없겠지만, 이번에 고기 좀 사 먹이고 우리도 술 한 잔이면 어떻습니까?"

문성이 차분하고 사정하는 말투로 쳐다보았다. 순간, 엄 중사의 얼굴이 일그러지더니 동공이 멈칫하며 입을 다물었다. 전혀 생각하지 않았던 일이거나 선수를 빼앗겼다는 표정이었다. 엄칠구의 침묵은 길지 않았다. 한참 만에 헛웃음으로 너스레를 떨며 말꼬리를 이었다.

"허허허헛. 아먼, 그라제. 좋은 일이지. 좋고 말고. 나도 진즉에 그런 생각을 하고 있었어요."

*

진즉에 햇빛은 서쪽으로 달아났다. 엄칠구가 언제 불렀는지, 택시 한 대가 검문소 옆에 기다리고 있었다. 신문성은 이왕지사 어쩔 수 없다고 생각했다. 동해안에 근무할 적에도 수사관 선임들을 따라 술집을 따라다녔고, 선배들과 어울려 여인과 함께 밤을 보낸 적이 있었다. 욕망은 현실이었다. 그래서 떠밀려가듯 택시를 타고 함께 읍내로 떠났다. 선술집들이 모여 있는 먹자골목은 어둠에서 빛났다. 사람이 사람을 불러 모으는 법. 시장을 끼고 도는 그 주변은 사단 병력이 들어오면서 갑자기 활기가 넘쳤다. 떠들썩한 길을 지나 대문을 들어서자 길게 지어진 슬래브 벽돌집이었다.

아크릴 간판의 흰 배경에는 빨갛게 〈호반〉이라는 단 두 글자만 붙어있었다. 호숫가하고는 전혀 관련이 없을 것 같은 술집치고는 제법 규모가 컸다. 여러 개의 방마다 들려오는 소음은 각각 달랐다. 노랫가락이 들리거나, 여인들의 시끌벅적한 목소리가 바깥으로 새어 나왔다. '흑산도 아가씨'며 '동숙의 노래'도 흘러나왔다. 쓰디쓴 여성들의 절규가 어두운 공간을 찌르고 있었다. 작부들의 인생 역정과 궤를 같이한 목소리는 젓가락 장단에 이끌려 퍼졌다. 슬픔을 묘하게 각색한 노래들은 쓸쓸한 풍경을 더욱 을씨년스럽게 만들었다.

엄칠구는 마치 자신의 집에라도 온 듯 스스럼없이 큰 방 문을 거침없이 열었다. 깜짝 놀란 사람은 신문성뿐이었다. 벌써 천윤두와 또 한 사람이 벽을 등지고 앉아 있었다. 천윤두가 옆의 사람에게 존댓말을 하며 정중하게 대했다. 그러면서 데면데면한 웃음을 섞었다. 누가 보아도 처음은 아닌 관계였다. 서로 낯익음이 분명함에도 가급적 친밀하지 않은 듯 어색함을 보였다. 홈스펀 재킷 차림의 중늙은이는 꿔다 놓은 보릿자루처럼 어색한 표정을 지었다. 사복을 입은 항공 참모였다. 소령이 대머리를 오른손으로 만지작거리며 눈을 끔벅여 서 있는 문성에게 아는 체했다. 엄칠구가 마당발인 줄을 그는 짐작했지만 의외였다.

술집의 안방이었다. 봉황새 두 마리가 길게 꼬리를 늘어뜨린 까맣고 반질거린 자개 장식의 장롱이 벽에 붙어 있었다. 창문 밑으로는 세트처럼 자개 장식장이 길게 놓여 있었다. 양각으로 두드러진 자개 그림들이 너무 빽빽하게 채워져 산만했다. 살림집의 안방처럼 꾸며져 있음에도 술꾼들과 어울리지 않은 묘한 분위기를 자아냈다.

"우하하하, 우리 천 계장님? 잘 계시지요? 본부에서 파견 나가니깐, 정말 이런 자리 한번 만들기가 어렵네요."

"참모님? 엄 반장님, 반갑습니다. 신 중사? 이런 데서는 처음이지?"

"예전에 닌호아에서 꽁까이들하고 놀 때가 그립네요."

"그때가 좋았지."

"멤버가 딱 좋아서 우리 다시 만난 기념으로 화투 한판 돌려야 하는데…."

엄칠구가 일행을 둘러보며 너스레를 떨었다. 방문을 열고 주인 여자가 들어와 좌중을 둘러보며 방구석으로 다가갔다.

"술상 나올 때까지 한 판 하셔도 되는데…."

"그걸 말이라고, 당연하지."

엄칠구가 기다리고 있었다는 듯 바로 받았다. 여자는 장롱 속에서 접어진 담요를 꺼내어 그들 앞에 펼쳐놓고 화투를 꺼냈다. 닳아진 군용 담요 위에 화투짝이 깔리고 셋은 모여들었다. 천윤두가 화투를 섞으면서 고개를 돌렸다.

"신 중사는?"

"저는 기술이 부족해서 구경 좀 하면서요."

"그것도 좋겠네."

"점 백부터 해볼까?"

엄칠구가 슬그머니 끼어들었다. 벌써 누런 담요 바닥에는 계절의 꽃이 피고 동물들이 섞여 들었다. 담배 연기가 금세 방안을 휘젓더니 가득 들어찼다. 몇 판이 돌았을 적에 엄칠구가 담배를 꼬나물며 심각한 표정으로 다시 말문을 텄다.

"애들 들어오기 전에 잠깐 한마디 할게요. 천 계장님은 보안에서 베테랑이니까, 나보다 더 잘 알고 있어서 우리 헌병의 입장으로 정리하자면, 이게 아닙니까. 우선 사단 항공대의 입지 조건이 아주 어려운 곳입니다. 활주로 주변이 서울 외곽이라지만, 민가가 촘촘한 지역이고 그렇다고 북쪽은 공중에 붕 떠서 눈 깜빡하면 바로 이북이니 계획된 항공기 연습 비행시간이 빠듯합니다. 그렇지요, 항공대장님?"

"맞는 말씀입니다."

"365일 휴무일과 다른 작전 보조 활동은 그렇다 치고, 다른 사단에 비해 제대로 훈련하기가 어려운 곳 아닙니까?"

"그래서 비축량보다 기름이 많다?"

잠자코 듣고만 있던 천윤두가 입으로 담배 연기를 후후 내뱉더니 슬그머니 거들었다.

"계속 항공유 비축량이 늘어나게 되면, 감찰계통에서는 고의성 훈련 불량이나 근무 태만으로 조질 게 뻔합니다. 좋아요, 이렇게 합시다. 헌병과 보안은 빠지고 항공대가 혼자서 한 걸로."

대머리 소령의 얼굴이 갑자기 어두워졌다. 이때를 놓치지 않고, 엄칠구가 능글맞게 웃음을 흘리며 바람을 잡았다.

"아이고, 우리 항공대장님한테 그렇게 말하면 불안해하시는 게 당연하니까, 이러면 어떨까요? 헌병이 한참 지나서 우연히 적발한 걸로 하지요. 그리고 검문소의 항공대 담당 보안대원은 그때 휴가 중이었다고 처리하면 어때요?"

"역시, 엄 반장은 월남에서도 그렇고 짱구 돌리기는 최고야, 최고."

그들은 팔짱을 낀 신문성을 흘깃흘깃 곁눈질하면서도 대화가 척척 맞아떨어졌다. 그를 가만히 앉혀놓고 꼼짝없이 공범으로 몰아가고 있었다. 이런 경험이 전혀 없었던 그로서는 대놓고 발을 빼기도 애매했다. 묘하게 돌아간다고 생각한 그는 상황을 더 두고 볼 참이었다. 그렇다면 입을 벙긋 안 하는 게 우선은 상책이었다. 세 사람은 언제 무슨 말을 했냐는 듯 금세 화투 놀이로 들어가 반말지거리를 뒤섞어 판을 이었다. 울긋불긋한 화투장들이 바닥에서 이리저리 옮겨 다니고 그들의 얼굴은 긴장과 엄숙, 기쁨과 욕망으로 들떴다.

"자자, 나 피똥 쌌다."

"아이고, 그냥 처먹으쇼."

"아, 씨바알, 다시 들어가면 뭐 하나. 그냥 못 먹어도 고!"

✱

 한복차림의 몸매가 큰 여인이 요염한 몸짓으로 들어왔다. 뒤따라 화장 짙은 여인들이 얼굴을 내밀었다.
 "어머, 오빠들이 장마당 벌였네. 누가 긁었어요?"
 "당연히 우리 깜상 오빠겠지."
 큰상이 들어왔다. 통닭찜을 비롯하여 잡채, 생선구이, 소고기전, 닭죽, 나물 따위의 한정식으로 가득 채운 주안상이었다.
 "김 양아? 넌 그분 옆으로 가고, 이 양? 너는 저쪽으로 오너라. 나 양아? 너는 그쪽에."
 걸걸하고 탁한 음성으로 주인이 말했다. 한복을 입은 여인들이 팔짱을 끼고 마루에 서 있다가 문턱 안으로 양말 신은 발들을 들이밀었다. 남색 치마를 두른 고양이 낯바닥을 닮은 김 양이 씩 웃으며 천윤두 옆으로 앉았다. 분홍 치마에 색동저고리로 갸름한 얼굴의 이 양은 대머리 소령에게 나긋나긋 안겼다. 나중에 들어온 머리를 뒤로 묶어 입술이 두툼한 나 양은 신문성 옆으로 끼어들었다. 그녀는 아직 술집에 온 지 오래되지 않았거나 주방에서 일하다가 숫자를 채우려고 나타났다고 여길 정도였다. 어깨가 넓고 수더분하게 생겨 화장을 한 게 오히려 이상했다. 신문성은 슬그머니 옆을 돌아보고는 이름을 물었다.
 "이런 데서 그런 게 뭐가 중요해요. 나, 옥순이라고요. 성 이나 가고, 이름은 옥순!"
 사내들이 모두 웃었다. 남성은 넷인데, 술을 따르는 여성은 셋이었다. 짝이 없는 엄칠구의 옆자리는 아직 비어있었다. 여자들이 왕창 들어온 방 안은 갑자기 싸구려 분 냄새가 진하게 풍겼다.

"어이. 참모님, 어딜 가요?"

"화장실요."

대머리 소령이 등을 구부리고 슬그머니 나가려다 엄칠구의 물음에 놀란 표정이었다. 미닫이 문이 닫겨지고 나서 천윤두가 엄칠구를 바라보았다.

"왜 저렇게 오줌 마려운 똥강아지처럼 저런 줄 알아?"

"아는 거 있어?"

"친정에 갔던 마누라가 아마 돌아왔을걸. 마누라 등쌀에 오입하는 거 쉽지가 않은 것 같은데… 해방의 기쁨은 금방이라고."

"여자한테 별로 관심 없이 보여서 술자리를 얼른 끝내고 싶어 그런 줄 알았네."

"원 세상에 이쁜 여자 싫어할 놈이 어딨어? 치마만 둘러도 오케이지."

"그거야 하나마나한 소리! 난 또, 이번 일로 다른 걱정을 하는 건지 알았지."

그들은 그에게 눈길을 동시에 주었다.

"뭐니 뭐니해도 총각이 자유민주주의 만세지, 안 그래 신 중사?"

천윤두가 슬쩍 말을 흘렸다. 속내를 들킨 것을 만회하려고 물을 타는 천윤두의 버릇이었다. 은밀한 짝짓기는 언제나 위험을 감수해야 했다. 종족 번식의 약속을 벗어나는 행위이므로.

주전자에 들어있는 해말간 약주는 알코올 도수가 낮았다. 부드럽고 달짝지근한 맛이 목구멍으로 술술 들어가서 일어서지 못하도록 했다. 소주보다 도수는 약했지만, 위장에 채워질수록 온몸의 실핏줄까지 알코올에 찌들었다. 그래서 마시면 마실수록 일어날 수 없어 앉은뱅이가 된다는 술이라고 불렀다.

그가 처음부터 이곳을 빠져나갈 생각을 했던 것은 아니었다. 그러나 세 사람의 암묵적인 눈빛과 대화와 분위기가 왠지 어떤 덫에 걸렸으리라는 느낌이 들었다. 그들이 미리 짜고 그를 유혹했거나, 아니면 우연히 그렇게 유도된 것 따위와도 상관없었다. 그것은 자신의 우월감과 겉치레에서 비롯된 허방다리를 짚었다. 술잔을 받을수록 정신은 술기운과 반비례했다. 그는 원래 술이 약했다. 그러나 강원도에 있을 적에 선임으로부터 술 마시는 요령을 터득했다. 그 요령은, 술을 마시기 전에 명주실이나 무명실을 길게 잘라 물을 마셔 목구멍 속으로 넘겼다. 실 끝은 위장 속으로 도달하여 위벽을 자극하도록 했다. 음식물과 술이 가득 찬 상태에서 구역질로 위장을 자극하여 토악질했다. 먹고 마셨던 음식물과 알코올을 최대한 뱉어내는 방법이었다. 몸에 썩 좋은 방법은 아니었지만, 여럿을 술로 대작할 적에는 취한 척 어울려도 몸은 무리하지 않았다. 어쨌든 이 함정에서 빠져나가야 한다는 생각이 그의 귀를 잡아 비틀었다.

분위기를 올리면 술값도 올라갔다. 여자들이 마치 연출된 배우처럼 일제히 젓가락을 술상에 두드렸다.

♬짜증을 내어서 무엇하나/성화를 바치어 무엇하나/속 상한 일도 하도 많으니 놀기도 하면서 살아가세/라따라라라라따♪니

나노 닐리리야 닐리리야 니나노♪ 얼싸 좋다 얼씨구나 좋아/벌 나비는 이리저리 펄펄펄/꽃을 찾아서 날아든다/청사초롱에 불 밝혀라/잊었던 낭군이 다시 온다/공수래 공수거 하니 아니 나 노지는 못하리라/♪

젓가락 장단이 추임새를 넣었다. 일제가 조선을 식민 통치했을 적에 신민요로 널리 퍼진 '태평가'였다. 유행가의 장단에 맞춰 술상 가장자리가 아프도록 두드리던 젓가락 소리가 잠시 멎었다. 요 며칠 동안 술자리가 계속되었던 천윤두는 술이 받지 않았다. 빨리 여자와 붙어 해치우고 싶은데, 한참 후배인 신문성에게 눈치가 보였다.

"엄 중사? 너 술이 센 건 여전하네?"

"야, 천윤두? 예전에는 팔팔하더니, 이제는 헬렐레하고 골골거리는 걸 보니, 다 되었어."

"너 사이공에서 그 꽁가이는 어찌 되었노?"

"뭐라고? 으흐흐~ 뭐 꽁가이가 한둘인가."

엄칠구는 게슴츠레한 눈빛을 내리깔며 못 들은 척 대답을 피해 갔다. 그런 상황에서는 서로 누가 우위에 있는지, 아닌지가 중요하지 않았다. 두 사람은 취할수록 서로 반말이 오고 갔다. 취중의 진담이라고 했든가. 주고받은 말과 표정의 틈새로 알고 지냈던 사이를 드러냈다. 엄칠구 중사와 천윤두 하사는 사이공에서 소속 부대는 달랐지만, 가끔 어울렸다.

손님들의 자세는 점점 흐트러졌고 시중드는 아가씨들끼리 잔을 주거니 받거니 했다. 거나하게 취해가는 분위가 무르익을 무렵 통행금지의 사이렌이 불었다.

※

 불빛들은 여전히 꺼지지 않았다. 그들에게 작은 읍내에서 통행금지 위반 따위는 강 건너 불빛이었다. 술집들의 아크릴 간판에서 비치는 조명이 어둠을 헤집어 놓았다. 불빛이 비틀거리는 취객들과 승강이 하는 여인들을 드러냈다. 모두 연극 무대에 올려진 모습처럼 허우적거렸다.
 그들도 여느 취객들과 다름없었다. 술집 대문을 나서면서 호기롭게 거들먹거렸던 엄칠구는 마치 전쟁터의 지휘관처럼 명령하듯 나불거렸다.
 "천 계장님은 전번처럼 그냥 가면 안 됩니다. 물론 항공대장님하고 신 중사 아우님도 같이 갑시다. 이런 거는 자주 오는 기회가 아니고, 좋은 추억이요. 우리가 의리의 사나이라면 죽어도 같이 죽고 살아도 같이 삽시다. 도망가면 배신자라고!"
 여관들은 술집 골목 근처에 드문드문 섞여 있었다. 비틀거리며 술집 여인들과 걷던 천윤두가 혀 꼬부라진 말을 흘렸다.
 "엄칠구! 야는 어디 갔노?"
 술집 아가씨가 눈을 흘기며 대꾸했다.
 "아이, 계장님은 걱정도 팔자셔. 그 양반은 언니하고 안방에 있잖아요."
 엄칠구의 각본대로 되어갔다. 미리 방을 잡아둔 여관의 늙고 뚱뚱한 여주인이 실실 웃으며 그들을 바라보았다. 그녀는 복도를 지나면서 방들을 안내했다. 동물의 몸이 간절하게 요구하는 본능을 인간의 행위가 팽개칠 수는 없는 노릇이었다.

*

첫 번째 방.

분홍 치마와 색동저고리를 금세 청바지로 바꿔입은 여인이 흐늘흐늘 늘어진 소령의 팔을 끼었다. 방 한쪽으로 침대가 벽에 붙어 있었다. 침대 위에는 빨강 꽃무늬가 그려진 이불이 개켜져 있었다. 참외만 한 얼굴을 보며 대머리가 훌러덩 까진 소령은 무엇이 좋은지 연신 헤헤거렸다. 몸은 성욕으로 발끝에서 정수리까지 달아올랐다. 아까까지 무겁게 취한 소령의 모습은 온데간데없고 말짱했다. 대머리는 옷을 훌훌 벗어 던지고 이불 속으로 기어들었다. 욕정의 냄새는 수컷과 암컷 모두에게 짙게 풍겼다. 기다리고 있었다는 듯 이제까지 다소곳했던 그녀도 언제 그랬냐는 듯 입고 왔던 청바지와 코트를 벗었다. 가냘픈 몸매에 비하여 엉덩이는 실팍했다. 하얀 허벅지 끝에 걸쳐진 검정 팬티가 드러났다. 두 손으로 젖가슴을 가린 여인이 뱀처럼 미끄러져 이불 속으로 들어갔다. 이윽고 소령은 천천히 그녀의 옹달샘으로 대머리를 드밀었다.

삐그덕 쿵, 삐그덕 쿵~. 소령이 아래를 세게 움직일 때마다 그에게 응답이라도 하듯 규칙적으로 소리가 났다. 침대 머릿장과 받침목이 어긋나서 마찰하는 소리였다. 대머리는 이제 막 고갯길을 올라가는 아주 중하고 급한 순간에 금세 맥이 빠질 것 같은 조바심이 들었다. 그래서 고개를 들고 오른팔로 힘을 주어 침대 머릿장을 바짝 밀었다. 소리는 둔탁하게 줄었어도 그다지 즐겁지 않은 표정이었다. 여태껏 허벅다리를 구걸했던 소령과는 달리 그녀의 숲은 흠뻑 젖어 버렸다. 그녀는 멍하니 벽을 바라보며 몸을 비틀다가 그대로 누웠다. 한참 후 발가벗은 여인은 몸을 둥글게 말아 이불을 끌어당겼고, 소령은 천장이 찢어지도록 코를 드르릉드르릉 골았다.

두 번째 방.

김 양은 헤롱거리는 천윤두의 팔짱을 꼈다. 낮은 문틀 앞에서 천윤두의 머리를 잽싸게 낚아챘다. 까딱 잘못했으면 키 큰 천윤두는 문짝에 머리를 찧을 뻔했다. 술이 센 천윤두는 웬만해서는 흐트러지지 않았으나 여럿이 주는 술을 마시다 보니 기신기신 걸음을 뗐다. 이제껏 진중하게 말하던 모습은 온데간데없이 시궁창에 빠진 쥐처럼 횡설수설이었다.

"야, 다들 어디 갔노? 이 새끼들, 나 혼자 놔두고 다 도망가지는 않았지?"

"아이, 걱정도 팔자셔. 딴 사람들은 다 지들 알아서 할 테니 걱정일랑 놔두세요."

그녀는 이부자리를 먼저 펼친 다음, 구부정하게 서 있는 천윤두의 옷부터 벗겼다.

"안 씻어도 돼요?"

"나? 날마다 씻는다."

"그럼 내가 물수건으로 거기하고 발만 씻어드릴게요."

여인이 눈웃음을 슬쩍 웃고는 달뜬 소리를 흘렸다. 그런데 어럽쇼. 천윤두는 옷을 벗자마자, 지금까지 느려빠진 동작과는 달리 너무 흥분한 나머지 여인을 눕히더니 두꺼운 모직 치마를 착 끌어내렸다. 밑에 깔린 아가씨가 몸을 비틀며 눈을 흘기더니 한마디 뱉었다.

"아이, 오늘은 왜 이렇게 서두르실까. 천천히요."

그러거나 말거나 천윤두는 대꾸도 없이 거친 숨을 몰아쉬며 스스로 몸을 굽혀 발가락으로 아가씨의 팬티를 내렸다. 그리고 그녀를 끌어당겨 젖가슴에 포갠 손을 주물럭거리다 말고 풀기 없는 물건을 밀어 넣었다.

퉁 퉁 퉁~ 어디선가 벽을 타고 규칙적인 소리가 들렸다.

"아, 씨발, 이거 무슨 소리고?"

"저쪽 방에서 나는 소리 같은데요. 그딴 거 신경 끄고, 내게만 신경 써요."

"거 참말로 조용히 몬하고 되게 시끄럽데이."

안방.

언제 치웠는지 널찍한 주안상과 방석들이 감쪽같이 치워졌다. 그 대신에 어느새 분홍색 바탕의 커다란 분홍색 모란꽃 무늬가 그려진 두툼하고 꼬실꼬실한 이부자리가 펴져 있었다. 신혼부부의 방처럼 아늑해진 분위기 속에서 불콰해진 낯바닥을 씻고 온 엄칠구는 파자마 바람이었다. 넉살맞게 앉아 거드럭거리는 것이 마치 자신의 집이라도 되는 양 스스럼 없었다. 여주인이 방문을 열고 성큼 들어왔다. 희붉게 달아오른 그녀 역시 칠구의 마누라라도 된 듯 배시시 웃으며 저고리를 벗었다.

"항공대장이 내일쯤 술값 계산을 물어보면, 저번에 우리 헌병 참모하고 마셨던 것까지 한꺼번에 받아 내라고."

"그렇게 해도 될까?"

"안 될 건 또 뭐가 있어. 허튼 소리하거나 지랄하면 바로 검문소 전화로 연결해서 나 바꿔주라고."

"그런데 있잖아요? 그 젊은 보안대 사람…."

"뭐, 신 중사?"

"음, 술도 별로 안 마시고 말도 없던데, 원래 그래요?"

"이제 막 군대 생활 시작한 새까만 애가 뭘 알겠어. 내가 그래서 데리고 다니는 거야. 같이 왔던 천 계장 밑에도 한참 밑이라고."

알랑거리는 여인에게 엄칠구는 퉁명스럽게 대꾸했다. 그리고 무슨 생각이 들었는지 겸연쩍은 듯 여주인의 허리를 당겼다. 그러자, 여주인은 슬쩍 몸을 비틀며 말을 돌려 대꾸했다.

"보안대라니까, 난 단골손님 만들어 좀 도움이 될 건가 생각해 본 거예요."

"어어, 그건 아닌 것 같아. 아마 그다지 도움이 될 것 같지 않다고. 내가 보기엔 저 친구는 원칙주의자 같아. 실속보단 명예를 중히 여기는 그런 스타일 있지? 물론, 군인이 그래야겠지만, 제 놈이 부사관인데, 기껏 해봐야 갈매기 하나 더 얻어서 상사 달면 끝이지, 뭐 별거 있어? 내가 보기에는 한마디로 바보 같은 놈이지. 누군 군인 아닌가? 나도 명예를 모르고 사는 게 아니야. 제 주제 파악하는 것쯤은 알아야지. 그래서 송충이는 솔잎을 먹고 사는 팔자를 알고 제 능력만큼 사는 거지. 우리 같은 직업군인 출신들은 그저 한곳에서 한 구멍 파면서 실속을 차리는 게 장땡이라고."

*

 2층 계단으로 올라간 신문성은 문 앞에서 주춤거렸다. 불콰했지만 취기가 인사불성은 아니었다. 그를 떼밀다시피 잡아끌고 온 나옥순은 제집에 온 것처럼 스스럼없이 설레발을 쳤다. 아까 술집에서 다소곳하던 때와는 사뭇 달랐다. 얼굴은 넙데데한데 눈은 가늘고 입술은 두툼했다. 코트를 벗은 어깨가 한복 입을 때와는 달리 더 넓었다. 그나마 입술연지와 덜 묻은 분칠이 여성으로 보이게 했다. 벽에 개어진 이불과 요를 꺼내 펴놓고 그녀는 벽에 등을 기대었다. 그녀의 게슴츠레하고 흐릿한 눈동자는 불안에 시달려 흔들거렸다. 그리고 이내 스르륵 무릎을 쪼그리고 주저앉더니만 고개를 박았다. 그는 벌어진 그녀의 사타구니로 눈길이 갔다. 붉은 팬티 속에 불룩한 그녀의 살이 숨겨져 있었다. 못 볼 것을 본 것처럼 그가 고개를 돌리며 침을 꼴깍 삼켰다. 우연인지 아닌지 그 순간, 옥순은 갑자기 불쑥 일어나 그를 쳐다보곤 화장실로 들어갔다. 한참 후에 나온 그녀는 속치마 바람으로 브래지어를 끄르지 않고 이불 속을 들추고 쏙 기어들었다.

 "추운데 안 들어와유?"

 "조금 있다가…."

 "근디, 지가 솔직허게 말씀드릴 게유. 지가 오늘은 증말 어렵거든유. 그거 있잖아유? 한 달에 한 번씩 있는 그날이거든유. 증말이여유. 거짓말 아닌께 못 믿겠으면 직접 확인해 보든가유. 솔직히 말해서 저두 계장님이 싫진 않아유."

"알았어요."

"그래서 말인디유, 지가 꼭 드릴 말씀이 있구만유. 저하고 아침까지는 같이 있어야 해유. 계장님이 그거 안 한다고 나를 여기서 쫓아내면 안 돼유. 마담 언니한테 증말 내가 혼나는구먼유. 그러니께, 그거를 꼭 안 해도 혹시 다른 계장님들이 했냐고 물어보면 했다고 해주세유. 그럼, 나중에 언제라도 내가 따로 만나서 서비스 해드리겠어유. 증말 약속할게유."

세상에 이런 경우라니? 그녀는 술이 거나하여 아까보다는 충청도 사투리가 더 섞인 말이 나왔다. 그런 와중에도 그는 아까부터 술좌석의 항공 참모 옆에 앉았던 이 양이라는 여성이 떠올랐다. 얼핏 그들이 첫 번째 방으로 들어가는 걸 보았다. 갸름한 얼굴이라서 묘하게도 불쑥 한인해가 겹쳤다. 아니, 이제는 이 세상에 없는 그녀가 왜? 그의 머릿속을 흔든다는 말인가. 그 아련한 기억의 파편이 시공간을 뚫고 떠오른 어질함이 그를 붙들었다. 그때부터 이상하게도 그는 아랫도리가 근질근질하지 않았다. 가운데가 불끈 솟아야 함에도 뜨거워지지 않았다. 조금 내달았던 술기운마저 슬며시 달아나 맨숭맨숭했다. 바로 눈앞에 있는 나옥순, 그녀까지 애원하다시피 방어막을 친 상태였다. 손아귀에 든 그녀에게 덤벼들 마음은 진즉에 사라지고 말았다. 문성은 주전자에 들어있는 물을 컵에 따라 벌컥벌컥 마셨다. 그리고 그녀에게 말을 건넸다.

"어디서 온 거요?"

"내 고향이 어디냐고요? 그런 거 묻는 사람들 많더라. 영동유."

"충청도?"

바로 이곳에 오기 전에 어디에 있었는지? 그녀는 그가 한 말의 뜻을 잘못 이해했다. 서울이거나 조금 떨어진 미군 부대의 근처이거나가 중요한 것이 아니었다. 그냥 말이 나온 대로 물었을 뿐이었다. 고개를 끄덕거린 그녀의 표정은 말짱한데, 종알거리며 꼬부라진 혓소리가 이어졌다.

"그런 거 물어보지 마세유. 함께 살 것도 아니면서 그런 거 알아서 뭐하게유. 저번에는 온 손님 중에는 우리 옆 동네 오빠도 있었거든유. 그날은 증말로 기분 참 더럽드라고유."

그는 그녀의 말을 듣고 보니, 우문우답(愚問愚答)이라는 생각이 들었다.

"살다 보면 별일이 다 있겠지."

"누구나 말은 다 그렇게 혀도 세상은 공짜가 없고 꿈대로 살 수도 없구먼유."

*

나옥순은 갓 스물두 살이었다. 영등포의 직업 소개소를 거쳐 온 지 얼마 안 되었다. 경부선 기차를 타고 철도역에서 내려 한참 들어가는 두메산골. 산허리에 걸쳐있는 50여 가구의 초가집과 슬레이트집이 띄엄띄엄 흩어져 있는 마을이었다. 싸리문을 들어서면 손바닥만 한 마당이 있고 초가의 툇마루를 넘어서면 어두운 안방이었다. 어둑한 부엌을 가운데 두고 작은 방과 허드레 살림을 둔 창고가 붙어있었다. 산 높고 골이 깊은 마을이어서 일 년의 반은 창호지로 바른 문풍지가 떨려 썰렁함이 조개껍질 닮은 초가집을 서성거렸다.

그녀는 어릴 적에 엄마를 따라 외갓집에 맡겨졌다. 아버지의 모습은 낡은 사진액자 안에서만 보았다. 군인으로 엄마와 찍은 손바닥만 한 낡은 흑백 사진이었다. 제대하고 돈을 벌어온다며 원양어선을 타고 떠난 아버지는 여태껏 돌아오지 않았다. 초등학교 3학년이었을 때는 엄마조차 바람처럼 사라졌다. 그로부터 부모의 모습은 아스라히 멀어지고, 외할머니가 세상에 딱 하나밖에 없는 보호자였다. 낡은 집은 짜글짜글한 외할머니와 닮았다. 외할머니는 손바닥만 한 밭뙈기를 일구어 가끔 장터에 오가며 겨우 삶을 지탱해 나갔다. 가끔 우체국 배달원 아저씨가 오는 날이면 외할머니의 얼굴은 조금 밝아졌다. 엄마가 어디선가 돈을 보냈다는 소식이었다. 그녀가 그나마 면 소재지 중학교를 마치게 된 힘이었다.

중학교 3학년이었을 때의 한여름은 그녀의 운명을 바꾸어버렸다. 그 무렵에는 대학생들이 방학 중에 농촌봉사활동으로 시골의 구석진 곳까지 찾아 들어왔다. 서울에서 온 남녀 대학생 일곱 명이 마을 회관에 죽치며 밤이면 야학을 열어 글 모르는 사람들을 깨우쳐주었다. 또한 중학생들의 과외수업을 지도했다. 옥순은 친구들과 함께 대학생 오빠들과 언니들을 자주 만났다.

그날따라 시골 장날이라 할머니가 집에 없었다. 대학생 오빠가 사립문을 열고 들어왔다. 오빠는 서울 이야기와 펼쳐진 책을 던져놓고 그녀의 손을 슬그머니 잡았다. 그리고 그녀의 어깨에 슬쩍 이마를 대었다. 그러더니 슬그머니 그녀를 끌어안았다. 그녀는 가슴이 콩닥콩닥 뛰었지만, 이상하게 무섭지는 않았다. 오빠는 그녀의 목 언저리며 입술에 얼굴을 묻어 숨소리를 뱉었다. 대학생 오빠는 억센 손으로 아랫도리를 더듬었다. 그제야 그녀는 공포심을 느끼며 몸을 비틀어 빠져나오려고 했지만, 오빠는 허리께로 내려온 팔에 힘을 세게 주더니 그녀의 입술을 더듬었다. 오빠의 숨소리는 더욱 거칠어졌다. 그녀가 힘껏 밀어내려고 힘을 써도 요지부동이었다. 그녀의 심장은 더욱 뛰었고 방바닥에 눕혀져 저항은 무기력해졌다. 아래로부터 무겁고 묘한 아픔이 몸을 휘저었어도 남자의 무게를 거부하지 못했다. 의식 속으로 파고든 남자의 거친 숨소리와 신음이 아스라해졌다. 그녀는 정신이 어찔했다.

"내가 서울 가서 꼭 편지할게."

그녀의 손을 잡아주면서 남자가 했던 말. 대학생들은 옥수수의 붉은 수염이 흐드러질 무렵 마을을 떠났다. 빳빳한 옥수수 이파리가 따가운 햇볕에 시들고 풀벌레 소리가 요란했다. 그녀는 방학이 끝나고 학교에 갔지만, 친구들도 반갑지 않았다. 하루, 이틀, 사흘… 아무리 기다려도 그 오빠의 편지는 오지 않았다. 오빠의 주소나 전화번호를 왜? 받아놓지 못했을까. 하긴, 받았다고 해도 이쪽에서 편지를 쓸 용기는 없었다. 인생에서 폭풍이 몰아치는 그런 일이 그렇게 쉽고도 허무하게 다가올지는 몰랐으니까. 아찔했던 기억만이 오래도록 그녀의 머릿속을 휘젓고 다녔다. 그녀의 마음은 차츰 예전과는 사뭇 달라졌다. 갑자기 말수가 적어지고 할머니의 눈치를 살폈다.

가끔은 멍하니 툇마루에 앉아서 산 너머로 붉게 사라지는 햇덩이를 바라보았다. 어둑한 저녁의 어스름이 그녀를 더욱 쓸쓸하게 했다. 옥순은 아버지, 엄마, 그리고 떠나가는 것들에 대하여 생각해 보았다. 오빠라는 남자….

그녀는 외할머니가 죽고 나서 열아홉 살에 집을 떠났다.

✱

문성은 침대에서 눈이 떠졌다. 방광에 차오른 오줌이 마려워 몸을 뒤척여 슬그머니 일어났다. 붉은 조명 불빛이 비치는 침대 아래에서 누군가가 그의 발치에 걸렸다. 나옥순이었다. 그녀는 이불을 둘둘 말아 깊은 잠에 빠져 있었다. 그들보다 술을 덜 마셨음에도 그의 머리가 지끈거렸다. 기억이 떠난 머릿속은 텅 비어 멍했다. 무슨 이야기인지 주고받은 것 같았는데, 도무지 줄거리는 날아가고 알 수 없는 이미지만 파편처럼 바릇바릇 떠다녔다.

아무래도 저들과 맨얼굴을 내밀어 시시덕거리는 건 싫었다. 아침에 해장국을 먹는 일 따위는 더욱 곤혹스러울 뿐이었다. 아무도 보지 않았음에도 그는 수치심으로 얼굴이 화끈거렸다. 우선 달큰한 잠 속에 헤매고 있는 여인으로부터 빠져나가야겠다는 생각이 들었다. 그래서 내친김에 겉옷을 걸쳤다. 살금살금 계단을 내려와 어두운 골목길을 빠져나왔다. 통행금지가 해제될 무렵이라, 역 앞에는 택시 몇 대가 승객을 기다리고 있었다.

14
가맣게 아득한 날들

 문성은 가끔 자신의 처지를 되돌아보았다. 일을 하면서 현실이 이상과 괴리될 때마다 분노나 상실감이 밀려왔다. 더 나아가지 못한 그런 상념에서 헤맬 때마다 자괴감이 들었다. 어찌어찌해서 여기까지 온 것은 운명인가. 그때 절박함의 현실 탈출구가 고작 군대였다는 말인가? 어렸을 적 늙은 아버지가 병으로 죽고 집안이 쪼그라들었다. 어머니는 살림을 정리해서 읍내의 변두리로 옮겼다. 조그만 가게는 겨우 밥줄을 이어줄 뿐. 홀로된 어머니가 그에게 더 이상 해줄 것도 없었다.
 그는 고향에서 멀리 떨어진 항구도시로 유학했다. 그 항구도시는 반도의 서남쪽 끄트머리에 있었다. 일제의 식민지였을 적에 커졌던 도시는 점점 퇴락했다. 원래 수탈한 쌀과 목화 따위를 배로 실어 일본으로 나르는 출발지였다. 시외버스를 세 번씩이나 갈아타고 도시의 건너에 도착하여 네모난 철선을 탔다. 맥아더 장군의 인천상륙작전으로 알려진 바로 그 상륙정이었다.

속도는 더뎠지만, 많은 승객과 짐을 실어 도시의 항구로 퍼 날랐다. 연안에는 깃발을 단 크고 작은 많은 어선이 개펄에 다닥다닥 기어다니는 게처럼 붙어있었다. 부두에 내리면 빨간 칠을 뒤집어쓴 작은 버스들이 딱정벌레들처럼 기다리고 있었다. 비좁은 도로는 그것들과 탑을 올린 지프 택시들이 행인들과 뒤섞여 북적거렸다.

그는 공업학교에 다녔지만, 인문학을 좋아했다. 대학 진학을 꿈꿀 수조차 없는 처지에서 그것은 소소한 위로였다. 기술을 배우든 뭐든 취직해야만 했던 게 그의 입장이었다. 자취하던 집 아래 골목길에는 담임선생이 살았다. 시인이자 국어 교사였다. 등굣길에는 눈빛이 형형하고 마른 체격의 선생과 2킬로미터 남짓 함께 걸었다.

"넌 하숙집이 어디냐?"

"성당이 있는 곳입니다."

"그래? 그럼, 우리 집 앞으로 걸어오겠구나? 거 잘되었네. 아침에 내 도시락을 숙직실에 좀 갖다주면 안 되겠냐?"

어떤 때는 철도의 건널목에서 만나게 되는 사회과목 선생이 있는 경우, 그는 뒤에 처져 걸었다. 그렇지 않고 선생과 둘이 걸어갈 때는 주로 문학과 관련된 이야기를 던졌다. 어떤 날인가는, 한 글자도 틀림이 없이 서정주의 시를 들려주었다.

애비는 종이었다. 밤이 깊어도 오지 않았다.
파뿌리같이 늙은 할머니와 대추꽃이 한주 서 있을 뿐이었다.
어매는 달을 두고 풋살구가 꼭 하나만 먹고 싶다 하였으나…

흙으로 바람벽한 오롱불 밑에
손톱이 까만 에미의 아들,
甲午年이라든가 바다에 나가서는 돌아오지 않는다 하는
외할아버지의 숱 많은 머리털과
그 커다란 눈이 나는 닮었다 한다,

스물 세 해 동안 나를 키운건 8할이 바람이다,
세상은 가도 가도 부끄럽기만 하더라
어떤 이는 내 눈에서 죄인을 읽어가고
어떤 이는 내 입에서 천치를 읽고 가나
나는 아무것도 뉘우치진 않으련다,

찬란히 틔워오는 어느 아침에도
이마 우에 언힌 詩의 이슬에는
몇 방울의 피가 언제나 섞여 있어
볕이거나 그늘이거나 혓바닥 늘어트린
병든 수캐마냥 헐떡거리며 나는 왔다,

"문성아? 느낌이 어떠냐?"
"국화 옆에서보다 훨씬 어려운데도 뭔가 더 좋은 것 같습니다."
"그래? 슬픔이 밑바닥에 깔려있어서 뒷맛이 무겁게 느껴진단다. 네가 뭘 아는 것 같구나. 이십 대에 이런 시를 썼다는 건 천재라고 할 수밖에 없다. 시인이 자기 집안 내력과 자신의 마음을 쓴 건데, 시가 아니고 소설 같지 않니?"

그날 선생은 그에게 문학에 관한 말을 아끼지 않았다. 교문에 다다를 때까지 눈에 스치는 사물에 관해서도 설명했다. 학업에서 주는 배점은 구조역학이나 측량, 토목설계 따위의 과목보다 국어와 영어, 역사의 점수가 낮았다. 그럼에도 인문 교과과목이 유달리 그에게는 꽂혔다.

신문성이 세상에 대한 의미를 알아가게 된 시기는 고교 2학년 무렵이었다. 국회의원 선거의 열기가 한창이었다. 항구도시에서 학교를 나와 성장했던 젊은 정치인이 주목받았다. 그런데 정치인은 처음 발을 디딘 객지에서 낙선했다가 겨우 당선되었다. 얼마나 운이 없었던지 며칠 만에 쿠데타로 국회가 해산되어 고향에 내려왔던 터. 사람마다 정치인에 대한 평은 달랐다. 사람들은 젊은 정치인이 제대로 클 거라고 하는 측과 군인 정권이 만만치 않으니 글렀다는 측도 있었다. 정치인은 고향과 궁합이 잘 맞은 까닭에 내리 두 번이나 국회의원이 되었다. 더해서 야당 대변인으로 연설을 잘하여 언론의 주목을 받았다. 젊은 정치인은 야당의 입이 되어 시간이 갈수록 전국적인 인물이 되었다.

불행했던 나라에 태어났어도 사람의 운명은 제각각 다 달랐다. 쿠데타로 집권한 육군 ★★은 까만 선글라스를 쓴 사진이 많았다. ★★★★★개를 64세에 붙인 미국의 전쟁 영웅이 즐겨 쓰던 선글라스였다.

한때는 장군이 선글라스를 쓴 동기생을 서울 명동에서 만났을 때,

-임자? 뭐 이 따위 걸 쓰고 다녀! 라며 빼앗아 길바닥에 내동댕이쳐서 구둣발로 짓이겨버린 적도 있었다. 영문도 모르고 망신을 당한 친구도 나중에 그 이유를 짐작하게 되었다. 콤플렉스 때문이라는 것을. 그게 늘 미안했던지, 수모를 당했던 장군을 건설부 장관으로 임명했다.

  ★★개를 더 붙인 군인은 전역식에서 손수건으로 눈물을 훔쳤다. 그리고 각하가 되어 날이 갈수록 점점 노회한 정치인으로 변해갔다.

  전쟁이 잠깐 멈춰진 상태로 굳어졌다. 세월이 지날수록 사람들의 평온한 삶은 일상화가 되었고 점점 긴장감을 잃었다. 또 다른 면으로는 국민은 법과 질서를 지키는 대가로 권리가 있다는 사실도 점점 깨달았다. 그것이 정치라는 현실이고, 이기고 지는 투표의 결과가 자신들에게 어떤 작용을 하는지도 깨닫게 되었다.

  각하에게도 그 자신이 그랬듯 늘 잠재적 도전자가 나타났다. 지옥과 천국을 오고 간 인생을 살았던 각하는, 주목나무의 나이테처럼 속으로 단단해졌다. 그래서 그랬는지 몰라도 살아서 천년을 죽어서 천년을 간다는 짙푸른 나무를 식목일에 기념식수로 심을 만큼 좋아했으니까. 각하는 사람에 대한 호불호(好不好)가 심했다. 특히 자신에게 방해가 되리라고 생각하는 사람에게 더했다. 될성부른 싹은 더 크기 전에 잘라야만 가는 길에 장해물이 되지 않는다고 믿었다. 그럼에도 장래가 촉망되는 야당의 젊은 정치인을 언론에서 연일 띄웠다.

  야당 정치인은 각하와 출생지부터 달랐다. 반도의 동쪽 내륙에서 태어난 각하이고, 서남쪽 끝 섬에서 태어난 정치인. 그 정치인은 초등학교 시절부터 그 항구도시에서 자랐다. 머리가 좋아 줄곧 우등생이었다. 조선 사람은 거의 식민지에서 고등학교까지의 교육만 받았다. 그는 사업가의 밑에서 신뢰를 쌓아 무역업을 했다. 봉건시대가 지나고 근대가 가져온 파생상품이 있었다. 그 시기에 많은 지식인에게 물밀듯 젖어오는 진보적 이론에 매료되었다. 그래서 섬나라 군대가 쫓겨가고 해방되었을 무렵, 한때 건국준비위원회 지방조직에 가담했다. 조선인민위원회로 간판을 바꾼 공산당을 추종한 단체였다. 이어 그 계열이 만든 신민당으로 들어갔다. 혼란했던 시대에 태어난 각하나 야당 정치인 또래의 많은 지식인은 편향된 붉은 이념에 끌려다녔다.

어떤 이념이나 사상도 강퍅한 현실이 만들었다. 각하 자신은 예측할 수 없는 상황에서 살기 위해 변하고 또 변했다. 살아 남기 위해서 사람의 종족은 동물적 본능으로 기울기 마련이었다. 정적의 싹을 미리 잘라버려야 후환이 없다. 거꾸러뜨리기 위해 군인 출신 장관을 후보로 내세웠다. ★★개로 전역한 체신부 장관이 무던하게 보였다. 그러나 뿔테안경을 쓴 후보는 정치인보다는 차라리 밋밋한 공무원이 제격이었다.

토요일 오후였다. 항구와 맞닿아 있는 깔아뭉개진 드넓은 공터. 섬이었다고 하지만, 바다의 수면보다 그다지 높지 않은 평지였다. 3마리의 학이 죽어 생겼다는 3개의 작은 섬들. 구슬픈 전설의 섬이었다. 섬의 전설에 더하여 식민의 시기에 수탈된 물품을 싣는 항구였다. 그래서 도시의 이름 뒤에 '~눈물'이라는 대중가요 가사가 달라붙었다.

✱

 옛날 옛적 바다에서 불쑥 솟아오른 땅이 있었다. 튀어나온 기암괴석의 산기슭에는 절과 암자들이 숨어있었다. 어떤 암자에서 무예를 수련하고 있는 젊은이는 체격이 우람했다. 비탈지고 울툭불툭 튀어나온 바위를 밟고 뛰기를 헤아리기 어려울만큼 무예가 출중하며, 누가 봐도 잘 생긴 인연이었다. 산자락 뒤편 올망졸망한 마을에는 또래의 처녀가 셋이 있었다. 산속의 옹달샘으로 물을 뜨러 갈 적마다 수련하는 젊은이를 훔쳐보았다. 그녀들은 마음속으로 젊은이를 연모했다. 그래서 물 뜨러 간다는 핑계를 만들어 자꾸만 잦은 걸음을 했다. 시일이 지날수록 젊은이의 마음도 점차 처녀들에게 흔들려 수련을 소홀히 하게 되었다. 수련하는 일과 처녀들을 사모하는 욕망 사이에서 마음의 번민으로 젊은이는 괴로워했다. 어떻게 할까 말까 망설이던 젊은이는 결단을 내렸다. 그리고 처녀들에게 이렇게 말했다.

 ─아가씨들에게 제 마음을 말씀드리지요. 아리따운 아가씨들을 모두 좋아합니다. 하온데, 나는 지금 무예 시험을 목표로 수련 중인 몸으로 부모님과 한 약속을 어길 수가 없습니다. 또한 그렇다고 세 분을 함께 좋아할 수도 없는 일 아닙니까? 하오니 세 분께서 바다 건너 어디라도 가서 기다리고 계시면 수련을 마치고 세 분 중 한 분을 모시러 가리다.

 처녀들은 서로 끄덕이며 젊은이의 뜻을 받아들이기로 의견을 모았다. 그래서 바위산에서 잠시 떠나기로 하고 해가 저물녘 포구에서 배를 탔다. 그러나 막상 수련장에서 이들이 떠나는 모습을 멀리서 보게 된 젊은이는 뜨거운 마음을 누르지 못하고 흔들렸다. 처녀들을 실은 배가 막 포구를 벗어나려는 무렵, 그 배를 멈추고자 지니고 있던 활을 들어 화살을 마구 쏘아댔다. 쏘아댄 화살들은 마침내 배에 구멍을 내어 가라앉기 시작했다. 처녀들과 뱃사공이 울부짖으며 바닷속으로 잠길 순간, 이상한 일이 벌어졌다. 처녀들은 갑자기 하얀 학 세 마리로 변신하더니 하늘로 솟아올랐다. 그리고 구슬픈 울음으로 날개를 펴더니 다시 바다로 떨어졌다. 학들이 떨어진 그 자리에서 바닷물이 부글부글 끓어오르더니 섬 3개가 솟아올랐다.

*

합동연설회장은 바로 전설의 땅 삼학도였다. 단상에 현수막이 길게 나붙었어도 왠지 분위기는 무거웠고 긴장감이 돌았다. 연단에는 후보들은 물론, 정부의 국무총리와 장관들까지 앉아 있었다. 바로 옆에서 제분공장을 건립한다며 각하는 테이프 커팅식을 마친 후 헬기로 떠났다. 국회의원 후보들의 연설을 들으려고 사람들이 꾸역꾸역 모여들었다. 신문과 방송이 북 치고 장구 치니까, 시민들의 관심이 날로 더욱 높아졌기 때문이다. 그즈음 무미건조했던 항구도시의 사람들에게 그만큼 구미를 당기는 이슈는 없었다.

먼저 별 ★★★개였던 금테 안경을 쓴 여당 후보가 단상으로 올라갔다. 곱슬머리에 포마드를 발라 반짝거렸다. 여당 후보는 더듬거리는 말투로 섬을 깔아뭉갠 자리에 제분공장을 지을 뿐더러 여당의 힘을 얻어 도시의 발전을 공약했다. 모여 있던 사람들이 웅성거렸다. 다음 차례로 기호 2번인 젊은 야당 후보가 마이크 앞에 섰다. 햇볕에 그을려 가무잡잡한 얼굴이 반질거렸다. 바로 입을 열지 않고 있다가 청중 뒤의 바다를 한참 동안 바라보더니, 손가락으로 바다의 반대쪽 산 쪽을 가리키며 입을 열었다.

"여그가 어디요? 수백 년 전 나라가 백척간두의 위기에 처했을 적에 우리 조상들이 목숨을 바쳐 지켰던 땅입니다. 노적봉이 바로 저그고 고하도를 지나면 배 13척으로 수백 척의 왜놈들을 물속에 처박은 울돌목이 지척입니다. 약무호남(若無湖南) 시무국가(是無國家)라고 충무공께서 말씀하신 곳이요, 삼십육 년 동안 우리 민족이 먹을 쌀을 수탈하여 배로 실어 간 데란 말입니다. 그란디, 말이요. 바로 역사의 이 현장에 왜놈들의 돈을 빌려 제분소를 짓겠다고 대통령부터 내려와서 선거운동을 해주고 있답니다. 야당 국회의원 한 사람 죽이자고 대통령까지 동원된 것을 보면, 과연 저들한테 이 사람이 무섭기는 한 모양입니다, 여러분! 이것이 군사혁명을 했다는 자들이 할 짓입니까? 여러분! 요런 사탕발림에 넘어가면 나라 꼴이 어떻게 되겠냐고요."

야당 후보의 연설은 손짓과 몸짓으로 도드라졌다. 반어법과 말의 높낮이에 따른 말투는 여태껏 정치인들이 써오던 연설과 유달랐다. 존칭어와 사투리 반말까지 뒤섞어 은근히 청중의 감정을 불붙여 자극하면서 어렵지 않게 술술 뱉었다. 버릇처럼 눈을 깜박거리며 선동적인 말이 비유를 불러올 때마다 청중들의 우레와 같은 박수가 쏟아졌다.

바로 그 순간이었다. 어디선가 호루라기 소리가 나더니 정복을 입은 경찰관들이 청중석을 휘저었다. 태풍에 파도가 일 듯 아수라장이 따로 없었다. 앉았던 사람들이 일어서고, 일어섰던 사람들이 항구 쪽으로 흩어졌다. 그 역시 구경하던 학생들과 뒤섞이어 도망을 갔다.

이튿날인가, 학생회장이던 황호가 나섰다. 이름처럼 누런 호랑이였다. 덩치가 크고 체격부터 남달랐다. 운동으로 다져진 어깨의 이두박근과 젖가슴은 볼록 튀어나왔다. 시커먼 눈썹과 부리부리한 눈은 절간의 사천왕과 닮았다. 그의 이마에는 늘 거즈를 반창고로 붙였거나 손에 하얀 붕대가 칭칭 감겨있었다. 유난히 눈에 띄는 그런 상처를 가리는 표식마저 황호는 훈장처럼 붙이고 다녔다. 후배들은 황호의 그런 표식조차 의롭고 용감한 흔적이라고 부러워했다. 황호는 기계과 3학년으로 여관집 아들이었다. 일찍부터 체격이 우람하여 유도를 배웠던지라 불량 학생들은 물론 깡패들까지도 함부로 대하지 못했다. 아침 수업이 시작되기 전에 간밤의 네온 불빛 번쩍거리는 도시의 중심지인 중앙제과점 거리나 오거리 극장 골목에서 사복을 걸친 우람한 황호를 봤다는 이야기가 입에서 입으로 꼬리가 이어졌다.

철도역은 종착점이었다. 학교와 큰길을 사이에 두고 마주했다. 스피커에서 시도 때도 없이 상품 선전과 대중가요와 열차 시간을 알리는 소음이 크게 들려왔다. 전교생이 운동장에 모여 조회행사를 할 적에도 확성기는 아랑곳하지 않았다. 점잖은 교장 선생의 목소리는 소음에 묻혀 학생들의 귓구멍을 스쳐 지나갔다. 그렇지만, 열중쉬어 차렷의 구령을 내지르는 황호의 목소리는 찌렁찌렁 울려 소음을 덮어버렸다. 학생들은 삼삼오오 체육관으로 모여들었다. 황호는 제법 야당 후보의 흉내를 내어 목소리를 높였다.

"… 도시에서 가장 역사와 전통이 깊은 우리 학교다. 민주주의가 말살되려는 이 마당에, 너희는 뭣이 중하겠냐? 이순신 장군의 얼을 지켜온 이 삼학도가 군홧발들의 손아귀에 들어가면 어떻게 되겠냐? 마땅히 우리는 선배들의 4.19의 정신을 본받아야 한다…."

우렁찬 목소리는 아주 듣기 쉽고 다분히 선동적이었다. 맨 나중에 슬그머니, 평소에도 야당 후보를 존경했다며 덧붙여 후배들을 꼬드겼다. 물론 황호를 따르는 후배들은 앞뒤 가리지 않고 전율하며 피 끓는 분노의 감정을 가슴속에 꼬불쳐 넣었다.

이렇다 할 것도 없는 도시가 바야흐로 선거판으로 온통 뜨거워졌다. 며칠 후에는 학교 앞 철도역 광장에서 두 후보의 연설이 있었다. 항구도시에서 시끄러운 곳 중 하나였다. 철도역 앞의 학교 운동장은 온갖 소음이 틈입했다.

일정 시기에 붉은 벽돌 조적조로 지은 학교 건물이었다. 흡사 교도소 닮은 분위기로 운동장이라곤 겨우 농구나 핸드볼 경기를 할 수 있을 정도로 비좁았다. 학교의 담장은 화강석으로 높다랗게 쌓아 올려 유자형 철조망을 둘러 쳐 놓았다. 담장 바로 너머는 도시의 큰 간선도로였고, 차량이며 인파가 늘 붐볐다.

육중하게 막아서 있는 철제 정문을 통과하지 않고 감히 밖으로 나갈 길은 없었다. 학생들의 이상한 분위기를 알았는지, 경비원 아저씨는 보이지 않았다. 대신 교감이며 학생주임 선생과 체육 선생이 딱 지키고 있었다. 쪽지 한 장이 금세 나돌더니 귀옛말로 전해졌다. 알파벳 순서대로 화장실로 올 것. 알파벳 순서는 전공과목의 첫 글자였다. 건축Architecture, 토목Civil, 기계Machine, 전기Electric 화학공학 … 따위의. 그 영어의 첫 대문자가 교복에 달고 다니는 배지였다.

담장과 길게 나란히 늘어선 화장실의 사이는 폭이 좁았다. 겨우 한 사람이 지나다닐 만큼 사이가 비었다. 그런 공간은 교사의 눈에 얼른 띄지 않아서 '독수리 요새'로 통했다. 이곳에서 바지통이 넓은 나팔바지를 입거나 웃옷이 짧은 교복을 입은 삐딱한 학생들이 몰래 담배를 피웠다. 후문이 없다는 핑계로 비상통로 역할을 하기도 했다. 철근을 잘라 용접으로 붙여 만든 사다리가 어느새 담장에 기대어 있었다. 그는 별명을 꺽다리로 부르는 친구와 눈치껏 교실을 빠져나왔다. 점심시간 지나 토목 구조학 시간일 터였다. 그 시간은 교량설계 실습이라, 진즉에 설계도를 다 그려놓은 상태였다. 모자를 일부러 시멘트 바닥에 박박 문질러 삐딱하게 쓰고 다닌 학생이었다. 꺽다리가 헤헤거리며 손가락을 둥글게 오므리며 문성에게 다가왔다.

"아까, 매점 쪽에 화공과 애들 있던데, 그 애들은 뭐냐?"

"그 자식들은 실습 가는 애들일걸."

사다리를 타고 올라가던 꺽다리가 쉭 소리를 내지르며 냅다 방귀를 뿜었다. 생선 썩은 구린내가 뒤따라가던 그의 콧속으로 스며 들었다.

"야, 어휴 미치겠네. 너, 갈치구이 먹었지?"

"자식아, 선생님께서 중대 발표를 할 때는 좀 참아라. 크크크."

키득거리며 손짓을 따라 학생들이 모여들었다. 수십 명은 누가 시키지도 않았음에도 목소리를 낮추며 하나둘 사다리를 타고 큰길로 툭, 털썩, 철푸덕, 떨어졌다. 그리고 손바닥에 묻은 흙먼지를 털고 잽싸게 우르르 달려가 청중 속에 섞여 들었다.

이번에는 여당이 긴장했다. 항구도시는 날마다 전국 언론의 관심이었다. 각하를 비롯하여 정부의 높은 양반들까지 떼거리로 내려왔다. 역 광장을 빼곡하게 사람들이 메웠을 때 연설이 한창이었다. 문성은 햇볕을 등지고 단상에 앉아 있는 각하를 먼발치에서 보았다. 찔러도 피 한 방울 나지 않을 만큼 조그맣고 깡마른 모습의 사내였다. 그 각하가 전국의 방방곡곡을 다스리는 왕이었다. 이윽고 두 후보의 연설이 시작되었다. 야당 후보는 각하가 있건 말건 특유의 사투리와 반말을 섞어 확성기로 내보냈다. 그 도시의 사람들은 언제부터인가 그를 선생님이라고 불렀다. 전국적으로 이름난 정치인을 학교 교사가 아닌 선생님이라고.

"지금 이 자리에는 나를 떨어지게 하려고 정부가 총동원되었어요. 이것 보시오. 내가 얼마나 대단한 사람이라고 대통령과 내각까지 몽땅 나서냐 말입니다. 자고로 세상에 빛이 있으면 그림자도 있는 법인데, 이 독재정권은 도대체 야당을 인정하려고 하지 않아요. 무엇을 발전시키고 건설하는 건 좋아요. 그런데, 오냐오냐하고 그냥 놔두면 독재로 종신 집권을 할 겁니다."

말을 부르고, 말은 귓속을 맴돌아, 사람의 감정을 건드렸다. 그 순간, 갑자기 확성기 소리가 멈췄다. 말하는 후보의 모습은 보이는데, 말소리는 들리지 않았다. 단상 뒤에서 고함과 와자지껄하는 소리가 났다. 신문지를 깔고 앉았던 단상의 맨 앞에 있던 사람들이 일어나면서 소란이 일었다. 학생회장인 선배와 운동하는 그의 친구들이 단상으로 우우 몰려갔다. 유도를 배우는 문성의 친구는 부리부리한 눈으로 체격이 우람했다.

"야, 우리도 빨리 일어나 가자아!"

옆에 오글오글 모여 있던 친구들과 그는 단상 뒤로 몰려갔다. 흥분에 휩싸여 피가 거꾸로 도는 느낌이었다. 경찰관 둘이 선배의 입을 막고 곤봉으로 내리치고 있었다. 등을 구부리거나 두 팔로 머리를 감싸는 학생들에게 경찰관들은 분풀이라도 하듯 마구 두들겨 팼다. 아수라장 상태는 금세 그쳤다. 혼돈 속에서 각하와 각료들이 떠났기 때문이다. 그는 친구들과 붙잡혀서 트럭에 태워져 역전파출소로 끌려갔다. 파출소 안에는 어른들도 몇 명이나 손목에 수갑이 채워져 있었다.

"머리에 피도 안 마른 놈들이 공부는 안 하고 데모질이나 해! 이놈의 새끼들, 무릎 안 꿇어? 너희들 주동자가 누구야? 인마! 빨리 나와! 안 나와? 정말로 감방에 들어가 콩밥 먹을래, 빨리 불고 여기서 나갈래?"

"저희는 잘못이 없다고요."

"뭐? 이 새끼들이 아직 정신을 못 차렸네."

툭탁, 퍽퍽,

"아이고."

"아야!"

"욱."

탁탁.

"오매 죽겠는 거."

순경들은 밤색 박달나무 방망이로 학생들을 마구 내리쳤다. 두 팔로 얼굴을 감싸거나 등짝으로 막다가 머리통에 쥐가 나도록 대여섯 대씩 맞았다. 손으로 잘못 막아 손등이 부풀어 오른 학생도 있었다. 그는 반성문을 쓰고 밤늦게야 풀려났다. 그게 다가 아니었다. 이튿날 정문에서 기다리고 있었다는 듯 학생주임이 시뻘건 얼굴로 기다렸다.

"너 이 노무자식들, 하라는 공부는 안 하고 어딜 싸돌아다녀. 네놈들 때문에 교장선생님이 경찰서에 가서 손발이 다 닳도록 싹싹 빌고 와야겠냐? 뭣들하고 있어. 이 자식들아, 모두 엎드려 뻗쳐! 신문성, 너는 모범생인 줄 알았더니 겨우 이런 놈이었어?"

학생주임 선생은 길게 다듬은 막대로 엉덩이를 몇 번씩 패주고도 분이 안 풀렸는지, 얼굴이 붉으락푸르락했다. 그래도 그뿐, 찢은 모자와 나팔바지에 책가방을 겨드랑이에 끼고 다닌 학생들을 말릴 수 없었다.

파출소에서 얻어터지고 학교에서 혼이 난 동안 그가 깜빡 잊은 게 있었다. 담임선생의 도시락 배달이었다. 선생이 일절 부르지 않았다는 사실이 미안하고 죄송했다. 등교하는 시간을 조금 일찍 잡아 집을 나갔다. 골목길의 계단을 한참 내려가 담임선생의 집 대문 앞에 섰다. 누군가가 대문을 살짝 열며 내다보았다. 담임선생의 초등학생 딸이었다.

"어디 아팠어? 오빠가 안 오니까, 우리 아빠가 맨날맨날 도시락을 가지고 다녔잖아."

꼬치꼬치 캐묻기를 좋아하는 아이였다. 머리를 곱게 땋은 앙증맞게 생긴 아이가 가자미 눈으로 흘기고 쏙 들어갔다. 곧 선생이 대문 밖으로 나오더니 도시락 보자기를 그에게 건넸다. 그가 겸연쩍은 표정으로 고개를 꾸벅했다. 늘 하던 대로 선생이 앞서고 그가 뒤따랐다.

"저번에 학생과장한테 혼났다며?"

"그래, 젊음이란 게 그런 거지. 민주주의가 쉽게 얻어지겠냐."

선생은 그 말을 툭 던져놓고 여느 때와 달리 더 이상 침묵이었다. 그리고 철도의 건널목을 건넜을 적에 높다란 KBS 지방방송국의 첨탑을 올려다보며 말을 이었다.

"나는 군대 생활을 방첩대라는 데서 했다. 우리처럼 사범학교 학력이면 학벌이 좋다고 훈련소에서 데려갔지. 들어가서 보니, 나하곤 전혀 생리가 맞지 않는 군대였지만 어쩌겠냐. 그때 계급이 병장이었는데, 교육을 받고 하필이면 섬으로 파견을 나갔었지. 그때만 해도 북한에서 간첩들이 배를 타고 서해안으로 침투를 많이 했던 때니까. … 침투공작조로 편성이 되어 잠복근무하다가 날아오는 총알에 죽을 뻔한 적도 있었다."

"선생님이요?"

자신도 모르게 툭 말해놓고는 문성은 쑥스러워 얼굴이 붉어졌다. 선생은 고개를 돌려 쓱 바라보더니 웃음을 물었다. 담임 선생에게 군대 생활 이야기는 처음 들었다. 체육 선생이나 여느 선생들은 묻지 않아도 자랑삼아 군대 이야기를 끄집어내어 수업 시간에 읊어댔다.

그가 자취하는 집은 긴 마루가 있는 기와집이었다. 열차 기관사로 다니는 주인 식구가 쓰는 방이 두 개이고, 나머지 방에는 두 가구가 세 들어 살고 있었다. 그는 학교에서 돌아와 대문을 빼끗 열고 들어갔다. 마당 가운데서 수도꼭지의 물이 쏟아지며 주인댁과 옆방 여인이 빨래하고 있었다. 작달막한 주인댁이 고개를 돌리며 호들갑스럽게 말을 붙였다.

"아이고, 문성이 학생? 왜 그랬어? 파출소에 잡혀 들어갔다고 하든디. 착하디 착한 학생이 무슨 일이람."

"별거 아닙니다."

"어디 맞았어? 다친 데는 없고?"

그는 고개를 조아리며 방으로 들어갔다. 빨래방망이로 세탁물을 토닥토닥 두드리는 여인들의 말소리가 들렸다. 주인댁이 빼빼 마르고 가무잡잡한 여인에게 물었다.

"그 집도 어제 봉투 받았어요?"

"아이고 누가 들어요, 가만히 말하세요. 반장이 식구들 두 사람 이상 살고 있는 집만 줬다고 합디다. 2표나 되어야 뭐라도 된다나."

"아 그런 식으로 시민들한테 전부 돈봉투를 돌리면 큰돈이 들었겠네."

"결국은 다 나랏돈이지 뭐여. 하기야 우리 같은 것들이 그런 걱정을 해서 무엇 해요. 그 사람들이야 선거 끝나면 어디서 다 긁어서 곳간을 채울 테고."

며칠이 지난 그날은 초여름의 햇살이 쨍쨍한 오후였다. 중간고사가 끝난 날이라, 그는 일찍 교문을 나섰다. 일전에 함께 파출소에 끌려갔던 단짝 친구와 히히대며 천천히 걸어갔다. 가게가 즐비한 도로와 철로가 교차하는 건널목을 지났다.

"문성아, 저기 웬 사람들이 모여 있냐?"

"목욕탕 앞이라 그러제."

"야, 일요일도 아닌디?"

"아, 맞다! 선거 유세하는가 보다."

그들은 목욕탕 근처 가게 앞에서 걸음을 멈췄다. 여러 사람이 막아서 있는데, 마흔 초반의 사내가 등받이 없는 나무 의자에 앉아 있었다. 가게 주인인 듯한 여성이 스테인리스 그릇에 담아 온 꿀물을 사내는 벌컥벌컥 마셨다. 머리에 포마드를 발라 가지런하게 빗은 야당 후보였다. 후보의 얼굴은 새까맣게 그을렸으나 눈은 반짝반짝 빛났다. 친구가 다짜고짜 그의 옆구리를 툭 치며 귓속말을 흘렸다.

"야, 여기 온 김에 우리 사인 하나 받아야제."

체구가 굵고 눈이 부리부리한 그의 친구는 태권도 체육관에 다녔다. 어깨로 사람들을 밀치고 후보 앞으로 나아갔다. 주위의 사람들은 앳된 학생들을 막아서지 않았다. 느닷없는 돌발 상황이라, 모두 그들을 어정쩡하게 바라보았다. 청색 반팔 셔츠와 쑥색 바지 교복을 입은 둘은 동시에 모자를 쓴 채로 경례를 붙였다. 후보는 더위에도 넥타이를 맨 차림이었다. 강한 눈빛으로 그들을 올려다보았다. 짙은 눈썹 아래 까맣고 형형한 눈빛을 그들에게 쏜 후보의 표정은 묘했다. 그는 마치 최면술에 걸리기라도 한 듯 머릿속을 휘젓는 알지 못할 어떤 기운에 옴짝달싹하지 못했다. 그것은 상대방을 경멸하듯 하면서도 꼬드기는 마력 같았다. 친구가 옆구리를 손가락으로 꾹 누르지 않았다면, 그는 한참을 멍청하게 굳은 자세로 있을 뻔했다. 바로 그때, 후보 옆에 서 있던 사내가 뱁새눈을 크게 치뜬 의아한 표정으로 그들을 획 밀쳤다. 매부리코를 쳐들며 사내는 목소리를 높였다.

"이 학생들은 뭔가?"

후보가 고개를 돌려 사내에게 손을 들어 제지하며 주인에게 다 마신 놋그릇을 건네주었다. 그리고 모자에 박힌 교표를 보고 그들에게 물었다.

"몇 학년인가?"

"이 학년입니다, 선생님! 선생님의 사인을 받고 싶어서 왔습니다."

"학생들의 성적은 괜찮은 편인가?"

"네, 중간 이상에는 듭니다."

후보는 얼굴을 펴더니 뜻하지 않게 말문을 열었다. 옆 사람들도 조금 전과 달리 가만히 있었다.

"나도 상업학교를 나왔지만, 좋아하는 과목은 인문 과목이었지. 학생은 전공하는 과목 말고 다른 취미가 있는가?"

"예, 웅변을 좋아합니다."

"웅변? 이봐요? 권 비서, 저번 공설운동장에서 본 그 학생도 웅변했다면서 로마 정치, 뭐라고 했지?"

"선생님, 키케로를 존경한다는 학생 말입니까?"

"그래요, 키케로."

옆에서 수행하던 매부리코의 비서가 후보의 의중을 알아서 대꾸했다. 친구는 순간, 두 사람을 둘러보며 가방 덮개를 끌렀다. 눈치 빠르게 선, 생, 님이라고 덧붙이며 가방에서 잽싸게 측량

학 노트의 맨 뒷장을 펼쳤다. 후보의 얼굴에 의미 모를 웃음이 스쳤으나 금세 사라졌다.

 그 역시 덩달아 꺼낸다는 것이 토목 구조학 노트였다. 후보는 그들을 바라보며 비서가 내미는 검정 사인펜으로 노트 맨 뒷장에 한자 이름을 내려써 갈겼다. 서명하는 동안 그는 잠깐 후보의 이목구비를 훔쳐보았다. 아니, 훔쳐본 것이라기보다는, 한눈에 쏙 들어왔다. 후보에게 생긴 이마의 그것은 얼른 보면 가로로 생긴 주름살 같았지만, 흉터가 분명했다. 어렸을 적에 어머니가 한 말이 그의 머릿속에 불쑥 떠올랐다.

 −남자의 이마는 성공의 길이다, 머리를 다치지 않게 조심해라. 이마에 흉터가 있으면 운명이 힘들어−마흔 초반의 건강한 남자에게 깊은 주름살이 가당키나 한가? 그는 순간, 어린 나이임에도 불구하고 후보에 대한 걱정이 스치고 지나갔다.

 "남자가 저 정도는 되어야제. 잘 생기고 말도 잘 한단 말이여. 저 양반의 연설을 들으면 진짜로 딱딱 맞는 말씀이고 속이 시원해야. 너는 으짜냐?"

 "그때그때 상황에 따라 논리가 정연하긴 해."

 "아까 그분들이 말했던 키케로가 뭐했던 사람이냐? 얼른 들어보니, 역사적으로 무지하게 유명했던 인물 같은데."

 "윤리 시간에 들었던 거야. 로마 황제 율리우스 시저하고 맞짱 떴다가 죽은 평민 출신의 정치가라고… 그 쉰목소리로 칠판 두들기며 큰 소리로 삼각자 선생이 말했잖아."

 "나하고 너는 말이여. 인문학교로 갈 건데, 공업학교에 잘못 온 거 같아야. 역사하고 국어 과목 좋아하는 것도 그렇고…하여

튼 말이여, 그 많은 사람 앞에서 진짜로 용감하단 말이시. 대통령하고 맞짱을 뜨는 용기가 대단하단 말이여. 감히 군사혁명을 일으킨 대통령하고 혼자서 맞짱을 뜨니 말이여. 문성아, 너는 어떻게 생각하냐?"

"저분은 책을 무지하게 많이 봤을 거야. 그렇지 않고서야 논리정연하게 그렇게 조목조목 따지는 게 쉽지 않을걸."

결국 선거는 연이어 야당 후보의 승리였다. 그 와중에도 별별 소문이 돌았다. 삼학(三鶴)이라는 상표로 술을 제조하는 회사가 철도역 근처에 있었다. 그 도시에서 세 마리 학의 전설 따라 만든 상표가 유명한 만큼, 전국의 소주 시장을 거의 쥐고 있었다. 예전부터 술도가가 있던 자리로 그 회사 안에는 원래부터 깨끗하고 맛이 좋은 샘물이 있었다. 해방되고 나서부터 소비자들의 입맛이 막걸리보다 알코올 도수가 쌈박한 소주로 옮겨가면서 돈을 갈퀴질했다. 그 회사 대표의 사위가 경찰국장이었다. 서른 후반의 행정고시 출신으로 반듯하고 호리호리하게 생겨 뭇사람들의 입에 오르내렸다. 더구나 처가의 뒷배경까지 있으니 말해 무엇하랴.

야당 후보는 도시민들의 전폭적 지지로 금배지를 거듭 달아 전국적으로 유명해졌다. 뿐이랴. 이제는 누구도 부인할 수 없는 각하의 정적으로 떠올랐다. 그 무렵, 잘 나가던 삼학(三鶴) 회사는 갑자기 화재가 일어나는가 하면, 세무조사로 회사가 차츰 내리막길로 가더니 거덜 났다. 심지어 장래가 촉망된 경찰국장이던 사위도 무슨 까닭인지 옷을 벗었다.

*

 초여름 무렵, 점심시간 지나서 오후 첫 수업이었다. 누가 면회를 왔다며 급우가 문성에게 전했다. 토목 제도 과목이어서 설계도를 그리는 실습 시간이라, 담당 선생은 안 보였다. 측량이나 제도 시간은 대개 담당 교사가 자리를 비울 때가 많았다. 그는 누굴까 하며 처음 있는 일이라 궁금했다. 교실 복도에서 교문 쪽으로 빠져나가면서 고개를 갸우뚱했다. 가끔 섬 지방이 고향인 친구들의 부모가 항구도시에 왔다가 더러 아들들을 만나려고 오는 경우가 있었다. 미처 보내주지 못한 식량이나 학자금을 가지고 오는 경우였다. 그에게는 여태껏 그런 일은 전혀 없었다. 아니, 있을 리 없었다.

 뜨거운 6월의 땡볕이 내리쬐고 있었다. 붉은벽돌 건물의 모서리를 돌아 저만치가 교문이었다. 경비실 바깥에서 서성거리고 있는 웬 여인의 모습이 점점 가깝게 그의 눈에 들어왔다.

 "우리 문성이냐? 아가?"

 닫힌 교문 저쪽에서 그를 부르는 소리가 들렸다. 흰 저고리에 까만 몸뻬 바지를 입은 여인이 이쪽을 보며 왼팔을 들었다. 그의 어머니는 전쟁 때 다쳐 오른팔이 굽어 있었다. 머리를 쪽진 여인의 주름진 얼굴은 햇볕에 그을려 가무잡잡하고 수척했다. 그의 머릿속을 맴도는 어머니가 아닌 듯 싶었다. 꿈에도 그리는 어머니가 꾀죄죄한 몰골로 나타났다. 문성은 반가움이 주저한 상태로 엉거주춤 다가갔다.

 "웬일로 왔어요, 엄마?"

경비아저씨는 그를 교문 바깥의 그늘진 곳으로 내보냈다.
"무슨 일이 있어요?"
"아니다, 여기 온 김에 잠깐 너 좀 보고 갈려고…."
 여인은 말꼬리를 흐렸다. 그러더니 바지 속으로 손을 넣어 뭔가를 꺼냈다. 둘둘 말아 고무줄로 묶은 지폐였다.
"밀린 학비하고 생활비다."
 그는 어머니의 목소리에서 슬픔이 묻어있음을 느꼈다.
"그래서 일부러 왔단 말이요? 다음 주 농번기 방학이라 내가 내려갈 텐데, 뭐하게 일부러 왔어요."
"아니, 동네 영길이 엄마하고 같이 캔 마늘을 가지고 와서 도매상에 넘겼다. 그래 몸은 아픈 곳 없이 하숙집에서 밥은 제대로 주지? 배 타는 시간이 얼마 안 남아서 그냥 갈란다. 빨리 교실에 들어가거라."
 여인은 아들에게 손사래질하며 뒷모습을 보이며 사라졌다. 그는 엉겁결에 고개도 꾸벅거리지 못하고 어머니를 보내놓고서야 후회가 밀려들었다. 점심을 먹었는지? 건강은 어떤지? 집안은 어떻게 돌아가는지…. 자기 자신에게 분노가 솟아올라 미칠 것 같았다. 그 장면은 그에게 늘 날카로운 바늘이 되어 두고두고 꾹꾹 찔렀다.
 그는 학교를 졸업하고 취직이 되었다. 철도의 종착역이자 시발역이었던 항구도시를 떠났다. 우르릉거리는 디젤기관차는 어둑해진 밤을 헤치고 움직였다. 맨 앞 칸은 엔진이 기름을 태운 시커먼 연기가 새들어왔다. 바다에서 세차게 불었던 계절풍이 차창 뒤로 밀려 나갔다. 소금기와 생선의 비릿한 냄새가 밴 항구도시는 아련하게 지워지고 있었다. 캄캄한 하늘에 총총하게 박혀있던 별들이 흔들리며 졸음에 겨운 그를 따라오다가 아물아물 멀어졌다. 별빛이 초롱초롱한 영혼의 눈망울에 꿈을 만들어주었다. 그는 레일 이음매를 마찰하며 구르는 쇠바퀴들의 덜커덩거리는 소리를 들었다. 역들을 지나고 커다란 불곰의 등허리 같은 산등성이의 실루엣을 지났다. 열차가 멈추면 피곤으로 젖어있는 승객들이 보따리짐을 들고 내리며 올라탔다. 풋잠에 젖은 승객들은 잔기침을 뱉으며 꽃샘추위의 싸한 밤기운을 털어내려고 애를 썼다.

그 시간과 공간은 그의 오랜 추억으로만 남아 있었다. 그 역시 다른 사람들처럼 시간에 떠밀려 길을 타박타박 걷는 사막의 낙타와 진배없었다.

*

항구도시의 국회의원은 십여 년 뒤에 야당의 대통령 후보가 되었다. 후보가 서울의 공원에서 연설할 적에는 수십만 청중이 모여들었다. 각하와 맞붙어 아슬아슬하게 떨어졌지만, 그 이름은 세상에 널리 알려졌다. 일찍 싹수를 송두리째 잘라내지 못한 각하로서는 후회막급이었다. 둘 다 시대가 낳은 인물이었으나 경제와 민주주의의 빛과 그림자를 서로 인정하지 않으려 했다. 그들 모두 젊었을 적 어지러운 시기에는 사회주의 사상을 체험하고자 했고, 그 후유증조차 공유한 터였다. 그러므로 여전히 휴전 중인 반쪽의 나라에서 그들의 과거 이념을 추종자들은 금기처럼 입을 다물었다.

국가기관의 정보보고서는 최종적으로 단 한 사람을 위한 자료였다. 그 한 사람은 국민이라는 불특정 다수를 위해 헌신한다는 명분을 지녔다. 그래서 군관민의 집결체인 각 행정기관과 공화당, 중앙정보부, 보안사령부, 치안본부까지 모두 각하에게 충성 경쟁이었다.

광풍이 불면 인물이 만들어졌다. 각하나 야당 후보나 비뚤비뚤 살아왔어도 겨울바람을 탄 방패연처럼 높이 높이 올라갔다. 젊었을 적에는 둘 다 빨갱이 소리를 들었다. 역사는 살아있는 자들에 의해 왜곡되었다. 이제 그들은 국가와 민족을 위하고 민주주의를 위하여, 깃발을 더 높이 들었던 터. 바람을 머금은 풍선이 하늘 어디까지 올라가다가 터지겠지만. 사람에게는 무엇이 문제인가? 그는 알 수 없었다. 생각하면 할수록 어긋난 세상의 일들. 그들의 길은 보통 사람들과 무엇이 다른가. 길이 다른 게 아니라면, 걷는 이들의 몸가짐과 주변의 환경 따위에 의한 착시현상인가. 물론 철없던 고교 시절과 지금 자신이 처한 신분이 요구하는 이념이 다른 이유는 밥벌이 때문인가.

15
꿈꾸는 내일을 위하여

 문성은 학업성적이 상위라서 취직은 걱정을 안 했다. 교장의 추천으로 친구인 주소진과 함께 도청소재지 도시의 건설회사에 들어갔다. 그 회사는 날로 팽창하는 그 도시의 공원 도로 개설 공사를 마침 따냈다. 그는 흙먼지를 뒤집어쓰면서 공사판에서 일을 배웠다. 눈비가 오거나 썰렁한 날씨가 불평은 될 수 없었다. 주소진은 땅딸막한 체구였으나 체력이 좋았다. 짙은 눈썹 아래 단춧구멍처럼 찢어진 눈매가 성깔을 머금고 있었다. 단순하면서 저돌적인 성격으로 그와 성격은 달랐으나 둘은 죽이 잘 맞았다. 주소진이 모자챙을 뒤로 돌려쓰고 측량기기에 한쪽 눈을 감아 손을 올리면, 문성은 들고 있던 기다란 폴대를 옮겨 실제 측량을 마쳤다. 고교 3년을 내리 같은 반에서 지냈으니, 박자가 척척 맞았다. 두 사람은 도로 설계도를 그리며 밤을 꼬박 새울 때가 많았다.
 그들은 노동자들과 뒹굴며 공사판 현장사무실에서 먹고 잤다. 현장소장은 사장의 동생이었다. 육군 공병대에서 소령으로 제대하여 사장과 함께 건설회사를 꾸려왔다. 오동통한 체구로 카키색의 미군 스키복을 입고 다녔다. 다양한 사람들. 남성들의 됨됨이가 유다른 인물들을 문성은 마음속으로 헤아려보았다. 그것은 호기심이 발동한 새로운 세상의 공부였다. 비가 오는 날에는 노동자들도 함바식당에서 밥 대신 막걸리나 소주를 마셨다. 권투선수 출신 배우가 주연하는 영화〈열두 냥짜리 인생〉의 노랫말 그대로였다.

♪에헤이 에헤이 엥헤이 엥헤이~
사랑이 깊으면 얼마나 깊어
여섯자 이내 몸이 헤어나지 못하나?
하루의 품삯은 열두냥 금!
우리 임 보는데는 스무냥이라,
♬엥헤이 엥헤이 엥헤이 엥헤야~
네가 좋으면 내가 싫고 내가 좋으면 네가 싫고!
너 좋고 나 좋으면? ♪엥헤이 엥헤야
사랑이 좋으냐? 친구가 좋으냐?
막걸리가 좋으냐? 색시가 좋으냐?
사랑도 좋고 친구도 좋지만,
막걸리 따라주는 색시가 더 좋더라!
엥헤이 엥헤야! ♪엥헤이 엥헤야~
네가 좋으면 내가 싫고! 내가 좋으면 네가 싫고!
너 좋고 나 좋으면?

♬엥헤이 엥헤야 엥헤이 엥헤야~
우리가 놀면은 놀고 싶어 노나?
비 쏟아지는 날이 공치는 날이다!
비 오는 날이면 임 보러 가고
달밝은 밤이면 별 따러 간다.
♪엥헤이 엥헤야 엥헤이 엥헤야~

그런 날이면, 문성은 사 온 책들을 읽었다. 회사는 주먹구구식의 운영으로 많지도 않은 급료가 밀릴 적도 있었다. 기업의 장래성보다는 당장 현실이 급급하여 몇 달을 버텼으나, 도무지 앞날이 안 보였다. 어느 날 문제가 생겼다. 전문대학을 나와 대리 직급으로 있던 사장의 처남과 주소진이 대판 싸웠다. 그가 자전거를 타고 현장사무소로 오기 직전이었다. 평소에도 업무 영역이 다른데, 대리는 그들에게 은근히 눈을 내리깔면서 갑질을 했다. 본사에서 경리를 보던 여사원을 두고 두 사람의 눈싸움도 심상치 않았다. 그런 조짐이 있었지만, 겉으로는 탈없이 지나갔었다. 하필이면 현장소장이 친척 집에 문상을 간 틈이라 자리를 비워서 그랬을까. 사무실에 들어온 장 대리에게 소진이 물었다.

"장 대리님, 아까 무슨 이유로 옹벽 설계도를 우리한테 작성하라는 거요?"

"이유는 무슨 이유? 당신들이 처음부터 했으니까 그것도 당연히 해야지."

"그 부분은 당신이 온 후에 콘크리트에서 견치석으로 바꾸면서 하게 된 거니까 장 대리님이 해야지요. 우리는 소장님에게 그런 지시를 못 받았어요."

"씨발, 내 말이나 소장 말이나 그게 그거지."

"뭐라고요? 그게 무슨 말인지 나는 잘 모르겠네요."

"모르겠으면 알려고 하지 말고, 설계도나 그려놔."

"나는 못하겠어."

"이 새끼가 뭔 반말이야."

"새끼라니? 너 말, 다했어?"

"뭐! 고등학교밖에 안 나온 새끼들이 까불어."

"전문대까지 나온 놈이 설계도 하나 빤빤히 못 그리면서 누구한테 떠맡겨!"

약한 자존심을 건드리니 다혈질이 순간적으로 폭발했다. 키가 큰 장 대리가 먼저 주소진의 따귀를 딱 소리가 들리도록 세게 갈겼다. 소진의 단춧구멍처럼 째진 눈이 살기를 띠었다. 주소진도 반사적으로 장 대리를 주먹으로 올려 쳤다. 장 대리의 코에서 피가 주르륵 쏟아졌다. 작업복에 벌겋게 튀어 박힌 핏자국을 내려다본 장 대리는 얼굴이 하얗게 변했다. 둘은 치고 맞받더니 뒤엉켜 뒹굴었다. 흙범벅 피범벅으로 붙었지만, 장 대리는 주소진의 상대가 못되었다. 그제야 처음에는 구경만 하고 있던 노동자들도 둘을 뜯어말리는 척했다. 장 대리의 광대뼈에 시퍼런 멍 자국이 생겼다. 구경꾼들도 장 대리가 사장의 처남이라는 걸 알 만한 사람은 다 알았다.

이튿날 문성과 주소진은 본사 상무에게 불려 가서 혼이 났다. 안경 너머로 매서운 눈빛을 보인 상무의 요지는 그랬다. 이유야 어떻든, 상급자에게 대들었다는 것. 그런데, 가만히 듣다가 토씨를 붙인 문성이 상무의 코털을 건드린 격이 되었다.

"상무님… 저는 자리에 없었지만, 주 기사가 먼저 잘못한 것은 아니라고 봅니다."

"뭐? 이 사람들이 좋게 말하려고 했더니!"

"전무후무한 사정을 알아보셨습니까?"

"뭐라고! 지금 나한테 반항하는 거야! 나가!"

그들이 고개를 수그리고 회사에서 현장으로 들어갔다. 소장은 사흘 후에야 나타났다. 그리고 두 사람을 불렀다.

"… 설계도 때문에 그랬단 말이지?"

"그런 중요한 일을 소장님 지시도 없이 할 수는 없었습니다."

"잘했어! 자알 하긴 했는데, 주먹이 먼저 나가서 일을 시끄럽게 한 거야."

"장 대리가 먼저 저를 때렸는데요?"

"아무리 그래도 그렇지, 위계질서라는 게 있잖아. 알았고, 주 기사, 이왕 이렇게 된 마당에 너희들이 옹벽 설계도까지 해버리면 낫겠다."

한강에서 뺨 맞고도 종로에서 발길질을 당한 기분이었다. 배신이라는 것은 오로지 느끼는 자의 몫이었다. 현장사무실 방에서 주소진은 코를 드르릉 골며 자고 있었다. 오히려 멀뚱멀뚱한 눈으로 잠을 뒤척인 사람은 문성이었다.

그들은 함바식당으로 들어갔다. 김치와 돼지고기 두루치기 한 접시를 갖다 나무 탁자 위에 놓였다. 평소에는 농담을 흘리던 주인 여인이 눈치를 힐끔거리며 가득 담은 막걸리 주전자와 양은 술잔도 가져왔다.

 며칠 동안 잠 못 이루었던 문성은 말을 아꼈다. 속으로 타들어 간 불길처럼 밖으로 들어내지 않았다. 찌그러진 양은 술잔을 물끄러미 바라보던 문성은 듣고만 있었다. 그러나 주소진은 불쾌해지자, 다시 목소리를 높이며 속내를 털어놓았다. 그리고 막걸리를 벌컥벌컥 들이켜더니 시근벌떡거리며,

 "돈 없어 대학을 못 간 게 부모님 잘못이냐? 내 잘못이냐?"
 "누구의 잘못도 아니야."

 말의 위로는 위로가 되지 못했다. 동병상련의 마음이었지만, 서로를 어떻게 다독거릴 수가 있겠는가. 산모퉁이를 내려오는 회오리바람이 솟구쳐 돌았다. 불도저가 밀어놓은 도로 가운데서 흙먼지가 날렸다. 땅거미가 짙어진 하늘에는 손톱 같은 그믐달이 걸렸다.

 2사관학교가 3사관학교로 바뀌면서 장교 후보생의 숫자가 대폭 늘어났다. 베트남전쟁의 파병이 본격화되던 시기와 맞물렸던 까닭이 한몫했다. 주소진은 굳은 얼굴로 장교가 되겠다며 3사관학교를 지원했다. 그 역시 곰곰 생각하고 말 것도 없었다. 일단 함께 사표를 내던졌다. 주소진은 우정으로 한 것을 미안해하면서도 고마운 표정이 역력했다. 그렇지만, 그로서는 계기가 되었을 뿐 마음먹었던 별개의 행위였다.

*

 실직해 있는 동안, 그는 막연한 고민을 뒤로 미루고 고향으로 돌아가 어머니의 가게를 도왔다.

드문드문한 상점을 지나서 골목으로 휘돌아 한참을 내려가면 그녀의 집이었다. 푸릇한 감나무 가지가 뻗어 나온 블록담의 대문을 열면, 마당으로 문화주택의 마루를 내밀었다. 어느 날인가 오후였다. 그는 그녀의 엄마가 가게에 들러 미처 못 가져간 설탕을 갖다주려고 찾아갔다. 대문은 열려 있었다. 담과 나란한 화단 옆 펌프 샘 가에서 누군가 인기척이 났다. 문성은 조용히 다가가려다가 발걸음을 멈추었다. 머리에 수건을 두른 여성이었다. 세숫대야에 얼굴을 묻은 그녀는 두 손으로 열심히 물소리를 냈다. 가늘고 긴 목덜미에 묻은 비누 거품을 씻어내리는 반소매 사이로 하얀 어깨가 드러났다. 그는 살며시 뒷걸음질 쳐 바깥으로 나가서 기다렸다.

"계세요?"

그녀가 뒤돌아보며 화들짝 놀랐다. 그리고 이내 싱긋 웃는 얼굴이었다. 한인해는 날씬한 체격이었다. 목이 길고 가량가량한 얼굴로 속 눈썹이 유난히 길었다.

그 집안에는 아무도 없는 듯 조용했다. 설탕을 마루에 내려놓은 문성에게 잠깐 기다리라는 표정으로 손바닥을 까딱거렸다. 스쳐 지나가는 그녀에게서 럭스 비누 냄새가 났다. 세숫비누의 향기가 강렬하게 그의 콧속으로 헤집고 들어와 뇌리에 따리를 틀었다. 이국적인 냄새가 그녀의 상큼한 모습과 묘하게 겹치며 그의 머릿속에 각인되었다.

두 살이 더 많은 여성이었다. 남자라면 모를까, 남녀에게 나이 차가 무슨 대수란 말인가. 여섯 살에 초등학교를 입학했던 문성은 나이보다 학령을 따졌다. 여덟 살의 그녀와 같은 해에 입학하고 졸업했다는 동기 의식이 그를 대등한 입장으로 만들었다. 그래서 그녀가 그를 가리키는 호칭이 애매했다. 나이는 두 살이 많았어도 문성과 고교졸업 연도는 같았기 때문이다.

그녀는 누나들끼리 친한 집안의 딸이었다. 도청소재지의 교육대학에 다녔는데, 주말이나 방학이면 집에 와있었다. 그녀의 집은 제법 크고 마당도 넓었다. 전쟁 무렵, 의사였던 아버지가 행방불명되어 집안이 풍비박산(風飛雹散)되었다. 그녀의 집안 살림은 전답에서 얻고, 솜씨 좋은 어머니의 삯바느질로 가계를 보탰다. 문성이 그녀를 안 것은 얼마 되지 않았다. 세탁비누나 라면을 사러 가게에 들르면 아는 척하는 정도였다.

"저기요?"

그가 말해보라는 듯 턱을 치켜들었다. 참나리꽃 분위기를 자아내는 여성의 목소리는 경쾌했다.

"늘 책을 좋아하는 것 같은데, 맞죠?"

"그냥 심심해서 읽는 편입니다."

"거짓말! 내가 다 알아요."

"아이고 참."

그가 손을 올려 머리를 긁는 시늉을 했다.

"저기요, 학동리에 사시는 선생님이 문학 모임을 하시거든요."

"보리 선생이라는 분요?"

"맞아, 맞아요. 어떻게 알아요?"

"초등학교 선생으로 있는 사돈총각이 말해줬어요."

"서울에서 교편을 잡다가 그만두고 고향으로 오신 지 꽤 되셨대요. 지방신문사를 운영하다가 그만두고 지금은 사슴 농장을 하고 있답니다. 서울대학을 나오신 분인데, 작년 겨울부터 몇몇 문학을 좋아하는 사람들끼리 일주일에 한 번씩 모이고 있어요."

"그래서요?"

"한번 가볼래요?"

"음, 그러죠, 뭐."

문성은 인해와 앞서거니 뒤서거니 시장가는 길을 따라 내려갔다. 다리를 건너고 주택들을 지나 기와로 덮여 있는 담장을 따라 돌았다. 열려있는 솟을대문을 들어섰다. 기와지붕의 행랑채를 지났다. 넓은 마당 안에는 연초록빛을 둥근 자태로 뽐내는 향나무들과 굵은 감나무며 성깃한 후박나무가 서 있었다. 뒤로 밀려나 있는 기와집은 길게 늘어져 중후하고 고풍스러웠다. 네모진 굵은 기둥들이 받친 대청마루 앞에 달린 유리문들이 열려 있었다. 바로 독립운동가로 유명한 손 아무개 선생의 저택이었다.

인해가 댓돌 앞에서 사람들이 모여 있는 안에다 고개를 꾸벅거렸다. 그리고 무르춤한 그에게 손바닥을 까불며 채근했다.

"어서 들어가요."

우람한 대들보가 거느린 서까래들이 천장을 떠받친 회벽 공간은 꽤 넓었다. 큰 나무 테이블 두 개와 의자가 맞붙어 있어 사무실 분위기였다. 유리문이 달린 나무 장식장에는 여러 권의 책이 꽂혀 있었고, 옆으로 일간지 신문을 꿰어맨 철들이 걸려 있었다.

그 밑에서 앉아 있던 나이 든 남성들이 문성을 쳐다보았다. 문성은 얼룩 뽈테안경을 쓴 보리 선생과 그들에게 머리를 꾸벅했다. 널찍한 마루방에서 주간지 《독서신문》을 펴서 들고 열띤 토론을 벌이고 있었다. 열댓 명의 회원 중에는 일간지의 신춘문예로 등단한 소설가, 시인, 중위로 전역한 농약 가게 사장, 페인트 대리점 주인이며 읍내파출소 소장과 생과자공장 주인도 있었다. 펼쳐진 신문지에 조각난 센베이 과자와 유리병의 담갈색 술을 중심으로 빙 둘러앉아 있었다. 몇몇은 유리잔을 들거나 앞에 두었다.

 "일본 놈들한테 그렇게 당하고도 동족끼리 몇백만이 뒈져 아직도 송장 썩는 냄새가 삼천리강산에 진동하는데, 정치하는 놈들은 봐봐요. 아직도 정신을 못 차렸어."

 빼빼 마른 체구의 도수 높은 뽈테안경을 쓴 생과자공장 주인 이창호 씨가 우람하게 생긴 페인트 가게 주인에게 날카롭게 던졌다. 센베이 과자를 손가락으로 툭툭 분질러 입에 넣고 오도독오도독 씹던, 얼굴이 동글납작한 페인트 대리점 주인이 받았다.

 "원래, 정치라는 것이 그렇다네. 민심이라고 핑계를 대고 제 잇속을 챙기는 게 예나 지금이나 다를 것 없지. 소설을 쓴다는 사람이 그런 현실 정도는 파악했을 것 같은데…."

 "어이, 창호 아우? 신춘 문예에 등단했으니, 소설가님이지? 육이오 때를 생각해 봐. 일본놈들 물러가고 우리 민족이 똘똘 뭉쳤으면 이 지랄들이겠냐고요? 좌익이고 우익이고 쌈박질만 하다가 그 숙성도 제대로 안 되고 수입된 어설픈 이념이 나라를 망쳤지. 저쪽의 토지개혁은 가진 사람의 땅을 몽땅 빼앗아 버리고, 이쪽은 이 박사가 토지개혁으로 소작농들한테 불하해주니까, 제 땅을 안 빼앗기고 안 죽으려고 목숨을 바쳐서 버틴 거요. 그래도 미국의 코밑에 있는 쿠바를 공산혁명으로 뒤집어 버린 카스트로는 진짜 뭘 아는 놈 같아요. 부호들 땅을 빼앗아 소작농들에게 돌려주니, 영웅으로 추앙받는 것 좀 봐요. 그런 거 보면, 사람들의 본능을 자극하거나 이해하는 게 정치인데…."

옆에서 안주 없이 카프리 술을 홀짝거리던 정 시인이 끼어들었다. 김소월의 시를 달달 외우는 육군 대위 출신 시인이 물타기를 시도했다.

"나라가 망해도 사는 놈은 살고 죽는 년은 죽어요, 안 그렇소? 이 형."

"히틀러도 처음에는 선출되어 열정적으로 국민에게 봉사했다고 합니다. 독재는, 제 잘났다고 독주하다가 시궁창에 빠지는 법. 정부의 신뢰가 무너지면 그렇다는 본질을 말씀드리는 거외다."

"단지, 거기에서도 사람이 처한 형편에 따라 각각의 운명이 다르다는?"

형형한 눈빛을 접으며 격한 논쟁을 중지시키려는 듯 보리 선생이 나섰다.

"그만, 그만! 저기 술상이 들어오네. 사람이 천년을 살아, 만년을 살아요? 역사에서 오류는 승자의 욕망이고 무능한 위정자와 불특정 다수의 세력이 잘못된 판단을 해서 그르친 치욕이라네. 과거를 미래로 관통하지 못했으니 벌받아 마땅했겠지. 그러나 어쩌겠는가. 그것마저도 우리 민족의 운명인 것을. 어이, 자,

자 그만들 하시고 컴프리가 보약이라니 이거나 마시세."

소란스러웠던 분위기가 잠시 가라앉았다. 모두 스물 후반의 여성이 가져온 술상으로 모여들었다. 그 댁의 딸이었다. 보름달처럼 통통하고 살빛이 하얀 여성은 하얀 치마와 저고리를 입고 있었다. 머리는 한 가닥으로 묶었고 삼베 리본이 달린 그 여인에게 인해는 언니라고 불렀다. 그녀는 서울의 명문 여자대학교 국문과를 나와 서울에서 중학교 국어 교사로 근무했었다. 재작년에 돌아가신 아버지의 상방을 지키려고 당분간 휴직하고 고향에 돌아왔다.

그녀의 아버지도 일정 시기에 경성대학 의대를 나온 의사였다. 한때는 상해까지 건너가 독립운동에 투신하고자 했으나 여운형 선생께서 만류했다는.

-모두가 조국을 떠나 독립운동을 해버리면, 고향 땅은 텅텅 비어버리지 않겠나. 자네처럼 민족의식이 투철한 학생은, 조국으로 돌아가서 인술로써 얼마든지 조국에 봉사하는 것이 값진 일 아니겠는가.

하여, 고향에 돌아와서 병원을 운영하면서 마을마다 찾아다니며 가난한 이들을 치료해 주었다. 미군정청 시절에는 후생사업을 하다가 국회의원으로 진출하기도 했다. 그녀는 큰딸로 태어나 서울에서 중고등학교와 명문 여대를 졸업했으나 운명이 질곡을 만들었다.

각하가 군사 정변에 성공하여 첫 모습이 찍힌 그 사진의 인물들. 시청을 배경으로 선글라스를 쓴 각하 오른편과 왼편에 서 있는 두 군인. 소령과 대위 중 얼룩무늬 군복을 입은 왼편의 대위는 수류탄을 매달고 서부의 총잡이처럼 손을 허리춤에 올렸다. 모자챙의 그림자가 눈을 반쯤 가렸지만, 짙은 눈썹 아래 앙다문 입술이 단순 무지한 표정이었다. 그 무뚝뚝하고 거만한 얼굴을 살짝 비틀어 어딘가를 보는 눈빛이 매서웠다.

강 나루터에서 주막집을 하던 여인의 아들이었다. 고아나 진배없었던 그는 육군사관학교에서 떨어져 간부후보생 장교로 군인이 되었다. 쿠데타의 최선봉에서 각하의 그림자가 된 대위는 당연히 논공행상(論功行賞)에서 신분을 수직으로 상승시켰다. 바로 그 무렵에 피부가 하얗고 귀티 나는 손 교사를 만나 결혼했던 것. 그러나 그들 부부의 결혼은 반년 만에 파탄이 났다. 서로 손가락질을 하고 헤어졌다. 이불 속에서 벌어져 남남이 된 사연을 굳이 알아 무엇하리.

각하의 옆에서 그림자가 된 대위가 잠깐 떨어진 것은, 미국 육군포병학교에 위탁생으로 떠났을 때뿐이었다. 그로부터 두 명의 장교와 함께 조지아주에 있는 군사학교의 레인저스쿨까지 수료한 대위는, 최신의 군대교육을 받고 와서 경력이 뒷받침되었다. 중령으로 군복을 벗고 몇 계단을 훌쩍 뛰어 국회의원까지 되었다.

*

"아이고, 눈깔에 금테 두른 숭어회가 나왔네. 제철에 나온 이런 생물을 어디서 구했는가?"

"매일 시장 단골 아줌마가 그러는데, 울돌목에서 뜰채로 막 퍼담듯 잡았다는데요."

"그렇구먼, 거기는 충무공께서 왜놈들을 몰살시킨 곳이네. 물살이 무척 센 곳이라 힘 좋은 숭어들이 떼로 몰려 살아."

"그래도 낚시가 필요하지 않겠어요?"

"낚시는 속임수여서 숭어가 알고서 그냥 잡혀 줄 걸."

허허허~호호호~ 그냥 먹기가 미안해서인지 시인이 여성과 묻고 대답하고 웃었다. 모두 군침을 삼키며 둥글고 넓은 밥상 앞으로 바투 다가갔다. 썰어진 껍질에 붉은 핏빛 도는 숭어회와 미나리 초무침이 그득하게 담긴 하얀 접시를 젓가락들이 오고 갔다. 담갈색 컴프리 뿌리 담금주가 줄어들며, 아까 시끌시끌했던 논쟁은 슬그머니 점화되었다. 술잔을 들고 그쪽을 물끄러미 바라보던 보리 선생이 고개를 돌려 그윽한 눈빛으로 그를 쳐다보았다. 선생은 이미 들어서 안다는 듯 차가운 생김새와 달리 자상하게 물었다. 신문지가 치워지고 술상이 다시 중심이 되었다. 보리 선생이 좌중을 쓱 둘러보며 그에게 물음을 던졌다.

"… 졸업하고 가게 일을 돕고 있다고?"

"회사에 다니다가 잠깐 쉬는 중입니다."

"신 군? 그래, 문학의 어떤 장르를 좋아하는가?"

"고등학교 때 선생님을 도와 학교 교지에 시를 발표했습니다."

"그게 전부?"

"공업학교를 다녔어도 책을 많이 읽었더라고요. 이상과 최인훈 선생을 좋아한답니다."

그가 대답을 놓친 틈으로 한인해가 불쑥 끼어들었다. 그는 얼굴이 붉어졌다. 모두가 호기심 어린 눈으로 문성을 바라보았다.

"광장을 쓴 최인훈 말인가? 좋지. 벌써 관념과 참여라? 젊은 패기가 좋구먼. 시간 나면 자주 오게. 그렇다면 사르트르의 『구토』는 읽어보았는가?"

"아직 못 읽었습니다."

"무릇 예술에 사람의 숨 쉬는 냄새가 없다면 그건 예술이 아니지. 문학이라는 게 사람들의 온갖 짓거리를 비빔밥처럼 비벼 넣고 반추하는 걸세. 문학이 구호가 되어선 안 되겠지만 적당한 현실 참여는 필요해. 앙가주망과 우리의 토론에 술이 끼어드는 비슷한 이치 같아. 어떤가 들? 자, 일전에 논의했던 동인지 만드는 일을 조금 서둘러야 할 것 같으이. 서울에서 비용을 도와준다는 친구가 있거든. 아, 그리고 자네는 소설 한 편 써보지 않겠나? 모두 시인이 대부분이라서 처음 선뵈는 책이 너무 얇아지면 초라하게 보일까 걱정이어서."

"그래도 명색 전국에서 군 단위로는 처음 출간되는 문학지인데, 당연하지요."

"한듬 문학이라? 우리 지명의 옛 이름을 그대로 붙여 잘 지었어요."

아까는 서로 토론으로 불붙었던 과자공장 주인과 술잔에서 입을 떼던 페인트 가게 주인이 맞장구를 쳤다. 그로서는 소설을 청탁받은 것과 동인지에 실려준다는 것도 뜻밖의 일이라, 가는 방망이에 오는 홍두깨 격이었다. 호기심이 발동하여 인해를 그냥 따라나선 것인데 전혀 생각지도 않은 일에 맞닥뜨린 것이다. 문성은 콩닥콩닥 놀란 가슴을 애써 기분 좋게 참으며 가만히 있었다.

"일단은 자네가 한번 써보는 일도 좋은 경험이 될 걸세."

마흔 초반의 보리 선생은 이마가 훤하고 턱이 길었다. 약간 쉰목소리가 났으나 말을 아끼며 듣는 편이었다. 선생은 대학생 때 신탁통치 반대운동에 앞장을 섰고, 전쟁 때는 학도병으로 참전했다. 훤칠한 키였지만 다리에 관통상을 입어 약간 절름거렸다. 서울에서 고교 교사를 하다가 고향에 내려와 사슴목장을 경영하며 농촌운동을 하고 있었다.

여성 주인이 바가지에 담아온 고추와 상추를 꺼내어 가지런하게 접시에 펴 놓았다. 그들은 문학과 주변, 세상의 일을 안주 삼아 떠들었다. 잘근잘근 씹어대는 횟감과 카프리 술은 윤활유나 다름없었다. 새콤달콤한 초고추장 맛처럼 궁금증과 비유가 한꺼번에 뒤섞였다. 그는 분위기를 살피느라고 멋대가리 없이 눈동자만 굴렸다. 육군 대위로 제대한 건축자재상회 주인이 술잔을 비우더니 보리 선생을 겨냥했다.

"아무개와 형님은 어떤 사인데, 그렇게 좋아하시오? 내가 알기에는 성장 과정이나 이념적으로도 맞지 않을 것 같은데."

"희곡 쓰는 그 유명한 내 친구의 처남 아닌가. 몰랐어? 똑똑한 사람인데, 지지리도 복이 없었지. 마누라만 그렇게 안 죽었어도 좋았을 텐데…."

"형님, 예전이 반탁운동을 했던 친구들은 지금도 연락이 됩니까?"

"서울에 살 때는 자주들 만났는데, 내가 낙향한 뒤로는 점점 멀어지더라고. 신탁통치반대운동을 했던 친구들도 나중에는 서로 의견이 달라서 갈라지더라고. 음~보자, 금현읍에서 사업하는 김정대하고 몇몇 친구들은 서울 갈 때면 미리 연락하여 만나고 있지."

"유유상종(類類相從) 아닐까요?"

"그렇지도 않아, 이 사람아. 김정대라는 친구는 나하고 대학 동기생인데, 부친께서 일정 시 사업하면서 괜찮게 지낸 분이었어도 뒷구멍으로는 상해의 김구 선생께 독립 자금을 보냈다는군. 그런 분을 친일파라고 한다더군. 일본 놈들이 그토록 조선 사람들을 참기름 짜듯 들들 볶았어도 혼을 빼앗을 수 없었듯… 사람은 본디, 흑백의 잣대로 딱 잘라 구분할 수가 없다네. 완벽한 인간이 어디 존재하겠는가? 부처님이나 예수님도 사람의 몸뚱이로 살았으니까, 힘드셨겠지. 이념과 사상을 인간하고 엮어 구별하면 어려워. 거, 뭐. 다 제 나름 다른 방법이 존재할 뿐이지. 내 마음속의 일을 나도 잘 모르겠는데, 다른 사람을 누가 얼마나 속속들이 알겠는가. 사람마다 하늘과 본인 자신만 아는 일은 그저 짐작만 할 뿐이야."

✱

저녁에 집에 돌아오니, 문성의 어머니는 가게에서 낯모르는 늙은 스님과 있었다. 그리고 스님과 그를 방 안으로 들어오게 했다. 바랑 안에서 스님이 책을 꺼내더니, 그녀에게 물었다.

"아드님의 생월생시는요?"

작은 상 위의 종이에다 스님은 뭔가를 흘림 글씨로 끼적거렸다. 그녀가 가게의 작은 나무 상자 안에서 꺼낸 지폐 석 장을 상 위에 올려놓았다. 그러자, 사주를 역학으로 풀이한 종이를 들고 쉰목소리로 스님이 내뱉기 시작했다.

"아드님을 보자면요, 추운 겨울에 북해에서 솟구친 용이 나와 하늘로 승천하려고 하나 파도가 꼬리를 잡는 형국이군. 그러나 위풍이 당당하고 기질 또한 설농만인(舌弄萬人)의 관상으로 대단해."

"스님, 그 말씀의 뜻이 뭐랍니까?"

"아, 글과 언변에 조화가 있고 어떠한 난국에도 지혜롭게 잘 모면하는 재주가 있다는 말이외다. 그런데, 이거 쯧쯧~ 너무 고집이 센 까닭에 자기주장만을 내세워서 주변 사람들에게 눈총을 받는 일이 많고 남들에게 불쾌감을 줄 수가 있어. 달리 말하자면, 재치가 넘쳐 스스로 함정을 파기도 하고 무슨 일이든 벌려서 후회하기도 하는 팔자요. 오행 상으로 봐도 손윗사람에 대하여 불충하고 비방하는 상이 보이지만, 아랫사람에게는 아주 부드러운 성품일세. 아드님에게는 무궁한 조화가 있어. 마음에 뜨거운 열정이 있어서 일면 충성심이 함께 있거든. 무릇 천간에도 있듯 무슨 일이든 믿고 맡기면 물불을 가리지 않고 책임을 완수하는 사람이기도 해요. 따라서 도량이 넓어 인내하니 참을성도 있구먼. 성질이 변화무쌍이라, 한번 노기를 띠면 쉬이 풀어지질 않고 신용을 지키지 않는 사람에게는 매우 냉정하며 영원히 결별하는 독한 게 있어. 친한 사이에도 언쟁할 때는 우레와 같은 소리로 고함을 치는 습성이 있네그려. 그래도 열중해빙(熱中解氷)이라, 금방 풀어져 화해되기 때문에 주위 사람들로부터 뒤끝이 깨끗하다는 소리는 듣겠군."

"스님, 앞으로는 우리 애가 잘 되겠어요?"

"아주머니, 그걸 내가 어떻게 알겠소이까. 모든 게 제 마음에서 오는 거요, 마음. 하늘의 괴강(魁罡)에 해당하니 남을 낮춰보는 자만한 심성이 있어서 남들한테 오해를 사는 수가 많아. 이런 점만 보완하면 결국은 천부적 복록이 있어서 주위로부터 인정을 받아 크게 성공할 거요. 이런 사주는 육친 운이, 말하자면 화중지병(畵中之餠)으로 부모의 유산이 별로이고 본인 스스로 장래를 개척하는 팔자요. 그리고 고향보다는 타향, 타향보다는 타국에서 운세가 더 좋아. 금전 운도 직업에 따라 차이가 있으나 초년이 중년보다 낫고 중년보다는 말년 운이 더 좋다고 나와 있소이다."

"스님? 애가 건설회사에 다녔는데, 앞으로 직업은 어떻게 된답니까?"

"으흠, 직업은 억세게 힘든 직종을 선택해야 좋아요. 이를테면, 군인이나 판검사, 정치인과 언론인이 적합합니다. 장가는 늦게 가는 게 낫겠어. 젊었을 적에 만나는 이성은 결혼으로 이르기가 어려워."

✽

긴 머리를 뒤로 묶었던 한인해는 단발머리로 확 변했다. 〈로마의 휴일〉에 나오는 외국 여배우처럼. 머리모양이 바뀌니 목은 더 길어 보여 다른 모습이었다. 맑은 하늘에서 내리쬐는 햇볕이 뜨거웠다. 그녀는 삼거리 주유소 옆길에 나와 있었다. 청바지와 소매를 걷은 하얀 블라우스 차림이었다. 문성은 검정 바지에 노랑 점퍼를 입었다. 그녀는 웃는 얼굴로 문성을 바라보았다. 수줍은 듯하면서도 당돌한 여성이었다. 앳된 대학생이 깔깔대며 어른들의 대화에 툭툭 끼어드는 용기가 부러웠다. 곱슬 진 단발머리가 인해의 목덜미를 더욱 길게 드러냈다. 문학모임에서 만남을 계기로 둘은 따로 대화할 기회도 더러 있었다. 그래서일까. 존칭어의 끄트머리가 부러지고 반말이 뒤섞여 친밀함이 두터워졌다.

"어머, 조금 늦었네?"

"일 좀 도와드리느라고요."

"그런데, 보리 선생이 말씀하신 거? 소설 있잖아? 그거 처음이라며? 어려울 텐데, 쓰고 있어요?"

"시작은 하고 있는데, 어렵네요."

"쓰고 있다고! 대단하다, 정말?"

장미꽃처럼 활짝 웃음으로 펴진 인해는 자기의 일처럼 기뻐했다. 환하게 밝은 그녀의 얼굴이 그의 마음으로 쏙 들어왔다. 기본적으로 소설을 배운 바도 없고, 막상 쓰려고 들었지만 어려웠다. 밤새 원고지와 싸웠지만, 칸을 채우고 나가기가 쉽지 않았다. 가난한 청년이 여동생과 작은 도시에서 자취하며 고리대금업 회사에 다닌다. 몇 달 치 봉급을 받지 못한 상태에서 청년이 전전긍긍하는 모습에서 더 나아가지 못했다.

읍내에서 멀어질수록 보리가 패어 누런 들판이 깔려있었다. 멀리 용마산의 기암괴석들은 연초록으로 숨어들어 산빛을 뽐냈다. 구구구~ 산비둘기 우는 소리가 들렸다. 산자락에 피어오르는 아지랑이가 그들을 불렀다. 햇덩이는 점점 뜨거워져 불꽃을 만들어 금방이라도 보리밭을 태워버릴 것 같았다. 나란히 걷다가 시선이 마주치면 서로 민망한 듯 외면하곤 했다.

콧노래를 흥흥거리던 인해가 먼저 노래를 불렀다. ♬보리밭 사잇길로 걸어가면/뉘 부르는 소리 있어/나를 멈춘다/옛 생각이 외로워 휘파람 불면/고운 노래 귓가에 들려온다/ 돌아보면 아무도 보이지 않고/저녁노을 빈 하늘만 눈에 차누나/♬

전쟁 때 만들어진 가곡은, 그 무렵의 여성 가수가 불러 다시 널리 퍼졌다. 그들은 한없이 펼쳐진 보리밭 이랑들을 지났다. 조금씩 멀어지던 읍내는 벌써 아스라해졌다. 산들거리던 기운을 밀어내고 눅눅한 바람이 불어왔다. 누르스름한 보리포기들이 파도를 치며 일제히 일렁거렸다. 떠 있던 구름 조각들이 짙은 잿빛으로 모아져 몰려오고 있었다. 하늘이 안면을 금방 가맣게 바꾸더니 어둑해졌다. 후득, 후드득. 금세 빗방울들이 툭툭 떨어졌다. 빗방울은 빗줄기로 변하여 그들을 휘감았다. 두 사람은 숲속을 향하여 달렸다. 이제 그들이 떠나온 읍내의 모습은 빗줄기에 가려 아득히 멀어졌다. 헐떡이는 인해가 숨을 내뱉으며 말했다.

"아, 숨차네. 이왕에 비 맞은 거 조금 천천히 가."

"그래요."

뒤에서 들려온 인해의 거친 숨소리가 그에게는 자신의 심장 박동으로 느껴졌다. 서로 눈빛이 부딪쳤다. 그녀는 겸연쩍은 듯 고개를 살짝 옆으로 돌렸다. 마을과 들판이 이어진 한 가운데쯤이었다. 손 닿을 듯 가까운 곳에 큼직한 물체가 나타났다. 집처럼 생긴 창고였다. 문성은 뛰어가 시멘트블록으로 지어진 건물의 문짝을 손으로 밀었다. 양철로 씌워진 문이 열렸다. 안도의 숨을 내쉰 그는 뒤돌아서 그녀에게 손사래를 쳤다.
"됐어요, 들어가도 되겠네."
 건물은 창고였다. 벽 쪽으로 농기구들과 경운기가 있었고, 둘둘 말아진 멍석들과 비어있는 가마니들이 쌓여 있었다. 바깥의 빗줄기는 세차게 내렸다. 양철지붕을 때리는 소리가 요란했다. 두 사람의 옷은 젖어 있었다. 블라우스가 살갗에 들러붙어 가는 허리와 볼록한 젖가슴이 드러났다. 그제야 고개를 숙여 자신을 살펴보며 난처한 눈빛을 벽 쪽으로 돌렸다. 문성은 편편한 바닥에 쌓아놓은 가마니 두 장을 내려다 깔았다.
"옷이 빨리 말라야 할 텐데…."
"비가 얼른 쉽게 그칠 것 같지 않네. 마를 동안 좀 앉아요."
"저기, 그냥은 얼른 안 마를 텐데. 남자니까 벗어서 짜면 빨리 마르겠네."
 이름 대신 저기로 부른 인해의 주문에 문성은 무슨 생각이 들었는지, 돌아서 소매를 둘둘 걷어 입었던 긴팔 셔츠를 벗어 불끈 쥐어짰다. 물방울이 툭툭 떨어졌다. 셔츠를 탈탈 털어서 다시 팔을 끼어 입었다. 인해는 돌아서서 망설이더니 그냥 앉아 있었다.
"그대로 입고 있으면 감기 들 텐데… 안 볼 테니까, 나처럼 이렇게 짜서 다시 입어도 되는데."
 문성이 돌아서 한참 있자, 인해도 돌아서서 블라우스를 벗었다. 브래지어가 드러났다. 그리고 얼른 다시 입었다. 옆 눈길에 찰나로 잡힌 하얀 윤곽의 살빛. 빗소리는 여전히 양철지붕을 두드렸다. 아까부터 그의 심장은 콩닥콩닥 뛰었다. 그들은 아무런 말도 없이 펼쳐진 가마니 위에 앉아 있었다. 그런 침묵, 침묵 속에서 진행되는 내밀한 언어의 소통과 부재. 아까보다는 더 가까이 다가앉았던 그의 몸이 점점 더워졌다. 목구멍과 입안이 갑자기 메마른 느낌이 들었다. 여전히 가슴이 두근거리며 아래가 뜨거워졌다. 슬쩍 돌아보니 뭔가 어색해하는 인해의 얼굴빛이 발그레했다. 뛰는 가슴을 억누르지 못한 욕망이 고개를 들었다. 문성은 그녀의 손을 슬그머니 잡았다. 손가락이 파르르 떨리던 그녀는 왠지 가만히 있었다. 문성은 그 자신도 모르게 힘이 솟아나 인해의 등을 감싸안았다.

둥그런 이마 아래 길쯤한 얼굴의 길고 반듯한 콧날, 두둑한 아미에 돋은 짙은 눈썹 아래 둥근 귓바퀴가 턱선에 달려 있고 분홍빛 입술. 까맣고 긴 속눈썹이 보여주는 해맑은 눈. 그녀의 까만 눈 속으로 그는 빨려들었다. 티 없이 잔잔한 호수였다. 인해는 눈을 감았다. 고르지 못한 숨소리가 그의 귓전을 타고 온몸으로 짜르르 들어왔다. 입술이 입술에 붙어 밀착된 몸은 한결 뜨거워졌다. 그의 손이 서투르게 그녀의 가슴으로 옮겨가 더듬거렸다. 인해가 감았던 눈을 뜨며 살며시 얼른 몸을 뺐다. 격정적인 욕망의 뜨거움이 시들어졌다. 문성은 겸연쩍은 표정으로 쑥스러운 듯 고개를 수그렸다. 부끄러움과 황홀한 기쁨이 지진의 여진처럼 남아있어도 서로 침묵이었다. 아쉬움이 멈춰 있던 순간을 수습하여 그들은 다시 일어났다.

"비가 그쳤나?"
"소리는 안 나는 것 같은데…."
내밀한 대화와 입 밖으로 튀어나온 말소리는 엇박자였다. 말과 마음이 일치되지 않은 것은 누구의 탓도 아니었다. 입맞춤으로 그들의 마음을 결합하는 데는 무리였다. 감정은 휘발성이 있는 것이므로 가능성은 열어두었다. 그렇지만, 기억의 무늬는 늘 물결 위로 번지는 파문처럼 남아 있었다.

*

 가게 일을 보면서도 문성은 쫓기는 마음으로 원고지를 메꾸었다. 그의 머릿속에는 이상의 단편소설「날개」를 벗어나지 못했다. 모방에 가까운 틀을 유지했고, 등장인물을 여럿 집어넣어 서사의 흐름만 바꾸었다. 원래의 구상은 중심인물이 무직의 청년이었지만, 다시 사채업자의 하수인으로 정했다. 무엇보다 문장이 마음대로 쓰여지지 않았다. 그러나 시일이 촉박했다. 진즉에 동인지 원고 마감일이 정해졌기 때문이었다.
 … 지금 몇 시나 되었을까? 째깍거리는 책상 시계의 두 바늘이 부채꼴을 만들었다. 세시 십오 분 전. 이처럼 나는, 아니 사람들은 시간의 노예가 되고 있었다. 벌써 오늘이었다. 참, 연탄불? 나는 문을 열고 고무신에 발을 담았다. 그리고 바깥 연탄광에서 연탄집게를 집어 들고 부엌으로 들어섰다. 뭉툭한 백열전구는 길디긴 형광등보다 눈치 한번 빨라서 좋았다.
 그런데 뭔가가 어른거렸다. 앗, 쥐였다. 불을 켠 순간, 아궁이 옆에 쭈그리고 있던 그놈은 토끼만큼 큰 몸짓이었는데, 놀라서 나를 쳐다보았다. 놈은 쭈르르 큰방 부엌과 우리 부엌 중간의 판자벽으로 달려가면서 다시 한번 나를 흘끗 쳐다보았다. 음지 동물만이 가질 수 있는 예리한 눈빛이 불빛에 반사되었다.

나는 재빨리 연탄을 부엌 바닥에 내려놓고 연탄집게를 쳐들었다. 허나 그놈은 내가 그럴 줄 미리 알았다는 듯 대가리를 갸우뚱거리며 판자와 판자 틈새로 쏘옥 사라지고 말았다. 나는 멍하니 정신병자처럼 서 있었다. 그리고 제정신으로 돌아와 집게로 둥근 두꺼비통을 집어 올려 연탄불을 살펴보았으나 아직 벌겋게 달아있어서 갈지 못하고 방으로 들어왔다.

 늦잠을 잤다. 식은 밥을 뜨거운 물에 말아 먹으려고 부엌으로 통하는 미닫이를 열었다. 아, 그런데 또 그놈이 아궁이 옆에 있질 않는가. 놈은 천연덕스럽게 내게 눈을 끔벅거리며 다시 틈새로 숨어버렸다. 분명 꿈이 아니었다. 그 눈빛. 물론 놈은 경계의식을 가진 눈으로 나를 두 번이나 보았으면서도 전혀 개의치 않았다. 그러니까 놈은 진즉부터 나의 존재를 알고 있었으면서 이제야 정체를 드러낸 것이 분명하다. 나는 근원도 알 수 없이 기분 잡치는 공포와 형용할 수 없는 늪에 빠져드는 것 같았다. 그런데 놈을 처음 맞닥뜨렸을 때 보지 못하였던 점을 발견하였다. 짙은 잿빛 털의 윤기가 가시고 척주를 중심으로 세로로 길게 반쯤 벗어진 점이다. 보통 쥐보다 훨씬 큰 늙은 쥐임이 틀림없었다. 아무튼 놈은 배짱 좋게 만물의 영장을 능치며 천연덕스럽게 흘기는 여유까지 부리고 돌아갔다. 나는 뭔가 놈에게 위압을 당한 것이 분명하다. 그러면서 사장의 모습이 불쑥 스쳐 지나갔다. 비례하여 인간세계가 지닌 계급적 직업의 세분화가 밑바닥으로 맴도는 나를 확대된 모습으로 다가왔던 것이다. 나의 외연적 확대는 나의 내면적 축소였다. 교만 방자하고 젠체하는 사장놈에게 현실적으로 도전할 수 없는 나의 콤플렉스가 내 심장 깊숙이 작용하고 있었다.

 의식의 흐름을 원고 중간에 묘사하여 넣었다며 제 딴에는 그럴싸해서 으쓱해졌다. 인해가 가게를 들렀을 적에 잠깐 보여주었다. 인해는 자기의 일처럼 펄쩍펄쩍 뛰면서 얼굴에 흐뭇한 웃음이 가득했다. 솔직한 마음 씀씀이가 그에게 힘을 보탰다.
 "그렇다니까, 문성 씨는 정말 대단하다아. 나는 수필 하나 쓰는 것도 얼마나 힘이 들었는데, 이 길고 두꺼운 걸 다 쓰다니."
 "처음 써본 건데요, 보리 선생님께 꾸중이나 안 들어야 하는데…."
 "무슨 소릴? 이건 사건이지. 우리 이렇게 있을 게 아니라, 문학회 사무실로 가보자고요. 아마 보리 선생님이 계실지도 몰라. 요즘 신문사 일을 거기서 하시더라고."
 원고지를 들고 있던 그녀는 깔깔깔 웃으며 손사래를 쳤다. 그는 못 이기는 척 인해를 따라 걸어서 문학회 사무실로 갔다. 솟을대문이 활짝 열려있는 집 마당에 들어섰다. 감나무의 이파리들이 제법 짙푸르고 칙칙해졌다. 대청마루에 몇 사람이 차를 마시며 앉아 있었다. 문성은 그들에게 고개를 숙였다.
 인해가 원고를 정중하게 보리 선생에게 내밀고 옆으로 물러나 앉았다. 검고 굵은 테의 안경 너머로 그를 바라보던 보리 선생을 그들이 바라보았다. 신문을 덮어 한쪽으로 밀어놓고 원고지를 한 장씩 넘기던 선생이 입을 뗐다.
 "신 군? 급하게 쓰느라고 애를 썼구먼그래. 그런데 말일세, 내가 늘 말하지 않았던가? 운문과 달리 산문은 다듬을수록 좋아지는 거라고. 목수가 나무를 다듬듯 톱질하여 깎고 다듬고 페이파로 열심히 무두질하면서 최선을 다해야 좋은 작품을 만들 수 있다네."

"선생님, 문성 씨가 가게 일을 제쳐두고 밤낮으로 그것만 썼답니다."

"아무튼 아직 수필 몇 편이 안 들어왔고, 원고 마감 날짜가 조금 남았으니 내가 다시 읽어봄세."

보리 선생은 그녀의 말을 흘려들으면서 담담한 표정이었다. 며칠이 지나서 아침 일찍 가게에 들른 인해가 보리 선생께서 보잔다고 전했다.

"같이 못 가서 미안해. 엄마하고 어딜 가야 하거든."

보리 선생의 주택은 읍내 끄트머리 동네의 산 아래에 넓게 자리를 잡고 있었다. 일본에서 사업하고 있는 친척이 자본을 대어 사슴목장을 하는 까닭이었다. 포도 넝쿨이 감아올린 돌기둥들과 안마당을 지나 길게 앉은 주택이었다. 서재에는 책들이 빼곡하게 가득 찬 서가며 서예 편액들이 걸려있었다. 소전(素筌)의 전서체며 고풍스러운 소치(小痴)의 설경산수(雪景山水) 족자가 벽을 등졌다. 남쪽 창문 아래로 길게 드러누운 옻칠한 문갑 위에는 벼루며 다기들과 백자 매병이 놓여 있었다. 보리 선생은 잠옷 차림으로 원고지를 내놓으며,

"쓰느라고 신 군이 고생했구먼. 소설을 원고지에 처음 쓴 것이라 하지만 나도 교정하느라고 애를 먹었네. 이것 봐! 색연필 한 자루가 다 닳았어. 그래도 그 나이에 처음으로 소설을 썼다니, 대단해. 이걸 다시 원고지에 옮겨서 사무실로 가져오게나."

종이 껍질이 거의 벗겨진 빨강 몽당연필을 보여주었다. 튀어나온 콧날에 걸린 안경 너머로 그를 바라보는 보리 선생의 형형한 눈빛은 단호했다. 그는 그 무게감에 짓눌려 서늘한 느낌이 들었다. 그럴 수밖에 없는 것이, 원고지의 교정부호와 표시들이 거의 매장마다 붉은색으로 찍혀있었기 때문이다. 문성은 창피하여 얼굴이 뜨겁게 붉어졌다. 혼자서 오기가 얼마나 다행인가. 만약에 한인해와 함께 와서 이런 소리를 들었다면, 쥐구멍이라도 찾아야 했을 거라는 생각이 들었다.

✳

읍내에서 알게 된 문성의 친구는 건들거렸다. 그 친구의 아버지는 6.25전쟁 때 백마고지 전투에서 적의 총알이 볼을 스쳐 상이군인이 되었다. 그래서 볼과 윗입술이 찌그러져 웃어도 얼굴은 묘하게 일그러졌다. 친구의 아버지는 서울에 사는 군대 친구의 도움에 힘입어 얻은 종잣돈으로 영사기와 트럭을 개조하여 이동 영화반을 만들어 큰 마을들을 샅샅이 돌아다녔다. 읍내에 극장까지 지어 돈을 많이 벌게 되어 본부인 말고도 두 번째 부인까지 얻었다. 딸만 여럿인 그는 둘째 부인에게 얻은 아들인 친구를 귀하게 키웠다.

그러나 공부를 팽개친 아들을 집안에서도 어찌해 볼 도리가 없었다. 자전거를 타고 돌아다니던 그 친구는 가끔 그의 가게에 놀러 왔다. 의자에 앉아 다리를 꼬며 해태 비스킷을 아삭아삭 씹어 삼키던 친구가 말을 던졌다.

"이야? 심심한데 우리 진짜 군대나 가버릴까?"

자전거 뒷자리에서 둘둘 말아온 포스터를 꺼내 오더니 그의 코 앞에 들이댔다. 육군 특수직군 부사관모집 광고였다.

"그걸 어디서 가져왔냐?"

"읍사무소 게시판에 두 장이나 붙어있길래 한 장 떼어왔어. 짜식들, 없으면 또 붙여놓겠지, 뭐."

"부사관이라니? 그거 직업군인이지 않냐?"

"그렇긴 한데, 우리 외삼촌이 방첩대 장교로 근무하고 있어서 내가 알아. 내가 물어봤거든. 조 빠지게 졸병으로 삼 년 복무하는 것보다 일 년만 더 하고 복무 기한이 다 되면, 제대하든 말뚝을 박든 그건 선택사항이라는 거야. 그런데 말이지, 삼촌 말씀은 기가 막히게 당기는 게 있어야. 사복 근무는 기본이고 직업군인 봉급 받지, 권총을 차고 다닌단다. 끗발은 중앙정보부하고 맞먹는다는 거지. 말이야 부사관이지, 실상은 일반부대 장교보다 대우가 낫다고 삼촌이 필기시험만 붙으라고 몇 번이나 연락이 왔었어."

극장집의 아들이 심각한 얼굴로 그에게 말했다. 친구는 시시콜콜 들었던 내용을 침을 튀겨가며 문성에게 지껄였다. 아무런 정보도 몰랐던 군대 이야기를 그는 상상으로 새겨들었다. 친구가 알려주어 오히려 고맙게 느껴졌다. 부유한 집안의 친구가 대학 시험에서 떨어져 군대는 도피처이겠지만, 막막한 그에게는 살짝 비치는 희망이었다. 그것은 일종의 유혹이었다. '야, 심심하니까, 세상이 재미가 없어! 우리 씨발, 군대에나 가버릴까?' 가끔 친구가 했던 말은 그에게 밑밥이었던 셈이다.

1차 신체검사, 2차 필기시험, 3차 면접시험까지 몇백 대 일의 경쟁을 뚫고 붙은 일도 운명이었다. 친구는 시험에서 떨어졌다. 친구가 나중에 3사관학교로 들어갔다는 편지를 받았다.

*

문성은 짐바리 자전거를 끌고 환갑 잔치하는 집에 다녀왔다. OB맥주 한 상자를 배달 해주고 오는 길이었다. 가게에서 인해가 기다리고 있었다.
"어디 가세요?"
"저기 중앙극장에서 개봉 영화가 들어왔는데, 가볼까 싶어서요."
"무슨 영화인데요?"
"닥터 지바고?"
"아, 그거 유명한 소설인데."
"오마 샤리프가 나온다고 친구들이 많이 보았대."
"어떤 영화에 나왔던 여배우예요?"
"어머, 몰랐어요? 콧수염 있는 남잔데!"
"아이고."
"눈이 까맣고 애수에 잠긴 지적인 스타일."
"아 맞다. 내가 헷갈렸네요. 비우(悲雨)에 나오는 그 여자로 알고…."
"카타린 드느브? 황태자로 나오는 오마샤리프의 상대역이었지. 그거 상영한 지 얼마 안 되었는데, 누구하고 봤어요?"
"친구요, 극장집 아들하고…, 난 시간이 저녁 시간밖에는 안 되겠네요."

"그럼, 저녁 먹고 가야겠네. 이따 매표소에서 봐요."

그가 우물쭈물 망설일 때, 인해는 언제나 시원시원하게 즉시 결정을 해버렸다. 가게를 어머니에게 맡겨두고 그는 빠르게 걸었다. 어두워져서 거리에는 군데군데 가로등 불빛이 돋아났다. 친구네 2층 극장 건물은 커다란 네모 간판을 붙이고 있었다. 맑고 강렬한 눈빛과 잘 다듬은 콧수염의 이국적인 남성 옆으로 초췌한 여인들의 옆얼굴이 그려져 있었다. 그는 그때야 금발의 푸른 눈을 가진 여배우가 생각이 났다. 외국인들의 비슷비슷한 얼굴과 금지된 사랑이 죽음을 가져온 영화의 장면들과 함께.

두 사람은 맨 뒷줄 아랫줄 오른쪽에 자리를 잡았다. 그는 통로 쪽이었다. 야야야 야야야♬ 차차차, ♬너도 진로 나도 진로 진로 ♪야야야 야야야 차차차~ 향기가 코끝에 풍기면 혀끝이 짜르르하네~ ♪술술 진로소주 한 방울 파라다이스 희망찬 우리들의 보너스 ♬진로 한 잔이면 걱정도 없어~. 진로(眞露) 소주의 만화 광고가 끝나고 대한뉴스가 '시네마스코프 총천연색' 영화를 화면에 투사했다.

제정 러시아의 귀족들이 벌이는 호화로움, 의사와 아가씨의 연애, 사랑의 엇박자가 물리고, 틈틈이 들리는 영화 테마음악, 눈 몰아치는 끝없는 벌판, 볼셰비키 혁명과 1차대전의 암운이 깔린 배경, 레닌의 대형 초상화, 도시의 군중이 열차로 몰려들고, 붉은 깃발들을 달고 설원을 달리는 열차, 오마샤리프의 슬픈 눈빛과 콧수염에 눈보라가 엉키고 애달픈 사랑의 종착역은 과거의 회상.

남녀가 가끔 사랑을 나누는 장면이 나오면 그는 고개를 옆으로 돌렸다. 침이 삼켜지며 열띤 나머지 한인해의 손을 슬그머니 잡았다. 그녀는 고개를 돌리지 않고 앞을 본 채로 손을 놔둔 채 가만히 있었다.

영화가 끝나고 그들은 빵집에 들러 우유를 마셨다. 영화에서 보았던 여러 장면에 관한 이야기가 두서없이 꼬리를 물었다. 주로 인해가 말하고 문성이 고개를 끄덕였다.

"난 아버지를 엄마와 언니가 함께 찍었던 사진으로만 기억해. 나는 유복자였거든."

인해가 입을 열기 전까지 그는 그녀의 집안에 대하여 별로 관심을 가지지 않았다.

"전쟁 때 죽었다는데, 엄마는 누가 그런 이야기를 꺼내면 다른 말로 무질러버리곤 했어. 그렇겠지, 뭐. 죽은 분을 생각하면 뭣하겠어. 지금껏 바느질로 고생고생하면서 우리를 키워오신 현실만 아프지 뭐."

인해가 조심스럽게 그를 빤히 쳐다보았다.

"군대에 간다고?"

"그렇게 되었어요."

"우리 육촌 오빠도 동부대학을 졸업하고 그냥 장교로 들어갔거든."

"육촌?"

"우리 한 씨니까, 이름이 병식이, 병식. 병신 아니고. 호호호~."

인해는 묻지도 않은 말을 불쑥 꺼내며 뭐가 우스운지 깔깔거렸다. 원래 구김 없이 타고난 성격이라 그가 가까워졌다고 스스럼없이 털어 놓았다. 이성끼리 가까워지려면 조신하게 다가와야 하지 않을까. 그것은 문성의 생각이었다.

*

 보리 선생은 그가 군문에 지원 입대한다는 말을 인해에게 전해 듣고 자못 걱정스러워하는 눈빛이었다. 인해 역시 걱정스럽기는 마찬가지였다. 선생은 늘 하던 버릇처럼 손바닥을 마주 붙여 기도하는 모양새로 그에게 물었다.
 "신 군? 군대 생활을 하다가 그냥 직업군인이 되는 건 아니고?"
 "장기 부사관이라 병사의 군복무 기간보다 일 년을 더 하게 됩니다."
 "하기야 일 년을 더하고 편하게 한다고는 하지만, 문학을 하는 예민한 사람이 군대 생활에 잘 적응할지 걱정되구먼."
 "아이고, 형님. 뭐 군대 생활 그까짓 것 후딱 가더라고요. 전쟁과 평화 같은 소설처럼 경험을 바탕으로 뭔가를 쓸 수도 있지 않을까요?"
 말이 채 끝나기도 전에 페인트 가게 주인인 시인이 거들었으나 보리 선생은 단호했다.
 "그래도 그게 아닐세. 자네야 의무병으로 제대했지만, 직업군인은 달라. 문학은 불온한 시대를 찌르는 반역의 에너지를 품고 있거든. 조직에 속해 있게 되면 자기의 목소리를 낼 수가 없어. 더구나 그 조직이 무지막지한 군대라고. 조직의 타성에 젖게 되면 문학은 점점 멀어지게 될 걸세."

✱

 그의 훈련 중에 남쪽과 북쪽은 공동성명을 발표했던 터. 서로의 탐색전이었다. 한쪽이 훨씬 강했다면 이루어지지 않았을 낯익은 방법이었다. 정보교육을 받고 나서 동해안에서 근무했을 때도 간첩은 암암리에 오고 갔다. 몇 년 전에 무장한 공비들이 침투했던 지역인지라 여느 후방지역보다 공안기관이 득세했다.
 그에게 처음에 임시로 맡겨진 업무는 지방방송국이었다. 3주일 동안 날마다 방송국에 나가 뉴스 내용을 사전에 검열하는 일이었다. 직원이 가져온 뉴스의 원고에 정부와 각하의 심기를 거슬릴 만한 내용은 즉시 빨간 줄을 그어야 했다. 중앙의 뉴스가 끝나자마자 지방 뉴스가 이어지는 대목이 그를 긴장시켰다. 나중에 대공 부서로 옮겨갔지만, 이념과 정치는 부대 업무의 기본이었다. 군인이 민간인의 삶을 감시하게 되는 괴리와 모순은 당연시되었다. 그런 일들은 시간이 감에 따라 점점 개인의 자유와 집단의 힘이 부딪치는 대칭점을 만들었다. 그렇지만 완강한 조직 속에서 날마다 세뇌되도록 업무와 교육을 받다 보면, 대단한 자부심과 긍지마저 묻어왔다. 군대는 역시 계급사회였다. 권력은 자신의 것이 아니었다. 자신은 한낱 거대한 조직의 부속품에 불과했다. 그럴 때마다 자부심이라고 여겨졌던 긍지조차 시간이 지날수록 와르르 무너져 간 느낌이었다.
 부대 안에서 부사관과 장교의 처지는 확연하게 달랐다. 똑같이 목숨을 담보로 하는 직업군인임에도 다달이 받는 급료의 차이가 뚜렷했다. 그는 그럴 줄 알았더라면 친구처럼 장교를 지원

하거나 병사들처럼 징집된 편이 훨씬 나았으리라는 후회가 들었다. 그렇지만, 봉급을 아껴 어머니에게 부치겠다는 약속이 발목을 꽉 움켜쥐었다.

16
시간을 머금은 눅진한 기운

 들판 한가운데는 긴 쇠꼬챙이를 박아 놓은 듯 높다랗게 철탑이 솟아 있었다. 검문소에서 행촌산성으로 가기 전 신작로의 왼쪽이었다. 성깃하고 뾰족하게 하늘을 찌른 방송중계탑을 촘촘한 철책이 빙 둘러막았다. 중계탑을 지키는 작은 건물에는 직원이 있었다. 시설물은 Ⅱ급〈국가보안목표〉였다. 불순분자들에 의한 점거나 테러 따위를 예방하기 위한 정기적 순찰 또한 그의 일이었다. 신문성은 출입문 밖에 타고 온 오토바이를 세워 놓았다. 그리고 하늘을 찌르는 바벨탑의 짝퉁을 한참 동안 쳐다보았다. 사무실로 들어가 작업복을 입은 직원에게 묻고 철탑을 한 바퀴 돌고 나서 확인을 받았다.
 그는 이어서 오토바이를 몰아 행주산성 쪽으로 달렸다. 바람을 가르는 속도가 꽁무니에서 흙먼지를 뽀얗게 일으켰다. 오토바이는 준마처럼 산성을 휘돌아 나갔다.
 강물이 흘러가다 하류의 오른쪽에 툭 튀어나온 곳에서 주춤거렸다. 그 곳을 딛고 행촌산성이 우뚝 서 있었다. 장군과 백성은 피를 흘려 왜군의 침략을 막아냈다. 부녀자들이 치마에 돌과 무기를 날랐고 남자들은 피를 흘려 지켰다. 그곳은 왜군을 물리쳤던 슬픔과 역사가 박혀 있었다. 산성의 안팎 마을은 행정구역으로 분리되었다. 행촌내리는 성벽의 안쪽 마을, 성벽의 바깥에 흩어져 있는 마을은 행촌외리였다. 당연히 마을 이장도 두 사람이었다.

성벽의 낭떠러지 밑을 감돌아 한강의 하류였다. 유유히 흘러가는 강줄기는 서해로 빠져나가고 있었다. 비가 그치자, 햇볕이 쨍쨍한 하늘은 더없이 맑고 뜨거웠다. 나루터에는 빈 배 한 척이 묶여있었고 서너 채의 집은 드문드문 성벽을 등지고 있었다. 주로 민물매운탕을 파는 식당이었다. 관광객을 상대로 살아가는 이들은 강물에 인생을 팔았다. 그물을 던지거나 낚시로 건져진 메기, 가물치, 붕어, 장어 따위로 살아갔다. 그중 딱 한집은 Ⅲ급 사찰 대상이었다. 아버지가 전쟁 무렵 민청으로 활동하다가 행방불명되었다. 죽었는지 살았는지 몰라도 만약에 북쪽에서 간첩으로 내려온다는 가설이-가족을 만날 것이라는 대남 공작의 그물망이었다. 그런 사례들이 많아서 어떠한 공식으로 작용했다. 한강 하류는 어둠을 타고 물속으로 침투했던 루트였다. 그렇다고 한들, 죄 없는 가족은 낚시의 떡밥이 되어 물고기의 아가미는 미늘에 꿰일 터.

*

그는 속도의 바람에 날리는 몸과 달리 헬멧을 쓴 머리털이 갑갑하게 느껴졌다. 맘대로 기를 수 있다지만, 정도껏 유지했다. 머리를 기르고 사복을 입는 이유는 군인의 신분을 민간인으로 위장하는 수단이었다. 깎은 지가 오래되어 장발에 가까웠다. 스치면서 보아둔 이발관을 들렀다. 이발관 앞에 성긋한 미루나무 가로수의 이파리들이 바르르 떨었다. 김 순경이 다닌다던 이발관이었다. 김 순경은 정보과 형사라 외모에 신경을 쓰는 멋쟁이였다. 싱글 신사복은 기본이고, 점퍼라도 안에는 꼭꼭 넥타이를 맸다.

신문성은 미닫이문을 드르륵 열었다. 하얀 가운을 입은 이발사가 신문을 보다가 말고 포마드를 바른 머리로 쳐다보았다. 여남은 평쯤 되는 공간은 잇대어 붙인 커다란 거울과 의자 둘. 구석진 곳에 하얀 타일을 붙인 세면대와 긴 의자가 놓여 있었다. 벽에는 남성들의 다양한 머리 스타일의 사진 액자가 붙어 있고, 싸구려 거친 붓질의 유화가 걸려 있었다. 나그네가 절벽 밑 아슬아슬한 길을 따라 호수를 휘돌아 가는 풍경이었다. 그런 그림들은 판화로 찍어내듯 시골 이발관 어디든 거의 걸려 있었다. 하얀 앞가리개를 그의 목에 두르면서 이발사가 대뜸 물었다.

"새로 오신 검문소 대장님 맞죠?"

"어떻게?"

"김 순경님이 어제 이발하고 갔걸랑요."

"김 순경님은 자주 오세요?"

"그럼요, 이발 안 할 때도 와서 의자에 누워 한숨 자기도 하고요."

"사장님은, 이곳에서 개업하신 지가?"

"한강 둑이 있는 해안 철책선에서 이발병으로 근무하다가 제대했거든요. 그전에 장인 어르신이 죽 하시던 자리였는데, 결혼하고 바로 이 자리에서 한 칠팔 년 됐나. 여기가 처가 동네라서…."

"그럼 군대 생활하던 이곳에서 부인을 만나신 게로군요?"

"헤헤헤헤~ 그렇게 된 셈이지요."

"이발을 잘하신다고 들었습니다. 옆머리를 깊이 파지는 마시고."

사각사각 머리칼 잘리는 소리는 묘하게 그의 심신을 안정시켰다. 잘강잘강 머리털이 잘리는 바리깡보다 사각사각 가위질로 다듬어 주는 느낌이 좋았다. 이발사의 솜씨는 부대의 이발병보다 훨씬 나았다. 이발사는 심심했는지 아니면, 원래 직업적으로 얻은 습성이었던지 낯을 가리지 않고 묻지도 않은 수다까지 떨었다. 그는 불현듯 지역의 터줏대감 격인 김 순경이 이발관 주인을 경찰정보망으로 활용하고 있을지 모른다는 생각이 스쳤다. 의자와 함께 뒤로 그가 뉘어졌다. 이발사는 거울 아래 긴 서랍장에 붙어있는 넓고 긴 가죽 벨트에다 면도칼을 스윽 슥 문질러 갈았다. 이어서 하얀 비누 거품을 솔에 잔뜩 묻혀 턱언저리부터 쓱쓱 발랐다. 눈을 지그시 감은 그는 모가지에 신경이 곤두섰으나 그뿐. 또 다른 생각이 슬며시 머릿속으로 엉켜 들었다.

이제부터 사람들과 접촉하여 도움을 받아야 했다. 사찰 대상자 가족들의 동향을 파악하자면, 지역 사람들에게 도움을 받을 수밖에 없다. 보고서에서 요구하는, 누가? 언제? 어디서? 무엇을? 어떻게? 왜? 육하원칙을 충족시키려면 짐작만으로는 안 되었다. 동해안에 근무할 적의 선임들은 담배 가겟집의 할머니까지 정보망으로 활용했었다. 사람이 사람을 관찰하여 감시하는데, 그 주변의 사람보다 정확히 알 수 있는 방법은 없다. 그는 일상의 자잘한 일조차 업무의 연장선이라는 생각이었다. 일을 함에 있어 어떤 것 하나라도 소홀히 다루면 안 되었다.

행촌 내리나 행촌 외리를 막론하고 북쪽이 지적이었다. 전쟁 전후로 월북자가 많아서 사찰 대상자만도 여러 명이었다. 성벽 안의 행촌내리보다 바깥의 행촌외리에 대상자가 더 많았다. 무지몽매한 시기에는 사상과 이념마저도 집단으로 전염되었다. 그래서 혈연으로 얽힌 마을에 사는 사람 중 대부분은 연고 가족이었다. 그것이 자꾸만 머릿속에 걸렸다. 오히려 토착민이 아니라면, 괜찮을까? 그럴 수 있지. 그는 스스로 묻고 안심하고자 애를 썼다. 그것도 잠시, 그럴수록 자꾸만 이발사에게 의심의 잣대를 거두지 못했다.

가끔 거울에 비치는 자기의 모습은 낯설었다. 일을 할수록 점점 예전의 자신이 아닌 느낌이 들었다. 자신에게 주어진 보잘것없는 권력은 누구를 위해 있는 것인가. 업무로 맞닥뜨렸을 적에 별 까닭 없이 사람들의 벌벌 떠는 속내를 감춘 눈빛을 읽었다. 그랬다, 손톱만 한 권력의 힘이 작용하지 않으면 불특정 타인에게 다가가지도 억누를 필요도 없는 것이다. 그렇다면, 저승사자도 아닌 자신은 무엇인가? 순간, 섬뜩한 생각이 불쑥 고개를 쳐들었다. 그래, 날이 시퍼런 면도날이 순간, 스윽 목을 누른다면 난들 별도리가 없겠지.

"자, 일어나 보세요."

이발사가 의자를 세우며 싱긋 웃었다. 흰 타일이 붙여진 세면대로 옮겨 등을 구부렸다. 이발사는 머리를 문질러 감고 귀가 나오도록 반듯하게 다듬어 포마드를 발라 주었다. 그가 막 나가려는데 바깥에서 오토바이 소리가 들렸다. 고 병장이 오토바이에 김 순경을 태우고 왔다.

"저기, 강변에 시신이 발견되었다고 신고가 들어와서요."

"그럼 김 순경님하고 내가 현장으로 가볼 테니, 고 병장은 바로 검문소로 가시오."

장마의 쓰레기를 끌고 온 누리끼리한 강물이 양안에 가득 차 있었다. 물결 밑으로 숨어 흐르는 물살이 위에서 아래로 끌어당겨 내려오면서 빗줄기가 할퀸 흙탕과 쓰레기들까지도 모아져 흘렀다. 김포 반도와 마주 보이는 이쪽의 둑은 낮고 길게 뻗었다. 멀리서 누군가가 자전거로 오고 있었다. 마흔 줄의 남자가 김 순경에게 밀짚모자를 벗으며 고개를 끄덕였다. 얼굴이 까맣게 탄 남자는 메기처럼 툭 튀어나온 입을 열었다.

"이쪽은 보안대에 새로 오신 분이고… 이장님, 인사하세요."

이장이 그에게 꾸벅했다. 그 역시 고개를 숙였다. 김 순경이 고개를 돌려 이장에게 물었다.

"어딘가요?"

"거기서 저쪽 수문 못 가서요."

"에이, 지긋지긋해! 예전에 늙은이 시체가 걸렸던 그곳이로구면."

손으로 가리킨 그곳으로 동네 이장을 따라서 그들은 둑 아래로 내려갔다. 강변은 짙푸른 갈대와 잡풀이 뒤섞여 칙칙하게 우거져 있었다. 순경은 귀찮다는 듯 퉁명스럽게 물었다.

"어떻게 발견했대요?"

"매운탕집 김 씨 있잖아요? 새벽에 투망 질을 하러 나룻배를 타고 가려는데, 허연 게 눈에 보여 서울 쪽에서 떠내려와 걸린 무슨 옷 같은 잡동사니로 여겨졌나 봐요. 얼른 투망이나 던져 장어 몇 마리나 건질 요량으로 그물을 던지다가 깜짝 놀랐답니다. 아니, 시체라지 뭡니까. 아무튼 일 년에도 몇 번은 이런 일이 꼭 생긴다니까. 한강 상류에서 떠내려오다가 썰물 때 수심이 낮아지면, 바로 안 떠내려가고 꼭 이 근방에서 걸린다니까, 원. 상류에서 떠밀려 온 잡동사니는 다 여길 통과하니깐 아주 연중행사가 따로 없어. 태풍 불고 홍수가 질 때면 별별 쓰레기는 물론이고 돼지 새끼, 송아지까지 떠내려온다니까요. 동물들의 사체는 흘러오는 와중에 물고기 떼 밥이지만, 덜 뜯긴 채 뭍에 걸려있으면 냄새가 지독해요. 하기야 여기는 서울의 하수도 처리장이나 다를 게 없어."

"김 씨는 식당에 있겠네?"

순경이 거미줄처럼 줄줄 마구 나오는 남자의 말을 가로막자, 남자는 고개를 끄덕이며

"… 있겠지요, 뭐. 점심 손님들 나가면 저녁 손님 준비할 테니까 조금 한가한 시간이겠지만."

둔치에 가까웠던 수면이 낮게 흘렀다. 둑 아래에서 강까지 질펀한 갈대숲과 자잘한 수목에는 온갖 쓰레기가 걸려 나풀거렸다. 후텁지근한 기운이 그들을 조여왔다. 콘크리트 수문 옆으로

작은 배가 묶여 있었다. 스무 남짓 발치 떨어진 곳 꺾어진 갈대 사이로 하얀 물체가 드러났다. 이장이 주춤거리는 틈에 문성이 조심스럽게 앞으로 걸어 나갔다. 축 처진 젖가슴과 두 다리를 모은 꼭짓점의 거웃. 갓 물속에서 건져 올린 듯 여인은 잠든 모습이었다. 찰랑거리는 물결이 여인의 긴 머리채를 해초처럼 흐트러뜨렸다.

"금방 죽은 듯 말짱하네. 서른도 채 안 되었겠는데… 쯧쯧."
"우선 이쪽으로 더 끌어당겨 볼까요?"

시체를 내려다보며 순경이 말을 건네자, 그가 받았다. 그들은 이장과 함께 물에 반쯤 잠긴 시체를 질질 끌어당겨 뭍으로 옮겼다. 하늘을 보고 누운 여인의 아랫배는 약간 볼록했다. 아랫배 밑으로 갈라지는 둔덕의 까만 거웃 숲이 유난스럽게 남성들의 시선을 잡아당겼다.

문성은 고개를 왼편으로 돌려 멀리 시선을 두었다. 거대한 도시를 가로질러 흘러온 강물. 아니, 강을 따라 번져온 도시는 점점 더 많은 사람을 불러 모았다. 저 거대한 삶의 터전에도 언젠가는 흥망성쇠가 있을 터. 그는 머리를 흔들며 한참 만에 다시 현실로 돌아왔다.

시체를 멍하니 내려다보았다. 가끔 인해의 모습은 그의 머릿속에서 잡힐 듯 말 듯 아련하게 떠 있었다. 지금 인화지에 현상된 모양처럼 바릇바릇 떠올랐다. 그러다가 머릿속의 이미지가 알몸의 시신 위로 또렷하게 겹쳤다. 렌즈가 초점을 잡을 때까지 아른아른한 피사체의 윤곽이 어렴풋이 다가오듯. 비에 젖은 블라우스가 몸에 착 붙었던 한인해와 물에 젖은 여인의 몸. 이미 죽어서 이 세상 사람들이 아닌, 전혀 다른 두 개의 이미지가 겹쳐 그의 머릿속을 어지럽혔다.

그에게 그녀는 이제 과거의 기억으로 남아 있을 뿐이었다. 고된 훈련 중에도 인해의 집으로 몇 차례 편지를 보냈으나 감감무소식이었다. 부사관학교에서 땡볕 아래 훈련을 받고 있을 적에 편지를 받았었다. 인해로부터 기다려 온 답신이었다. 기쁨의 순간도 잠시, 그는 온몸에 힘이 빠지고 머리가 무거워졌다.

－몇 번의 편지를 받았어도 말하기가 무척 두려웠어요. 가는 길이 달라서… 쉽게 말할게요. 추억은 추억으로, 아름답게 간직하렵니다.

딱 한 장의 편지는, 짐작할 것도 없이 절교의 내용이었다. 차라리 그녀가 매몰찬 문장으로 잘랐으면 그는 충격을 덜 받았을지도 몰랐다. 곧 학교 교사가 되기 때문에 마음의 정리가 필요하다는 뜻을 머금고 있었다. 그녀의 표현처럼 추억으로 묻어야 할 과거였다. 그는 믿음에 대한 충격을 받았으나 스스로 삭혀야 했다. 그러나 한편으로는 과연 그녀의 짧았던 입술만으로 마음과 마음이 포개졌던가? 간절하게 적극성을 보였던가? 아니었다. 그는 새삼스럽게 동화 속의 백마 탄 왕자처럼 스스로 착각했던 자신이 부끄러웠다.

틀에 박힌 군대의 시간에 얽매여 시나브로 무뎌져 갔다. 부지불식간에 가끔 인해가 떠오르면 스스로 되뇌면서 수없이 도리질했다. 과연 그녀는 그에게 무엇이었을까. 또한 그 아련한 입맞춤은 무엇이었을까. 설혹 그녀의 몸속을 깊이 파고 들어갔다고 해도 지금껏 달라지지는 않았을 것 같았다. 육신의 짜릿함은 그 순간에 명멸되는 것. 새근거렸던 그녀의 숨소리는 귓전에서 맴돌았고, 까만 눈망울과 하얗고 기다란 목덜미는 환상으로 남아 있을 뿐. 인해, 그녀는 죽었다. 이미 세상 사람이 아니었다. 연탄가스를 마시고 죽음 저편으로 사라졌다! 그는 여전히 여성을 잘 모르는 무지함을 느끼고 있었다. 아니면, 그가 혼자서만 좋아했거나. 그럴수록 자신이 적극적으로 달려들지 못했다는 자괴감마저 느꼈다. 그녀의 알몸을 본 적도 없는데 아련하게 떠오르다니. 문성은 그녀에게 품었던 욕망을 떨치지 못한 후회가 무엇인지 스스로 되물었다. 참으로 알 수 없었다.

"내가 보기에는 어떤 놈한테 배신당하고 자살한 것 같아. 어쨌든지 보안대장님은 일 하나 덜었네요. 대공 용의점은 눈곱만큼도 없으니. 나는 연고 가족을 찾아야 하는 숙제가 있으니까, 본서에서 온 분들을 기다리렵니다."

순경의 툴툴거리는 말소리에 그는 퍼뜩 현실로 돌아왔다. 구름 속을 빠져나온 햇빛이 그의 심각한 얼굴과 마른 모습을 비쳤다. 조금 후 앰블란스의 사이렌 소리가 점점 가까이 들렸다. 그들이 왔던 둑길로 앰블란스는 경광등을 켠 경찰 백차를 뒤따라오고 있었다.

*

걸핏하면 최루가스가 대학들의 교정에 떠돌았다. 정부는 위수령을 발표했고, 무장한 장갑차들과 전투경찰이 대학교 앞에 죽을 쳤다. 벌떼처럼 모여든 학생들은 장갑차의 옆구리 구멍에서 페퍼 가스를 하얗게 마구 뿜어내면 혼비백산하여 흩어졌다.

분사되는 미세한 입자들이 모기와 파리를 공중에서 바닥으로 떨구는 것이 아니었다. 이보다 군대의 화생방 교육이 더했을까. 사람의 몸뚱이를 이끄는 얼굴. 가장 예민한 부분인 눈과 코가 마비되면 학생들은 눈이 따가워 비비지도 못하고 목덜미를 잡혀 질질 끌려갔다. 곤봉으로 뒤통수와 다리, 어깨를 맞으면 그야말로 맥을 못 추었다.

무엇을 지키기 위해 위수령을 발동했는가. 당하는 사람이나 때리는 사람이나 같은 또래의 청춘들. 때리고 맞는 심경이 유다를 뿐, 한 다리 건너면 서로 남이 아니었다. 군대가 민간인을 두들겨 패는 비상사태였다.

그가 직접 보지는 못했다. 군대에 오기 전에 신문이나 방송에서 가끔 보고 들었다. 욕망은 중심에서부터 퍼져 나갔다. 그에게 정부에 대한 실제적 분노의 자극은 그다지 깊지 않았다. 청춘을 누더기처럼 덕지덕지 기웠던 삶은 달라지지 않았다. 당장에 그로서는 오로지 홀어머니와 살았던 생존의 현실이 더 중요했다. 그러나 죽어라 훈련받을 적에는 까맣게 몰랐던 일들이 부대로 배치되자, 하나둘 까발려졌다. 어렴풋이 스쳐 갔던 일들은 세뇌된 현실로 다가와서 다른 입장으로 그를 변하게 했다. 이념의 노예가 되기란 어렵고도 쉬웠다.

느닷없이 각 신문 1면의 큼직한 활자들이 눈을 어지럽혔다. 유신헌법이 선포되었다. 각하의 지시로 전문가들이 머리를 맞대고 만들었다는 법은, 모양새조차 삐딱했다. 토속적 민주주의로 포장된 새 헌법은 더 비틀어져 진화된 권위주의체제였다. 진화하며 또 다르게 모방된 것이 역사인가. 근대로 포장되어 왕권을 지킨 메이지유신(明治維新). 이웃의 섬나라가 서구를 모방해서 백여 년 전에 써먹었던 통치술을 수입했다. 이름조차 짝퉁으로 만든 그 법은, 이제까지의 헌법을 깡그리 덮어버렸다. 이어서 계엄령 뒤에 붙은 포고령의 긴급조치가 연달아 발표되었다.

억압적인 식민지 시대에 교육을 받았던 이들이었으니 가능했던 일이었을까. 각하를 꼬드겨 솔깃한 귀띔을 한 자들은 누구였든가. 각하는 왜? 꼭 그래야만 했을까. 야당 바람이 전국을 태풍처럼 휩쓸고 지나가서 겁을 잔뜩 먹었던 것은 아니었을까. 목숨을 걸고 함께 했던 후계자도 믿지 못한 권력은 언제나 그랬듯 야만스러웠다.

그럴수록 야당의 그 젊은 대통령 후보가 덩달아 널리 알려졌다. 그 야당 후보는 10년 전 항구도시의 초짜 국회의원이 아니었다. 뚜렷한 비전과 정부의 정책을 예리하게 비판하니 언론은 주목하기 시작했다. 때리면 때릴수록 벌써 야당의 거목으로 자라나 있었다. 상대방이 만들어준 풍선효과였다. 경제발전의 숙제가 놓여있는데, 더 커져 있는 후보가 각하에게는 자꾸만 더 거슬렸다. 진즉에 잘못된 싹을 미리 밟아버리지 못한 것이 후회되었다.

가난에서 나라를 구하고자 노심초사(勞心焦思)했다는 통치자. 그러나 빛과 그늘은 공존했다. 각하의 야망은 불안해졌다. 대통령 선거에서 젊은 야당 후보와 붙어 겨우 95만여 표를 더 얻는 데 그쳤으며, 이어진 총선에서는 의석의 절반을 야당에게 내주고 말았다. 겨우 생각해 낸 것이 내팽개친 후계자를 살살 달래어 총리에 다시 앉혀 놓았던 것. 그렇지만 여기저기서 분노의 불길들은 쉬이 사그라들지 않았다. 무인도에서 훈련 중인 북파공작원들까지 배가 고프다고 난동을 부리며 한강 다리를 넘어오기 직전 사살되었다. 학생들은 군사훈련이 싫다며 전국적으로 시위까지 해대는 마당이었다.

각하의 수직적 힘이 꺾이지 않는 한 백약이 무효였다. 그것은 동전의 양면이어서 참모들은 핑계가 있는 무덤을 찾았다. 강대국들에게 침탈당해 봉건시대에서 근대를 빼앗기고 동족끼리 전쟁했던 나라. 첨예한 남북한 대립의 일촉즉발 상황, 주한 미군 감축과 철수의 으름장, 백척간두에 서 있다는 국가안보의 위기. 정치와 언론이 부추기는 여론은, 먹고살려고 발버둥 치는 대다수 국민을 다독거리는 무기였다. 각하는 서구민주주의가 아닌 한국식 민주주의를 주창했다. 밤낮없이 국민을 위해 분골쇄신하는 마당에 야당과 대학생들은 반대의 깃발을 쳐들었다. 각하를 추종하는 세력의 눈에는 정부를 괴롭히는 자들은 무조건 반민족, 반국가행위자였다. 야당과 반체제 세력은 각하가 종신 집권한다는 말로 국민을 꼬드기고 있었다. 그러나 각하의 의중만 떠받드는 아랫것들은 반대 세력을 공산당과 다를 바 없다고 이분법으로 갈라놓았다. 헌정이 중단된 것이 아닌, 각하의 발목을 잡았던 세력이 몽둥이를 맞은 것일뿐. 닉슨 독트린과 키신저 장관의 개입으로 심기가 뒤틀린 각하의 눈물을 닦아 주어야 한다는 맹목성. 그러므로 각하를 따르지 않는 그들을 국민과 분리하는 일이 정연하다는 논리. 불특정 대다수의 국민은 언제나 볼모였으며 흔들리고 헷갈렸다.

법은 지키는 자의 몫이자 만든 자의 도구였다. 통일주체국민

회의와 국회의원 1/3인 유정회 패거리는 승냥이 떼가 되었다. 중앙정보부와 보안사령부는 충실한 양 떼 몰이 개가 되었다. 개는 주인이 가리키는 목표물에 이빨을 깊게 박을수록 먹이를 얻었다. 그리하여 이쪽은 절차가 훼손된 민주주의를, 저쪽은 마르크스, 레닌도 어리벙벙할 주체사상을 만들었다. 양쪽은 마구 달려가는 폭주 열차의 치킨게임. 동족끼리 증오는 타협의 틈새를 막아 놓았다. 국민을 욱여넣은 체제경쟁은 타의에 의해 해방된 민족의 운명이었다. 냉전체제 하의 양쪽은 독재를 용납했다. 정치는 실종되고 소모적 경쟁과 도발은 증오심만 키워갔다.

그는, 그때 어디에 있었을까. 완전군장하고 100여 리의 밤길을 걸었다. 날빛이 드러낸 초가을의 새벽안개가 높은 산봉우리의 허리를 자우룩하게 휘감고 있었다. 좁다란 길 초입에는 죽은 부사관 후보생들의 비석 서너 개가 갸우뚱 박혀 있었다. 험한 산세와 깊은 계곡이 만든 호수는 시퍼렇고 드넓었다. 무거운 산그림자는 짙은 물빛에 잠겨 심연의 아가리를 연상시켰다. 동족상잔(同族相殘)이 치열했을 때 아군의 사단이 빨치산 1개 대대로부터 격멸당했던 곳. 패한 그 치욕스러움이 만들어 낸 특수훈련장에서 그는 몸의 고통을 기꺼이 받아냈다. 부사관학교 유격장에서 시간은 단조롭고 몸이 시달릴 추석 무렵이었다. 둥근 달이 안 보인다고 추석이 도망갈 리가 없었다. 꼼짝없이 목줄이 묶인 날짜에서도 바깥세상은 시나브로 변하고 있었다. 억압으로부터 저항하는 또래들과 통기타로 젊음을 달래는 이들과 달리, 그는 어쩔 수 없이 다른 방향으로 가게 되었다.

17
어디쯤 가고 있을까

 객지에서 정이 들만하면 이별이었다. 군인의 거처는 다시 옮겨졌다. 문성이 검문소에서 다시 본부로 들어간 것은 초여름 무렵이었다. 검문소에 파견된 지 몇 개월 만에 다시 본부의 계장으로 불려들어갔다. 계급장에 갈매기 하나를 더 붙인 중사가 처음으로 받은 직책과 업무였다.
 "신문성이? 다른 업무까지 하느라고 고생 많이 했제?"
 과장인 고태구 소령이 그에게 악수하며 두툼한 입술로 칭찬했다. 경상도 억양이 심한 단답형이라 말속에 뼈가 있었다. 머리숱이 적고 군인으로 단련된 서른 후반의 미혼이었다. 작달막하나 다부진 몸매처럼 야무진 군인정신을 지녔다. 공수부대에서 온 소령은 업무의 유불리를 그다지 따지지 않았다. 오로지 부하가 최선을 다하는 자세를 눈여겨보며 판단했다. 다만, 업무적인 평가가 우선이어서 다른 융통성이라곤 손톱만큼도 없었다.
 부대장 정수건 중령은 원래 군수 병과였다. 어찌어찌 보안부대로 전입을 왔던 비 정보병과 장교였다. 베트남에서 제법 돈푼을 긁어모아 윗선에 찔러 넣었다는 소문까지 나돌았다. 당번병인 강태용 병장이 술을 마시고 주변에 흘렸던 말인즉,

"… 친구분이 골프 치러왔을 적에 내가 직접 들었다니까 그러네…. 내가 한때는 그 막강하신 장군님을 모시고 있었단 말이야. 소령 달고는 사이공에서 병참부대를 담당했는데, 다른 장교놈들은 모두가 본국에 보내려고 A박스에만 눈독을 들이더라고. 미군 PX 근무하는 양키 한 놈을 구워삶았지. 면도날을 최대한 모았더니 007가방 4개를 꽉 채우게 되더라고. 그거 말이야, 부피는 적어도 무겁기가 장난이 아니었지. 부피가 작아서 귀국할 때 가져오기가 쉬웠다고. 서울 남대문시장하고 부산 국제시장에 가져갔더니 금괴는 아무것도 아니더라고…, 그러면서 그때는 머리가 팽팽 돌아갔다고 그랬다니까."

그래서였을까. 부대장은 은근히 부하인 고태구 소령의 눈치를 보았다. 손바닥을 쓱쓱 비비는 재주가 아무에게나 있는 것은 아니었다.

경비사령관은, 각하에게 미움을 받은 후 이등병으로 신세를 조졌다. 산꼭대기에서 바닥으로 떨어졌음에 그 수족이었던 부하들까지 숨을 죽였다. 쿠데타로 바뀐 지배층은, 신라의 골품제도가 조선에서는 음서제로 바뀔 뿐이었다. 인간의 욕망과 탐욕은 시대가 지날수록 진화했다. 내 사람 챙기는 일은 자신을 보장하는 보험이었다. 권력의 암투는 그림자가 실체를 덮치듯 끊임없었다.

군대에서 육사와 간부후보생 출신은 가는 길이 달랐다. 아스

팔트 길과 흙먼지가 풀풀 날리는 길의 속도는 누가 봐도 분명한 차이를 지녔다. 계급 하나의 차이쯤이야 뒤바뀌는 것은 금방이었다. 빨갱이였던 소령을 죽음 직전에서 건져준 장군도 나중에는 장관과 대사가 되었다. 정 중령은 고태구 소령과 함께 근무했던 인연을 더 저울추로 삼았다. 그래서 굳이 앞으로 승승장구(乘勝長驅)할 부하에게 밉보일 까닭이 없었다. 이제까지 자신을 지탱해 온 것은 인맥의 동아줄을 잘 잡은 결과였다. 며칠 전 중령은 고 소령이 배석한 자리에서 그에게 부드럽게 말했다.

"진담배 중사가 정보와 대공계장을 겸하고 있는데, 우리 부대는 사단 말고도 2개의 군청까지 있어서 지역 업무가 너무 많아요. 더구나, 진 중사는 베트남에서도 군사보안 업무만 했다니까, 대공 업무를 처음 해봐서 그런지 감이 떨어지거든. 어때? 진급했으니까, 신 중사가 잘 해내겠지?"

말의 저의를 속셈으로 알아듣는 깜냥이 중요했다. 그는 웃음을 머금은 소령의 표정을 슬쩍 훔쳐보았다. 뒤에서 판을 짜고 연출한 소령의 그림자가 어른거렸어도 모르는 척 들었다. 부대장실에서 무슨 일이 있었는지, 듣고 난 보안계장 천윤두가 누가 들을세라 속삭였다.

"우리는 처음부터 잘못 꿰어진 단추처럼 갈수록 힘들어. 지퍼처럼 처음부터 잘 물려 사르르 올라가는 그 사람들의 세계와는 다르지. 아니면, 박우송처럼 부대장하고 골프를 치며 갈빗집에 가든지 돈으로 자신을 지키든가."

천윤두 중사가 얼핏 던진 말 속에는 뼈가 들어 있었다. 소령이 개입하여 부대장에게 압력을 넣었다는 의미가 담겼다. 말단 조직에서 실적을 얻어내야 자기의 능력을 최상급 지휘관에게 증명하는 일이었다. 그래서 곧 중령을 달아야 할 자와 중령으로 군복을 벗어야 할 자의 입장은 전혀 달랐다. 육사 출신의 소령은 야망이 더 깊고 더 멀리에 가 있었다.

진담배 중사는 해왔던 정보를 맡고, 대공 분야를 떼어내 그에게 주어졌다. 대공 업무를 해본 경력이 전혀 없다지만 진담배로서는 시원섭섭한 일이었다. 당장 거점과 검문소의 통제력을 잃다 보니, 힘없는 신세였다. 더구나 선임 중사나 상사가 맡아야 할 계장 자리를 신임 중사에게 넘긴 꼴이었다. 부대장과 소령이 인사 문제로 상당히 고심했다고, 나중에야 천윤두가 그에게 슬그머니 덧붙였다. 천윤두와 진담배는 같은 소년병 부사관 출신이고 또래여서 은연중 서열의 샅바싸움 같은 게 있었다.

숙소는 부대의 후문에서 1킬로미터쯤 떨어진 농가였다. 그 귀퉁이 방은 달포 전에 대위가 살다가 고등군사반으로 전출되어 비어 있었다. 그는 호젓한 집이 마음에 들었다. 비록 부대에서 식사를 해결하고 잠만 자는 방이었지만, 검문소 근무할 적의, 둘이 썼던 하숙집 방보다 더 넓었다. 들판과 야산이 맞물린 마을 어귀의 초가집이었는데, 성깃한 감나무와 미루나무들이 그를 반겼다. 새벽이면 탱자나무 울타리를 넘나들며 지저귀는 새소리가 잠을 깨웠다. 남쪽으로 열린 마당에서 들판을 바라보면 멀리 검문소로 가는 길이 보였다. 늙은 내외만 살고 있는 집 마당의 담장 아래로는 장독대와 토끼장 밑에 닭장이 있었다. 검붉은 수탉은 붉은 볏을 왕관처럼 달고 암탉 열댓 마리를 거느리며 대가리를 쳐들었다.

사단 후문 앞에는 두 곳의 식당이 있었다. 그는 퇴근이 늦어지면 부대 안에서 병사들과 함께 저녁밥을 먹었고, 때로는 바깥 식당에서 끼니를 해결했다. 딱히 밀린 일이 없으면 오솔길을 따라 숙소로 들어가 책을 꺼내 들었다. 문학과 교양서적의 부드러운 문장들은 점점 도움이 되기는커녕 되레 불편함을 주었다. 상급 부대로 올리는 보고서와 예하 각 반장에게 하달하는 서류의 문투 때문이었다. 정부의 각종 공문서식은 일정시대부터 일정한 틀을 유지했다. 신문 기사체보다 더 압축된 한자 문투였다. 한글 전용이 강조되어도 기본 뼈대를 이루고 있는 단어는 한자였다. 한자어는 단어의 축약으로 토씨가 생략되어도 소통되었다. 어휘의 개념보다 상급자와의 소통에 방점을 찍었다. 내용을 최대한 요약하면서 육하원칙을 준수하는 신문 기사와 비슷했다. 외세의 침략 기간이 오래될수록 식민지의 문화는 그 뿌리가 넓고도 깊게 박혀 있었다.

검문소 근무 때와 달리 그의 출퇴근은 규칙적인 일상이 되었다. 부대에서 숙소로 천천히 걸어오는 동안 계절은 달라지고 있었다. 햇빛이 하늘에 가득하고 대기는 열에 들떴다. 나무숲과 들판을 새 지저귀는 소리와 개구리 우는 소리가 채웠다. 호젓한 오솔길이 그를 차분하게 안내했다. 어둠이 깔린 밤은 아늑했다.

등짝은 푹신한 바닥을 느껴 차분해진 그는, 욕망을 불렀다. 문득 인해의 모습이 아련하게 떠올랐다. 그녀가 이 세상 사람이 아님에도 가끔 머릿속에서 인화된 사진처럼 멈칫했다가 바릇바릇 사라졌다. 피가 끓은 몸은 동물적 욕망을 불러왔다. 이목구비(耳目口鼻)는 어슴푸레한 빛이 깃들었어도 그녀의 길고 가는 목덜미와 알싸한 비누 냄새를 쉽사리 못 잊었다. 시간과 공간의 혼란 속에 그는 불끈거린 남성을 어쩌지 못하여 손가락으로 샅을 놀렸다. 수음(手淫)은 그녀의 몸을 늘 삼삼하게 떠올리며 늘 아쉬움을 남겼다.

*

"대공계장? 수일 내로 꼭 잡으라고! 틀림없이 직할대 안에 있을 거야."
"우선 현장으로 출동하여 상황을 확인하겠습니다."
"이봐? 신 하사? 아니, 중사? 수일까지 갈 것 없겠다, 까짓거 당장 내일까지 해봐!"
정수건 중령이 합죽한 긴 턱을 내밀며 단호한 어조로 말했다. 그는 검정 결재판을 들고 콘셋 건물 바깥으로 나왔다. 햇볕이 내리쬐어 후끈거렸다. 그는 잠시 머릿속이 혼란스러웠다. 부대장에게 보고하기도 전에 박우송 상사가 부대장에게 먼저 보고했던 게 틀림없었다. 업무의 보고 계통이 무시되어도 정점에 있는 지휘관 입장으로는 불편할 일 없었다. 박우송은 대추처럼 작은 얼굴에 볼이 얅둑얅둑한 곰보 자국이 있는 작달막한 체구였다. 조용하면서 약삭빠른 신임 박 상사는 천윤두 중사와 동기생이었다. 그들은 베트남에서 함께 근무했다. 귀국할 적에 남들처럼 A, B 박스를 꾸리지 않고 가방 하나만 달랑 들고 왔다는 소문의 박우송. 비싼 미제 면도날이나 녹두만 한 라이터 돌을 가방 속에 잔뜩 채워 와 남대문시장에서 현금으로 바꾸고 지방 도시에 상가건물을 샀다는 사내는 이렇게 말했다.

"늙어 죽도록 군대에서 밥 얻어먹을 건 아니잖아!"

이곳의 업무는 단순하고 주먹구구식이었다. 그는 먼저 근무했던 동해안 부대와 달라 당황했지만, 적응해야 했다. 부대장의 명령대로 따르자면, 누굴? 무엇을, 어떻게, 잡아? 어떻든 잡긴 잡아야 할 터였다. 그의 머릿속에서 빙빙 도는 수사의 범위와 구도가 잡힐 듯 잡히지 않고 사막의 신기루처럼 사라졌다. 그는 계단을 천천히 밟아 내려오면서 흐드러지게 피어있는 봉숭아 무더기로 눈길을 돌렸다. 푸른 잔디를 배경으로 빨간 봉숭아꽃들은 화려했다. 그것은 흡사 불타는 태양과 빨간 핏빛의 이미지를 떠올리게 했다.

그가 부대장실에서 나와 오전 10시가 채 못 되었을 때였다. 수화기에 들리는 박우송 상사의 목소리는 평소와 달리 버벅거렸다. 다급한 목소리는 앞뒤의 조리가 맞지 않았다. 직할반 사무실이면 그가 타고 다니던 250CC 오토바이로 1분도 채 안 되는 거리였다. 연병장을 가로질러 오면 30초도 안 걸릴 거였다. 그런데, 전화라니?

-불온 낙서 사건이요. 사단 신병교육대 내무반 화장실인데… 글씨가 아주 서툴고, 뭐 낙서 같기도 한데.

-내용은요?

-그런데 알 수가 없고, 이도 저도 아닌 어쩌면 장난 같기도 해서….

-반장님, 같이 가보실래요? 제가 과장님께 보고하고 그쪽으로 갈 테니 현장을 보존시켜 놓으십시오.

짐작할 수 없는 그림이 그의 머릿속에 파노라마처럼 펼쳐지

다가 말았다. 낌새만으로 적당하게 넘어갈 수 없는 느낌이 와락 들었다. 사건의 진전에 따라 예기치 않은 변수는 있게 마련이었다. 지레 판단은 금물이었다.

군복차림으로 선글라스를 쓴 박 상사는 지프차의 앞자리에 뒤로 탄 문성과 신병교육대에 도착했다. 박 상사는 군복을 입을 때만 맥아더 라이밴 선글라스를 걸쳤다. 앍둑앍둑한 얼굴을 감추기에 그만이었고 한층 갸름하게 보였다. 폴라로이드 사진기가 든 가방을 들고 그가 박 상사의 뒤를 따라 교육대장실로 들어갔다. 대형 선풍기가 돌고 있는 책상 앞에서 통통한 소령이 깜짝 놀란 표정으로 벌떡 일어섰다. 재빠르게 걸어오던 소령은 박 상사에게 엉거주춤한 자세로 손을 내밀었다. 박우송 상사가 설레설레 고개를 저으며 말문을 텄다.

"교육대장님, 생각은 어떻습니까?"
"저희야 뭐 압니까. 정훈장교가 무조건 보안부대에 신고부터 해야 한다니까…."
"신교대장? 인사 나누세요. 우리 부대 대공 계장입니다."
"수고가 많으십니다."

반팔 셔츠차림의 문성은 구릿빛으로 탄 신병교육대장 소령의 얼굴을 쳐다보며 손을 내밀었다.

"데모하다 들어온 놈 아니요?"
"물론 조사해 봐야겠지만, 단순한 반정부 구호가 아니라고 들었습니다."
"… 요즘에는 훈련 중이라 가급적 면회객을 제한하는 편입니다. 저야 뭐, 면회객들이나 외부에서 온 사람이 저지른 소행이라면 차라리 낫겠어요."

박 상사가 툭 던지는 말에 소령은 볼멘소리로 말꼬리를 흐렸다. 군복 소매를 반 팔로 접은 소령의 굵은 팔뚝과 달리 목소리는 힘이 빠져 있었다. 그들은 신병교육대장의 사무실을 나와 걸어갔다. 훈련소대별로 콘셋 막사가 줄지어 늘어서 있었다. 그곳을 지나서 외곽 블록 담장까지는 숲이었다. 블록 벽과 슬레이트 지붕으로 지어진 화장실은 연병장의 귀퉁이에 있었다. 정문 옆 면회실과는 가까운 거리였다. 짙푸른 아카시아들이 줄지어 그들을 중간에 가로막았다. 사잇길을 지났다. 문을 열자마자 지독한 암모니아 냄새가 코를 찔렀다. 길게 지어진 화장실의 왼쪽으로는 칸막이 없는 하얀 소변기들이 늘어서 있었다. 문제의 낙서가 발견된 곳은 열다섯 칸 중 네 번째 칸이었다. 화장실 문을 열자, 창자 속을 뒤집어 놓았던 냄새는 똥 냄새로 바뀌어져 뱃속까지 울렁거렸다.

화장실의 블록 벽은 시멘트로 마무리하지 않은 상태였다. 우둘투둘했으나 몇 겹의 흰 페인트칠이 되어 있었다. 내부를 한참 훑어보던 중사는 비좁은 화장실 안으로 들어가 쭈그리고 앉았다. 박 상사와 신교대장이 밖에서 그가 하는 모습을 말없이 지켜보았다.

까만 볼펜을 꾹꾹 눌러쓴 글씨 자국은 선명했다. 급하게 휘둘러 서투르게 쓴 듯 글씨들은 얼른 읽어내기가 어려웠다. '핵무기 절대 반대', '민족적 자주통일 이룩', '조국 통일에 절대 외세 반대', '미군 철수 파쇼 타도'.

문성은 미리 준비해 온 가방에서 확대경을 꺼내 요리조리 비쳐보았다. 폴라로이드카메라로 여러 각도에서 사진을 찍었다. 그리고 화장실 바깥의 뒷창문들을 일일이 하나씩 확인했다.

"뒤편은 양호한데, 그렇다면 신교대장님?"

상사와 소령은 뒤따라오면서 자기들끼리 수군거리다가 멈칫했다.

"배출된 병력 말고, 현재 훈련 중인 신병들은 총 몇 명입니까?"

"지 지난 주에 자대로 배출되었고, 지금은 삼백오십 명만이 남아있습니다."

"면회실 운영은 계속하고 있나요?"

박 상사가 개입할 틈도 없이 문성이 신교대장에게 거푸 물었다. 박 상사는 자신이 담당하는 신병교육대에서 벌어진 사건을 애송이 중사에게만 맡기는 일이 탐탁하지 않았다. 그로서는 대공 업무 담당자가 하는 일에 끼어들어 쓸데없이 혼선을 일으키는 게 오히려 방해한다는 생각이었다.

"훈련기간에는 원칙적으로 면회를 통제하고 있어요. 혹시 모르고 먼 곳에서 찾아오는 가족과 친지들을 그냥 돌려보내지 못해서 오후에만 시키는 편입니다."

그들은 다시 사무실로 들어갔다. 현장을 둘러본 문성은 해가 기울 무렵에야 본부 사무실로 들어왔다. 햇볕이 먹구름 뒤로 숨어 들어가자마자, 금방이라도 소나기가 후드득 떨어질 것만 같았다. 사무실에는 모두 퇴근하고 병사만 달랑 전화기를 지켰다. 병사마저 저녁을 먹겠다며 나갔다.

그는 책상 앞에 앉아 오른손에 턱을 괴었다. 신교대장이 불편함을 감수하면서도 내부의 소행 같다는 말이 자꾸만 걸렸다. 틀림없이 훈련병들 안에 있을 거야. 아직 군대 생활에 찌들지 않은 상태로 대학에서 외치던 선동 구호를 그냥 끄적거려 놓은 건 확실한데…. 그런데, 의도가 무엇일까? 조직의 동료에게 잊었던 기억을 되살려주는? 아니면, 그냥 단순히 갇혀있는 억울함을 토로하려고? 오히려 신교대장이 제시한 말은 덫이 되어 다양한 추론을 방해할 수가 있지. 한 가닥으로 정리되던 심증이 느닷없이 여러 생각으로 엉켜버렸다. 그러자, 혼선된 생각은 머릿속에서만 맴돌고 말았다.

'꽉 막혀있을 때는 헤매지 말고, 다시 원점으로 돌아가라고!' 동해안 부대에 있을 적에 수사실장이 늘 부하들에게 버릇처럼 강조했던 말. 그 사람은 원래 명주의 토박이로 경찰 출신이었다. 그런데 한국전쟁 때 인민군에게 가족을 잃고, 특무부대원이 되었다. 울진·삼척 무장간첩 침투 사건 때는 물론, 간첩 사건들을 처리한 노련한 수사관이었다. 길쭉한 얼굴로 짙은 눈썹 아래 왕방울만 한 눈을 쏘아보던 늙은이에게 그는 1년 동안 귀가 따갑도록 들었다. 아직 사건 처리 솜씨가 미숙함에도 신설된 부대에서는 그런 경험조차 필요했다. 그래서 이제 막 하사에서 중사가 되었음에도, 선임이 했던 업무를 떠맡게 된 그로서는 당연히 그런 상식에도 쏠렸다. 필적감정을 하는 방법이 떠오르긴 했다. 한두 명도 아니고, 기간병을 포함하여 400여 명이나 되는 신병 모두를 용의선상에 올리는 일은 어려웠다. 과학수사연구소에 필적감정을 의뢰한다 해도 시일이 걸리는 일이고, 확실한 증거로 채택될지조차 의문이었다.

이튿날 오전, 문성은 부대장에게 보고할 결재판을 덮어놓고 일어섰다. 책상에서 사무를 보던 선임 계장들이 그를 힐끗 바라보았다. 문성은 그들에게 가볍게 고개를 숙이고 문서를 정리하고 있던 병사에게 말했다.

"과장님이 혹시 나를 찾으시면 운전병 무전기로 호출해 줘."
"어디 가시는데요?"
"어제 거기!"

보고서철을 까만 철끈으로 묶고 있던 병사를 내려다보며 그는 바깥으로 빠져나갔다. 뜨거운 햇볕은 갇혀있었던 사무실보다 자유를 베풀었다. 공병대대에서 사단 후문을 지난 지프차는 한참을 달렸다. 신병교육대 정문을 통과한 지프차는 그를 내려놓았다. 그는 면회실과 화장실의 거리를 시간으로 가늠하며 터벅터벅 걸었다.

햇볕을 막은 아카시아 숲 그늘이 감췄던 화장실 건물을 드러냈다. 그는 밤잠을 설치면서 내내 골똘히 생각했던 바를 실행하기로 했다. 화장실에서 구릿한 냄새가 콧구멍을 마비시켰다. 똑같은 실험이 중요하겠지. 역지사지(易地思之)라. 범인의 입장이 되는 일은 다시 원점에서 더듬어 가는 것. 그는 허리띠를 풀고 좁다란 공간 바닥의 직사각형 홈 위에서 쭈그렸다. 악취가 변기 밑바닥에서 콧구멍을 찌르며 훅 끼쳤다. 그는 하늘색 셔츠 주머니에서 담배를 꺼내 입에 물고 연기를 내뿜었다. 똥통 밑에서 올라오는 쿠린 냄새의 역겨움도 물러간 듯 적응되었다. 범인의 행동거지를 더듬어내 봐야 해. 용의자가 만약에 낙서를 끄적거렸더라면 어떤 마음이었을까?

비좁은 공간에서 볼펜을 쥐고 벽에 종이를 붙여 써보려고 했으나 마음대로 안 되었다. 손가락에 힘을 주면 줄수록 글씨체는 자꾸만 위쪽으로 올라갔다. 자신의 글씨가 아닌 듯 착각이 들 정도로 엉망이었다. 그는 낙서의 내용과 똑같이 썼던 종이를 벽에서 떼어냈다. 종이를 붙인 까닭은 범인과 자신의 지문과 흔적이 헷갈리지 않게 하는 방법이었다. 아카시아 샛길을 걸어오던 그는 몸이 무겁고, 머릿속은 더욱 무거워졌다. 친필감정은 어지간히 힘들겠군. 글씨 쓰는 자세와 필기구를 쥔 각도에 의해 원래의 글씨체가 변하는 것을 어떻게 감당하나? 그는 곰곰이 추론해 보아도 왠지 난관에 봉착했다는 생각이 들었다.

 신교대장을 만나 해당 중대장을 불렀다. 이제 막 대위 계급장을 단 중대장은 3사관학교 출신이었다. 그는 얼굴이 새까만 중대장에게 몇 가지를 일러주었다. 이튿날 가져온 훈련병들과 기간병의 명단과 대학 출신 48명의 자필 신상명세서까지 낱낱이 살펴보았다. 그중에서 낙서와 유사한 필적만 21명을 골라 따로 간추렸다. 학교 다닐 적에 화염병을 던졌거나 좌익 세력으로 활동했던 기록을 경찰에 조회해 볼 참이었다. 그렇지만 그것이, 결정적 단서를 가져오리라는 자신은 없었다. 다만, 처음보다 조사 범위는 훨씬 좁혀졌다. 조사 범위를 좁히다 보면 용의선상의 인물들에게 집중해서 그물을 당기려는 의도였다.

 사무실로 돌아온 문성은 박우송 상사에게 전화했다.

 "직할 반장님, 사건을 마무리할 때까지 그 화장실을 폐쇄하는 것이 좋겠습니다."

 "대공계장? 영양가도 없는 일이 터져 신경이 엄청나게 쓰이는

구먼. 그러지 말고, 아예 그 시멘트블록 벽을 통째로 잘라내 버릴까! 증거도 증거지만, 괜히 현장보존이니 어쩌니 하면 지휘관들도 관심이 증대되고 병사들이 암암리에 동요해서 멸실 우려가 있어요. 신 중사가 아직 군대의 생리를 잘 몰라서 그렇지, 베트남을 떠나 다시 백호 부대를 재편성할 때 여러 부대 인원을 차출하여 만든 부대라서 아직도 우둥이 잡둥이 별놈들이 다 모여 있거든. 신교대장 새끼가 금년이 3차라 중요할 때라고. 아마 이 사건이 시끄러워져 진급에 지장이 있다고 생각하면 모른 척하고 증거고 뭐고 훼손할 심산이 크다고 봐."

박 상사는 수화기가 터질 듯 퉁명스럽게 소리를 질렀다. 미지근한 느낌이어서 기대하지도 않았지만, 막상 전화를 끊고 나서 그는 한숨을 내쉬었다. 돈 생기는 일도 아니고 일거리만 무거워 박 상사로서는 별로였다. 그는 범인을 잡아서 송치한다 해도 군형법이나 국가보안법을 적용하기는 어렵겠다는 느낌이 들었다. 또한 용의자가 누군지는 몰라도 치기 어린 젊은 사람일진대, 억지로 엮어 앞날을 종 치게 하는 일은 바람직하지 못했다. 넓게 생각해 보아도 고정간첩이 아닌, 학생운동 전과자를 잡아봐야 그다지 신명이 나지 않을 일이었다. 넌, 일개 부사관 주제에 쓸데없이 나대는구먼. 지시받은 일만 처리하면 그만이야, 모가지 잘려 징계를 먹고 싶어 환장했군. 그의 머릿속에서 두 마리의 악마가 번갈아서 연신 귓전을 두드리며 소곤거렸다. 여론의 파급으로 자신의 또래이거나 두어 살 아래 터울일 누군가의 형체가 흐릿하게 떠오르다 사라졌다.

고태구 소령은 작달막한 체구지만 눈빛이 차갑고 원칙주의자로 별명이 단칼이었다. 특수전사령부에서 중대장을 지냈었다. 신뢰만 있으면 부하를 감싸는 성격인지라, 그에게는 남달랐다.

위관장교를 보안부대로 데려올 적에는 주로 학군단 출신들이 많았다. 특히 동부대학교의 경찰학과는 대환영이었다. 그들이 대학에서 배운 기본적인 소양과 지식이 부대 업무와 딱 맞아 떨어지기 때문이었다. 주어진 업무는 경찰이나 언론 기자의 특성과 크게 다를 바 없었다. 군부대를 담당하거나 관공서를 출입하여 첩보를 수집하고 정보를 만드는 일. 다만, 제공받은 대상이 불특정 다수가 아닐 뿐. 국군통수권자의 입맛에 맞아 활용할 수 있으면 되었다. 어디서나 성골과 진골, 육두품과 상놈은 있기 마련이었다. 학군이나 3사관학교 출신은, 수적으로 많아도 육사 출신보다는 찬밥 신세였다. 군 조직을 움직이는 것은 사관학교 출신이었다. 왜냐? 적은 숫자로도 군조직의 핵심과 요소요소의 노루목에 배치되었다. 어떤 조직이든 기득권은 있게 마련이고 자기 자신들의 밥그릇과 무관하지 않았다. 베트남 전쟁에 파병된 초급장교도 3사관학교 출신이 대부분이었다. 최전선의 소대장은 그야말로 총알받이였다. 많은 초급장교가 머나먼 이국땅에서 죽었거나 부상 당했다.

간부후보생 출신인 정수건 중령은 고태구 소령을 눈에 띨 만큼 무척 어렵게 대했다. 소령이 크게 잘못만 하지 않으면 앞으로 승승장구하여 ★은 따놓은 거나 진배없다고 소곤거렸다. 병사들까지 내색하지 않았지만, 그런 분위기쯤은 누구나 다 알고 있었다.

"신 중사, 부대장실에 올라가서 지금까지 내사한 결과와 앞으로의 방향을 보고드리자고!"

재떨이에 연거푸 비벼 끈 담배꽁초가 수북한 상태에서 소령은 결심이 선 듯 불쑥 일어났다. 그는 소령을 뒤따라 부대장실로 올라갔다. 콘셋 건물의 부속실에서 쭈그려 앉아 침을 퉤퉤 뱉으며 군화를 닦고 있던 당번병이 벌떡 일어섰다. 그리고 소령을 쳐다보며 손등을 구부려 경례를 붙였다.

"계시냐?"

당번병 강 병장이 대꾸하기도 전에 소령은 문을 밀고 들어갔다. 부대장은 골프채로 퍼팅 연습을 하고 있다가 살며시 내려놓고 소령의 눈치를 살폈다. 긴 소파에 앉은 두 사람에게 부대장이 말했다.

"조사 범위를 더 압축하면 되겠군. 그러면 나오겠지요?"

"나오기는 하겠습니다만…."

"그런데, 무슨 문제가 있어요?"

"확신범과 양심범이라면 범죄 행위를 은폐하는 양면성을 지니고 있습니다. 자신의 행위가 반정부체제를 뒤흔드는 세력에게 횃불로 작용하여 역사의 인물이 된다든가 하는."

이맛살을 찌푸리며 듣던 중령이 초록색 융(絨)을 덮은 유리판에 손가락을 문지르며 반문했다. 가끔 막막할 때마다 하던 버릇이었다.

"그래서요?"

"사건의 해결이 중요하지만, 잘못하여 애매하게 생사람을 잡게 되면 오히려 시끄러울 수도 있습니다. 그렇게 되면 사령부와 통치권에 누를 끼치게 됩니다."

"그럼, 어떻게 해야 합니까?"

실망한 표정을 억지로 감추려는 듯 부대장이 픽 웃었다. 소령은 뜨악한 표정으로 중령을 슬쩍 바라보았다. 볼멘소리로 중령이 말을 툭 던졌다.

"아, 그거야 범인만 송치하면 우리 일은 다 끝나는 거지요, 뭐. 그다음 일은 법무에서 알아서 할 일이고. 뭐 재판까지 우리가 신경 쓸 일은 아닙니다."

넌지시 부대장이 던진 애매모호한 결론을, 과장은 탁구 게임의 핑퐁을 주고받다가 공을 놓친 것처럼 동시에 그를 바라보았다. 의견을 말해보라는 눈빛이었다. 부대장과 과장을 번갈아 보던 그가 침착하게 입을 열었다.

"점점 확산 추세에 있는 군내 좌경 세력을 뿌리 뽑는 일과 별도로 예방 차원을 고려하라는 사령부의 지침이 있습니다."

"그게 뭔데?"

"군에서 복무하는 동안 밖에 있는 애들과 연락을 차단만 해도 소기의 목적은 충분하다는 것입니다. 지하조직은 접촉이 끊어지면, 대오가 흩어집니다. 그리고 확실한 범증이 없으면 곤란합니다."

"신 중사? 누가 그걸 몰라서 그래. 뭐가 그렇게 어렵나! 아무튼 빨리 잡기나 해요."

양미간을 찌푸리던 중령은 소령의 눈을 애써 피하며 그에게 괜시리 불퉁거렸다.

*

21명의 훈련병을 불러 모은 콘셋 막사는 더웠다. 중대장은 팔짱을 끼고 가만있었다. 아직 어둠을 따라가지 않은 밤 여덟 시의 더위를 대형 양철 선풍기가 졸 듯 돌았다. 더운 바람이 실내 공기를 쫓아다녔다. 두런거리며 들어선 병사들은 까맣게 탄 얼굴로 서로를 돌아보았다. 공포심과 약간은 호기심이 뒤섞인 채 되도록 벽의 가장자리 쪽으로 몰렸다. 중대장 앞쪽은 휑했고 술렁거리며 뒤쪽으로만 밀려들었다. 마치 닭장 속을 들이미는 사람의 손아귀에서 벗어나려는 닭들과 늦게 맞아야 회초리가 덜 아픈 학생들처럼.

"중대장은 너희들을 믿는다. 믿기 때문에 서로 솔직 하자. 얼마 전에 우리 중대에서 화장실에 불순한 낙서를 한 사람이, 이 자리에 틀림없이 있다는 것을 말해둔다."

허우대가 큰 중대장은 병사들을 휘둘러보며 연습이나 한 듯 천천히 입을 열었다.

"… 끝까지 나오지 않으면 내 소관을 떠나 수사기관에서 직접 추려낼 것이다. 그렇게 되면, 자수가 아니고 검거되는 것으로 문제는 커진다. 지금, 너희들의 필적을 과학수사연구소에 의뢰하여 감정하고 있다. 그러니 본 중대장이 말하고자 하는 뜻은, 미리 자수하여 이런 어수선한 분위기에서 헤어나 교육을 빨리 수료하고 자대로 배치받아야 하지 않겠나? 또한 여러분이 훈련받고 자대에 가서는 어떻게 생활해야 하는지 궁금할 것이다. 이 시간 이후에 중대장 사무실은 항상 열려있으니까, 누구나 찾아오면 면담이 가능하다. 알겠나?"

"이예잇!"

구릿빛으로 번들거리는 병사들의 목소리가 실내에 가득 울렸다. 그것은 기계적인 소음과 다름없었다. 일률적인 행동과 획일적인 사고조차도 군대가 요구하는 최고의 덕목이니까. 이틀 후 중대장이 연락도 없이 그의 사무실로 찾아왔다. 그는 다른 계장들이 함께 있는 사무실보다는 조용한 분위기를 얻어야 했다. 구내 이발관으로 따라온 중대장은 땀을 닦으며 사이다를 병째로 꿀꺽꿀꺽 마셨다. 문성은 중대장의 예사롭지 않은 눈빛을 읽었다.

"뭐 있어요?"

"계장님이, 말씀을 해주신 대로 나왔습니다. 한 녀석이 자수를 했거든요. 보기엔 전혀 그럴 놈이 아닌 것 같은데…."

"이쪽으로 데려오면 애가 겁을 먹을 테고, 우리가 가봅시다."

입이 툭 튀어나온 병사가 주뼛주뼛 중대장실로 들어왔다. 작업모 밑으로 땀방울이 뚝뚝 떨어지는 병사에게 먼저 중대장이 부드럽게 물었다.

"왜, 그런 낙서를 하였나? 괜찮으니까, 말을 좀 해봐."

"중대장님, 애가 급하게 뛰어왔나 본데, 뭐 음료수라도 마시게 해요."

그가 옆에서 슬쩍 거들었다. 중대장이 깜빡했다는 표정을 지으며 덧붙였다.

"제가 너무 급했나… 이분은 보안대에서 오신 계장님이야. 네가 솔직하게만 말해주면 잘 처리를 해주신다고 했으니까, 아무것도 숨기지 말고 차분하게 말해야 한다."

병사는 여자 허리처럼 쏙 들어간 푸른 콜라병을 들고 꿀 먹은 벙어리처럼 가만히 있었다. 병사는 무슨 생각이 들었는지 갑자기 병을 거꾸로 들고 꿀꺽꿀꺽 마셨다. 병사는 고개를 쳐들어 곁눈질로 흘끔흘끔 그를 살폈다.

"…변비 증세가 있어서 화장실에 오래 있었습니다. 그냥 하도 심심해서요. 잘못했습니다. 용서해 주십시오."

"인마, 단순히 낙서했다고 너를 탓하는 게 아냐. 왜 하필이면 그런 내용의 낙서를 했느냐, 그거라고. 그 낙서한 내용 말이야, 인마!"

양철 긁는 소리로 꽥 지르며 끼어든 중대장을 그가 손사래로 막았다. 그리고 병사를 달래며 말해보라고 얼렀다.

"… 군대에 들어오기 전에 대학생 친구에게 주워들은 건데, 우연히 생각나서 썼습니다. 정말 잘못했습니다."

그가 중대장을 미리 불러 일러준 일은 초보적인 방법이었다. 병사 21명에게 종이를 나누어줘서 벽면에 붙여 신문 논설식의 긴 내용 사이사이에 핵무기 절대 반대/민족적 자주통일 등을 넣어 쓰도록 했다. 병사들은 화장실 벽에 썼던 자세로 중대장이 부르는 대로 급하게 받아 적었다.

병사에게 그가 얼굴을 펴며 물었다. "군대에 오기 전에 사회에서 무슨 일을 하고 있다가 입영했지?"

"카센터에서 자동차 정비사로 있었습니다."

"주특기가 610?"

"예, 그렇습니다."

"배출할 때 직업하고 딱 맞는 좋은 보직을 찾아가면 되겠구먼."

그제야 약간 풀어지는 눈빛으로 병사가 대답했다. 그는 중대장에게 고개를 돌리며 눈을 찡긋하고 물었다.

"이 친구가 자수한 거 맞나요?"

의아한 표정으로 망설이던 중대장은 그제야 안도의 한숨을 내쉬더니,

"직접 제게로 와서 털어 놓은 거 맞습니다."

문성은 부대로 돌아와 운용과장 고 소령에게 결과를 보고했다. 그럴 줄 알았다는 듯 고 소령은 껄껄 웃었다. 반대로 부대장실의 공기는 어지러웠다. 씁쓸한 표정을 감추지 않던 중령의 걸걸한 목소리에 짜증 섞인 감정이 묻어났다.

"그놈, 신원조회는 확실하게 해본 거요?"

"사령부에서 주소지 보안부대에 하달해서 경찰 통보를 종합했으니, 이상 없을 것입니다."

"모처럼 한 건 할 수 있었는데, 무지하게 아쉽구먼."

전수건 중령이 바람 빠진 풍선처럼 내뱉었다. 그리고 소령을 외면하며 책상 너머에서 모래를 씹는 얼굴로 변하더니 이내 어두워졌다. 군대의 계급이란 갑과 을을 상징하지만, 갑과 을의 위치는 고정된 게 아니었다. 특히 육사 출신 대 비육사 출신들은 삼각형의 꼭짓점으로 올라갈수록 달라졌다. 가파른 정점을 향하여 올라갈수록 경사는 급해져서 미끄러지기 일쑤였다.

눈치 빠른 부하들은 첫째와 둘째 상급자의 현재와 미래의 서열을 눈여겨 보고 있었다. 상급자들이 벌이는 묘한 게임은 그에게 어떤 선택을 묵시적으로 요구했다. 그러나 선택에 관한 확신이 있어도 섣부른 표현은 자신을 옭아맬 게 빤했다. 그는 이미

동해안에 근무할 때부터 그런 속성을 알게 되었다. 지연과 혈연, 학연도 모자라 인연의 모든 갈래를 찾아서 내 편 만들기가 당연한 조직에서는.

18
시금털털한 막걸리

 사단본부에서 읍내까지는 4킬로미터 남짓이었다. 영외 거주자의 가족 대부분은 읍내에서 살고 있었다. 상사 계급장을 붙인 새파랗게 젊은 군인과 몇 번 마주쳤으나 소속은 몰랐다. 그는 상사가 라이방 선글라스를 쓴 채 지프를 타거나 버스정류장에서 내리는 것을 여러 번 보았다. 군사 업무와 직접 관련이 없는 그로서는 관심을 두지 않았고 알 바 아니었다. 오토바이를 타고 오고 갈 때 가끔 마주치는 부사관이라 궁금했다. 부대 가까운 공병대대의 부사관들과는 오가며 더러 눈인사를 나누었다. 선글라스를 낀 상사는 군복을 입지 않은 그를 몇 번인가 스쳤다.
 3주일마다 그는 일직사관을 했다. 밤새 군화 끈을 풀지도 않은 채 뜬눈으로 보내야 했다. 관할 전 지역과 부대는 물론, 사령부에서 하달되는 상황 때문이었다. 다행히 평온하다 싶으면 병사들은 텔레비전이 있는 당직실로 모여들었다. 병사들이라 할지라도 하는 업무가 다양하므로 그들끼리의 대화를 듣고 몰랐던 사실을 알게 되었다. 병사들의 그런저런 말꼬리에는 본부 사람들의 분위기마저 짐작하게 했다. 다른 간부들이 싫어하는 일직 근무를, 그는 부대를 파악하는 기회로 삼았다.

보안계 서무병으로 있는 병사가 말을 꺼냈다.

"피엑스에서 막걸리 마시고 토한 애들이 가끔 있나 봅니다."

"사단 피엑스?"

"사단이고 연대나 대대, 어디서나요."

"그런 일은 직할 보안반장이나 보안계장 소관이라 다 알아서 하는 거 아닌가?"

"우리 계장님이야, 월남에서 온 마당발인데 사단에 모르는 사람이 있나요. 뭐 물론, 알아도 모른 체 할 수 있고, 몰라도 스리슬쩍 넘어갈 수도 있겠지요?"

"몰라도 넘어간다는 건 또 뭐야?"

"세상만사 구렁이가 똬리 틀 듯 서로 얽히고설키면 그렇다는 겁니다."

"에이 씨, 말도 안 되는 소리! 애들이 마시고 잘못되어 식중독 걸리면 누가 책임을 져?"

*

그는 천윤두에게 물어볼까 말까 하다가 더 복잡할 것 같아 입을 다물었다. 그래서 오지랖을 접고 사무실에 남아 서둘렀다. 일직 근무를 한 다음 날 캄캄한 밤중이었다. 휘하의 추 상병은 장비함에서 가져온 폴라로이드 사진기를 어깨에 을러멨다. 신문성은 오토바이의 시동을 걸었다. 둘을 태운 오토바이는 숲속의 지름길을 이용해서 사단 P.X로 달렸다. 내리막길을 지나 구석진 곳에 있었다. 콘셋 막사들이 웅크려 줄지어 들어선 외곽이었다.

"엔진소리가 들리면 다들 눈치를 챌 터니, 여기다 세워놓고 걸어가지."

"그게 좋겠습니다."

저녁 식사를 마친 병사들은 하나둘 내무반을 빠져나왔다. 그러니까, 두어 시간 후 취침 점호가 있기 전까지 매점은 성황을 이룰 수밖에. 금방 식당에서 짬밥을 먹었는데도 P.X로 우르르 몰려가 뭐라도 먹으려고 들어갔다. 돌멩이를 먹어도 소화가 된다는 청춘의 끓는 피가 아니던가. 아니, 그 공간과 시간만이라도 자유였다. 눈을 부릅뜨는 중대장도 잔소리할 선임하사도 없는 끼리끼리의 자유. 짤막한 여유가 병사들을 평온으로 이끌었다. 뒤로 숨어있는 억압과 두려움이 잠시 모습을 감추었다고나 할까.

시끌벅적한 분위기였다. 윗 단추를 푼 상태로 탁자 위에 꽁치통조림과 고추장을 놓고 막걸리를 마시는 병사들, 작업모를 삐딱하게 쓴 채 담배를 피워대는 상병, 빠삭거리는 봉지를 뜯어 크림빵을 우걱우걱 씹어 콜라병을 기울이며 소곤거리는 두 명, 과자봉지를 뜯어 비스킷을 움질거려 삼키는 이병. 쇳덩어리를 삼켜도 될 만큼 배고플 스물 초반의 사내들이었다. 관리병은 두 사람이었다. 선임 병사가 물건 진열대 뒤쪽에 있는 창고로 들어가고 신병은 계산대 안에서 지폐를 헤아리며 오징어포를 꺼내고 있었다.

"보안부대 신 계장인데, 여기 책임자가 누군가?"

그는 곧바로 매장 안쪽의 창고에 들이닥쳤다. 대롱대롱 매달린 전등불 아래 선임과 또 다른 병사가 1/3쯤 비운 플라스틱 통에 물을 들이붓고 있었다. 병사들은 일에 몰두하여 그가 다그치는 말소리를 듣고서야 엉거주춤 일어났다.

"추강진, 저거 다 찍어라!"

눈 깜짝하는 순간, 추 상병은 익숙한 솜씨로 폴라로이드 셔터를 눌러댔다. 사진기가 즉석에서 몇 컷의 컬러사진을 토해 냈다. 사진에 안 찍히려고 손을 내민 모습. 허리를 굽혀 막걸리 통에 물을 붓는 모습. 막걸리를 마셨던 병사들에게 원액과 물을 탄 막걸리를 마셔서 다른 점을 확인하여 진술서까지 받아 냈다.

*

그는 부대 구내식당에서 병사들과 함께 저녁밥을 먹었다. 천천히 걸어서 공병대 정문을 지나 구멍가게 앞을 거쳐 나왔다. 구멍가게는 부대가 들어온 뒤 급하게 블록으로 얼키설키 지은 작은 집이었다. 벽에 기댄 선반 몇 칸에다 일용품 구색을 늘어놓았으나 군인을 상대로 김밥과 라면을 끓여 파는 게 고작이었다. 그 역시 출근길에 라면을 호호 불어가며 몇 번 먹었다.

그가 사글세로 빌려 든 초가집까지는 1킬로미터 정도였다. 간선도로를 가로질러 자드락길을 따라 걸었다. 구름에 가린 달이 가둬 놓은 논물에 창백한 빛으로 얼굴을 내밀었다. 이제 막 모내기가 끝난 논에서 개구리들이 시끄럽게 울다가 가끔 그쳤다. 사방은 검은 실루엣에서 점점 윤곽선을 잃어 갔다. 그는 미루나무들이 성깃하게 서 있는 길로 접어들었다. 집으로 돌아왔으나 주인 방의 불은 꺼져있었다. 마당의 수돗가에서 발을 씻고 방으로 들어왔다. 홑이불을 펴고 뒤척이다가 일어나 책을 꺼냈다. 형광등 불빛이 파리하게 책상 앞에 앉은 그를 비추었으나 밤은 이슥해졌다. 이웃에서 개 짖는 소리가 들려왔다. 커엉 컹 컹~

"계십니까?"

방문 밖에서 남성의 목소리가 조심스럽게 들렸다.

"누구요?"

"보안부대 계장님 계세요?"

젊은 남성의 목소리는 조심스러웠다. 운동복차림이었던 문성은 책을 덮고 벌떡 일어섰다. 그는 문을 열고 바깥을 내다보았다. 방안의 불빛이 어둠 속의 군인을 드러냈다. 상사 계급장이 붙은 모자를 쓴 낯익은 모습이었다. 가끔 읍내를 오가면서 몇 번 마주친 P.X 관리관이었다. 하얀 꾸러미를 손에 든 상사는 고개를 주억거리며 방안에 들어오려는 눈빛을 보였다.

"무슨 일로 오셨습니까?"

"잠깐 들어가서 말씀을 드리겠습니다."

그는 잠깐 머릿속이 복잡했으나 허락했다. 군화를 벗을 동안 낮은 책상 위에 놓인 박카스 한 병을 꺼냈다. 방에 들어온 관리관은 모자를 벗지 않았다. 꾸러미를 방바닥에 내려놓고 아주 어두운 표정으로 무릎을 꿇었다.

"관리관입니다. 제 불찰로 계장님한테 잘못했으니 무조건 용서해 주십시오."

"무슨 말씀이오?"

"아까, 우리 피엑스에 오셔서 사진을 찍으셨다면서요?"

"신고가 들어와서 확인했을 뿐입니다."

"사실은 제가 오기 전부터 해왔던 것이고 뭐 특별히 병사들에게 해로운 일도 아닙니다."

"그러면 공익 제보를 받은 내가 쓸데없는 짓을 했다는 말인데…."

"누가 그런 일을 제보했습니까?"

"관리관님, 우리 부대에서 하는 일까지 전부 설명드려야 하나요?"

"아, 아! 그건 아닙니다!"

얼굴색이 점점 변한 상사는 긴장과 변명이 뒤섞여 엉뚱한 말이 튀어나왔음에 당황한 표정이 역력했다. 그렇지만, 어디까지나 겉으로 드러난 표정과는 달리 당황하거나 허튼 말이 튀어나오지는 않았다.

"관리관님, 내가 궁금해서 그러는데, 좀 물어봅시다. 병사들이나 젊은 장교들은 뭐든지 한 참 먹을 나이입니다. 쇠젓가락도 씹으면 녹는다고 하잖아요. 부모들이나 친구들과 떨어져 한참 놀고 돌아다닐 나이에 군대에 와서 낙이라고는 먹는 것 아닌가요? 그래서 관리관의 소임은 장병들의 건강과 복지를 위하여 현지에서 조달되는 물품은 철저하게 관리하는 거 맞죠. 힘든 근무와 점호를 마친 자유시간에 마시는 막걸리를 그렇게 불량식품으로 만들면 안 되지요!"

"계장님, 정말 그건 오해십니다. 전국 육군의 피엑스를 몽땅 털어봐도 우리 사단 막걸리가 최상품입니다. 각하께서도 골프장에 오시면 경호실에서 미리 준비했다가 드신다고 하지 않습니까. 그 양조장에서 가져오는 제품이니까, 원래 다른 지역에서 밀가루를 섞어 대충 제조하는 막걸리와 질이 달라요. 요즘에 양조장들이 거의 다 밀가루에 누룩으로 만들어도 이건 쌀이 많이 들어갑니다. 아니, 내가 알기로는 거의 쌀이 더 들어가고 도수가 높아서 깨끗한 물을 적당히 섞어주면 마시기도 부드럽고 침전물도 덜 생긴다고 합니다."

"그래서 물을 넣었단 말씀이지요?"

"… 그, 그것은."

"그래요, 시인하셨으니 그렇다 쳐요. 어쨌든 품질도 품질이오만, 가령 잘못 제조된 막걸리를 마시고 병사들이 설사하거나 식중독에 걸리면…, 그건 그냥 식품에 대한 잘못으로 끝나는 게 아닙니다. 만약에 누군가가 특정한 목적을 가지고 아군이 마시는 물에 독약을 풀거나 세균탄을 터트려 오염시킨다면 어떻게 되겠어요. 적들이 아군에게 총 한 방 안 쏘고 손쉽게 이기는 방법이기도 합니다. 그래서 일반이 보는 같은 범죄 행위라도 보안부대와 헌병대가 각각 서로 다른 시각으로 보는 겁니다."

그는 까만 눈을 반짝이며 상대방을 뚫어지게 바라보았다. 그리고 이제껏 말을 아끼던 것과 달리 조곤조곤 말을 이어갔다. 그러자 사내는 내리깔던 눈을 깜박거리더니 재빨리 가져왔던 꾸러미를 앞으로 끌어다 내어놓았다. 펼쳐진 꾸러미 안에는 맥스웰 커피 2병과 미제 치즈 3갑이 들어있었다. 사내는 아주 자연스럽게 두툼한 흰 봉투를 꺼내 그의 앞에 들이밀었다. 천원권 지폐가 들어 있는 10만 원.

"계장님, 저어 이거 약소합니다만….”

덤덤한 말투를 가장한 행위가 드러났다. 그의 예감은 틀리지 않았다. 느끼고 있었건만 현실이 그의 머릿속을 쿡 쥐어박았다. 약소? 뇌물? 상납? 순간, 이걸 받아? 말아? 순간적으로 몇 달분 봉급의 액수가 자기의 머리를 쥐어박았다. 불현듯 고향의 어머니와 남동생의 모습을 암암히 떠올렸다. 돈의 유혹은 달콤하고, 양심은 한풀 꺾여 머릿속이 어지러웠다. 굶어 뒈지지 않을 정도로 살아왔던 자에게 독약과 보약을 선택하기란 고역이었다. 그는 천사와 악마의 틈에 시달렸지만, 표정을 들키면 안 되었다. 그는 내키지 않은 표정을 누그러뜨렸다. 그가 봉투에 눈을 꼬나보고 있는 찰나, 관리관의 얼굴에서 경멸의 눈빛이 스쳐 지나갔다. 순간을 놓칠세라 상사는 반지빠른 말문을 속사포처럼 쏘았다.

"계장님, 직할대 말고도 각 연대나 대대까지 사단 예하 피엑스가 수십 곳입니다. 제가 통제를 한다고는 한다지만, 그 부대의 피엑스를 감독하는 선임 부사관들이 장난칠 수도 있고 멀리 떨어져 있어 사실상 통제하기가 어렵습니다. 아무튼 이번 일은 부디 좋은 방향으로 선처를 해주시면 감사하겠습니다. 계장님도 저도 내일 출근하셔야 하고 밤이 깊어서 이만 가겠습니다. 뭐 이것도 인연이라면 인연인데, 앞으로 술 한잔 생각나시면 읍내든 어디든 연락만 주세요. 바로 달려가겠습니다. 인간이 뭐 별거 있습니까? 다 거기서 거기죠. 아무튼 자알 부탁합니다.”

관리관은 머리를 조아리며 날숨쉬듯 이악스러운 말을 천천히 내뱉었다.

"알아보시면 저도 그렇게 나쁜 사람이 아닙니다. 베트남에서도 보안부대 친구들과 업무적으로 서로 많이 돕고 잘 지내왔습니다. 소속된 부대가 달라도 같은 부사관끼리 어려울 적에 서로 힘이 되면 나쁠 게 뭐 있겠습니까."

언중유골(言中有骨), 말속에 뼈가 들어 있었다. 그가 말릴 틈을 주지 않고 관리관은 문밖으로 얼른 나갔다. 툇마루에 앉아 등을 구부려 개조하여 지퍼를 매단 정글화를 재빨리 신었다. 벌떡 일어나 뒤돌아서서 그에게 고개를 꾸벅했을 때 관리관의 얼굴은 살짝 번진 야릇한 웃음기가 감돌았다. 육군상사는 등을 보이며 허겁지겁 금세 황량한 어둠 속으로 사라졌다. 뚝 그쳤던 풀벌레 우는 소리가 다시 들렸다.

그는 불청객을 삼켜버린 어둠을 멍하니 바라보았다. 왜? 마지막 그 순간에 옴짝달싹 못 하고 꿀 먹은 벙어리가 되었을까. 그는 돈봉투를 내팽개치지 못한 자신이 한심하고 바보스러웠다. 다시 방문을 닫고 봉투를 보면서 차츰 부글부글 끓던 감정이 요동쳤다. 두툼한 지폐를 만져보니, 가게에서 꼬깃꼬깃한 푼돈을 쥐고 계실 어머니가 불쑥 떠올랐다. 불을 끄고 몸을 뉘었어도 욕망이 들끓어 눈이 멀뚱멀뚱했다. 그렇지만, 장마철의 소나기처럼 차츰 냉정한 마음으로 변하기 시작하더니 점점 은근히 분노가 치밀어 올랐다. 가끔 가난이 만들어 낸 분노가 그를 위태롭게 이끌었다. 어떤 힘이 솟구치면 나름대로 정의의 기준이 되었다. 정말 피엑스 관리관 저 자식이 나를 뭘로 보는 거야? 어떤 비리라도 걸렸다 하면 여태껏 이딴 식으로 빠져나갔을 거 아닌가? 그런 생각이 생각을 자꾸만 데려오고 이미지가 이미지를 끌어온 파장이 그에게 또 다른 그림을 그렸다. 베트남에 온 철수 병력이었을 테니, 닳고 닳은 놈일 것이라? 더구나 그곳에서도 피엑스 관리관을 했을 테니 엄청나게 도둑질을 해 먹었을 것이며, 직속상관과 또는 헌병대와 보안부대 같은 관련자들에게도 나눠줘 눈 가리고 입막음했을 터. 그렇다고 한다면, 돈이나 선물 따위로 그들에게 조금 전의 말본새처럼 손바닥을 쓱쓱 비비며 어떤 위압도 비켜나갔단 말이지? 그는 마음을 가라앉히지 못하고 몸을 이리저리 뒤척거렸으나 잠이 오지 않았다.

의뭉한 부대장은 무슨 생각인지, 가끔은 부대원들에게 업무의 구분을 가리지 말고 뭐든지 다 보고하라고 다그쳤다. 업무 실적은 부대장들의 근무평점에 반영이 되므로 그럴 수가 있었다. 상급자와 하급자의 소통이란 먼저 업무가 우선이었다. 그다음에는 물고 물리는 여러 가지 방법이 필요하겠지.

문성에게는 가끔 타닥타닥 장작불 타듯 젊은 혈기가 앞섰다. 차분하고 유연해지지 않았다. 그러나 그따위의 에너지는 억압된 군대 조직에서 그다지 도움이 되지 않았다. 혈기로 인해 좌절된, 그럴 때마다 깊은 숨을 들이키며 냉정을 되찾으려고 애썼다. 권력의 꼬리에 완장을 찼지만, 아직 그는 거대한 군대 조직 안에서 애송이에 불과했다. 더 넓고 긴 안목의 그물을 치고 큰 물고기를 잡기에는 한계가 있었다. 자신의 담당 업무는 아니었지만, 우연한 기회에 한 건을 잡은 것이다. 그의 머릿속에는 벌써 보고서의 윤곽이 자리를 잡았다. 책상 서랍에서 백지를 꺼내 접어진 선 위에 볼펜으로 막 휘갈겨 썼다.

> 분류: 보안-3
> 수신: 부대장
> 참조: 운용과장
> 제목: P.X 비리 적발 보고
> 1. 개요: 당 관내 피 지원 부대의 영내 매점에서 탁주를 우물물과 혼합하여 판매함.
> 2. 일시 및 장소: 1974. 6. 5. (목) 20:10 사단 공병대대
> 3. 대상자 인적 사항: 상병 이무기 외 1명
> 4. 내용: …상기 병사들은 매점에서 탁주 통에 퍼온 물을 섞어…
> 5. 의견 및 조치: 상기 명들의 행위는 상습적이며 고질적인 비리로 장병들의 건강을 해치게 됨은 물론, 군 전투력의 위해요소로 여겨지는 바 윗선의 개입 여부를 밝혀 지휘 조언이 요구됨.
> 첨부 : 1. 현장 사진 4 장
>   2. 진술서 1부
>   3. (봉투) 현금 10만 원. 끝

 잠을 설치다가 그는 가까스로 눈을 감았다. 새벽닭이 길게 울어 눈을 떠보니, 바깥의 날빛이 문에 서렸다. 무슨 꿈을 꾸었는데 아리아리하여 기억이 나지 않았다. 동쪽 하늘을 부윰하게 들치고 나타난 빛이 들녘에 서려 있는 안개를 조금씩 걷어냈다. 몹시 더워질 모양이었다. 그는 벌떡 일어나 얼굴을 씻고 나서 간밤에 쓴 보고서를 챙겼다. 구름을 걷어낸 햇살이 조금씩 강하게 비쳤다. 점퍼 차림으로 여느 날보다 조금 빠르게 집을 나섰

다. 공병대대 앞에 있는 가게 문이 열려있었다. 빠글빠글 머리 한 여인에게 그는 라면을 주문해서 국물부터 훌훌 마셨다.

부대 안의 병사들이 사무실 청소를 마치고 그에게 고개를 꾸벅거렸다. 병사들이 식당으로 간 사이에 그는 보고서를 다시 훑어보고 안주머니에 넣었다. 소령이 주재하는 아침 간부회의가 끝나고 한참 후 그가 부대장실 문을 노크하자, "들어와!"라고 중령의 목소리가 들렸다. 당번병이 눈짓으로 그에게 문을 열게 했다. 이번에 그는 은은하게 풍겨오는 럭스 비누의 향기를 맡지 못했다. 긴장했기 때문이다.

"무슨 일이야?"

의자에 앉아 신문을 펴 들고 있던 중령이 찌무룩한 얼굴을 내밀었다. 신문지를 책상에 내려놓더니 그가 내민 보고서를 한참 동안 훑어보았다. 고개를 쳐든 중령은 콧구멍을 벌름거리며 펴진 얼굴로 너털웃음 소리를 냈다.

"허허허~그런데, 신 중사? 왜, 현금까지 첨부했나?"

"부대장님께서 회의 때 피 지원 부대 지휘관의 사각지대를 우리가 캐내어야 지휘 조언한다고 말씀하신 대로 가감 없이 보고한 것입니다."

"그래, 이런 비리 적발은 지휘 조언의 효과가 있지. 이런 건 과장과 계장들을 경유하지 말고 내게 바로 직접 보고하는 게 좋아. 단계를 거치면 일 처리가 시끄럽고 애매모호하거든. 아무튼 수고가 많았어요. 사단장은 바로 나한테 뒷덜미 잡혔다고 생각할 거고, 창피해서 아마도 관리관 이 자식은 사단장한테 혼쭐날 거야. 신 중사? 그리고 말이지, 이 돈을 첨부했다는 건 우리 부대원들이 알아서 좋을 거 없어. 내가 사단장에게 되돌려주며 개망신을 줄 테니까."

그제야 의자에서 벌떡 일어난 중령은 그에게 반갑게 손을 내밀었다. 그리고 벌어진 입을 다물지 못했다. 그에게 처음 있는 일이었다. 웬만해서는 웃음기가 감돌지 않았던 중령의 얼굴이 느긋하게 풀어졌다. 처음 신고식을 할 때와는 전혀 다른 부대장의 모습에서 그는 사람의 속성을 또 다르게 느꼈다. 목에 빳빳하게 힘이 들어갔던 중령은 전혀 다른 얼굴이었다. 그러니 느물느물한 중령이 사단장한테 지휘 보고의 명목으로 조언했는지는 아무도 모를 터.

사단장이 수많은 병력의 일거수일투족을 샅샅이 다 알기는 어려운 일. 더구나 멀리 떨어진 휘하의 하급 부대로 내려갈수록 명령은 약하게 전달되었다. 그래서 작은 부대에서는 성과는 보고해도 비리나 잘못은 되도록 감추거나 보고하지 않은 일이 많았다. 그런 것을 들추어내는 곳이 보안부대나 헌병대였다. 그러나 헌병대는 사단장의 예속부대이므로 보고가 어긋나거나 한계가 있었다. 사단장이 통솔지역에서 미처 살펴보지 못한 첩보를 제공하는 지휘 조언 방식은 보안부대가 유일했다.

이튿날이었다. 빨간 바탕에 흰색★★ 깃발이 나부끼는 연병장의 사열대에 누군가가 서 있었다. 팔짱을 낀 참모장이었다. 사단을 총괄하는 대령이 보는 앞에서 P.X 관리관 상사는 완전군장으로 연병장을 10바퀴나 돌았다. 숨을 헉헉거리며 비 오듯 흘린 땀이 온몸을 적셨다. 그 소문은 금세 입에서 입으로 떠돌았다. 하루 이틀 이루어진 비리도 아니고 상부에서 모를 일도 아니건만, 상사의 꼬락서니는 미묘한 짓거리였다. 어쨌건 참모장이 연출하고 직계선 상 부하와 짜고 치는 노름판일지라도 징벌하는 모양새는 확실했다. 사단장과 대령 또한 모욕적인 소문을 쉽게 여기지는 않았으리라. 그렇지만, 며칠이 지난 후였다. 막걸리 맛은 여전히 밍밍했고, 라이방 선글라스를 쓴 P.X 상사는 언제 그랬냐는 듯 그 깔끔한 모습으로 우쭐대며 읍내를 싸돌아다녔다.

*

이틀 후 장수목이 퇴근 무렵 후배인 그에게 전화했다.
—어떤가? 요즘 서로 바빠서 통 본지 오래되었는데, 우리 저녁이나 먹자고.
—선배님, 어디로 갈까요?
—이 근처에는 먹을 만한 데가 없으니까, 읍내로 나와.
—정 선배님도 옵니까?
—그 자식은 요즈음 공룡천에서 낚시질로 바쁠 거니까, 오늘은 우리만 따로 만나지.

교외선 철도역 앞의 공터에서 한참 올라오면, 5일 장터로 빠지는 좁은 길이 있었다. 차 한 대가 겨우 지나다닐까 말까 한 길을 사이에 두고 순댓국집이며 식당들이 연이었다. 곰탕집은 주점들과 색시 촌의 중간쯤에 있었다. 미리 와서 빠글빠글 볶은 머리의 여주인에게 뭐라고 능글맞게 떠드는 게 장수목이었다. 우락부락했던 장수목의 모양새는 갈수록 제법 말끔해졌다. 머리에 포마드를 바른 거며, 거무데데한 피부도 뽀얗게 번들거렸으며, 밤색 줄무늬가 있는 콤비 재킷까지 걸쳐 제 나름 신사의 티를 냈다.

 소고기 수육을 주문한 장수목은 서너 점씩 젓가락으로 집어 마구 삼켰다. 이어 맥주병이 따라놓은 유리잔의 거품을 쭉 들이마셨다. 쉬지 않고 궁싯거리며 주절거리는 입담은 여전했다. 그 자리에도 없는 정승룡을 들먹거리면서,

 "저번에 승룡이와 둘이서 말이야, 사실은 용두골에 갔었지. 그쪽에 근무하는 동기생이 우리를 불렀거든. 그 친구는 미군 군수부대 담당이야. 이 자식은 복이 많아서 처음부터 그곳에 근무했으니까, 이젠 완전히 그 지역을 앉아서도 훤히 꿸 정도로 지역 장비가 다 되었더라고. 한잔 빨자고 했더니, 우리를 그 유명한 아가씨들 있는 데로 데리고 갔거든. 그런데, 승룡이 그 짜식이 꾸어다 놓은 보릿자루처럼 재미없게 노니까, 분위기를 망쳐서 술맛이 다 떨어졌다고. 제 딴에는 자리를 깔려고 신경을 쓴 동기생 놈이 너희들 다시는 오지도 말라고 주둥이가 툭 튀어나온 거야. 하기는 그 녀석도 원래는 꼬질꼬질했는데, 이게 미군 부대를 담당하더니만 아주 신수가 훤해졌더라니까. 사람은 원래 환경에 따라 변하거든."

 "그렇겠네요."

 "이다음에 기회가 되면 같이 한번 꼭 가보자고. 음… 후배님? 자, 그건 그렇고 말이야, 그리고 그거 어떻게 된 거야?"

 "무슨 말씀인데요?"

 "아, 그거 말이야. 사단 피엑스 관리관 새끼 건? 여기저기 소문이 쫙 퍼졌는데, 내가 그걸 모르면 직무 유기이고 간첩이지,

뭐겠어. 사단 안에 소문까지 난 걸 제임스 본드인 내가 모를 리 있겠나. 그런데, 진짜 웃기더라고. 씨발! 어떻게 소문이 더럽게 났는지 거의 다들, 내가 피엑스 상사를 건드린 걸로 잘못 알고 있더라고. 하긴, 당연히 이 장수목이가 잡았을 거라고 믿었겠지. 당연히! 정말 내 입장으로 씨발, 그걸 구차하게 변명하기도 그렇고 해서 아무 소리 안 하고 웃기만 했어. 그런데 가만히 생각해 보니 성질이 나서 미치겠더라니까."

"아, 선배님 입장이라면 그랬겠군요."

"이봐요, 신문성 씨. 그런 거 있으면 미리 나한테 좀 귀띔을 해주지 그랬어? 그렇게 했으면 내가 잘 처리해서 누이 좋고 매부 좋은 일로 만들었을 거 아냐."

곱씹는 표정이 스치는 장수목은 격앙된 말투를 애써 눌렀다.

"… 거기까지는 미처 생각을 못 해서 미안합니다."

"아니, 그건 뭐 내가 뭐 꼭, 후배 님을 뭐 오해하려고 하는 건 아니야. 직할 반장 박 상사 새끼가 같은 부사관끼리 이해를 좀 해주면 좋겠는데, 계속 쫑꼬를 주면서 나를 갈구는 거야. 우리 사단 직할 보안반에서 적발해야 할 일을 당신에게 **빼앗겠다나** 뭐라나. 나도 그 말을 듣고 나니, 은근히 분통이 나더라고. 자자, 한 잔 더 받아요."

선배의 두서없이 애매모호한 말장난이 그를 멍하게 만들었다. 우려스러웠지만, 어쩌란 말인가? 숟가락으로 병마개를 퐁 소리가 나도록 따던 장수목이 OB맥주를 유리잔에 쏟았다. 그의 잔에 거품이 넘쳐흘렀다. 군대의 선배는 일상에 더 영향력을 끼쳤다. 그러나 장교 아닌, 부사관이라는 계급적 한계가 명확한 틀에서는 잠재적 경쟁을 지니고 있었다. 군대와 부대의 속성을 어느 만큼 알게 된 그로서는 선배와 자신의 동질적인 안타까움에 공감대를 두었다. 거기까지였다. 말 한마디에 천 냥 빚을 갚는다고 했다. 그는 말대꾸가 길어져 봐야 좋을 게 없다는 생각이 들었다.

"선배님 말씀대로 깡통 계급장을 달고 나서봐야 뭐가 있겠습니까. 앞으로는 잘 살피면서 일하겠습니다."

"아이고, 뭘 그러시나? 내가 경험자로서 조언하는 거라고 해두지. 그런데, 씨발, 우리하고 같이 시험을 봤다가 떨어진 친구가 3사관학교를 나와 장교로 임관했다니까. 그놈이 조금 있다가 우리 부대로 전입 해오면 우리는 굽신굽신해야 사는 거야. 내가 한 말을 깊이 두지 마요. 좋은 게 좋은 거라고. 나는 그저 우리가 똑같은 처지라서 서로 돕자고 그런 거니까."

장수목답게 상황을 재빠르게 간파하고 홀짝홀짝 맥주를 마시며 비스듬히 비켜났다.

문성이 사무실에서 바깥으로 잠깐 나간 사이였다. 서무병이 식당 옆에서 들판을 바라보던 그에게 들어오라고 손짓했다. 고태구 소령이 문성을 불렀다는 것이다. 과장은 약간 긴장된 얼굴로 부러지게 명령했다.

"통일로 검문소에서 거동 수상자를 잡았다는데, 이리로 데려오라고 했으니 신 계장이 한번 조사해서 결과 보고해."

"사무실은 다른 계장들의 일에 방해가 되니까 내무반에서 따로 조사하겠습니다."

"하긴, 그래. 보안 문제도 있고 하니 그런 게 좋겠구먼."

실무자에게 먼저 보고 되어야 할 일이 거꾸로 내리꽂혔다. 생각할수록 은근히 부아가 치민 그는 화를 삭이느라고 얼굴이 불그레했다. 검문소에 근무하는 책임자는 그보다 후배였다. 서무병이 굳은 얼굴을 살피며 눈치를 채고는 바로 전화를 바꾸었다.

－거동 수상자를 보고했다고?

－지금 제가 본부로 가려고 합니다.

－잠깐! 최 하사 자네가 봤을 땐 뭐가 수상한데?

－중요한 거라 전화로 자세하게 말씀드리기는 그렇고요, 일단은 과장님께 보고했거든요.

－자네는 업무보고 체계도 모르는 거야? 정신없어 그런 거야?

－아무튼 말씀은 부대에 가서 드리겠고요, 시간이 없어서 출발하겠습니다.

－데리고 내무반으로 바로 오라고!

점심을 먹고 오후의 햇덩이가 쨍쨍할 무렵이었다. 검문소의 최 하사는 후줄근한 점퍼 차림의 마흔쯤 되는 사내를 지프에서 데리고 사무실로 들어왔다. 식곤증으로 책상들 앞에서 머리를 찧고 있던 모두가 일제히 고개를 쳐들었다. 그들은 외부인이 찾아온 그 까닭이 몹시 궁금했다. 그래서 자신들과 처지가 다른 낯선 이방인을 이상한 눈빛으로 바라보았다.

"추 병장? 그분을 내무반으로 데리고 가."

그는 제 맘대로 설치는 검문소의 후배가 몹시 못마땅했다. 이제 겨우 검문소에 배치되어 실무를 잘 모르면서도 도대체 시키는 대로 하지 않은 일이 그랬다. 오죽하면 후배조차 다룰 줄 모르는다는 다른 계장들의 말 없는 눈빛을 의식했을까. 말 한마디가 그의 민낯을 까발리는 결과로 이어진다는 사실을 모를 리 없었다. 부풀어 오르는 성질을 꾹 참았어도 감정은 버석버석 말라 비틀어진 낙엽 같은 느낌이었다. 서무병이 눈치 빠르게 얼른 사내를 데리고 나갔다. 검문소의 하사는 볼펜으로 휘갈겨 쓴 보고서를 문성 책상에 놓았다. 거동 수상자에 대한 첩보 보고서는 제목과 달리 특이한 내용이 별로였다.

"최 하사, 당신이 대공 용의점으로 봤다는 게 이거란 말이지? 주민등록증하고 장본인이 동명이인이고, 미군 부대에 들락날락한다는 거? 다른 건 또 없어?"

"별다른 건 없습니다."

"그래서 거동이 수상해서 온 부대가 시끄럽도록 비상을 걸었구먼?"

"도망갈 수도 있으니까요."

이악스럽게 꼬박꼬박 대꾸하는 후배의 말본새를 어찌하지 못했다.

"더운 날씨에 수고했어. 그러나 일단 조사는 해보겠는데…, 자넨 아무래도 저기 대공 활동 자료집을 가지고 가서 공부 좀 더해야 할 것 같아. 이따가 조사 마치고 전화합시다."

그는 이글거리는 눈을 치뜬 채 다그쳤다. 득달같이 달려왔던 최 하사는 지프 안에서 커다란 미군용 가방을 꺼내놓고 떠났다. 몸을 늘어뜨린 사내는 가방을 집어 들고 그를 따라 들어왔다. 내무반 안에는 아무도 없었다. 콘셋 막사 안은 후끈 더웠다. 대형 선풍기의 날개가 소리를 내며 돌아가자, 밤꽃 냄새와 수컷의 살갗이 내뿜는 묘하고 비릿한 냄새가 떠돌았다. 병사들의 관물대 끄트머리에 총기대가 놓여있었다. 까만 M16 소총 덮개가 사열하는 병사들처럼 꼿꼿하게 세워져 누워 있었다.

물 주전자와 컵을 든 서무병을 따라 들어온 사내가 엉거주춤 두리번거렸다. 문성이 들어오자 사내는 더욱 주눅이 든 표정으로 멈칫했다. 문성이 들고 온 조서 용지를 침상에 탁 던져놓고 걸터앉았다. 눈을 크게 뜬 사내에게 그가 부드럽게 말했다.

"거기 앉으세요. 여기에는 왜 오셨다고 생각하십니까?"

"… 통일로 검문소에서 수상한 점이 있다고 해서…."

"직업은요? 쉽게 묻겠습니다. 뭣해 먹고 삽니까?"

"남대문시장에 물건을 대주고 있습니다. 그래서 용주골이나 동두천, 의정부에 있는 미군 부대를 자주 갑니다."

"주로 어떤 물건을요?"

"대중없어요. 군대 장비나 군복 같은 것은 말고 주로 초콜릿이나 양담배, 커피, 버터, 치즈, 식용유 뭐 그런 겁니다."

"저기 가져온 것은 뭡니까?"

"아, 저거요? 미군 부대 구내식당에서 쓰는 것들인데요. 나이프, 스푼, 포크와 스테인 식판입니다. 얘네는 물자가 풍부해서 웬만한 것은 다 버리고 새 걸로 쓰거든요. 쓰레기통에 버린 걸 주워 와서 재생하여 깨끗이 닦아서 내다가 팝니다."

주전자를 기울여 컵에 물을 따른 문성이 사내에게 권했다. 사내는 목이 말랐는지 허겁지겁 단숨에 물을 들이켰다. 물컵에서 입을 뗀 그가 급소를 찌르듯 물었다.

"미군 부대에 아는 사람 많겠네요?"

"저의 집안이 사변 나서부터 원래 동두천에 살았거든요. 그쪽에서 중학교까지 다녀 친구들이 많습죠. 양공주 동생들이 소개해 준 미군들도 있고요, 카투사 계통으로 근무하던 한국 문관들도 있습니다. 친척 형이 피엑스하고 길을 터놔서 양키 물건을 취급하니까 도와주고 있어요."

"그런데, 왜? 주민등록증하고 이름이 달라요?"

"… 그건요? 아, 그래서? 그랬구나. 말씀을 드리죠. 이전에는 미군 부대에 출입했던 형님의 이름으로 등록이 되었걸랑요. 제 이름으로 다시 출입자등록을 하려면, 신원조회다 뭐다 절차가 복잡해서 당분간 그대로 써먹었던 겁니다요. 아까 검문소에서 그것 때문에 저더러 간첩이라고 해서 분하고 힘들었습니다. 계장님께서 제 말씀을 못 믿으시면요, 당장에 남대문 대도시장에 가서 확인을 해보셔도 아실 겁니다. 저 그렇게 나쁜 사람이 아니에요."

사내는 당황한 기색을 보이며 움찔했다. 그는 사내의 흐려진 눈빛을 보고 다그치며 쐐기를 박았다.

"그건 조회해 보면 나올 겁니다."

"조사계장님, 이런 말씀을 드리면 어떻게 생각하실지 모르겠습니다만… 아까 저를 여기까지 데리고 오신 검문소 대장님에게 검문을 여러 차례 당했습니다. 저번에는 파카 45 만년필도 드리고 양담배까지 드렸는데, 한두 번도 아니고, 오늘은 왜 또 그런지 잘 모르겠어요. 제가 이상한 사람이라면 진즉부터 뒷조사를 했어야 할 것 아닙니까?"

사내가 파르르 떨며 우는 표정으로 볼멘소리를 지껄였다. 그가 생각에 잠기더니 울먹이는 사내의 말을 잘랐다.

"알겠습니다. 그래도 오셨으니, 이런 식으로 진술서를 써 주세요."

서무병을 불러 사내를 감시하도록 지시하고 그는 다시 사무실로 돌아왔다. 남대문경찰서와 서울 보안부대에서 사내의 신원이 확인되었다. 서무병이 구불구불한 글씨로 쓴 두 장의 진술서를 그에게 내밀었다. 조금 전 사내가 말했던 내용이 그대로 적혀있었다. 문성은 훑어보고 병사에게 지문을 찍도록 눈짓으로 지시했다. 손가락에 묻은 빨간 흔적을 화장지로 지운 사내는 그를 쳐다보았다.

"조사를 마쳤으니 돌아가셔도 됩니다."

안도의 눈빛을 보인 사내가 무슨 생각이 났는지, 득달같이 달려가 가방을 집었다. 그리고 미군용 가방을 뒤적거려 달그락거리더니 번쩍거리는 포크와 나이프를 한 움큼이나 쥐었다.

"아이고 정말 감사합니다. 지금은 이것밖에는 드릴 게 없네요."

"마음만 받겠습니다."

문성은 손사래를 치며 뿌리쳤다. 승강이를 포기한 사내는 머리를 조아렸다. 진심이 담겨있는 사내의 눈빛을 그는 측은하게 바라보았다. 그는 사내가 혹시 거절의 의미를 오해할까 싶어 잘 달랬다. 지프차 운전병을 불러 사내를 버스 길까지 태워주도록 마무리했다.

19
파도가 삼켜버린 악몽

 부대장이 바뀌었다. 전수건 중령은 후방지역 부대의 과장으로 전출되었다. 후임은 사령부에서 온 손남식 중령이었다. 부대원들은 바짝 긴장했다. 새로 온 지휘관의 코드에 부하들이 길들여지는 기간이 위험했다. 감찰실에서 부대원들의 비리를 캐며 악명 높은 소문이 돌았던 손 중령 아니던가. 땅땅하면서 깡마른 외모는 매부리코의 뱁새 눈으로 독수리를 연상하게 했다. 생김새부터가 전혀 달랐다. 전임자가 무거운 허우대로 의뭉하여 말수가 없는 반면, 후임자는 의심이 많아 가볍고 거침없이 내뱉는 성격이었다.
 "당신들 말이지, 정신 차려! 베트남에서 근무할 때처럼 윗사람들한테 짜웅이나 하고 엉뚱한 짓을 벌였다가는 큰코 다칠 줄 알아. 다른 것은 몰라도 뒷구멍으로 처먹는 부대원들은 재분류해서 103 보충대로 그냥 보내버릴 거라고. 그렇지만 말이야, 충실하게 일하는 부대원은 내가 책임지고 도와주겠어."

깐깐하기로 소문난 부대장의 첫 훈시는 채찍과 당근을 던졌다. 공갈과 협박이 반반 섞인 선전포고였다. 감찰장교로 오랫동안 근무해서 그럴 거라고. 부사관들끼리 있는 사무실에서 천윤두 중사가 좌우를 살피며 사족을 붙였다. 자리가 일을 규정하므로 남을 의심하는 버릇이 있을 거라는 의미였다. 대가리가 바뀌면 몸통도 변했다. 으레 각 연대에 파견된 반장과 간부들의 인사이동이 따랐다.

"신 중사? 최전방에서 일이 터지면 어떻게 되는지 알고 있겠지? 전임 반장이었던 황 상사처럼 엉뚱한 일을 저지르면 곤란해. 징계를 먹어 타 부대로 전출되지 말라고. 그래서 특별히 당신을 보내는 거야. 총각이고 책임감이 강하니까."

이제 갓 부임한 중령은 시퍼렇게 날이 서있음에도 그의 손을 힘껏 쥐었다. 손에 힘을 잔뜩 실은 중령의 뜻 모를 의미가 그에게 그다지 나쁘게 느껴지지는 않았다. 후임은 당분간 다시 진담배 중사가 맡기로 했다. 계장들은 그에게 이중적인 속내를 보였다. 사무실에서 그동안 정들었던 마음과 자신들보다 업무적으로 평가가 나은 후배를 보지 않아도 된다는.

천윤두가 그에게 한마디 툭 던졌다.

"신 중사? 거기는 행정적으로 연대 반에 편성이 되어있지만, 거의 본부와 직통으로 할 일이 태반이야. 황 상사가 부정만 안 저질렀어도 잘 나가는 곳인데…."

"아직 업무가 서툴고 보안반 근무도 처음이라 걱정이 됩니다만."

"그쪽 보안반은 지역이 넓어 일이 좀 많아서 그렇지, 백 대위가 부드러운 사람이라 스트레스 받을 일은 별로 없을 걸."

진담배 중사가 질세라 끼어들어 말을 보탰다. 엄칠구가 항공참모를 꼬드겨 함께 술자리를 한 이후 그에 대한 천윤두의 눈빛은 많이 달라졌다. 그는 이제껏 업무에서 소통의 장벽은 별로 없었다. 본부의 계장과 파견된 부대원은 늘 갑과 을의 관계였다. 더욱이 그가 본부로 들어와 동급의 계장이 된 후로는 크게 갈등은 없었다. 걱정과 후련함이 뒤섞인 그들의 말본새에서 문성은 벌써 미지의 땅이 그려졌다.

고태구 소령이 그를 사무실로 따로 불렀다.

"신 중사? 갑자기 황 상사가 저렇게 되고 보니, 부사관 중에 마땅한 사람이 없어요. 사람을 못 믿어서가 아니라, 베트남에서 이미 썩은 물에 찌든 저 사람들은 고칠 수가 없어. 당장에 황 상사의 빈자리가 급하거든. 내가 믿을 만한 간부가 자네밖에 없어. 전방으로 가줘야겠어. 최전방의 상황은 수시로 변하는데, 하루 한 시간이라도 비워둘 수 없는 자리인 건 더 알 테니까, 일단 연대 보안반으로 가면, 자세한 건 백 대위가 설명해 줄 거야."

쫓겨난 황돈팔은 대머리 매부리코로 눈매가 날카로웠다. 비쩍 마르고 키도 컸다. 대북 정보부대 근무 경력으로 윗선의 추천을 받고 보안부대로 전입을 온 것이다. 황 상사는 몇 년간 보직이 안 바뀌고 그 자리를 줄곧 잘 지켜왔다. 다 그럴 만한 이유가 있었다. 1·4 후퇴 때 황해도에서 피난을 나온 황돈팔이 북쪽 지역의 사정을 잘 안다는 게 상관들에게 먹혀들었다. 피난길에 가족이 인민군에게 사살되어 혼자 살아남았다. 고아 아닌 고

아로 군대에 자진 입대했던 황돈팔은, 북쪽의 주석이라면 입에서는 개새끼 소리부터 나왔다. 철천지원수라며 게거품을 물었다. 더구나 정보부대에서 대북 정보의 업무를 했었고, 침투 공작의 경험자였다. 더구나 누가 보아도 교회의 독실한 장로이고 군 경험까지 많아서 영락없는 적임자였다.

철책선까지 질펀하게 펼쳐진 들판은 영농철이면 노동력이 모자랐다. 그런데 민통선에 예외 조항이 없는 출입 시간까지 애매모호했다. 해가 뜰 때부터 해가 질 때까지 일을 마치고 모든 농민은 나와야 했다. 농민들이 정부에 건의했어도 받아들여지지 않았다. 최전방 지역이라 민생보다는 안보가 우선이었다.

황돈팔이 처음부터 비리를 저지른 것은 아니었다. 오래 근무할수록 유혹의 틈이 보였고, 탐욕이 뭉글뭉글 피어났다. 해가 뜨고 지는 시간을 연장해 주라는 게 마을 사람들의 요청이었다. 여름철의 해가 긴 것은, 좋은 일이나 가을걷이 때 해가 짧아지니 하루에 끝날 일을 이튿날까지 물렸다. 이장들은 슬그머니 눈감아주는 조건으로 추수철에 쌀을 걷어주겠다는 제안을 했다. 마을 이장들이 가구마다 자발적으로 모아 가져왔다지만, 그것은 어디까지나 말장난이었다.

원래 황돈팔 상사가 쓰던 사무실은 민통선 검문소 옆에 떨어져 있었다. 시멘트 기와를 얹은 사무실과 온돌방, 창고의 공간으로 그다지 크지 않았다. 군부대 안에 들어가면 민간인 접촉이나 상담에 장해가 된다고 하여 거점 형식으로 유지했었던 터.

면 단위의 지역 안에는 각 부대가 흩어져 있고, 돌아다녀 보니, 손바닥만 한 지역이라 업무하기에 그다지 벅차지 않았다.

황 상사 나름대로 잔머리를 굴렸다. 집에다 통신망을 가설하여 일을 하니, 출퇴근 시간도 제 맘대로 딱 좋았으나 사무실에 병사 한 명을 놔두고 유지하는 것이 오히려 번거로웠다. 하여 병사는 대대본부의 의무실로 자리를 마련해 주었다. 숙식도 대대본부에서 해결하게 했다. 그러더니, 비어 있는 허름한 사무실마저 근처 농민에게 창고로 팔아먹고 말았다.

사무실을 판 돈을 자신이 다니는 개척교회에 헌금했다는 소문이 돌았다. 그 교회의 장로니까, 제대하고 자신이 관리할 거라는 추측도 있었다. 어쩔 것인가? 나라나 교회나 결국 선택은 황돈팔 자신이 하는 것. 그런 일들이 주위에 오만한 사람으로 비추어진 까닭을 그는 잘 알고 있었다. 피난 길에 가족을 몽땅 잃은 후에 집요한 마음이 자리 잡았다. 그래서 그는 악착같이 사는 것만이, 세상을 이기는 거라는 잘못된 인식이 똬리를 틀었다. 생존에서 얻어진 묘한 이중성이 생기면서 자신의 판단이 법과 상식이 되었다. 그가 누구든 황 상사를 설득하는 일은 쉽지가 않았다.

최전방 지역이라 본부에서도 고생이 많다며 웬만한 일은 눈감아주었다. 고양이에게 생선가게를 맡긴 꼴이었다. 그렇지만, 이토록 커다랗게 구멍 뚫린 것을 누구도 상상했겠는가. 꼬리가 길어지면 언젠가는 밟히는 법. 민간인통제선의 출입 규정을 빌미로 해마다 수십 가마의 쌀을 야금야금 거둬들인 소문이 자꾸만 퍼져나갔다. 어찌어찌 투서가 높은 곳까지 들어갔다. 사령부에서는 황돈팔을 감찰실로 소환하여 조사를 했고 옷을 벗겼다.

황돈팔은 퇴역이 얼마 남지 않은 시점에 거의 강제로 전역하게 된 것이 무척 억울했다. 그 일만 빼놓고 보자면, 자신처럼 죽음을 여러 차례 넘기며 대공의 최전선에 몸을 맡긴 군인들도 별로 없었다. 사람의 마음은 주관적으로 움직였다. 자기의 잘못보다 국가에 대한 전공이 큰 것을 헤아려주지 않는 사령부의 처사에 배신감을 느꼈다. 정보부대에 있을 적에는 목숨을 걸었다. 캄캄한 고성 앞바다에서 북한 지역까지 다녀왔었다. 만약에 잡혔더라면 어떻게 되었을까. 그전에 북쪽에서 잡혔던 대원들은 산채로 귀가 잘리거나 혀가 싹둑 잘려 남쪽으로 내팽개쳐진 일이 종종 있었다. 젊어서 홀몸이라 겁이 없었지만, 돌이켜 보면 아찔한 일이었다. 그뿐인가. 보안부대로 전입해서도 목숨을 걸기는 마찬가지였다.

  황돈팔은 예전에 906 특수부대에서 근무했다. 사령부의 직할부대로 대간첩작전과 대테러 같은 임무가 수시로 주어졌다. 수십 명을 거느린 오 중령을 위시하여 대원 모두 유단자였다. 거의 남파된 간첩들과 맞닥뜨려야 하는 임무가 많았다. 그래서 평소에는 산악 훈련이나 체력 단련을 했으나 명령이 떨어지면 바로 현장으로 투입되었다.
  어느 날, 부대의 분위기는 긴장되면서 뭔가 바쁘게 움직였다. 선임 보좌관 강 준위를 선발팀 대장으로 짐을 꾸렸다. 〈당야 공작〉은, 북쪽에서 배를 탄 간첩들이 공해상으로 우회하여 남한 지역의 고정간첩과 접선하고 다시 복귀하는 침투 전술이었다. 그것을 미리 알아차려 덫을 놓고 기다려 잡거나 사살하는 작전에 황돈팔은 여러 번 참가했다. 목숨을 도박판에 거는 아주 위험한 거래였다. 대장 오 중령이 투입되는 팀원들에게 훈시했다.

"현장을 낱낱이 알아야 해. 그래서 미리 들어가 바닷가부터 정찰하는데, 나무 한 그루, 바위 하나라도 일일이 확인하여 눈을 감고라도 그 위치를 떠올릴 수 있어야 한다. 이제부터 당신들은 모두 뱃놈이야. 위장했어도 진짜보다 더 뱃놈이 되어야 해. 부대에서 상명하복했던 식으로 말을 주고받아서는 절대로 안 돼. 주변 사람이 봐서는 그냥 고향의 형님이나 객지에서 오래 함께 지낸 선후배처럼 보여야 한다. 무엇보다 당신들 목숨이 중요하다. 안전사고에 각별하게 조심하도록…."

팀장인 강 준위가 대장의 훈시를 들으며 황 상사에게 눈빛을 보냈다. 실질적으로 현장을 지휘하고 몸으로 부딪치는 일은 그 두 사람이 해내야 했다. 그들은 어느 누가 보아도 바닷가에서 흔히 보이는 어부들의 옷차림이거나 낚시꾼이었다.

미니버스를 탄 그들은 군산으로 달렸다. 운전석 뒤에 앉은 강 준위는 황돈팔 중사와 툭툭 한마디씩 묻고 들었다.

"황 상사는 정보부대의 경험이 있을 테니까, 이번 공작은 어떤 방식으로 해야 옳을까?"

"저는 잘못 짚은 것 같다는 생각이 들어요."

눈을 지그시 감고 있던 황 상사가 잠꼬대처럼 불쑥 대답했다. 순간, 강 준위는 붉어진 얼굴을 갈앉히더니 되물었다.

"무슨 말이야?"

"역용 공작을 할 때마다 느끼는 건데요, 결국 사람을 믿느냐 마느냐가 성패에 달려있는데, 저쪽을 배신한 놈이 이쪽이라고 배신 못할 이유가 없죠."

잠시 침묵. 강 준위는 차창 밖으로 얼굴을 돌리며 스쳐 가는 들판을 바라보았다. 산천초목들은 푸르게 옷을 입고 뜨거운 햇살을 받아들이고 있었다. 푸른 바탕의 커다란 이정표가 군산 20 Km를 가리켰다. 눈을 지그시 감고 있었던 황돈팔이 등받이에서 몸을 떼어 고개를 휙 돌리더니 대원들에게 큰 소리로 말했다.

"대장님은 처장님의 지침을 가지고 현지로 바로 오신다고 연락이 왔어. 그런데, 자네들은 솔직히 어떻게 생각하나? 팀장님의 말씀에도 일리가 있다고 믿지만, 가급적 위험을 감수하지 않은 작전을 하려면 저놈의 대가리 속으로 들어가야 합니다. 공작 대상자를 군산에서 만나 다시 세부 내용을 조율하게 되겠지만, 빨갛게 물든 새끼들은 믿을 수가 없어요. 문제는 난 말이지, 저런 놈들을 여러 번 봐왔어도 그놈 머릿속에 들어있는 생각을 도대체 알 수가 없다는 거야. 놈에게 믿는 척하되 그대로 믿으면 안 된다고! 나중에 우리가 개박살 나는 수가 있어요. 양다리를 걸치고 살려고 발버둥 치는 놈들은 오로지 제 살길을 찾는 데 초점을 맞추더라고. 그게 이중간첩이야. 해안침투 공작에서는 아무리 미끼가 좋아도 낚싯바늘을 무는 물고기를 다시 확인하고 당겨야 해. 공작의 실패는 바로 우리의 죽음입니다."

다시 모두 무거운 분위기로 침묵.

버스가 군산 시내로 접어들었다. 일정 시기에 붉은 벽돌로 지은 건물을 지나 간선도로에서 꺾어 들었다. 그곳의 비밀 안가는 높은 블록담 안에 슬라브로 지어진 이층 주택이었다. 보안부대원이 깡마르게 생긴 사내를 데리고 나왔다. 작달막한 체격의 사내는 별로 주눅이 들지 않고 되레 눈알을 이리저리 굴리며 팀원들을 뜯어보았다. 대춧빛으로 물든 주먹만 한 얼굴이나 단단한 팔뚝과 억센 손마디가 바닷바람을 맞은 사람임이 분명했다. 팀원들은 이미 그 사내에 관련된 내용은 모두 알고 있었다.

공작대상자인 사내는 고군산군도의 작은 섬 해룡도에서 자랐다. 옆의 큰 섬인 상위도에서 중학교를 마치고 나서 고기잡이배를 탔다. 가난한 집안이라 더 이상 진학을 하지 못하고 그 아비의 아비처럼 대대로 어부가 되었다. 그는 대물림의 가난을 저주했고, 자신의 처지를 비관했지만 뾰족한 수는 없었다. 그 어부의 이름은 서남칠이었다. 사내가 보안부대의 감시 대상자가 된 사연은 이러했다.

어느 해 5월 하순이었다. 사내는 그날도 동료들과 함께 안강망 어선을 타고 변산반도의 상위도를 떠났다. 파도와 싸우며 강화도를 옆으로 돌아 북쪽으로 올라갔다. 통통배의 주인이자, 선장이 투덜거렸다.

"에이 시팔, 오늘따라 왜 이렇게 빈 그물이냐."

"정말 용왕님도 무정하시지."

어망을 끌어 올리던 갑판장 늙은이가 선장에게 맞장구를 쳤다. 선장이 다시 소리를 높였다.

"이렇게 하다간 밥 굶기 십상이다. 어이, 안 되겠어. 북쪽으로 조금만 더 올라가 보자고!"

"조심해야 해요. 바다에는 표시도 없다고요, 금방 군사분계선을 넘게 된단 말이오."

선원들은 볼멘소리를 듣고 머뭇거리며 서로의 눈치만 살피고 있었다. 선장이 눈알을 부라리며 쐐기를 박았다.

"이 사람들아! 그걸 말이라고 씨부리는 거여, 뭐여? 그래라, 그냥 항구로 되돌아갈까? 빈손으로 가면 동네 사람들 모두 잘 왔다고 박수라도 칠까. 이 사람들아, 정신들 차려! 마누라하고 새끼들하고 굶어 뒈지게 내버려둘 거야?"

짙은 구름이 바람을 불러 파도가 거세졌다. 뱃머리는 북쪽을 향하여 높은 파도를 헤치며 올라갔다. 그물을 당기면 당길수록 조기 떼가 걸려들었다. 황해도 안골 해역 어디쯤이던가. 느닷없이 나타난 북한 경비정이 한창 그물질에 팔려있던 뱃전에 총을 쏘아댔다. 그리고 잡음이 섞인 스피커가 울렸다.

-남반부 동무들? 염려 말고 고대로 올라 가자우요.

갑판으로 뛰어든 군인들은 별말이 없이 총부리를 들이댔다. 경비정에 묶인 통통배는 망망대해에서 끌려가 북한 지역의 낯선 항구에 정박했다. 그리고 다시 어부들은 버스로 갈아탔다. 서남칠은 11명의 동료와 함께 납치된 시간만큼 차츰 공포심은 줄어들었다. 평양 시내의 여관에 단체로 감금되었지만, 공작지도원으로부터 시간표에 따라 세뇌 교육을 받았다. 그리고 남한에서 북한으로 납치된 사람들이 대개 그러하듯 노동당에 입당식을 하고 간첩교육과 특수지령을 받았다. 선원 12명 중에서 중학교를 졸업한 사람은 선장과 서남칠 뿐이었다. 그들은 평양 시내를 구경하고 선물을 받아 3개월 만에 가을 바다의 냄새를 맡았다. 정박 중이었을 통통배는 다시 엔진에서 소리를 냈고 경비정을 따라 망망대해의 어디쯤에서 풀려났다. 통통배에 탔던 서남칠과 그의 동료들은 이번에는 남한의 해군 경비정을 따라 인천

항으로 도착했다.

　벌써 수사관들의 합동신문이 그들을 기다리고 있었다. 대머리가 훌렁 벗어지고 눈초리가 날카로운 수사관이 묻는 대로 서남칠은 털어놨지만, 물어보지 않은 것은 입을 다물었다. 따귀도 몇 차례 맞았다. 진술한 날짜와 행동거지가 안 맞는다는 것이었다. 그럴 수밖에 없는 것이, 옆 사무실에서 따로 조사를 받았던 선장과 그의 몇 달 전에 일어난 기억이 달랐기 때문이다. 또한 자신은 따로 불려가서 남반부가 통일되면 큰 혜택을 주겠다는 조건으로 별도의 교육을 받았다. 특별하게 지령받은 내용은 그가 입을 다물어 모르쇠로 지나가고 말았다.

　그리하여 아무리 고통스러웠어도 시간은 지났고 그는 풀려났다. 서남칠은 배를 타는 일이 두려워서 군산항에서 잡역 일로 생활했다. 외항선에 싣고 온 밀과 옥수수 따위의 식량이나 물건을 대한통운의 트럭에 퍼 나르는 노동이었다. 그것은 꼭 생계 때문만은 아니었다.

　몇 개월이 지나자, 서남칠은 객지 생활을 그만 접고 다시 섬으로 돌아왔다. 야트막한 산들이 품은 옹기종기 모여 있는 마을에서 그의 집은 바닷가에 떨어져 있었다. 파도 소리가 들리는 외딴 슬레이트집이었다. 고향은 언제나 포근하고 따뜻한 어머니의 품이었으나 생활은 여전히 달라지지 않았다. 그는 짐작했을 뿐 철저히 감시당하고 있는지 몰랐다. 일상적인 삶의 모든 것을 주변의 마을 사람들뿐만 아니라, 심지어는 친인척까지 동원되어 경찰과 정보기관에 까발려졌다.

　그동안 서남칠이 숨겨왔던 일은 전문가의 면도날 같은 정황과 증거로 드러났다. 관찰하고 감시했던 자들이 가진 집요한 촉수가 그를 문어발처럼 칭칭 감았다. 수사기관의 의문은 통계와 사례를 빌려 입증되었다. 서남칠과 함께 납북되어 돌아온 어부들 모두를 감시한 자료는 낱낱이 분석되고 연관성이 추론되었다. 납치되기 전과 후에 생활이 어떻게 달라졌는지? 그전에 즐겨 했던 노름판에 얼씬거리지 않은 점. 이웃들에게 돈을 꾸지도 않고 되레 여윳돈이라며 빌려준다는 점. 생활을 더욱 성실하게 꾸려나가는 점. 바닷일을 나가면서 예전처럼 투덜거리지 않고 앞장서서 열심히 하는 점. 말수가 갑자기 많아지고 사교적인 성격으로 사람들과 접근하려는 점.

자신은 아무렇지 않게 예전의 모습대로 행동했다고 여기겠지만, 달라진 행동거지는 마을 사람들의 눈에 보이게 마련이었다. 아무도 모를 거라고 하지만 들통나는 건 시간문제였다. 사람은 삶의 노예였다. 그런 일상의 변화와 북한으로부터 수신되는 A3 지령 방송에서 결정적 단서를 잡혔다. 암호해독에 필수적인 난수표까지 서남칠의 집 마당에서 떨어진 화장실 천장에서 나왔다. 그는 가족조차 모르게 고정간첩으로 몇 년 동안 활동을 했다가 정보기관에 덜미가 잡혔다. 그리고 보안부대의 미끼가 되겠다는 강제보험을 들며 목숨이 담보되었다. 간첩에서 이제는 거꾸로 정보망이 되었다. 사람의 변신과 배신은 언제나 목숨과 욕망이 낚시의 미늘처럼 숨어 있었다.

팀장인 강 준위는 서남칠과 악수하며 웃음을 지어 보였다. 사무실과 별도로 분리된 공간으로 황돈팔과 팀장이 들어갔다. 웬일인지 황돈팔은 서남칠을 처음 만났으면서도 개가 닭쳐다 보듯 무뚝뚝하게 굴었다. 강 준위가 빼빼 마른 서남칠에게 노련하면서 부드러운 말을 던졌다.

"이번 일이 당신의 진정한 협조로 잘 끝난다면, 당신은 자유야. 당신 맘대로 어디든 무엇을 하든 그건 우리가 보장할 거요."

"잘 알겠습니다."

"안착 신호는 언제, 어떤 방법으로 한다고?"

"전에 말씀을 드렸지 않았습니까? 제 생일이 음력 유월 스무날인데, 그날로부터 일주일 동안 저의 집 마당 빨랫줄에 하얀 러닝셔츠 2장을 널어놓기로 했다고요."

"아, 그랬지. 맞아요. 무인포스트는 누구하고 어떻게 정했지요?"

"저쪽에서 교육받을 적에 지도원은 포스타를, 저와 궁리해서 정했는데…."

"그런데? 포스타? 그게 뭔가?"

"… 지도원이 가르쳐 준 것은 김일성 수령님이 항일 투쟁을 하실 때 사람들이 잘 안다니고 쉽게 찾을 수 있는 큰 소나무나 바위 밑을 포스타로 정했답니다. 그래서 쌍방 간에 서로 연락할 일이 생기면 그곳에 문서나 물건을 파묻어서 상대방이 가져가도록 하여 연락을 유지했다고 하더라고요. 그러니까, 포스타라는 것은, 상대방을 직접 만나보지도 않으면서 남몰래 연락하는 장소라고 알고 있습니다."

"허허, 그건 포스트. 무인포스트라고 하는 건데, 아무튼 맞아요."

팀장이 고개를 주억거렸다. 황돈팔은 몇 가지를 더 물어보고 싶었지만, 팀장을 보좌하는 입장인지라, 나서지 않았다.

서남칠은 저쪽과 이쪽에서 받았던 조사에 면역된 듯 담담하게 술술 대답했다. 순간을 놓칠세라 팀장의 눈초리가 빛났다. 이미 서류와 담당 수사관을 통하여 모든 내용을 다 알고 있으면서 다시 한번 확인하는 용의주도함을 잃지 않았다.

"그 포스트는 정했다고?"

"아까 말씀을 드린 대로 지도원이 저한테 이남으로 돌아간 뒤에 자기들과 연락하려면, 동네 사람들에게 들키지 않게 밤에도 배를 대고 쉽게 찾을 수 있는 곳에 페니실린 병이나 구론산 병 같은 데에 종이쪽지를 넣고 습기가 안 들어가도록 꽉 막아서 파묻으라고 했습니다."

"그래, 서남칠 씨? 이번에 그 사람들과 접선하기로 한 거기가 중요합니다."

"우리가 사는 해룡도에서 배로 조금 더 들어가는 섬입니다. 까마귀 섬이라고 부르는데, 사람들이 살고 있지 않은 작은 섬이에요. 북한의 지도원이 저한테 지도를 펴놓고 설명했는데, 그 섬하고 우리가 사는 해룡도를 저보다 더 알고 있어서 속으로 무척 놀랐습니다. 까마귀 섬을 돌아서 서쪽으로 모래밭이 나옵니다. 우둘투둘한 바위들이 멀리서 보면 까마귀 대가리처럼 생겼고요, 서쪽 모래밭이 있는 데는 낮아서 꼭 까마귀 꽁지처럼 생겼습니다."

"배를 댈 정도가 되나? 암초는 없고?"

"작은 배도 충분히 댑니다. 미역 따는 배들도 대니까요."

서남칠은 분위기가 풀렸다고 생각해 제법 말이 많아졌다. 황상사는 말을 아끼는 것보다 많아지는 게 좋을 것 같았다. 그래서 시선을 천장에 두면서 옆눈질로 서남칠의 표정을 살폈다. 팀장이 불쑥 핵심을 찔렀다.

"그래서 장소는?"

"모래밭에서 언덕으로 더 올라가면 두 개의 둥근 바위의 한가운데에 굵은 소나무가 있습니다. 섬사람들은 그것이 꼭 남자의 그것과 닮았다고 해서 불알 바위라고 부르지요."

"허허~그래, 신호는 어떻게 하기로 했는데?"

"플래시로 서로 두 번 세 번씩 두 차례 비추고요, 돌로 삼, 삼, 칠! 두 번씩 쳐서 확인 해주로 했습니다."

"틀림없지?"

"제가 몇 번이나 다 말씀드리지 않았습니까?"

서남칠은 약간 짜증이 섞인 대답으로 팀장의 시선을 피하며 고개를 수그렸다. 강 준위는 짐짓 굳어진 얼굴을 억지로 펴며 또 다른 질문을 이어나갔다.

"안착 신호는 어떻게?"

서남칠은 검붉어진 얼굴을 멈칫거리더니 대답하고는 구부정한 어깨를 더 수그렸다. 팀장의 눈짓을 헤아린 황돈팔은 문을 열고 나갔다. 적이 만들어놓은 장벽을 깨고 오히려 덫을 놓는 일이었다. 대남 공작을 역이용하는 전술로 만들게 되었다.

✱

서울에서 오는 부대장과 서남칠은 함께 합류하기로 남겨놓고 팀은 먼저 항구로 떠났다. 어판장을 지나 뜨거운 태양에 달궈진 바다에서 비릿한 냄새가 났다. 그들은 해군 경비정 지원을 받지 않고 연안부두에서 여객선표를 끊었다. 누가 봐도 낚시꾼들이었다. 하늘은 맑았고 바람이 건듯 불어 바다는 잔잔했다. 갈매기 떼는 끼룩끼룩 날개를 저으며 유유히 떠다니는 어선들 위로 돌아다녔다. 배는 검푸른 물살을 가르며 바다를 미끄러지듯 달렸다. 항구가 멀어질수록 바다는 망망했다. 섬과 섬 사이를 여객선은 빠져나갔다. 가끔 섬의 근처는 암초와 거센 물살이 날름거렸다.

 섬이 차츰 다가왔다. 서남칠의 고향인 해룡도는 도시의 항구에서 서북쪽으로 40Km 떨어져 있었다. 섬 전체 면적의 반 정도가 낮은 야산으로 리기다소나무가 빽빽하게 우거져 있었다. 그만그만한 야산들이 모여 바깥으로 돋아나 섬 내부를 향하여 완만한 경사를 이루었다. 그들이 배에서 내려 선착장 걸어 마을이 시작되는 곳에 이르렀다. 몇 군데 가게가 붙어있었는데, 멸치를 말리는 건조대가 연이어 놓여 있었다. 멸치들은 바싹 마른 주검을 햇살에 은빛으로 저항하는 것 같았다. 아낙네들이 가마솥에서 멸치를 건져내어 그물망 채에 퍼 담았다. 여인들은 낚시꾼들에게 초췌한 눈빛으로 흘깃 바라보았을 뿐 시선이 오래 머물지 않았다. 시멘트길 옆으로 낡은 그물들이 널려 있거나 둥글게 말아진 채 놓여있었다. 마을 한가운데의 커다랗고 굵은 느티나무가 그들을 내려다보았다. 마을은 외곽으로부터 밭이 형성된 분지였다. 섬의 동쪽으로 100여 가구의 주민들이 사는 마을은 도란도란 모여 있었다.

강 준위는 대원들을 쉬게 하고 황 상사와 함께 마을 이장 집으로 향했다. 서남칠에게 들었지만, 점검하기 위한 것이었다. 빼빼 마르고 구부정한 체격의 이장은 턱이 길고 쉰 살은 넘은 듯했다. 은하수 담배 1보루를 받은 이장은 경계의 눈빛을 조금씩 풀었다. 너스레를 떠는 강 준위에게 마을 이장이 소주병과 멸치를 담은 접시에 고추장 종지를 내왔다.
 "… 그럼, 까마귀 섬이라고 하는 데는 어딥니까?"
 "아까 선착장으로 오기 전에 보면 보이는데, 별 볼 일 없는 그 섬은 왜요?"
 "군산에서 그러는데, 소문이 안 났지만 좋은 자리라고 들었지요."
 "거기도 더러 잡히기는 하지만, 물때에 따라서 신통치가 않습니다. 뭐 그냥 조용한 무인도니까, 여자들 데리고 하루 이틀 놀기는 괜찮을 겁니다."
 "이장님이 좀 안내를 해주시면 고맙겠습니다."
 이장은 누런 이를 드러내며 겸연쩍은 표정으로 머리를 긁적거렸다. 눈치를 살피던 강 준위가 재빨리 말을 던졌다.
 "비용은 충분하게 드릴 터이니 염려 마세요."
 "꼭 그런 것은 아니지만…, 동네 사람들에게 쓸데없는 소문이 날까 봐 그런 것이지요."
 그들이 대화하는 동안, 황 상사는 카메라로 마을 뒤 높은 곳까지 올라가 마을과 섬 부분들을 찍었다. 황돈팔이 다시 왔을 적에는 이장과 강 준위가 소통이 된 것 같았다.
 "지금 이 길을 따라 쭉 가면 여기서는 안 보이지만, 초등학교가 있습죠. 그 학교 뒤에 산길이 있고 산 밑으로 돌아가면 까마귀 섬이 보입니다."

"아까 우리가 타고 온 연락선은 못 갑니까?"

"그 부근은 물속에 암초가 워낙 많아서 큰 배들은 도저히 접안 하기가 어렵습니다. 마을 사람들도 미역이나 홍합을 딸 때가 아니면, 그 섬에 특별하게 갈 일이 별로 없어요. 뭐 선착장이 없으니까, 작은 배를 모래밭에 대고 들어갑니다."

거세게 밀려든 파도가 갑판을 치고 폭포수처럼 튀겨 들어왔다. 넘실거리는 파도에 작은 뱃머리가 출렁이며 흔들렸다. 햇덩이가 해수면을 되비쳐 은빛으로 물들였다. 은빛은 수많은 생선의 비늘이 되어 꿈틀거렸다. 작은 배는 흔들리며 뭍으로 뱃머리를 들이댔다. 까마귀 섬이었다. 기분 나쁠 까마귀 대신 갈매기 떼가 날아올 듯 수더분한 지형이었다. 야트막한 능선을 따라 소나무와 갈참나무가 뒤섞여 숲을 이루었다. 해안은 파도가 후벼 판 바위들이 들쑥날쑥 기괴한 모양으로 섬의 아랫도리를 드러내 놓았다. 기암괴석들이 끝나는 폭 좁은 해안은 제법 기다란 모래톱을 품고 있었다. 백사장은 반달모양새로 파도가 들이치면 껴안을 듯이 생겼다.

백사장을 지나 가파르게 올라가는 야산의 자락 너머에 서남칠이 말했던 무인포스트가 있었다. 소나무는 바닷바람을 겪어 구부러지며 버틴 세월을 보냈어도 기품을 잃지 않았다. 굵은 소나무는 양옆으로 두 개의 바윗돌을 불알로 달고 있는 형상이었다. 멀리서 보면 그것은 거시기를 떠올리지 않았더라도 첫눈에 남성을 상징하는 모양이었다. 누군가가 일부러 만들어놓은 설치 미술품 같았다. 강 준위와 황돈팔은 통통하면서 약간 휘어진 소나무 밑둥치를 눈여겨보며 작전구역을 하나하나 점검하고 사진 촬영과 함께 지도에 표시해 나갔다.

부대장 오 중령은 서남칠과 저격수 두 명을 데리고 나타났다. 강 준위와 현황을 계속 주고받았던 터.

어느덧 햇덩어리가 수평선 너머로 피를 토하며 가라앉고 있었다. 하늘과 수평선의 경계까지 사위를 앗아갈 듯 온통 붉고 황홀한 빛살이 퍼지더니 서서히 무너져 내렸다. 날은 저물어갔다. 달은 보이지 않았다. 섬들과 수평선을 어둠이 먹어버렸다. 오로지 별빛들만 하늘에 박혀 그 빛마저 검은 물결 속으로 떨어졌다. 바다는 잔잔하여 스르륵, 철썩철썩~ 밀려오고 쓸려가는 파도 소리만 적막을 깨우고 있었다. 그들은 오감이 주는 본능적 감각과 훈련된 지식으로 이 무겁고 긴장된 분위기를 느낄 뿐. 어둠은 악마를 불러들이고 보이지 않는 과녁을 짐작하게 했다.

906 부대원들은 번들거리는 얼굴에 검댕이를 발랐다. 사전에 강 준위가 지시한 대로 까마귀 섬 곳곳에 숨어서 간첩들을 기다리고 있었다. 작전은 그들의 일상이고, 준비 또한 제각각 맡은 바 대로였다. 황 상사는 물론, 이런 일에는 이골이 난 대원들이었다. 그들은 방탄조끼를 입고 자동소총과 수류탄으로 무장했다. 유탄발사기와 기관총 2문이 가시권에 배치되었다. 그리고 먼바다 쪽에는 해군 PK 고속경비정이 떠서 대기한 상태였다.

계획된 시간대로라면, 침투하는 간첩들은 진즉 공해상에서 근해로 뱃머리를 돌렸을 것이다. 아니, 어쩌면 벌써 모선에서 분리된 자선으로 옮겨 타서 접선 장소를 향하여 오고 있을 것이었다. 황돈팔은 포스트가 가까운 불알 바위 옆에 배치되었다. 묵직하게 실탄이 끼워진 탄창과 수류탄도 그의 흥분된 마음을 가라앉히지 못했다.

모두 파도가 밀려오며 부서지는 소리를 들었다. 멀리서 어둠을 헤치고 밀려오는 물결을 따라 다가오는 보트가 있었다. 눈으로 얼른 식별이 안 되었다. 보트에 탄 사람의 수효는 3명? 아니, 4명? 통상적인 적의 전술로는 안내원과 호송원까지 합하면 4명일 수도 있다. 많아 봐야 5명 안팎일 것이다. 가시거리까지 아니, 유효사거리까지는 절대로 인기척은 물론 동물의 냄새를 풍겨서도 아니 되었다.

강 준위와 대원 두 사람은 서남칠을 데리고 모래톱 끄트머리에 숨어있었다. 906 대장은 야산 봉우리로 이어지는 바위 뒤에 있었다. 나머지 대원들은 예상 접근로의 유효사거리 안에 잠복했다. 후텁지근한 기운이 감도는 사이로 뜨거운 바람이 불어왔다. 제멋대로 자란 수풀들이 우거져 사람들을 숨겨주었다. 시야가 탁 트여 은폐와 엄호하기 좋았다. 가끔 모기 주둥이가 대원들 팔뚝을 물어뜯었다.

바로 그때였다. 멀리서 이따금 들리던 모터 소리가 그치고 보트는 노를 저어왔다. 찌르르 찌르~ 울던 풀벌레 소리가 그쳤다. 어둠 속에서 희미하게 움직이는 물체가 어렴풋이 형체를 드러냈다. 뱃머리가 백사장을 향하여 점점 가까워졌다. 움직이던 물체는 뭍으로 밀려왔다. 뱃머리를 어른거리는 물체들이 움직였다. 2명이었다가 3명으로 다시 1명은 주저앉았다. 이쪽에서 일정하게 손전지의 불빛을 번쩍, 번쩍, 2번을 비쳤다. 저쪽에서도 이쪽을 향하여 맞받아 반짝, 반짝, 반짝, 3번 비쳤다. 이윽고 보트가 모래밭에 닿았다. 황돈팔이 정찰하여 확인한 바로 그 지점이었다. 강 준위가 납작한 돌 두 개를 쥐고 마주 때렸다. 딱 딱 딱, 딱 딱 딱, 딱 딱 딱 딱 딱 딱 따악! 강 준위는 되풀이하며 돌끼리 때렸다. 소리의 여운이 허공에서 사라지기도 전에 저쪽에서도 똑같이 돌끼리 부딪치는 소리가 들려왔다.

강 준위는 어둠 속에 그대로 숨었다. 서남칠은 소리가 난 쪽으로 걸어갔다. 이쪽 모두의 마음처럼 황돈팔은 초조한 나머지 마른침을 삼키며 숨소리를 죽였다. 저쪽의 안내원과 서남칠이 주고받아야 할 마지막 절차가 남아있다. 어둠 속의 바다 쪽으로부터 두 사람이 백사장에서 걸어왔다.

"고기는 잡았습니까?"

"물 반, 고기 반입니다."

그들은 함께 불알 바위를 향하여 걸어 올라가는 듯 했다.

"서 동무 반갑소!"

"고생하셨습니다."

주고받은 두 사람의 목소리가 가깝게 들려온 바로 그 순간!

후다닥! 세 사람의 형체가 모두 느닷없이 바다 쪽으로 뛰었다. 설마가 곧바로 현실이 되었다. 이쪽은 미처 생각하지 못한 혼란에 빠져 멈칫거렸다. 타 탕탕~ 불알 바위 뒤에서 불쑥 일어선 황돈팔의 총구가 먼저 불을 뿜었다. 그것을 신호로 사방에서 일제히 요란한 소리와 불의 빛살이 바다 쪽으로 날아갔다.

그러자, 바다의 보트 쪽에서도 이쪽을 향해서 총소리와 불 빛살이 날아왔다. 대응한 연속 발사는 불꽃놀이가 아니었다. 양쪽에서 고막이 찢어질 정도로 요란한 총소리가 났다. 어디선가 쉬익~ 소리와 동시에 조명탄이 날아가더니 펑펑거리며 공중에서 밝은 불빛이 근처를 대낮처럼 밝혔다. 보트로 도망가는 쪽에서 이쪽으로 수류탄을 던져서 꽝! 모래밭에 터졌다. 이쪽의 기관총에서 쉴 새 없이 불을 뿜어댔다. 그들이 보트에 가깝게 접근했을 때, 갑자기 황돈팔이 뛰쳐나가려는 것을 부하가 말렸다.

"황 상사님, 위험합니다."

"놔라! 저 새끼가 배에 타기 전에 박살 내야 돼!"

부하를 발로 밀어내고 황돈팔은 사뿐하게 몸을 날렸다. 그리고 바윗돌이 구르듯 총으로 응사하며 보트 쪽으로 달려갔다. 이어서 강 준위도 쏜살처럼 뒤따라가면서 크게 소리를 질렀다.

"조심하라고!"

황돈팔은 못 들은 척하면서 거의 보트에 타려던 그들과 가까워졌다. 황돈팔의 자동소총이 마구 불빛을 쏟아냈다. 보트에 막 오르려던 두 사람이 쓰러졌다. 한 사람은 바닷물에 첨벙첨벙 뛰어들어 보트를 잡았다. 보트는 뭍에서 조금씩 멀어지고 있었다. 잠복했던 대원들이 여기저기에서 몸을 드러내며 모래밭으로 달려 나왔다. 사방에서 자동소총과 기관총 소리와 조명탄 터지는 소리들로 요란스러웠고 화약냄새가 현장을 뒤덮었다. 대장이 호루라기를 불었다. 대원들이 저만치 떠나가는 보트를 향하여 수류탄을 던졌다. 작은 보트는 쿵 소리와 함께 뒤집혔다. 대기 중인 해군 고속경비정으로 무전기의 전파가 날아갔다. 위치가 파악된 모선은 바로 격침되었다. 설혹, 도망하더라도 군사분계선에 닿기 전에 물고기 밥이 될 게 뻔했다.

　모래밭으로 질질 끌어온 두 사람이 누워 있었다. 그중 하나가 꿈틀거렸다. 황돈팔이 한두 걸음 다가섰다. 그는 그 몸뚱이를 적의에 가득 찬 눈빛으로 노려보았다.

＊

　순간, 황돈팔의 기억이 기억을 부숴버렸다. 그에게는 과거가 현재처럼 감정을 부추겼다. 빨간 사과가 주렁주렁 달렸던 과수원, 아버지와 손잡고 가던 교회의 종소리, 밤 봇짐을 들고 머리에 인 어머니, 어린 아우들의 칭얼거림, 기나긴 피난민들의 행렬, 별빛과 달빛을 쳐다보며 사람들을 쫓아, 공포와 두려움에 떠는 초췌한 사람들의 눈빛, 귀신보다 무서웠던 사람들, 대포 소리와 간헐적으로 들렸던 폭음들, 번쩍번쩍 꽝꽝, 섬광 또 유성처럼 포물선을 긋는 빛살, 그때 귀청을 찢어버린 폭음, 아버지! 돈팔아! 돈오야! 어머니! 비명, 아우성, 소리가 소리에 겹쳐서 하늘과 땅이 뒤집힌 순간, 열여섯 살 소년은 고아가 되었다, 원수를 사랑하라, 뭐라고?

　감정의 마그마가 끓어 시뻘건 불기둥이 치솟았다. 그는 총구를 숙여 서남칠의 머리에 대고 따 따 딱, 갈겨버렸다. 머리통은 바닥에 떨어뜨린 수박처럼 파편을 튀기며 형태를 잃고 피비린내를 풍겼다. 서남칠은 엎어진 주검이 되어 한낱 살코기나 다름이 없었다.

　대원들이 밧줄로 묶은 보트를 모래밭으로 끌고 왔다. 또 다른 대원들은 또 다른 시신 하나를 질질 끌어왔다. 날빛은 수평선 아래서 돋아 오르고 있었다. 사물의 윤곽들이 점점 어둠 속에서 깨어났다. 새벽을 따라 찾아온 갈매기들이 돌아다녔다.

무전기로 응답하는 중령의 목소리는 활기찼다. 짐을 꾸리는 대원들 사이로 강 준위와 황돈팔이 바쁘게 오고 갔다. 부윰한 아침이, 처참한 장면을 무질서하게 그린 유화처럼 보여주었다. 어지러웠던 발자국들과 하얀 모래밭에 박혀 흩어진 핏자국, 빠개져 박살난 머리통은 겨우 몸뚱이에 붙어있을 뿐이었다. 어느새 콩매미처럼 굵은 똥파리 떼가 윙윙 소리를 내며 비릿한 살점을 향해 빙빙 떠돌아다녔다.

대원들은 시체가 입었던 옷의 주머니를 뒤졌다. 옷과 살이 붙어버린 주머니 속에서 신분증과 수첩을 꺼내어 가져온 상자에 담았다. 소련제 따발총과 TT 권총 3정, 수류탄, 실탄, 독침, 암호표 따위를 다른 상자에 넣었다. 노획품을 본 황돈팔의 눈은 벌겋게 충혈되어 있었다. 멀리서 갑자기 로터 블레드 돌아가는 소리가 들렸다. 통통하게 알밴 잠자리 모양새의 UH-1H 수송 헬기가 모래바람을 일으키며 내려앉았다.

며칠이 지나서야 중앙일간지들과 방송은 일제히 간첩 사건을 크게 발표했다. 보안사령부의 이름은 각하에 대한 충성심으로 더욱 드높아졌다. 그러나 906 특수부대에 관한 기사는 단 한 줄 어디에도 보이지 않았다. 하나의 국가가, 세상이 아무 탈 없이 하루를 지나가는 일은 우연이 아니었다.

부대원들의 훈장과 표창을 보고하고 회식하던 날 밤이었다. 강 준위가 누가 들을세라 황돈팔에게 조심스럽게 물었다.

"황 상사? 그냥 놔둬도 죽을 놈을 왜 그랬어?"
"왜 그랬냐고요? 뒈진 놈들한테 물어보세요."
"아니, 나도 배신이라면 치를 떨어요, 하지만…."
"하지만, 뭐요? 너무 하다고요?"
"다른 작전 때는 안 그러던 사람이 너무 쎄게 나가니까, 궁금해서 그렇지."
"보좌관님, 가족이 저놈들에게 몰살을 당했다면 그 심정을 알기나 해요."

황돈팔은 눈을 치뜨며 우악스럽게 강 준위의 말을 무질러 버렸다.

20
모래로 쌓은 성벽을

 한때는 근무하기 좋다며 서로 가려고 했던 그런 자리가 갑자기 썰렁해졌다. 모두가 말하기를, 도둑놈 소굴이라며 서로 안 가려는 분위기였다. 딱 걸린 게 신문성 중사였다. 그는 은근히 걱정되었지만, 마음을 다독거렸다. 언제, 어디서든 맘먹기에 달려있다고. 부대 본부에서 서북쪽으로 20킬로미터 떨어진 곳이었다.
 그는 지프차에 짐을 싣고 연대 반이 있는 북서쪽으로 달렸다. 전쟁 후부터 미군 부대가 주둔했던 곳이고 서울과 지척거리라 도시의 속성을 쏙 빼닮아있었다. 미군 부대들이 주둔해 있을 적만 해도 금현 읍내는 흥청거렸다. 서부전선에 배치된 미군 부대들은 금현읍이 중심이어서 미군들이 모여들었다. 한동안은 물건들이 넘쳐 사람들의 먹이사슬이 식당이며 여관은 물론 사창가까지 번성하게 했다.
 베트남에서 철수한 연대는 미군이 주둔했던 자리로 들어갔다.

읍내의 중심지에서 조금 떨어진 야산 안에 연대본부가 있었다. 새로 지은 사단과는 달리 연대본부의 콘셋 건물들과 주변은 닳고 닳아 낡은 분위기를 풍겼다. 전쟁 후부터 미군이 주둔했던 캠프를 최근에야 넘겨준 시설이었다. 그래서 그런지 전체적으로는 아직 미군 부대의 냄새가 싹 가셔지지 않았다. 아카시아 숲이 칙칙하게 우거진 포장길을 따라 들어갔다. 연대본부 못미처 외진 곳에 보안반의 낡은 콘셋 사무실이 드러났다.

연대 반장 백민수 대위가 그를 기다리고 있었다. 신 중사는 거동 수상자 신고가 들어왔을 적에 조사하러 이곳에 한 번 온 적이 있었다. 그때는 본부의 계장으로 금현 읍내의 갈빗집에서 대접받았던 터. 백 대위가 즐겨 쓰는 라이방 선글라스를 벗고 일어나 손을 내밀었다. 갸름하고 긴 얼굴로 우뚝하고 매끄러운 콧날이며 움푹 들어간 까만 눈이었다. 얼른 보면 잘 생긴 외국인 영화배우 같은 인상이었다. 온화한 성품이어서 급하게 서두르거나 화내는 일이 별로 없다는 소문이었다. 백 대위가 탁자 위의 유리컵에 사이다를 따라 마시며 그에게 권했다. 그가 든 유리컵에서 뽀글뽀글 기포가 일었다.

"사실 나도 저번에 온 부사관 셋 중에서 신 중사하고 같이 근무하고 싶었어요. 착실하고 일 잘한다면서요? 검문소에 일하면서 확실하게 자리를 잡아 놨다는 소문을 들었지. 부대장이 바뀌니까, 이제야 내 소원을 들어준 모양일세. 자 앉아요."

"저도 본부에서 금현 보안반의 분위기가 좋다고 들었습니다."

"아무튼 오늘부터 한식구가 되었으니, 잘 해봅시다. 연대 반

부관은 잠깐 어디 간 모양이니 그건 서로 협조 잘해서 나가면 될 거고. 신 중사가 사심 없이 일을 잘할 거라며 부대장이 입에 침이 마르도록 칭찬해서 마음이 놓입니다. 황 상사 일로 나도 책임자로 사령부 감찰 조사를 받을 뻔했어요. 황 상사가 조사를 받고 나와서 나한테 찔찔 짜면서 그러더라고.

'반장님도 생각해 보세요. 제가 피난을 나와서 단신으로 살아남았는데, 남쪽에는 처가붙이 몇 빼놓고는 천지간에 피붙이 하나 없습니다. 어떻게 낳다 보니 애들만 여섯 명입니다. 물론 지하에 계신 부모님께는 덜 죄송할 일이지만요. 마누라까지 먹여 살린다는 게 부사관 봉급으로 턱도 없는 거 잘 아시지 않습니까. 정말이지, 이번 일을 당하면서 국가와 민족을 위해 목숨까지 내던졌던 지난날들이 무척 후회됩니다.'

그러면서 닭똥 같은 눈물을 뚝뚝 떨어뜨리더라고. 나도 동정은 가지만, 현실은 현실이니까. 사람은 사람을 서로가 잘 만나야지 원. 하긴, 우리처럼 딸린 마누라나 새끼가 있나 뭐. 신 중사는 돈에 신경을 안 쓸 젊은 나이니까 부럽네요."

"전임자가 급작스럽게 나간 자리라 부담이 됩니다만, 열심히 해보겠습니다."

백 대위의 장황한 설명에 그는 슬쩍 덧붙여 말했다. 그러자, 눈을 내리깔던 백 대위의 말이 이어졌다.

"우리 반은 2개 군에 걸쳐있고, 포병까지 업무가 너무 많아요. 최전방 상황에 늘 신경이 곤두서니까, 2대대하고 뒤에 있는 1대대를 잘 봐야 할 거요. 중동부 전선에서 영관장교가 저쪽으로 넘어간 거 들었죠? 우리 쪽이야, 뭐 사령부에서 장교 신상을 꼼꼼하게 확인해 봤으나 이상한 사람은 없다고 하니까, 조금 안심은 되는데…, 그래도 몰라. 어떤 놈이 제 속내를 까발리며 돌아다니나? 특히 2대대는 바로 코앞이 북쪽인데, 강물이 휴전선을 흐른다고 마음 놓지 말라고. 오히려 물속으로 자맥질하면 저쪽에 금방 닿을지 누가 알아요. 아무튼 내가 신경을 안 쓰게 잘 좀 해줘요."

"아, 저기 부관이 들어오는군. 부관? 신 중사가 우리 보안반으로 들어왔어요. 이제부터 진짜로 한식구가 되었으니, 서로 협조하고 모르는 문제는 선임이니까 알려줘서 업무에 빈틈없이 나가자고요."

흙 묻은 구둣발이 문턱을 넘어왔다. 구두약 냄새를 맡은 지가 오래된 듯 낡은 구두였다. 김하석 중사는 업무에는 딸려도 자금 조달의 선수라고 소문이 나 있었다. 찐빵처럼 동글납작하게 부푼 얼굴로 그에게 손을 내밀었다. 그러나 목소리는 생김새와 달리 들릴 듯 말 듯 가늘었다.

"신 중사, 아이고 이제 한식구가 되었네요. 우리 대장님 모시고 잘 좀 해봅시다요."

"선임님, 많이 지도해주십시오."

그의 대답에 송곳니가 보이도록 김하석 중사가 웃었다. 부관인 김 중사는 마흔이 넘은 선임이었다. 백 대위와 병사 여남은 명으로 연대를 총괄하고 있었으나 소관 업무가 별로 없었다. 연대의 2개 대대가 전방에 있으므로 황 상사가 실질적인 업무를 수행했기 때문이다.

구겨진 회색 점퍼를 입은 김하석이 눈짓으로 그를 옆 사무실로 데리고 들어갔다. 병사 두 명이 책상에 앉아 정기 보고서를 작성하고 있었다.

"야, 너희들 알고 있지? 본부 신 계장님이 전방 반장으로 온 거 말이야. 이제 우리 식구가 되었으니까. 잘 모셔라."

"내가 가끔 한 번씩 갈게요. 황 상사가 있을 때는 알아서 다 챙겨주니깐, 내가 복잡하게 신경을 쓸 일이 별로 없었는데…, 신 중사는 업무에만 매진해야 한다고 하니 원 참."

그는 그게 무슨 뜻으로 내뱉는 말인지 알 것 같았다. 연대 보안반에서 필요한 운영비라도 보태줬으면 하는 것일 터. 이제 막 부임한 사람에게 던지는 말의 의미는, 부담을 가지라는 뜻 같았다.

"우선은 업무 파악이 시급합니다만, 부관님의 말씀도 잘 알겠습니다."

신문성이 명쾌한 대답으로 갈음했다. 김하석은 당근 냄새를 맡은 말처럼 벌름거리며 씩 웃었다. 김하석 중사는 작달막하고 뚱뚱한 몸으로 돈 될 만한 일이면 찾아다녔다. 운전병 출신이라 작은 트럭을 직접 몰고 다니며 멧돼지처럼 돈 냄새를 맡았다. 읍내 변두리의 텃밭을 빌려 공병대에서 자재와 목공병을 차출하여 돼지우리를 지었다. 연대본부는 물론 멀리 떨어진 미군 부대에서 버린 음식물 찌꺼기를 최대한 확보했다. 미군 부대에서 얻은 잔반은 햄, 소시지 따위의 영양이 많은 것들이라 더할 나위 없는 먹이였다. 일하는 사람을 두어 키운 돼지는 무럭무럭 금방 크게 자랐다. 별로 바쁘지 않을 적에는 돼지우리로 들어가 치우거나 구정물을 주었다. 짭짤하게 뒷구멍으로 돈을 만지는 그를 부정하다거나 비리로 보는 시각이 별로 없어서 그것은 일상이 되었다. 더구나 사람을 사귀는 수완이 좋았다. 읍내 다방에서 김하석에게 모닝커피를 얻어 마신 신문기자들도 툭하면 농담을 던졌다.

"보안대 부관님은 누가 보면 돼지 장사로 위장하여 간첩 잡는 줄 알겠어요. 헤헤헤."

"일면 국방, 일면 건설입죠."

김하석은 어디서 주워들은 말을 그때그때 붙여 써먹는 순발력도 있었다. 웃는 얼굴에 침 뱉는 법 없다는 말처럼 은근슬쩍 넘어가는 성격이었다. 김 중사가 돈을 밝히며 뒷구멍으로 호박씨를 까는 것을 그는 나중에야 알게 되었다. 물론, 뒤에서 백 대위가 근무에 크게 지장이 없다며 눈을 감아주었다. 싱글벙글 웃음으로 들이대는 위인이어서 돈과 상관없는 업무는 슬그머니 빠져버리는 통에 본부의 계장들만 애를 먹었다. 그 업무라는 것도 전투가 발생하는 특별한 상황이 아니어서 그렇고 그러했다. 계장들도 김하석을 대놓고 미워하지는 못했다. 뒷구멍으로 갖다주는 양담배와 양주며 고깃간의 술 한잔에 모두 녹아버렸기 때문이었다.

두 사람이 옆 사무실로 간 사이에 백민석 대위는 금세 어디론가 떠나고 없었다. 백민수 대위는 보안부대에 딱 어울리는 사람이었다. 경찰학과를 졸업하여 업무의 방향을 빨리 터득했고, 갸름한 긴 얼굴로 콧날이 매끈하며 키가 훤칠했다. 더글러스 맥아더 ★★★★★의 흉내를 내어 모자를 삐딱하게 쓰고 걸핏하면 라이방 선글라스를 걸쳤다. 일찍 장가를 간 유부남이었지만, 기생 오라비처럼 생겨서 다방이나 술집에 있는 여성들이 금방 낚였다. 온화하여 부드러운 성질로 아무리 급해도 부하들에게 화를 내는 법이 없었다. 지휘관들 대부분은 상급 지휘관에게 혼이 나면 부하들에게 분풀이했지만, 백 대위는 자신이 능히 소화를 시켰다. 그런 상관을 부하들이 마다할 리 없었다. 얼른 보기에는 합리적인 사고방식을 지닌 듯했다. 그렇지만, 양면성을 지닌 조금은 무능하면서 좋은 사람이었다. 군부대보다는 도시에서 민간 정보를 수집하는 보직이 맞을 수 있었다. 그러나 백 대위는 중대장 경력을 마치고 보안부대에 들어온 지 3년도 채 안 되었다. 다른 연대 보안반장들인 박두홍이나 송광훈 대위도 학군 장교였다. 그들은 장군을 수사하면서 내동댕이쳤던 하성기 수사관과 동부대학 경찰학과 동기생들이었다.

그가 백 대위의 행방을 찾듯 두리번거리자, 김하석은 코를 벌름거리며 눈가에 주름이 잡히도록 히죽히죽 웃더니 새끼손가락을 쳐들었다. 그것은 여성을, 아내가 아닌 다른 여성을 뜻하는 수컷들의 은어였다. 콘셋 건물 밖으로 나온 김하석이 그에게 바투 다가왔다. 누가 들을세라 좌우를 살피더니 다시 손가락을 슬그머니 들어 올리며,

"반장님은 참 좋은데, 이것을 너무 밝혀서 좀….”

"아, 예~”

머리를 주억거리는 그에게 말해놓고 아차 싶었는지, 중사가 말꼬리를 돌렸다. 그리고 이번에는 엄지와 중지를 둥글게 말아 쥐었다.

"그래도 다른 보안반장들처럼 이걸 해오라고 압력을 넣지 않

앉아서 일하기는 편해요."

"부관님, 업무도 벅찰 텐데 그것까지 요구하면 어렵겠죠."

"정보활동은 사람들을 만나 바퀴를 돌리는 기름이 필요한데, 쥐꼬리만 한 정보비는 턱도 없고, 부하들 밥 사 먹이고 외출비라도 확보하자면 쉽지가 않아요. 아무튼 나는 그냥 하던 대로 살림살이에 주력할 테니까, 신 중사는 최전방 상황 업무만 빵꾸만 나지 않도록 잘 부탁합시다."

그는 연대 반장이 내준 지프차를 탔다. 철책선이 막아선 북쪽의 최전방으로 가는 길이었다. 가야 할 서북쪽으로 최전방은, 금현 읍내에서 다시 12킬로미터 떨어져 있었다. 운전병은 아주 익숙하게 아카시아 숲의 내리막길을 빠져나와 읍내를 뒤로했다. 그는 선임 탑승석에 앉아 몇 번씩 스쳐가는 풍경의 앞과 옆을 보았다. 버릇이었다. 학생 시절 배웠던 측량과 지도에 관한 시공간에 관한 지식은 군대에서 많은 도움이 되었다. 낯선 지형과 마을이 자리한 위치나 강, 도로 같은 지도상의 좌표와 현장은 군 전술과도 밀접했다. 아스콘 포장길을 벗어나자, 울퉁불퉁하게 패인 흙길에 시달려 엉덩방아를 여러 번 찧었다. 운전병은 무표정하게 말없이 북쪽으로 더 달렸다.

*

그날 날빛이 어른거리는 04:40, 인민군의 남한침략 암호는 '폭풍' 작전이었다. 작전계획에는 소련의 고문단이 참여했고, 하루 전에 암호 'Д'와 'Ч'가 각 사단장에게 전달되었다. 부대들은 하달된 조선인민공화국 민족보위성의 정치명령을 전 병사들에게 주입시켰다.

−국방군이 먼저 38선을 침범하여 군사적 도발을 했으므로 반격한다! 고. 이어 포사격과 동시에 반도의 허리 38도선 북쪽의 전 전선 11개 지점에서 인민군은 한꺼번에 쳐내려왔다. 전쟁이 터질 때 제일 먼저 찔린 바로 그곳은 서쪽의 개성, 문산. 방호산★★이 이끄는 인민군 6사단은 파죽지세(破竹之勢)로 국군 1사단의 11연대와 13연대를 밀어버렸다. 속수무책(束手無策)으로 허망하게 무너진 국군은 사흘 만에 남쪽으로 밀리고 또 밀렸다.

진즉부터 남한에서 지하활동을 해왔던 남로당원들의 안내로 인민군은 쉽게 점령했다. 그러나 시일이 지남에 따라 저항하는 세력도 있기 마련이어서 반공 활동 조직이 생겨났다. 이름하여 '태극단'. 경기 북서쪽에서 기차로 서울을 통학하는 젊은 학생들이 주축이었다. 그들은 점조직 형태로 평균 열대여섯 명 규모의 유격대를 조직하여 주로 사람들이 많이 사는 3개 읍 등지에서 인민군을 괴롭혔다. 보급로를 차단하기 위해 철도와 교량을 파괴했다. 심지어는 인민군부대에 삐라를 뿌리거나 전화선을 절단하고 지휘관을 사살하는 용감무쌍(勇敢無雙)한 행동으로까지 이어졌다. 수복 후에는 패잔병들과 부역했던 사람들을 색출하는 데 앞장을 섰다. 물론 인민군이 물러간 뒤에는 살기 위해서 협조했던 그 가족은 학살되었다.

크나큰 흐름을 휘저은 깃발은 맥아더 장군이었다. 반격에 허를 찔린 인민군은 압록강까지 밀렸다. 김일성은 궁여지책(窮餘之策)으로 10월 첫날 남로당 두목 박헌영을 북경으로 보냈다.

빛과 그림자는 있게 마련이었다. 스탈린과 핑퐁 게임에서 진 마오쩌둥은 서리가 내릴 무렵, 중공군 13군단 소속 13만 명을 포함하여 무려 200만 명을 한반도에 보내어 전세를 뒤집어버렸다. 휴전이 되고 허리를 잘린 한반도의 땅은 이전 그대로 별반 다를 바 없었다. 1954년 4월 26일 제네바 회담에서도 강대국들의 힘겨루기를 확인했을 뿐 서로 부딪치다 말았다.

전쟁은 휴전된 상태일 뿐이었다. 남쪽과 북쪽은 더욱 견고한 증오로 대치되었다. 지도 위에 인위로 그어진 경계선에 그냥 시간이 흘렀다. 임진강이 흐르는 접경지역은 휴전선과 다름없었다. 연안의 북쪽과 남쪽은 주고받는 연결 통로였다. 38선이 그어질 때나 휴전선이 지나도 긴장감이 감돌기는 마찬가지였다.

그가 오기 몇 년 전 이곳의 초여름 밤에도 신경전은 계속되었다. 북한군 4명이 침투하여 국군이 기관포로 응사하여 총격전의 유탄으로 애먼 민간인이 중상을 입었다. 그해 가을에는 남쪽에서 활동을 마치고 강을 건너던 간첩을 엄호하려던 북한군이 이쪽 초소로 기관포를 쏘아댔다. 얼마나 전투가 치열했던지 초가집의 벽을 뚫고 들어온 실탄은 여자아이의 팔을 뚫었으니까.

휴전되면서 155마일 접경지역 안의 농토는 통제선이 그어졌다. 민간인통제선이란 군부대에서 설정한 인위의 선. 위험지역이어서 농부는 맘대로 자신의 농토를 들어갈 수 없었다. 민통선 검문소가 있었다. 자신의 땅을 들어가려면 사전에 출입을 허가받았다. 뿐만, 아니라 통행금지 시간에는 집에서 응급 환자가 생겨도 입·출입 허가를 받아야 했다.

원래는 수복하고 각각 UN군과 국군의 검문소가 있었는데 국군이 유지하던 1개만 남았다. 그 자리가 고스란히 현축 마을에서 동성리로 가는 길목에 남았다. 시멘트 블록으로 지어진 초소였다. 대대장의 통제하에 중대장이 운영의 주체였지만, 신원조회와 패스의 결정권은 보안부대에 있었다. 주민들은 자신의 농토에 들어갈 때 사진을 붙인 패스를 목에 걸고 노란색 벙거지와 상의, 비옷을 입어야만 했다. 노란색은 푸른 들판과 대비되는 색상이었다. 감시병의 시선은 감시와 보호의 양면성을 지녔다. 농사일과 상관없는 일상에도 통제선은 장벽 아닌 장벽이었다. 주민등록증을 제시하면 거주민 명부와 맞아야 출입할 수 있었다. 밤중에는 거나하게 취한 채 남몰래 샛길을 이용하는 술꾼도 있었다. 자칫하면 목숨이 위험할 지경이었다. 중간중간 떨어져 주둔해 있는 군부대의 총구는 경계 수칙에 반응했기 때문이다.

대대본부의 위병소를 지난 지프차가 콘셋 앞에 멈췄다. 그는 성큼성큼 사무실 안으로 들어갔다. 두 사람이 벌떡 일어서서 경례를 붙였다. 하사와 병장이었다. 부관인 박 하사는 가무잡잡한 얼굴에 여드름이 돋아있었고, 병장은 군복 차림이었다. 점퍼 차림의 박 하사는 그의 보안학교 후배였다. 연대 보안반에서 파견 나와 황돈팔 상사의 빈자리를 지키고 있었다. 현황판을 세워 설명하던 박 하사는,

"자세한 말씀은 그때그때 말씀드리겠습니다. 대대장이 마침 들어와 계시니까, 만나고 저쪽에 있는 다른 대대장은 시간 나는 대로 가보시입더."

대대본부 안에는 7개 동의 콘셋 막사와 관사가 띄엄띄엄 흩어져 있었다. 맨 구석진 곳의 의무실 콘셋을 반으로 막아놓은 한쪽을 보안반 사무실로 쓰고 있었다. 책상 두 개와 캐비닛을 옮겨와 겨우 사무실 모양새만 갖추었다. 군부대와 민간 업무가 동시에 이루어지는 속성인지라, 대대장으로서는 턱밑에 감시의 눈이, 보안반의 입장은 동선이 노출된 어중간한 위치였다. 정보가 생명인데, 반쪽 업무는 꽝이었다. 그러나 주어진 형편이라 어쩔 수가 없었다.

위병소를 중심으로 왼편이 사무실이었고 정면으로 대대장 CP였다. 박 하사가 앞장서서 문을 똑똑 두드리며 들어갔다. 책상에서 부하의 결재를 받고 있던 대대장이 벌떡 일어났다. 작달막한 체구의 중령은 뚜벅뚜벅 걸어오더니 그에게 손을 내밀었다. 머리를 바짝 치켜 깎은 역삼각형 얼굴로 눈썹은 성글고 눈이 가늘었다.

"반갑습니다, 맹구만입니다. 사단에서도 우리 부대가 제일 중요합니다. 많이 도와주십시오."

"대대장님의 말씀은 연대본부에서 잘 들었습니다."

옆에 서 있던 중위가 긴장된 표정으로 그들을 바라보았다. 훤칠한 모습의 중위는 박 하사를 바라보는 경멸의 눈빛을 그에게 들켰다. 그는 부딪치는 묘한 눈빛들을 모르는 척하고 중령의 손을 잡았다. 중령이 고개를 돌리며 부하에게 말을 건넸다.

"우 중위도 서로 인사하지?"

"신 중삽니다."

"정보장교 우상우입니다."

우 중위의 목소리는 서울 말씨로 가볍고 앵앵거렸다. 그는 중령보다 담뱃갑만큼 더 키가 큰 중위와 손을 잡았다. 중위의 굵은 손아귀의 힘이 강하게 느껴졌다. 길쯤한 얼굴로 코가 크고 얇은 입술인데 흰자위가 많은 눈동자였다. 그에게 처음 보는 중위의 말 없는 행동과 눈빛은 왠지 거북스러웠다. 계급과 권력이라는 갈등은 이질적이었다. 모순된 힘의 논리가 규칙과 현실의 사이에서 헤매는 꼴이었다. 군대 안의 생리에 적응되지 못한 젊은 장교나 삐딱한 말년 부사관들이 그랬다. 이제 막 장교로 임관된 초급장교일수록 계급은 모든 것을 우선했다. 그는 그럴 때마다 부딪치는 이해관계에는 덫이 놓여있다고 믿었다.

칸막이 된 옆 사무실에서 곱슬머리의 군의관이 들어왔다. 하얀 피부의 빈약하고 작달막한 중위는 렌즈가 두꺼운 굵고 까만 뿔테안경을 쓰고 있었다. 군의관 김 중위의 하얀 손은 아까 정보장교의 손목과는 달리 가늘고 조그맣게 작았다.

"파견대장님, 잘 부탁합니다."

"별말씀을요, 서로 도와야지요."

군의관이 옆 사무실로 돌아간 뒤 박 하사가 철제 캐비넷을 열고 두툼한 바인더 북을 꺼내왔다.

"의무병들이 있어 놔서 저 사람은 특별하게 하는 일이 별로 없습니더. 맨날 바둑이나 두고 심심하면 다방에 들락날락거리는 게 일입니더. 신경 꺼도 됩니더. 그라고, 관내의 전체적인 현황이 들어있는데에, 최근에 시간이 엄써 내용을 보완하지 몬했습니더. 들어서 아시겠지만, 사실 연대 보안반에서 하는 일보다는, 저희가 하는 일거리가 더 많거든에. 2개 대대와 포병단이 이쪽에 있질 않습니까. 장교 정기 동향 보고서만도 엄청 많은 기라요."

"힘들겠지만, 어차피 우리가 할 일이니까, 잘해보자고."

"선배님, 대대에서 지원받아 크게 불편한 건 없습니다만, 지역의 일반 업무가 많이 불편합니데이. 그리고 제가 숙소는 안 잡았습니꺼. 여기는요, 아시다시피 한밤중에도 무지하게 위험한 데라 사상이 투철하고 안심할 수 있는 집이어야 한다꼬 연대 반에서 그리 말했심더. 몇 년 전에만 해도 간첩들이 밤에는 몰래 강을 건너와서 민간인들의 모가지를 땄다고 안 캅니까. 이따가 권총을 보내드릴 테니 주무실 때는 꼭 베개 밑에 두고 주무이소."

"자네는 어디가 숙소인가?"

"사무실 저기 뒤쪽에 따로 있습니더."

"식사는 어떻게?"

"부대 식당에서 먹거나 바깥에서는 그때그때 해결합니더."

"음, 그렇군. 잡아놓았다는 숙소의 그 집 주인은 뭣했던 분인가?"

"제갈 윤배 씨라고 사변 때 우익단체의 단장을 지냈던 이 지방에서는 이름난 분입니더."

"무슨 단장?"

"인공 치하 때 반공단체로 유명했던 태극단이라고 합니더. 그리고, 대장님요, 우리도 이참에 사무실을 지어봄이 어떨까예?"

"그거? 쉽지 않을 텐데…."

"아입니더. 뭐 자재는 지금 진지공사가 한창이니까, 각 대대에서 조금씩 얻어도 될 거 같고에, 유리나 사무용 집기는 연대 반장님한테 지원을 부탁하면 안 되겠습니꺼?"

뻐덩니를 내밀며 박 하사가 문성에게 사투리를 섞은 말로 채근했다. 그가 바인더 북을 펼쳐 보는 다음에 박 하사를 따라 나갔다. 사무실 뒤를 칸막이하여 철 침대 2개를 놓은 공간이었다. 그곳이 두 사람의 숙소였다. 그러니까, 황돈팔이 사무실을 처분한 뒤에 부대 안으로 들어간 것이다. 2개 면 지역에 걸쳐진 특성으로 거의 군부대 업무가 전부였다. 그런데, 정작 자신 없는 분야가 군대를 살펴야 하는 보안이었다. 이제까지 그는 대공 업무와 일반 정보 업무만 했을 뿐 보안 업무라고는 해보지 못했다. 어차피 주사위는 던져졌다. 일단, 현황부터 파악하고 계획을 세워 나가는 것이 좋다는 판단이 섰다. 어차피 첩보 수집의 첫 단추는 인간관계에서 얻어졌다.

장교들에 대한 동향 보고서⇒ 준위, 소위, 중위, 대위, 소령, 중령, 대령…원적, 본적, 주소, 최종 학력, 출신, 가족 사항, 군 경력, 상하관계, 동료관계, 특이 언동, 생활 태도… 따위가 인쇄된 양식에 의해 낱낱이 볼펜으로 쓰여 보고서로 보내졌다. 계급이 높을수록 더 세세하게 더 잦은 횟수의 보고서가 요구되었다. 그것은 마지막 단계에서 종합 정리가 되어 한 사람 군인의 평가 기록으로 남을 것이었다.

신문성의 입장으로서는 중대장이 중요했다. 전투부대의 첫 단계의 지휘관으로 병사들의 생사와 심리적 책임자였다. 백여 명의 목숨이 대위 한 사람의 판단에 따라 달라지는 것. 그는 장교들의 자료를 확인했다.

5중대, 6중대, 7중대, 8중대? 중대장 대위 학군장교 출신 한병식이라? 그의 눈이 자료의 기본 카드에 멈췄다. 동명이인인가? 아니었다, 맞다! 바로 그 사람? 한인해가 몇 촌인가 오빠라고 했던 그 사람. 그는 한동안 잊고 있었던 인해의 하얗고 긴 목덜미가, 죽음을 다시 떠올렸다.

*

 면 소재지 마을 한 가운데로 간선도로가 지나갔다. 포장이 안된 도로는 차량이 지나다닐 적마다 흙먼지가 풀풀 날렸다. 한 가운데 도로 옆의 길게 연한 집은 마을의 여느 집들과 생김새부터가 달랐다. 기와를 얹힌 집의 대문이라기보다는, 가게의 미닫이 출입문 같았다. 그러니까, 전체의 대지는 삼백 평쯤이었는데, 그 안에 2채의 건물이 도로를 향했다. 원래 ㄱ 형태의 한옥으로 지은 구조로 방 4개가 일렬로 붙어있어 튀어나온 부분은 가게와 마루였는데, 마당에 해당하는 공간을 방으로 개조해서 5개의 방이 되었다. 바깥에서 보면 출입문이 2개였다. 원래의 가게 문과 출입문이고, 별도의 건물은 본채와 골목을 사이에 두고 다방과 식당이 붙어있었다. 형태나 벽의 흰색과 시멘트 빛이 달라 식당 건물은 나중에 지었음이 분명했다.

 하사를 따라 그가 미닫이로 열리는 출입문 안으로 들어갔다. 안방에서 하얀 치마저고리 차림의 쉰 후반쯤의 여인이 나왔다. 반백을 쪽져 낭자머리를 한, 길쭘한 얼굴의 눈빛이 강렬했다. 목은 잔주름이 없었고, 깡마른 하얀 살갗의 작달막한 체구였지만 몸가짐이 단아했다. 여인의 목소리는 예사롭지 않게 찌렁찌

렁하면서도 군더더기가 붙지 않았다.

"어서 오세요, 대장님. 저 아저씨가 와서 방 도배까지 해놨답니다."

"잘 부탁드립니다."

그는 머리를 꾸벅하며 여인이 있던 마루의 대각선 방향으로 눈을 돌렸다. 아저씨라 불리는 박 하사가 미닫이문을 열었다. 아직 풀기가 덜 마른 듯 종이 냄새가 났다. 방은 제법 넓었다. 안쪽으로 길게 미군용 철망 침대와 맞은편에 철제캐비닛과 앉은뱅이 나무 책상이 놓여 있었다. 거리 쪽으로 난 유리 봉창 문은 대중잡지 두 권을 펼쳐놓은 크기였다. 그는 바로 바깥의 길과 맞닿은 얇은 유리창이 거슬렸지만, 좋은 점도 있겠다고 생각을 고쳤다.

열려 있는 방문 밖에서 서너 살쯤의 꼬맹이가 똘망똘망한 눈으로 손가락을 빨며 서 있었다. 동생의 어깨를 짚은 초등학생 형도 그를 쳐다보았다. 뒤에서 오동통하게 생긴 며느리가 그에게 고개를 약간 수그렸다. 아이들의 머리를 쓰다듬던 박 하사가 뻐덩니를 내보이며,

"아주머니요, 우리 대장님 쪼매 잘 부탁합니더. 그라고예, 오늘 저녁밥은 차리지 마시고 내일 아침부터 주이소."
라고 며느리에게 말했다. 바로 말을 이은 박 하사를 따라 그는 바깥으로 나갔다. 박 하사는 걸어가다가 버스정류장을 지나 외진 곳에서 그에게 불쑥 한마디 덧붙였다.

"안주인 말입니다. 예전 젊었을 적 개성에서 유명한 기생 출신이었닥 안 깝니까."

"할머니가?"

"예에, 그렇게 들었심다."

허우대가 큰 체격으로 앞머리가 벗어진 바깥주인은 읍내에서 얼굴이 하얗고 순하게 생긴 아들과 함께 저녁 늦게야 들어왔다. 그는 하사가 가져온 묵직한 가방을 받았다. 하사가 나간 후에 가방 안에 들어있는 기밀 서류들과 무기를 조심스럽게 확인했다. 묵직한 45구경 권총과 실탄이 든 6발들이 탄창은 따로 꺼내 침대의 베개 밑에 숨겨두었다. 콜트권총은 동해안에 있을 적에 지녔던 리볼버 38구경보다 더 무거웠다. 권총집은 본래의 누런 가죽 통에 끈을 매달아 겨드랑에 착용할 수 있도록 만든 제품이었다.

하숙집 아들은 서른 초반이었다. 손재주가 좋아서 집안의 웬만한 일은 깔끔하게 고쳤다. 아버지와 달리 얼굴이 하얗고 작달막했다. 아들의 외모는 어머니와 더 닮아있었다. 얼굴이 길쯤하고 허우대가 굵은 제갈 윤배의 괄괄한 성격과 달리 빼빼하여 상글상글한 성격이어서 동네 사람들과 편안하게 지냈다.

"대장님? 우리 뜸부기 사냥 한번 가실래요?"

"뜸부기라뇨?"

"논바닥에 기어다니는 새 말입니다. 뜸북뜸북 뜸북새 거 노래도 있잖아요. 그게 진즉에 모내기 끝나고 벼포기가 두 뼘쯤 자랐으니 빨간 볏을 단 닭 새끼들처럼 논바닥을 헤매고 다닙니다. 굵어진 우렁이나 미꾸라지가 걔네들 밥이거든요."

"많이 잡아봤어요?"

"그전에는 많이 했죠. 황 대장 있을 땐 민통선 전방에서도 많이 잡았어요. 그런데, 유신이 선포되고 나서부터 불법무기 압류는 당연하고 허가 난 총포까지 지서에 영치가 되어 있잖아요. 아버지가 사변 때 저놈들에게 잡혀서 고문을 당해 허리가 좋질 않아요. 기름을 내서 해드리면 약효가 있다고 해서요."

원칙과 현실에서의 타협이 언제나 그를 성가시게 했다. 불법은 아니니 가능한 일이었다. 사람살이를 배워가는 일은 언제나 칡넝쿨처럼 얽혀갔다.

"내가 어떻게 하면 됩니까?"

"지서 주임한테 며칠만 쓰겠다고 잘 얘기해서 주시면, 민통선 안에 있는 들판에 무지 많거들랑요. 오토바이 타고 돌아다니다 보면 금방 몇 마리는 거뜬히 잡을 수가 있어요. 예전에도 그렇게 했어요, 제가 장담한다니까요!"

"제가 엽총은 부탁해서 쓸 수 있게 해드리겠습니다만, 민통선으로 통과는 어렵겠네요. 일단 이곳 지리를 잘 아실 테니까, 후방 쪽에서 해보세요."

며칠 후 하숙집의 아들 제갈순호가 그에게 부댓자루를 내밀었다.

"이게 뭡니까?"

"뜸부기 잡은 겁니다. 아버지가 신경통이 있으셔서 약으로 쓸 것은 따로 놔두었어요. 몸에 좋다고 하니까, 나머지는 대장님이 가져가세요."

"고맙습니다만, 이걸 어떻게 먹어요?"

"잘 몰라서 그렇지, 나이 든 남자들은 환장할 겁니다."

자루 속에는 전리품이 들어 있었다. 암탉처럼 생긴 갈색 날짐승 다섯 마리의 주검을 털 뜯기는 번거로웠다. 그는 고민하다가 부관 편으로 연대 보안반에 보내고 말았다.

*

8중대가 지키는 민통선은 삼거리라 출입 인구가 많은 편이었다. 검문소의 초병이 신 중사가 탄 오토바이를 통과시켰다. 임진강 철책선까지 들판이 초록 카펫을 깔아놓은 듯 펼쳐졌다. 햇볕은 질펀한 땅을 찬란하게 비췄다. 그 사이를 귀찮게 막고 있는 것은 오직 인간이 만든 철책선이었다. 강물이 빠지고 들어오는 연안의 갈대숲과 들판 사이에는 둑과 길이 길게 뻗어있었다.

그는 오토바이를 타고 민통선 검문소를 지나 8중대 본부에서 내렸다. 갑자기 나타난 그를 보고 빼빼 마른 인사계가 고개를 갸우뚱했다.

"처음 뵙겠습니다. 저 이번에 온 보안반 신 중사입니다."

"중대장님은 초소 점검하고 방금 사무실에 들어오셨습니다."

철모를 벗어놓고 책상 앞에 서 있는 대위는 얼굴이 구릿빛으로 번질거렸다. 머리숱이 적은데 바짝 깎아 중국영화에 나오는 소림사 스님 같았다. 대위는 그를 데리고 온 인사계가 한 말을 전해 듣고 손을 내밀었다.

"한병식 대위입니다. 새로 오셨다는 말씀은 들었습니다."

병사가 사이다를 내오고 선풍기를 틀었다. 바람이 후텁지근한 공간을 흔들었다. 인사계와 병사가 나가자, 그는 대위를 다시 쳐다보았다.

"저는 해끝이 고향입니다. 혹시 한인해 씨를 아십니까?"

"…아니, 어떻게 그 동생을?"

"참 안되었습니다. 아직도 실감이 안 납니다."

"그러게요, 무슨 그런 일이 다 있는지…."

"군에 들어오기 전 읍내에서 문학모임을 같이 했었지요. 오빠가 국문과 졸업했다는 말씀도 들었고요."

"세상에 또 이런 인연도 있네. 아무튼 정말 반갑습니다. 연대 보안반장님이 대학 선배인데도 인사 한번 제대로 못 했어요. 중대장으로 오자마자, 계속 상황이 발생해서 정신이 하나도 없습니다."

대위는 땀에 젖은 채 반가운 표정으로 말문을 열었다.

"제가 아직 현황을 파악하는 중이라서 인사만 드립니다. 그런데, 8중대가 민통선 검문소며 일이 많다고 들었습니다. 업무 협조 부탁합니다."

"오히려 제가 부탁할 입장인데, 남들 지켜보는 눈이 있어서 부자연스럽더라도 이해를 해주세요."

"그건 저도 마찬가지죠. 아는 척하지 않을게요."

사이다를 마신 후 문성은, 다시 인해를 떠올리며 슬쩍 말을 흘렸다.

"가스 사고라니, 믿어 지지가 않더라고요."

"그러게요, 나도 당숙모에게 듣고도 눈물만 납디다."

*

휴전선은 치고받았던 전쟁의 상태를 잠시 중단한 것일 뿐이었다. 그러니까, 당장 지금이라도 불씨가 붙으면 불길은 타게 마련이었다. 아직은 일어나지 않았으나 순식간에 터질 위험한 상태. 부싯돌의 불씨에서 마찰열이 발생하면 연기가 피어오르고 불꽃이 점화될 그 현장이었다. 적들에게 밀리면 절대로 안 된다는 각하의 지시에 따라 155마일 휴전선 남쪽에 본격적으로 진지공사가 시작되었다. 남과 북의 대치 상태는 시간이 감에 따라 굳어졌다.

현 진지 고수!

아군의 허술한 방어진지를 다시 튼튼하게 짓는 작업이었다. 그것은 저쪽과 이쪽 모두 민족의 분단이 고착되는 또 하나의 현실이었다. 시멘트와 철근, 골재 등 건축자재는 정부에서 내보냈으나 노동 인력은 군에서 맡았다. 노임이 지급되지 않은 공사였다. 본연의 경계는 근무대로 낮에는 거의 모두 공사에 동원되었다. 장병들의 피로도는 극에 달했지만, '초전 박살'의 구호로 독려했다. 지휘관들은 성과의 결과가 진급에 반영되는 만큼 대대마다 중대마다 경쟁이었다.

지독하게 무더운 날씨는 가만히 서 있어도 땀방울이 뚝뚝 떨어졌다. 노동에 힘든 장병들은 뻘뻘 흘린 땀으로 흥건하게 옷이 젖어 찰싹 달라붙었다. 햇볕에 시커멓게 그을려 군인인지 노동자인지 분간하기조차 어려웠다. 부대마다 경쟁을 유발하여 빨리, 견고, 안전하게 공사를 마쳐야 했다. 병사들은 도로에 트럭이 내려놓은 철근과 자재를 가파른 야산까지 날랐다. 흙을 파고 시멘트를 자갈과 모래와 비벼서 이형철근이 조립된 거푸집에 채우는 일도 쉽지 않았다. 일을 하는데 병사들은 막노동자가 되어 웃통을 벗었다. 총과 대포 대신 삽과 망치와 흙손을 들고 시간을 재촉했다.

 어떤 병사는 물을 잔뜩 마셨던 터라 요도 끝까지 오줌이 가득 차서 도저히 참기가 어려웠다. 공사장 근처에는 마땅히 가려줄 만한 장애물도 없어 더 아래로 내려갔다. 야산 둔덕진 길모퉁이에서 ―이등병이 바지 단추를 풀었다. 철모를 내려놓은 병사는 아무도 보는 이가 없어 마음 놓고 포물선을 그리며 후련한 자유를 느꼈다. 그때 마침, 멀리서 뽀얗게 먼지를 일으키며 차량이 빠른 속도로 달려오고 있었다. 차량은 금세 빨간 별 판을 붙인 지프로 나타났다. 운전병 옆에 별 ★★가 그려진 철모의 주인이 선임 탑승했다.

 사단장이었다. 사관학교 졸업 때 비록 꼴찌를 했으나 야망의 불길을 감추지 않고 나아갔다. 베트남에서 백호 부대의 ○○○ 연대장으로 참전하여 ★준장이 되었고 대통령 경호실에서 근무하다가 별 ★★을 달고 사단장이 되었다.

 빠른 속도로 달려오던 지프차가 갑자기 멈췄다. 병사는 미처 바지의 단추를 여미지 못하고 엉거주춤했다. 옷섶으로 삐쭉 나온 고추가 미처 숨지 못한 채 부끄러워 고개를 숙였다. 다만, 병사는 아랑곳없이 긴장해서 힘껏 소리를 질러 경례했다.

 "충서엉!"
 "귀관의 소속은 어디인가?"
 "예잇, 제2대대 8중대 이병 임찬수!"
 "음, 좋아 좋아."

 사단장은 병사의 아랫부분을 보더니, 양반탈처럼 얼굴에 주름이 잡히도록 웃어댔다. 큼직한 코가 실룩거리도록 호탕하게 웃던 장군이 무전기로 중대장을 불렀다. 오 분쯤 지나 철모를 쓴 대위가 자전거에서 내렸다. 대위는 군화에 흙이 범벅된 채 겁을 잔뜩 먹은 자세로 경례했다.

"네가 8중대장이냐?"

"예, 대위 한병식!"

"공사를 하다가 달려왔구먼. 야, 한 대위? 너는 애들 교육을 참, 잘 시켰구나. 저 병사를 봐도 예의가 바르고 품행이 아주 좋아. 일하느라고 무척 고생이 많은 것 같은데, 이번에 특별 휴가를 보내줘라. 음, 그리고 이건 말이야. 얼마나 들었는지 모르겠다마는, 일과가 끝나고 병사들에게 막걸리 회식이라도 시켜줘."

장군은 바지 뒷주머니에서 까만 가죽 장지갑을 쑥 빼더니 한 대위에게 건네주었다. 엉겁결에 지갑을 받아 든 한병식은 바짝 졸아서 엉거주춤 어쩔 줄 몰랐다. 빨간 ★★판을 단 지프가 멀어질 때까지 대위와 병사는 멍한 채 그대로 서 있었다. 지갑 속에는 10만 원권 수표 1장이 달랑 들어 있었다. 전혀 상상하지 못했던 일이 바로 눈앞에서 벌어졌다.

그 일은 즉시 대대장에게 보고가 되었다.

"한 대위? 어떻게 된 거냐?"

"진지공사를 하던 중 병사가 사단장님이 오시는 줄 모르고 있다가 길가에서 소변을 보고 있었던 모양입니다. 그런데, 그냥 그 상태에서 경례한 모양입니다."

"… 거 참. 그놈 참 대단한데."

발 없는 소문은 금세 쫙 퍼졌다. 대대장을 거쳐 연대장에게까지 들어갔다. 지휘관들까지 도매금으로 칭찬받았다니, 입이 쩍 벌어질 수밖에. 중대장은 표창장이, 병사는 일주일간의 특별 휴가가 주어졌다. 그 소문까지 삽시간에 사단 전체 아니, 전군으로 퍼져나갔다. 나중에는 사단장의 지프만 보여도 진지공사를 하고 있던 병사들이 멀리서 일부러 달려와 경례와 구호를 소리 높여 지르는 일들이 많아졌다. 물론, 그와 같은 일은 그 후에도 몇 차례 되풀이되었다. 근엄하기로 소문이 난 사단장 장두한이었다. 부하들은 사단장의 또 다른 면을 입에 올렸다. 그렇게 자상할 줄이야! 부하를 다루는 사단장의 지휘력은 단순하면서 감동을 만들었다.

장두한은 원칙주의자가 아니었다. 상황에 따라 당근과 채찍을 쓰는 그만의 특이한 방법을 가졌다. 물론 그것은 어떤 계기가 있었다. 언젠가 절친한 육사 후배에게 뒷주머니에서 지갑을 꺼내 돈을 **빼주려던** 생각이 갑자기 민망스러웠다. 얼마나 좀스러워 지폐 몇 장을 주느냐고 하면 어쩌지? 창피한 생각이 들어 자신도 모르게 불쑥 지갑을 건네면서

"얼마 안 되지만, 이걸로 밥이나 먹어"라고 했던 게 도화선이 되었다. 물론 그 후배는 어쩔 줄 몰라 하는 몸짓으로 장두한의 호의를 정중하게 받아들였다.

사단장의 집무실 책상 서랍 속에는 가죽 장지갑이 가득 들어 있었다. 중대장에게 줬던 똑같은 지갑이었다. 당번병이 입을 벙긋하지 않았더라면, 귀신도 모를 일이었다. 장두한 사단장이 누구인가? 쿠데타가 일어났을 적에 사관학교 구대장으로 생도들을 이끌었다. 거리로 나가 쿠데타 지지 환영 행진을 보여줄 때

부터 각하의 눈에 쏙 들었던 터. 늘 동기생 중 진급을 먼저 했고 선두 주자로 나아갔다.

*

"총각이세요?"

머리에 마른 수건을 쓴 여주인이 그에게 물었다. 순댓국이 나오자마자, 허겁지겁 떠먹던 그는 숟가락을 든 채 여인을 흘깃 쳐다보며 의아한 표정으로 반문했다. 식당 주인은 통통하게 생긴 쉰대여섯쯤이었다.

"예?"

"혼자냐고요?"

"아! 예."

이마에 땀이 송송 밴 그가 숟가락을 들고 엉겁결에 대답했다. 정오가 훨씬 지난 식당 안은 형광등 불빛이 약해서 그런지 약간 어두웠다. 아삭아삭 깍두기를 씹던 그를 유심히 살펴보면서 여주인은 귀찮을 정도로 말을 계속 붙였다.

"아휴, 그렇게 먹다간 체하겠어요. 밥때가 훨씬 지났는데, 지금 먹으면 이게 저녁 새참이지, 점심이요?"

"일하다 보니, 깜빡했습니다. 때가 늦어서 미안합니다."

"미안할 건 없어요, 우리야 손님들은 언제든지 환영이라오. 안집에서 점심은 제공을 안 하나 보네. 보신탕 좋아해요?"

"개고기요? 못 먹습니다."

"몰라서 그렇지, 아주 몸에 좋은 거라오. 여름철이면 이곳 남자들은 개고기를 못 먹어서들 환장하는데, 총각도 더울 적에 힘깨나 쓰려면 먹어 버릇하라고요."

여인은 이마가 넓은 낭자머리로 메기처럼 큰 입을 벌려 호들갑스럽게 떠들었다.

"아, 예."

"께름칙한 것도 처음이라 그렇지, 먹다 보면 환장들 합디다. 나중에는요, 국물 한 방울도 안 남기고 싹싹 핥아먹더라고요."

몸집 좋은 여인은 헤죽헤죽 웃으며 넉살 좋게 그에게 말을 붙였다. 그러다가 주방과 그의 식탁을 오가며 아직 남아 있는 반찬 그릇에다 깍두기를 더 쏟아주었다.

출입문을 들어서면 식탁 8개가 나란히 놓여 있고 주방은 뒤쪽이었다. 빛바랜 벽지는 파리똥이 붙어 칙칙한 분위기였고, 고기의 누린내가 배어있었다. 대낮이어선지 천장에 매달린 형광등 불빛 한 개가 파리하게 빛났으나 전체 공간은 어둑했다. 오후 시간이어선지 손님은 없었고, 그와 주인 단 둘뿐이었다.

하숙집과 골목을 사이에 두고 별채의 집이었다. 사람이 겨우 지나다닐 만큼 폭을 경계로 두 집은 나란히 서 있었다. 물론 두 집 모두 주인은 제갈 씨네 소유였다. 한쪽은 다방, 다른 한쪽은 식당이었다. 가게 뒤에는 각각 살림방이 하나씩 딸려 있었다. 그러니까, 별채의 가게들은 지을 때부터 상가의 용도로 지어진 것이었다.

주인댁은 벌써 그에게 동네의 사정을 귀띔해 주었다. 그 모녀는 원래 민통선 가까운 곳에 살았다. 농삿일은 아들에게 맡기고 면 소재지로 나와 장사 일을 한다는 것. 다방의 주인은 스물 남짓의 여성, 식당 주인은 쉰 후반이었다. 그러니까, 딸과 엄마는 각각 독립된 가게의 주인이었다.

 문성은 면사무소에서 일을 보았고, 늦은 점심을 먹었다. 이제 대대본부의 사무실로 들어갈 시간이 조금 남아 있었다. 짬을 내어 커피를 마시려고 오토바이를 하숙집 앞에 세워 두었다. 그는 다방 문을 슬며시 밀었다. 널찍한 공간은 그다지 산만하지 않았다. 입구에 들어서자마자, 커다란 수족관이 있고 계산대는 깊숙한 안쪽에 있었다. 일곱 개의 탁자를 이리저리 놓았고 거의 같은 크기의 소파를 배치했다. 탁자에는 누군가 보고 던져 놓은 듯 신문이 아무렇게나 놓여 있었다. 주위를 둘러보았지만 아무도 보이지 않았다. 구석진 벽에는 어린 여자아이가 두 손을 모아 기도하는 그림이, 바깥으로 연한 창문 위의 벽에는 밀레의 〈만종〉 액자가 걸려 있었다.

 "계십니까?"

 계산대 안에서 미닫이문이 열리며 체크무늬 치마와 하얀 블라우스를 입은 여성이 나왔다. 천천히 걸어온 그녀는 멀리서 얼핏 봤을 때보다 더 마른 편으로 머리를 뒤로 묶었는데 까만 눈과 각진 듯 턱이 묘한 조화를 이루었다.

 "여기요, 커피 한잔 부탁합니다."

 "아, 저번 안집에서 뵀어요. 새로 오신 보안대장님이라면서요?"

 "그럼, 식당이… 어머니 되세요?"

 "맞아요."

 그가 의자에 풀썩 앉으며 탁자에 놓인 신문을 집어 들었다. 까만 눈과 머리를 묶은 이미지에서 그는 문득 한인해가 떠오르다가 사라졌다. 그래서 당연한 친절임에도 그녀가 호의적으로 다가왔다.

"신문을 두 개나 보시네, 그날 치가 바로 옵니까?"

"날짜는 당일 건데, 늦은 오후에 배달이 될 거예요."

"신문을 볼 수 있어 잘 되었네."

"자주 오시면 고맙지요. 인사가 늦었군요. 김미옥이에요."

"아, 저는 신문성이라고 합니다…. 혹시 저 때문에 군인들이 불편하게 여길지도 모르겠네요."

"… 그럴 리가 있겠어요. 저는 괜찮습니다. 커피 갖다드릴게요."

김미옥이 낮은 목소리로 스스럼없이 말하고 주방으로 들어갔다. 첫인상이 사람의 마음을 쥐락펴락하는 건 아니었다. 대개의 남정네가 다방이나 술집에서 여성을 만났을 적에 반응하는 낯가림이 그에게는 없었다. 대민 활동 업무는 다양한 사람들을 만나기 때문이었다. 낯선 지역에서 정보활동의 디딤돌로 다방이나 음식점만 한 게 없었다. 친해져서 나쁠 일은 별로 없었다. 지금 그로서는 신문을 읽으며 모르고 있는 지역의 이모저모를 그녀에게 물어볼 참이었다.

그녀가 방 옆에 붙은 주방으로 들어간 사이 그는 수족관을 들여다보았다. 뽀글뽀글 물거품을 뿜어내는 물레방아를 중심으로 돌들과 수초가 우거진 또 다른 세상이었다. 여러 마리의 금붕어들이 그사이를 헤집고 유유히 돌아다녔다.

그녀는 냉커피 잔을 탁자에 내려놓더니 주방으로 다시 들어갔다. 신문을 훑어볼 때까지 그녀는 나타나지 않았고 손님도 오지 않았다. 커피값을 내려고 계산대로 다가가니 책 한 권이 놓여있었다. 박완서의 소설 《나목》이었다.

아침부터 읍내를 오가는 버스가 자주 왕래했다. 버스정류장은 다방 건너편 가게 앞이었다. 읍내로 통학하는 고등학생이며 서울로 출타하는 사람들이 모여드는 시간이었다. 읍내는 부대에서 쓸 물건을 사 오거나 휴가를 다녀오는 병사들로 붐볐다. 군인들은 다방에서 죽치며 귀대시간을 채웠다. 그 역시 가끔은 다방에 들렀다. 그렇지만, 부관 박 하사의 말마따나 너무 잦은 발걸음이나 단절보다는 적당한 발걸음을 유지했다. 하찮은 얘깃거리도 그에게는 첩보였다.

며칠 후 그는 하숙집 방에서 연대 보안반 부관 김하석과 통화를 하고 나왔다. 사무실로 들어가기 전 다방으로 들어갔다. 신문이 가지런하게 접힌 채 놓여있었다. 둘러봐도 손님도 그녀도 보이지 않았다. 그는 자리에 주저 앉아 신문을 펴고 대충 큰 제목들만 훑어보았다. 전축 턴테이블에서 위키 리의 노래가 흘러나왔다. 그 곡은 몇 년 전에 인기가 있었던 라디오 드라마의 주제곡이었다.

♪비둘기 고지에 새벽에 이슬이~햇볕에 사라질 때 용사는 갔다, 못다 한 사연들은 돌 위에 새겨놓고~웃으며 떠나갔다~ 지뢰는 갔다, 아하아~가슴을 찢어놓은 가슴을 찢어놓은~그날 그 자리엔 구름도 비바람도 쉬지 않는다~♪

♪♩♪~♪♩♪~♪♩~

♪비둘기 고지에 아침에 안개가~ 바람에 씻겨질 때 용사는

갔다, 불타는 젊음을 꽃처럼 부리면서~웃으며 더 나갔다~ 지뢰는 갔다, 아하아~가슴을 찢어놓은 가슴을 찢어놓은~그날 그 자리엔 구름도 비바람도 쉬지 않는다~ ♪

그는 인기척을 느껴 일어나 휘휘 둘러보았다. 그때야, 수족관 옆 의자에 앉아 있었던 김미옥이 그에게 고개를 끄덕이며 일어났다.
"아무도 없는 줄 알았습니다."
"잠깐 졸았나 봐요. 커피 드릴까요?"
"예, 다른 노래도 많을 텐데? 저거 슬픈 드라마였지요, 아마."
"여러 곡이 레코드판에 같이 섞여 있어서 그래요."
그는 신문을 집어 들어 수족관 쪽 자리로 앉았다. 그때 문이 열리며 누군가가 머리를 디밀었다. 김미옥이 발딱 일어나더니 문 쪽으로 걸어갔다. 두 명의 군인이 이쪽을 힐끗 바라보더니, 수족관 반대편으로 가서 앉았다. 2대대 정보장교 우상우 중위와 의무장교였다.
"여기 커피 두 잔이요."
"기다리세요."
수족관 물빛에 비친 그들의 찌그러진 모습이 그의 눈으로 들어왔다.
"의무병 갔다며?"
"제대 날짜가 다 돼서 연대본부로 간 거요."
"고 자식, 꼴통이더니 잘 되었군. 어떤 놈이 올 건지 궁금해."

중위들끼리 주고받은 대화가 그의 신경을 건드렸다. 검정 뿔테안경을 쓴 군의관이 고개를 돌리더니 일어나서 그의 앞으로 다가왔다. 그가 먼저 고개를 들어 끄덕했다.

"아이고, 보안대장님, 여기 있는지 몰랐네요. 우리는 커피를 시켰는데, 커피 드시렵니까?"

"아닙니다. 어디 다녀오신 길입니까?"

"아~아, 대대 우 중위님하고 금현 읍에 가서 상황판 만드는 재료를 사 오느라고요."

그때 느닷없이 앵앵거리며 짜증 나는 목소리가 수족관을 넘어왔다.

"야, 김 중위? 뭐하냐, 빨리 와라."라고 우 중위의 목소리가 날아왔다. 중위의 성깔 사나운 목소리에 군의관이 느긋하게 대꾸했다.

"알았어요. 이쪽에 보안대장님이 있어서 그래."

우상우 중위는 김 중위가 이쪽으로 오기 전에 그가 있음을 분명히 알고 있었다. 그는 더 이상 자리에 있는 것이 불편하다고 여겨졌다. 그래서 벌떡 일어나 뚜벅뚜벅 걸어 나가며 다리를 꼬고 앉아 있는 우 중위와 시선이 마주쳤다. 그는 그들에게 고개를 가볍게 끄덕거리며 말을 덧붙였다.

"일이 있어서 저 먼저 갑니다."

그는 뒤통수로 김미옥의 시선을 느끼고 밖으로 나갔다. 우 중위와 대대본부에서 처음 만난 뒤 시일이 지났어도 개인적 접촉은 없었다. 다만, 관측소에서 몇 번을 마주쳐서 눈인사만 했을 뿐 대화는 나누지 않았다. 사관학교 출신의 초급장교가 대부분이 그러하듯 경멸에 가득 찬 시선이 마뜩하지 않았다. 그는 의식적으로 그런 눈빛을 애써 무시했다. 당장에 중위에게 업무적으로 협조받을 일도 별반 없었기도 했지만, 살갑게 다가갈 이유도 없었다. 통상적으로 대대본부에서 받을 업무는 부관인 박 하사가 해왔기 때문이었다.

21
욕망이 부러뜨린 나뭇가지

 한 달에 한 번씩 면사무소에서 민방위 회의가 끝나면 점심을 먹었다. 바로 그날과 부대장의 방문 시간마저 겹쳤다. 마을로 들어오는 길목에 외딴 초가집이 있었다. 원래 살림집인데, 늙은 여인과 마흔 줄의 여인이 음식을 팔았다. 피부가 하얗고 머리를 쪽진 여인은 평범하게 생겼으며 늘 한복을 입고 있었다. 음식의 메뉴는 거의 정해져 있었다. 겨울철에는 곰탕을 여름철에는 냉면을 맛깔스럽게 한다고 하여 손님을 접대하기로는 괜찮았다. 연대 반장 백 대위를 따라오던 날 그도 처음 알게 되었다.
 안방에는 면 민방위협의회에 참석했던 유지들이 빙 둘러앉았다. 면장, 지서장, 초등학교 교장, 우체국장, 중학교 교장, 수리조합장, 공화당 관리장이었다. 그들은 냉면이 나오기 전까지 회의실에서 못다 한 국회의원에 관한 이야기를 눈치껏 주절거렸다. 넙데데한 공화당 관리장이 회의 때 했던 의제를 다시 꺼내며 큼큼거렸다.

"아까 면장님하고 보안대장이 말씀하신 '논두렁 가용 면적' 조사 건은, 우리 공화당으로도 내려와서 그저께 의원님께 보고 드렸어요."

"그 건은, 내무부와 여당, 각 기관으로 내려온 루트가 달라 따로따로 보고가 올라가도 종합되어 각하께 보고될 겁니다."

면장이 미처 대답 못하고 어영부영하자, 그가 마무리한 셈이었다. 전국의 논과 밭둑에 콩과 식물을 심어 부족한 고기 대신 단백질을 확보하겠다는 정부 방침을 모두 어렵게 이해하고 있었다. 면장은 회의의 주체이면서도 늘 관리장의 눈치를 살폈다. 그것이 누구의 의중이든지 간에 정치가 행정을 주물럭거리고, 기관은 정치와 언론의 뒷덜미를 쥐고 있었다.

부대장의 첫 순시가 있다는 연락을 그는 나중에야 받았다. 부대장이 이쪽으로 갔다는 소식을 박 하사가 뒤늦게 알려준 다음이었다. 하필이면 민방위협의회 회의가 있는 날이었다. 근무 상태를 보려고 왔는지, 연대 반장이 순시를 미리 귀띔이라도 했을 터였다. 길가에서 엔진소리가 들린 군용 지프차 2대를 보고서야 모르는 척할 수 없었다. 문성은 그쪽에서 이쪽 건넌방으로 건너왔다. 벌써 체크무늬 반팔 차림의 부대장 손남식 중령과 흰 점퍼를 입은 연대 반장 백민수 대위가 앉아 있었다. 인사말을 붙여놓고 냉면을 주문해 놓고 있을 때였다.

"보안대장님 전화 받으세요."

부엌에서 나온 여인이 바깥에서 카랑카랑한 목소리로 말했다. 앉아 있던 중령이 불쑥 일어나더니 허겁지겁 문지방을 넘었다.

"내가 온 줄 어떻게 알고?"

뒤돌아 구시렁거리던 중령이 바로 마루로 나가려다, 손사래 치는 여인을 내려보았다.

"부대장님, 아니고요. 신 중사일 겁니다."

눈치 빠르게 백민수 대위가 막았다. 당연하다는 듯 서 있던 작은 체구의 중령이 곱씹는 얼굴로 다시 방에 들어왔다. 문성은 얼른 나가 전화를 움켜쥐고 받았다. 전화를 끊고 방에 들어서자, 부대장이 그를 쳐다보더니 냅다 뱉었다.

"야, 인마, 네가 대장이야?"

민망한 얼굴로 고개를 수그린 문성이 조심스럽게 자리에 앉았다. 그러자, 백민수 반장이 부대장을 둘러보며 시익 웃으며 말을 건넸다.

"아이고 부대장님께서도 참. 부대장을 대신해서 제가 새끼 대장이면, 또 신 중사는 저를 대신하여 작은 새끼 대장 아니겠습니까?"

"으흐흐흐~ 그래, 그렇겠구먼."

그제야 중령은 멋쩍게 억지로 웃었다. 그들은 잘게 찢은 닭고기가 얼음 위의 고명으로 얹혀 있는 냉면의 육수를 마시며 면발을 쭉쭉 빨아 삼켰다. 그는 그들이 먹는 모습을 지켜보았다. 백 대위가 겸연쩍은 중령을 쓰다듬듯 슬그머니 말을 붙였다.

"멀리서 찾아올 정도로 소문난 집입니다, 부대장님."

"맛이 별미로군."이라고 면발을 우걱우걱 씹으며 중령은 그제야 얼굴을 폈다. 그는 재빨리 안방으로 건너가 이쪽의 형편을 덧붙이며 유지들에게 인사를 건네고 돌아왔다.

*

 문성은 냉면값을 계산하며 불현듯 수사실장 늙은이가 했던 말이 떠올랐다. 서울에서 온 수사관들과 바깥에서 점심을 먹고 들어오면서 그에게 물어본 대화들이.
 "피의자에게 점심밥 시켜줬지?"
 "갈비탕을 드렸는데, 잘 안 먹던데요."
 "왜? 우리가 단골로 다니던 그 집 맞지? 오늘은 식당 음식이 부실했나?"
 "그게 아니고요, 입술이 터져 그런지 숟가락으로 국물 두어 번 뜨다가 말았습니다."
 "군인정신이 투철한 건지 아직 사십 대라 팔팔하구먼. 장군이나 졸병이나 사는 게 더러운 인생살이인데, 먹는 일 빼놓으면 뭐 있겠어."
 실장은 책상 서랍 속에서 머리빗을 꺼내어 벽에 붙은 거울 앞으로 다가섰다. 올백으로 넘긴 머리를 빗질했다. 앞이 훤해서 틈만 나면 이마 뒤로 밀려나는 머리 모양에 꽤 신경을 썼다. 그러면서 가끔 옛날이 생각난 듯 자꾸만 기억을 꺼냈다. 그날은 기분이 별로였는지, 담배꽁초가 재떨이에 수북이 쌓였다. 외근 활동을 마친 수사관들이 퇴근하려고 모여들 무렵이었다.
 "… 자유당 시절에 특무부대라 하면, 지금 보안부대나 정보부는 아무것도 아니었어. 호랑이 대가리가 새겨진 은메달을 신분증으로 가지고 다녔을 때니까, 정말 호랑이가 담배 피우던 시절이었군. 그 메달 뒷면에 뭐라고 새겨진 지 아나? ★이 그려져 있고–본 메달 소지자는 시기, 장소를 불문하고 행동의 제한을 받지 않음. 이라고 되었던 것 같아. 기차에 올라서서 그것만 보여주면 공짜는 물론, 어디서나 무사통과였어. 그때는 기차 타는 게 쉽지 않았지. 내가 아는 어떤 부대원이 이등 중사였으니까, 지금으로 치면 병장인가? 대구까지 사복을 입고 군용 칸에 있었는데, 이쁜 아가씨들을 둘러싸고 해병대와 공수부대원들이 패거리로 싸우며, 그야말로 난장판이더래. 아가리가 터져 이빨이 나가고 피를 뚝뚝 흘리는데, 승무원이 달려와서 말려본들 소용없던 순간에 이 사람이 불쑥 일어나 뚜벅뚜벅 걸어가서 신분증 메달을 군인들 눈앞에다 흔들었다나. 조용해진다 싶더니 돌아보니 군용 칸에는 아가씨들 둘만 남고 아무도 안 보였다는 거야. 모두 다른 칸으로 도망을 간 거지 뭐. 진짜로 호랑이 담배 피우던 시절이라…."

주머니에서 꺼낸 담배에 불을 붙여 길게 한 모금 빨던 실장은 말을 이었다.

"무더운 여름철이었나? 묵호항구로 출장을 갔는데, 빨리 부대로 들어오라는 거야. 지금이야 버스도 많고 차량으로 금방 가지만, 그땐 교통편이 지랄 같아서 쉽지 않았어요. 특무부대 본부에서 특별전통문이 왔다고 행정계장이 알려주더라고. 급하게 재촉하는 거야. 내용인즉 나를 무조건 내일까지 서울로 오라고 호출했다는 거야. 느닷없는 호출이라 긴장되며 몸이 달아올라 정신이 혼란스럽더라고. 우리 부대장도 무슨 영문인지 몰라서 계속 사령부에 통화를 시도한 거고. 어렵게 전화가 접속되었는데, 잘 안 들리는 전화통에 대고 소리를 바락바락 질렀어도 저쪽 비서실에서 잘 모르겠다는 거래요. 이거 참, 머릿골 터지는 일 아닌가 말이야. 더구나 지금으로 치면 사령관이 박사의 오른팔 격인 바로 김창룡이 아닌가? 특무부대장이면 그 당시 실질적으로 정권을 휘어잡은 얼마나 바쁜 사람인데…, 이 동해안 외진 곳에 이름 없이 근무하는 말단 군무원을 왜? 불렀을까. 나를 무슨 일 때문에 불렀는지, 당신들 같았으면 떨리지 않았겠냐고? 아무래도 좋은 일보다는 나쁜 일이거나 잘못된 일로 불렀을 텐데, 별별 생각이 다 들더라고. 얼굴이 누렇게 뜬 부대장도 급한 일인가 보다며 빨리 출발하라는 거야. 하도 정신이 없어서 집에도 들르지 못하고 일단 부대에서 부랴부랴 신사복으로 갈아입고 나섰어요. 이곳이 서울에서 멀리 떨어져 있다지만, 그때의 교통으로 따지자면 더 오지였어요. 청량리역에서 기차를 타도 하루가 꼬박 걸렸으니까. 말해서 무엇해. 그나마 하루에 두 번 열차가 있으니까, 아침 일찍 출발해도 오후의 해가 떨어질 때야 서울에 겨우 도착할 때였지.”

"그래도 최고로 높은 분이 불렀는데, 제대로 차려입고 갔어요?"

눈을 껌벅이며 듣고만 있던 늙은 중사가 느닷없이 말 가운데를 잘랐다. 그 참을 기회로 실장은 픽 웃더니 담배를 꺼내 물었다.

"날씨가 무더웠어도 높은 양반에게 간다고 흰 와이셔츠에 넥타이를 맸지, 증기기관차가 제 딴에는 칙칙폭폭 하얀 연기를 내뿜으며 달리는데도, 왜 그렇게 기차는 더디게 가는지. 기차 안에 승객들이 왁자지껄하고 수레를 밀고 통로에 다니는 오징어

땅콩 장사가 지껄이는 소리도 안 들리더라고. 그냥 창밖을 보는데, 풍경도 눈에 안 들어오는 거요. 그 험한 산들을 굽이굽이 돌아가는 아찔아찔한 느낌도 모르겠고, 오로지 도대체 내가 왜? 무슨 일로 서울로 가는지 그 생각에만 꽉 박혀있는 거요. 내가 세상에 태어나서 지금까지 뭘 잘못한 일이 있었는지 별별 생각이 다 떠오르더라고. 그 전날 묵호읍에서 수사하느라고 이틀 동안 잠을 거의 못 잤는데, 눈을 감아도 잠이 안 오더라니까. 진짜 미치겠더라고."

실장은 마치 그때를 다시 견디는 것처럼 손바닥을 이마에 잠깐 올렸다. 그리고 한숨을 내쉬며 말을 이었다.

"청량리역에 내려 시발택시를 탔는데, 거리의 풍경이 금방 스쳐 서울시청을 지나 소공동 부대 본부에 도착했어요. 인사처에 들어가 보니, 나 말고도 현역군인 두 사람이 와있더라고. 그 사람들도 나처럼 불려 왔는데, 영문을 모르는 건 마찬가지더군. 정말 미치고 환장할 노릇이었지. 한참 만에 인사처장이 들어와 부대장실로 데리고 들어갔어. 문을 열고 들어가니까, 커다란 책상 뒤에 앉아 있던 장군이 서류를 밀쳐놓고 우리를 흘깃 쳐다보더군.

말로만 듣던 그 김창룡이 누군가? 나는 새도 떨어뜨린다는 무소불위(無所不爲)의 특무부대장이 바로 내 앞에 있다는 게 믿어지지 않았어. 사실 말이야. 이상하게도 내가 생각했던 모습이 영 아니어서 속으로 무척 당황했지. 나는 김창룡 장군이 체격이 우람하여 삼국지에 나오는 여포나 장비쯤으로 생각했거든. 그런데, 머리 옆을 바짝 치켜 깎아 기름을 발라 가르마를 탔더군.

가무잡잡한 얼굴에 두툼한 입술의 돼지코 인상인데, 눈빛이 매섭게 생겼더라고. 큼직하고 헐렁한 군복 바지에 밤색 군화를 신었는데, 그 양반이 일렬횡대로 서 있는 우리에게 경례를 받고 나서 뚜벅뚜벅 걸어오면서 이북 평안도 사투리가 섞인 말로,

'아 왔어요? 오느라고 수고들 많이 했어요.' 하며 책상 뒤편에 있는 까맣고 큼직한 금고를 열더니 누런 봉투들을 꺼내는 거요. 그러더니, 두툼한 입술을 달싹거리며

'자, 이거 하나씩 받아요. 오늘이 당신들 생일이잖아요.' 라고 스스럼없이 말하더라고. 원 세상에!

들고 있던 봉투를 한 사람씩 나눠주었거든. 우리는 그냥 황송해서 엉겁결에 받았지. 세 사람은 누구라 할 것 없이 동시에 서로 눈이 마주쳤지. 나는 갑자기 머리에서 쥐가 나도록 얼떨떨해지는데, 생각해 보니 맞긴 맞더라고. 어머니가 푹푹 찌는 더위 속에 일하시다가 나를 낳았으니까. 무슨 귀신에 홀린 것처럼 멍해 지면서 꼭 사기를 당한 느낌이었지. 더구나 봉투를 열어보고는 입이 다물어지지 않았어요. 자그마치 한 달 봉급만큼의 돈이 들어있었어. 손을 꼽아보니, 분명히 내 음력 생일 날짜가 틀림없는 거야. 나도 바빠서 깜빡했던 생일 날짜를 머나먼 서울에서 부대장이 어떻게 알았을까? 그것도 나뿐만이 아니고, 천명도 넘었을 부대원들의 생일을 어떻게 모두 다 챙긴다고? 귀신도 환장할 노릇이더군. 그토록 띵하게 지끈거리던 머리의 의문이 풀렸음에도, 나는 왜 그렇게 허전한지 미치겠더라고.

마침 점심때라서 우리는 장군과 참모들을 뒤따라 구내식당으로 들어갔지. 그날 점심의 메뉴가 냉면이더라고. 나중에 누

가 그러는데, 장군이 냉면을 좋아해서 안에서 식사할 때면 자주 나왔다는군. 또다시 놀라운 일이 벌어졌어요. 냉면을 후딱 먹어 치우고 벌떡 일어난 장군은 팔을 뒷짐진 자세로 병사들이 먹고 있는 데를 걸어가더군. 여기저기 식탁을 둘러보더니 바로 옆에서 발걸음을 딱 멈췄어. 단숨에 국수 가락을 한입으로 쭉쭉 빨아먹고 있는 병사에게 시선이 머무는 거야. 장군이 그 병사의 옆으로 가더니 말을 걸더라고.

'냉면 좋아해요?'

'네, 그렇습니다.'

겁을 잔뜩 먹은 일등병이 관등성명을 쏙 빼먹고 큰 목소리로 우렁차게 대답했지. 그걸 듣던 장군의 눈웃음치는 표정이 꼭 어린애 같더라니까. 그러더니 바로 또 물어보는 거야.

'그럼, 한 그릇 더 먹을 수 있어요?'

'넷!'

'여기 냉면 하나 더 가져와 봐요.'

이마가 넓적한 병사는 마파람에 게눈 감추듯 금방 한 그릇을 뚝딱 해치우더라고.

'이야, 냉면 잘 먹네. 한 그릇 더 먹을 수 있어요?'

'네에.' 일등병은 이번에도 대답했지만, 조금 전보다 목구멍으로 더 기어들어 간 목소리였어요. 다섯 그릇에서 젓가락질을 멈칫거리는 병사의 어깨를 토닥거린 장군은 째진 눈에 웃음을 가득 담고 식당을 나가더라니까.

… 빨갱이들을 벌벌 떨게 하고, 이 박사가 양아들처럼 여기던 장군 아니던가. 그런데 생각해 보면 말일세. 나랏일을 하다가

죽은 사람들은 대체로 안타깝다거나 추앙을 받는데…, 이 양반은 죽었어도 욕만 더럽게 먹었거든. 그 양반의 파란만장한 일생이 나라의 운명과 비슷했어.

내가 그때 들은 바, 이 양반은 함경도 영흥 사람이라는데, 대동아 전쟁 무렵에 일본 관동군 헌병대 오장 출신으로 활동하다가 해방이 되자, 소련군에게 잡혀 죽을 뻔하다가 탈출해서 귀국했다지. 남쪽으로 넘어와서는 처음에는 국군경비대 하사였다가 육군사관학교 3기로 소위를 달았다 거든. 그때는 정부가 새로 만들어질 때니까, 모든 조직이 어설펐나 봐. 군대도 출세하는 일도 그렇고. 그런데 살아보니까, 사람은 시운을 잘 만나야 하고 인간관계가 좋아야 출세하는 것 같아요. 미군군정청이 있었다고 해도 일본 놈들이 꽉 틀어쥐고 있었던 나라가 하루아침에 텅 비어 조직의 기틀이 약하다 보니까, 먹물께나 들어있던 친일파를 기용하고, 나중에는 좌익이다, 우익이다, 갈팡질팡 대혼란이었지 뭐. 사람이나 개새끼들이 하등에 다를 바 없는 것이, 세상이 혼란스러울수록 밥그릇 싸움은 더 치열해. 사실 그때는 지식인들이라고 별 수 있겠나. 봉건 왕조가 일본 놈에게 나라를 바치고 겨우 식민지로 머무른 상태였는데 공산주의가 뭔지 제대로 알았을 턱이 없었겠지. 일본이 주적이었을 때는 민족주의로 똘똘 뭉치니까, 마적두목이건 공산당이건 모두 독립 투사였지.

어쩌면, 간첩 잡는 일이 딱 그 양반에게 주어진 운명이었는지 몰라. 공산당을 색출하고 군대 내의 빨갱이 때려잡는 일이 날개를 달아줬다고나 할까. 여·순 반란 사건까지 김 장군에게 맡겨져 좌익 세력을 척결하니까 그야말로 승승장구한 거야. 이 박사의 신임으로 장군의 기세가 하늘을 찔렀지. 그 통에 반란 사건을 주동한 인물로 1기 선배인 각하는, 아니, 그때는 소령이었겠지. 감옥에서 죽을 날만 기다렸을 때였어. 나중에 참모총장이 같은 동갑내기 고향 사람이고 친하니까, 특무부대장한테 구명하게 된 거거든. 각하는 참모총장하고 만주군관학교 때부터 알게 된 사이라고 들었어."

"그때 분들이라 나이는 거의 다 비슷비슷했겠네요?"

"내가 알기로는 그때 참모총장이 선배이긴 해도 특무부대장과 동갑내기이고, 각하가 몇 살쯤 더 많으셨을걸."

"요즘같이 조직의 질서가 잡혀 있으면 선후배 서열이 확실할 텐데…, 세월이 달라도 언제나 인간 세상은 그래. 하기야 동물이나 사람이나 센 놈이 약한 놈을 잡아먹는 게 세상이 아뇨…. 그런데, 앞일은 아무도 몰라. 하늘을 나는 새도 떨어뜨린다는 특무부대장이 다른 사람도 아닌 제 부하들에게 암살당했으니, 업보인지 몰라도 도무지 세상일은 알 수가 없거든. 화무십일홍이니 권불십년이라고, 추운 겨울 아침 출근을 하다가 한갓되이 권총 3발로 인생이 허무하게 끝나고 말았어."

"뭐? 대대 사무실이 불편하다고?"

냉면 국물을 훌훌 마시던 부대장이 불쑥 말을 꺼냈다. 대머리 실장의 모습과 동해안의 기억이 그의 머릿속에서 금세 사라졌다. 반장이 대각선상에서 그를 슬며시 바라보았다. 그가 대신 말해 주기를 바라는 눈치였다. 눈에 힘을 주어 중령을 바라보며 그가 차분하게 말했다.

"부대장님, 불편한 것보다 대민 신고가 전혀 안 되는 실정입니다. 부대 바깥에 사무실이 있으면 민간인들이 자연스럽게 방문할 수 있을 것 같습니다. 더구나 이쪽은 사찰 대상자들이 많은 곳이라 신고망이 약하면 일하기가 좀 그렇습니다."

"반장한테 들어서 그 내용은 알겠고, 백 대위? 당신이 연대장한테 협조해서 진지 공사하는 자재를 어떻게 좀 해보지, 그래."

어렵다는 말 대신에 에둘러 말한 중령의 말을 대변이라도 하듯 대위가 그에게 오른쪽 눈을 찡긋했다. 부대장은 사무실에 가지 않고 바로 떠나버렸다. 백 대위가 부릉거리는 지프차를 타며 서 있는 그에게 말했다.

"대대에서 지원받고 읍내에 사는 지부장에게 부탁하면 될 것 같은데…."

부지런히 싸돌아다니는 그에게 휴식이 따로 없었다. 본부에서 내려오는 업무가 없어도 스스로 일거리를 찾아야 했다. 그렇지만, 하고 들자면 거의 모든 게 업무이고 가만히 있으면 별일 없이 넘어가도 되었다. 벌써 이곳에 온 지 꽤 되어 지역과 부대들에 관한 웬만한 형편쯤은 대략 그의 머릿속으로 그려졌다. 그는 일벌레였다. 상관들에게 능력을 인정받는다는 것 말고도 자신을 다그치는 성격이었다. 스스로가 업무가 미흡하다는 생각이 들면 만족할 때까지 일을 찾아 나섰다.

신문이야 당연히 필요했다. 신문에 나오는 내용은 그에게 공개 첩보를 획득하는 자료였다. 세상 돌아가는 일 말고도 지역에 관련된 착안점을 얻었다. 사무실에서는 조선일보를 구독했으나 하루 늦게야 받았다. 그래서 다방에서 여러 신문을 훑어보며 시간을 절약하는 편이었다. 주로 아침나절에는 다방에 손님이 없었다.

 그에게 김미옥은 친절하고 스스럼없이 다가왔다. 가끔은 책을 읽었던 그녀가 소감을 그에게 전달하며 물어오는 경우가 있었다. 그럴 때이면 그는 알았다고 해도 짤막하게 대답하곤 했다. 그녀가 보내는 눈빛이라든가 가깝게 다가오는 느낌이 유달랐다. 무엇인가 갈망하는 그런 눈빛을 애써 모르는 척했다. 물론, 그녀가 뭇 남성을 상대하는 다방 주인이 아니라면 어땠을까. 팔팔 끓는 젊은 본능을 이성으로 억누르기에 힘이 들었다. 그렇지만, 무엇보다 그는 이 지역과 군부대를 지원 활동하는 책임자였다. 더욱이 전임자 황 상사의 비리가 무겁게 짓누르는 상태였다. 전쟁 때 빨간 완장을 차고 민청에서 활동했던 그녀의 아버지는 죽은 지 오래되었지만, 사찰 대상자 카드에서 본 김미옥의 집안에 선입견이 남아있었다. 그녀가 호감으로 닿기에는 아직 아니었다. 더구나 주인댁 할머니가 아침 밥상을 직접 들고 와서 두리번거리며 슬쩍 한 말이 머릿속에 내내 걸렸다.

 "대장님, 잘 알아서 하시겠지만 복잡한 동네라… 좁다 보니, 다방에는 자주 안 가시는 게 좋을 거예요."

 "왜? 무슨 일이 있습니까?"

 "사변 때 그 집안의 몹쓸 일도 그렇고, 대장님이 젊고 잘생긴 분이라서 나쁜 소문은 금방 퍼지기 마련이거든요."

 "아, 예. 무슨 말씀인지 잘 알겠습니다."

 집주인인 제갈윤배의 부인은, 그를 가족처럼 살뜰하게 대했다. 그 역시 부관인 박 하사가 하숙집에서 필요한 세탁비누나 식용유를 갖다주는 걸 모른 척했다.

그가 곰곰 생각을 해보자니, 그렇다고 굳이 다방에 안 갈 이유도 없었다. 면사무소에서 현황자료를 얻거나 이장들을 만나는 장소로는 다방만큼 적당한 곳은 없었다. 다방의 영업으로 김미옥이 큰돈을 벌기는 어려워 보였다. 들락거리는 군인들의 수효도 빤하거니와 오후의 그림자가 길어지기 전에 파장되는 장날의 수입이 얼마나 되겠는가. 모녀의 삶이 조금은 안쓰럽게 느껴지는 이유는 이심전심(以心傳心)이었다.

22
땅 울리는 소리가

때로는 한 장의 정보 보고서가 일을 불렀다.

제목: 발톱 이상 징후 관련 보고
개요: 농수로에서 가끔 물거품이 상승하여 이상하게 여긴 농부(김천식 당 50세)가 관할 지서에 최초 신고 접수. 치안본부 상황실로부터 대간첩작전본부에 이첩된 것임.
일시 및 장소: 우만리 987번지 일대
내용…7.4 남북공동성명 발표 이후 비정규전을 수행하려는 저의가 여실히 드러난바…
의견: 이는 지하 속의 압력이 대기압보다 높아 인위적으로 만들어진 고압 상태가 존재하는 것으로 판단. 인공의 공간이나 땅굴 여부를 시험 관찰하는 계기가 됨.

위에서는 한참을 지났어도 별다른 지시가 없었다. 그러다가 미군 쪽에서 반응을 보이니까, 이쪽에서도 작전 부사단장 직할로 부랴부랴 별도의 팀이 꾸려졌다.

그가 우만리 마을을 지나가다가 쉼터에서 만난 농부에게 들은 말이 자꾸만 끌렸다. 자신들이 살고 있는 마을이 안전해지기를 바라는 바였다.

"10년 전이었나 봐요. 저쪽 넘어 한강에서 제방 공사를 할 적에 이쪽의 야산을 깔아뭉개서 흙을 많이 퍼갔지요. 파다 보니 고령토가 나왔습니다. 입소문을 듣고 도자기 만드는 사람들이 모여들어 더 깊어졌지요. 그런데 말입니다. 시루떡처럼 쌓인 흙 층 속에서 사람들이 들어갈 수 있는 동굴이 발견되었던 겁니다. 그 속을 들여다보니 백토가 아닌 황토 색깔로 반질반질 칠해져서 한강 쪽으로 기울어져 있어서 돌멩이로 던졌더니, 풍덩 소리가 났더란 말입니다. 일본 놈들이 만들어 놓은 건지, 혹시 북한에서 파고들어 왔냐며 시끄럽다가 시절이 어수선할 무렵이라 사람들이 잘못되면 무슨 화를 입을 것 같아서 그냥 메워버렸어요."

그러자, 눈치를 보며 입을 다물고 있던 또 다른 사람이 덧붙이는 것을 보고서로 보냈던 것이다.

"허리가 아파서 낮에도 안방에서 누워있었는데 방바닥 밑에서 가끔 이상한 소리가 들리는 거예요. 무슨 기계나 발동기 소린지 뭔지 또렷하게 들리지는 않았고요, 한두 시간 그러다 말고 했는데…."

그로부터 미8군에서 1개 팀이 들어온 것은, 며칠이 지나서였다. 대대본부를 지나 강 쪽으로 한참을 가면 작은 야산이 있었다. 야산 아래로는 밭과 논이 민통선 쪽의 질펀한 들판과 연이어졌다. 미8군 정보부대의 중령이 다녀간 뒤 콘셋 막사 2동이 금방 뚝딱 지어졌다.

본부에서는 미군팀이 투입되었다는 것 말고 아무런 정보도 주지 않았다. 수시로 땅굴에 관해서 보고하라는 지시만 받았을 뿐. 거의 그런 식이었다. 뾰족한 수는 없고 딱히 답은 하나였다. 첩보는 사람으로부터 빼내어 사람에게 전달하는 것. 첩보의 분석에 덧붙여진 정보는 꼭 그의 결론이 아니어도 매듭지어지는 것. 사단 파견대에서 궁여지책(窮餘之策)으로 땅굴을 탐지하는 작업은 아직 걸음마 단계였다. 여러 개의 전선을 땅속에 박아 진동과 파장을 분석한다는 것인데, 그럴싸하지도 않았다. 의사가 환자의 몸에 청진기를 갖다 댄다고 병이 고쳐지지 않는다. 땅바닥에 전선을 몇 가닥 연결하여 청음기로 듣는다는 방법이었다. '발톱' 작업이라고 명명한 치졸함도 그렇고, 미군들의 장비에 비하면 어린애 수준이었다. 대대 정보장교 역시 땅굴 탐사에 대한 상식은 과학의 이론으로 접근하지 못하고 사단에서 주워들은 정도였다.

하여 그는 우선 미군 파견팀과의 협조 관계를 궁리했다. 미8군 정보부대 소속 십여 명과 한국인 군무원 1명이고 상사가 팀장이었다. 절벽이라도 고리를 걸어야 밧줄을 잡을 수 있었다. 그것은 아주 우연이었다. 문성이 하숙집 앞에 오토바이를 세워 두고 버스정류장 옆의 다방에 들어갔다. 막 문을 열었는데 아무도 안 보였다. 두리번거리다가 어항 옆자리의 두 사람을 보았다. 김미옥이 벌떡 일어서서 나오더니 얼굴을 붉히며 겸연쩍은 얼굴로 물었다.

"어디 다녀오세요?"

"그냥 한 바퀴 돌았습니다. 오늘 신문 온 거 좀 볼까요? 설탕 듬뿍 넣어 커피 한 잔 주세요."

"누구 만나시기로 했어요?"

"아뇨."

딴청 부리듯 그녀가 물어 사무적으로 그가 대답했다. 문성은 들고 있던 검정 노트를 왼손으로 옮겨 쥐었다. 김미옥이 내민 신문을 받으며 그녀가 앉아 있었던 맞은편을 힐끗 바라보았다. 웬 사내가 앉아 있다가 시선을 돌려 딴청을 부린 사내를 그 역시 외면했다. 가무잡잡한 얼굴은 곱슬곱슬한 구레나룻이 돋은 마흔 줄의 사내가 부리부리한 눈으로 그를 쳐다보았다. 선량한 눈빛이었다. 탁자에는 마시다 만 커피와 요구르트 잔이 놓여 있었다.

"대장님, 저기요? 새로 들어왔다는 미군 부대 아시죠? 거기 근무하신대요."

"처음 뵙겠습니다."

문성은 일어서서 몇 걸음 다가가 고개를 살짝 숙이며 손을 반갑게 내밀었다. 사내도 엉거주춤 일어나 손을 내밀어 살짝 잡았다. 검붉은 얼굴의 턱처럼 굵은 손목에도 시커먼 터럭이 부얼부얼 돋아 이국적이었다.

"말씀 들었습니다. 아직 정리를 다 마치지 못했지요? 그러잖아도 급한 일 마치면 가보려던 참입니다."

"작은 규모의 부대라 뭐 정리할 게 있나요? 언제든지 오세요."

두툼한 입술을 달싹거리며 사내가 말했다.

이튿날이었다. 민통선 검문소에서 근무일지를 점검하던 문성은 차량 엔진 소리에 밖을 내다보았다. 흑인 상병이 운전하는 지프의 뒷좌석에 어제 다방에서 만났던 털보 사내가 타고 있었다. 그가 초병을 세워두고 바깥으로 나갔다.

"어디 다녀오신 길이세요?"

"용두골의 지원 부대에서 식재료를 가져오는 중입니다. 대장님, … 그런데요? 부탁이 하나 있습니다."

목을 길게 뽑은 털보 사내는 숱 없는 머리를 긁더니, 새까만 눈썹을 오그리며 똥 마려운 표정을 지었다. 그가 웃는 얼굴로 고개를 쳐들었다.

"편하게 말씀해 보세요."

"제가 일 때문에 밖으로 자주 못 나가니까, 집식구들이 가끔 면회를 오는데 여기 검문소가 어렵거든요."

"그런 애로점이 있겠네요. 그렇습니다, 특별한 예외 규정은 없고요, 검문소에 말해둘 테니 이쪽으로 연락하시면 되도록 조치해 놓을게요. 황 문관님? 저희도 미군들과 일하려면 어려운 점이 많겠지요. 그래도 애국심이 투철하신 황 문관님이 계시니 고민이 해소된 느낌입니다. 다 나라를 위한 마음은 같으니 여러모로 잘 부탁드립니다."

"뭘 입쇼. 저 같은 놈은 미군에 소속된 사람인데, 무슨 큰 도움이 되겠어요. 대장님이 방문하신다고 해서 패터슨 상사에게는 말해 두었어요."

털보 사내는 시익 웃으며 시커멓게 털 돋은 두 손을 모으는 시늉을 했다. 그러면서 흑인 운전병에게 뭐라 지껄이며 지프를 길옆에 정차시켰다.

문성은 본부에서 땅굴 탐지에 관한 아무런 정보도 하달받지 못했는지라 막연한 상태였다. 업무 협조를 하려면 미군 땅굴 탐지팀의 조직과 임무부터 알고 들어가야 했다. 첩보의 입수는 사람에게서 얻는 것이다. 거래가 되었든지 인간적인 신뢰를 얻어 입수했건 간에 사람에게서 나왔다. 자신은 무엇보다 더 그들과 인간적인 친교가 중요했다. 문성은 초병을 내보내고 검문소 안으로 털보 사내를 불러들였다. 털보 사내가 그에게 소곤거리듯 털어놓은 말―아직은 막사와 주변 정리 중이고, 이곳저곳 장비를 설치할 장소가 급하다는 것. 팀장은 캐리 패터슨 중사. 베트남전에 참전하여 상사를 달았으나, 비리 사건으로 강등되었고 봉급이 삭감되어 한동안 의기소침했다고―황 털보 문관이 귀띔을 해주었다.

사흘이 지나서야 문성은 지프차를 타고 새로 낸 길을 올라갔다. 야산 자락을 까뭉갠 길바닥에는 깬자갈을 눌러 깔아놓았다. 휘돌아 나간 황토 바닥에 세워진 풀빛 콘셋 막사에서 페인트 냄새가 묻어났다. 털보 사내는 이럴 줄 알았다는 듯 시침을 뚝 떼며 사무적으로 그를 맞이했다. 그가 고개를 꾸벅거리며 짧은 영어로 부대와 이름을 말하자, 미군 상사는 경계의 눈빛을 풀지 않고 손을 내밀었다. 그다음 통역은 황 털보의 몫이었다. 황 문관은 미군 팀장을 상사로 불러달라고 덧붙였다. 강등되었다고는 하지만, 그래야만 기분 나빠하지 않는다는 것이었다.

동부 버지니아주 출신 상사, 아니 중사는 백인이었다. 갈색 곱슬머리인데, 덩치가 크고 쾌활한 성격이었다. 패터슨 상사는 주머니에서 꺼낸 지갑을 그에게 보여주었다. 흑백사진에는 세 명의 여자가 웃고 있었다. 금발의 통통한 여인과 인형처럼 생긴 두 딸이었다. 미군 상사는 담뱃불이 필터까지 타들어 가면 새 담배를 꺼내 물었다. 패터슨은 담배 골초였다. 보고 있던 황 털보가 딴청을 부리면서 가만히 말했다.

"하루에 세 갑에서 더 이상 줄어들지 않아요."

"강등을 당하고 봉급이 삭감되었답니다. 그나마 담배 연기를 풀풀 날리며 시름을 풀고 지냈는데, 담배 없이 무슨 재미로 살겠어요?"

"그렇겠네요."

미군 상사는 황 털보와 신문성의 대화 내용이 몹시 궁금한 눈빛이었다. 어깨를 으쓱한 상사 패터슨이 황 씨와 한참을 떠들었다. 시부렁거리는 대화의 내용을 잘 알 수가 없었으나 그들의 표정을 깜냥으로 담배, 바꾸다, 한국군, 피엑스 따위의 툭툭 튀어나온 단어를 귀담아들었다.

"아, 대장님? 이렇게 물어보랍니다. 대장님은 담배를 피우냐고요. 자기는 담배를 피워서 담뱃값이 많이 나간다며, 미군 피엑스 담배를 줄 테니 화랑 담배와 교환할 수 없냐고요."

"… 나는 담배를 못 피웁니다. 알았다고 전해 주세요."

그는 패터슨의 약한 고리를 얼른 잡아야 한다는 생각이 들었다. 그게 무엇이든, 절벽을 올라가자면 툭 튀어나온 돌부리를 잡기보다는 등산 장비가 더 필요한 법. 시작부터 과히 나쁘지 않은 접근 기회였다. 동맹국의 군인이라지만, 전술적 목표는 다를 수 있었다. 그러나 정보부대원의 생리로 보아 적대적 공생관계는 어쩔 수 없는 것.

그는 사무실로 들어와 연대 보안반 김하석 중사에게 전화를 했다. 그것은 또 다른 안전장치였다. 오랫동안 각급 대대 단위의 군수 보급관이나 인사계들과 이해관계가 돈독할 선임 부사관에게 밉보일 필요가 없었다. 연대 보안반 김하석 중사를 제치고 군수품을 마음대로 활용할 때의 후유증까지 고려했다. 패터슨을 잘 활용해야 한다고 했더니, 대대 인사계하고 협조가 되었다는 전갈이 왔다. 박 하사에게 100갑들이 한 상자를 들려 패터슨에게 보냈다. 오토바이 소리가 멈추고 헬멧을 벗은 박 하사가 들어왔다.

"잘 다녀왔어요? 뭐 특별한 건 없고?"

"뭐라고 하긴요. 연거푸 원더풀을 외칩디다. 황 씨도 그렇고, 그 미군 상사가 아주 기분이 째진 거 같아요. 대장님, 더구나 셀램하고 말보루 담배를 3보루나 줘서 받아왔습니다."

하사는 활짝 웃으며 누런 봉투를 그의 책상 위에 내려놓았다. 오는 게 있으니 가는 것도 있었다. 그는 가져온 두툼한 봉투를 서 있는 부관에게 밀었다.

"그거, 난 담배 안 피우니까, 연대 반으로 두 개 보내고 부관도 필요하면 한 개는 쓰라고."

"알겠습니다. 반장님이 좋아할 겁니다."

"아무튼 잘 되었구먼. 미군들에게서 발톱 작업에 대하여 도움이 될 만한 정보만 얻으면 우리야 고맙지. 사실 같은 아군끼리라면 아군인데…, 미군이 우릴 믿지 못하는가 봐."

"땅굴 시추가 처음은 아닐 건데, 너무 쉬쉬하는 걸 보면 혹시 뭐가 진짜 있는 거 아닐까요?"

"아직 그건 아닌 것 같고… 만약 뭔가 나왔다면, 병력이 더 증원되거나 저번에 왔었다는 중령이 뻔질나게 들락날락했을 거야. 8중대 검문초소의 민통선 출입자 통제 잘하고, 이 사람들 지프차에 장비를 반출하거나 반입하는 거 체크는 꼭 해야 해."

"검문 인원을 똑똑한 애들로 바꾸라고 중대장에게 협조를 요청했습니다."

금현 읍내 중심가의 중앙다방은 건물의 2층에 있었다. 군청과 가깝고 널찍한 편이어서 사람들이 들락거렸다. 더구나 치맛자락을 흔드는 예쁜 마담이 있어 남정네들의 사랑방이었다. 보안반장 백 대위는 주로 그곳에서 사람들을 만났다. 그곳은 지방에 주재한 신문기자들과 정보과 형사며 정치꾼들이 모여드는 일종의 장터였다. 그는 군청의 실무자를 만나기 전에 백 대위에게 먼저 보고했다. 보안반으로 가봤자, 반장인 백 대위가 없으면 헛발이었다.

계산대 너머로 여종업원에게 백 대위를 묻자, 그녀가 손가락으로 가리킨 데는 커다란 수족관이 있는 뒤편이었다. 분홍 한복을 입은 마담 여인과 백 대위가 와락 껴안고 있다가 얼른 손을 풀었다. 화들짝 놀라 움찔한 여인은 재빠르게 일어서더니 그를 비켜나갔다. 당황해서 얼굴이 붉어진 쪽은 오히려 문성이었다.

"여기 계신다기에…."

"급한 일이 있나?"

"뭐 드실 거예요?"

백 대위는 어색한 듯 목에 힘을 주었다. 눈웃음을 지은 마담은 문성에게 살짝 웃어주었다. 속살이 언뜻언뜻 비치는 얇은 치마저고리가 나비의 날개처럼 돋보였다. 그녀는 요염한 몸짓으로 눈치 빠르게 자리를 피하여 주방으로 날아갔다.

"괜찮습니다."

"아냐, 커피나 쿨피스나 뭐 한 잔 하지 그래? 어이, 여기 시원한 거!"

백 대위는 언제 마담의 손을 주물렀냐는 듯 시침을 뚝 떼며 거들었다. 나비인 듯 여인이 날라 온 쿨피스는 얼음조각이 들어 있었다. 문성은 시원하게 들이켰으나 뜨겁고 답답했던 기분은 여전했다.

반장과 그는 지프차를 타고 함께 연대 보안반에 내렸다. 라이방 선글라스를 벗은 백 대위는 회의용 소파에 앉았다. 담배를 꼬나물고 라이터 불을 붙이더니 곱씹는 표정이었다.

"땅굴이라고? 아, 내가 미쳐! 그거 나오면, 상황 보고다 뭐다 정신없이 묶여서 다른 업무는 전혀 손대지 못할 거라고."

"가능성을 말씀드리는 겁니다."

"그래도 그렇지, 그건 한강 백사장에서 바늘 찾기나 진배없는 일이야. 우리가 감당하기 힘든 일이 되는 거야. 알아요?"

"땅속의 상태는 저희가 아는 상식과 다르다고 합니다. 폭 4킬로미터 휴전선 남·북방 한계선의 고정관념을 버려야 제대로 판단할 수 있지 않겠습니까. 가령 저희는 강이나 바다 밑은 안전하다고 믿는 편이나 수심에서 훨씬 더 지층 밑으로 파고 들어가면 얼마든지 가능하다는 겁니다."

"우리의 현실이 가능하냐가 문제지."

펄쩍 뛰던 백 대위는 말의 꼬리를 돌리며 반문했다. 순간, 문성은 논리를 알쏭달쏭하게 피해 가는 대위의 의도가 무엇일까? 하는, 생각이 뇌리를 스쳤다. 현실을 있는 그대로 받아들이며 상부의 지시와 현지의 상황을 고려하면 될 일이었다. 장래 잘못되는 책임 문제가 두려운 것일까. 아무런 정보가 없이 다음 상황을 예측하는 일은 잘못이었다. 대위의 속셈을 도대체 알 수 없었다.

"미군들에게서는 뭐 좀 나와요?"

"취사 담당하는 황 문관이 그러는데, 미군은 월남전쟁에서 베트콩들이 지하로 파놓은 땅굴 때문에 아주 애를 먹었다고 합니다. 극비 사항인 모양인데, 일본에 있는 음향 전문가에게 의뢰해서 암반 굴착기, 모터, 갱차가 움직이는 소리까지 분석할 수 있답니다. 지금으로서는 청음에 집중하는 정도 같습니다."

"사령부 상황실에 바로 보고하는 거라 놓치면 안 돼!"

"저번 밤중에 미군 정보대장 스미스 중령이 왔다 갔습니다. 패터슨 상사의 말로는 처음에는 그냥 정기 순찰이라고 우기더니, 한밤중에 순찰이 무슨 이유냐고 찌르니까, 털어놓더라고요. 북쪽 놈들이 벌써 굴 뚫는 기술이 축적된 게 십 년 다 되었으니까 뭔가가 있다는 거죠. 진즉 60년 중반부터 스위스와 스웨덴에서 들여온 TBM 굴착기 정도라면, 가능할 거랍니다. 직경 2미터 이상의 갱도를 하루에 8시간쯤 잡아도 10미터에서 30미터 정도의 굴진 작업은 충분하답니다."

본질에서 멀리 도망친다고 도피하는 게 아니듯 백 대위는 어슷하게 비켜나갔다. 문성은 백 대위가 충분히 알아들었으면서 다른 의미로 돼 묻고 있다고 생각했다. 그 자신은 알고 있으면서도 부하가 모르거나 또 다른 정보를 알고 있는지가 궁금한 것. 같은 조직 안에서도 경쟁과 협조의 모순된 심리가 묘하게 꿈틀거렸다. 조직 체계와 달리 정보원 개개인의 괴리가 따로였다.

"다른 말은 없었고요?"

"제 느낌으로는 분명히 뭔가가 있을 것 같습니다. 그래서 미군 쪽이 처음부터 연막을 치고 우리와 협조라기보단 아군이 하는 발톱 작업을 아예 무시하는 겁니다."

"왜?"

"우리가 아무리 해도 발톱 장비만으로는 지상의 소음이 동시 녹음되므로 기술과 신빙성이 낮다는 겁니다. 우리는 다이너마이트 폭파로 땅굴을 굴설한다고 생각하는데, 저쪽 놈들이 하는 짓으로 봐서는 자동 굴착기의 사용 정황을 배제할 수 없다고."

"…우선 수집된 거까지 신 중사가 정리해서 바로 본부로 보고하시오."

*

"요즘 오·피에서 특이상황 들어온 거 있나?"

"저번 주체사상탑 아래 집단농장에서 단체로 일하고 들어간 뒤로 다른 건은 없다고 합니다."

"정보장교가 대대장에게 보고한 후에 우리한테 주는 것 말고 가끔은 직접 확인해야 해!"

"야간 상황을 아침에 확인해서 그럽니다."

"같은 정보라도 저들이 필요한 것과 우리가 알아야 하는 방향이 다르거든."

"알겠습니다."

박 하사가 자신 없는 투로 문성에게 말했다. 아직 업무 파악이 덜 된 그의 후배는 버벅거렸다. 그럴 수밖에 없으리라는 전제를 깔고 말끝에 말을 덧붙였다. 잔소리라고 생각할까? 문성은 예전 자신의 이맘때가 떠올랐다. 처음 근무지에서 일을 할 적에, 실장 영감과 선임자들도 그냥 따라오라는 식의 마구잡이로 일을 시켰다. 그들이 늘 뱉었던 말. 서두를 것 없어. 국방부 시계는 어차피 돌고 도니까. 조직에서는 잘난 척 나서지 마, 모난 돌이 정 맞으니까.

"연대 반에 보고했던 정기 관찰보고서 말고는 별다른 건 없을 걸. 그래도 여기서는 아무도 믿지 마. 도와주는 척하면서도 숨기려는 일이 너무나 많다고. 눈으로 직접 확인하는 것밖에 없어. 그냥 한 바퀴 휙 돌고 와야지, 대대 애들 하는 짓들 보면 아무래도 개운치가 않아."

─아이고, 이게 누구야?

─저 다음 주에 제대합니다, 대장님.

─몇 번 전화만 해놓고 얼굴 한번 못 보고 헤어진다니….

─서운하지만 어떻게 합니까. 저도 검문소에서 꼼짝하지 못하

고, 대장님도 최전방 상황 때문에 빼지도 박지도 못하는 자리 아닙니까. 가끔 본부에 있는 후임들에게서 대장님이 열심히 일하신다는 소식은 듣고 있었습니다.

―그렇긴 하지만 미안해요. 그럼, 바로 복학합니까?

―책을 손에 놓은 지가 너무 오래되어 학기에 맞춰 도서관에서 지내야 할 것 같습니다.

―비록 군 생활이었지만, 고 병장이 해왔던 업무의 방법이나 책임감으로 보아 사회생활을 잘할 것이라는 생각이 드네요.

―제게 이곳에서 군 생활은 보람된 3년이었습니다. 제가 경영학과 출신이다 보니, 특히 대인관계를 실질적으로 많이 배운 것 같습니다. 전투부대에 근무했다면 경험하지 못했을 일도 많이 보았고요. 아무튼 대장님과 함께 있을 때가 좋은 추억이었습니다.

―그렇게 생각해 주니 내가 고맙지요. 건강한 몸으로 사회에 잘 적응하세요.

―대장님도 좋은 일 많이 생기시기를 바랍니다.

사무실에 있을 때 고천수 병장이 그에게 전화로 이별의 목소리를 전했다. 그는 이국인처럼 반듯한 콧날과 눈동자가 잘생긴 남자를 떠올리며 진심으로 축하했다. 문득 자신의 형편이 떠올랐다. 복무기간 4년 중 딱 1년이 남아있었다. 그러니까, 자신이 병사로 입대했다면 진즉에 사회인이 되었을 터였다. 과연 그동안의 생활에 만족할 만한 가치가 있는가. 그것은 단순히 맞고 틀리는 문제가 아니었다. 그의 처지와 앞으로의 삶의 방향과도 밀접한 관계가 있기 때문이었다.

23
철책선은 녹슬어

 오도산과 대각선상인 개풍군은 38도선 아래였다. 강대국들의 흥정이 무지막지하게 지도에 줄을 그어버린 비극의 씨앗. 꽉 막힌 155마일(249km)은 폭 4킬로미터의 녹슨 쇠붙이를 안고 자연공원이 되었다. 세월은 지뢰들을 묻은 땅이 지층으로 굳으면서 낡은 쇠뭉치를 끌어안았고, 산맥을 넘어 날아온 풀씨들은 수풀을 만들었다. 천둥 벼락처럼 대지를 울려 민둥산이 되었던 산야는 웃자란 나무들로 숲을 이루었다. 모기를 잡는 개구리가 텃새의 먹이가 되고 해마다 새싹을 뜯는 철없는 노루와 멧돼지들까지 살고 있었다.
 인위로 그어진 휴전선은 언제 터질지 모른다. 불발탄이 안전하지 못하듯 군사분계선의 상황은 언제라도 터질 수 있다. 증오의 불길은 더욱 타오르고 있는데 냉전이 지속 가능하겠는가. 휴전선이 그어진 후에도 주석의 부하들은 계속 바다와 육지로 침투하여 남쪽을 흔들었다.

서북쪽의 개풍군 관산포에서 두 개의 강이 합해진 지척의 거리였다. 중동부 전선은 지형이 험준하여 침투가 어려웠으므로 서울까지 휴전선까지 가장 가까운 거리였다. 잠입하는 무장간첩은 어둠을 이용하여 물길을 따라 수중으로 침투했다. 그들은 많은 장비가 필요하지 않았다. 오리발과 숨 쉬는 빨대를 입에 물면 금방이었다. 공룡천을 지나서 뭍에 장비를 파묻고 옷을 갈아입었다. 분계선에서 최단 거리인지라 실패만 하지 않으면 비정규군으로는 아주 최상의 침투로였다. 목숨을 담보로 임무를 지닌 자들은 살아서 돌아가야 했다. 침투루트는 짧고 위험 요소가 많았다. 불필요한 시선에 노출되지 않으려면 예정된 시간이 목숨줄이었다.

베트남에서 철수한 백호 사단이 들어오기 전까지는 육군 제689여단이 지키고 있었다.

보병관측소는 오도산 정상에 있었다. 정상이라고 해봐야 겨우 해발 110미터밖에 안 되는 산꼭대기였다. 민틋한 평야와 강언저리에 봉긋 돋다 만 야트막한 야산이었다. 땅과 강의 생김새가 힘센 물고기와 닮았다고 붙여진 이름이었을까. 두 개의 커다란 물줄기가 세게 부딪쳐 튀어나온 뭍의 대가리여서였을까. 천사강과 산문천을 끌어모은 강물은, 공룡천을 품은 한강과 두물머리가 되어 흡사 두 마리의 용이 뒤엉킨 듯 소용돌이쳤다.

고지를 감돌아 흐르는 강물은 썰물 때면 서해로 빠져나갔다. 장마철이면 한강에서 온갖 잡동사니 쓰레기가 떠내려와 강물이 나른 퇴적물이 돋아서 질편한 삼각주를 만들었다. 한강을 낀 낮은 산 앞을 거쳐 우만리 앞은 물론, 심지어 산문천까지 밀려갔다가 썰물을 타고 서해로 흘러갔다. 돌고 도는 소용돌이도 지치면 북쪽과 남쪽의 여울을 지나 서해로 들어갔다. 그러다가 밀물이 오면 강 하류의 폭을 10킬로미터 이상 벌려놓았다. 비무장지대의 폭 4킬로미터가 휴전선의 끄트머리인 두물머리에서는 강폭에 따라 변형되었다. 썰물 때이면 하류의 강물이 줄어들어 철책선 둑 아래는 개펄이 되었다. 넉넉한 개펄의 자양분을 빨아 사람의 키보다 웃자란 갈대밭이 생겨났다. 갈대숲은 바람에 흔들려 강 건너 민둥산을 보기도 하고 때로는 왼편의 반도로 고개를 쳐들었다. 그쪽은 민간인통제선 안쪽이었다.

관측소의 병사들은 고지에서 24시간 동안 눈 빠질 새 없이 적진을 살펴보았다. 해가 떠서 쌍안경이나 포대경으로 장단반도를 샅샅이 훑으면 어둠이 내려앉았다. 커다란 굴뚝처럼 솟아난 위대한 주체사상탑 아래로 벽돌을 찍듯 고만고만한 주택들이 웅크렸다. 일정한 시간에 따라 농부들이 떼거리로 농사를 지었다. 봄에서 가을까지 북쪽의 그런 행동은 일정한 패턴을 유지했다. 들리는 소리 말고, 렌즈가 끌어와 보여주는 모습만 기록될 뿐이었다.

-09:10 4명 출현, 트랙터 1대가 나타남.

-10:00 집단농장 사람으로 보이는 5명이 트랙터로 작업 중

-12:20 일하던 3명은 철수하고 2명은 현지에서 계속 작업 중

-13:50 하얀 옷을 입은 3명과 2명이 바뀌어 작업(점심으로 임무 교대한 것 같음.)

-17:10 트럭 2대가 트랙터와 임무 교대하며 잔여 명과 동시에 철수 등등.

대대 정보과에서 유지하는 상황일지는 근거일 뿐, 적의 징후를 미리 아는 데는 여러 가지 정보가 필요했다. 그에게는 포대경의 렌즈가 잡은 농장 근처도 물론이지만, 강물이 닿은 왼쪽의 곶, 관산포에서 움직이는 모든 게 더 중요했다. 간첩을 보내는 공작소가 있고 한강으로 오는 침투루트였다. 그래서 틈이 날 때마다 4킬로미터나 떨어진 관측소를 올라갔다. 그들을 못 믿어서라기보다는, 자신이 중점으로 보는 목표의 성질은 달랐다.

한반도의 지도를 두 쪽으로 갈랐을 때 예견된 전쟁이었다. 전쟁을 일으켰던 패전국들은 온전히 나라를 되돌려 받았지만, 식민지들은 조각나고 갈라졌다. 개같은 경우였다. 노예에서 풀려난 백성은 당장 허기진 목숨을 부지하기에도 힘이 들었다. 지도층들은 예기치 못하고 너무나 빨리 온 해방으로 허둥지둥 갈팡질팡했던 터. 태풍이 불기 전 사위는 잠잠하나 땅 위의 미물들이 긴장하듯 그런 조짐들은 여러 군데에서 나타났다. 신탁통치와 반탁으로 편이 갈라진 정치권과 무지한 백성은 날마다 서로에게 삿대질을 해댔다.

여름밤의 벌레들도 잠들 무렵 새벽에 울타리가 무너졌다. 전쟁 발발 하루 전까지도 상황 파악을 제대로 못 한 늙은 대통령이었다. 아니, 참모라는 자들이 문제였다. 국방부 장관은 전화기를 내려놓고 꿈속에서 헤맸고, 뚱뚱하고 미련한 육군참모총장은 간밤에 양주를 처마시고 골아떨어진 상태였다. 도둑이 들면 개도 안 짖는다고 했던가! 군 통수권의 명령 지휘 계통은 오전 10시까지도 불통 상태였다. 술에 깨어 얼떨떨한 겁쟁이 참모총장은 겨우 상황을 알고 나서 책임이 두려워 대통령에게 허위보고했다. 그따위 일마저 무슨 소용이랴. 진즉에 경계선을 돌파한 소련제 탱크들은 칭기즈칸의 몽골 기병보다 더 빠른 속도로 내려왔다. 정부는 허둥지둥 남으로 도망가면서 한강 다리마저 폭파하여 끊어버렸다. 따라가려고 교각에 붙어 안간힘을 쓰며 발버둥 치는 사람들은 물에 빠진 개미 떼가 허우적거리는 것과 다를 바 없었다.

그로부터 석 달 동안 남아있었던 시민들은 인민군 치하에서 공포와 온갖 수모를 받았다. 아군은 방호산이 지휘하는 인민군 제6사단에게 밀리고 밀렸다. 참모총장은 7월 26일 경상남도 하동군 동쪽 2km 지점에 있었다. 미군과 함께 망원경을 보던 총장은, 국방군 복장으로 위장한 인민군 2열 종대 병력이 다가오자,

"너희들은 어느 소속이냐?"라고, 목소리를 높였다. 대답 대신 따따따~ 따발총이 총장의 머리통과 미군들을 갈겨버렸다. 동족끼리의 전쟁은 길어질수록 더욱 참혹해졌다. 지리멸렬(支離滅裂)한 전세를 겨우 바꾼 계기는 유엔군의 이름으로 미군이 개입한 것이다. 총사령관은 일흔이 넘은 더글러스 맥아더였다. 퇴역했다가 다시 소집된 장군은 특유의 상륙 전술을 감행했다. 작전명 크로마이트(Operation Chromite)의 인천 상륙. 이제 전쟁은 막바지로 피·아가 돌이킬 수 없었다. 피비린내 나는 막바지 전투들로 더 많은 군인이 죽었다. 지도의 형태는 다시 반쪽짜리 원점으로 돌아갔다. 전쟁은 사람의 죽음을 담보로 땅 따먹는

게임과 다름 아니었다. 남북은 지도에 그려진 경계선을 가운데 두고 젊은이들의 목숨이 닳아질 때까지 싸웠다. 동쪽은 설악산을, 서쪽은 송악산을 주고받은 경계의 모양새만 약간 변형되었다. 승자는 없고 오직 패자들만 남은 싸움이었다. 약소국의 땅에 그어놓은 분단선은 크게 달라지지 않았다. 동족끼리는 물론 여러 나라를 살육의 현장으로 불러들여 피가 강을 적셨고, 뼈는 바스러져 흙에 스며들었다. 현실은 역사이므로 '만약'이라는 가정은 뜬구름잡기일 뿐.

저쪽의 주석이란 자가 후회막급(後悔莫及)하게 한 말은 왜였을까? 죽은 독립군 장군의 이름으로 바꿔 수백만의 동족을 죽인 인물. 백두산의 영험함까지 들먹이던 살아있는 신. 절대자는 통통 불어난 몸뚱이의 목에 붙은 혹 덩어리가 점점 커져 불안했기 때문이었을까. 늙어가면 욕망의 발로가 탐욕으로 발전하든, 후회가 비틀든 누구나가 마음속에 깊숙이 꿍쳐둔 말 한마디는 하게 되어있다는 것. 38살이던 김일성이 남침했을 적에 이승만은 75세였다.

그토록 야욕으로 똘똘 뭉친 박헌영, 김무정, 방호산까지도 전쟁 후에는 김일성의 밥이 되고 말았다. 배신과 배신은 칼이 되어 인간을 동물로 만들었다. 칼·마르크스를 거쳐 레닌이 밑밥을 깔고 스탈린이 퍼뜨린 주술. 계급투쟁은 인간만의 일이 아니었으되 인간만은 잔혹했다. 동물적 욕망의 본능을 인위로 억제한다며 또 다른 계급을 만들어버린 모순의 극치. 대륙에서 반도로 밀려온 수천 년의 역사까지 찢어버린 소련군 소좌 출신은 전쟁의 승리를 거머쥐었을까. 후회에 앞서 아쉬움에 묻어있는 탐욕이 남았을까. 저승사자가 문밖에 서성거리고 있음을 누가 막으랴. 뒤통수에 돋은 혹의 무게가 삶의 중량으로도 감당하기 어려워서 제 입으로 뱉었던 그 말. 말은 현실과 밀착되어 진실이 되고 역사에 남았다. 한겨울 시베리아의 세찬 바람을 등에 업고 동족을 포함하여 300여만 명을 솎아낸 장본인이 그랬을 수가 있냐고? 자연이 요구하는 생로병사도 모자라, 사람이 사람을, 동족이 동족을 죽였던 이유가 무엇이냐고? 믿음의 배신은 깊고도 아플 수밖에. 앞으로도 그럴 수 있으리라.

금수산 궁전에서 주석이 아들에게 굵고 쉰목소리로 이르기를,

"… 전쟁 때 말이디, 내래, 너무 마음이 급했어야. 디금 생각해도 욕심이래 너무 앞섰디. 팔로군 출신 김무정(金武亭) 동지래, 고랑말코 같은 고 에미나이를 믿었디. 고냥 부산까지 날래 날래 밀고 나가서리 일주일 안에 남반부를 다 먹는다고 호언장담(豪言壯談)했드랬어야. 고 에미나이 말만 안 들었더두 그케 되었다면 뭐가 문제였갔네. 밀고 나가던 5사단이 낙동강에서 꽉 막힌 바람에 시간만 끌다가 묵사발 됐디. 쥐새끼도 고양이에게 쫓기는 막판에는 천적에게 죽음을 불사하고 대든다는디, 내래 고 생각은 덩말 못했어야. 기러니끼니, 너는 잔말 말고 내 말을 덩말 명심하라우야. 민족해방은 급하게스리 서둘지 말라우. 충분히 계획을 세워가지고설랑, 자신이 있을 때 치고 나가라우. 속전속결로 내려가되 남반부의 반만 먹어도 승산이 있디. 군산에서 포항까지 36도 선만 쫙 그으면 되는 거디. 고럼, 고렇게 우선 먹으라우. 원래 말이디, 미국 놈덜도 밀릴 적에는 기렇

게 판단해서리 인천 아니고, 군산으로 상륙하려 했든 모양이었디. 리승만 영감탱이가 고집스럽게 반대하믄서리 그케 된 거야. 겁쟁이 미국 놈덜이 문제디. 고 늙은 승냥이 같은 리승만이한테 질질 끌려가설랑 연결선을 끊어버리니끼니 종래는 죽도 밥도 안 되었어야.

 내래 너무 마음이 급해서리, 실수했댔어. 박헌영이가 미국 놈들과 양다리를 걸친 거 하고 리승만이가 토지개혁을 한 이유까지 내가 생각을 깊이 있게 기런 방향으로 하였대믄, 조선 땅 3/4을 고저 먹고 서울까지 거머쥐는 거이다. 나머지기는 시간이 가면 우리에게 자연적으로 먹히게 되어 있다. 알간? 모르간?… 요즘에는 오마니가 자꾸 꿈에 나타나서리, 애야 고생 많다? 고러시며 이 손 꼭 잡아주시는디, 눈뜨면 또 혼자 아니갔네."

 나이가 들면 허깨비도 보이고 죽은 조상들도 나타난다는데, 그인들 별다르랴. 무지막지(無知莫知)한 상황은 현실이고 역사는 진행형. 동족끼리의 증오는 이민족의 다툼과 전혀 달랐다. 자본주의의 쓴물과 단물을 차단한다고 해서 북쪽의 성벽이 견고해지는 것은 아니었다. 세상에는 영원한 경계도 완전하게 보존되는 성벽은 없었다.

-신 중사? 지금 어디 있어요?
-면사무소에서 신원조사 자료 확인 중입니다.
-그거 놔두고 OP로 올라가 있으라고.
-무슨 일입니까?

―사령부에서 직통으로 〈달구지 보고〉가 떨어졌어요. 나도 갈 테니까, 먼저 가 있어요.

연대 반장 백민수는 평소와 전혀 달리 금방 숨넘어가는 목소리였다.

〈달구지〉는, 마차를 상징하여 병력 이동을 뜻하고 자체적으로 통용되는 음어였다. 전방 시찰을 나온 장군의 일거수일투족을 관찰하여 보고하는 임무였다. 그 보고서는 곧바로 사령부에 보고되어 처리되었다. 대전복에 관한 감시는 통치자를 보호하는 중요한 업무였다.

야전사령관의 첫 방문이 급작스레 지시된 모양이었다. 그는 방첩 업무를 주로 했기에 아직껏 별 넷을 단 장군을 본 적이 없었다. 휴전선 249.4킬로미터는 환산하면, 155마일이었다. 반도의 동강 난 허리를 붙일 궁리보다 더 끊어놓을 강고한 영구진지를 만들고 있는 와중이었다. 상급 지휘관이 오는 일은 달갑지 않았다. 최근에 야전사령관이 바뀐 배경을 그저 짐작만 하고 있었다.

그가 통신대로 전화기를 돌려 대대장실로 요청했다.

―여기 보안반인데, 대대장실과 연결해라.

―필승! CP로 대겠습니다.

―당번? 나, 신 중산데, 대대장님 바꿔라.

―필승, OP로 떠나셨습니다.

―언제?

―한 10분 되셨을걸요.

벌써 지프차는 관측소로 떠났다는 것이다. 전투부대와 지원

부대의 입장은 상황에 따라 엇갈리기 마련이었다. 평소에는 보안부대에 굽신거리는 척해도 결정적 상황에서는 달라졌다. 부대원이 직접 확인하지 않으면 전투부대에서 아무것도 협조를 해주지 않았다. 겉으로 머리를 조아리면서도 속으로는 경멸하는 그들의 불신이 도사리고 있음을 그는 떠올렸다. 전투부대의 속성을 진즉에 꿰뚫고 있었기 때문이다.

금세 빤히 알게 될 일을 따돌리며 가는 이유가 뭐람. 그는 입이 툭 튀어나오며 대대장에 대한 불만이 부글부글 끓었다. 그렇지만, 어떤 규정에도 협조에 관한 강제적 내용은 없었다. 그것은 인간관계와 이해관계에서 파생되는 답일 뿐이었다. 그는 헬멧 대신 중사 계급장을 붙인 작업모를 쓰고 오토바이의 시동을 걸었다. 늘 다니던 길이 울퉁불퉁하게 여겨졌지만, 오른손으로 쥔 핸들의 액셀을 연신 당겨 달렸다.

"사단에서 급하게 전달받아 막 왔어요."

대대장은 미처 알리지 않고 와서 미안했던지 겸연쩍은 표정을 지었다. 그러나 그것은 금방 탄로가 날 거짓말이었다. 연대장과 인접 대대장들은 물론 ㅇㅇㅇ포병 단장의 지프차들이 관측소 아래에 와 있었다. 중령은 몹시 난처한 자기의 입장을 떠넘기기라도 하듯 현황판과 긴 막대기를 정리하고 있는 중위에게 소리를 버럭 질렀다.

"야, 우 중위! 너 연습한 대로 똑바로 잘해야 한다. 잘못하면 우리 모두 아웃이야."

"예, 알겠습니다!"

투투투~ 헬리콥터의 로터블레이드 돌아가는 소리가 점점 가까워졌다. 110미터의 야산 꼭대기 옆으로 난 헬기장으로 흙먼지를 날리며 커다란 잠자리가 요란하게 앉았다. 허리를 굽혀 달려오던 뚱뚱한 장군이 관측소 앞에 섰다. 장군은 철모 대신 작업모를 쓰고 있었다. 하얗게 수놓아진 ★★★★개가 작업모를 빙 둘러 박혀있는. 정면에서 얼핏 바라보면 ★하나씩은 옆으로 붙여져 두 개로 보였다. 장군의 허리춤에는 검정 벨트의 리볼버 38구경 권총을 차고 있었다. 군단장과 사단장은 물론 대령급 참모들까지 관측소의 공간은 꽉 차 있었다. 으스대는 야전군 사령관에게 수십 명의 부하들은 긴장된 표정으로 일제히 손을 올렸다. 뚱뚱하고 쭈그러진 럭비공처럼 생긴 사령관이 두툼한 손을 내렸다. 그리고 탐욕스럽게 생긴 째진 눈을 들어 주위를 훑어보았다.

장군은 번쩍거리는 은빛 지휘봉을 들어 철책선 넘어 강 건너의 지역을 가리켰다. 지휘봉을 휘저어 가리키는 끝은 아군의 군사분계선 지역이었다. 갈대숲 아래로 햇빛에 반짝이는 강물이 흐르고 있었다. 강줄기는 비무장지대의 경계선이 되어 국경 아닌 국경선처럼 요지부동이었다.

"진지공사는 잘 진행되고 있는 것으로 아는데, 어때?"

"공정보다 더 빠르게 진행하고 있습니다."

별 넷의 질문을 별 두 개가 받았다. 이윽고 대대장이 커다란 작전지도를 세워놓고 브리핑했다.

"… 그러므로 낮은 지형과 수도권의 짧은 거리가 적은 대전차부대 공격이 유리하다고 판단하고 있습니다."

"그렇다면, 초기 대응에서는 아군의 희생이 불가피하겠군. 얼마쯤 예상되나?"

"워게임 결과 일개 대대 병력쯤은 손실을 보았습니다."

"700명이라? 우리 쪽의 지형이 저쪽보다 전반적으로 낮고 편편하다. 종심이 짧아서 만약에 저놈들이 그전처럼 밀고 오면, 부산까지 밀릴 수 있다고 보니까 당연히 그런 전략이 필요하다. 무슨 수를 쓰든지, 우리가 먼저 저놈들을 초전박살(初戰搏殺) 내야 해! 무슨 말인지 알겠지들? 그렇게 하려면 초전에 아군 일개 대대쯤은 피를 보겠군. 1차 세계대전 때 죽은 전사자들이 얼만지 아나? 1,370만 명이야. 2차 대전에 죽은 사람은 1억이 넘고, 스페인 독감으로 유럽에서 1년간 2,000만 명이나 죽었지만, 전쟁에 비하면 평온한 죽음이야. 이 좁은 땅에서 300만 명이나 없어졌는데…, 저놈들을 박살 내려면 우리도 뭐, 그 정도는 각오해야지. 안 그래? 으흐흐흐~"

"원래 그런 개념은 피·아군이 다 그렇습니다. 그런데, 경계 병력이 지레 겁을 먹고 후방으로 도망갈 우려가 있다고 해서…, 병사들의 발을 진지에 묶어 사수한다는 것은, 각하께서 직접적으로 하명(下命)하신 것인지에 대해서는…."

사단장이 맞장구치면서 각하를 슬쩍 끼워 팔았다. 보이지 않는 충성 경쟁에는 선후배가 따로 없었다.

"당연하지. 그런 시시콜콜한 것까지 우리가 알 필요는 없다. 우리의 전략은 오로지 피·아간 전체의 상황을 보고 짜는 거다. 육본지휘부에서도 그분의 의도를 받들어 전략지침을 만드는 거 아닌가? 진지 구축이나 방어개념을, 우리는 대통령 각하의 필승 의지로 보고 철두철미(徹頭徹尾)하게 받들어야 해. 현재의 휴전선에서 한 발짝도 물러서지 않겠다는 각하의 말씀은, 방어선 사수가 곧 승리와 직결되는 거라고. 초전박살(初戰拍殺)은 그래서 일맥상통(一脈相通)하는 거고. 자연을 극복하지 못한 훈련이 없으면 전투에서 계속 연전연승(連戰連勝)한다 해도 병사들은 승리에 따르는 고통을 저주하게 되는 거라고. 다시 말해서 전투 자체를 거부한다는 거지. 병사들에게는 딴생각할 틈을 주지 말고 꾸준히 인내심을 요구해야 해."

"전쟁에서는 이기는 전략이 중요합니다."

뒤에서 슬그머니 사단장이 덧붙이며 사령관의 자존심을 확인시켜 주었다.

"역시! 대단해요. 군인은 전쟁에서 존재하고 승리로 빛나는 거야. 인류는 전쟁을 한 번씩 겪은 다음에야 철이 든다니까. 아하하하~"

부하들은 고개를 끄덕여 사령관의 기분을 부풀게 했다. 그러므로 칠팔백 명의 군인들은 벌써 지휘관의 머릿속에서 죽은 셈이다. 예견된 전투의 판단이 삶과 죽음으로 갈라지는 일이 하루 이틀이던가. 장군은 베트남 주둔 마지막 한국군 사령관이었다. 귀국하여 ★을 덧붙였는데, 원래는 해병대사령관의 ★을 떼어내어 육군으로 빼앗아 온 것이었다. 그 또한 각하의 정치적 결정과 무관하지 않았다. 그것은 장군을 앞서 베트남에서 용맹을 떨친 사령관으로 거슬러 올라갔다. 정치적 희생양이 된 전 사령관은 별이 ★★★개였지만, 모두에게 신망이 두터워 인기가 있었다. 훤칠한 체격으로 숱 많은 눈썹이 인상적인 장군은 부하들에게 부드럽고 인자했다. 전쟁이 치열할수록 장군의 인기는 하늘을 찔렀다. 정보 보고와 여론이 각하에게는 점점 두려움으로 다가왔을 것이다. 장군은 교체가 되고도 귀국하여 한직으로 밀려났다.

뚱뚱한 야전사령관은 브리핑을 듣고 바깥으로 나왔다. 강렬하게 내리쬐는 햇빛 아래 군사령관의 시선이 그와 마주친 것은 순간이었다. 펑퍼짐한 얼굴로 코를 벌름거리던 사령관이 주위를 살피다가 그를 바라보았다. 그러자 거의 동시에 모든 시선이 그에게 쏠렸다. 그는 장교들과 달리 누런 갈매기와 작대기가 그려진 중사 계급장의 작업모를 썼고, 어깨에는 소속 부대의 마크도 붙어 있지 않았다. 더구나 까만 비닐 표지의 두툼한 〈충성 수첩〉을 들고 있었다. 그것은 다른 소속의 군인들이 보자면 보안부대원임을 은근히 내비치는 신분증과 비슷한 물건이었다. 그를 훑어보던 사령관의 시선은 검은 표지의 수첩에 머물러 순식간에 씩 웃는 묘한 표정이 스치며 못 본 척 고개를 돌렸다. 독수리가 공중에서 텃새를 노리고 있듯 감시의 예리한 눈을 의식한 것이 분명했다.

그 역시 야전사령관이 이방인처럼 서 있는 자신의 신분을 알아차렸다는 생각이 들었다. 그래서 처음으로 맞닥뜨렸던 ★★★★의 개수는, 노련한 품격보다 계급장 그 자체였다. 뚱뚱한 지휘관의 모습을 대하기 전까지 가졌던 장군에 대한 경외감과 중압감이 아주 막연하게 멀어졌다. 사령관을 에워싸고 있는 군인들의 일사불란한 조직문화까지 덤으로 시시하게 느껴졌다. 그러나 현실은 현실, 직계 장군 참모들과 수십만 명의 휘하 부하들을 통솔하여 각 제대의 거대한 조직을 이끌어가는 지휘관이었다.

*

 연대 보안반장 백민수가 그에게 보고서 초안을 재촉했다.
 "아까 군사령관이 말씀하신 언동 사항을 몽땅 다 넣어야겠지요?"
 "당연히 한 마디도 빠지면 안 되지. 아마, 우리가 일부러 뺀다고 해도 사령부에서 다른 채널로 다 알고 있을걸. 어차피 사령부에서 종합해서 각하에게 보고할 거니까."
 "그런데, 제가 보안 업무를 아직 공부하는 중입니다만, 진지 사수 개념 말입니다?"
 "아, 그 병사들의 몸을 진지에 묶어놓겠다는 그?"
 "예에, 그것이 사실입니까? 그 말을 들으니, 갑자기 로마제국의 배 밑창에 쇠사슬로 묶인 노예들이 생각나더라고요."
 "육군본부에서 각하의 의지가 그런 식으로 하달되었을 거야. 그러나 설마 그렇게까지야 하겠어. 하지만, 뭐 까라면 까야지. 군인 아닌가."
 "반장님, 우리끼리 말씀이지만, 군인도 사람인데, 살 권리가 있는 것 아닙니까. 전투 상황에 따라서 현장에서 전사하거나 투항하여 포로가 되고 부상자가 되는 걸 누가 정합니까? 그 어느 것이든 마지막에는 인간의 신념과 용기는 스스로가 정하지 않습니까. 비인간적으로 인간 방패를 만들어서 어떻게 한다는 것인지 원. 중공군들 방망이 수류탄 쥐고 꽹과리 치며 전우의 시체를 밟고 앞으로 내달리는 일과 하나도 다르지 않은 건데…,

그것을 미리 규범화시키는 것이 좀 그렇습니다."

"신 중사? 딱하군. 사회적 통념을 적용할 수 없는 곳이 여기라고. 군대라고 딱 부러지게 맞는 일은 없어요. 특히 우리 부대는 정치적으로 민감하니까, 자 이쯤 합시다."

백민수는 화제를 피하려는 듯 고개를 돌려 멀리 흐르는 강물을 바라보았다. 그리고 무슨 생각이 들었는지, 느닷없는 말을 꺼냈다.

"2대대 8중대장 잘하고 있어요?"

"한병식 대위 말입니까?"

"아 그래요, 한 대위."

"진지공사에 투입되는 병사들과 흙먼지 뒤집어쓰면서 잘하고 있습니다."

"그 친구 좀 잘 눈여겨 보세요."

"예? 잘하고 있는데요."

"…그러니까, 뭐 별거 아니고, 그 친구 대학교 후배인데, 열심히 하고 있어서 좀 도와줘야겠더라고."

백 대위가 그의 눈치를 슬쩍 보면서 겸연쩍은 웃음을 흘렸. 그는 한병식 대위에 대하여 무슨 말인가 더 붙이려다가 입을 다물었다. 상대방이 학군 선배이면 당연히 팔이 안으로 굽게 되어 있었다. 지금 굳이 자신까지 가세하여 언사를 더 보탤 필요는 없을 것 같았다. 그런데, 반장이 왜? 진즉에 한병식 대위에 관한 언급을 안 했는지 의아한 생각이 들었다.

✱

새벽안개를 걷어낸 햇살이 퍼질 무렵이었다. OP로부터 연락받은 대대의 정보장교가 그에게 전화를 해왔다. '통신보안! 이 통화 내용은 지금 적이 듣고 있습니다. 통신보안!' 멘트가 끝나고 흘러나온 중위의 목소리는 다급하고 더듬거렸다.

―8중대 4소초 근방입니다.

―거긴, 개펄 쪽 같은데….

―대대장님은 어디 계세요?

―지금 오고 계실 겁니다.

박 하사가 근무일지를 쓰다 말고 그의 눈치를 살폈다. 신문성은 일어나 바깥에서 오토바이의 시동을 걸었다.

"뭐 같이 갈 것 있나. 박 하사는 사무실 지키고 내가 현장에서 전화하면 본부에 중간보고나 해줘."

"그래도 대장님, 조심하십쇼. 거기 갈대밭은 대인지뢰 천지랍니다."

"알고 있어. 대대에서 보고했을 리 없으니까, 사단 상황실에서는 아직 모를 거야."

우만리 들녘에서 민간인통제선 안까지 자우룩하게 깔려있던 안개는 차츰 걷혔다. 오토바이를 멈춘 그는 뚜벅뚜벅 콘셋막사 안으로 걸어 올라갔다. 중대장 한병식은 안 보였다. 머리가 팍팍 돌아갔어도 대위 한병식은 학군단 출신이었다. 그렇지 않았다면, 대대장은 1대대장과 커피를 마시고 있거나 어딘가에서 돌아오고 있음이 분명했다. 그 중령들은 동향으로 경쟁자이자 서로의 존재를 이해하는 묘한 관계였다.

그는 서서 가림막이 걷어진 벽에 붙은 상황판을 쳐다보았다.

조명등에 반사되어 반짝이는 비닐 덮개 속에서 전투 설계도가 꿈틀거렸다. 파랑 화살표들과 빨강 점들이 지렁이와 무당벌레처럼 오려 붙여져 있었다. 그는 중대 간의 경계가 있는 물골 지역이 아니어서 일단은 마음이 놓였다. 물골 지역은 인접 사단과 경계라서 관심이 소홀했다. 더구나 개펄 삼각주가 형성되어 적이 들어오기 쉬운 예상 침투로였다.

"바로 들어오셨습니까?"

그가 뒤를 돌아보니, 중대 인사계였다. 빼빼 마른 상사는 검붉은 얼굴로 갑자기 나타난 불청객에게 어찌할 바를 몰라 쩔쩔맸다.

"중대장은요?"

"현장에서 오시는 중입니다."

밖에서 지프차의 엔진소리가 꺼지더니, 철모를 쓴 한병식 대위가 나타났다. 그들은 서로 고개를 수그리며 눈빛을 교환했다. 대위는 철모를 벗어 책상 위에 턱 소리가 나도록 올려놓았다. 철모의 둥근 면이 바닥에 닿자마자 자리를 못 잡고 이리저리 흔들거렸다. 머리를 바짝 치켜 깎은 대위의 검붉은 이마에는 땀이 번질거렸다.

"상태가 어떻습니까?"

"가보면 알겠지만, 임진강이나 한강이 합수하여 소용돌이치는 곳이라서 해마다 몇 구씩 떠내려온다고 하네요. 그냥 썩은 시첸데…."

"대대장님한테는 보고했어요?"

"정보장교가 알고 있으니까, 아마 했을 거요."

"대대장님이 의무장교를 대동하고 오실 거니까, 나는 바로 현장으로 가려고요."

"그럼 같이 가시죠."

세워두었던 지프는 부릉거리며 운전병과 인사계가 그들을 기다리고 있었다. 선임 탑승 좌석을 서로 양보하다가 그가 먼저 뒤로 가고 철모를 쓴 한 대위가 나중에 탔다. 중대 본부를 빠져나간 지프는 흙먼지를 날리며 철책선 둑 아랫길을 따라갔다. 벌써 까만 점이 되어 저만치 멀어졌다. 그는 한병식에게 무슨 말인가 하려다 운전병을 의식하고 입을 꾹 다물었다. 누가 먼저라 할 것 없이 그들은 단둘이 있을 때 말고는, 서로 말조심했다. 아는 척해 봐야 피차 좋을 게 없다는 인식을 공유했으므로. 철책선과 맞닿은 질펀한 들녘은 그지없이 푸르렀다. 야트막한 콘크리트 구조물을 뗏장으로 덮어 위장막을 씌운 초소가 그들의 눈에 잡혔다. 초소는 저쪽에서는 안 보여도 이쪽에서는 둑에서 불거져 튀어나와 있었다. 웃옷의 어깨를 접어 걷은 초병이 받들어 총 자세로 크게 외쳤다.

"추서엉!"

병사가 잡은 M16 소총의 까만 총열 덮개가 햇빛에 반짝였다.

소위가 탄띠에 매달려 있는 열쇠 꾸러미를 꺼냈다. 그리고 철책선 문짝에 달린 주먹만 한 미제 열쇠 통을 끌러 철책을 열었다. 경계 총 자세의 병사들과 소대장을 앞장세운 그들은 조심스럽게 안으로 들어갔다. 철책선에서 강 연안까지는 썰물이어서 질펀하게 드러난 개펄 안쪽은 온통 갈대가 무성한 숲이었다. 뜨겁게 건들 부는 바람에 푸른 갈대 이파리들이 흔들거렸다. 갈대숲 사이로 길이 나 있었다. 길에서 가까운 중간중간에 작고 하얀 푯말이 드문드문 박혀있었다. 지뢰지대 표시였다. 밟으면 무슨 형체이든 산산조각이 될 터였다. 오솔길을 따라 차츰차츰 강물이 보이는 곳에 들어갔다. 햇빛으로 반짝이는 흐린 강물의 물결은 멀리 서해와 맞닿아 있었다. 물결은 찰랑거리며 빛바랜 개펄의 언저리를 때렸다.

"저깁니다."

소대장이 갈대들이 성깃하게 돋아 있는 곳을 총구로 포물선을 그리며 말했다. 중대장 한병식이 성큼 앞으로 나가서 손가락으로 확인하며 물었다.

"야, 거기 말고 그 옆 아냐?"

"예, 그렇습니다!"

그들이 다가갈수록 바람에 실려 온 냄새는 콧속에 들어와 머리를 휘저었다. 음식물쓰레기가 한참 썩은 것인지 공동변소에 가득 찬 통통에서 솔솔 풍기는 구릿한 냄새가 풍겼다. 점점 다가갈수록 역한 냄새는 그들의 코를 찔렀고, 성깃하게 웃자란 갈댓잎들이 흔들릴 때마다 숨쉬기 거북했다.

찰랑거리는 물결에서 질질 끌어내 온 흔적이 개펄에 패어있었다. 드러난 물체는 동물의 사체나 다름이 없었다. 물에 퉁퉁 불어 나자빠져 있는 시신이었다. 하늘을 향해 누워 있는 시신의 눈은 감겨 있었고, 한쪽 눈은 지느러미 달린 물고기들이 입질했는지 움푹 패어 이지러져 있었다. 키와 체격은 떡 벌어져서 몸의 세포는 물을 머금고 늘어나 털을 벗긴 돼지와 다름없었다. 사타구니에 걸려 있는 고추는 야구공만큼 커진 두 개의 불알 속에 숨어있었다. 오뉴월에 늘어진 황소의 씨앗 주머니보다 부풀어졌다. 찰랑거리는 물결에 맞닿아 있는 발가락들은 해진 면장갑의 끝처럼 부풀고 너덜너덜했다. 몸뚱이의 튀어나온 여러 부분은 물고기들에게 시달려 온전하지 않았다. 머리털은 짧았고 알몸뚱이에 붙어있는 섬유라곤 너덜너덜해진 팬티의 허리 부분이었다.

그는 불쑥 보안학교 때의 그 장면이 스쳤다. 바로 눈앞의 물체에서 머릿속에 박혀있는 이미지를 떠올렸다. 과학수사연구소에서 보았던 그 알코올 용액 속에 들어 있었던 여성의 깊은 그것. 지금 바로 정체도 신원도 알 수 없는 이 남성의 성징이 왜? 그 여성의 성징으로 연상되는 것인가. 그의 뇌리에 강렬하게 박힌 이미지가 또 다른 현상과 맞물리어 그런 자극을 받게 되었을 터.

자웅과는 별도로 사람의 죽음에서 허무의 냄새를 맡았다. 남과 여, 이 나라가 침탈당한 시기와 동족 간의 상잔했던 시기. 시간이 달라도 그 따로 다른 두 개의 살점은 어떻게, 무엇이 다를까. 그렇다. 이미 용도가 폐기된 시신은 뭍에 올려져 고래나 상어보다 못한 썩은 고깃덩어리에 불과했다. 사체의 세포는 잔뜩 물을 머금어 미생물이 따라붙었고, 상위 포식자들이 덤벼들 것이었다. 이제는 영혼이 빠져나간 그저 물고기의 먹잇감으로 존재하는 형체. 살아서 천상천하유아독존(天上天下唯我獨尊)이라고 큰소리를 떵떵 내질렀을 적에는, 저 샅에 달린 살덩어리의 본능이 욕정으로 온갖 지랄을 떨었을 것 아닌가! 돌출된 기다란 근육은 혓바닥이 되어 뜨겁게 달궈져, 암컷의 구멍으로 뱀처럼 기어들어 가서, 세상의 심연을 휘저어 몽땅 정복한 듯 황홀한 자만심이 머릿속에서 회오리쳤을 것이다.

햇볕이 뜨거울수록 시신은 더욱 썩어서 문드러져 갔다. 구릿한 냄새가 모두에게 천천히 배어들었다. 그들은 못 볼 것을 본 것처럼 서로 얼굴을 외면한 채 엉거주춤했다. 그 순간, 가벼운 쇳소리이듯 날갯짓 소리가 들렸다. 콩매미 크기의 쇠파리 떼였다. 그것들은 시신에 까맣게 붙거나 빙빙 날아다녔다. 쇠파리들이 주로 시신을 타격하는 부분은 눈, 코, 귀, 입이었다. 먹잇감의 오장육부가 감춰진 말초신경계와 통하는 구멍을 알아챈 본능이었다. 지독한 냄새가 사람에게는 고통을, 쇠파리들에게는 유혹의 향기를 내뿜어주었다. 그래서 냄새는 쇠파리 떼와 공모하듯 엉켜 음흉하고 사악한 그림자처럼 모두의 주위를 맴돌았다.

머리끝에서 발끝까지 몇 번이고 살펴보던 신문성이 눈을 떼지 않은 채 군의관 김 중위에게 물었다.

"죽은 지가 오래되었겠지요?"

"그런 것 같아요."

시신으로부터 서너 발치 떨어진 데에서 군의관이 코를 막던 손을 내리며 대답했다. 폴라로이드 사진기로 찍어대던 그가 중대장에게 물었다.

"시체 발견한 지가 정확히 몇 시였나요?"

"야! 김 병장, 네가 말해봐?"

"해가 떠서 조금 지났으니까, 일곱 시 반쯤이었을 겁니다. 초소에서 포대경으로 저쪽 상황을 관찰하고 나서 강 쪽을 보다가 갈대밭에 뭐가 아른거렸습니다. 그때 소대장님이 순찰하신 시간이라 보고했습니다."

병사의 철모는 위장망이 씌워지지 않았고 꼿꼿한 자세였지만 어딘가 모르게 힘이 빠진 모습이었다. 긴장되었는지 철모에 몇 번이나 손을 올렸다가 내린 병사가 또랑또랑하게 기억을 더듬었다. 그때, 멀리서 차량의 엔진소리가 들려왔다. 경사진 갈대숲 아래서는 차량이 안 보였다. 소리는 점점 더 가까워졌다. 덜 잡힌 교신 음의 주파수를 맞추던 무전병이 보고했다.

"중대장님, 대대장님이 도착하셨답니다."

"그대로 있어! 내가 갔다 올 테니."

중대장과 무전병이 오던 길로 뛰어갔다. 철책선 너머로 2대의 지프차가 섰고, 하얀 동그라미 두 개가 붙은 철모에 얼굴이 파묻힌 대대장이 걸어왔다. 그 뒤로 여럿의 장교들이 따라왔다. 다시 열린 철책선 문을 지나오던 중령이 중대장의 경례를 받다 말고 입을 열었다.

"보고대로 북괴군이 확실한가?"

"죽은 지가 오래되었고 휴대품 같은 것도 발견하지 못하여 아직 식별하기가 어렵습니다."

"한병식 대위? 속단하지 마라! 네가 잘 몰라서 그런데, 뒈진 놈이라도 저쪽에서 떠내려온 거라면 사건이 되는 거다. 대간첩대책본부에서 관심을 가지게 되면 조금은 시끄럽고 복잡해지지만, 매스컴에서 떠들 테고, 한 건 하는 거야."

유들유들했던 중령의 표정이 순식간에 변했다. 오른손에 쥐고 있던 스테인리스 지휘봉을 왼손으로 바꿔 잡은 대대장이 고개를 돌렸다. 받들어총 자세의 병사들에게 지휘봉을 쳐들어 답례하던 중령은 개펄 가까이로 다가갔다. 중령은 시신에 붙은 쇠파리 떼를 보고 뒤로 주춤 물러섰다. 손을 들어 아는 척하던 중령이 먼저 왔던 문성을 바라보며 고개를 갸웃거리며 말을 건넸다.

"이거 지독하군. 죽은 지 얼마나 된 것 같아요, 신 중사?"

"군의관의 소견을 참작해도 일주일은 넘은 거 같습니다."

"그래, 내게 뭐 조언할 거… 없어요?"

중령은 부하들을 휘둘러보더니 몹시 난감한 표정으로 말끝을 흐렸다. 문성은 군화 밑창에 두툼하게 묻어있는 흙을 풀잎에 쓱쓱 비벼 떼었다. 그리고 중령을 똑바로 바라보며 입을 열었다.

"대간첩 본부에서 오겠지만, 우선 병력을 투입하여 이 근처를 샅샅이 수색해야 할 겁니다. 손발이 저 모양이니 지문 채취는 고사하고 단서가 없어 문젭니다."

"689여단 주둔 때 비슷한 기록이 많이 있었더라고. 이거 봤어요?"

중령은 부관이 내밀어 준 두꺼운 바인더 북을 펼쳐 들고 읽었다.

"딱 3년 전이구먼. 시발! 읍내에 사는 주민 신고로 군경 예비군까지 합동작전이 벌어졌었구먼. 뭐야? 저쪽에서 건너온 놈들 3명을 사살했군. 권총 3정, 기관단총 2정, 수류탄 6개, 무전기하고 판식 송수신기 3대, 돈 50만 원 하고… 이런, 또 뭣이냐? 우아독소 20그램? 이건 청산가리보다 더한 독성 물질이라는데,

대단하다 이놈의 새끼들. 그러니, 나도 이런 일은 처음 아니겠소?"

"… 제 생각으로는 침투공작조라면 당연히 세 명 이상이니 뭔가를 흘렸을 수가 있습니다. 통상 저놈들은 수온 높은 지금이 들어오기가 딱입니다. 캄캄한 무월광 시기라 이쪽에서 식별하기 어렵다고 판단했을 거 같고요."

손가락으로 턱을 만지작거리던 그는 강 건너에 공장 굴뚝처럼 세워진 '위대한 주체사상탑'을 건너다보았다. 대대장이 눈을 끔벅거리며 대꾸했다.

"그렇기는 하지만…, 며칠 전 탐조등부대에 업무 협조 차 가 봤더니, 요즘은 상부의 지시가 떨어져 밤이면 아예 켜놓고 있답니다. 아군 서치라이트가 연안을 계속 훑어대고 있으니까, 놈들도 경계심이 있을 거고…."

"노동당 계열인지 인민무력부 계열인지 아직 모르겠지만, 침투할 적에 이쪽의 허점과 경계 상태 정도는 다 파악하고 들어오지 않을까요? 어차피 저놈들이 들어오면서 그까짓 탐조등 따위를 무서워할 정도는 아니고요. 안내 조장만 반잠수하여 수달처럼 머리를 쳐올리고 사방을 감시하면 나머지 공작원들은 2~3미터 잠수상태로 귀신도 모르게 이동하는데 누가 압니까? 더구나 강폭이 만조 시에는 십 킬로미터도 넘는 곳이 아닙니까?"

"그렇다면, 침투한 일개 조에서 한 놈만 낙오되었을 수도 있겠네. 한 대위? 음, 보안부대 조언대로 우선 한번 뒤져보는 것도 상책 같다. 수색중대장에게 연락해서 싹싹 훑어보라고 해! 침투 장비 하나라도 나오면 한 건 하는 거야. 뭐 안 나와도 밑져야 본전이고."

입을 다물고 있던 중대장이 문성과 대대장을 번갈아 보더니,

"대대장님, 우선 저희 중대가 먼저 뒤져보겠습니다. 수색 중대까지 출동하면 사단 작전이 되는데, 안 나오면 곤란할 수도 있지 않겠습니까?"

"야 인마! 그러니까, 확실하게 해보겠다는 거야."

금방 붉으락푸르락해진 대대장은 짜증 난 목소리를 높였다. 풀이 죽은 중대장은 부동자세를 흩트리지 않았다. 사단본부에서 대간첩작전 상황 발령된 지는 그로부터 1시간이 지나서였다. 연대에서 작전주임이 심각한 모습으로 도착했다. 수색 중대와 지원 병력까지 시체가 발견된 물골 지역을 중심으로 작전이 전개되었다. 철책선 안의 넓은 개펄은 물론이려니 넓게는 십여 킬로미터 떨어진 해발 80미터의 야산까지 포함되었다. 소매를 걷어붙인 병사들의 그을린 팔뚝들이 갈대숲을 뒤졌고, 송아지만큼 큰 시커먼 세파트 두 마리까지 코를 벌름거리며 갈대숲과 개펄 사이를 돌아다녔다. 그러나 두 시간 이상의 수색으로도 이렇다 할 공작 장비는 물론 휴대품 나부랭이조차 발견하지 못했다.

작전을 계속 진행시키려는 대대장의 의지를 꺾은 것은 점심 추진 차량이었다. 트럭에서 알루미늄 식깡들과 차곡차곡 쌓인 노랑 플라스틱 식기들이 내려졌다. 그들은 철책선 뒤 초소로 자리를 옮겨 점심을 먹었다. 연대 정보주임은 철모를 벗어 내려놓았다. 아까보다 느슨한 표정으로 밥을 움질거리던 소령이 다시 대화에 불을 붙였다.

"몇 년 전에도 저쪽 38고지에서 출발한 공작조가 임진강으로

육 킬로를 삼십 분간이나 수중 침투한 거 아시지요? 그때도 이 놈들이 1차 숙영하고 산문읍으로 상륙해서 오리발하고 잠수복은 땅속에 매몰한 다음에 한 바퀴 빙 돌고 갔다는 거 아닙니까. 아이고, 말도 마십시오. 내가 그때 저쪽 사단에서 중대장 할 땐데, 몇 사람 혼쭐났습니다."

소령은 기억에 사로잡힌 표정으로 손사래를 쳤다. 중령의 얼굴이 잠시 굳어지는가 싶더니 몇 숟갈의 밥을 떠넣었다. 갑자기 분위기가 묘하게 변하자, 소령은 잽싸게 다른 이야기를 슬쩍 끼워 떠벌였다.

"대대장님, 순전히 운도 따르는 게 지휘관이니 말할 것도 없어요. 아, 월남에 있을 적에 들었던 말이 생각나네. 나트랑에서 월맹 정규군과 매복 작전 붙으면서 베트콩 시체하고 노획품들을 전과로 올려 사진 찍었던 거. 베트콩 무기와 미군들 것이 뒤섞여 놨으니, 암시장에서 샀어도 누가 그런 걸 아느냐고요."

둥글넓적한 중령의 얼굴이 펴졌다. 묵묵히 듣고만 있던 한 대위가 일어서서 대대장에게 고개를 숙이며 병사들이 식사하는 쪽으로 걸어갔다. 철모가 누르는 한 대위의 어깨는 왠지 힘이 빠진 듯 아까와 달랐다. 식사를 빨리 끝낸 병사들은 몇몇 모여서 담배 연기를 풀풀 날렸고, 밥을 늦게 타온 병사들은 철책선 둑 밑 그늘에서 식기를 비우는 중이었다. 어쨌든 휴식 중이던 그 순간은 병사 한 사람 한 사람의 얼굴마다 긴장감을 찾아볼 수 없었다.

하늘은 파랬다. 둥글둥글한 흰 구름 떼가 지나갔다. 구름은 희부옇게 흐르는 강물 위에도 그려져 떠내려갔다. 구름은 남쪽 철책선 위에 떠서 북쪽 강 연안을 지나 송악산 쪽으로 한없이 흘러갔다. 빛살은 강물 위에 혹은 갈댓잎으로 떨어져 빛났다. 가끔 뜨거운 바람이 불어와서 갈대숲을 일렁거리다가 어디론가 사라졌다. 발악하던 햇덩어리도 서쪽으로 비스듬하게 기울어졌다.

수색 작전은 다시 전개되었다. 연대에서 중대 병력이 증원되었다. 샅샅이 뒤지라는 연대장의 명령으로 모두 등짝에 땀이 흥건하게 배도록 열심이었다. 특별 포상 휴가가 걸려있는 것도 병사들에게는 구미가 확 당기는 당근이었다. 그러나 병력이 투입되고 나서 3시간이 지났건만 휴대품은커녕 그 비슷한 물건조차 발견하지 못했다. 기껏 해봐야 갈대숲에서 장마 때 떠내려온 썩은 나뭇가지며 비닐쪼가리와 지난번 철책선 보수 공사 무렵 치우지 못한 녹슨 철편 따위만 주웠다. 그렇다고, 침투조가 상륙하여 아군의 동태를 살펴보기 위해 파놓았을 은신처의 흔적도 없었다.

어두운 낯빛으로 중대장 한병식이 연대 정보주임에게 다가가 말을 흘렸다. 그들은 학군장교 출신 선후배 간이었다.

"죽은 지가 하루 이틀 된 것도 아니고 비트 굴설 같은 흔적도 없으니, 연관된 증거를 찾기가 좀 어려운 일이 아닐지요…."

"글쎄, 자네도 그런 생각이 들지? 아무튼 너희 대대장은 알아줘야 해. 올해가 3차 연도니까, 어떻게 하든지 간에 한 건 하려고 발버둥 치는 것이 훤히 보인다고. 그런데, 저 보안대 중사 새끼 있잖아?"

정보주임이 턱으로 가리키는 초소 쪽에는 신문성과 대대장이 앉아있었다. 한병식은 눈을 내리깔며 고개만 끄덕거렸다.

"일 년 열두 달에도 강물 따라 몇 구씩 임자 없는 시체가 떠내려오는데, 그것들이 전부 인민군이라면 우리는 총 한 방 안 쏘고도 통일하겠네. 하긴, 까라면 까야지 별 수 있나. 시키는 대로 하다가 그만이면 그만이지 뭐. 그런데, 저 보안대 중사 새끼는 지가 뭔데 늘 앞장서서 설치는지 모르겠어. 대한민국 군인들이 바보야. 즈이들만 국가에 충성하나?"

한 대위는 말없이 듣고만 있었다. 정보주임 소령의 불퉁거리던 말이 김빠진 것은 조금 후였다. 수색중대 작전지역에서 웅성거리는 소리가 나더니 병력이 한곳으로 모여들었다. 대대장과 신 중사가 일어나 빠른 걸음으로 갔다. 중대장과 정보주임도 그쪽으로 달려갔다. 갈대숲이 끝나고 강물이 밀어 올린 야트막하게 둔덕진 곳이었다. 세 겹의 투명 비닐 주머니 속에 필름 2통이 들어있었다. 빛이 바래서 누런색을 띠고 있었지만, 일본의 코닥회사 제품이 분명했다. 물건은 대대장의 손을 거쳐 정보주임에게 들어갔다. 대대장이 슬쩍 신문성의 눈치를 보며 침을 꼴깍 삼키고 물었다.

"혹시 이놈들이 임무를 끝내고 가다가 분실한 거 아닐까?"

"일단 이것, 필름현상이 될지 모르겠습니다."

"사진병 불러올까?"

중령은 지휘관으로서 판단하기보다는 오로지 전문가들의 견해가 지당하다는 표정이었다. 또한 자신의 그릇된 판단에서 오는 책임 전가까지 염두에 둔 방편이었다. 신문성이 나섰다.

"아닙니다. 여기에서 습득된 모든 물건은 대간첩작전 지침대로 해야지, 우리가 임의로 처리할 수 없습니다. 아무튼 더 수색하여 또 뭔가 나온다면 좋겠네요."

"야, 한 대위! 사진병 호출해."

대대장이 고개를 돌려 소리를 질렀다. 신문성이 슬그머니 대대장의 말을 중간에 잘랐다.

"제 생각으로는 시체가 오래되었고 이 부근에 은신처를 발견하지 못한 것으로 가까운 시일에 침투했을 가능성은 희박하다고 봅니다. 그러니까, 연대장님하고 의논하셔서 시체의 확인은 근무와 병행하고 수색대와 지원 병력은 철수하는 것이 좋을 것 같습니다. 지금 저놈들이 이쪽의 상황과 이상 징후를 계속 관찰하고 있을 거니 말입니다."

신 중사는 조곤조곤 말하고는 입을 다물었다. 연대 정보주임은 대대장과 신문성을 힐끔힐끔 바라보며 들고 있는 수첩 표지만 만지작거렸다. 다시 철책선 문밖으로 나온 대대장은 뒤따라온 정보주임과 몇 마디를 쑥덕거리더니 해가 질 때까지 계속 작전하도록 지시했다. 조금 후 정보주임이 무전병의 기기로 연대장과 교신했다. 이미 작전상황이 사단본부에서 군단 상황실로 보고되었을 거라는 내용이었다. 대대장은 약간 떨떠름한 표정으로 정보주임과 신 중사를 훑어보다가 남쪽으로 시선을 두었다. 상급 부대들은 모두 후방인 남쪽에 있었다. 때마침, 통신장교가 달려왔다.

"대대장님, 사단에서 5분 전에 헬기가 떴답니다. 대간첩대책본부 요원들도 동승한 모양입니다. 그리고…."

"그리고, 다른 것은 뭐야?"

"저녁 식사 추진은 어떻게 하실 거냐고…."

"알았어!"

대대장이 대답했다. 시뻘겋게 타오르던 햇덩이는 조금 낮게 기울었다. 강 연안에서 갈대숲으로 옮겨온 병력은 처음보다 긴박감이 줄어들었다. 여기저기서 간간이 웃음소리와 시끄러운 언성마저 높았다. 시간이 지나면서 환경에 적응된 탓이었다.

그때, 어디선가 투투투~ 헬리콥터 블레이드 돌아가는 소리가 들렸다. 날갯소리는 커지더니 금방 멈췄다. 어떤 비행물체라도 더 이상 날아갈 수 없는 T 탑 부근에서 지프로 바꿔타야 했다. 인위적으로 만든 경계선을 넘어서면 저쪽은 물론, 이쪽에서도 월북하는 것으로 판단하여 쏘아서 떨어뜨리게 되어있었다. 헬기에 탔던 상급자들을 맞이하러 대대장과 부하들이 철책선 바깥에서 급히 뛰었다.

"형, 나 좀 봅시다."

맨 뒤에서 달리던 중대장의 옆구리를 신문성이 툭 치며 낮게 불렀다. 한병식 대위가 고개를 돌렸다. 신문성이 지나가는 자세로 시선은 앞을 보면서 슬쩍 내뱉었다. "신중하게 보고해야 할 거요. 대대장이 몹시 신경을 쓰니까."

고개를 끄덕이는 대신 철모 아래 한 대위의 눈빛은 반짝 빛났다. 그리고 다시 뛰었다. 철책선을 빠져나간 일행은 밖의 초소 앞에서 계급 순서에 따라 횡대로 늘어섰다. 아까 그들이 지프를 타고 왔던 것처럼 빨간 ★판을 단 두 대의 지프가 흙먼지를 날리며 도착했다. ★하나가 붙은 철모가 앞 차량에서 내렸고 그 뒤로 대령 한 명과 두 명의 영관장교가 따라 나왔다. ★ 하나는 사단 작전 부사단장이었고, 대령은 대간첩대책본부 소속이었고, 초소 안에서 대대장에게 작전 상황을 보고받았다. 그들에게 아까 찾았던 필름을 보여준 뒤 장황한 설명을 늘어놓던 대대장이 덧붙였다.

"… 따라서 무장 공비 1개 조가 침투하다가 낙오된 시체가 확실시됩니다."

대대장은 자신 있는 몸짓으로 상황에 대한 결론까지 내리고 그들을 현장으로 안내했다. 시체가 풍기는 냄새는 더 지독하게 군인들에게 감돌았다. 부사단장은 노골적으로 코를 붙잡고 뒤로 몇 발짝 주춤 물러섰다. 작업모를 쓴 대령이 시체 가까이 다가갔다. 대령은 풀을 빳빳하게 먹인 군복의 목깃 안에서 목을 길게 뽑더니 쇠파리 떼가 시커멓게 붙어있는 시체를 찬찬히 들여다보았다. 대령이 살펴보는 동안 이제까지 이곳에서 머물러있던 장교들은 그저 수행하는 시늉만 하고 다시 시체 가까이 다가서는 이가 없었다. 다만, 신문성은 수첩을 든 채 대령이 하는 모습을 유심히 지켜보았다. 조금 지나서 대령이 시체 옆을 떠나 갈대숲 길 쪽으로 성큼성큼 걸어갔다. 그 뒤로 중대장과 정보주임이 바투 따라갔다.

"이 중령? 어이 대대장? 여기 중대장은 어딨소?"

하얀 피부의 키가 훤칠한 대령이 바로 뒤따라가는 중대장을 놔두고, 저만치 떨어진 대대장에게 물었다. 중대장이 뒤에서 옆으로 가더니 대령에게 말했다.

"제가 중대장 대위 한병식입니다."

키가 큰 대령이 뒤돌아서서 대위를 바라보았다.

"으음, 그래그래. 현장을 보존하느라고 고생 많았어. 그런데 귀관은 이 지역을 매일 확인하는 지휘관의 입장으로 이걸 어떻게 생각하나?"

한 대위는 멀리서 다가오는 대대장과 사단 장교들을 흘깃 훔쳐보았다. 부사단장과 대대장이 대화하며 그 뒤로 따라오는 정보 주임과 보안부대 신중사가 보였다.

"군의관과 보안부대에서 말하기는, 시체가 일주일 이상 되었다고 들은 바 있습니다. 지금 몇 시간째 정밀수색 중입니다만, 필름 외에는 아직 특별한 증거물을 못 찾은 상태입니다. 스포츠머리를 한 것을 빼놓고는 군인이거나 북괴군이라고 단정할 만한 것이 없습니다."

"그러니까, 적 침투 징후는 아니다?"

"꼭 그렇게 단정 지을 수는 없습니다만."

"그렇다면, 귀관은 민간인 혹은, 우리 쪽 사람이 흘러 들어왔을 확률이 크다?"

한 대위는 아무 말도 하지 않았다. 그저 묵묵히 가만히 있을 뿐이었다. 바로 뒤따라 대대장과 일행이 모여들었기 때문이다. 통통한 부사단장에게 대령이 내려보면서 말문을 텄다.

"중대장의 의견이 저와 비슷합니다. 자, 그럼, 빨리 확실하게 결론을 지어야 하니까, 우리 다시 현장으로 가봅시다. 일주일 전후로 무월광기에 해당하니까, 적 침투 전술과 부합하지 않고 두 달 전에 공룡천으로 침투하다가 실패한 놈들이 곧바로 공작 침투조를 보냈을 리 만무란 말이죠. 아무튼 주관적 판단은 금물이오."

시체를 가운데 두고 더 많은 군인이 다시 모였다. 쇠파리 떼는 맛있는 냄새의 근거지를 떠나지 못하고 날갯짓으로 붕 떠서 잠시 피했다. 대령은 수행 장교가 가지고 온 국방색 야전가방에서 가위를 꺼내 들었다. 그는 시체 허벅지에 걸려있는 누리끼리한 팬티의 끈과 부풀어 오른 살갗 틈으로 가위를 밀어 넣었다. 그리고 손을 움직여 걸레쪽처럼 남아있는 끈을 잘랐다. 이제 시체는 세상에 처음 나온 모습과 비슷해졌다. 고무장갑을 낀 집게손으로 쥔 헝겊 조각을 들고 대령이 살펴보았다. 잠시 그의 얼굴에는 안도의 빛이 지나갔다.

"부사단장님, 이걸 보십시오. 국산 쌍방울 제품입니다. 저놈들이 통상 입고 온 내의는 거의가 일본제품입니다. 그게 이제까지의 사례로 보아도 위장 목적상 맞을 것 같고요. 지금까지 국산 내의를 착용하고 왔다는 기록이 없어요."

뜨악한 얼굴로 부사단장이 밋밋하게 대꾸했다.

"그럼요, 처장님이 이 방면의 최고 전문가 아닙니까. 우리야 상부의 지침에 맞는다면, 따라야지요."

"부사단장님께서도 잘 아실 것입니다. 유명무실해졌지만 정전협정의 조항이 있어요. 한강 하구의 수역으로서 그 한쪽 강안이 일방의 통제하에 있고, 그 다른 일방의 통제하에 있는 곳은 쌍방의 민간 선박의 항행에 이를 개방한다고. 그런데, 저놈들이 이걸 깬 지가 언젭니까? 저놈들은 육이오 이후 지금까지 도무지 변한 게 없어요. 목적은 오로지 적화통일밖에 없지 않습니까. 하긴 휴전협정서 자체가 휴지 조각으로 변한 것도 어제오늘이 아니지만, 이제는 모자라 동해안 서해안으로 계속 치고 들어오는데, 우리가 선택할 별다른 방법이 없습니다."

"그러니 우리가 존재하는 이유죠."

"제가 보기에는 특별한 물건이 안 나오면 분석하고 말 것도 없습니다."

대령의 표정은 부드러운 어투였지만, 단호했다. 부사단장이 ★하나 붙은 철모를 끄덕였다. 주변에 서 있던 장교들은 술렁거렸다. 햇덩어리는 금방이라도 서쪽으로 떨어질 것 같았다.

"내일까지 철저하게 작전을 해보고 종료하는 것이 어떻겠습니까?"

어질러지는 분위기에서 대대장이 불쑥 기름을 끼얹는 말을 꺼냈다. 대령은 구부정한 자세로 대대장을 노려보았다. 부사단장이 대령에게 고개를 주억거리며 양해한다는 눈빛을 보냈다. 대령은 부사단장에게 눈을 내리깔았다가 대대장을 다시 뚫어지게 바라보았다.

"아니야! 이 중령? 귀관이 투철하게 작전을 수행하려는 의지를 모르지는 않겠는데, 나도 이런 유형과 사례를 많이 경험해 보았다. 아무튼, 말이야. 책임은 위에서 지는 것이고… 요즘 진지공사까지 무척 힘들 텐데 병사들이 고생했잖은가. 오늘은 일단 철수하는 편이 좋겠어. 내가 본부로 돌아가서 전문가들과 의논해 볼 테니까, 다시 판단하는 것은 어떤가?"

그들은 소초 앞에서 지프를 타고 헬기장으로 떠났다. 잠시 후 헬리콥터의 날개 터는 소리가 들리더니, 잠자리 모양은 금세 한 점으로 멀어지다가 사라졌다. 사위는 서서히 땅거미에 젖어 들었다. 미제 놋쇠 자물통들이 다시 채워졌다.

"8중대장! 철수해라, 일단은."

미련을 버리지 못한 대대장의 목소리에는 짜증이 섞였다. 부르릉거리는 대대장 지프차에 신문성과 중령이 올라탔다. 병력은 몇 개의 트럭으로 나뉘어져 움직였다. 신문성이 뒤로 고개를 돌려 눈을 찡긋하며 중대장에게 고개를 좌우로 흔들었다.

8중대장 한병식 대위는 아침에 지나왔던 4초소를 거쳐 다시 중대 본부에 도착했다. 멀리 민간인통제선 바깥 마을 우만리와 금오리에서 불빛들이 반짝거렸다. 벌써 어둑해졌다. 한 대위는 콘셋 막사의 문에 처진 모기장을 밀고 안으로 걸어갔다. 그리고 상황실을 지나서 자신의 사무실로 들어왔다. 철제 책상 옆에 비스듬하게 밀쳐져 있는 의자를 손으로 빙 돌려 풀썩 주저앉았다. 부딪친 의자의 충격으로 책상 위에 거꾸로 놓았던 철모가 떼구루루 구르더니 바닥으로 툭, 떨어졌다. 그는 철모를 집어 들지 않은 채 앞주머니에서 담배를 꺼내 물었다. 열린 창문으로 연기가 빠져나갔다. 창문 옆의 야전침대 위에는 〈초전 박살!〉 네 글자가 서툴게 만든 나무 액자 속에 들어있었다.

중대 전령 김 병장이 신문지로 덮은 저녁밥을 쟁반에 받쳐 들고 왔다. 군화 끈도 풀지 않고 그가 침대 위에 쓰러져 잠든 것을 본 전령은 한참을 서 있다가 쟁반을 책상 위에 놓고 나갔다.

두두둑, 두둑. 그것은 따발총 소리가 아니었다. 한병식 대위는 콘셋 양철지붕을 요란스럽게 두들기는 빗소리를 듣고 잠에서 깼다. 그는 형광등 불빛에 눈이 적응되자 일어섰다. 축축한 기운이 창문으로 들어왔다. 창문 밖에 있던 어둠은 사위를 잡아먹고 더 캄캄해졌다. 그가 사무실 문을 열고 상황실로 나가자, 일직 병사는 책상 위에 머리를 찧고 코를 골았다. 그는 빗방울을 맞으며 간이 소변기에 오줌을 털었다. 머릿속은 벌들이 붕붕거리듯 시끄러웠다. 번민에 싸일 게 무어란 말인가. 그냥 명령과 지시를 받은 대로 하면 될 것 아닌가. 그러나 나비처럼 날아든 또 다른 속삭임이 그를 꼬드겼다. 당신은 군인이기 앞서 인간이야. 동족끼리 총부리를 겨누는 일이 숙명은 아니지. 인간이 하는 일이 인간을 위하는 게 아니라면, 무엇 때문에? 누구를 위해서 목숨을 버린다는 것인지? 이미 죽어 나자빠져 저 정체도 모를, 한낱 동물의 잔해와 다를 바 없는 것을 치우지도 못한다? 말도 안 되는 소리였다. 대위는 다시 침대에서 설핏 잠이 들었다.

날빛이 어둠을 헤치고 부옇게 퍼져 사물의 형태를 드러냈다. 그가 일어났을 때 상황실의 문 앞에 전령이 서 있었다.

"밤새 수고 많았구나. 오·피에서 무슨 상황 들어온 거 없지?"

"예, 그렇습니다."

운전병이 지프의 시동을 걸었다. 그는 철모를 손에 들고 양철 지붕에서 떨어진 빗물이 파놓은 도랑으로 흘러가는 것을 물끄러미 내려다보았다. 뒤따라온 김 병장이 걱정스러운 얼굴로 말문을 열었다.

"중대장님, 비가 많이 오는데 괜찮겠습니까?"

"그냥 4초소로 가자!"

의아한 표정으로 김 병장이 물었어도 대위는 입을 닫았다. 지프 본닛 위로 빗줄기가 떨어졌다. 그칠 줄 모르는 빗물이 한데 모이고 모여서 땅바닥에 흘렀다. 신작로의 노면 중간과 갓길이 패면서 작은 웅덩이들이 만들어졌다. 가끔 세 사람을 태운 지프는 웅덩이에 바퀴가 걸릴 때마다 좌우로 뒤뚱거렸다.

"얼마나 남았지?"

"예?"

중대장이 앞만 보면서 물었다. 운전병은 핸들을 잡은 채 윈도를 닦아내는 블러쉬를 바라보았고 뒤에 탄 김 병장이 반문했다. 야산 자락을 돌았다. 내리막이었다. 기어를 일단으로 밀어 넣고 브레이크를 밟았음인지 속도가 줄었다. 중대장은 여전히 긴장감이 없는 무표정한 얼굴이었다. 내리막길이 평지로 이어져 달리던 지프가 다시 흔들거렸다. 철모에 눌렸던 머리를 손가락으로 문지른 중대장이 침묵을 깼다.

"제대가 얼마나 남았나?"

"저요? 이제 일 개월밖에 안 남았습니다."

김 병장이 기다리고 있다는 듯 가볍게 대답했다. 그 순간, 차량의 엔진이 갑자기 꺼져버렸다. 깊이 팬 웅덩이를 넘지 못하고 뒷바퀴가 걸려버렸던 것.

"이야, 안 되겠지. 잠깐만!"

중대장과 김 병장은 지프차에서 내려와 힘껏 밀자, 엔진이 부르릉거렸다. 멈칫거리던 지프차가 움직였다. 그 바람에 두 사람의 몸은 흠뻑 젖었다. 그들이 다시 차에 올라 타자 운전병은 액셀을 밟고 앞으로 나갔다. 사방의 모습들은 약속이라도 한 듯 한꺼번에 자취를 감춰버렸다. 철책선이 쳐진 둑 근처까지 안개는 자욱하게 몰려와 있었다. 안개는 연이어 연막탄이 터진 것처럼 퍼져서 끝없이 이어진 띠를 둘렀다. 경계병들로부터 연락받았는지 소대장이 경례를 붙였다.

"철책 문을 열어라! 박 소위."

앳된 소위는 금방 잠 깨어 충혈된 눈이었다. 무슨 영문인지 갈피를 못 잡는 소위는 한참을 뭉그적거렸다. 그리고 초소 안에서 겁에 질린 얼굴로 열쇠 꾸러미를 들고 왔다. 소대장을 앞세우고 중대장과 김 병장이 뒤를 따랐다.

갈대숲은 비에 젖어서 푸른빛으로 한들거렸다. 그들은 끈적끈적해진 몸으로 물을 머금어 무거워진 갈댓잎들을 헤치며 강쪽으로 걸었다. 냄새는 공기층에 섞여 여전히 그곳에 머물러 있었다. 시신은 더 거무스름한 빛으로 누워있었다. 동물의 잔해에 대들었던 쇠파리 떼는 안 보였으나 인기척이 들리자, 한두 마리가 떠올라 어디론지 사라졌다. 한 대위는 한참 동안 시신을 내려다보았다. 그리고 느닷없이 무거운 시체의 머리 부분을 움켜쥐었다.

"박 소위는 어깨를 잡고 김 병장은 발목을 잡아라."

머뭇거리던 두 사람은 한병식과 함께 끙끙거리며 시체를 질질 끌다시피 들었다.

"강물로 떠나가도록 멀리 띄워야 한다."

빗줄기가 땀으로 범벅된 그들과 시체에 적셔 들었다. 미끈한 개펄 아래 강물에 떨어진 시체는 가라앉지 않고 둥둥 떴다. 그러나 바로 더 앞으로 나아가지 못했다. 바로 그때, 한병식은 군화를 신은 채 첨벙첨벙 물속으로 뛰어 들어가 시체의 어깨를 더 멀리 떠밀었다.
"차라리 묻어 버리지, 어쩌시려고 이러십니까? 중대장님!"
뭍으로 나온 소대장이 겁을 잔뜩 먹은 목소리로 말했다.
"걱정하지 마라. 책임을 져도 내가 질 거니까. 수고들 했어."
강물에 떠서 저만치 흘러가는 시체를 물끄러미 바라보며 중대장이 대답했다. 비뚤어진 철모를 고쳐 쓴 한병식의 눈에 물기가 번졌다. 떠내려가는 시체가 점점 작아지더니 거뭇한 형체로 이윽고 하나의 점조차 보일락말락 멀어졌다. 그들은 철책선 문을 나섰다. 빗줄기는 여전히 그칠 줄 몰랐다. 폭우였다. 강물에 세차게 떨어지는 빗줄기는 물살 속으로 섞여 휩쓸려 내려갔다. 보이지 않는 물살은 굴곡진 바닥을 튀어 올라 수면으로 꿈틀거리며 불거져 나와 거칠었다. 사물의 모든 것은 위세가 꺾였다. 그리고 피로 얼룩진 죽은 자들의 숨소리를 삼켰던 것처럼 그렇게 흘러갔다. 강 건너 장단 쪽 야산 등성이 위아래로 뿌연 안개가 자우룩했다. 북쪽의 드문드문 앉아 있던 틀로 찍은 듯한 주택들과 공장 굴뚝보다 더 우뚝 높이 솟아 있는 '위대한 주체사상탑'도 빗줄기에 가려 보이지 않았다. 걸핏하면 음정이 뚜렷하지 않은 강한 어조의 여성 목소리의 인민 군가가 바람에 실려 왔다. 건너편 38고지의 확성기에서는 또다시 우웅웅거리는 잡음과 뒤이어 앙칼진 여성의 목소리에 뒤섞인 빨치산 행진곡이 들려왔다.

24
인연은 닿아있으니

 신문성은 계획대로 민간인통제선 초소들을 점검했다. 사무실에서 가까운 8초소는 맨 나중이었다. 그는 안에서 민통선 출입자 기록일지를 뒤적거리고 있었다. 검열을 받는 일도 아닌데, 초소의 책임자인 하사는 열중쉬어 자세로 빳빳한 채 바짝 쫄았다. 신원 파악이 안 된 사람이 민통선 안으로 들어갔을 경우, 전투부대는 보안감사를 받아야 했다. 서로 이해가 상충 되는 일이라 그러했다. 만약에 중대장에게 잘못 조언이라도 된다면 부사관은 불이익을 받았다.
 갑자기 난 차량 소리에 그는 흘깃 바깥을 내다보았다. 검정 탑차의 운전석에서 내린 사람은 반공연맹 지부장 김정대였다. 그는 얼른 밖으로 뛰쳐나갔다. 고개를 꾸벅 숙여 인사를 하는 그에게 사내는 반갑게 손을 잡았다. 달구었던 햇볕이 힘을 잃으며 조금 누그러졌다. 쉰 후반의 사내는 체구가 작달막해도 강단 있는 모습이었다.

"지부장님께서 웬일로 여기까지 오셨습니까?"

"별일 없지요? 이쪽에 와 본 지 꽤 오래된 것 같아 친구도 만나고 우리 새로 온 작은 보안대장님도 볼 겸 왔어요. 금촌 보안대장은 어제도 군청에서 만났고요."

"그러고 보니, 저번에 읍내 사무실에서 뵙고 여기는 처음 오셨군요."

"뭐 듣자 하니, 사무실을 새로 짓는다면서요?"

"아, 아셨군요? 대공상담소가 군부대 안에 들어가 있어서 여간 거북합니다. 그래 본부에서 추진해 보라는 지시가 있어 시작하고 있습니다. 안으로 들어가시죠."

"아직은 견딜만합니다. 여기가 더 나아요. 예전에는 사무실이 바깥에 있어서 여기에 오면 잠깐 들르고 했는데, 거 황 대장이 그렇게 된 바람에…."

서쪽으로 기우는 햇빛이 작달막한 사내의 그림자를 잡아당겨 길게 늘였다. 반공연맹 지부장을 맡고 있는 김정대는 고향은 서울이었다. 그의 하숙집 주인 제갈윤배와는 막역한 사이였다. 전쟁 때 서울에서 탈출하여 제갈윤배 씨의 집에서 머물기도 했다. 그래서 한때 청년 시절 태극단원으로 활동도 했었다. 수복 후에 다시 내려와 터를 잡고 자동차 부속품 총판을 하게 되었다. 겸손한 성품으로 읍내에서 재력가로 존경을 받고 있었다.

"저번에 백민수 보안대장하고 우리가 같이 처음 만났을 적에 고향이 해끝 마을이라고 한 것 같은데?"

"그렇습니다, 지부장님."

"맞아, 그렇군. 나도 거기가 인연이 있는 곳이요. 친구가 거기 살아서 두 번이나 가 보았소. 여기서 좀 멀기는 멀더구먼. 친구가 쓴 해끝의 기념비가 세워질 때였던가 보오. 해가 질 때는 바다로 가라앉으며 벌겋게 물들이는 풍경이 아주 장관이더구먼. 충무공께서 명량대첩으로 발악하는 왜놈들을 물귀신으로 만들었던 그 울돌목도 그쪽에 있고 울돌목으로 가는 그 바다를 '만호 바다'라고 들었어요. 그래서 신 대장같이 이런 사람을 낸 마을의 정서가 있었군."

"지부장님께서도 별말씀을 다 하십니다."

말을 잇지 않고 뒤를 돌아보던 사내가 조심스레 입을 떼었다.

"그땐 백민수 씨도 있고 해서 내가 더 이상 못 물어보았는데, 혹시 해끝 읍내에 김호봉이라고 들어보았어요? 나하고 대학교 동기동창이고 우리가 학생일 때는 신탁통치반대운동 활동을 함께 열심히 했던 친구인데…."

"혹시 서울대학을 나오시고 다리가 조금 불편하신 분 아니세요? 우리 동네에서는 보리 선생님이라고."

"맞아, 나중에 들으니 그 친구의 아호를 보리라고 그랬지. 그때 우리하고 열심히 활동하다가 앞장을 선 바람에 다리에 총을 맞았어요."라며 그는 눈을 둥그렇게 뜨고 얼굴에 웃음을 가득 담더니, 한 뜸을 들이며 말을 이었다.

"… 세상에 또 이런 일이 있군요, 지부장님. 그분은 제게 고향에서 문학을 일깨워주신 어른입니다."

"아, 또 그런 인연이? 오래전에 서울에서 만나고 요즈음은 통 연락을 못 했는데."

"바쁘지 않으시면 현축리로 나가서 음료수나 한잔하시겠습니까?"

"그럽시다. 내 차로 갑시다."

다방 안에는 선풍기 2대가 돌아가고 있었다. 김미옥이 지부장에게 고개를 수그렸다. 수족관 안에서 금붕어들이 아가미로 빠끔빠끔 숨을 쉬고 있었다.

"김 양은 잘 있었나? 동대리에 가본 지도 꽤 오래되었네. 그 쪽에도 한번 가봐야 할 텐데."

"저도 마을 분들에게 소식을 듣는 정도에요."

김미옥이 가져온 유리컵을 들어 두 사람은 차디찬 사이다를 마셨다.

김정대는 이십 년도 지난 일을 바로 어제 겪었던 것처럼 그에게 조곤조곤 털어놓았다. 반공연맹 지부장이 된 것은 정치적인 이유도 있었지만, 신념 때문이었다.

*

땡볕이 점점 무더위를 몰고 왔던 6월 25일. 라디오보다 입소문이 먼저였다. ─휴가 나온 군인들은 속히 귀대하라! 는 방송이 흘러나왔다. 인민군의 탱크는 벌써 문산을 지나 서울로 거침없이 내려오고 있었다. ─국군이 수도 서울을 사수할 것이라는, 늙은 대통령의 쉰 목소리가 흘러나왔다. 시민들은 긴가민가했지만, 벌써 정부는 대전으로 떠나고 한강 다리는 끊어지고 말았다. 강을 건너려고 휘어지고 부러진 다리 난간에 개미 떼처럼 붙어있는 사람들.

의정부와 동두천 쪽에서 끊임없이 내려오는 피난민들로 서울의 중심부는 북새통이었다. 이불 보따리와 솥단지 따위의 살림살이를 머리에 이고 진 아낙들. 아이를 업은 엄마 손에 딸려 가는 아이들. 간간이 사람들의 틈에 끼어 가는 소달구지가 이어졌다. 멀리서 들리던 대포 소리는 점점 쿵쿵 다가왔다. 공포에 질린 사람들의 초점 잃은 눈빛들은 막막했다.

사흘 뒤 한밤의 자정이 지나자, 인민군의 탱크들은 인공 깃발을 꽂은 채 시내를 돌아다녔다. 탱크 뒤를 따라다닌 인민군들은 따발총과 기관총으로 허공을 향해 공포 사격을 해댔다. 날빛이 희붐한 새벽이 되면서 파출소들은 어느새 텅텅 비어 있었다. 어디서 나왔는지 모를 사람들이 붉은 완장을 어깨에 차고 거리로 쏟아져나왔다. 그럼에도 동대문시장과 남대문시장에서는 남아 있는 사람들이 들락날락했다. 시장 상인들의 본능은 현실의 잣대였다. 하늘에서 미군 폭격기가 보인다 치면 북조선 돈을 안 받다가도 공습이 뜸해지면 언제 그랬냐는 듯 북쪽의 돈을 세고 있었다. 먹거리와 관련되는 물건들은 부르는 게 바로 값이었다.

끊임없이 이어지던 피난민들의 대열은 더 이상 내려가지도 못하게 되었다. 남아있는 시민들은 인질이 되어 알아서 눈치껏 살아야 했다. 밤만 되면 학교나 관공서 건물들은 인민군과 붉은 완장을 찬 사람들로 북적거렸다. 전깃불도 안 들어온 캄캄한 밤중을 간간이 조명탄과 반짝이는 불빛이 밝혔다. 7월 하순의 뜨거움이 온 누리에 퍼지고 있었다. 그때부터 여기저기서 젊은 남성들이 끌려오기 시작했다. 여유만만하게 행동하던 인민군들이 반동분자들을 색출하겠다고 발악하며 점점 악마의 눈빛으로 변했다.

그때 김정대의 집은 이화동 근처였다. 부친은 일정시대부터 종로에서 도매상을 했던 터.

"지방으로 출장을 간 너희 아버지를 기다릴 수만도 없구나. 이제 정부의 방송을 믿을 수도 없어. 아무래도 우리도 어디로 피난을 가야 될 것 같애."

그는 어머니와 여동생 셋을 데리고 막상 피난을 가려고 나섰지만 어디로 가야 할지 막막했다. 아는 데도 없어 아버지의 가게에 붙어있는 작은 방에서 하룻밤을 지새웠다. 거리에 떠도는 사람들은 멍한 눈빛으로 맴돌고 있었다. 초등학생인 막내가 갑자기 열이 펄펄 끓어 축 늘어졌다. 사흘 후 저녁 무렵에는 사방을 분간할 수 없을 만큼 장대 같은 빗줄기가 눈을 가렸다.

"애야? 어딜 간들 뭐하겠니? 차라리 죽어도 우리 집이 낫겠다."

진퇴양난이었다. 달리 뾰족한 방법 없이 그는 다시 집으로 들어오고 말았다.

✱

일본식 주택의 정원에는 향나무들이 담장 안으로 짙푸르게 서 있었다. 대문과 담장 사이에서 누군가가 보였다. 남자라고 짐작되는 얼굴이 금세 사라졌다. 순간, 그는 뭔가 뒤통수를 잡아당기는 느낌이 써늘하게 지나갔다. 그는 후다닥 건넌방으로 뛰어들었다. 그리고 한참 후 대문짝을 두드리는 소리가 요란하게 났다.

"빨리 문을 여시오."

쿵 쿵쿵.

바깥에서 나는 소리에 어머니는 잔뜩 겁을 먹은 얼굴로 그를 바라보았다. 얼른 다시 다락으로 올라가라는 초조함이 어머니의 눈망울에 가득 고여 있었다.

"빨리 열지 못해!"

대문 밖에서 들려오는 신경질 섞인 목소리가 금방이라도 대문을 부숴버릴 것처럼 울렸다. 쿠웅 쿵쿵. 벽에 가둬진 뜨거운 어둠이 무겁게 기다리고 있었다. 어머니가 안방에서 급히 뛰어나가고, 대문이 열리면서 발소리들이 멀리서부터 가깝게 들려왔다.

"젊은 동무들이 분명히 이곳에 젊은이가 있었다는데, 어디에다 숨겼소?"

카랑카랑한 이북 사투리 음성이 벽을 찔렀다. 이어서 AK 자동소총의 노리쇠가 금속성을 마찰시키는 소리를 냈다.

"동무! 저기 책상 뒤로 보이는 것이 다락방 아니겠소? 이상한데 뒤져보시오."

그에게는 너무나 불리한 게임이었다. 숨이 멎고 근육이 풀어졌다. 그리고 하는 수 없이 벽장문을 열었을 적에, 따발총을 겨눈 인민군과 붉은 완장을 어깨에 두른 험악한 표정의 사내들이 서 있었다. 김정대는 그들에게 동물처럼 끌려갔다. 경찰서였던 붉은 벽돌 건물은 인민위원회 간판이 붙어있었다.

"이 쌔끼! 의용군에 나가지 않으려고 숨어있었지? 똑바로 대지 않으면 죽여 버리겠어!"

그들과의 대화는 전혀 통하지 않았다. 다만, 그들이 반탁운동에 가담했다는 전력을 알아채지만 않는다면 빠져나갈 궁리가 급선무였다. 그래서 일방적인 물음에 수긍과 침묵만이 답을 대신했다. 남조선 해방, 속전속결, 위대한 인민군 만세. 급하게 써서 붙인 표어들만 그들이 원하는 목표를 일러줄 뿐이었다. 나이가 든 축들과 함께 다른 방으로 들어갔다. 그에게는 오로지 신분이 노출되면 큰일이라는 강박관념이 머릿속을 가득 채웠다. 검정 바지에 흰 와이셔츠를 입은 사내가 째진 눈을 치뜨며 정대를 노려보았다.

"그동안 무슨 짓을 하고 살았지? 곱게 생긴 얼굴이며 하얀 손이, 아무래도 맘에 들지 않아. 조사해 보면 곧 알게 되겠지만서도."

"나는 회사에 다니다가 몸이 아파서 그냥 집에 있었습니다."

"거짓말! 개새끼!"

덩치가 큰 사내의 검고 굵은 손가락들이 갈퀴가 되더니, 정대의 멱살을 잡아서 바닥에 패대기를 쳤다. 우람하게 생긴 사내 둘이 몽둥이로 사정없이 온몸을 두들겨 패대는 것이었다. 그는 얼마나 맞았는지 욱신욱신 쑤시는 고통을 참느라고 얼굴을 찡그렸다. 통증은 온몸으로 퍼져 삭신은 무기력해졌다. 정신마저 혼미해지더니 허탈해져서 힘이 쭉 빠져버렸다. 때리는 자들이나 맞아서 떨어진 자, 모두가 짐승과 다름없었다. 얼마만큼 시간이 흘렀을까. 그가 희미하게 정신이 들어 눈을 뜨니, 온몸은 비틀어 놓은 것처럼 가누기 힘들었고 욱신거렸다. 책상 위에서 반토막으로 남은 촛불이 가물거리며 어둠을 견디고 있었다. 그동안 캄캄한 바깥은 공포의 시간을 얼마나 견디었는지 모를 일이었다. 어둠에 익어진 눈으로 휘둘러보니 졸린 듯 의자에 앉아 있던 사내가 일어나 다가오더니 그의 어깨를 흔들었다.

"이봐? 정신이 들어?"

뒤에 있던 그림자가 사내의 앞으로 나와서 그를 끌어안았다. 꿈결처럼 아스라이 들렸던 어떤 목소리였다.

그는 뭐라고 대답하고 싶어도, 의지와는 달리 자꾸만 목구멍 안으로 소리가 기어들었다. 살아야 한다는 원초적 본능이 우선했던 것일까. 죽음이 도사리고 있는 공포의 세계에서 살아남기 위하여 어쩔 수 없는 일이기도 했다. 그것은 어머니가 일제의 강점이 오래갈 것으로 잘못 알았던 것처럼, 인공 치하 역시 그럴지도 모른다고 판단했을지도 모를 노릇이었다. 아무튼 그는 일단 풀려나서 집으로 들어왔다. 고모의 시동생은 민청위원회 간부였다. 시동생이 손을 썼다고 어머니로부터 귀뜸을 받았다.

8월에 접어들어서도 무더위는 짱짱했다. 아침저녁으로는 쨍쨍하던 햇볕의 기세가 조금씩 꺾이어 플라타너스 가로수 잎들의 우듬지는 자라기를 멈추었다. 인민군들의 어수선한 분위기 속에서 눈빛이 시든 힘없는 사람들만 간간이 바깥을 나다닐 뿐이었다. 북한산 쪽의 파랗게 높이 열린 파란 하늘은 솜사탕 같은 흰 구름을 둥둥 매달았다.

그들은 처음과 달라지고 있었다. 뭔가 초조한 표정들이었다. 일주일이면 부산까지 싹 쓸어버리겠다는 호언장담과는 달리, 어딘가 구멍이 나 있거나 마음대로 되지 않는 듯했다. 그는 어머니의 어둠이 깃든 초췌한 모습을 살펴보았다.

"너도 아버지의 행적을 잘 모르겠니? 하긴 네가 알 까닭이 없겠지. 내가 괜히 실성했나 보구나. 어찌 돌아가는 판이 심상치 않나 보던데…."

그는 아직 아물지 않은 몸으로 인민위원회 사무실을 나갔다. 풀려날 적에 의용군으로 입대한다고 서약서를 써주었다. 화단 축대 앞에는 스무 명 남짓 되는 사람들이 모여 줄을 섰다. 황갈색 인민군복 팔에 붉은 완장을 찬 사내는 계단 위에 서 있었다. 왼쪽 견장 밑 밤색 가죽 줄이 사선으로 연결된 권총 벨트에 거만하게 손을 짚었다. 코가 큰 사내는 모자챙 그림자 속의 싸늘한 눈초리로 좌우를 돌려보았다. 그리고 평안도 억양이 섞인 말로 높여 내질렀다.

"동무들! 이렇게 만나게 되어 반갑소. 지금, 영용한 우리 해방군은 이승만 도적놈들의 횡포로부터 동무 여러분을 해방하려고 파죽지세로 부산까지 밀고 내려갔소. 멀지 않아 이 전쟁은 우리 조선 인민 해방군의 승리로 끝날 것이며, 이 땅은 우리가 똑같이 잘 먹고, 잘 사는 지상천국이 될 거요."

얼굴빛이 좋은 사내는 장황한 연설을 늘어놓았다. 사내의 말이 계속되는 동안 꿔다 놓은 보릿자루처럼 사람들의 숨소리 하나 들리지 않았고, 어디선가 울음소리만 귀청이 뚫어지라고 악악댔다. 무더위가 감도는 인민위원회 건물 앞의 붉은 깃발이 흐느적거렸다. 그는 이제 도깨비놀음의 한복판에서 날벼락을 맞기만 기다리는 꼴이 되었다.

"정대 동무? 동무는 공부를 많이 한 사람 같은데, 당신 같은 사람들이 조국의 해방전선에 일조할 수 있도록 해야 합니다. 오늘부터 박 동무하고 함께 동원 사업을 지원하시오."

인민복이 지칭한 사업이란, 거리에 오가는 사람들을 검문 검색하여 이름과 직업, 거주지 따위를 명부에 기록하여 의용군으로 강제로 징집할 인적자원을 확보하는 일이었다. 그런데, 결국 그 당사자 역시 의용군으로 강제징집 될 운명이었다. 잡혀 온 처지의 비슷한 사람들이 눈치를 보며 술렁거렸다.
  "저는 몸이 무척 아프고 집안에 홀어머니와 나이 어린 동생들이 있습니다."
  "동무? 여기서 안 그런 사람이 어디 있소! 그렇게 하면 조국이 빨리 해방될 수가 없소. 나는 모르겠고, 정 형편이 그렇다면 본부에 가서 말하시오."
  그들이 애걸복걸 사정을 했어도 마이동풍(馬耳東風)이었다. 손바닥이 닳도록 빌어봤자, 씨알조차 먹히지 않을 노릇이었다. 식구들의 모습이 떠오를수록 긴장이 그의 심장을 조여왔다. 그는 갈수록 이들의 낌새가 수상쩍었다. 말로는 허풍스럽게 큰소리를 탕탕 쳤어도 뭔가 어수선한 느낌이었다. 무슨 수를 쓰든지 눈치껏 호랑이 굴에서 빠져나가야만 했다.
  캄캄한 밤이었다. 서울 쪽 하늘에는 쌕쌕이의 폭음 소리가 점차 자주 들렸다. 정대는 잠깐 집에 들렀으나 얼굴이 핼쑥해진 어머니가 잡는 손을 뿌리치고 다시 인민위원회 사무실로 돌아왔다. 불이 켜진 사무실에서는 뭔가 심상치 않은 조짐이 보였다. 인민복의 카랑카랑한 목소리가 위원장실 밖으로 새어 나왔다. 대여섯 명의 사내들을 촛불이 가운데서 비추고 있었다.
  "지금쯤, 악질 반동분자들을 먼저 싣고서 전부 출발하였을 거요. 군당위원회에서 모여있는 동무들을 데리고 북으로 떠날 거요. 우리 동무들도 오늘부터 당장 학교에 합류해서 책임자 동지의 지시를 받아야 합니다."

출입문을 들어서는 정대를 발견한 박 동무의 눈짓을 재빨리 받은 인민복이 고개를 돌리며 목소리를 높였다.

"이봐, 김정대 동무? 우리가 얼마나 찾았는데, 보고도 없이 어딜 다녀왔소?"

그는 퉁퉁 뛰는 가슴을 붙잡고 그들과 인민위원회를 떠났다. 어떻게 하든지 도망갈 생각밖에 없었다. 아니, 탈출하지 않으면 곧 죽음이었다. 우선 틈을 노려야 했다. 묶어놓은 짐을 들고 헐레벌떡 그들을 따랐다.

학교 건물에서는 듬성듬성 불빛이 새어 나왔다. 사람들의 인기척이 웅성웅성 들렸다.

건물 왼쪽으로 돌아서 작은 창문을 들여다보던 정대는 깜짝 놀라 하마터면 소리를 지를 뻔했다. 포승줄에 몸이 묶여서 밖으로 나가고 있는 사람 중에서 친구를 보았던 것. 대학 친구는 신탁통치반대운동을 함께 했었다. 그리고 전쟁이 난 후에 고향에서 태극단을 조직하여 인민군에 협조하거나 붉은 완장을 찬 이들을 괴롭혔다. 그는 갑자기 뜨거웠던 몸에 소름이 돋았다. 가슴이 뛰었다. 그럴수록 침착하여야 한다고 그는 스스로 다독거렸다. 어쨌든 감시자들의 눈을 피하여야만 했다. 우선 학교 본관 건물 가까운 창고 옆에서 서성거렸다. 사람들은 하나, 둘 트럭에 실리거나 줄을 지어서 나갔다. 어수선한 분위기였다. 굴비두름처럼 줄에 묶여있는 사람들은, 자신의 이름을 부르는 동안 부들부들 떨며 서 있었다. 그는 슬슬 친구 옆으로 걸어갔다.

아…. 소리를 듣지 않고도 다리를 절름거리는 친구가 그를 보았다. 어둠 속에서도 친구의 얼굴은 동요하지 않았다. 눈과 눈빛이 마주쳤다. 스치는 바람처럼 친구가 입을 열어 그이 귓전에 흘려주었다.

"지금 나는 달아날 수가 없다. 우선 어떻게 너만이라도 여기를 빠져나가야 해."

"그렇지만… 우리 함께."

친구는 절름거렸지만 아주 나지막하면서도 단호하게 정대의 말을 잘랐다.

"아무 말 마. 기회를 봐서 나는 어떻게든 해볼게. 이놈들도 금방 끝날 것 같은 느낌이야. 아무튼 너는 꼭 살아서 이거 우리 태극단에 내 상황을 꼭 전해줘. 우리 살아서 다시 만나자."

남로당 당원 명부와 인민군에게 협조한 명단이 적힌 메모가 딱지처럼 접혀 있었다. 그 후 친구의 소식은 바람결에도 듣지 못했다. 김정대는 가문을 잇는 장손이었다. 나이가 들면서 목숨을 걸고 탈출하여 살아 있는 것이 조상님의 은덕이라고 여겼다.

*

"사무실 짓는 일이 쉽지가 않을 텐데, 큰일을 벌리셨네요."

"저희도 불편하고 주민들도 군부대에 오시기가 어려울 것 같아서…."

"예전에 가끔 오면 사무실에서 황 대장과 차 한 잔씩하고 그랬는데… 그래, 위치는 정했어요?"

"바로 저기 빈터를 부대장님께서 정해주셨습니다. 여기 민통선 초소와 가까우니 여러모로 좋은 점이 있을 것 같고요."

"그렇긴 하겠군. 아무튼 개집 하나라도 집을 짓는다는 게 쉬운 일은 아닐 거요. 내가 뭐라도 도와주고 싶은데, 필요한 게 뭐가 있소?"

"지부장님께서 연대본부반에도 여러모로 도움을 주신다고 들었습니다. 염치없이 말씀드리자면, 지금 군부대에서 지원받을 수 있는 게 시멘트와 목재, 일하는 사람 정도입니다."

"하하하~ 맨주먹으로 시작할 줄 알았는데, 그 정도라면 걱정이 없네요. 그럼 내가 시멘트 블록하고 나중에 또 필요한 것이 있으면 보태리다. 어떻소? 설계도로 산출해서 알려주시면 당장 내일이라도 보내드리리다."

"지부장님, 감사합니다."

김정대는 너그러운 웃음을 띠며 그에게 손사래를 쳤으나 단호하게 말했다.

"무슨 그런 말씀을! 내가 명색 이곳 반공연맹 지부장 아니오. 당연히 나라에서 지어줘야 할 대공상담소입니다. 아직도 사변 때 일이 생각나면 화가 치밀어 잠이 안 옵니다. 저놈들은 인간도 아닌 백정이라고요. 어떤 이념이나 사상이라도 자연스럽게 사람들에게 공감을 얻어야 합니다. 공맹의 도리와 가치도 많은 사람에게 의미를 부여했기에 몇천 년 동안 내려온 겁니다. 그냥 가난한 사람들의 나쁜 현실에 초점을 만들고, 정치적 논리를 접목하여 만든 게 공산당입니다. 근대화의 경험이 없던 무정부 시절에 평등이라는 그럴싸한 말도 안 되는 사탕발림에 모두 놀아났지요. 무지한 사람들을 선동하고 지상의 천국을 만든다는 거짓말로 결국은 민족을 두 쪽으로 갈라놓았어요. 동족을 무자비하게 죽였던 백정 놈들에게 또 당할 순 없지요. 이북 땅이 바로 눈앞으로 보이는 이런 데서 사는 마을 사람들은 하루하루가 불안하지요."

김정대는 아들뻘 되는 그에게 존대어를 썼다. 평소에도 누구에게나 반말을 쓰지 않았다. 김종대가 떠난 뒤에 그는, 오후에 대대장을 만났다. 그리고 인사계가 목공병 두 사람을 보내어 이튿날부터 공사가 시작되었다. 사무실과 방 하나와 취사 공간, 화장실의 면적은 20평 남짓이었다. 그가 볼펜으로 그려준 설계도를 보던 목공병이 입을 열었다.

"우와. 평면도가 전문가 못지않게 잘 그려져서 이대로 해도 될 것 같습니다."

"다행이네. 잘 마무리되면 대대장님한테 휴가 부탁해 볼게."

병사들이 서로 바라보더니, 함박만 하게 입이 벌어졌다. 당장 땅바닥에 하얀 줄을 그려놓고 기초를 시멘트로 비벼 다졌다. 떡 벌어진 어깨의 알통이 볼록한 목공병이 문틀을 세웠다. 때맞춰 읍내에서 가져온 블록이 쌓아지니 제법 건물의 모양새가 드러났다. 그 역시 틈만 나면 박 하사와 함께 면장갑을 끼고 병사들의 작업을 거들었다. 일주일 만에 사무실의 구조가 드러나고 슬레이트 지붕까지 덮어져 반듯한 건물의 모습이 드러났다. 김정대가 보낸 전기선, 유리, 페인트 따위의 건축자재로 하루가 다르게 마무리되었다.

대대 의무실 콘셋에 더부살이했던 사무실의 비품들을 옮겼다. 병사와 박 하사의 숙소 침대와 소지품은 나중에 옮기기로 했다.

맹구만 중령은 억지로 웃음을 참으며 그에게 벽시계를 선물로 주었다.

"우리 대대 안에 있느라고 불편했지요?"

"별말씀을요, 너무 신세를 져서 늘 미안했습니다."

두 사람의 말본새는 겉으로 통용되는 언사에 불과했다. 중령으로서는 부대 안에 자신들을 감시하는 앓던 이빨이 뽑힌 시원한 기분이었다. 그로서는 부대의 울타리가 안전을 담보했지만, 대민 접촉에 제약을 받았다. 군부대 업무와 별개로 지역 주민에게서 얻어지는 첩보를 무시할 수는 없었다. 무엇보다 병사가 좋아했다. 군부대가 아닌 바깥에서는 군복을 벗고 사복으로 근무하여 자유롭기 때문이었다.

*

토요일 오후였다. 문성은 휴일도 없이 근무하는 습관에 젖었음에 머릿속으로 할 일을 생각했다. 사무실에서 보고서를 정리하고 하숙집까지 걸어가고 있었다. 도로 양쪽으로 벼포기들이 짙푸르게 웃자라 들녘은 질펀한 평온을 깔았다. 구름이 끼어 흐릿한 날씨가 후텁지근해서 벌써 그의 등짝에 땀이 돋았다. 면사무소 쪽과 대대본부로 갈라지는 삼거리까지 사람들은 보이지 않았다. 멀리서 그의 눈에 한점으로 들어오던 군인이 다가왔다. 낯익은 모습의 우상우 중위였다. 작업모를 삐뚤어지게 쓴 중위는 비틀거리는 걸음으로 흐느적거렸다. 그리고 반팔 셔츠차림으로 마주친 그에게 초점이 흐려진 눈을 뜨며 말을 걸었다.

"누구야? 으음, 보안대 신 중사?"

"술 드신 모양인데, 조심히 들어가세요."
"야, 중사? 당신이 뭔데 나한테 시비야!"
"시비라뇨? 그냥 가던 길 잘 가시라고요."
불콰한 얼굴빛으로 몸을 건들거리던 중위가 갑자기 정색하며 버럭 소리를 질렀다.
"뭐라고? 당신 눈에 내가 안 보여? 난 육군사관학교 출신이야! 정통 장교라고. 이 쓰레기 같은 놈들 같으니라고. 너희 보안대는 대한민국 군대에서 없어져야 할 쓰레기 집단이라고."
"아무리 술에 취했다고 함부로 말하는 거 아닙니다."
몸을 못 가눌 만큼 휘청거리는 중위를 그는 한심한 눈으로 바라보았다. 중위의 말본새로 보아 임자를 만난 듯 그냥 쉬이 떨어질 것 같지 않았다. 오히려 너 잘 만났다고 선포하듯 그에게 도발하여 부아를 돋우었다.
"너희가 하는 일이 뭐가 있어. 기껏해야 일을 핑계로 여자들이나 꼬시며 순진한 군인들 등골이나 빼먹는 그따위 기생충 노릇이나 하는 짓 말고 뭐가 있냐고!"
내키는 대로 내뱉는 말을 무시하고 그냥 지나가려는 그에게 중위가 성큼 다가왔다. 그리고 느닷없이 오른팔을 번쩍 올려 그의 얼굴로 들어왔다. 그가 고개를 뒤로 젖혀 피했다. 몸의 중심을 잃은 중위가 휘청거리며 자빠질 뻔하여 그가 재빨리 허리를 붙잡았다. 그게 몹시 짜증이 났던지 중위가 또다시 목소리를 높였다.
"부사관 놈이 감히 어디 장교 몸에 손을 대! 이건 하극상이야, 하극상이라고!"

어처구니없는 표정으로 그가 주춤거리며 한 발 뒤로 물러섰다. 바로 그때 자전거를 타고 오는 대대 인사계가 멈췄다. 상사는 먼저 그를 훑어보고 고개를 주억거리더니, 우상우에게 말문을 텄다.

"아이고, 부관님 술을 많이 드셨네요. 저와 같이 가시죠."

"이거 누구요? 아니 저 보안대 중사하고 할 말이 있다니까."

"나중에 말씀하시고 오늘은 그냥 가십시다. 대대장님이 지금 숙소에서 기다리고 계십니다."

몹시 난처한 표정을 지으며 상사는 그에게 거듭 고개를 숙였다. 그는 상사에게 중위를 데리고 가라는 눈짓하며 입을 다물고 허적허적 걸었다. 한참 후에 뒤를 돌아보니 두 사람은 자전거를 끌고 멀어졌다. 그는 터덜터덜 걸어오면서 심중 깊숙이 서글픔을 베어 물었다.

문성은 점심을 굶었던지라 식당으로 들어갔다. 손님들이 없는 시간이라 앉아 있던 주인이 일어섰다. 국밥을 가져온 주인의 눈빛이 평소와 달리 칼처럼 날카로웠다. 그는 숟갈을 들다 말고 다시 그녀를 쳐다보았다.

"… 아니, 대장님한테 좀 물어볼게요. 세상에 군인이면 군인답게 행동할 일이지, 아무리 다방에서 일한다고 사람을 우습게 보는 놈이 어디 있답니까."

"무슨 일이 있었나요?"

"저기 대대 장교라는 그 멀대처럼 생긴 놈이 우리 딸에게 손찌검한 모양입디다. 딸이 자세하게 말을 안 해서 아직은 잘 몰라요."

그는 밥 몇 숟갈과 깍두기 몇 개를 씹다 말고 물을 마셨다. 그리고 식당을 나와 하숙집에 먼저 갈까 말까 잠시 흔들렸다. 다방 문을 열었다. 구석진 곳으로 병사와 여성 손님이 있고 김미옥은 수족관을 바라보고 있었다. 선풍기가 끄덕끄덕 돌며 바람을 몰았다. 다방 안이 주말치고는 한산한 편이었다.

"나는 냉커피 주시고, 김 사장님도 뭐 시원한 거 드시죠."

하얀 바탕에 까만 줄무늬가 그려진 민소매를 입은 그녀는 주방으로 들어가면서도 자꾸 얼굴을 피하려 들었다. 그가 마실 커피만 달랑 들어다 놓고 그냥 돌아섰다. 전에 없던 행동이었다. 상대방이 입을 닫고 있는데, 짐작으로 섣불리 건드리는 건 아니라는 생각이 들었다. 그는 커피를 마시며 오전에 보았던 신문을 뒤적거렸다.

구석진 곳의 손님들이 나가고 한참을 카운터에 있던 김미옥이 와서 그의 맞은편에 앉았다.

"대장님, 식당에서 점심 드셨어요?"

"먹긴 먹었었는데, 빈번히 너무 늦어서 미안하더라고요."

"저희 엄마가 아무 말 안 해요?"

그를 빤히 바라보는 김미옥의 뺨이 불그레 부풀었다. 그는 한참 뜸을 들이다가 슬쩍 대꾸했다.

"누가 다방에서 행패를 부렸나요?"

"행패라기보단 우 중위님이 술에 취해서 귀찮게 하여…."

"별다른 피해는 없어요?"

장사를 해서인지 영악하고 머리 회전이 빠른 여인이었다. 말의 불씨가 또 다르게 옮겨붙을 것을 걱정하는 눈치였다. 그는 장본인이 말하지 않은 이상 더 물어보지 않는 것이 좋을 듯싶었다. 그 뒤에 부관의 조언대로 가급적 혼자서는 다방에 가지 않았다.

＊

초복이 지나서부터 식당은 손님들로 북적거렸다. 오뉴월 무더위에 개들은 고기가 되어 남정네들을 불러 모았다. 그는 일에 쫓기다 보면 거의 점심시간을 놓쳤다. 그래도 여주인은 그가 나타나면 입을 크게 벌리며 기분 좋게 한두 마디를 먼저 건넸다. 드나들다 보니, 반말이 섞여도 그는 편하게 들었다.

"오늘은 고기가 좋아요. 보신탕이 좋은 데 드리까?"

"아닙니다. 그냥 국밥으로 주세요."

"우리 대장님은 보신탕을 별로 안 좋아하시나? 다른 손님들한테는 없어서 못 판다오."

그녀는 고개를 갸우뚱하며 여느 날과 달리 국밥과 무김치를 빨리 내왔다. 주방 안에서 누군가가 움직이는 모습이 얼핏 얼핏 나타났다.

"빨리도 가져오셨네. 주방 일을 도와주는 사람이라도 있습니까?"

"삼복에는 손이 모자라. 혼자 하려니 엄두가 안 나서 종업원 하나를 구했지. 손님들도 좋아하네요."

언제부턴가 여주인은 넉넉한 체구를 뒤뚱거리며 그에게 친근하게 다가왔다. 처음에는 부담스럽게 느꼈으나 원래 그런 성격이려니 해서 그다지 불편하지는 않았다. 개고기는 입에 대보지 않은 음식이었다. '너는 딸 셋을 낳고 불공을 드려 귀하게 얻었으니, 절대로 개고기를 입에 대서는 안 된다.'라고 어머니가 어려서부터 한 말씀이 귓속에 박혔던 것. 그의 혓바닥이 판단한 게 아니라, 두뇌에서 결정한 금기는 궁금증마저 날려버렸다.

그릇을 거의 다 비웠을 무렵까지 옆의 빈자리에 앉았던 여주인이 어느새 다가왔다. 신문지에 둘둘 말아진 손목만큼 한 뭉치를 탁자 위로 턱 내밀었다.

"이게 뭡니까?"

"아무도 주지 말고 혼자서 먹어야 해요. 다른 손님들이 돈을 주면서 달라고 했어도 없다고 잘랐는데…대장님 줄라고 놔뒀지. 그게 만년필이라고 남자한테 보약이래요."

"전 괜찮습니다. 나이 드신 손님들 드리세요."

"왜 그래요. 생각해서 주는 거니까, 그냥 묻지도 말고 그냥 드시라고!"

물건을 거절해도 여주인은 목소리를 높였다. 헤벌쭉 웃으며 손사래 치며 막무가내로 그를 떼밀었다. 그는 하숙집 출입문을 열고 방 안으로 들어가 선풍기를 틀었다. 무더운 공기가 밖으로 쫓겨 나가는 시간이 길었다. 그는 여주인이 주었던 신문지를 펴보았다. 갈색빛이 감도는 삶은 살덩이 속에 뼈가 들어있었다. 수캐는 죽어서 고기뿐만 아니라 성징까지 도려져 남겼다. 그는 불현듯 피교육생이었을 적 유리병 속에 들어있었던 사람들의 잔해가 떠올랐다. 그래서 곰곰 생각하다가 전화로 교환을 불러 사무실에 신호를 보냈다. 마침, 박 하사가 전화를 받았다.

-지금 올 수 있겠나?

―조금 있다가 대대장 숙소에 갈 약속을 해놨습니다. 서울에서 친구가 온 모양입니다.
―잘 되었군. 내가 물건을 줄 테니 대대장한테 갖다가 드리게. 남자들한테는 아주 좋다는구먼.

✱

 그가 식당에서 점심을 먹은 지 하루가 지나서였다. 하숙집 출입문을 열고 막 나가려던 참에 식당 사잇골목에 들어선 웬 여자와 맞닥뜨렸다. 몸은 통통하고 넙데데한 얼굴은 더 커져서 눈이 작아져 감은 듯해도 나옥순이 분명했다. 밤색 민소매와 황금색 스커트를 입어서였을까. 그녀는 일 년 전보다 나잇살을 훨씬 더 얹힌 모습이었다.
 "보안대 계장님이 맞구먼. 어저께 주방에서 보고는 긴가민가 했어유. 그때 호반에 다시 오실 줄 알았는디… 어디로 가셨나 했는디, 여기서 뵙게 되네유."
 "아, 오랜만입니다."
 "인연이 있으니께 또 만난 거쥬. 이따 저녁 한가한 시간에 오세유, 술 한잔하시게."
 "아무튼 반갑습니다, 가끔 식당에 가니까요."
 그녀는 음식 찌꺼기를 담은 양푼을 뒤뜰 구정물 통에 버리려고 사라졌다. 그녀를 본 그는 다시 방문의 자물통을 풀고 들어갔다. 어떻게 한다? 반가움과 부끄러움이 뒤섞인 머릿속은 복잡해졌다. 아니, 술집에 있어야 할 여인이 어떻게 더 구석진 전방 지역으로 온 거며 식당까지 밀려온 것인가. 몰두하다 보니,

그런 궁금함보다는 이제 자신의 위상과 그녀의 처지를 떠올렸다. 설혹 그녀와 아무런 관계가 없었다고 해도 어쩔 것인가. 타인들의 시선은 묘하게 생각하고 소문으로 진화하게 될 것 같았다.

여름의 절정이었다. 한낮에는 푹푹 찌는 더위를 피해 사무실에 있어도 땀을 흘렸다. 선풍기도 더운 바람을 내보냈다. 햇볕이 작열하는 한낮을 피하여 진지공사를 하다 보니, 공정은 조금 느렸다. O·P에서 관측된 강 건너 집단농장의 사람들도 포대경에 덜 잡혔다. 특별한 일이 터지지 않는 한 다람쥐 쳇바퀴 돌아가듯 그의 일상은 변함없었다.

가끔은 이른 퇴근이면 하숙집 식구들과 함께 저녁밥을 먹었다. 아이들까지 제법 그를 따랐다. 안방 할머니가 집안 전체의 방 문짝 창호지를 뜯어내고 모기장을 발랐다. 바깥 도로로 난 유리 창문의 틈은 조금 열어두었다. 들락날락한 바람을 선풍기가 휘저어 시원했으나 형광등 불빛이 방 안을 드러내어 신경이 쓰였다. 그는 후텁지근하고 끈적해서 마당의 펌프가 퍼낸 시원한 물로 몸을 씻고 들어와 침대에 드러누웠다. 컴컴한 방 안이 눈에 익어 편안했다. 그렇지만, 최전방이라는 현실의 인식이 들면 그는 긴장하기 마련이었다. 개운한 몸이 노곤해져 스르르 잠이 들었다.

꿈이었는가? 비몽사몽이었는가? 어둠 속에서 누군가에게 쫓기며 공포에 시달리고 있었다. 바로 그 순간, 창문이 삐거덕거리는 소리가 났다. 그는 감겼던 눈시울 속으로 아주 가느다란 빛을 느끼며 눈을 떴다. 머릿골이 섬뜩해서 곤두섰다. 긴장된 상태에서 베개 밑의 권총이 떠올랐다. 그는 손을 더듬더듬 권총을 꺼내 탄창을 박고 방아쇠울에 손가락을 집어넣었다. 그리고 자신도 모르게 목소리를 낮게 깔았다.

"밖에 누구요?"

"할 말이 있다는 디… 왜? 안 와요."

어디선가 술 취한 듯 여성의 목소리가 들렸다. 창문에 검은 그림자가 어른거리며 귀에 익은 목소리가 이어졌다. 아, 나옥순, 바로 그녀였다.

"왜? 술 한잔하자니까, 안 만나주느냐 말이유."

잠시 말소리가 끊겼다가 다시 조금 더 크게 들렸다. 유리창을 두드리는 소리와 동시에 뒤통수를 치는 말이 바로 이어졌다.

"내가 방으로 들어가유?"

"나 양? 술 취했으면 자고 내일 이야기하세요."

낯설고 생뚱맞은 순간, 그가 목구멍으로 기어들어 간 낮은 목소리로 말했다. 그 말을 듣고 여성이 바깥에서 더 큰 소리를 질렀다.

"왜 그러냐고?!"

빗금이 그어진 상태에서 그녀는 꿀 먹은 벙어리처럼 잠깐 조용해졌다. 그때 어디선가 느닷없이 카랑카랑한 여성의 목소리가 들려왔다.

"네 이년! 술을 처마셨으면 곱게 잘 노릇이지, 한밤중에 이 무슨 행패야?"

그것은 안방에서 바깥으로 향한 출입문을 열고 안 주인 할머니가 다그치는 말이었다. 평소에도 눈빛이 강렬하고 남편이나 며느리를 꼼짝 못 하게 하는 성격이 고스란히 드러났다.
"빨리 사라지지 못할까! 내가 지금 나가랴?"
구세주가 따로 없었다. 귀가 밝은 할머니는 지금까지 모든 말소리를 들었던 게 분명했다. 그녀의 칼칼하고 단호한 성격이 그의 어정쩡한 순간을 찌르며 도와주었다. 그는 귀만 열어둔 채 꼼짝없이 추이를 지켜보는 꼴이었다. 한밤중의 악몽이 따로 없었다.
어둠은 사위를 잠재웠고, 어찌어찌 그는 다시 눈을 감았다. 무슨 장마당의 한복판 같기도 하고 바로 근처의 버스정류장 앞 같기도 했다. 자신은 여인들끼리 싸우는 곳에서 팔짱 낀 채 내려다보았다. 구경나온 사람들의 모습이 왁자지껄하더니 희미하게 사라졌다. 어떤 여인들이길래 저러나 싶어 그는 목을 쭉 빼어 들여다보았다. 어떤 여인의 긴 머리채를 나옥순이 휘어잡고 패대기쳤던가. 인해를 닮은 것 같았다. 아니, 인해가 분명했다. 인해의 옷이 찢기고 벌거벗은 몸을 둥글게 말아 나옥순을 피해서 도망 다녔다. 어느 순간, 인해는 커다란 달팽이 집속으로 들어가 버렸다. 그는 못내 달팽이 집 입구에서 기다렸다. 그런데 벌레 닮은 뭔가가 꾸물꾸물 기어 나오며 등에서 지느러미를 펼치는 게 아닌가. 지느러미는 날개로 변하더니 하르르 날아가 버렸다.
사르르 든 잠은 짧고, 꿈속은 깊었다. 꿈이란 현실의 중동무이를 물고 늘어졌다. 깊은 잠을 날려버린 날이 샜다. 그는 얼굴을 씻고 나서 뒷마당을 바라보았다. 호박넝쿨이 뻗어나가 꽃들이 샛노랗게 별처럼 피어 있었다. 통통한 나옥순의 모습이 불쑥 떠올랐다. 안집 사람들의 얼굴을 보기가 민망하고 창피해서 아침밥을 거르며 사무실로 곧장 떠났다.

 사흘이 지나서 그는 다방에 들렀다. 김미옥이 바로 문 앞에 서 있다가 깜짝 놀라 몸을 움츠렸다. 그를 쳐다보더니, 의아한 눈빛으로 뒤돌아섰다. 그가 호리호리한 몸을 굽혀 덤덤한 말투로 주문했다.

 "사이다 한 잔만 주세요."

 수족관 안에는 여전히 열대어들이 주둥이를 뻐끔거리며 수초 사이를 돌아다녔다. 쟁반에서 유리컵을 내려놓으며 그를 빤히 바라보던 김미옥이 입을 열었다.

 "엄마 식당에서 일하던 그 아가씨 어제 떠났대요."

 "어디로요?"

 "모르죠. 떠도는 여자니까 갈 데는 많겠죠."

 김미옥은 얼굴을 찡그리며 말투를 뻐딱하게 던졌다. 날벼락도 유분수지, 현실을 지진처럼 뒤흔들어놓고 떠나다니. 그는 얼음이 든 투명한 유리컵을 손바닥으로 감싸며 암암히 나옥순을 떠올렸다. 사람마다 짐작하는 이유가 있을진대, 그로서는 김미옥에게 간밤에 일어났던 이유를 설명하고 싶지 않았다. 그의 시선은 여전히 수족관에 머물러 있었다. 수초 사이를 헤치며 검정 열대어가 보일락말락 했다. 자신에게 아무런 잘못이 없건만, 왜 잠깐 모습을 비치다가 만 그녀가 떠오르는지 모를 노릇이었다. 우연이 필연으로 잘못 끼워진 단추처럼 그의 목덜미를 잡고 있었다.

 그의 머릿속에서 나옥순의 도톰한 얼굴이 불쑥 떠올랐다. 어디로 떠났을까? 생각을 해보자면, 거칠었어도 주름진 삶을 사는 그녀에게는 아무런 잘못이 없었다. 나옥순이나 김미옥이나 언제 어디서나 부딪쳤을 법한 여자들이었다. 마음이 와 닿지 않는다고 굳이 벌레처럼 외면했던 자신의 소갈머리가 문제라면 문제였다. 꾸물거리지 않고 당당한 태도로 그녀를 만나 술 한잔 나누면서 데면데면하게 굴었으면 되었을 터. 곤혹스러운 위기의 순간이 불편해서 그녀를 다독거리지 못한 일은 후회막급(後悔莫及)이었다.

마음을 닫아걸었던 한인해에게도 이제 무슨 미련이 남아 있던가. 가슴 속에 꼬불쳐두었던 추억조차 점점 아련해졌다.

그는 박봉에서 떼어낸 돈을 꼬박꼬박 고향에 보냈으나 사무실을 지으면서 석 달 동안 한 푼도 보내지 못했다. 김정대 지부장과 대대에서 얻어낸 자재 말고도 소소한 비용이 들었다. 전기 재료며 페인트 따위 같은 사소한 것까지 충당할 예산은 애초에 없었다. 막상 사무실을 짓고 보니 은근히 후회도 되었다. 조금만 버티다가 다른 곳에 전출되면 그만인 것을, 자신과는 아무런 상관도 없을 일을 저질렀다는 생각이 불쑥 들었다. 그렇지만 의미가 있고 없고는, 또 무슨 의미를 붙여야 한다는 말인가. 수족관을 세상의 공간과 시간으로 살아가는 어족들과 하등 다를 바 없는 삶이었다.

때아닌 일이 서울에서 일어났다. 광복절을 경축하는 행사 중에 각하의 영부인이 비명횡사(非命橫死)한 사건이었다. 국립극장의 단상에 앉아 있던 영부인이 쓰러졌다. 총탄은 영부인의 머리에 깊이 박힌 채 병원으로 옮겨졌으나 세상을 떠나고 말았다. 권총으로 쏜 범인은 그 며칠 전, 일본에서 건너온 젊은 사내였다. 북쪽에서 지령을 받았을 사내는 어수룩한 검문검색을 뚫고 단상의 각하를 향해 6발을 쏘았다. 각하가 재빠르게 방탄 연설대 밑으로 몸을 피했다. 총구의 각도가 빗나간 나머지 총알이 그 옆으로 날아갔던 것. 경호실장이 반사적으로 권총을 빼어 들고 범인에게 응사했으나 관중석에 앉아 있었던 여고생만 맞고 숨졌다.

마른하늘에 날벼락도 유분수였다. 어찌할 것인가. 국민에게 존경을 받았던 영부인이었다. 그날 파랗던 하늘은 한동안 갑자기 누렇게 변했다가 소나기가 쏟아졌다.

각하의 수족으로 그림자처럼 승승장구(乘勝長驅)했던 경호실장도 자리에서 물러났다. 바로 골프장에서 언론인의 관자놀이를 겨누었던 그 리볼버 회전식 38구경의 권총과 함께. 그렇지만, 모기가 빳빳한 침을 살갗에 꽂는 따끔한 순간도 차츰 잊어버리는 것이다.

언제나 그랬듯 지진처럼 세상을 뒤흔들어 술렁거렸던 사건마저도 그랬다. 사람들의 뇌리에서 시간에 깎이고 매몰되어 차츰 멀어져갈 것은 빤했다. 역사의 순간들은, 몇천만 번이나 뒤척이며 다가왔다가 사라졌을까. 뜨거운 가을 햇살이 떨어져 대지와 비비적거리며 절정으로 치닫고 있었다.

*

연대 보안반에서 그가 받은 전통문은 형식적이었다. OP에 민간인이 단체로 온다는 내용이 중요했다. 대대장은 작전장교를 고지로 보내 안팎으로 청소를 시켰다. 해마다 추석이나 성탄절 무렵에는 국군장병을 위로한다는 위문단이 왔다. 아군에게는 위문을, 국민에게는 적개심을 갖게 하는 일석이조(一石二鳥)의 효과가 정부의 뜻이었다.

 하늘이 파르라니 높아가고 새털구름이 선명해졌다. 추석을 앞둔 일주일 전이었다. 전세버스 3대에서 쏟아져 나온 이들은 형형색색의 나들이 차림이었다. 걸음을 떼어 나무토막을 박아 흙으로 채워 만든 계단을 밟고 상황실에 올라와 설명을 들었다. 그리고 한 두 사람씩 포대경으로 강 건너 집단농장과 거대한 굴뚝 모양의〈위대한 주체사상의 탑〉을 당겨 본 후에 '아멘'을 외쳤다. 데리고 온 신문기자가 위문품과 장병들을 배경으로 사진을 찍자, 그들도 덩달아 아무 곳이나 셔터를 눌러댔다. 당연히 그로서는 사람들이 몰려든 현장에서 가장 날카로워졌다. 이름하여 보도 통제. 정보장교가 설명하면서 미리 주의 사항을 전달했음에도 사람들은 몰라라 했다. 위문객들의 욕망과 군인들의 보안 문제는 서로 엇박자가 났다. 사람들은 가져온 사진기로 아랑곳없이 진지와 주변을 마구 들이대어 꽉꽉 찍었다. 아군의 군사시설이나 위치가 노출되어 뒤따르는 문제의 파장은, 오롯이 보안부대의 몫이었다. 평소에는 눈앞의 적 지역을 바라보며 긴장감이 돌았던 고지가 갑자기 떠들썩한 장마당처럼 시끄러웠다.

 그는 와자지껄한 관측소의 계단을 내려와 평평한 주차장으로 왔다. 본부에 위문단의 행적과 보안 조치한 내용을 이들이 떠난 즉시 보고해야 했다. 그래서 지프차들이 나란히 주차된 후미진 곳을 찾았다. 군용 지프차들만 있을 뿐 군인들은 별로 눈에 띄지 않았다. 호로가 씌워진 지프 차량 아래서 웬 군인 둘이 어른거렸다. 그는 보고서 초안에 집중했다. 미리 핵심 내용을 정리하여 위문단이 떠나면 바로 본부에 보고할 참이었다. 그런데 눈이 자꾸만 연대장 지프차 쪽으로 끌려들었다. 앉았다가 서 있기를 되풀이한 작업 모자의 계급장 하얀 말똥 ○○○개가 눈에 쏙 들어왔다. 두어 번 잠깐 보았을 뿐이지만, 체격이 큼직한 연대장이 분명했다. 아까 쓰고 있었던 철모를 어느새 벗고 작업모로 바꿔 썼다. 행사를 아직 마치지도 않았는데, 벌써 귀대할 준비라니.

그는 궁금증을 못 참아 수첩을 들고 성큼성큼 내려갔다. 땀을 뻘뻘 흘리며 운전병은 14인치 텔레비전 상자를, 연대장은 커다란 과자 선물 상자를 지프차 뒷좌석에 옮겨 싣고 있었다. 그와 눈이 마주친 운전병의 얼굴빛이 변하자, 낌새가 이상한 대령이 뒤를 돌아보았다. 순간, 대령은 도둑질하다 들킨 표정으로 엉거주춤했다. 서로가 민망한 상황이었다. 모자챙 그늘에 숨은 대령의 표정은 낭패감이 여실했다. 붉어진 얼굴로 부끄럽고 겸연쩍은 표정을 겨우 지운 대령이 억지로 웃음을 지으며 그에게 말문을 열었다.

"오늘은 보안반장이 안 와서 혼자 수고가 많네요. 관사에 텔레비전이 하도 고물이라…."

"연대장님, 뭐 이런 거는 아랫사람들한테 맡기시지요."

"뭐 별것도 아닌데, 여러 사람을 귀찮게 안 하려고…."

변명이 궁색할수록 말의 꼬리가 길어졌다. 그가 궁지에 몰린 대령에게 퇴로를 열어준 꼴이었다. 그러나 그는 생각을 고쳐먹었다. 당연히 그래야 했다고. 그는 몇 달 전의 피엑스 관리관을 떠올렸다. 부정과 비리는 이해관계에 맞물려서 음식에 필요한 양념처럼 묘하게 따라왔다. 그런데, 느닷없이 대령은 흥정하듯 그와 운전병을 번갈아 보며 말을 던졌다.

"보안대도 뭐 하나 가져가요. 야, 운전병? 뭐 화장품이나 과자 세트 같은 거 몇 개 좀 실어드려라."

"아, 아닙니다, 연대장님! 저는 급히 정리할 게 있어서 먼저 가보겠습니다."

그가 손사래 치며 거절하자, 대령은 바람 빠진 풍선처럼 얼굴이 어두워졌다. 그는 순간, 자기의 입에서 튀어 나간 말이 적절했음에 안도했다. 언중유골(言中有骨)이니, 말이란 뱉는 자의 입장보다 듣는 자의 문제였다. '정리'가 아니고 '보고'라고 했다면, 대령의 얼굴은 우거지상이 되었으리라. 왁자지껄했던 분위기는 단체 사진을 찍은 후 갑자기 썰물처럼 빠져나갔다. 위문단 버스들을 뒤따라 연대장과 참모들의 지프 차량마저 떠났다. 그는 본부에 보고할 초안을 훑어보고 나서 O·P장교에게 인솔자 인적 사항과 위문품의 내용을 다시 확인했다.

핼멧을 쓴 그는 오토바이에 올라타 오른발로 힘껏 시동을 걸었다. 발끝으로 조작하여 기어를 뺀 두 바퀴의 탄력이 내리막길에서 쏜살같이 달려 나갔다. 바람을 가르는 그의 점퍼 등짝이 둥글게 부풀어 올랐다.

25
지금은 없는 사람들이

비가 오고 있었다. 사무실 문을 열고 들어오던 박 하사가 우산을 털며 그에게 입을 열었다.

"들어오다 보니, 우짠 일인지 민통선 검문소에 8중대장이 있대요."

"진지공사가 마무리되어 순찰하러 왔나? 잘 되었군. 요즘 그쪽 중대 본부에는 통 못 가보았는데."

"그럼, 대장님은 사무실에 계실 겁니까? 저 좀 나갔다가 올랍니다."

"아 나가면서 거… 중대장에게 이쪽에서 뵀으면 하겠다고."

박 하사가 나간 뒤 한참 지나 문을 똑똑 두드리는 소리가 났다. 형광등 불빛이 철모를 쓴 대위의 모습을 드러냈다. 바로 옆의 민통선 검문소였는데도 후줄근한 모습이었다. 그는 책상 앞에서 일어서서 한병식 대위에게 고개를 꾸벅했다. 그리고 접이식 의자를 끌어당겨 중대장을 앉혔다. 철모를 벗은 한병식의 짧은 머리가 반짝였다. 대위는 두리번거리며 경계의 눈빛을 풀지 않았다. 대대장이 볼 때, 중대장과 보안반 중사가 만난 것은, 신경을 곤두서게 하는 일이었다. 진급 경쟁자들인 다른 위관급 참모나 중대장들의 시선에서도 마찬가지였다.

그가 캐비닛 안에서 소주병과 말린 오징어를 꺼내 책상 위에 놓으며 한 대위에게 권했다. 손을 머뭇거리던 대위는 한참 만에야 이끌리듯 유리컵에 남실거리는 소주를 꿀꺽 삼켰다. 질겅질겅 오징어 다리를 씹던 그가 말문을 열었다.

"어차피 한밤중의 순찰 중이고 대대장 숙소에는 친척이 온 모양이니, 조금 있다가 가시죠."

"그동안 정신이 없었어요…. 진즉에 시체 건도 내가 인사를 해야 하는데, 남들 보는 눈도 있고 해서…."

"고향의 선배님이신데, 제가 오히려 미안하죠. 이렇게 틈을 만들기도 어려운데, 잘 되었습니다. 왜 그랬어요? 그냥 시간 지나서 경찰에 연락해서 소각 처리하면 되는 것을. 그때 말씀드렸지만, 그날 비가 억수로 쏟아져서 망정이지, 저 역시 가슴이 철렁했죠. 뭐 자연 유실로 보고되어 잘 마무리되었으니, 제대한 애가 떠벌이지만 않으면 다 끝난 얘깁니다."

"순간적으로 저지른 일이라, 뭐 그게 정의감도 아니고…. 지금 생각하면 내가 멍청한 짓이지…."

그들은 부대에서 있을 법한 시시껄렁한 화제를 툭툭 던지고 받았다. 소주 한 병을 더 꺼내온 그가 손가락을 입술에 댔다. 더 이상 그것에 대해 입을 다물라는 의미였다. 그래서 불콰해진 두 사람의 대화는 자연스럽게 인해에게로 모아졌다. 한병식은 신문성이 손사래를 치자, 존칭어를 생략하고 부드럽게 말을 이었다.

"우리 인해가 좋아했던 녀석이 있었다는 것을 정말 몰랐다고?"

그는 예기치 않았던 질문에 묘하게 얼굴이 굳어졌지만, 술기운에도 금세 표정을 고쳤다.

"…대학 국문과 동창인데, 방학 때 숙모네 집에 인사드리러 갔을 적에 나를 따라왔었거든. 그때부터 인해와 알게 되었나 보던데. 그렇게까지 가까워진 줄은 모르고 낌새로만 그런가 했어. 부잣집 자식이라 원래 성질머리가 좀 삐딱한 녀석이라 걱정되었지만, 뭐 나는 군대로 들어와서 연락이 잘 안되고… 나중에 얼핏 들으니 데모하다가 경찰에 끌려가 구금되었으니깐 더더구나 모르지, 뭐…."

"죽은 인해 누나만 안타까워요."

'누나'라는 말을 뱉고 나서 그는 한병식을 바라보았다. 그리고 자신도 모르게 손가락으로 책상을 박박 문질렀다. 막연한 이성을, 첫사랑 같은 애매모호함을 던져놓고 저세상으로 떠나버린 그녀를 떠올리며 이제 와서 무엇을 하자는 짓인가. 그것은 슬픔의 방정식이 아니었다. 마치 그의 머릿속을 짐작이나 있다는 듯 한병식이 불쑥 매듭을 지어버렸다.

"그 친구는 나하고 생각이 많이 달라. 그래서 나도 어쩌면 인해가 죽은 일이, 그 친구 때문일지도 모른다는 생각이 들더라고요."

✻

 이장 회의가 열리는 날이면 그는 면사무소로 갔다. 왁자한 사무실보다 한적한 숙직실에서 만난 이장들은 내키지 않은 표정을 억지로 감추었다. 누구나 옆 사람들을 의식하며 그와 만나는 것을 곤혹스럽게 여기기 때문이었다. 동대리 이장 김 씨는 이마가 훤히 벗어져 숱 많은 눈썹으로 잇몸이 드러나게 웃는 얼굴이었다. 그는 사람 좋아 뵈는 이장과 주점에서 가져온 막걸리를 마셨다. 마을 사람들의 속성은 대체로 식당이나 다방 같은 데서 기관원들과 만나는 일을 꺼렸다. 이장이었으니 망정이지, 다른 사람들이었으면 금세 마을에 소문이 들어가 의심쩍은 눈초리를 받을 것을 의식했다. 그래서 문성은 이장들을 주로 숙직실에서 만났다. 이장들도 그편이 안심되는지, 주변을 의식하지 않은 채 사찰 대상 연고자들의 생활을 알려주었다. 알루미늄 잔을 들어 막걸리를 꿀꺽꿀꺽 들이켜놓고 김 씨가 입을 비죽거리며 열었.

 "… 십 년 전만 해도 이쪽은 살기가 팍팍했어요. 장날이라고 사람들은 모여들었지만, 사고팔고 할 뭐가 있나요. 겨우 농사라고 지은 쌀, 옥수수, 보리, 닭이나 계란 따위를 들고 나가봤자지. 천막을 쳐놓은 장사꾼들이 가져온 비누, 성냥, 옷감 같은 생필품들을 팔다 보면 해가 기울기 무섭게 파장이었어요. 바람 부는 날이면 흙먼지를 뒤집어쓰기 일쑤이고 비 오는 날은 저쪽 우체국 앞 신작로는 흙탕물 수렁이었다니까. 삽으로 걷어내어 가마니를 깝네, 멍석을 깝네 하고 난리를 치다 보면, 장꾼들이 하나둘 사라지고 없지요. 죽는 놈이 있으면 사는 년도 있으니, 장마당과 상관없이 재미 보는 데가 술집들이었습죠. 아침부터 철없는 사내놈들이 북적대어 막걸리에다 김치나 선짓국이 기본이고, 두부나 돼지 순대국밥은 고급이었으니까. 교통이 안 좋을 때라서 모처럼 흥법리나 동성리 지문리 같은 먼데 사람들을 그때 만나지, 언제 보겠습니까. 저기 거 보신탕집 아줌마도 그때 젊고 예뻤는데…."

"그 식당이 영업한 지가 그렇게 오래되었어요?"

"그러믄입쇼. 저 아줌마는 원래 동대리에서 살았는데, 저 댁의 바깥양반이 사변 때 북쪽으로 머리를 쓴 바람에 집안이 쑥대밭이 되었다고 해요. 그때는 배워서 먹물깨나 들었다 하면 철딱서니가 없이 벌겋게 물이 들었다고 하니까요."

부모도 몰라본다는, 대낮의 술기운은 그들하고 대화하기가 수월했다. 마을 이장들은 그의 눈치를 보며 가급적 마을 사람들을 감싸려고 했다. 그러나 아무리 감추어도 속내를 드러내기 마련이었다. 내뱉는 말을 추려보면 첩보의 실마리가 풀렸다. 흘린 말이 말의 꼬리를 물면 지역의 공개된 자료로는 도저히 알 수 없는 이야기까지 얻게 마련이었다.

"…내가 알기로는 전쟁이 끝날 무렵에 오히려 사람들이 더 많이 죽었다고요. 죽은 사람들을 어떻게 처리합니까? 결국은 시신을 땅에 묻어야 하지 않겠어요. 우리쪽의 군인들이 마을 사람들을 동원해서 큰 구덩이를 몇 개나 팠잖아요. 아, 그때는 내가 초등학교 졸업 무렵이었으니까, 뭐가 뭔지는 대충 짐작으로 알았던 거지요. 사람들 시체 썩은 냄새가 지독했는데, 알고 보니 그게 인민군들과 군인들이 뒤섞인 거였더라나. 지금 같으면야,

포크레인으로 파고 긁어서 작업하면 후다닥 끝내버렸겠지만, 그때는 사람들을 동원해서 삽과 곡괭이로 사나흘 밤낮을 가리지 않고 엄청 넓고 깊게 파냈으니까. 그런데 말이요, 시체가 썩어서 팔다리가 잘리거나 몸뚱이가 온전치 못한 것은 말할 것 없고, 죽은 지 오래돼서 이게 짐승인지 사람 새낀지 구별하지 못한 것도 부지기수라. 살아있는 사람도 먹을 게 없어서 오늘, 내일 하는 세상이라, 시체를 관 속에 넣고 매장한다는 건 엄두조차 못 내는 일이고…. 지엠시 군용트럭이 여기저기서 주워 싣고 온 그것들을 막 쓰레기 짐짝 던지듯 내려놓는데, 가마니로 둘둘 말았거나 머리가 몽땅 없는 것도 수두룩하더라고요. 처음에는 썩은 냄새가 코를 막아 진동하는데, 나중에는 그냥 콧구멍도 마비가 되었는지 어떤지 냄새를 모르겠더라고. 그렇게 아마 시체 몇백구 정도를 묻어놓고 흙으로 메꿨잖아. 세월이 오래되어 지금쯤 파보면 흙에 파묻힌 해골이나 뼈다귀가 온전할지도 모르겠네."

불콰해진 사내는 두툼한 입술을 달싹거리며 마을에 얽힌 내력까지 덧붙였다. 끔찍했던 그 장면을 마치 엊그제 본 것처럼 이장은 반말이 뒤섞인 채 기억을 꺼내놓았다. 그리고 자신의 머릿속을 재빠르게 따라가며 말을 이었다.

"대장님, 이런 데서 사람 사는 게 얼마나 힘든 일입니까. 민통선 안쪽 마을들은 어려운 일이 많이 생깁니다. 우리의 입장을 조금만 봐주세요. 군인들이라면 우리를 지켜줘야 하는 거 아닙니까. 벌써 지나갔다지만, 예전에 군인들은 우리에게 도움은커녕 오히려 괴롭혔다고요. 그때 군인들이 배가 고파서 그랬겠지만, 깜깜한 마을들을 돌아다니며 돼지를 훔쳐 잡아먹은 일이 많았어요. 덩치가 큰 소는 끌고 가기 어려우니까, 꽥꽥거리는 돼지는 불에 태운 잿가루를 밀가루 포대에 집어넣고 뒤집어씌워 잡아갔다고요. 울타리 안에 있는 개들을 수면제 묻은 고기를 던져서 귀신같이 훔쳐 갔대요. 이제야 말씀드리기가 좀 뭐하지만, 저번 보안대장 황 상사가 있을 때만 해도 정말 주민들에게 너무했다고요. 뭐 민통선 출입 일로 쌀을 갹출해서 줬던 거야 예전부터 해왔으니까, 그렇다 치고… 그때는 말 잘못하면 불이익이 있을까 봐 무슨 말을 못 했던 겁니다."

"그리고요?"

"그 양반은 이곳에 가족들과 함께 살고 있어서 마을 사람들이 어떻게 사는지 뻔히 알면서도 급한 일이 생겨 밖으로 나가야 하는데, 검문초소에서 딱 막아서서 곤혹스러웠어요. 밤에 호롱불을 켜놔도 고거 불빛이 밖으로 새어 나가면 북쪽에서 쳐들어온다고 닦달하면서 난리가 났다고요."

"등화관제 훈련 때문이었겠지요. 이장님은 면사무소에서 들어 잘 아시지 않습니까? 캄캄한 밤에는 이쪽의 작은 불빛 하나라도 바다의 등대 불빛처럼 북한군에게 위치를 알려주게 됩니다."

"물론, 그거야 저희도 정부에서 하는 일을 모르는 건 아니지요. 그 사람이요? 돈밖에 모르는 사람이라고 소문났다니까."

이장 김 씨는 아니다 싶으면 눈꺼풀을 내리깔며 그에게 슬쩍 다른 말로 돌렸다. 친구에게 말하듯 자연스럽게 툭툭 던지며 목울대까지 매달려 있던 불만을 슬쩍 끼워 넣었다. 물론 그는 이장의 마음을 모르는 바 아니었다. 이장 김 씨의 의뭉하게 숨겨둔 말의 뜻은 개인과 마을 사람들의 항의를 포함했다. 군인들, 아니 황 상사에게 상처를 받았던 사람들의 꿍쳐두었던 마음을 빨랫줄에 널어놓은 것이다. 하마터면, 그는 짐작은 했어도 미처 마을 사람들의 가슴속에 응어리진 원한을 놓칠 뻔했다.

그 많은 시신은 땅속에서 다 녹았을까. 흙 속에서 산화되기까지 벌레들이며 나무뿌리에 칭칭 감겨 자연이었을 흔적들. 동대리의 야산을 둘러싼 소나무 숲과 마을이 그의 머릿속에 떠올랐다. 김 씨를 동대리의 마을회관에서 만났을 적에는 뜨악한 표정으로 입을 꾹 다물어서 지금과는 전혀 딴판이었다. 주변 사람을 의식했었다. 이웃은 살가우면서 언제나 가깝고도 먼 당신이었다. 남의 허물을 부러 말할 필요는 없었다.

서쪽에서 몰려오는 구름이 예사롭지 않았다. 회색 구름이 겹겹 뭉치더니 이내 무겁게 내려앉아 그새 빗방울이 하나, 둘 돋았다. OP에서 내려다보는 강 건너 북쪽이 부옇게 흐려지고 있었다. 그는 적정 관찰일지를 점검하고 내려가려던 참이었다. 사위는 어둑어둑해지고 부슬비까지 내렸다. 오토바이에 펄쩍 올라타 오른발로 힘껏 시동을 걸어 달렸다. 헬멧을 때리는 빗줄기가 회색 점퍼를 입은 그의 어깨를 타고 흘러 검정 바지를 적셨다. 동성리 마을에서 야산의 고개 모퉁이를 돌아 급커브길이었다. 호젓한 밤에는 속도가 더디게 느껴졌다. 사무실이나 집으로 가는 길의 1/3지점이라 아직 갈 길이 멀었다. 갑자기 툴툴 투~ 오토바이의 엔진이 툭 꺼져버렸다. 오른발로 스타트를 아무리 밟아도 플러그에 점화가 안 되었다. 아니, 조금 전까지 아무렇지도 않았던 일이 생긴 것이다. 투툭~ 투~투. 장딴지가 아프도록 아무리 거듭 힘껏 밟아봐야 낡은 엔진이었는지라 신통치 않았다. 그는 부관이 노후화된 오토바이를 읍내 수리센터에 맡기자는 의견을 흘려버렸던 일이 아쉬웠다.

 습한 안개조차 자우룩하게 사위로 가득 몰려왔다. 어둠은 금세 내려와 소나무 숲을 덮었고 시야는 점점 좁아졌다. 어둠과 안개가 뒤섞이어 낯선 공간은 시간마저 무디게 했다. 그는 측량과목과 부사관학교에서 배운 독도법이 아니더라도 공간 감각은 예민했건만, 이제 사방을 가늠하기조차 어려웠다. 하루 이틀 다니던 길이 아니련만, 낯선 느낌이 들었다.

 커다란 느티나무를 지나가야 했다. 빗소리에 놀란 동물처럼 오토바이는 그의 몸을 완강하게 거부했다. 오래된 느티나무 고목 옆은 서낭당의 돌무더기가 봉분처럼 쌓여 있었다. 뻐꾸기가 울 적에도 떠돌던 혼들이 돌무더기에 누워 그의 시선을 몇 번인가 흔들었다. 토속 신앙과 전래 종교를 세속이 만들어 낸 흔적이었다. 사람들이 한 개씩 올려놓아 들쭉날쭉한 돌무더기이지만 통일성을 지니고 있었다. 모양이 제각각인 낱개들이 쌓여 자연스럽게 탑으로 만들어졌다. 오고 가는 행인들의 기원과 풍습이 만들어 낸 묘한 작품이었다. 켜켜이 시간을 쌓아 올린 사람들의 흔적. 그것은 오래된 무덤이나 빈집처럼 사람의 기운을 눌러 두려움을 안겼다. 어려서 그의 고향 땅에서도 돌무더기들이 있는 그런 으스스한 곳을 지나갈 적이면 사람들은 사뭇 긴장했었다. 그런 주술적 분위기가 아니라도 전쟁의 상처는 여전히 야산의 후미진 계곡과 들판의 개울 근처에도 처연하게 묻어있었다. 잠자코 흐르는 강기슭 어디에도 억울한 원혼들이 떠돌고 있을 것이었다.

그는 오토바이를 놔두기로 마음을 정하여 자물쇠를 잠갔다. 먼 거리까지 무거운 오토바이를 끌고 가느니 돌무더기 뒤편에 놓고 아침 일찍 오는 게 낫다는 생각이 들었다. 어차피 최전방이고 통금시간까지 있으므로 도난을 당할 염려는 없었다. 몸에 얹혀 있었던 오토바이의 무게를 떼어놓자니, 허전하고 염려는 되었지만 홀가분했다. 발걸음을 재촉했으나 으슥한 소나무 숲의 자우룩한 안개는 그에게 긴장을 불러왔다. 미세한 물방울의 입자들은 고목을 휘휘 감아 똬리를 트는 모양새였다. 차라리 고목 전체가 드러나면 좋으련만 부분만 설핏설핏 보일락말락 하다 보니, 이상한 이미지들이 떠올랐다. 그래서 크게 헛기침하여 스스로 다독거렸다. 그것은 마치 겁 많은 개가 컹컹 짖는 격이었다. 그 순간, 뭔가가 고목 뒤쪽으로 휙 지나가는 느낌이었다. 멧돼지? 짐승 아니, 사람? 눈의 망막이 찍는 속도가 물체를 잡아내지 못했음에도 분간하지 못한 상태에서 사람이라는 편향이 강하게 달라붙었다. 그 실루엣이 빠져나갔음에도 주위에 어떤 것이 어슬렁거렸다. 뭔가 우뚝 서서 그의 앞을 막아섰다. 커다랗게 앞을 가로막은 검은 형체는 천하대장군과 지하여장군이었다.

머릿속으로 정체 모를 검은 실루엣. 이내 그것은 짐승이나 사람 비슷한 신음인 듯 또렷하지 않은 소리를 냈다. 발걸음을 내

디디면 멈췄다가 우뚝 서 있으면 또다시 들렸다. 아니, 벌레 우는 소리처럼 뚝 끊겼다가 다시 들렸다. 환청이었을까. 그는 해일처럼 밀려들어 몸을 감도는 공포에 침을 꿀꺽 삼켰다. 뭔가가 몰려오고 있다는 느낌이 들었다. 어둠과 안개가 뒤섞임 속에서 검은 실루엣들이 무리를 지어 오는 듯했다. 사람들의 형상을 한 무리는 원한에 사무쳐 울부짖는 몸짓들로 거대한 낟가리처럼 쑤욱 밀려들었다. 그는 소스라치게 놀랐으나 정신을 잃지 않으려고 바짝 긴장했다.

그는 자신도 모르게 손을 쳐들어 막으려는 완강한 태도로 섰다. 그때, 무리는 뒤로 밀리고 이목구비가 뚜렷하지 않은 희끗한 형상이 뿌연 안개를 헤치고 점점 다가왔다. 찢기고 떨어진 옷을 걸친 모습의 사람은 조선시대의 옷차림이었다. 망건을 쓴 채 상투 머리가 흐트러지고 피 묻은 얼굴로 무슨 말을 할 듯 말 듯 손짓하며 그에게 대여섯 발걸음쯤 와 우뚝 섰다. 그는 숨이 꽉 막힐 듯 온몸에 소름이 돋았다. 등줄기에 식은땀이 돋아 서늘한 기운이 자신을 거머쥐는 느낌이었다. 불현듯 머리털이 쭈뼛쭈뼛 곤두섰고 입안이 바싹 말랐다. 그는 자신도 모르게 허리에 찬 벨트에 맨 가죽 권총집으로 오른손이 갔다. 반사적으로 권총을 들어 노리쇠를 뺏다 질렀다.

(놀라지 말고 그 쇠붙이는 내게 아무런 소용이 없다오. 임진년 그 왜놈들이 쳐들어왔을 적에 나는 행촌산성을 지켰던 돌쇠라는 사람인데, 강화도에서 비명횡사(非命橫死)하여 원통하외다.)

"그런데요, 왜? 제게 나타나셨습니까?"

(나는 너무 원통해서 염라국에도 못 가고 구천을 떠도는 원귀가 되었소이다. 그래서 살아있는 사람과 느낌이 통하면 내가 겪은 원통한 사연을 알려주려고 하오.)

그는 그제야 권총을 집에 넣으며 덜덜 떨리는 마음을 눌렀다. 꿈인지 생시인지 아리송한 상황을 맞닥뜨리기로 했다.

"그래서요, 어르신?"

(여럿의 백성이 배고픈 식솔을 데리고 나룻배를 타고 왜놈들의 말발굽이 닿지 않은 강화도로 갔소이다. 그곳은 각 처에서 새 떼처럼 흩어져 숨어 있던 백성들이 와글와글 모여들었는데… 모두 굶주려 피골이 상접한 몰골이었습죠. 도성에 살았던 이들도 우리와 다를 바 없긴 마찬가지였지만, 거기는 아귀지옥(餓鬼地獄)이 따로 없었다며-굶주려 눈이 퀭한 사람들은 숨이 떨어진 사람을 물어뜯어 먹는 식인종이 되었고, 발길에 치이도록 널린 시체들을 미처 땅에 묻지 못해서 모두 성 밖에 쌓았는데, 까마귀, 솔개, 개와 멧돼지들이 모여들어 먹어 치웠답디다.)

"듣기만 해도 몸서리가 쳐집니다."

(인심이 무너졌는데, 허울 좋은 나라가 있다고 한들 무슨 소용이겠소. 무능했던 임금과 신료들이 백성마저 버리고 강을 건너 나라의 경계를 넘으려는 몹쓸 짓거리는 그대도 이미 아실 터요. 소위 양반이라는 자들 때문에 나라가 그렇게 허물어졌소이다. 원래 잡초처럼 밟히는 대로 살아왔던 백성은 무지렁이라, 왜놈이건 양반이건 우리의 편은 아니지요. 강화섬에서도 하루살이처럼 간당간당한 목숨을 부지하기 어려웠다오. 늑대를 피하니 호랑이가 왔다오. 자칭 의병이란 자들이 왜군들과 싸우기는

커녕 집단의 힘으로 으스대며 도적이 되었소. 그들은 우리에게 한 움큼의 식량마저 노략질을 하고 심지어는 부녀자들을 강간하는 지경까지 이르렀소. 굶주려 죽은 백성은 헤아릴 수도 없는데, 같은 동족의 피를 빨아먹는 도적 떼가 돌아다니는데, 관군들은 그런 난행을 본체만체했으니, 도대체 백성들은 누구에게 하소연한단 말이오.)

"어르신은 어찌 된 까닭입니까?"

(도적이 대낮에 여인네를 끌고 가서 몹쓸 짓을 치르려는 것을 보고, 낫으로 그놈의 등짝을 콱 찍었소이다.)

"그래서요?"

(바로 내 뒤에 있던 또 다른 놈이 나를 칼로 찔렀다오. 왜놈을 피해 왔더니, 같은 백성끼리 짐승이 되었단 말이오.)

그저 아, 하고 그는 대꾸할 말을 잊었다. 그래서 바라보노라니 두 손을 모아 사정하는 모양새로 덧붙였다.

(당신에게 무슨 피해를 주려는 게 절대로 아니오. 너무나 한이 맺혀 떠도는 넋이라, 이렇다오. 부탁이 있소이다. 절에 가서 명부전의 염라대왕님께 내 이름을 세 번만 고하여만 주시오. 놀라지 않고 내 말을 들어주어서 고맙소.)

바로 앞에 있었던 피 묻은 얼굴이 흐려지더니, 금세 안개에 가려져 사라졌다. 그는 방향감각을 잃었으나, 계속 앞으로 나아갔다. 그러자, 안개가 약간 흩어지며 웬 군인인 듯한 모습이 점점 커지더니 다가왔다. 군복은 찢어져 무르팍을 드러냈고, 다리를 절름거렸다. 그는 아까처럼 놀라지 않았다. 머리털은 짧게 깎아져 밤송이처럼 돋았고 웃옷의 견장이 뜯겨서 계급은 알 수 없었다.

(이보시오? 그대는 나하고 똑같은 군인이구려. 나는 국군 이등 중사 리팔도라고 합니다. 사변 때 괴뢰군들은 탱크와 어마어마한 숫자로 밀고 내려왔고, 우리는 M1 소총과 수류탄으로 막으려고 바로 이곳에서 전투하다가 이런 꼴이 되었소.)

"선배님이시군요. 장하십니다."

(그런 말을 들으려는 것이 아닙니다. 남과 북은 그때와 하나도 달라짐 없이 여전히 총부리를 겨누고 있는 것이, 그저 답답할 뿐입니다. 왜? 핏줄이 같은 동족끼리 서로 으르렁대봐야 다른 나라에 웃음거리만 되는데, 왜, 아직도 깨닫지 못하는 겁니까?)

"옳은 말씀이나 그게 쉽지 않다는 일인 줄은 아시지 않습니까?"

(물론, 아다마다요! 욕심 때문이지, 탐욕. 서로 조금씩 양보하고 통 크게 합하면 더 큰 것을 얻게 될 것을, 그 사상인지 이념인가가 무엇이길래 허송세월로 보내냔 말이오. 이렇게 증오하고 원수로 계속 가다 보면, 후손들은 동질성을 잃게 되지.)

"답이 있습니까?"

(답이야, 이 시대를 살고 있는 당신들이 만들어야지, 누가 만들겠소. 이곳을 떠도는 넋은 나 말고도 수없이 많이 있소. 총에 맞아 죽고, 포탄의 파편으로 팔다리가 끊어졌거나 모가지가 날아간 육신들이 수없이 땅속에 처박혀있다오. 뼈는 흙구덩이 속에 물들어 바스러지고, 군번줄과 쇠붙이들은 주인을 잃었소. 이들을 찾아내어 그 가족들에게 보내주세요.)

"그런 발굴계획이 있다고 합니다."

검붉은 얼굴을 끄덕이던 군인은, 다리를 절름거리며 뭉글뭉글 피어오르는 안개 숲속으로 사라졌다. 어디선가 진혼의 나팔 소리가 들려오는 듯했다. 그는 눈과 귀와 온몸이 느낀 바를 떨구지 못하고 더 앞으로 걸어 나갔다. 안개는 여전히 사위를 가려 검은 나무들 사이를 맴돌았다. 조금만 더 걸어 나가면 마을이나 길이 나올 것 같은 생각이 들었다.

바로 그때였다. 안개를 헤치고 새하얀 여인의 형상이 점점 커지며 나타났다. 그는 아까보다는 조금 더 긴장했다. 웬 여성이 차츰차츰 가깝게 다가왔다. 단발머리로 길쯤한 얼굴과 긴 목이 드러난 여성이. 몸에 달라붙은 하얀 블라우스가 너덜거려 추레했다. 낯익은 모습인 듯 아닌 듯 그의 눈앞에 우뚝 선 여성은 인해? 딱히 한인해라고 단정하기가 애매했다. 나뭇가지처럼 몸이 마르고 창백한 얼굴은 선명한 윤곽 없이 아슴푸레했다. 다만, 그녀의 슬픈 눈빛이 그를 아리게 했다. 예전의 참나리꽃이 아니라, 시들어 빠진 개나리꽃의 느낌이었다. 심장이 사납게 뛰는 그는 무슨 말을 꺼내야 할지 말문이 막혔다.

"누구? 인해 씨?"

(그래요, 고마워요.)

"고맙다니요?"

(나를 잊지 않아서.)

"그게 무슨 말인데요?"

(보내준 편지를 끊었던 거 너무나 미안해.)

"무슨 까닭이었어요?"

(까닭은… 이제 와서 그게 무슨 소용이겠어요. 우리 병식 오빠를 만났단 것도 알아.)
 "그래요? 인연이라면, 그것도."
 (한 맺힌 게 나를 붙잡고 있어서.)
 "그런데, 그런데…."
 그의 말은 생각과 달리 어눌하게 겉돌았다. 알지 못할 어떤 힘에 묶여 생각과 말이 꽈배기처럼 꼬여서 엇나갔다. 도대체 무엇으로 사로잡혀 의식의 늪 속에 빠져 허우적거리는 것인지. 길고 부드러웠던 인해의 그 입술! 아무리 떠올리려 했어도 그 달콤했던 그 입술은 떠오르지 않았다. 추억의 아늑함을 가져온 빗소리 대신 축축한 기운이 그를 움츠리게 했다. 이래서는 안 되겠다는 생각이 엄습하자, 그는 그녀를 안아보리라 하고 용기를 내서 와락 힘껏 껴안았다. 그렇지만, 웬걸? 그의 손과 몸은 허공을 내저을 뿐 아무것도 잡히지 않았다. 그녀는 샐쭉 웃음을 머금은 듯 약간 뒤로 물러섰다. 자세히 보니, 늘 그의 머릿속에서 맴돌았던 인해의 표정도 아니었다. 앞에 있던 여성의 형상은 차츰 멀어지며 손을 흔들었다. 그리고 점점 희미해지더니 금세 안개 속으로 사라져 버렸다.
 그는 고개를 돌려 뒤와 옆을 살펴보았으나 아무 것도 보이지 않았다. 그렇게 허망할 데가 없었다. 그는 어느새 숲을 지나 길에 나와 있었다. 꿈인가? 아니었다. 귀신에게 홀렸다는 것밖에. 그제야 퍼뜩 정신이 들어 차고 있던 손목시계를 보았다. 시계의 야광침은 3시가 넘어 있었다. 고개를 들어보니 어둠 속에서 멀리 불빛이 가물거렸다. 그 옆으로 또 다른 불빛이 보일락말락

했다. 대대본부의 위병 초소로 가는 길이 분명했다. 그의 눈을 가렸던 안개는 점점 사라지고 어둠 속에서도 방향을 가늠했다.

후줄근하게 젖은 옷을 선뜻하게 느끼며, 그는 자신의 몸을 만졌다. 그렇다면, 이승과 저승이 맞닿은 곳에서 자신은 이제껏 귀신들에게 이리저리 끌려다녔다는 말인가. 생은 몸으로 인하여 슬픔을 배태하는 것인가. 왜? 죽은 사람들의 시간은 그대로 멈추어있는 것일까. 그는 머릿속에서 무슨 부스러기라도 떨어지기라도 한 듯 초췌한 얼굴을 도리질하며 빨리 걸었다.

날빛이 어둠을 깨웠다. 안개가 적시어 붉고 짙은 빛으로 타올랐던 야산의 활엽수들도 옷을 벗었다. 단풍나무에 엉켜 있던 바싹 마른 칡넝쿨의 성긴 줄기만 걸쳐져 있었다. 이제 김장철이 지난 야산 자락에 일군 밭고랑에는 배춧잎 쓰레기가 널려 있었다. 바야흐로 삼라만상은 쳐들어올 삭풍을 기다리고 있었다.

일요일이었다. 그는 창문 밖에 추적추적 내리는 청승맞은 빗소리를 들으며 침대에 누워 있었다. 휴일의 아침밥을 거르는 걸 일러주었더니, 안집에서는 기척이 없었다. 비가 그친 듯해서 일어났다. 일어난 그는 칫솔을 물고 뒷마당으로 나갔다. 진즉에 감나무 이파리들은 떨어져 앙상했다. 우듬지 아래 가맣게 까치 한 마리가 매달려 대가리를 두리번거렸다. 농사가 끝나 후르르 몰려다니던 참새들은 보이지 않았다. 촘촘하게 심어진 싸리나무의 가느다란 나뭇가지 끝에 이슬방울이 아롱아롱 달려있었다. 마치 곤충의 알처럼 빛에 반사되다가 금세 사라져 버릴 것

이다. 어디선가 때도 아니게 닭 우는 소리가 들렸다. 꼬끼오~

다람쥐 쳇바퀴 돌 듯 계획된 업무에 코를 꿴 나날, 자신을 돌아볼 시간이 없었다. 그런데, 자연 속에 살면서도 계절을 건성으로 넘겼다니! 그는 문득 찰나를 생각했다. 길고 짧은 시간을 가늠하는 것은 인간의 잣대일 뿐이라고.

26
병정개미의 위태로운 발악

 흐릿했던 사물의 실루엣이 날빛으로 조금씩 입체감을 드러냈다. 어둠 속에서 잠 못 이루었던 마을들이 깨어나고 있었다. 군대에서 언제나 터질 줄 모르는 사고가 도사리고 있었다. 그것은 마그마가 땅속에서 흐르다가 지진으로 지표면이 얇아지면 터지는 이치와 같았다. 자유로운 청춘들을 벽돌 찍어내듯 규격화하는 틀 안에서 사회와의 단절은 겉으로만 존재했다.
 "없어진 것은?"
 "실탄 80발, 대검과 소총, 수류탄까지 휴대한 것 같습니다."
 작전장교가 대대장에게 겁먹은 눈빛으로 말했다.
 "아직 어두운데, 멀리 가진 않았을 거야. 어때? 매복조를 운용하면."
 억지로 표정을 죽이며 앉아 있는 참모들과 중대장들을 빙 둘러보던 대대장이 두툼한 입술을 달싹거렸다.
 "요 근방 지형을 잘 아는 편도 아니고, 그동안 지나간 시간을 어림잡아 봐서도 대대장님 말씀대로 하는 게 좋겠습니다."

재빨리 작전장교 김 대위가 받았다.

"8중대장은?"

대대장의 풀죽은 목소리가 출입문 가까이 서 있는 한병식 대위를 찔러보았다. 전체 분위기가 침묵으로 흐르며 한 대위를 주목했다. 숙였던 고개를 들면서 그가 입을 열었다.

"어쩌면, 갈뫼 삼거리까지 갔을지도 모릅니다."

기다렸다는 듯, 왜 그렇지, 하는 투로 대대장의 눈초리가 사나웠다. 그는 주눅 든 주위를 돌아보지 않고 가급적 수식어를 생략했다.

"읍내에 도달하는 가장 빠른 지름길이고, 민간인들과 섞일 수 있기 때문입니다."

"그렇게 잘 아는 놈들이, 탈영병은 왜 생겨?"

대대장의 분함을 삭이지 못하는 빈정거림이 나지막하게 들려왔다. 지금 대대장의 푸념 섞인 질문은 누구에게도 도움이 되지 않았다.

"어느 쪽으로 튀었을 것 같아? 중대장은."

또다시 화살은 다시 한병식에게 날아갔다. 주눅이 든 그는 더 이상 할 말을 잃은 채 우물거렸다.

"벼엉신 새끼들, 육갑하고 있네. 카악, 퉤!"

대대장은 목구멍 속을 돋구어 가래침을 땅바닥에 내뱉었다. 화를 내고 목소리를 높여 가래침으로 배설한 대대장의 눈동자는 힘을 잃었다. 온몸이 부들부들 떨려 겁을 먹고 있음에도 억지로 감추고 있음이 분명했다. 중대장 한병식은 이미 대대의 모든 장교에게 화살의 과녁이 되었다. 그랬다. 이길영 상병은 첫 휴가를 다녀오고 나서부터 달랐다. 활발했던 자세는 어디로 가고 초점을 잃은 흐릿한 눈, 점호시간에도 무슨 생각에 잠혀 헤어나지 못하는 어정쩡함과 꺽다리 특유의 느릿함이 훨씬 도드라졌다. 갓 전입 신고할 때의 또렷한 눈빛은 이미 달아나고 없었다. 원래 숫기라고는 별로 없는 편이긴 했지만, 이즈음 들어 휴게실이건 내무반에서건 외톨이로 다니는 것조차 예사로운 일은 아니었다.

하늘이 점점 희붐해지고 있었다. 날빛은 꿈틀거리며 실루엣들의 윤곽을 애써 드러냈다. 마지막 병력을 실은 트럭이 움직이면서 어수선한 분위기는 차츰 연병장 바닥으로 가라앉았다. 막사와 막사 사이를 뚫고 나온 불빛들이 흔들리면서 조그맣게 멀어졌다. 트럭은 정문 위병소를 갓 벗어나자마자 덜컹거렸다. 가속도가 붙은 트럭이 중간중간 팬 도로를 달렸기 때문이다. 뒤에 타고 있던 병사들이 웅성거렸다. 앞서가던 트럭들이 일으킨 뽀얀 흙먼지가 헤드라이트 불빛 속으로 감겨들었다.

그는 머릿속에서 자꾸만 의문문으로 이어지는 생각을 떨구어 버리지 못했다. 왜 그랬을까? 병사를 면담하면서도 아주 심각한 느낌은 못 받았다. 아니, 짐작은 갔지만, 믿기는 싫었다고 해야 할 것이다. 잘못된 추측이기를 바라고 있었다. 아마 그랬다면 진즉 대대장에게 병사의 격리를 건의하여 다른 부대로 보내야 했다. 상병 이길영은 이름처럼 185센티가 넘는 훤칠한 키였다. 소대 소총수로 배치하기 전 작성시킨 신상기록부에다 입대 전 직업란을 기계 선반공으로 메웠던 녀석이었다. 성장 과정이 그다지 평범한 가정에서 순탄한 생활을 한 것 같지는 않았다. 그렇다고 가끔 속을 썩였던 운동권이나 문제 병사는 아니었다. 녀석은 마주칠 때마다 이상하게도 여느 병사 같지 않게 깊숙한 인상으로 들어왔다. 특별한 이유는 없었으나, 주변 동료들과 어울리지 않고 따로 놀았기 때문이다.

한병식 대위는 운전병의 옆자리에 앉아서 어둑어둑한 바깥을 내다보았다. 몇 달 전 간첩 시신 건으로 집중된 중대의 위상이 또 한 번 곤두박질치고 있었다. 이번에는 탈영병 때문에 대대장에게 찍히는 판이었다. 왜? 하필이면 자신이 지휘하는 8중대만 유난히 사고가 발생하는지 모를 노릇이었다. 운전병이 중대장에게 고개를 돌리다가 말았다. 야산 허리는 병풍처럼 연결되어 있었다. 연병장에 집합된 병력의 출동 준비 때 만 해도 정신이 달아난 채 긴장했다. 탈영병이 생기다니. 소대장 시절이나 중대장이 되고 나서 주변에도 이런 일은 처음이었다. 이제는 휘하의 병사가 적군처럼 목표가 되어버린, 개 같은 작전이 뭐가 뭔지 혼란스럽기만 했다. 거무칙칙한 소나무들이 속도에 휘말려 획획 뒤로 지나갔다. 담배 한 대가 타버릴 동안 그의 긴장은 조금씩 옅어졌다. 평소 눈에 익었던 모든 배경이 갑자기 낯설게 다가왔다. 운전병은 겁에 잔뜩 질린 노루의 눈을 하고 핸들을 움켜잡았다. 차디찬 기운이 그의 야전잠바 속으로 틈입했다. 아직은 겨울이었다.

한병식의 머릿속은 탈영병 이길영이 또다시 떠올랐다. 하긴, 부하들의 신상명세서를 모아서 철해놓은 것도 따지고 보면 완전한 신상을 파악해 놓은, 일테면 사병 개개인에 관한 완전한 자료는 아니었다. 가족 사항, 직업, 본인의 특기, 취미, 아버지 직업, 어머니 나이, 더 이상 물어볼 것도 말 것도 없는 평이함뿐이었다. 이길영의 어눌한 표정과 물어보는 말에만 단답형으로 답변하는 것을 종합하여 볼 때, 크게 관심을 가져야 할 점은 없을 것 같았다. 적어도 중대장으로서는 그랬다.

*

"사전에 어떤 놈인지 확실하게 파악이 되었어야지. 도대체 평소에 병사 관리를 안 하고 뭣들 했어! 그러니까 맨날 쫄병들한테 호구 소리나 듣지!"

병력이 출동하기 전 대대장은 그를 빗대어 장교들에게 들으라고 떠들었다. 날이면 날마다 되풀이되는 지휘관의 잔소리는 염색물이 빠진 군복처럼 차츰 바랬다. 트럭이 멎었다. 앞서가던 차량이 일으킨 한 무더기의 흙먼지가 달려들어 차창을 핥으면서 지나갔다. 옆에 기대 세웠던 소총이 무릎을 치고 바닥으로 나자빠졌다.

"무슨 일이지?"

그는 고개를 돌리면서 운전병에게 물었다. 그곳은 현축리에서 아랫배미 마을로 연결된 편편한 들판이었다. 지프차와 트럭들은 작전 도로를 따라서 죽 섰다. 바로 앞에서 선임 탑승하였던 본부 중대장이 달려 나갔다. 십여 명의 간부들이 대대장의 지프차가 있는 쪽으로 뛰어갔다. 그 역시 문손잡이를 돌리며 차에서 내렸다. 바람이 울부짖는 소리를 냈다. 찬바람이 한병식의 얼굴을 할퀴며 스쳐 지나갔다. 이미 사위의 어둠은 걷히고 날빛이

한 겹 밀려왔다. 사물들이 드러나기 시작했다.

"아직 현갈 삼거리까지는 못 갔어. 여기서부터 훑어봐!"

오글오글 모인 간부들 속에 둘러싸인 대대장이 스테인리스 지휘봉을 저으면서 능선을 대충 가리켰다. 대대장 뒤에는 어느새 따라왔는지 가죽점퍼를 입은 보안부대의 신 중사도 섞여 있었다. 신 중사는 여럿 앞에서 자신을 외면하며 딴청을 부렸다. 그는 의도적으로 그럴 거라는 생각이 들었다. 이제는 어차피 보안부대에서도 알게 되었으니 빼지도 박지도 못할 사건이 되어버렸다.

"시간도 없는데 중대별로 수색하면서 통신을 유지해라. 한 대위 뭐하나? 빨리 병력 분산 배치하지 않고서!"

대대장의 땅땅한 체구가 흔들리면서 짜증 섞인 소리는 바람과 함께 날아갔다. 작전장교의 옆에 얼어있던 본부 중대장이 흠칫 놀란 듯, 그에게 돌아가라는 눈짓을 했다. 모두 제정신이 아니었다. 그렇지만, 그들은 주눅 든 시늉이고 모든 시선의 과녁은 한병식에게 집중되어 있었다.

"되는 게 하나도 없어, 씨발."

거무데데한 이맛살을 오그리면서 대대장이 혼잣말처럼 중얼거렸다. 대대장 등 뒤로 돌아가다가 바람에 섞여 버린 쉰 목소리를 얼핏 듣고서 그가 부동자세로 물었다.

"예?"

"엉? 아니야!"

오늘뿐만이 아니었다. 대대장은 늘 부하들 앞에서 이런 식으로 중얼거려 놓고는, 그 일은 어찌 되었냐고 따질 때가 많았다.

애매모호한 표정, 알아들을 수 없는 말투. 그러나 노상 그런 것만은 아니었다. 정확하게 똑똑 끊어서 말할 때도 있었다. 그는 대대장의 중얼거림 속에는 고의적인 의도가 다분히 숨어 있음을 느꼈다. 희한하게도 동향이고 후배인 작전장교 김 대위와 전입 요청한 간부 두엇은, 대대장의 중얼거림은 물론 의도까지 용케 잘 알아먹었다.

"눈치지 뭐. 왜 저런 말씀을 하실까 하고 앞뒤로 맞춰보면 뻔한 거 아뇨?"

그럴 수도 있었을 것이리라고 병식은 생각했다. 그때그때의 분위기와 당사자의 표정을 더듬어서 찾아내는 해답. 일종의 퀴즈 놀음 같은 것이었다. 대대장 자신에게는 편리하게, 부하들에게는 불리하게도 할 수 있는, 기가 막힌 용병술이었다. 부하를 부리는 기술에 대하여 그는 그런 종류의 몇몇 상관을 보아왔다.

찬 기운을 머금은 바람이 빠른 속도로 지나면서 떠도는 잿빛 구름을 밀쳐냈다. 흐릿한 하늘 뒤로 밍밍한 햇살이 졸린 듯 하품했다. 이미 어둠은 햇빛에 쫓겨가고 아침이 열렸다. 산등성이를 넘고 두메를 훑고 달려온 바람은 군인들의 귀싸대기를 후려치면서 어디론가 사라졌다. 소대별로 나뉘어서 야산과 그 틈새에 간간이 흩어져 박혀있는 외딴집들을 샅샅이 뒤졌다.

병사들은 찐쌀과 마른반찬이 섞인 은박봉지 안에 뜨거운 물을 부었다. 백수십 명의 병력이 비상식량으로 아침을 때우고 있을 때에서야, 그들은 뒤늦게 시간만 잡아먹었다는 것을 알았다. 탈영병이 가겟집에서 아침밥을 먹고 있다는 주민의 제보로 지서에서 걸려 온 전화였다. 3킬로미터 후방지점의 삼거리였다. 그곳은 읍내로 가는 길목이었고, 인접 사단의 작전 경계선과 가까웠다. 거기서 차단하지 못하면 일판은 크게 벌어지는 것이다. 혼란과 무질서는 눈에 보이지 않았으나 바이러스처럼 번지고 있었다. 병사 개개인에게는 남의 일이 아닌, 자신들의 일이었다. 또다시 회의가 야전에서 급히 열렸다. 한병식은 제 가슴속의 맥동이 빨라졌다는 것을 의식하며 은근히 겁에 질린 대대장의 표정을 읽었다.

"위치가 확인된 상태이니 작전은 끝난 것이나 진배없습니다. 대대장님, 걱정 마십쇼. 제 놈이 가면 어디로 도망가겠습니까. 일개 중대만 남아서 처리하고 나머진 복귀시키는 편이 낫겠습니다. 잘못하다간 희생자가 생길지 모르니…."

작전장교 김 대위가 대대장을 안심시키듯이 자신만만하게 말했을 때 대대장은 다소 얼어붙은 분위기에서 되살아나는 듯했다.

"대대장님, 죄송합니다. 저의 중대가 현지로 들어가겠습니다. 같은 중대 애들이니 저놈의 얼굴도 잘 알 뿐더러 설마하니 우리한테 총질이야 하겠습니…이까?"

기어들어 가는 목소리로 한병식은 말했다. 자신이 없었으나 그 누구도 덫을 풀어줄 수는 없었다. 고개를 갸웃이 젖힌 대대장은 마지못해 결정했다는 듯이 일어섰다. 본부 중대장과 작전장교의 제의에 따라 나머지 병력은 트럭을 타고 부대로 일단 되돌아갔다. 한병식 대위는 다시 트럭 운전석 반대편의 문손잡이를 틀었다. 운전병이 무슨 말을 할 듯하다가 고개를 돌렸다. 잘 닦여진 도로 때문인지 아까보다는 덜 흔들거렸다.

이길영. 그 꺽다리 병사에 대하여 무슨 생각인가 해야 할 텐데 막막했다. 누구보다 더 한 사람 한 사람 병사들을 속속들이 알고 있어야 할 자신이 아닌가. 몰랐다면 직무태만이었다. 그렇다면, 직무 유기이고 명령 불복종이다. 명령 불복종? 갑자기 쇠사슬 같은 육중한 무게가 머릿속을 지그시 눌러 오는 것 같았다. 명령 불복종? 불복종? 작년에도 그랬다. 찌는 듯한 8월의 무더위였다. 진지공사를 하다 말고 계획에도 없었던 사격 연습이라니. 무더위는 행군하던 대대 병력 모두를 전염시키고 오장육부까지 가득 찼다. 병사들의 얼굴은 시들했고, 병사들은 신도 나지 않은 채 군가를 고래고래 소리 질렀다. 이미 구릿빛으로 반질거리는 그들의 머릿속에는 국가와 민족 그리고 명예 따위의 명령부호가 억지로 입력되었을 수밖에. 하나하나의 개성이 차츰 망가지면서 조직 속의 야무진 부속품이 되어야 강한 군대가 된다고 했다. 무식해야만 용감할 수 있는 것인 만큼.

안전 문제도 있고 따가운 햇볕이 내리쬐는 행군길의 끝이었던 터라 간부들의 신경은 날카로웠다. 사선에서 몇 개조의 사격이 끝나고 통제탑에서는 다음 차례의 사격 조를 확성기로 불렀다. 녀석은 한 중간쯤에 있는 4번 사로였다. 엎드려쏴 자세를 하고 있었다. 영점사격이 끝나고 기록사격이 시작되었다. 누워 있던 표지판들이 사람의 실루엣으로 벌떡벌떡 일어났다. 가상의 적들은 가늠쇠 구멍을 어지럽혔다. 한병식 대위는 통제탑에서,

−준비된 사수에게 표적을 향하여 사격 개시! 라고 큰 소리로 말했다.

따따닥—딱딱. 녀석은 조준선 정렬과 호흡을 멈춘 상태에서

처녀의 젖가슴을 만지듯 방아쇠를 당기고 있었다. 표지판들의 흔적이 없어지고 소리로 미루어 사수들이 가진 실탄들이 탄창에서 전부 날아갔으리.

한병식은 멀리서 엎드려 쏴 자세의 병사들 한 사람씩을 지켜보았다.

―좌측 사선? 사격 끝. 우측 사서언? 사격 끝. 사수? 사격 끄읕. 사격이 끝난 사수는 약실검사!

사격 통제탑에서 그는 사격이 다 끝난 것으로 알고 안전 검사 명령을 내렸다. 그의 목소리가 확성기를 타고 빨간 깃발이 꽂혀 있는 능선 너머로 퍼졌다. 3번 사수의 발끝에 서 있던 인사계가 녀석을 훔쳐보았다. 그런데 녀석도 고개를 돌려서 이편을 쳐다보고 있는 것 아닌가. 그것은 우연이라면 우연이었다. 씨익 웃는 듯한 곁눈질을 본 것 같았다. 녀석의 오른손 검지는 방아쇠울에 그대로 들어가 있었다. 좌측 사로 끝에 서 있던 인사계가 어슬렁어슬렁 걸어오고 있을 때였다.

"다 쐈으면 손 빼야지!"

그 순간이었다.

탕!

이길영은 표적이 눕혀진 사로에 대고 덤으로 남아있던 한발을 허공에 쏘고 말았다.

"야! 이 씹새끼야. 너 죽으려고 환장했구나?"

총소리가 나고 정적이 감돈 한참 후에야 핏대가 선 인사계의 얼굴은 붉어졌다. 녀석 덕분에 그날 사격훈련에 나선 병사들은 오리걸음과 원산폭격은 물론 선착순 따위의 기합으로 내내 시달렸다. 밤늦게까지 녀석에게 얼차려를 시켰다. 다만, 영창에 넣자는 인사계의 조언을 그는 반대했다. 그에게 좋을 일도 아니었다. 소대장이 사물함을 뒤져서 가져온 녀석의 수양록을 침 발라가며 한 장씩 넘겨보았으나 이상한 것은 발견하지 못했다. 다만, 낙서처럼 달력의 날짜를 꼬박꼬박 X표로 하나씩 지운 표시가 있었다. 날짜를 없애는 그런 일 따위야 병사들이면 누구나 가지는 희망이었다.

산 능선의 오목하게 응달진 곳은 아직 희끗희끗 잔설이 듬성듬성 웅크리고 있었다. 도로에 연한 논둑길은 짚불을 놓아 까맣게 태워져 얼룩얼룩했다. 까맣게 물든 영토의 벌레들은 박멸되었을 것이고, 메말랐어도 흙 속의 뭇것들은 살아남을 가능성이 있었다. 논둑길들은 구불구불 서로 설키면서 차츰 들녘의 지평선이 되었다. 작은 평야를 가른 도로 옆의 성깃한 아카시아 가로수들이 차량의 속도에 밀려 획획 뒤로 사라졌다.

그는 지금 절망할 자신도 없었다. 오로지 이끼 낀 시간 속에서 또 한순간을 넘어야 할 처지였다. 왼손에 쥐고 있는 총열의 딱딱함이 느껴졌다. 쇠 파이프와 결합된 개머리판의 이질감. 오랫동안 만졌던 물건이라면 자연스럽게 살갗처럼 닿아야 할 텐데도 쇠붙이는 언제나 그렇지 않았다. 그는 느닷없이 엉뚱한 생각이 스쳤다. 아무렴 쇠붙이야 정직한 물건이지, 손가락으로 까딱-당기기만 하면 노리쇠는 정확하게 실탄을 때리고 폭발하는 힘으로 독기 어린 파편을 목표물에 각인시키니까.

"중대장님?"

운전병은 앞만 보고 입을 열었다. 핸들을 잡은 우악스럽게 생긴 손이 대대장 얼굴보다 더 검었다.
"이 상병이 탈영한 것은 여자 문제일 거라고 합니다."
"누가?"
"내무반에서요"
누가 그랬는지는 물어볼 필요조차 없었다. 아무래도 녀석의 형편은 저들끼리 수군거리면서 더 잘 알 테니까. 병식은 초점이 흐려진 채 앞을 보았다. 하늘과 도로가 부옇게 뒤로 지나갔다. 콘크리트 전봇대도 함께 뒤로 밀렸다. 꺾어진 길 못 미쳐 차량이 멎었다. 야산의 다복 솔은 빼곡히 차 있었고, 뻘건 황토밭 가운데로 거뭇한 두엄더미가 듬성듬성 떨어져 있었다. 삼거리로 쪼개지는 야산 건너편으로는 공원묘지의 봉분들이 조개껍데기처럼 다닥다닥 엎어져 있었다. 여남은 채의 마을은 삼거리를 가운데 두고 연이어 있었다. 슬레이트 지붕이 금방이라도 벗겨질 것처럼 갸우뚱하게 버티고 있는 가겟집은 미닫이문조차 닫힌 상태였다. 도로에 접한 가게 뒤쪽은 마루가 있는 살림집 구색이었다. 집 부근은 냉랭한 기운이 감돌았다. 가게 건너 논바닥의 볏짚 가리 뒤에는 카빈총을 맨 경찰관 두엇이 서성거렸다. 다른 집 시멘트 블록담 위로 몇 개의 호박 같은 형체가 움직였다. 누렇게 뜬 동네 사람들이었다. 경찰관들이 군병력 쪽으로 달려왔다. 집 안에는 주인 여자와 아침을 먹고 학교에 가야 할 아이 둘과 약간 모자라는 큰딸이 있다고 했다.

대대장은 간부들을 따로 불러 모아서 은근한 눈초리로 휘둘러 보았다 그 눈빛 속에는 누군가 먼저 접근해 주기를 바라는 초조함이 배었다. 자신이 야박하게 명령하기 전에 부하들 스스로 알아서 행동을 해주면, 서로의 입장이 설 것이라는 묘한 이중성이 숨어 있는. 한 대위 앞에서 눈초리가 멎었다. 이내 채근하듯 또 한차례의 침묵이 흘렀다. 야전잠바의 옷깃만 만지작거리던 그가 대대장에게 고개를 돌렸다. 이제 목표물은 정해진 셈이니 군소리 할 필요가 없었다.

"제가 다녀오겠습니다."

"괜찮겠나?"

모처럼 염려해 주는 듯한 대대장의 목소리는 연극의 대사 같았다. 총을 가지고 접근하라는 대대장의 뒷말이 건듯 불어오는 바람 속으로 흩어졌다. 비무장이어야 한다. 부하와 상관을 가로막고 있는 장애물이 무엇인지도 모르는 상태에서 서로가 적의를 보이는 것은 바보짓이다. 한병식은 가겟집의 미닫이 유리문을 향하여 정면으로 걸어갔다. 먼지 낀 유리창 속으로 철모를 쓴 대위가 다가섰다. 유리문이 바람에 덜컹거릴 때마다 비치는 대위의 모습은 이지러졌다가 이내 펴지곤 했다.

갑자기 차량의 엔진소리가 들렸다. 그는 뒤통수에 닿아있는 근지러움을 떨쳐 버리려는 듯이 뒤를 돌아다보았다. 꺾어진 길 뒤에 숨어 있었던 트럭이 앞으로 나오고 있었다. 틀림없이 대대장은 또 다른 카드를 쓰려는 것이다. 어느새 명령했는지 차량에서 쏟아져 나온 병력은 삼삼오오씩 갈라져 동네를 중심으로 포위하려는 듯 은폐물 속으로 파고들기 시작했다. 느끼지 못했던 오한이 갑자기 그의 온몸으로 쑥 들어왔다. 아주 미세한 어뜩거림이 머릿속을 지나갔다. 그것은 슬픈 외로움이었다. 무인도에 버려져 버린 듯한 허탈감이었다. 인간들은 이렇게 서로 배신을 시작할 것이다. 유리 창문 안으로는 통조림 깡통들이 알록달록 색색으로 선반에 놓여 있었다. 그 아래 과자봉지들은 라면 봉지들과 함께 널려 있었다. 심호흡을 들어 마시고 숨을 멈췄다. 녀석은 자신이 온 것을 보았으리라.

"이길영이! 나 중대장인데, 들어가도 되겠나?"

"안 됩니다!"

금방이라도 방아쇠울 속에 들어있는 손가락이 움직일 것만 같은 녀석의 단호한 대답이었다. 유리문이 바람에 덜컹거렸다. 멈칫한 그의 손은 한 뼘만큼 미닫이문을 열어놓고 있었다. 단답형으로 끝나서는 대답 대신 총알이 날아올지도 모른다. 그러나 이미 한순간은 넘어섰다.

"그럼… 탈영한 이유가 뭐냐?"

"…."

"뭐냐? 조건이. 네 요구 조건 같은 게 있을 게 아니냐?"

침묵은 무섭다. 물음에 빗나간 대답일지라도 대화는 계속되어야 한다. 그는 침을 꿀꺽 삼켰다. 드르륵 끼익! 시원찮은 유리 미닫이 바퀴가 문턱에 걸려버렸다.

"문 열지 마십쇼! 아무나 쏘아 버릴 겁니다."

열린 가게 문 사이로 빼꼼히 열린 안방 창호 문이 보였다. 열서너 살쯤의 아이가 서 있었다.

"인사계님은 알 겁니다. 내가 왜 이랬는지. 고무신을 거꾸로 신은 년의 편지를 마지막으로 인사계헌티 받았으니까."

"이길영이. 나한테는, 왜 그런 말을 안 했어? 나는 처음 듣는 말이다."

"진지공사고 나발이고 휴가만 갔어도 그년을 묶어둘 수 있었어요. 뭐 씨발, 이제 다 끝난 일이니까, 중대장님은 그만 돌아가십쇼."

녀석의 말속에도 틈은 있었다. 욕망이 이루어지지 않았어도 꿈같은 희망만은 가지고 싶었다는 말일까. 자신의 힘으로 해결할 수 없었던 졸병의 사연이 있었다. 남들이 듣기에는 아무 일도 아닌 것이, 자신에게는 도저히 해결하기 힘든 커다란 짐으로 작용하였던 일. 그랬었구나. 그는 그제야 알 것 같았다. 혼이 나간 것 같은 녀석의 초점 없는 눈빛을.

"저를 서울로 가게 해주십시오, 중대장님."

"어떻게 하려고 그러나?"

"왜? 약속을 어겼는지 알고 싶어요. 그 계집애가 다른 마음을 먹은 이유를 알아야 하니까요."

한번 돌아간 시곗바늘을 다시 되돌리기 어려운 까닭을 굳이 설명할 필요는 없었다. 지푸라기라도 잡으려는 사람에게는 그것도 낭비였다.

"대대장님과 의논해서 조치해 보마. 우선 그 집 애들만은 밖으로 내보내라. 학교에 갈 시간이 넘었어."

"… 생각해 보겠습니다."

이제 녀석의 누그러진 말씨에서 원래의 착한 본새가 엿보였다. 그러나 아직 문을 열고 들어갈 수는 없었다. 심경의 변화가 그토록 재빨리 회복될 수도 없을 뿐더러 자칫 잘못하면 방안의 아이들에게 위험할 수도 있었다. 안방에서 주고받는 말소리가 밖으로 흘러나왔다. 울음 섞인 여인의 애원하는 듯한 목소리였다 아이들이 울먹거리면서 창호 문밖으로 나와서 신발을 꿰었다.

"가! 빨리 나가라고!"

녀석이 아이들에게 급히 독촉하는 것은 흡사 그에게 들으라고 하는 것 같았다. 그는 유리문 옆으로 비켜섰다. 녀석이 들고 있는 총신은 안방 문 틈새에서 삐죽이 바깥으로 기어 나와 있다. 녀석의 길쭉한 옆모습이 잠깐 어른거리다가는 안쪽으로 사라졌다. 책가방을 들고 비실비실 유리문 밖으로 나온 아들은 초등학생이었다. 그는 뒤돌아보았다. 볏짚 낟가리 뒤에서 작전장교 김대위가 돌아오라는 손짓을 보냈다. 대신 아이들을 먼저 그곳에 보냈다. 녀석이 던져준 숙제를 그는 받았다. 무엇인가를 일단은 돌려주어야 했다. 가는 것이 있으면 오는 것이 있어야 한다. 무엇을 줄 것인가? 머리가 무거웠다. 철모에 짓눌린 탓만이 아니었다. 일단은 무엇을 주고 또 매듭을 풀어나가야 했다.

"빨리 떠나쇼. 빨리요!"

"이길영!"

재촉하는 위압에 왜 녀석의 이름만 툭 튀어나왔는지 알 수 없다.

딱—탕. 쨍그랑 툭 탁.

순간 두 발의 총성이 허공을 울리며 유리문 한 장을 박살 냈다. 그들은 움찔하며 긴장했다. 소리의 진폭이 흐릿한 하늘과 쌀쌀한 땅 위를 공명으로 뒤흔들었기 때문이다.

"뭐래요? 탈영한 이유가."

작전장교가 먼저 입을 열었다. 대대장 이하 간부들이 그의 얼굴을 빤히 바라보았다. 대대장 옆에 있는 것을 얼추 느꼈다. 그래서 고개를 작전장교에게 돌렸다.

"서울로 가게 해달랍니다."

"아까 말씀드린 대로 여자 문제 때문일 겁니다."

기어들어 가는 목소리로 본부 중대장이 거들었다. 그들 사이에는 생략된 이야기가 있을 법했다.

"으음, 그러면?"

신음처럼 콧소리를 내면서 대대장이 혼잣말로 물음을 만들어 냈다. 답변과 물음이 한꺼번에 던져진 셈이었다. 어떤 답안지를 제출할 것인가 하는 것은 부하들의 일이다. 몇 걸음 뒤쪽으로 물러나 있는 그에게 소총을 건네주면서 운전병이 가만히 전했다.

"실탄이 들었습니다."

"전부 다 지급되었나?"

"그렇습니다."

탄창이 꽂힌 소총 개머리판이 허벅지에 닿았다. 그는 노리쇠 밑의 안전장치를 흘깃 내려다보았다. 사수의 기계조작에 의하여 안전은 불안전으로 바뀔 수가 있었다. 대대장은 장교 두엇을 데리고 블록담이 있는 민가 쪽으로 갔을 때 김 대위가 그에게 다가왔다.

"단도직입적으로 말해서 한 대위님 생각은 어때요?"

작전장교가 눈웃음을 치며 비아냥거리는 투로 여유를 부렸다.

"원래는 순진한 녀석입니다. 내무생활도 잘했고, 그랬는데…."

"인사계 말로는 그렇지 않다고 하던데요."

작전장교가 어떤 말인가를 끄집어내려는 의도일지도 알 수 없었다. 대대 안의 다른 장교들도 눈빛이 달라지는 것 같았다. 그래서 게임을 하는 상대방의 머릿속에 들어있는 저의를 끄집어내기는 어려웠다.

"무슨 말씀을 하셨는데요?"

"아, 아니요."

작전장교는 돌려 말하고 있었다. 벌써 지휘소는 블록담 집 마당으로 옮겨져 있었다. 아까의 볏짚 낟가리보다는 녀석에게 가까이 다가설 수 있었다. 무엇보다도 집 자체가 총알막이로서 적당했다. 총을 가진 녀석에게 직접 접근하지 않고도 병력을 지휘할 수 있는 장점을 누가 대대장에게 말해 주었을까? 그러니 누가 보아도 탈영병에 가깝게 접근한 지휘관을 용감하다고 할지언정, 잘못이라고 할 까닭은 없었다.

"어때? 자수할 것 같지 않지?"

여전히 물음표 투성이다, 중령은. 자신의 짐작을 강요하도록 억지가 섞여 있는.

"계속 설득해 볼 필요가 있습니다."

한병식은 다물었던 입술 사이로 대대장이 원하지 않는 답변을 내놓았다. 이들은 녀석을 어쩔 셈인가? 자수시킬 생각은 애당초 없이…. 그래서 실탄을 지급하여 장전시킨 것인가. 그랬을지도 몰랐다. 일단 적으로 간주한 이상, 타협은 없어야 한다고 말했을 것이다.

'군대에서는 가만히만 있으면 중간이라도 끼어, 인마.' 귀가 따갑도록 들었던 말인데 누가 했는지 통 기억이 나지 않았다. 이제 자신은 씨름판 한가운데에 서 있는 자신 없는 선수가 되었다. 아니, 자신은 주어진 각본대로 움직인 것에 불과할 뿐이었다.

"어째서?"

대대장의 얼굴이 성난 짐승의 대가리로 다가왔다.

"아직은 민간인 두 사람이 잡혀있는 상태입니다. 그리고, 우리가 이 상병과 조금 더 대화를 해본다면 그 애는 생각을 바꾸게 될지도 모릅니다"

"그 자식은 범죄형이라 쉽지 않을 거요."

의외로 끼어든 게 인사계였다. 아니, 탈영병에 대해 아는 듯 마는 듯 여태껏 숨죽이고 있었던 죄인이 왜 나섰을까? 자신이 해야 할 일을 대리인이 했다는 빌미를, 나중에라도 만회하겠다는 책임자의 자존심이 발동했음인가? 결정적일 때의 순간이 군인에게는 중요한 것이니만큼. 무거운 기류를 약간 바꾸어 놓은 것은 작전장교였다. 그는 대대장이 담배 한 대를 입에 물자 재빨리 라이터 불을 갖다 댔다. 연기를 길게 빨았다가 내뱉는 대대장이 크게 인심이라도 쓰듯이,

"야, 너희들도 한 대씩 피워라."

조금 후 몇 명 장교가 돌아서서 담뱃불을 붙이더니 급하게 몇 모금씩 빨아 삼켰다.

"이왕 시작한 것이니 한 번 더 접근을 시도해 보는 것이 괜찮을 것 같습니다."

대대장이 담배꽁초를 발로 비벼 끄는 것을 보면서 작전장교가 슬쩍 한마디 붙였다. 솔깃한 제안 같아서 대대장이 표정을 펴며 물었다.

"글쎄 괜찮을까?"

"우선 민간인을 풀어주고 나서 서울로 가는 조건을 보장하겠다고 하면 어떨까 싶습니다만."

작전장교다운 발상이었다. 그러나 참모는 책임자가 아니었다. 미심쩍어서 대대장이 되물었다.

"안전판으로 인질을 하나라도 계속 잡고 있겠다고 하면?"

"군인을 대신할 수도 있습니다."

사건과 관련성이 멀어질수록 남의 말 하듯 피상적 언설만 쏟아졌다. 그는 그럴수록 모래주머니라도 찬 듯 군홧발이 무거워졌다. 인사계가 조심스럽게 서너 발치 뒤에서 뒤따라왔다.

"중대장님, 어떻게 잘 될까요?"

인사계는 아까 대대장 앞에서와는 전혀 다르게 걱정 어린 눈빛으로 물었다.

"해 봐야지요."

그는 힘없이 대답을 흘리고 걸어갔다. 다시 가겟집 미닫이 유리문이 가까워졌다. 그러나 두 사나이의 모습은 조금 보이다가 없어졌다. 박살난 한쪽 문 안으로 찬 바람이 우우 몰려들어 과자 비닐봉지들을 때렸다.

팡.

움찔 놀라는 한병식 대위의 뒤로 한 움큼의 흙먼지가 길바닥에 피어올랐다.

"인사계 새끼, 넌 오지 마! 오기만 하면 날려버릴 테야."

이길영이 발악을 해댔다. 마른 대추처럼 쭈글쭈글한 상사의 얼굴은 하얗게 변했다. 녀석은 이쪽을 훤히 보고 있었음에도 이제껏 옴짝달싹하지 않고 버텼다. 포위되었다는 것도, 서울로 나간다는 보장에 희망을 반쯤 버린 지도 이미 오래되었다는 말인가. 그런 절망은 모두에게 위험한 일이었다.

"이길영이, 나야. 중대장이다."

"알고 있어요. 어떻게 되었습니까?"

깨진 창밖으로 녀석의 목소리가 나왔다. 병사의 목소리는 약간 떨렸다.

"우선 말이야, 주인 여자는 내보내라. 처녈 내보내든지. 죄 없는 민간인들 붙잡고 있어서 뭘 하겠냐."

"처음과 약속이 다릅니다."

"날 믿고 내보내면 된다. 대대장님이 차량을 준비하고 있어."

"정말이지요?"

"그래."

마흔 중반의 여인은 흡사 미친 사람처럼 초점을 잃고 몸뻬바지 차림으로 뛰쳐나왔다. 내 딸! 내 딸을 입으로 소리치면서도 혼자서 부들부들 떨며 맨발로 내뺐다. 여인이 뛰어나올 때 함께 나오려던 큰딸애가 녀석의 손에 잡혀 바둥댔다.

"엄마 임⋯."

헝클어진 머리의 딸은 입에서 거품이 빼어져 나왔다. 열린 안방으로 녀석과 넋 나간 반편이 같은 딸애가 사라졌다.

"앞으로 삼십 분입니다아. 빨리 지프차를 대기시키세요. 일

초라도 늦으면 다 죽여버릴 겁니다, 씨바알."

탈영병이 마치 중대장에게 최후의 통첩처럼 말했다. 이제 병사가 뱉은 말 한마디로 군대의 계급은 한낱 쓰레기통 속에 처박힌 꼴이 되었다. 갑자기 차량 엔진 소리가 들리더니 긴장감으로 얼어붙었던 분위기를 일깨웠다. 지프가 달려오더니 급하게 멈추었다. 대대의 1호차였다. 철모를 쓴 대대장이 내렸다.

"차량 대기하고 있으니, 나오너라. 아이는 이상 없지?"

아무 소리가 없더니, 중대장이 다시 묻자, 한발 물러선 대답이 들려왔다.

"모두 오십 미터 뒤로 물러나고 찝차 안에는 운전병만 있어야 합니다."

대대장이 운전병에게 고개를 돌려 조심하라는 말을 하고 중대장에게 눈짓했다. 대대장이 가까이 다가가 말을 흘렸다.

"민간인이 죽으면 큰일 나. 아이에게 이상 있나 없나를 확인과 동시에 신병을 확보하고 금현읍으로 진입하기 전에 조치한다."

모두 물러서자, 방문이 삐걱 열렸다. 겁에 질린 아이를 앞장세운 탈영병은 M16 소총을 들고 두리번거렸다. 그리고 열린 지프 안을 보더니, 아이를 먼저 들이밀고 따라 들어갔다.

"아이는 읍내로 가기 전에 내려놓을 겁니다."

탈영병이 뱉은 말은 속삭이듯 중대장의 마음을 적셨다. 가물거리는 촛불처럼 못 미더운 희망을 그는 쉽게 드러냈다.

"생각보다 시간은 걸리겠지만, 일이 조금씩 잘 풀어질 것 같습니다."

대대장에게 그가 한 말이었다. 가로채듯 대대장이 가소롭다는 듯 대위 계급장이 붙어있는 철모를 내려다보며 귀에 거슬리게 말을 뱉었다.

"정신 차려, 저 새끼를 살려둬서 뭘 어쩌겠다는 거야. 너희들은 군인이야. 쫄병들은 더 말할 것도 없는 소모품이야. 소모품을 반납해서 다시 쓰는 거 봤어!"

구름 뒤에 숨어 있는 햇덩어리가 아래로 처질수록 날씨는 더욱 을씨년스러웠다. 꼭두새벽부터 몰이꾼으로 동원된 병사들의 얼굴에서도 피로한 기색이 역력했다. 끓어오르는 분을 못 삭인 듯 중령이 또 내뱉었다.

"숨통을 가까이 조여 왔는데. 저 새끼인들 도리가 없을 거다. 문제는 붙잡고 있는 인질인데 말씀이야. 저걸 어쩐다? 못 구하면 죄 없는 민간인을 죽였다고 신문에 크게 날 거구. 그럼 높은 분들이 여럿 다칠 거 아냐."

싸늘한 날씨에 더하여 격앙된 중령의 말에 한층 긴장감이 감돌았다. 녀석이 어떤 자세로 있는지는 짐작할 수가 없었다. 우선 그 점 하나만으로도 녀석의 방어는 일당백이었다. 155밀리 포탄이나 대전차 미사일을 가져왔다고 하더라도 쏠 수 없는 일. 쫓기는 녀석에게도 안전판이 있다. 남아 있는 그 인질은 녀석의 안전판이었다. 그렇지만, 안전판은 서로에게 문제였다. 시간은 마냥 흐르고 있었다. 이제 타이밍을 놓친 약속은 하나 마나 한 허접쓰레기에 불과했다. 그런 약속은 서로의 약점과 밀고 당기는 힘이 팽팽했을 적에나 가능한 거래였다. 원래 약속은 강자의 마음대로 파기되는 것이긴 하지만. 이제 중대장 육군 대위 한병식의 수고는 원점으로 되돌아가고 말았다. 끝났다고 끝난 것은 아니었다. 갑자기 총소리가 울렸다.

 따따 땅.

 탈영병 녀석이 내지른 총구에서 쏟아져나온 응답이었다. 공기를 뒤흔든 울림은 군대의 위계질서는 물론 인간의 신뢰까지 흔들어버렸다. 전쟁터가 아닌 평시에도 총기는 거짓이 없었다. 기기는 정직했다. 바로 그 순간, 툇마루의 방문 양쪽에 붙어있던 저격병 두 명이 발길질로 문을 차면서 방안에 대고 총을 난사했다. 주고받는 총소리는 파열음이었다. 발악하듯 총탄 몇 발이 밖으로 날아왔다.

 다리가 휘뚝 꺾인 대위는 힘이 빠지고 몸이 무너져 내렸다. 점점 아무 소리도 들리지 않았다. 주위에 있던 병사들은 꿈처럼 까무룩 멀어졌다. 뭐가 뭔지, 머릿속에서 회오리쳤다. 안개처럼 뭉게뭉게 하얀빛이 퍼져 차츰 아스라해졌다.

 한병식 대위는 한마디로 개죽음이었다. 적과 교전도 아닌, 평상시에 배신한 부하의 총에 맞았다. 말이 될 법한 일인가. 인간의 신뢰가 무참한 일로 벌어진 사건이었다. 적군이 아닌 아군끼리 적의의 감정으로 총을 겨누고 방아쇠를 당겼다. 부하가 개인적 욕망 때문에 직속상관을 죽이다니. 개인의 방임과 조직의 책무가 비틀어지면 언제나 엇박자를 냈다. 언제 어디서나 사람이 만든 쇠붙이는, 사람의 감정을 비틀어 목숨을 가져갔다.

*

 결국 탈영병에 이끌려 금현 읍내까지 가고야 말았다. 운전병에게 총을 들이댄 탈영병은 길을 헤집어 들어갔다. 지프차가 내려준 곳은 철도역의 건너편에 있는 사창가 골목이었다. 전쟁 후에 고만고만한 집들을 미군들이 들락날락했다. 춥고 가난한 여인들은 돈과 물건을 얻기 위해 그곳으로 몰려들었다. 전신주 4개만큼의 거리로 늘어난 집들은 점점 닥지닥지 붙어져 빼곡하게 들어서 생겨난 창녀촌이었다. 총을 들고 두리번거리던 탈영병은 골목길의 어느 틈으로 쏜살처럼 파고들었다.

"병사 한 놈이 작전지역을 수없이 제 맘대로 헤집고 다녀도 중간 행로 하나 추적하거나 차단하지 못하고 전 대대 병력이 이 놈한테 휘둘린단 게 말이 되냐! 만약에 저놈이 아니고 무장간첩이라도 들어와서 휘젓고 다닌다면 어떻게 되겠어? 차단 대책을 똑바로 수립하지 못하여 책임질 놈이 누구냐? 너희들 빨리 상황을 끝내지 못하면 근무자와 지휘 선상에 있는 놈들은 모두 각오해라!"

사단장은 자신이 내뱉고 분위기에 빠져 점점 들떠 있었다. 특정한 다수를 지칭한 말 속에는 자기 자신도 포함된 모순을 알고 있었다. 명령권자의 지시는 언제나 법이고 그것은 상과 벌을 위력으로 지녔다. 이럴 때 부하들은 숨만 쉬며 가만히 있는 게 나았다. 그래서 말똥 세 개의 연대장이 꿰다 놓은 보릿자루처럼 서 있었다. 주눅 든 자세로 힐끔힐끔 별 ★★개의 눈치를 보면서 말을 흐렸다.

"사단장님, 명령하신 대로 바로 조치하겠습니다."

그런 대답이 나올 줄 알았다는 듯 비웃음을 머금은 속사포가 쏟아졌다.

"빌어먹을 놈의 소리! 그까짓 것을 이제야 수립한다고? 무슨 시간을 그리 길게 잡아. 오늘 중으로 각 지휘관을 전부 집합시켜! 멍청한 놈의 자식 무슨 일을 제 맘대로야. 저번에도 보니까, 상황 조치하는데, 파악하는 부서 따로 있고… 소규모 부대로 내려갈수록 종합적으로 운영해야 해. 하는 짓들이 무질서하기가 이를 데 없더군. 한심스러운 놈들 같으니라고. 이러니 내가 어떻게 너희 놈들을 믿고 잠을 자겠나. 이 따위로 근무하려면 보따리 싸서 집으로 가라고!"

장군의 안면근육이 눈 밑에서 실룩실룩 경련을 일으켰다. 순간적으로 오는 감정이 격할수록 일어나는 현상이었다. 말도 안 되는 말을 지껄이고, 분을 삭이지 못한 후유증이 분명했다. 부하들이 흘끔거리며 자신을 바라보는 시선을 느끼자, 얼굴 근육을 애써 추스르며 억눌러 숨기려고 손을 바꿔가며 지휘봉을 쥐었다. 그리고 설치된 간이 상황판에 지휘봉으로 탁탁 치며 예상 도주로를 그었다.

"이제 수도권이 코 앞이다. 금방 열차나 버스 같은 대중교통으로 숨어 들어가면 민간인들 피해는 불 보듯 뻔한데, 봉쇄 축선이 더 넓어지기 전에 사살해!"

부글부글 끓던 사단장도 점점 마음이 급해졌다. 베트남에서 연대장으로 월맹 정규군과 전투할 적에도 이런 일은 없었다. 야전에서는 오로지 아군과 적군, 피·아로만 구별되었다. 공격과 방어의 단순한 싸움이었다. 별들의 진급 경쟁은 태양을 향하여 시시때때로 진행 중이었다. 선배를 따라잡으면 금세 후배가 치고 들어왔다.

저격수들과 외곽을 포위하고 있는 군경 병력과 대치하고 있는 녀석 또한 마찬가지였다. 시간의 무게는 흐르는 만큼 무거워졌다. 분위기는 물먹은 솜이불처럼 모두를 짓누르고 있었다. 조여 들어오는 포위망 속에서 모두 한꺼번에 뒤섞였다. 가겟집 뒤의 툇마루로 사단장을 비롯한 지휘하는 장교들이 몰려 있었다. 죽이거나 죽어야 하는 일은 아군에게도 똑같이 적용될 뿐. 전쟁을 겪어온 별 두 개의 고뇌는 경험상의 결단으로 나타났다.

*

 문성은 중앙다방에서 부대장 손남식에게 반장 백 대위와 함께 지시를 받았다.
 "군단 상황실까지 보고되었는데, 사단장은 왜 저래? 지휘 방식에 문제가 있어도 인정하려 들지 않고 있구먼. 탈영병 한 놈을 잡기 위해 상부에도 알 정도로 저렇게 요란법석을 떨 필요가 있었을까."
 "그러게 말입니다. 자신의 우유부단한 판단을 합리화하려는 속셈이지, 지금 부하들에 대한 질책이 중요합니까. 진즉 대대 작전지역 안에서 포위망을 좁혀 끝냈어야지 원."
 두 사람을 번갈아 보며 그들이 주고받는 말을 듣고만 있었다. 긴장한 부대장이 손을 내저으며 그에게 말을 툭 던졌다.
 "신 중사? 중앙지 신문기자들이 벌써 냄새 맡고 떴다는데, 보도 통제 잘해야 해!"
 "걱정 마십쇼. 신 중사는 정보 업무도 경험이 있습니다."
 두툼한 점퍼를 입은 백 대위는 손 중령의 눈치를 흘깃흘깃 살피며 슬그머니 바람을 잡았다. 그는 자리에서 일어서며 뒤통수를 따라온 목소리를 들었다.
"위험하니까, 현장과 적당히 거리 유지하여 상황 보고하고."
멀리서 들려오던 사이렌 소리가 요란하게 가까워졌다. 붉은 비상등을 깜박 깜박이는 백차가 달려왔다. 그 뒤에 가림막을 씌운 트럭 한 대가 뒤따라 들어왔다. 군단 헌병대에서 허우대가 짱짱한 저격수 일개 분대가 도착한 것은 오후 네 시쯤이었다. 군단 헌병참모는 녀석과 비슷한 큰 키였다. 그는 철모 대신 말똥 ○○○개가 하얗게 박힌 작업모를 쓰고 있었다. 험악한 분위기에서 헌병참모는 대대장과 사창가 주변을 한 바퀴 돌고 나왔다.
"칠십여 발이 남았고, 더구나 수류탄 한 개까지 가지고 있대며? 버티는 걸 보니, 자수할 의사가 없을 것 같은데…."
헌병참모는 큰 체격의 팔짱을 풀면서 대대장을 내려다보았다.
"진즉부터 그런 쪽으로 생각하고 있습니다."
"서푼 어치도 안 되는 당신의 인정머리가 결국에는 일을 망쳤소."
주어를 생략하는 말본새를 지닌 사람들의 속내는 경멸이었다. 말은 소통인즉 상대방과 교감이 덜 되었을 때, 듣는 이는 난감했다. 이제 대대장은 체념한 듯 볼멘 목소리를 흘렸다. 따는 헌병 대령에게 실마리 같은 희망을 기대는 모양이었다. 저격수들은 병사가 숨어 있는 집의 옆집들 지붕에서 납작 엎드려 쏴 자세로 망원렌즈를 눈으로 가져갔다. 또 다른 네 명은 두 개 팀으로 나뉘어져 판초 우의 4장을 엮은 그물로 지붕 위로 살금살금 기어올랐다. 만반의 준비를 마친 군단 헌병참모가 사단장의 귀에다 뭐라고 소곤거렸다.

"틈나는 대로 바로 사살해!"

사단장의 단호한 명령이 내려진 후 다른 음성으로 핸드마이크가 울렸다. 기기에서 변형된 목소리는 맹목적이었고 냉정했다.

–너는 포위되었다. 지금 즉시 총을 버리고 나오라.

바퀴벌레 한 마리가 빵부스러기 속에서 꿈틀거려 본들 어쩔 것인가. 병사가 꼼짝할 수 있는 공간은 전부 차단되었다. 순간, 방문을 박차고 탈영병이 튀어나왔다. 팡, 파앙. 딱 2발의 총성이 울렸고, 병사는 머리와 가슴에 총알을 맞고 마당에 풀썩 고꾸라졌다. 탈영병의 숨바꼭질은 강렬하고 끔찍한 절망으로 막을 내렸다.

그는 마지막 상황까지 본부에 전화로 불러주고 돌아왔다. 거룩한 혼령이 있기나 할까. 생각하면 할수록 분노와 슬픔이 그의 가슴속으로 치밀었다. 살아 있는 자의 기억 안에서 죽은 자들도 함께 사라질 뿐이었다. 짧은 생애에도 하나가 여럿의 목숨을 쥐락펴락하는 게 현실이었다. 완성되거나 미완성의 죽음이란 없다. 오로지 그냥 생물의 죽음만 있을 뿐. 불확실한 삶마저도 자잘한 욕망의 잣대에서 발생하는….

27
철새는 날아가고

"대장님, 그런 거 알아요?"
"무슨 일인데요?"
"저기 다방 아가씨가 날이 갈수록 배가 불러오는데, 어떻게 될라나 모르겠어요."
"누구하고 결혼 한대요?"
"부대 장교하고 그렇고 그랬다나 봐요. 근디, 아직 결정이 미루어져 식당 아줌마가 신경이 무척 써지나 봐요."

아침 밥상을 놔두고 나가려던 하숙집 며느리가 슬그머니 그에게 한 마디를 흘렸다. 요즘 그는 가끔 이장 회의를 마친 이장들과 잠깐 다방에 들렀다가 금방 나왔다. 그나마 발길이 꽤 뜸했던 것 같았다. 김미옥이 펑퍼짐한 옷을 입고 있었던 모습을 그냥 무심결로 지나쳤던 게 떠올랐다. 자신에게 헤죽헤죽 웃었던 그녀의 어머니도 언제부턴가는, 심드렁한 얼굴빛이었다.

"모르셨구나. 대대에 근무하는 우 중위하고 붙은 지 꽤 되었을 겁니다."

"자네가 볼 땐 잘된 일인가?"

"아이갸! 선배님도 무슨 그런 말씀을! 김 양은 땡잡았고, 우중위는… 아니, 대위님께서는 똥을 제대로 밟은 셈이지요. 클클클~"

사무실에서 박 하사가 커다랗게 웃었다. 우상우 중위가 대위 계급장을 달고 연대본부로 간 지 두 달이 지났다. 그랬던 것인가. 남녀가 뜨거웠으면 그럴 수도 있었다.

*

꽃샘추위를 지나온 햇살이 물오른 감나무 가지를 튕겨냈다. 밝은 빛살은 사물을 또렷하게 드러냈으며, 그의 얼굴을 비췄다. 이발관에 간 지 오래되어 귀가 머리털에 덮였다. 그는 수건을 목에 걸고 물고 있던 칫솔을 빼내어 차디찬 물로 쭐쭐 소리가 나도록 입안을 헹궜다. 이제 세숫대야에 담긴 물이 그다지 차갑지 않았다.

"대장님, 아침밥 드시러 오세요."

부엌에서 안집의 며느리가 언제나처럼 그를 불렀다. 안방에는 제갈윤배 내외와 아들과 아이들이 밥상에 빙 둘러앉아 있었다. 평소와 달리 소고기 산적이며 잡채, 생선구이, 나물 반찬들이 그득 차려져 있었다.

"어르신, 무슨 날인가요?"

"이 양반 생일이랍니다."

어안이 벙벙한 그에게 빙긋 웃으며 안주인이 대답했다. 그는 얼른 일어나 자신의 방으로 건너가 침대 밑에 놔두었던 양주병을 꺼내왔다. 미군 부대의 황 문관에게 얻었던 술이었다. 바깥주인에게 정중하게 건넸다.

"어르신의 생신을 모르고 넘어갈 뻔했습니다. 이거 두고 드세요."

"아니, 선물은 무슨! 대장님이 오고 나서 민통선에 드나드는 동네 사람들이 그전보다 훨씬 좋아졌다고 오히려 내가 칭찬을 받고 있다오. 저번에 군청에서 종대를 만났는데, 이제 이쪽에 자주 안 와도 되겠다고 농담까지 하더라니까. 어허허허~"

※

갑자기 긴급 부대원 회의가 소집되었다. 수삼일 전에 정기 회의가 열렸던지라, 뜻밖이었다. 연대 보안반에 들러 백 대위가 앞에 타고 김하석과 그는 뒷좌석에 앉았다. 그들은 뭔가 좋지 않은 일 때문일 거라는 짐작으로 몇 마디를 주고받았을 뿐 입을 다물었다.

매부리코 부대장의 얼굴이 시뻘겋게 물들어 있었고, 천윤두 중사를 비롯하여 본부 간부들의 겁먹은 모습이 심상치 않았다. 차트의 제목이 평상시와는 너무 달랐다. 〈비리 예방과 척결〉.

제 맘대로 따발총처럼 30여 분간을 떠들고 난 부대장은 딱 잘라 매듭을 지었다.

"재분류되어 103 보충대로 가려면 알아서들 해!"

일반 전투부대로 보내버리겠다는 케케묵은 공갈과 엄포였다. 거칠고 빼질거리던 장수목이 바로 그 사건의 주인공이었다. 오르막길이 있으면 내리막길도 있는 법. 콧구멍을 벌름거리며 한동안 잘 나간다 싶더니만 기어코 뭔가를 보여주고 걸려들었다. 사단 수송대 연료 담당 선임부사관과 짜고 휘발유 20드럼을 트럭에 싣고 민간인 주유소에 팔았다는 것이다. 사건을 조사하다 보니, 고구마 넝쿨처럼 또 다른 공범이 걸려있었는데 사단 헌병중대 소속이었다. 올해 뒤늦게 상사로 진급하여 교통소대장으로 근무하던 육군 상사, 그 이름하여 엄칠구?

"우와, 간도 크지. 세상이 맑아졌는데, 베트남에서 쌍팔년도에 하던 짓을 겁도 없이 저질렀군. 세상이 변하면 하는 짓거리도 거길 따라가야지, 원."

탐욕은 사람의 눈을 찌르기 마련이었다. 범죄자의 손목에 채워야 할 은팔찌를 그들이 찼다. 과장된 몸짓과 허장성세로 부대를 누볐던 장수목이 부대를 떠났다. 한동안 상급자들이 관련되었다던 소문은 이내 잠잠해졌다. 태풍이 지나간 잠잠한 땅처럼 무슨 일이든지 시작과 끝은 있게 마련이다. 그가 누구든 오르막과 내리막은 인생의 길이었다.

며칠 뒤 천윤두 계장이 그에게 전화를 해왔다.

―이봐, 신 중사? 서울이라 나쁠 것은 없겠지만… 사령부 도서관이라고 그러는데, 어떻게 된 거야?

―비어 있는 자리를 누군가가 추천한 모양입니다.

―아이고, 난 또. 그러면 그렇지, 그런 보직이나 되니까 사령부로 전출이지. 다른 활동 부서 같은 데는 서로 가려고 대가리 터질걸. 그런데, 신 중사? 그런 별 볼 장 없는 데 가서 뭐 하려고 그래?

―글쎄요, 어딘들 다르겠어요? 아무튼 명령 났으니까, 가긴 가야죠.

―일변 및 신고 일자가 당장 내일이라니, 부대 회식은커녕 우리끼리 한 잔도 못 빨고 헤어지겠는걸.

―그러게요. 계장님한테는 신세 진 일이 많은데….

―아무튼, 사령부에 발령 났다고 모른 채 말고 자주 연락하입시더.

 탁상시계 소리가 째깍째깍 그의 귓전을 파고들어 왔다. 누워있었던 그는 슬며시 눈을 떴다. 이불 틈으로 선뜻한 기운이 느껴졌다. 천장의 이방연속무늬들이 짓누를 듯 가까이 내려오는 느낌이었다. 가로세로의 굵은 선이 교차되어 감옥의 창살처럼 엮어져 있었다. 그동안 천장의 무늬조차 느긋하게 쳐다볼 틈도 없었다는 말인가. 그래, 그랬군. 창문으로 하얀빛이 어른거렸다. 고개를 돌리니 벽에 걸려있는 달력의 숫자가 까만 점으로 보였다. 기다리지 않았어도 날짜는 지나갔고 시간은 반환점이 없었다. 외형적 평이함과 내면적 긴장은 가끔 부딪치기 십상이었다. 군용 철침대의 낡은 용수철이 삐걱거리는 소리를 들으며, 그는 일어나 앉았다.

 새벽이 열리고 부윰한 날빛이 감돌아 점점 밝아졌다.

 세상 어디든 계급사회 아닌 곳이 있을까. 그는 스스로 위로하려고 애썼다. 그래서 군대에서 계급 때문에 받은 인간적인 모멸감은 체념과 자위로 닳아져 습성이 되었다. 아니, 군대라는 조직은 언제나 눈에 보이지 않는 명예를 담보로 유지될 수밖에.

(그래서 어쩌라고?-묻지도 따지지도 말라고?) 욕망의 빨대를 덜 흡입했을 적에 오는 안도감이 오히려 자신을 위로했다. 여러 기억이 겹치는 그의 머릿속은 자못 혼란스러웠다. 어정쩡하게 지내왔던 것은 아닌가? 타인들의 삶과 인연이 막연하게 부딪치다 보니 그 넓이와 깊이를 가늠하지 못했다. 생각이 흔들리면 갈피를 못 잡는 것. 맹목적인 군조직을 조금씩 알게 되면서 확신에 차 있었던 그의 생각은 점점 움츠러들었다.

어차피 어디에서나 살아가면서 배워가는 것. 교활하고 느글거리는 행동으로 상대방의 마음을 다치게 한 사람들은 있게 마련이었다. 그는 물결처럼 밀려오는 생활방식에 길들여졌고 모든 일은 시간이 여며주었다. 살면서 세상에 오염되는 것은 당연한 노릇이었다. 한편으로, 이제는 홀가분하게 뭔가를 털어버리겠다고 느꼈다.

떠난들 크게 달라질 것도 없었다. 그는 무표정한 얼굴로 옷가지와 책들을 캐비닛 옷장 속에서 주섬주섬 꺼내 짐을 꾸렸다.

작가의 말

팍팍했던 시기에 어떤 인물들의 운명은 불특정 다수의 삶을 바꾸었다. 그래서 세월과 삶이 인간의 이념을 변질시켰다. 신산한 현실에서 회색(灰色)이 있음에도 흑(黑)과 백(白)만을 집으라는 그런 경우도 있었으니까. 질서를 만들고 흐트러뜨려 전전긍긍하는 게 사람살이다. 돌이켜보건대, 모든 이치는 그럴싸하게 맞물려 돌아갔던 것.

구상했던 틀은 처음과 달리 갈수록 어긋나고 벌어져 삐걱거렸다. 그러나 여럿의 시점이 뒤섞였어도 한 시대의 감정을 피할 수는 없으렷다. 말을 잃고 기억을 잊은 틈새에 어떤 슬픔 들이 묻어났다. 하여, 뜬소문은 글이 아니어도 바람처럼 떠돌아 전이되리.

아무튼 소설의 늪에서 빠져나오니 자못 당혹스럽다. 무거운 이야기를 너무 허술하게 꿰맨 것은 아닌지 모르겠다. 변명은 사족(蛇足)! 새삼스럽고 구차할 수밖에.

2025년 늦여름의 햇볕을
시간에 말리면서

최성배崔星培

E-mail choi4star@hanmail.net

1952년 해남 월송리 출생
1986년 〈동촌문학〉 단편「도시의 불빛」 발표하면서 문단에 나왔다.
장편소설「침묵의 노래」,「바다 건너서」,「내가 너다」,「별보다 무거운 바람」,「그 이웃들」,「계단 아래」
소설집「물살」,「발기에 관한 마지막 질문」,「무인시대에 생긴 일」,「개밥」,「은밀한 대화」,「흔들리는 불빛들」,「나비의 뼈」,「찢어진 밤」,「꿈을 지우다」
산문집「흩어진 생각들」,「그 시간을 묻는 말」 외
〈창작문학상〉〈한국문학 백년상〉〈한국소설문학상〉〈조연현문학상〉을 수상했다.

최성배 장편소설

맹수들

발 행 일 2025년 9월 5일
지 은 이 최성배

펴 낸 이 이영옥
편　　집 송은주
펴 낸 곳 도서출판 이든북
출판등록 제2001-000003호
주　　소 (34625) 대전광역시 동구 중앙로 193번길 73
전　　화 042 · 222 · 2536
팩　　스 042 · 222 · 2530
이 메 일 eden-book@daum.net

ⓒ 최성배, 2025

ISBN 979-11-6701-362-0(03810)
값 23,000원

· 잘못된 책은 바꾸어 드립니다.
· 이 책 내용 전부 또는 일부를 재사용하려면 반드시 저작권자와
  이든북 양측의 동의를 받아야 합니다.

이 사업은 ❋ 대전광역시　대전문화재단 으로부터 사업비를 지원받았습니다.